唐宋十大家诗选

（上册）

倪进 编撰

复旦大学出版社

总 目

上 册

前　言 …………………………………… 1
凡　例 …………………………………… 1
王　维(四十首) ………………………… 1
李　白(七十首) ………………………… 47
杜　甫(八十五首) ……………………… 150
韩　愈(三十五首) ……………………… 301

下 册

白居易(四十首) ………………………… 367
李商隐(三十首) ………………………… 435
王安石(三十首) ………………………… 472
苏　轼(五十首) ………………………… 506
黄庭坚(三十首) ………………………… 578
陆　游(四十首) ………………………… 618
后　记 …………………………………… 660

前　言

　　唐宋是中国诗歌发展最辉煌的时期。这两个朝代，文英辈出，诗人诗作数量之多，真不知凡几。白居易曾首创"诗国"一词①，原本是指诗风兴盛的苏、杭等江南名郡，而借来形容当时重视诗歌创作的整个王朝，也是非常合适的。

　　正由于"诗国"出品浩繁，从唐中叶开始，一直延续到今天，各种诗歌选本便层出不穷。可这些选本大多仅及一代，如《唐诗品汇》《唐诗别裁集》《唐诗三百首》《唐诗选》《宋诗精华录》《宋诗选注》《宋诗一百首》等。而涵盖唐宋两朝，又具有较大影响力的选本，只有《千家诗》《唐宋诗醇》和《唐宋诗举要》。这三种选本在选录范围及编排体例上，都有各自的优势和缺陷。《千家诗》为启蒙读物，选诗浅显却未必精严，且体裁单调，编次多有失当。《唐宋诗举要》规模广大，诸体皆备，集注集评外时或参以己见，但广征博引式的专业笺释，增强了学术性，却造成烦琐枯燥之弊。《唐宋诗醇》则依《唐宋文醇》之例，其编选目的是"有《文醇》不可无《诗醇》，且以见二代盛衰之大凡，示千秋风雅之正则也"（四库本《御选唐宋诗醇序》），故选取唐李白、杜甫、白居易、韩愈和宋苏轼、陆游共六家之诗，于各家前置总评，多数篇后加有评语及史料，然亦存在只评无注、偏重说教的不足。不过，《唐宋诗醇》的编选方式倒是与众不同，即萃集精英，唯"大家"是举，含有

---

① 白居易《见殷尧藩侍御忆江南诗三十首诗中多叙苏杭胜事余尝典二郡因继和之》诗："境牵吟咏真诗国，兴入笙歌好醉乡。"

"入门须正""取法乎上"的意味。其《凡例》云：

> 唐宋人以诗鸣者指不胜屈，其卓然名家者犹不减数十人。兹独取六家者，谓惟此足称大家也。大家与名家，犹大将与名将，其体段正自不同。

这无疑给予本书很大的启发。本书介乎《千家诗》与《唐宋诗举要》之间，注重普及与提高的适度性，旨在引导读者更深入地了解中国古代诗歌的发展概貌，进而提升人们对经典文学作品的阅读兴趣和鉴赏能力，是以在选目上采用了《唐宋诗醇》的路径，只是变其六家为十家，即唐增加王维、李商隐，宋增加王安石、黄庭坚。选录的唐六宋四比例，想必更为适中，更符合两代诗歌发展的实际状况及其所处的历史地位。

欲立"唐宋十大家"之目，有必要先来讨论"大家"的标准或条件。什么人可以称作诗歌领域里的"大家"？他至少应该满足以下几点：第一，独特的创造力。这种创造力的形成，有赖于他人生阅历、审美经验的丰厚积累，有赖于他对社会生活现象及其本质的敏锐感知和深度体认；他既能兼采众长，融通古今，又能在其创作中通过精妙的艺术构思与表达，进行内容的深化拓展与形式的更新完善，从而开辟出一片新天地，形成自己鲜明的个性特色，同时也反映出特定的社会内涵，是时代风貌的象征和代表。第二，深远的影响力。他未必是诗坛领袖人物，亦未必是得风气之先者，其声名不一定隆于当时，而百世之后追本溯源，仍被推为创业垂统的祖师宗匠或中坚支柱；其作品整体的思想意义与艺术价值历久弥新，是不可磨灭的精神遗产。第三，充足的作品量。虽说作品的质量并不取决于作品的数量，可创作方法的成熟度与风格的多样性，总是建立在一定数量基础上的；他或许不是写得最多的人，但必须有足够的存世作品流传，人们才能从中认识和发掘其丰富的内涵。"大家"的标准或条件大致可以列举这三条。当然,不能把三者割裂开来看待,它们之间是一种相因相生、相辅相成的关系。

先看唐六家。《唐宋诗醇》没有选录初唐及晚唐诗家。初唐诗当时正处在一个完善形式、变革内容的发育期,虽有一批锐意进取、引领风气的诗人奋然崛起,如初唐四杰与陈子昂,但他们的创作毕竟属于开拓初始,艺术上的探索犹未臻于熟境,故无"大家"之选是可以理解的。而晚唐诗的发展轨迹的确在走向式微,不过也有回光返照的一刻,通过李商隐等人的积极探求,最终转向了一种全新的格局,对此,我们不应视而不见。

《唐宋诗醇》所确立的李、杜、韩、白四人,作为唐诗全面繁荣时期的盛唐、中唐几个重镇,他们在诗史上的"大家"地位从未有过动摇。李白曾倡言复兴风雅正声,否定楚骚、汉赋及至梁陈的文学演变,表示"将复古道,非我而谁与"(孟棨《本事诗·高逸三》)。可是,其创作实践并没有走上复古的道路。他的诗除了崇尚《风》《雅》,还有对建安风骨、江左清风的称许,也能从汉魏乐府和杂曲歌谣中吸收养分,集诸家之长而会通之,所以才会取得千载独步的艺术成就。而杜甫更是兼收并蓄的集大成者,明确主张"不薄今人爱古人,清词丽句必为邻"和"别裁伪体亲风雅,转益多师是汝师"(《戏为六绝句》其五、其六)。他的诗歌创作,不但尝试运用当时已出现的所有体式,树立了各体的典范,而且在内容上能突破"言志缘情"的传统,加入"即事名篇"与"即事见理"等成分,语言表达也千锤百炼,精益求精,对后世产生了深刻而久远的影响。李杜二人才性不同,诗风各异,而对于诗歌发展的贡献则是难分伯仲。此外,李白英雄济世、个性自由的理想追求,与杜甫关切时政、悲悯苍生的胸襟气度,同样都是孕育和建构民族精神的重要因素。南宋严羽曰:

> 李杜二公,正不当优劣。太白有一二妙处,子美不能道;子美有一二妙处,太白不能作。子美不能为太白之飘

逸,太白不能为子美之沉郁。太白《梦游天姥吟》《远别离》等,子美不能道;子美《北征》《兵车行》《垂老别》等,太白不能作。论诗以李杜为准,挟天子以令诸侯也。(《沧浪诗话·诗评》)

是可据为定评。

韩愈、白居易的诗,虽然都是从维护儒家道统的立场出发来批判现实,但在当时还是有推动社会进步的积极作用的,尤其是韩氏不平则鸣、白氏感事讽谕的创作主张,至今仍不失其启迪意义。在艺术上,韩诗不甘平庸,直欲追步李杜,故不得不另辟蹊径,重气主意求奇,创造出种种新奇古怪、气势逼人的诗歌意象。他还打破常规的章法和句式结构,以文为诗,又引入冷词僻字,扩大诗歌语言的表现范畴,镕铸成前所未有的独特诗风,吸引了一大批时辈和无数后来者。白诗在"达则兼济,穷则独善"观念的指导下,把诗的功能和作用分为两端,一端是"兼济",一端是"独善",这就有了"讽谕诗"和"闲适诗"的区分。讽谕诗感时抚事,是对《国风》以来美刺比兴传统的继承和发扬;闲适诗则吟玩情性,企图表现淡泊中的情理之趣,开宋诗之先河。除此之外,白居易尚有一类"感伤诗",以浅易切当、清婉流丽的语言,叙事言情,尤以《长恨歌》《琵琶引》这类长篇之作最具感染力。白诗的艺术成就颇为多面,作品亦深受大众的喜爱,故而被唐季诗人奉为"广大教化主"(张为《诗人主客图》)。以上四家业绩之伟,家传户颂,是不须多言的。

《唐宋诗醇》于盛唐唯选李白一人,殊不合盛唐的恢弘气象。而李白的同龄人王维,也是盛唐诗歌的杰出代表。他和孟浩然一起,从陶谢诗中吸取营养,将发轫于六朝的山水诗带入一个新的境界。在他们的诗中,山水景物与田园情趣实现了完美的融合,景中情,情中景,情景或心物关系被推向了造意入神的极致,寄托着他们雅尚自若、不与俗同的志趣。王孟齐名于一时,追随模仿者甚众,当之无愧地成为山水田园诗派之祖。既然如此,何以"大家"之称取王而不取孟?其原因可归结于两点:一是王维半官半隐、奉佛参禅的生活方式,决定了他所涉及的诗歌题材内容更为丰富多样。在他的作品中,有不少意气豪宕的边塞游侠诗,有许多愤怨不平的送别赠友诗,还有大量静默淡雅的山水田园诗。即使是山水田园诗,他所表现出的思想感情也比孟诗复杂得多。也就是说,他所表现的并不单纯是寄迹于林泉的隐逸之乐,同时还包含着对佛学禅理、玄门妙道的参悟。因此,他这类诗的诗境,恬静之外又多了一层幽寂与虚旷。二是王维才艺博通,诗、乐、书、画无所不精,并且还能融贯各门艺术的内在原理,以为诗歌创作之助。这就使他的诗在空间构图和节奏韵律上,有着他人未易企及的优势。苏轼所谓"味摩诘之诗,诗中有画;观摩诘之画,画中有诗"(《书摩诘蓝田烟雨图》),正是对王维诗画面之美的极赏。他的诗描写景物,体察细致敏锐,在经营位置时还善于捕捉光影动静,这不止给人以视觉上的流转感,读起来也是朗朗上口。可见,以王维为盛唐又一"大家",应无任何疑问。

唐末朝政废弛,国势衰微,造成文士心理的失落和迷惘,继而影响到他们的诗歌创作,作品的气局格调有了很大变化。人们常说,晚唐诗萎靡而乏风骨。那是就总体趋势而言。晚唐前期仍出有一流的诗人,他们虽已失去先辈的豪爽与自信,时常挣扎于无可奈何的颓唐之中,但他们依然坚持开拓新的诗境,努力寻找可以寄托心志、舒泄情绪的最佳题材内容和表达方式。于是,他们便把注意力集中在史实古迹、自然山水、男女爱情等方面,希望能在这些内容的表达上,化解或稀释现实中累积的失望与挫败感,得到内心的平复与慰藉。他们的代表人物,就是有"小李杜"之称的李商隐和杜牧。二人的创作,在主题选择、意境营造和语言运用上,有不少相似之处。他们或咏史怀古,感慨世代兴废存亡,以借古讽今;或描摹山水,寓怀抱于疏淡放任之中;

或歌咏爱情,传达内心不弃的执着与逝去的伤感。他们的诗风,一深婉秾郁,一俊逸明丽,各具特色,旗鼓相当,正如李白、杜甫那样不可论以优劣。但是,二人在诗歌的表达方式上又存在着差异。复杂而痛苦的人生经历,带给李商隐的是更加炽热的情感和深刻的思想,他超越杜牧的地方,就是能够更深入细腻地抒写自我的心灵世界。为此,他大量调用象征、比兴等手法,吸收前人使事、锻炼、声律之所长,驱遣精致工丽的语言,塑造出一个个焕发奇光异彩的艺术意象,构成朦胧幽邃的诗歌意境,来表现内心种种情感体验和思想感受。这在他自创的无题诗中得到了最充分的反映。因而是李商隐而非杜牧,才是引导晚唐诗风演化的主将。

再看宋四家。宋人面对唐诗这座高峰,有个何以为继的问题。宋初诗坛,有人学白居易的浅易雍容,不久便流向鄙俗轻滑。有人学贾岛、姚合的清瘦冷淡,究以格局狭小、情调单一而行之未远。其后,又有一批馆阁士起而模拟李商隐,讲究词藻、声律和用典,一时蔚然成风,倡为西昆体。从诗史传承的角度来说,西昆体的产生,未尝不是一次探寻出路的尝试,即试图以深婉典丽的诗风,匡救白体等诗派之偏。然而,西昆体与前二体并无不同,都是以模拟为本,况且西昆派诗人也不具备唐人那种精神气质和艺术修养,模拟的结果除了形式技巧的雕琢与堆砌,内容上亦几于乏善可陈,很难把宋诗推向新的目标和高度。对宋诗而言,这不是一条可持续发展的路。直到北宋中期,欧阳修主导诗文革新运动,梅尧臣、苏舜钦等人专以诗事推波助澜,宋诗方显现出一些有别于唐诗的新特色。但由于尚属初创,他们的探索还时有徘徊,没能始终沿着新路走下去。至王安石、苏轼、黄庭坚出,诗之境界大开,宋诗的面目这才真正确立起来,三人亦卓然成家。而欧阳修作为文学变革的领袖,不入"大家"之选,今人缪钺分析说:"仁宗之世,欧阳修于古文别开生面,树立宋代之新风格,而于诗尚未能超诣,此或由于非其精力之所专注,亦或由于非其天才之所特长,然已能宗李白、韩愈,以气格为主,诗风一变。"①此说应该是比较公允的。

王、苏、黄三家诗所体现出的宋诗基本特征,前人概括为"以文字为诗,以才学为诗,以议论为诗""且其作多务使事,不问兴致,用字必有来历,押韵必有出处"(严羽《沧浪诗话·诗辩》)。其实,他们倾力造就宋诗的独立性,并不能凭空而为,还是要从唐人那里寻找拓展余地和突破口。因此,他们崇李杜、学韩白,总结唐人在艺术表现上的一些长处,终于发掘出两条可以驰驱的路径来。关于这两条路径,今天的学者有着精确的论述:

> 一是打散诗歌的节奏、语脉,比前人更多地引入日常口语及散文句法,使诗歌的意象变得自然亲切,意脉变得流动顺畅,意境变得平常冲淡,把机智和精巧如盐入水化得了无痕迹,等待读者来体验感悟其中的韵味;二是紧缩诗歌的节奏、语脉,使诗歌向拗峭瘦硬方面再进一层,将生僻语词、典故及特异的句式引入诗中,用陌生化的意象组合、意脉结构引发读者的探究与惊异。②

两种路径,带来两种不同的诗风,在他们的作品中往往是并存着的。若论其大略,在有意无意间,他们会偏向于某一路径或某一风格。"苏门六君子"之一的陈师道评曰:"王介甫以工,苏子瞻以新,黄鲁直以奇。"(《后山诗话》)便点明了三人所侧重的路径或风格。

王安石诗以杜甫为宗,尤推崇杜甫"语不惊人死不休"的锤炼之工。他早年的诗,常有政治家的务实与率直,借题议论,不屑于雕章镂句,重在达意。晚年退居钟山,转写山水田园风光为

---

① 缪钺:《论宋诗》,载《诗词散论》,陕西师范大学出版社2008年版,第30页。
② 章培恒、骆玉明主编:《中国文学史》中卷,复旦大学出版社1996年版,第299—300页。

多,在推敲字词语句、揣摩声律对偶、铺设比喻典故等方面,用力颇深。而最可贵的是,他在套用前人语词、典故时,能将其融入一种自然流畅的语境与韵律中,使人浑然不觉,即"如盐入水",表现出深厚的功力与学识。这一点也影响到后来的黄庭坚等人。梁启超就认为:"荆公之诗,实导西江派之先河,而开有宋一代之风气。在中国文学史中,其绩尤伟且大,是不可不尸祝也。"①与王安石相同,黄庭坚也尊奉杜甫,潜心从杜诗中研究出一整套"诗法"来。比如作诗用语要有"来处",词意要从"学问"中求,继而归纳出著名的"点铁成金"与"夺胎换骨"论,以此作为创作应当遵行的原则。故其诗作多用奇字古语,意深典赡,且学杜诗好用拗句,又于章法结构求异求变,形成一种奇拗瘦硬的风格。这也是宋诗的显著特色。可以说,宋诗在黄庭坚的手里,从创作实践到理论都获得了完全的自立。黄诗影响所及,弟子后学枝附影从,以至成为一代宗派领袖。

当然,三人中要以苏轼最为通达,其诗歌创作也最具包容性。这主要体现在:其一,他的诗题材内容极其宽广,社会生活与大自然的种种现象皆可入诗,犹能挖掘包蕴其中的妙理奇趣,并用新鲜而形象化的语言表现出来。其二,他能博采众长,广泛学习他人的创作经验与方法。上至陶渊明,下至李杜及中晚唐诸子,甚至包括朋辈与门下(如"效庭坚体"),只要有可借鉴的新奇独到之处,都会激发他的研习兴趣。其三,他的诗以才气胜,风格多样,不主一格。在他的作品中,不但兼具王、黄两家所重,而且还包含更多的风格变化,有的豪放飘逸,有的平淡悠远,有的空净灵妙,有的诙谐幽默,不一而足,充分显露出他创作思维的活跃和审美取向的多元。以此观之,苏轼是在奠定和完善宋诗特色的基础上,不断求新求变,拓宽和延伸了宋诗前进的

---

① 梁启超:《王荆公》,载《饮冰室合集》第七册专集第二十七,中华书局1989年版,第203页。

道路。

　　《唐宋诗醇》于宋只选了苏轼和陆游。在今天看来,这两家确有许多共同点,他们都是不拘陈迹、勇于开拓的集大成者。南渡初期,追效黄诗的江西派风靡一时,这种持久的递相模仿,使得宋诗气格每况愈下。同其他多数南渡诗人一样,陆游也曾受过江西诗派的影响,但他是最早跳出其窠臼的有识者之一。他转益多师,全面取法,以自己勤奋而高产的创作,为宋诗打开了又一新局面。首先,在题材内容方面,他的作品抒写了经历国变兵乱后,个人忠心报国的理想和壮志难伸的悲愤,真实而深刻地反映了那个时代民族的忧患意识与情感。即便是描写闲居生活的山水田园诗,一草一木,一句一篇,亦莫不寄托他的高情远意。这就完全回到了杜甫的路子上,其思想性为今天的读者提供了一份宝贵的精神遗产。其次,在艺术风格技巧方面,他重视吸收与创新的转化,在保持宋诗面貌的同时开辟新境界。清人赵翼对此评价极高:

　　　　放翁以律诗见长,名章俊句,层见叠出,令人应接不暇。使事必切,属对必工;无意不搜,而不落纤巧;无语不新,亦不事涂泽。实古来诗家所未见也。然律诗之工,人皆见之,而古体则莫有言及者。抑知其古体诗,才气豪健,议论开辟;引用书卷,皆驱使出之,而非徒以数典为能事;意在笔先,力透纸背;有丽语而无险语,有艳词而无淫词;看似华藻,实则雅洁;看似奔放,实则谨严。此古体之工力,更深于近体也。(《瓯北诗话》卷六)

这从语言风格到表现技巧再到古近体式,指出了陆诗的特点,所论详切而中其肯綮。总之,陆游诗的成就非常突出,其存诗量也为古来诗人之最。而因为写得多,致有堆叠重复、自我蹈袭之病。不过瑕不掩瑜,作为南宋"中兴四大诗人"之首,陆游对宋诗发展所作的贡献,恐怕是未可厚非的。

　　诗分唐宋。虽说两者个性有异,但都是我国文学宝库中丰盛而珍贵的遗产。毫无疑问,以上十大诗人,用他们非凡的智慧和才情,深刻的思考和探索,创造出最经典、最具影响力的作品,不仅代表着唐宋诗歌的最高成就,而且在中国文学史及至文化史上,也占据着关键的位置,成为我们今天继承和弘扬优秀传统文化的重要源泉。

倪　进

2024 年 2 月 15 日于上海新泾平塘居

凡　例

一、本书精选唐宋十大家诗,凡四百五十首。其中,王维诗四十首,李白诗七十首,杜甫诗八十五首,韩愈诗三十五首,白居易诗四十首,李商隐诗三十首,王安石诗三十首,苏轼诗五十首,黄庭坚诗三十首,陆游诗四十首。

二、本书以思想性与艺术性、经典性与多样性相统一为原则。所选之诗,能体现作者真挚的思想情感,诗味具足,影响深远,大多为古今各选本所录,足以代表十家风格,为唐宋诗之精髓,可供读者深玩。

三、十家于诗体各有擅场,有善古体歌行,有善近体律绝,有善五言或七言,亦有诸体皆善者,故选诗时于均衡中稍有偏向,以扬各家之所长。

四、选诗编次据各家诗集校注通行本(含今人校注本),多以年代先后为序。每家前置有简略说明,介绍其生平事迹与创作特色。

五、各家选诗每篇按"题解""注释""评析"体例编排。"题解"主要介绍创作背景及本事,提示作意。"注释"力求简明扼要,注重语词释义、句意疏通和典故索解,在会通古今注家成果的基础上,有所归纳、纠补与发明;生僻和容易误读的字词,都加有注音。而"评析"则为一篇之重,借助文学批评理论,尽量运用精练的语言,揭示作品蕴涵与表达上的关锁,启发读者感受和思考诗艺之妙用。评语多出于编者个人阅读体味,亦有部分引自古今注家,所引皆注明出处。

上册目录

王维(四十首)

- 奉寄韦太守陟 ································ 2
- 春夜竹亭赠钱少府归蓝田 ················ 3
- 蓝田山石门精舍 ···························· 4
- 终南别业 ···································· 5
- 渭川田家 ···································· 7
- 送别(下马饮君酒) ························ 8
- 观别者 ······································· 8
- 陇头吟 ······································· 9
- 老将行 ······································· 11
- 桃源行 ······································· 15
- 酬张少府 ···································· 17
- 辋川闲居赠裴秀才迪 ······················ 17
- 山居秋暝 ···································· 18
- 归嵩山作 ···································· 19
- 终南山 ······································· 20
- 过香积寺 ···································· 21
- 送刘司直赴安西 ···························· 22
- 送邱为落第归江东 ························· 23
- 汉江临泛 ···································· 25

观猎	26
登裴迪秀才小台作	28
使至塞上	29
秋夜独坐	30
早秋山中作	31
积雨辋川庄作	32
出塞作	34
鸟鸣涧	36
鹿柴	36
竹里馆	37
辛夷坞	37
送别（山中相送罢）	38
杂诗（君自故乡来）	39
少年行（新丰美酒）	39
九月九日忆山东兄弟	40
送元二使安西	41
送沈子福归江东	42
送孟六归襄阳	43
山中	44
相思	45
书事	45

李白（七十首）

古风五十九首（选八首）	48
其一（大雅久不作）	48
其三（秦王扫六合）	50
其九（庄周梦胡蝶）	53
其十（齐有倜傥生）	54

其十四（胡关饶风沙）	55
其十八（天津三月时）	56
其十九（西上莲花山）	59
其四十七（桃花开东园）	61
远别离	62
蜀道难	65
梁甫吟	69
乌夜啼	76
乌栖曲	77
将进酒	79
行路难（金樽清酒）	80
长相思	82
北风行	83
关山月	85
长干行（妾发初覆额）	86
古朗月行	88
塞下曲（五月天山雪）	89
玉阶怨	91
丁都护歌	91
静夜思	93
子夜吴歌（长安一片月）	93
襄阳歌	94
扶风豪士歌	98
梁园吟	100
横江词（横江馆前）	103
秋浦歌（白发三千丈）	104
峨眉山月歌	105
江夏行	106
赠孟浩然	108

赠何七判官昌浩 ································· 109
赠汪伦 ··· 110
沙丘城下寄杜甫 ······························· 111
闻王昌龄左迁龙标遥有此寄 ················ 112
庐山谣寄卢侍御虚舟 ························· 113
梦游天姥吟留别 ······························· 116
黄鹤楼送孟浩然之广陵 ······················ 119
渡荆门送别 ···································· 120
南陵别儿童入京 ······························· 121
送友人 ··· 122
送友人入蜀 ···································· 124
宣州谢朓楼饯别校书叔云 ··················· 125
山中问答 ······································ 126
把酒问月 ······································ 127
陪侍郎叔游洞庭醉后(划却君山好) ······· 128
陪族叔刑部侍郎晔及中书贾舍人至游洞庭(洞庭西望) ··· 129
登金陵凤凰台 ································· 130
望庐山瀑布(日照香炉) ····················· 132
秋登宣城谢朓北楼 ···························· 132
望天门山 ······································ 133
客中作 ··· 134
太原早秋 ······································ 135
早发白帝城 ···································· 136
秋下荆门 ······································ 137
苏台览古 ······································ 138
越中览古 ······································ 138
谢公亭 ··· 139
夜泊牛渚怀古 ································· 140
月下独酌(花间一壶酒) ····················· 142

山中与幽人对酌 …………………………… 142
与史郎中钦听黄鹤楼上吹笛 ……………… 143
独坐敬亭山 ………………………………… 144
访戴天山道士不遇 ………………………… 145
拟古(生者为过客) ………………………… 145
听蜀僧濬弹琴 ……………………………… 147
春夜洛城闻笛 ……………………………… 148
长门怨(天回北斗) ………………………… 148

杜甫(八十五首)

望岳(岱宗夫如何) ………………………… 152
登兖州城楼 ………………………………… 153
房兵曹胡马 ………………………………… 154
赠李白(秋来相顾) ………………………… 155
春日忆李白 ………………………………… 157
奉赠韦左丞丈二十二韵 …………………… 158
饮中八仙歌 ………………………………… 162
同诸公登慈恩寺塔 ………………………… 165
兵车行 ……………………………………… 168
前出塞(挽弓当挽强) ……………………… 170
丽人行 ……………………………………… 171
自京赴奉先县咏怀五百字 ………………… 175
后出塞(朝进东门营) ……………………… 182
月夜 ………………………………………… 183
哀王孙 ……………………………………… 184
春望 ………………………………………… 187
哀江头 ……………………………………… 188
述怀 ………………………………………… 190

羌村（峥嵘赤云西） ………………………………… 192
北征 …………………………………………………… 193
曲江二首 ……………………………………………… 202
九日蓝田崔氏庄 ……………………………………… 203
赠卫八处士 …………………………………………… 205
新安吏 ………………………………………………… 206
潼关吏 ………………………………………………… 209
石壕吏 ………………………………………………… 211
新婚别 ………………………………………………… 212
垂老别 ………………………………………………… 214
无家别 ………………………………………………… 217
佳人 …………………………………………………… 219
梦李白二首 …………………………………………… 221
秦州杂诗（莽莽万重山） …………………………… 224
月夜忆舍弟 …………………………………………… 225
天末怀李白 …………………………………………… 226
送远 …………………………………………………… 227
剑门 …………………………………………………… 228
卜居 …………………………………………………… 230
蜀相 …………………………………………………… 232
狂夫 …………………………………………………… 233
江村 …………………………………………………… 235
野老 …………………………………………………… 236
和裴迪登蜀州东亭送客逢早梅相忆见寄 …………… 237
客至 …………………………………………………… 238
春夜喜雨 ……………………………………………… 239
江亭 …………………………………………………… 240
水槛遣心（去郭轩楹敞） …………………………… 242
茅屋为秋风所破歌 …………………………………… 243

不见	244
客亭	245
闻官军收河南河北	246
送路六侍御入朝	248
将赴荆南寄别李剑州	249
登楼	251
绝句二首	253
绝句（两个黄鹂）	254
丹青引	255
倦夜	258
禹庙	259
旅夜书怀	261
八阵图	262
古柏行	263
秋兴八首	266
其一	266
其二	268
其三	270
其四	271
其五	273
其六	275
其七	276
其八	278
咏怀古迹（群山万壑）	280
历历	282
孤雁	283
阁夜	284
缚鸡行	286
日暮	287

登高 …… 288
观公孙大娘弟子舞剑器行并序 …… 289
暮归 …… 293
登岳阳楼 …… 295
江汉 …… 296
江南逢李龟年 …… 297
小寒食舟中作 …… 298

韩愈(三十五首)

条山苍 …… 303
青青水中蒲三首 …… 303
醉留东野 …… 304
汴泗交流赠张仆射 …… 306
雉带箭 …… 308
归彭城 …… 310
山石 …… 313
落齿 …… 314
答张十一功曹 …… 316
八月十五夜赠张功曹 …… 318
湘中酬张十一功曹 …… 320
谒衡岳庙遂宿岳寺题门楼 …… 321
杏花 …… 325
李花赠张十一署 …… 327
感春(皇天平分) …… 328
郑群赠簟 …… 330
荐士 …… 332
秋怀诗十一首(选三首) …… 338
  其一(窗前两好树) …… 338

其四(秋气日恻恻)	340
其八(卷卷落地叶)	341
三星行	341
送李翱	343
池上絮	344
石鼓歌	345
桃源图	351
春雪(新年都未)	354
戏题牡丹	355
晚春(草树知春)	356
调张籍	356
听颖师弹琴	360
华山女	361
左迁至蓝关示侄孙湘	364
早春呈水部张十八员外(天街小雨)	365

王维

  王维(701—761),字摩诘,先世为太原祁(今属山西省晋中市)人,其父徙家于蒲州(今山西省运城市永济市蒲州镇),遂为蒲人。开元九年(721),进士擢第,调大乐丞。以伶人违制舞黄狮子坐累,谪济州司仓参军。张九龄执政,擢右拾遗。二十五年,赴河西节度使崔希逸幕,为监察御史兼节度判官。天宝初(742),入为左补阙,累迁给事中。十五载,安禄山叛军陷长安,被迫受伪职。乱平,降为太子中允。官至尚书右丞,故世称王右丞。

  王维博才多艺,诗、乐、书、画无不精通。其诗以自然兴象为主,体物精细,状写传神,且能融通音乐、绘画之理,传达逸情禅趣,为盛唐山水田园诗派代表人物。唐殷璠《河岳英灵集》曰:"维诗词秀调雅,意新理惬,在泉为珠,着壁成绘,一句一字,皆出常境。"北宋苏轼《书摩诘蓝田烟雨图》曰:"味摩诘之诗,诗中有画;观摩诘之画,画中有诗。"清赵殿最《王右丞集笺注序》曰:"唯右丞通于禅理,故语无背触,甜彻中边。空外之音也,水中之影也,香之于沉实也,果之于木瓜也,酒之于建康也,使人索之于离即之间,骤欲去之而不可得,盖空诸所有而独契其宗。"其清淡雅秀之诗风,下开中唐大历十才子及贾岛、姚合一路。

  有《王右丞集》。选诗据清赵殿成《王右丞集笺注》(上海古籍出版社1998年版)。

奉寄韦太守陟

荒城自萧索①,万里山河空。天高秋日迥,嘹唳闻归鸿②。寒塘映衰草,高馆落疏桐。临此岁方晏③,顾景咏悲翁④。故人不可见,寂寞平林东⑤。

【题解】

韦陟,字殷卿,京兆万年(今陕西省西安市)人。中书令韦安石之子。以荫补官,历洛阳令、吏部郎中及侍郎,为时所称。李林甫恶其名高,出为襄阳太守。后袭封郧国公,以亲族牵累贬钟离太守、义阳太守,移河东太守。天宝十二载(753),入朝考绩,又为杨国忠所忌,坐贬昭州平乐尉。肃宗立,起为吴郡太守,改御史大夫兼江东节度使,与淮南、淮西节度使高适、来瑱合兵平永王之乱。累官吏部尚书。太守,汉景帝时以称一郡最高行政长官,历代相沿。隋唐则以州刺史代之,惟隋炀帝与唐玄宗时曾改州为郡,置太守,旋即恢复州刺史之称。《旧唐书·韦陟传》:"开元初,丁父忧,居丧过礼,自此杜门不出八年。与弟斌相劝励,探讨典坟,不舍昼夜,文华当代,俱有盛名。于时才名之士王维、崔颢、卢象等,常与陟唱和游处。"赵殿成《王右丞集笺注》卷二:"(陟)凡五为太守,右丞寄此诗时,不知为何郡太守也。"

【注释】

① 荒城:荒凉古城。萧索:萧条冷落。

② 嘹唳:形容声音响亮凄清。此指雁声。

③ 晏:晚,迟。

④ 顾景(yǐng):同"顾影"。自顾其影。悲翁:古乐曲《思悲翁》的省称。汉鼓吹铙歌十八曲之一。见北宋郭茂倩《乐府诗集》卷十六《鼓吹曲辞一·汉铙歌十八首》。

⑤ 平林:平原上的林木。

【评析】

此诗写深秋景象兼怀故人。前四句放开手眼,以荒凉孤城对万里山河,高天远日对嘹唳归鸿,点面相衬,动静互交,愈觉其构图之妙。中间两句写身边之景,用"映""落"二字关联寒塘衰草、高馆疏桐,意象醒豁,刻画入微。至此,诗由远及近、自上而下,勾勒出疏旷凄清之境。后四句临景怀人,承转自然。"故人",当指韦陟。一岁将尽,万物肃杀,友人远隔而不可见,只得顾影孑立,悲歌一曲以寄,其孤寂之情可感可叹。

春夜竹亭赠钱少府归蓝田

夜静群动息①,时闻隔林犬。却忆山中时②,人家涧西远。羡君明发去③,采蕨轻轩冕④。

【题解】

钱少府,即钱起。字仲文,吴兴(今浙江省湖州市)人。天宝十载(751)进士,官至考功郎中。诗与郎士元齐名,为"大历十才子"之一。少府,县尉的别称。唐人以明府称县令,故以少府称县尉,以亚于令,掌一县治安。蓝田,县名。唐京兆府蓝田县(今属陕西省西安市),在长安东南,秦岭北麓。产美玉。此诗当作于钱起举进士后,初出仕为蓝田尉时。

【注释】

① 群动:指各种动物。东晋陶渊明《饮酒》之七:"日入群动息,归鸟趋林鸣。"

② 却:副词。还,再。

③ 明发:黎明,平明。《诗·小雅·小宛》:"明发不寐,有怀二人。"朱熹集传:"明发,谓将旦而光明开发也。二人,父母也。"

④ 采蕨:借指隐居生活。蕨,山中野菜,俗称蕨菜;根茎含淀粉,俗称蕨粉。《诗·召南·草虫》:"陟彼南山,言采其蕨。"轩冕:古时大夫以上官员的车乘与冕服。此处借指官位爵禄。

【评析】

沈德潜评曰："五言用长易，用短难，右丞工于用短。"(《唐诗别裁集》卷一)诗写静夜话别，仅以共忆山中往事来表达对隐逸生活的向往，言简而意长。

蓝田山石门精舍

落日山水好，漾舟信归风①。玩奇不觉远②，因以缘源穷③。遥爱云木秀，初疑路不同。安知清流转，偶与前山通。舍舟理轻策④，果然惬所适。老僧四五人，逍遥荫松柏。朝梵林未曙⑤，夜禅山更寂⑥。道心及牧童⑦，世事问樵客⑧。暝宿长林下，焚香卧瑶席⑨。涧芳袭人衣⑩，山月映石壁。再寻畏迷误，明发更登历⑪。笑谢桃源人⑫，花红复来觌⑬。

【题解】

蓝田山，又名玉山、覆车山。在今陕西省西安市蓝田县东南。石门精舍，佛寺名。清毕沅《关中胜迹图志》卷八引《通志》："(石门精舍)在蓝田山石门寺，王维尝游于此。"

【注释】

① 漾舟：泛舟。信：听任。归风：回风。

② 玩奇：探赏奇景。玩，一作"探"。

③ 缘源：寻其源头。此指灞水之源。北魏郦道元《水经注·渭水下》："霸者，水上地名也。古曰滋水矣。秦穆公霸世，更名滋水为霸水，以显霸功。水出蓝田县蓝田谷，所谓多玉者也。"

④ 理：整理。轻策：轻便手杖。

⑤ 朝梵：谓晨起唱诵佛经。

⑥ 夜禅：谓夜坐参禅。

⑦ 道心：佛教语。菩提心，悟道之心。此句意谓寺僧参禅悟道而化及牧童，使之开发觉悟。

⑧ 樵客：出外采薪者。
⑨ 瑶席：草席的美称。
⑩ 涧芳：山涧中的花卉香气。
⑪ 明发：黎明，平明。登历：登临游历。
⑫ 桃源人：桃花源中人。此处借指避世隐居的山寺中人。桃花源，陶渊明《桃花源记》中描绘的与世隔绝而又自给自足、怡然自乐的理想境地。
⑬ 觌（dí）：相见。

【评析】

此诗纪游，可分为三层：前八句写黄昏时分登舟出行，溯流而上，一路探赏奇观妙景，兴致盎然而不觉路远。"遥爱"四句，为旅途中常见情景，却似无意间道出，倍觉有趣，正与前"玩奇"语相呼应。柳宗元《袁家渴记》文"舟行若穷，忽又无际"句，陆游《游山西村》诗"山重水复疑无路，柳暗花明又一村"句，便是承其意而来。中八句写弃舟登岸、抵达山寺时所见所闻，点明"果然惬所适"的旨趣。山僧四五人，朝夕诵经参禅，自在逍遥。称其修行进境，以感化牧童而间接言之；爱其清静无争，则以"世事问樵客"来烘染。可谓笔笔透着灵机与适心惬意。后八句写山寺环境，表达依依不舍之情。言摩诘诗中有画，然读"暝宿"四句，清凉芬芳之气直入心脾，恐画亦不易。如此一方净土，别有洞天，能不令人流连忘返？诗人将此美境径比桃源，山寺中人就是桃源中人。因担心自己有如武陵捕鱼人，一出桃源，寻向所志不复得，故而表示天明还要深入登临游历，并且待到"花红"时节还会再来。其拳拳之心，溢于言表。全诗从出游到登临再到辞别，层层推进而不着痕迹。语言清新，佳句迭出。《河岳英灵集》卷上在"一句一字，皆出常境"的评语下，即引此诗"落日山水好，漾舟信归风""涧芳袭人衣，山月映石壁"等句，以为"讵肯惭于古人也"。

终南别业

中岁颇好道①，晚家南山陲②。兴来每独往，胜事空自知③。

行到水穷处,坐看云起时。偶然值林叟④,谈笑无还期。

【题解】

诗题亦作《入山寄城中故人》。终南,即终南山,亦称"南山"。秦岭主峰之一,在长安南。古名太乙、地肺、中南、周南。别业,别墅。据《旧唐书·文苑传下·王维》,维晚年"得宋之问蓝田别墅,在辋口,辋水周于舍下"。又维《辋川集序》云:"余别业在辋川山谷。"并有《辋川别业》等诗见于集。辋川即辋水,源出终南山辋谷,北流入灞水。辋谷在蓝田县东南,维之别业即在辋谷内。故"终南别业"与"蓝田别墅""辋川别业"名异而实一。王维半官半隐的生活,大约始于开元末、天宝初。此诗入选唐芮挺章《国秀集》卷中,题作《初至山中》,而是集编于天宝三载(744),故可断定诗当作于此前。另,高步瀛《唐宋诗举要》卷四案:"(此首)赵注本入古诗,他本多入律诗。此等作律诗读则体格极高,若在古诗则非其至者。"然按诗体分类编集,此首未合近体格律,赵殿成注本归入古诗,自有其说焉,未可尽非。

【注释】

① 中岁:中年。好(hào)道:此指喜爱佛家之道。据《旧唐书》本传:"维弟兄俱奉佛,居常蔬食,不茹荤血,晚年长斋,不衣文彩。"又曰:"在京师,日饭十数名僧,以玄谭为乐。斋中无所有,唯茶铛、药臼、经案、绳床而已。退朝之后,焚香独坐,以禅诵为事。"

② 南山陲:终南山边缘。王维别业所在地。

③ 胜事:美好之事。此指山居生活中闲适快意之事。

④ 值:遇到,碰上。林叟:居住在山林中的老翁。

【评析】

王维一生,甫入仕即遭贬谪,中年起用未久,又遇李林甫取代张九龄的政局之变,出为幕府,故而对仕途艰险多有体味。于是,其居常生活便转向半官半隐,以长斋奉佛、寄情山水为精神皈依。首二句即因此而来,直叙安身立命之由。以下六句则叙写山居隐逸之乐,不在明言,而尽在意会。每每兴来独往,胜事自知,看似孤独无奈,实则是一种悠然会心处,不足与外人道的自得其乐。后四句承应"兴来"与"胜事",将闲情逸兴推向极致。水穷云起,林叟谈笑,皆率性而为,任情忘我,言外一片化机,如空谷传音般脱落尘凡。若非天怀,安能造出如此超然之境?通篇清气一贯,平淡中见意趣,颇值细玩。胡仔《苕溪渔隐丛话前集》卷十五引《后湖集》云:"此诗造意之妙,至与造物相表里,岂直诗中有画哉?观其诗,知其蝉蜕尘埃之中,浮游万物之表者也。山谷老人云:'余顷年登山临水,未尝不读王摩诘诗,固知此老胸次,定有泉石膏肓之疾。'"甚是。

渭川田家

斜光照墟落①,穷巷牛羊归。野老念牧童②,倚杖候荆扉③。雉雊麦苗秀④,蚕眠桑叶稀⑤。田夫荷锄立,相见语依依。即此羡闲逸,怅然歌《式微》⑥。

【题解】

渭川,即渭水。黄河最大支流。发源于陇右渭州渭源县(今属甘肃省定西市)西南鸟鼠山,东流经关中平原,在长安东北会泾水,至潼关(今陕西省渭南市潼关县秦东镇)入黄河。此处泛指渭水流域。

【注释】

① 斜光:傍晚西斜的阳光。墟落:村庄。

② 野老:村居老人。

③ 荆扉:柴门,即用柴木做的门。

④ 雉雊(gòu):野鸡鸣叫。秀:禾类植物开花抽穗。

⑤ 蚕眠:蚕在生长过程中,要经历四次蜕皮才吐丝作茧,蜕皮前不食不动,如睡眠状,故称。

⑥ 歌:一作"吟"。式微:《诗·邶风》中篇名。诗中有句云:"式微,式微,胡不归?"此取思归之义。

【评析】

描画田园暮景,前八句是景语,也是情语。田家种种情事,恬淡淳朴,皆由"闲逸"统摄,于末二句括结显明,表达诗人渴慕归田的情怀。全诗属词命篇,自有一段天然真趣,颇得陶诗流风余韵。

送别

下马饮君酒①,问君何所之②?君言不得意,归卧南山陲③。但去莫复问④,白云无尽时。

【题解】

《石仓历代诗选》卷三十五题作《送行》。

【注释】

① 饮(yìn)君酒:意谓劝君饮酒。饮,使……饮。
② 何所之:到哪里去。之,往,到。
③ 南山陲:终南山边。
④ 但:只管,尽管。

【评析】

送友人归隐,片语问答,与李白七绝《山中问答》异曲同工。"但去"二语,深致委婉,既有劝慰释累,又有同心所愿,无限蕴藉,恰如山间悠悠白云,不可说尽。摩诘五古短调,每含萧远神味如是。

观别者

青青杨柳陌①,陌上别离人。爱子游燕赵②,高堂有老亲③。不行无可养,行去百忧新④。切切委兄弟⑤,依依向四邻⑥。都门帐饮毕⑦,从此谢宾亲。挥泪逐前侣⑧,含凄动征轮⑨。车从望不见⑩,时时起行尘。余亦辞家久,看之泪满巾。

【题解】

观别者,谓旁观他人别离。

【注释】

① 杨柳陌:两旁栽种杨柳的道路。多用指分别之处。

② 燕(Yān)赵:指战国时燕、赵二国。后泛指其所在地区,即今河北省北部及山西省西部一带。

③ 高堂:堂屋。

④ 新:新产生,刚出现。

⑤ 切切(qiè—):恳切真挚貌。委:托付。

⑥ 依依:依恋不舍貌。

⑦ 都门:京都城门。帐饮:谓张设帷帐于郊野,宴饮送别。

⑧ 逐:追赶。前侣:走在前面的同伴。

⑨ 含凄:含悲。征轮:远行人乘的车。

⑩ 车从:此谓随行的车辆和仆从。

【评析】

旁观他人别离,是此诗特别之处。钟惺曰:"观别者与自家送别,益觉难堪,非深情人不暇命如此题。"(《唐诗归》卷八《盛唐三》)诗写别离场面,语虽浅近,却入情入理。尤其"不行"四句,将别者去留两难、恋恋不忍之情,道得凄凉婉转,动人心魂。末二句点出"观"意,悲悯情怀昭然。

陇头吟

长城少年游侠客①,夜上戍楼看太白②。陇头明月迥临关③,陇上行人夜吹笛。关西老将不胜愁④,驻马听之双泪流。身经大小百余战,麾下偏裨万户侯⑤。苏武才为典属国,节旄空尽海西头⑥。

【题解】

诗题一作《边情》。陇头吟,又名《陇头》《陇头水》。汉乐府《横吹曲》旧题。其辞已亡,自梁迄唐,多有拟作。《乐府诗集》卷二十五《横吹曲辞五·梁鼓角横吹曲》录有《陇头歌辞》三曲,辞意悲苦哀怨。

【注释】

① 长城:一作"长安"。游侠:古称重义轻生、救人急难的豪爽之士。《史记》辟有《游侠列传》。

② 戍楼:边塞上的瞭望楼。太白:金星。又名"启明""长庚"。古星象家以为太白星主杀伐,故多以喻兵戎。

③ 陇头:即陇山。六盘山南段别称。古又称"陇坂"或"陇坻"。在陇州(治今陕西省宝鸡市陇县)西南,为关中平原西部屏障。汉置有陇关,后更名大震关,乃汉唐边防要塞。迥:高。

④ 关西:指函谷关或潼关以西地区。

⑤ 麾下:部下。麾,将旗。偏裨(pí):偏将和裨将。副将的通称。万户侯:食邑万户之侯。古代封爵,按功勋大小分配邑户,有数百至万户以上不等,以食其租税。此句暗用西汉李广事。据《史记·李将军列传》,李广自束发与匈奴大小七十余战,威名远播,匈奴呼为"汉之飞将军",然一直不得志,终因大将军卫青排挤而引刀自刎。广尝与人宴谈,曰:"自汉击匈奴,而广未尝不在其中,而诸部校尉以下,才能不及中人,然以击胡军功取侯者数十人,而广不为后人,然无尺寸之功以得封邑者,何也?岂吾相不当侯邪?且固命也?"

⑥ 苏武二句:意谓苏武茹苦含辛,竭尽忠诚,归朝后仅邀薄赏,授典属国之职。苏武,字子卿,西汉杜陵(今陕西省西安市东南)人。天汉元年(前100),以中郎将出使匈奴,因副使张胜卷入匈奴内乱,受牵连被拘,多方威胁诱降而不屈,后迁至北海(今贝加尔湖)边牧羊,历十九年。始元六年(前81),匈奴与汉修好,被遣回朝,任典属国,年八十余卒。典属国,亦省称"属国"。秦官,汉沿置。掌归降外族事务,禄秩二千石。成帝时并入大鸿胪。节旄(máo),又称"旄节"。古代使臣所持符节,用作信物。旄,以牦牛尾作竿饰的旗。《汉书·苏武传》:"武既至海上,廪食不至,掘野鼠去草实而食之。杖汉节牧羊,卧起操持,节旄尽落。"海

西,指西域一带或西方之国。

【评析】

次第写出三种情景:少年戍楼看星、行人月下吹笛和老将驻马流泪。以中间"吹笛"联结上下,句法顿挫流转。起有气势,少年急切建功之志跃然不可掩,映衬老将身经百战而沉郁失意,宾主相形。诗之重心,在于表现老将命运,且并用李广、苏武二事,一隐一显,说明朝廷爵赏不公,自古而然。故关西老将之"愁",安知非长城少年日后之"愁"?其主旨发人深省。

老将行

少年十五二十时,步行夺取胡马骑①。射杀山中白额虎②,肯数邺下黄须儿③!一身转战三千里,一剑曾当百万师④。汉兵奋迅如霹雳,虏骑崩腾畏蒺藜⑤。卫青不败由天幸⑥,李广无功缘数奇⑦。自从弃置便衰朽,世事蹉跎成白首⑧。昔时飞箭无全目⑨,今日垂杨生左肘⑩。路傍时卖故侯瓜⑪,门前学种先生柳⑫。茫茫古木连穷巷,寥落寒山对虚牖⑬。誓令疏勒出飞泉⑭,不似颍川空使酒⑮。贺兰山下阵如云⑯,羽檄交驰日夕闻⑰。节使三河募年少⑱,诏书五道出将军⑲。试拂铁衣如雪色,聊持宝剑动星文⑳。愿得燕弓射大将㉑,耻令越甲鸣吾君㉒。莫嫌旧日云中守㉓,犹堪一战立功勋。

【题解】

老将行,入唐乐府新题。见《乐府诗集》卷九十《新乐府辞一·乐府杂题一》。

【注释】

① 步行句:用西汉李广事。据《史记·李将军列传》,广尝兵败被俘,"胡骑得广,广时伤病,置广两马间,络而盛卧广。行十余里,广佯

死,睨其旁有一胡儿骑善马,广暂腾而上胡儿马,因推堕儿,取其弓,鞭马南驰数十里,复得其余军,因引而入塞"。此处借以表现老将少年时英勇机智。

② 白额虎:猛虎。李广任右北平太守时,屡射虎。

③ 肯数(shǔ):意谓不亚于。肯,表反问,犹岂。数,亚于,次于。邺下:曹操封魏王,建都于邺(今河北省邯郸市临漳县西南)。黄须儿:指曹操次子曹彰。彰黄须,刚勇。据《三国志·魏志》本传,彰征代郡乌丸,大功而返,言归功诸将,操大喜,持彰须曰:"黄须儿竟大奇也。"

④ 当(dāng):抵御,阻挡。

⑤ 崩腾:杂乱貌。蒺藜:一年生草本植物。茎平卧于地,果实有三角尖刺,状如菱而小。兵家按其形状,用木或铸铁制成带刺障碍物,布于地面,以阻敌军前进。亦称"木蒺藜""铁蒺藜"。

⑥ 卫青:字仲卿,西汉河东平阳(今山西省临汾市西南)人。武帝卫皇后之弟。本平阳公主家奴,以皇后弟为武帝重用,率军征伐匈奴有功,官至大将军,封长平侯。又卫青外甥霍去病,为骠骑将军,曾与卫青分兵击匈奴,深入敌境,未遭挫败,谓为"天幸"(见《史记·卫将军骠骑列传》)。故"不败由天幸"本霍去病事,王维误归卫青。

⑦ 数奇(shù jī):指命运不好,遇事多不利。《史记·李将军列传》:"大将军青亦阴受上诫,以为李广老,数奇,毋令当单于,恐不得所欲。"此二句以卫青比将帅,以李广比老将,谓立大功者乃由于侥幸,失意者无爵赏被归咎于命运不济。

⑧ 蹉跎:指光阴白白流逝。

⑨ 无全目:双目不全。南朝宋鲍照《拟古》诗:"石梁有余劲,惊雀无全目。"唐李善《文选注》引《帝王世纪》曰:"帝羿有穷氏与吴贺北游,贺使羿射雀,羿曰:'生之乎?杀之乎?'贺曰:'射其左目。'羿引弓射之,误中右目。羿抑首而愧,终身不忘。故羿之善射,至今称之。"此句言老将往昔射术精湛,能射中雀一目,使之双目不全。

⑩ 垂杨生左肘:谓左肘上长瘤。《庄子·至乐》:"支离叔与滑介叔观于冥伯之丘,昆仑之虚,黄帝之所休。俄而柳生其左肘,其意蹶蹶然恶之。"王先谦《集解》:"瘤作柳声,转借字。"杨、柳通用,垂杨即垂柳。

此句言老将久不习射,胳膊像生了瘤似的不利索。

⑪ 故侯瓜:即东陵瓜。指汉初召平所种之瓜。《史记·萧相国世家》:"召平者,故秦东陵侯。秦破,为布衣,贫,种瓜于长安城东。瓜美,故世俗谓之东陵瓜,从召平以为名也。"

⑫ 先生柳:东晋陶渊明退隐后,作《五柳先生传》以自况,曰:"先生不知何许人也,亦不详其姓字,宅边有五柳树,因以为号焉。"见《陶渊明集》卷六。

⑬ 虚牖(yǒu):敞开的窗户。

⑭ 疏勒:古西域诸国之一。都疏勒城(今新疆维吾尔自治区喀什地区喀什市)。汉属西域都护府。"疏勒出飞泉",用东汉名将耿恭事。据《后汉书·耿恭传》,恭征匈奴,见疏勒城旁有涧水,引兵据之。匈奴截断城外涧水,恭于城中掘井十五丈仍不得水,士兵渴甚,饮马粪汁。恭仰叹曰:"闻昔贰师将军,拔佩刀刺山,飞泉涌出。今汉德神明,岂有穷哉!"于是向井拜祝,不久泉水奔出,众皆呼"万岁"。恭令士兵扬水示匈奴,匈奴以为神明,遂退去。

⑮ 颍川:指西汉将军灌夫。字仲孺,颍川颍阴(今河南省许昌市)人。喜任侠,常借酒使性,家财数千万,食客日数十百人,横行颍川。后因与窦婴交好,使酒骂坐,得罪丞相田蚡,遂遭族诛。见《史记·魏其武安侯列传》。

⑯ 贺兰山:山名。汉唐西北边防要地。汉称卑移山,在北地郡廉县(今宁夏回族自治区银川市西夏区)西北,为汉与匈奴界。唐属朔方节度使,灵州(今银川市灵武市西南)西境,为唐与突厥界。

⑰ 羽檄(xí):古代军事文书,插鸟羽以示紧急,必须迅速传递。

⑱ 节使:持朝廷符节的使者。三河:汉称河东、河南、河内三郡为三河。《史记·货殖列传》:"昔唐人都河东,殷人都河内,周人都河南。夫三河,在天下之中,若鼎足,王者所更居也。"

⑲ 诏书:皇帝颁发的命令。五道出将军:指汉宣帝本始二年(前72),命田广明、范明友、韩增、赵充国、田顺五将军,分道从西河、张掖、云中、酒泉、五原出征匈奴。见《汉书·匈奴传》。

⑳ 星文:七星文的省称。指剑上所刻七星花纹。亦借指宝剑。据

《吴越春秋》卷一,伍子胥逃楚,得渔父相助渡江,临别赠之以剑,曰:"此吾前君之剑,中有七星,价直百金,以此相答。"渔父曰:"吾闻楚之法令,得伍胥者赐粟五万石,爵执圭,岂图取百金之剑乎!"遂辞而不受。

㉑ 燕(Yān)弓:燕地所产的弓。指良弓。

㉒ 越甲:越国军队。越甲鸣吾君,据刘向《说苑·立节》,越兵至齐,齐雍门子狄请求自刎,齐王曰:"鼓铎之声未闻,矢石未交,长兵未接,子何务死之?为人臣之礼邪?"雍门子狄对以"越甲至,其鸣吾君",认为越兵惊动了齐王,遂刎颈而死。

㉓ 云中守:此指汉文帝时云中太守魏尚。据《汉书·冯唐传》,魏尚镇守边防,极得军心,匈奴不敢犯。后因上报斩敌首级数目与实际不符,仅差六级,削爵为民。郎署长冯唐以赏轻罚重进言,文帝乃命唐持节赦免魏尚,复其官职。云中,汉云中郡,治云中县(今内蒙古自治区呼和浩特市托克托县东北)。

【评析】

此篇两转韵,依声可析作三章,意亦相属。前十句为第一章,写老将少壮时的英勇战绩和不平遭遇。起四句化用李广、曹彰事,借步行夺骑、山中射虎、让功诸将,表现老将智勇双绝、才德兼具。次四句顺势而来,叙其转战劳苦与用兵出奇,铺排隆重。章末"卫青""李广"二句,天然偶对,如流水回挚般奋然折转:贵戚不败,是侥幸抑或宠幸?良将无功,是命蹇抑或寡恩?语意双关,含不平之气而渡下。中十句为第二章,写老将被弃置后的寂苦沉沦。此时的老将,体衰头白,技艺荒疏,在路旁卖瓜、门前种柳中消磨时光,与上章锐意进取的形象形成鲜明对照。"苍茫""寥落"二句,忽入景语,冷落孤伤中包藏多少感慨。然老将并未就此颓废消沉,末章二句再作折转,取绝地求生,拒使酒泄愤,以壮语复又渡下。后十句为第三章,写老将猛志犹存,时刻准备请缨杀敌。"贺兰山下"四句,描绘战阵场面,渲染出征气氛,蓄势已极。至后六句,满腔豪情终于喷薄而出,一个悲而不怨、赤心报国的老将形象屹立在目。马茂元《唐诗选》评曰:"用笔有如骏马注坡,一气贯下,直至篇终。"全诗用典多而不滥,塑造人物、表达情志颇为适切。诗中对仗亦工巧严整,笔法错落转换,有抑扬回荡之妙,实为七古长篇之佳构。

桃源行

　　渔舟逐水爱山春①,两岸桃花夹去津②。坐看红树不知远,行尽青溪不见人③。山口潜行始隈隩,山开旷望旋平陆④。遥看一处攒云树⑤,近入千家散花竹⑥。樵客初传汉姓名,居人未改秦衣服⑦。居人共住武陵源⑧,还从物外起田园⑨。月明松下房栊静⑩,日出云中鸡犬喧。惊闻俗客争来集⑪,竞引还家问都邑⑫。平明闾巷扫花开⑬,薄暮渔樵乘水入。初因避地去人间,更闻成仙遂不还。峡里谁知有人事,世中遥望空云山⑭。不疑灵境难闻见,尘心未尽思乡县⑮。出洞无论隔山水,辞家终拟长游衍⑯。自谓经过旧不迷⑰,安知峰壑今来变。当时只记入山深,青溪几度到云林。春来遍是桃花水,不辨仙源何处寻⑱。

【题解】

　　题下原注:"时年十九。"故此诗当作于开元七年(719)。其题材取自陶渊明所作《桃花源记》,一依文章所叙,以生动形象的画面,再造世外理想之境。诗入唐乐府新题,见《乐府诗集》卷九十《新乐府辞一·乐府杂题一》。

【注释】

① 逐水:此指沿溪水而行。

② 去津:前进的水路。一作"古津",古老的渡口。

③ 青溪:碧绿的溪水。

④ 山口二句:意谓渔人悄然进入曲折幽深的山口,不久便豁然开朗,眼前一片平阔。潜行,暗中行走。此指小舟行进在幽暗中。隈隩(wēiyù),曲折幽深的山坞河岸。旷望,犹远望。旋,不久,立刻。平陆,平原,平地。

⑤ 攒(cuán)云树:形容树木如云霞簇聚。攒,簇聚。

⑥ 散花竹:指四处散布着花丛与竹林。

⑦ 樵客二句：意谓樵夫方始传诵汉以后各代的名称，男女老幼仍穿着秦时的衣服。樵客，砍柴者。汉姓名，汉代的名称。指当地居民从渔人口中得知时代变迁，即《桃花源记》中"问今是何世，乃不知有汉，无论魏晋"。

⑧ 武陵源：即陶渊明所虚构的"桃花源"。《桃花源记》："晋太元中，武陵人捕鱼为业。"武陵，旧郡名。因其境有武陵山而得名。东汉时移郡治于临沅（今湖南省常德市），两晋及南朝皆因之。隋废郡置朗州，改临沅为武陵县，唐因之。参见北宋欧阳忞《舆地广记》卷二十七。

⑨ 物外：世外。指超脱于尘世之外。

⑩ 房栊：房屋的窗棂。此泛指房屋。

⑪ 俗客：指误入桃花源的"武陵渔人"。

⑫ 都邑：城市。此代桃源人的故乡。都，一作"乡"。

⑬ 平明：犹黎明。天刚亮的时候。闾巷：街道里巷。

⑭ 峡里二句：意谓谁会知道还有人生活在这峡谷里，世人远望此处不过是空寂的云山。

⑮ 不疑二句：意谓渔人不怀疑这是难得一遇的仙境，然凡心未尽总是思念自己的家园。灵境，美妙祥和之境。此指仙境。尘心，凡俗之心。乡县，故乡。

⑯ 出洞二句：意谓他出洞后便不顾隔山阻水，又决定辞家来此畅游。无论，不管，不顾。游衍，恣意游玩。

⑰ 不迷：不会迷路。

⑱ 仙源：此指桃花源。

【评析】

顺文成诗，逐层刻画桃源风物人情，化文中事为诗中画，一幅幅皆清美俊逸。而拓开原文"避地"意，以"灵境""仙源"赋桃源，虽见奇思，亦不免导人于虚诞。其后刘禹锡作《游桃源一百韵》《桃源行》诸诗，则多言神仙事，不得不说即缘此而来。然摩诘写仙境，终不脱田园气象，诗中山水草木，鸡犬渔樵，莫不欣然有生趣，非不食人间烟火语，故其旨要与陶文并不乖隔。诗造境深远而设辞流丽，文叙事详切而出言晓达，诗文各得其胜，真可谓"桃源双璧"。

酬张少府

晚年惟好静,万事不关心。自顾无长策①,空知返旧林②。松风吹解带③,山月照弹琴。君问穷通理④,渔歌入浦深。

【题解】

张少府,未详何许人。少府,唐指县尉。参见第3页《春夜竹亭赠钱少府归蓝田》题解。

【注释】

① 自顾:自念,自视。长策:犹良计。
② 空:只,仅。旧林:本指禽鸟往日栖息之所。此喻故乡。
③ 解带:解开衣带。表示闲适或熟不拘礼。
④ 穷通:困厄与显达。

【评析】

此为酬答诗,故全诗重点不在绘景,而在表明心迹。前二联即直抒退避之意,达观中又隐含襟抱不展的无奈。颈联承转,写返归"旧林"后闲居生活,情趣恬淡高雅,仿佛"松风""山月"也能善解人意。尾联回到"酬"意,穷通贵贱不再入怀,以友问不答、渔歌入浦作结,兴味深远。

辋川闲居赠裴秀才迪

寒山转苍翠①,秋水日潺湲②。倚杖柴门外,临风听暮蝉。渡头余落日,墟里上孤烟。复值接舆醉③,狂歌五柳前④。

【题解】

辋川,水名。源出终南山辋谷,谷中为王维别墅所在地。参见第6页《终南别业》题解。裴迪,关中(今陕西省渭河流域一带)人。据《新唐书·宰相世系表一上》,迪出身于世禄之家,为后魏中书博士裴天寿之后。安史乱后以侍御入蜀,尝为尚书省郎。与王维友善,天宝中曾同隐终南山,相互唱和。《新唐书·文艺传中·王维》:"别墅在辋川,地奇胜,有华子冈、欹湖、竹里馆、柳浪、茱萸沜、辛夷坞,与裴迪游其中,赋诗相酬为乐。"秀才,本是唐科举常科考试科目之一。唐初,秀才科地位最高,要求严格,凡推荐应试而未能中选者,其所在州长官即受处分。高宗时,曾一度停止秀才科。开元中恢复,然三十年无登第者,常科主要科目亦由明经、进士两科取代。后逐渐以秀才泛称一般读书人。

【注释】

① 转(zhuǎn):变化,改变。

② 潺湲:流水声。

③ 接舆:春秋楚隐士,佯狂不仕。《论语·微子》:"楚狂接舆,歌而过孔子。"邢昺疏:"接舆,楚人,姓陆名通,字接舆也。昭王时,政令无常,乃被发佯狂不仕,时人谓之'楚狂'也。"亦代指隐士。此处以接舆比裴迪。

④ 五柳:即五柳先生,陶渊明别号。参见第13页《老将行》注释⑫。亦泛指志趣高尚的隐士。此处王维以五柳先生自比。

【评析】

王维诗写景寄情,善于化静为动,营造清逸高远之境。如"寒山转苍翠",着一"转"字,本来冷落寂静的"寒山",便觉含情而动,苍翠亦愈变愈浓。又如"墟里上孤烟",虽从陶渊明"依依墟里烟"点化而来,但着一"上"字,静止的"墟里孤烟",顿时有了动感与生气。再结合"秋水""临风""狂歌"等句的天籁人声,就呈现出一幅充满怡然生机的动态画面。全诗首联与颈联写景,颔联与尾联写人,相间成篇,自然流转地传达了逸宕放达之情。

山居秋暝

空山新雨后①,天气晚来秋。明月松间照,清泉石上流。竹喧归浣女②,莲动下渔舟。随意春芳歇,王孙自可留③。

【题解】

此诗亦当天宝中隐居终南山时作。秋暝(míng),秋日傍晚。暝,日暮。

【注释】

① 空山:幽深少人的山林。
② 浣(huàn)女:洗衣女。
③ 随意二句:意谓春天的花草虽已消歇,而秋景亦颇佳,王孙自可留在山中。春芳,春天的花草。歇,消失而尽。王孙,王室子孙,后泛指贵胄子弟。此指隐士。《楚辞·招隐士》:"王孙兮归来,山中兮不可以久留。"此处反其意而用。

【评析】

中二联炼字极工稳:月照松间,泉流石上,一"照"一"流",色泽音韵尽出,清新而安恬;"竹喧""莲动",所闻所见间接叙来,方知"浣女""渔舟"正在其中,更觉山林幽深静谧。而景象经营刻画,又处处回应首联空山秋晚,钩绾尾联"山居"旨趣,卒章见意。

归嵩山作

清川带长薄①,车马去闲闲②。流水如有意,暮禽相与还。荒城临古渡,落日满秋山。迢递嵩高下③,归来且闭关④。

【题解】

嵩山,又名"嵩高"。古称"中岳",为五岳之一。在今河南省郑州市登封市北。《元和郡县图志》卷五《河南道一·河南府·登封县》:"嵩高山,在县北八里,亦名外方山。又云:东曰太室,西曰少室,嵩高总名,即中岳也。山高二十里,周回一百三十里。"

【注释】

① 清川:清澈的河流。长薄:绵延的草木丛。
② 闲闲:从容不迫貌。
③ 迢递:高峻深远貌。
④ 闭关:指闭门谢客,断绝往来。谓不为尘事所扰。

【评析】

直叙归山途中所见。前四句景中含情,"清川""车马""流水""暮禽"皆着"我"之色彩,从容悠闲。后四句寓情于景,失意之悲凉,闭关之超遁,全融入凄清旷谧的嵩山秋景之中。方回评曰:"闲适之趣,澹泊之味,不求工而未尝不工者,此诗是也。"(《瀛奎律髓》卷二十三)

终南山

太乙近天都①,连山到海隅②。白云回望合,青霭入看无③。分野中峰变④,阴晴众壑殊⑤。欲投人处宿,隔水问樵夫。

【题解】

《文苑英华》卷一百五十九题作《终山行》。终南山,在长安南。参见第 6 页《终南别业》题解。

【注释】

① 太乙:终南山古称。天都:一说指天空,天帝居所。一说指帝都,即长安。此处两说皆通。
② 海隅:海角,海边。此指僻远的地方。
③ 白云二句:意谓回望刚经过的山头,白云又合成一片;眼前青霭迷茫,进入其中却又消失不见。青霭,指云气。
④ 分野:古代以十二星次位置对应地面州、国位置,称作分野。如鹑首对应秦,鹑火对应周,析木对应燕,星纪对应吴越等。此句谓终南山高广,中峰可分隔星次,改变分野。

⑤ 阴晴：指向阳和背阴。此句谓沟壑纵横，明暗各异。

【评析】

诗从不同角度吟咏终南山。首联言其高远，为远观；颔联写入山情景，为近观；颈联乃登高而眺，为俯视；尾联见其深邃，为平视。整首诗意境壮阔，而绘景又极其细腻。如出入白云青霭，开合有无感受真切；中峰分野，群壑明暗，变化体察周密。再如末句，借隔水问宿表现山谷幽深，画意鲜活，余味不尽。沈德潜评曰："或谓末二句似与通体不配，今玩其语意，见山远而人寡也，非寻常写景可比。"（《唐诗别裁集》卷九）

过香积寺

不知香积寺，数里入云峰。古木无人径，深山何处钟？泉声咽危石①，日色冷青松②。薄暮空潭曲③，安禅制毒龙④。

【题解】

香积寺，唐京畿佛寺名。清《陕西通志》卷二十八《祠祀一·长安县》："香积寺，在城南子午谷正北神禾原上。郭子仪收长安曾阵于此。唐神龙二年建。"《文苑英华》卷二百三十四《寺院二》以此诗为王昌龄作。

【注释】

① 咽（yè）：声音滞涩。危石：高大岩石。此句谓流泉在岩石间穿行，发出幽咽之声。

② 日色：太阳光影。此句谓阳光映射在深密葱郁的松林上，泛着一层清冷的光。

③ 空潭：澄澈的深渊。

④ 安禅：谓静坐入定。毒龙：佛教传说中的恶龙。据《大智度论》卷十四，菩萨本身曾作大力毒龙，众生受害。但受一日戒后，出家求静，以持戒故，忍受猎人剥皮、小虫食身，以至身干命终，即升忉利天而成佛。又据东魏杨衒之《洛阳伽蓝记》卷五，西方盘陀国境内有不可依山，山中

有池,毒龙居之。昔有商人止宿池侧,为龙所杀。盘陀王闻之,向乌场国学婆罗门咒,以咒池龙,龙变为人,悔过向王,王即徙之。后以毒龙比喻妄心欲念。制毒龙,谓制服妄心欲念。

【评析】

诗写山寺深僻幽静,涉笔微妙。赵殿成《王右丞集笺注》卷七曰:"此篇起句极超忽,谓初不知山中有寺也,追深入云峰,于古木森丛人踪罕到之区,忽闻钟声,而始知之。"即以旁衬之法,不直言山寺幽僻。又云:"'泉声'二句,深山恒境,每每如此。下一'咽'字,则幽静之状恍然;著一'冷'字,则深僻之景若见。"炼字精确生动,声色俱佳。尾联寓意,由山寺幽景而悟得禅心,即摒除一切妄念而进入空寂宁静之境,表露奉佛心迹。

送刘司直赴安西

绝域阳关道①,胡烟与塞尘②。三春时有雁③,万里少行人。苜蓿随天马④,蒲桃逐汉臣⑤。当令外国惧,不敢觅和亲⑥。

【题解】

刘司直,未详何许人。司直,唐大理寺官属,从六品上,掌出使推按。安西,指唐安西都护府。贞观十四年(640)平高昌(今新疆维吾尔自治区吐鲁番市东南),以其地设西州,置安西都护府。二十二年取龟兹,后移治龟兹国城(今新疆阿克苏地区库车市)。统西域龟兹、焉耆、于阗、疏勒四镇。安史之乱后,辖地渐为大食、吐蕃所并。

【注释】

① 绝域:极远之地。此指西域。阳关南道可通焉耆、龟兹。

② 胡烟句:谓西域边地多风烟与沙尘。

③ 三春:春季的三个月分为孟春、仲春、季春。此处特指春季第三个月季春。大雁每年春分后飞回北方繁殖,秋分后飞往南方越冬。

④ 苜蓿(mùxù)：产自西域的豆科植物。又称怀风草、光风草、连枝草。花有黄紫两色。可供饲料或肥料，亦可食用。汉武帝时，张骞使西域，始从大宛传入。天马：骏马。《史记·大宛列传》："初，天子发书《易》，云：'神马当从西北来。'得乌孙马好，名曰'天马'。及得大宛汗血马，益壮，更名乌孙马曰'西极'，名大宛马曰'天马'云。"

⑤ 蒲桃：亦作"蒲陶"，即葡萄。产自西域的水果，可酿酒。亦为汉使传入。《史记·大宛列传》："宛左右以蒲陶为酒，富人藏酒至万余石，久者数十岁不败。俗嗜酒，马嗜苜蓿，汉使取其实来，于是天子始种苜蓿、蒲陶肥饶地。"逐：追随。

⑥ 和亲：指朝廷利用婚姻与外族通好。汉初叶为保边境安宁，不得不多次与匈奴和亲。《史记·刘敬叔孙通列传》："（高祖）取家人子名为长公主，妻单于，使刘敬往结和亲约。"唐时吐蕃强盛，每争安西，唐亦屡与之和亲，如贞观中以宗女文成公主妻吐蕃松赞干布。

【评析】

此诗气势沉雄。前二联描述塞外环境，但见烟尘弥漫，满目萧条，一派苍莽凄楚景象。颈联转出，借汉臣出使带回西域珍产，赞颂朝廷边功，有抑扬之妙。尾联紧承此意，以壮语作结，激励友人建功远漠，振扬国威。全诗实景史事浑然一气，颇得章法。

送邱为落第归江东

怜君不得意，况复柳条春①。为客黄金尽②，还家白发新。五湖三亩宅③，万里一归人。知祢不能荐④，羞为献纳臣⑤。

【题解】

邱为，苏州嘉兴（今浙江省嘉兴市南）人。初累举不第，归山读书数年。天宝二年(743)登进士第，累官太子右庶子。卒年九十有六。王维甚称许之，尝与唱和。江东，亦称"江左"。长江下游以东地区。邱为故里在嘉兴，唐属江南东道，故云"归江东"。开元二十二年(734)，张九龄执政,起用王维为右拾遗。此诗当作于重任京官之后。

【注释】

① 况复:何况。柳条春:暗寓离别场景。古有折柳送行之习。《三辅黄图·桥》:"霸桥在长安东,跨水作桥。汉人送客至此桥,折柳赠别。"后多以"折柳"为赠别或送别之词。

② 为客句:用战国苏秦事。苏秦始将连横劝秦惠王,十上书而说不行,"黑貂之裘弊,黄金百斤尽,资用乏绝,去秦而归"。见《战国策·秦策一》。

③ 五湖:太湖别称。《国语·越语下》:"(越王)果兴师而伐吴,战于五湖。"韦昭注:"五湖,今太湖。"又范蠡助越王勾践灭吴后,"遂乘轻舟以浮于五湖,莫知其所终极"。后因以"五湖"指隐遁之所。三亩宅:指栖身之地。语出《淮南子·原道训》:"任一人之能,不足以治三亩之宅也。"

④ 知祢句:反用东汉末孔融荐祢衡事。祢衡善鲁国孔融,融亦深爱其才。衡始弱冠而融年四十,遂与为交友,上疏荐之。见《后汉书·祢衡传》。此处以祢衡比邱为。

⑤ 献纳臣:进献忠言之臣。王维开天间曾任右拾遗、左补阙等言官之职,故自称"献纳臣"。今人有释为"献纳使"者,恐误。献纳使,初名"知匦使""理匦使"。据《唐六典》卷九,武后垂拱元年(685)置匦使院,属中书省。其制设一方匦,四面分别涂青丹白黑四色,每日晨出暮收,列于署外。东(青)曰延恩,怀才抱器、希于闻达者投之;南(丹)曰招谏,匡正补过、裨于政理者投之;西(白)曰申冤,怀冤负屈、无辜受刑者投之;北(黑)曰通玄,献赋作颂、谕以大道及涉于玄象者投之。以谏议大夫及补阙、拾遗各一人为知匦使,掌四方书奏,要事当时处分,其余付中书及理匦使据状申奏。理匦使常以御史中丞及侍御史一人为之。天宝九载(750),玄宗以"匦"字声似"鬼",改"匦使"为"献纳使"。肃宗立,又恢复旧称。故"献纳使"名称出现在邱为举进士之后,王维作此诗时必无。

【评析】

诗以"怜"字领起,写尽友人不得意情状。首怜其春闱落第,正值柳条新绿,更那堪霸桥别离之伤。再怜其困顿窘迫,衰象始生,凄苦之状如在目前。三怜其荒泽老屋,形单影只,以"五湖"之广,"万里"之遥,反衬寒士栖止行踪之局促与孤寂,将悲悯之情推向深重。最后,又以"知"字收束,知其才华横溢,却不能像古人那样上疏举荐,羞愧之甚,惟有痛自引咎。此诗写送行则由近及远,表情意则由怜而愧,格局井然。

汉江临泛

楚塞三湘接①,荆门九派通②。江流天地外,山色有无中。郡邑浮前浦③,波澜动远空。襄阳好风日③,留醉与山翁④。

【题解】

《瀛奎律髓》卷一作《汉江临眺》。汉江,亦称"汉水"。长江最大支流。上源为玉带河,出今陕西省汉中市宁强县,东北流至勉县东与褒河汇合后称汉水。东南流经陕西省南部、湖北省西北部、中部,在武汉市入长江。襄阳以下又称"襄水"。明彭大翼《山堂肆考》卷二十一《地理·汉》:"汉水源出陇西郡嶓冢山,由汉中府流经郧县及均州光化县,至襄阳府城北,又东南(经)宜城县抵安陆州,至大别山入江。其水因地而名,曰漾、曰沔、曰汉、曰沧浪,总名之为汉。"开元二十八年(740),王维迁殿中侍御史。是年冬,知南选,途经襄汉时作此。

【注释】

① 楚塞:犹楚地。三湘:泛指洞庭湖水系。一说湘水发源与漓水合流称漓湘,中游与潇水合流称潇湘,下游与蒸水合流称蒸湘。一说湘水发源会潇水称潇湘,及至洞庭陵子口会资水称资湘,又北与沅水会于湖中称沅湘。

② 荆门:山名。亦称"鄢门山"。在唐峡州宜都县(今湖北省宜昌市宜都市)西北长江南岸,隔江与虎牙山相对。江水湍急,形势险峻。战国时为楚之西塞。九派:长江中游分有众多支流,因以九派称之。刘向《说苑·君道》:"(禹)凿江通于九派,洒五湖而定东海。"

③ 郡邑:此指府县城廓。

④ 襄阳二句:意谓愿同晋代山翁一样,留醉在襄阳美好风光处。襄阳,唐山南东道襄州治所(今湖北省襄阳市襄城区),在汉水南岸。风日,犹风光。山翁,指西晋山简。父山涛,竹林七贤之一。简性好饮,为征南将军镇守襄阳时,常在襄阳名胜习氏园池宴饮,每饮必醉,名其池为高阳池。

【评析】

诗写临流泛舟时所见所思,境界雄浑壮阔。中二联写水势浩渺、山色迷蒙,淡笔点染入画;而城廓漂浮、远空摇荡,动静交错挥洒。此即右丞疏朗清秀笔法,不失为盛唐本色。又荆襄乃长江、汉水流经之地,山川城邑,气象涵容,无不为形势控扼之要,故骚人墨客多有吟咏。陈子昂《度荆门望楚》云:"巴国山川尽,荆门烟雾开。城分苍野外,树断白云限。"李白《渡荆门送别》云:"山随平野尽,江入大荒流。月下飞天镜,云生结海楼。"此诗则云:"江流天地外,山色有无中。郡邑浮前浦,波澜动远空。"马茂元《唐诗选》评曰:"三诗均写荆门山水,意境均极宏阔,而子昂于宏阔中见雄劲,太白于宏阔中见豪逸,摩诘于宏阔中见淡远。风格即人,于此可见一斑。"

观猎

风劲角弓鸣①,将军猎渭城②。草枯鹰眼疾,雪尽马蹄轻。忽过新丰市③,还归细柳营④。回看射雕处⑤,千里暮云平。

【题解】

《唐诗纪事》卷十六引此诗作《猎骑》。关于诗中地名,赵殿成注:"邵古庵谓细柳、渭城皆在陕西长安县,新丰在临潼县,相去七十里,曰'忽过',曰'还归',正见其往返之易。成按,《汉书》内地名,诗人多袭用之,盖取其典而不俚也。兴会所至,一时汇集,又何尝拘拘于道里之远近,而后琢句者哉?"

【注释】

① 角弓:两端以兽角镶嵌为饰的硬弓。《诗·小雅·角弓》:"骍骍角弓,翩其反矣。"朱熹集传:"角弓,以角饰弓也。"

② 渭城:本秦都咸阳(今陕西省咸阳市渭城区)。汉高祖元年(前206)更名新城,武帝元鼎三年(前114)改为渭城。东汉并入长安县。唐置咸阳县,隶京兆府。

③ 新丰:西汉京兆尹新丰县(治今陕西省西安市临潼区东北)。汉高祖定都长安,其父太上皇居宫中,思乡心切,郁郁不乐。高祖乃依故乡丰邑街坊格局改筑骊邑,并迁来丰民。太上皇居此,日与故人饮酒高会,乃悦。高祖十年(前197)太上皇崩,改骊邑为新丰。参见《史记·高祖本纪》张守节正义。唐天宝七载(748)废新丰,其地并入昭应县。

④ 细柳营:汉文帝时,周亚夫为将军,屯军细柳(在今陕西省咸阳市西南)。帝自劳军,至细柳营,因无军令而不得入。遂遣使持节诏将军,亚夫传令开壁门。既入,遵约不得驱驰,帝按辔徐行。至营,亚夫执兵披甲不拜,以军礼见,成礼而去。帝曰:"此真将军矣!"见《史记·绛侯周勃世家》。后称军营纪律严明者为细柳营。

⑤ 射雕处:即射猎处。雕为猛禽,不易射中,因以"射雕"喻善射。北齐斛律光尝从文襄于洹桥校猎,云表见一大鸟,射之正中其颈,形如车轮,旋转而下,乃一雕。故被称作"射雕手",号"落雕都督"。见《北史·斛律光传》。

【评析】

发端一联,先有"风劲弓鸣",再见"将军出猎",声气雄拔夺人。沈德潜评曰:"起二句若倒转便是凡笔,胜人处全在突兀也。"(《唐诗别裁集》卷九)中二联写狩猎场景和过程:"草枯"而"鹰眼"敏锐,"雪尽"而"马蹄"轻捷,体物微眇,描摹入神;"忽过""还归"二句,用流转之笔表现驰骋迅疾,猎罢而归,言外可见猎骑的卓烁英姿和昂扬气概。尾联勒马"回看",对照篇首,当初风起云涌,此刻已是千里云平,收得阔远而精神圆足。沈德潜又云:"章法、句法、字法俱臻绝顶,盛唐诗中亦不多见。"(同上)

登裴迪秀才小台作

端居不出户①,满目望云山。落日鸟边下,秋原人外闲②。遥知远林际,不见此檐间。好客多乘月③,应门莫上关④。

【题解】

裴迪,王维诗友。参见第17页《辋川闲居赠裴秀才迪》题解。两首为同时之作。小台,庭院中的台榭。

【注释】

① 端居:谓平常居处。

② 秋原:秋日原野。

③ 好(hǎo)客:犹嘉宾。

④ 应门:照应门户。上关:上门闩。指闭门。

【评析】

诗写秋日黄昏登台眺望,意兴极闲远简淡。三四句法本是"鸟下落日边""人闲秋原外",一倒转便觉"落日""秋原"有了情致,韵味具足。五六又跳开思路,想象从远方林际回看小台,以言其幽隐僻静,曲折表达解脱尘累之乐。七八言志同道合者常常兴会所至,不期而然,所以须得应门有待,至情至性,收得自然。关于五六句的写法,清王瀚(号斲山)称之为"倩女离魂",曰:"美人于镜中照影,虽云看自,实是看他。细思千载以来,只有离魂倩女一人,曾看自也。他日读杜子美诗,有句云:'遥怜小儿女,未解忆长安。'却将自己肠肚,移置儿女分中,此真是自忆自。又他日读王摩诘诗,有句云:'遥知远林际,不见此檐端。'亦将自己眼光,移置远林分中,此真是自望自。盖二先生皆用'倩女离魂'法作诗也。"(金圣叹《贯华堂第六才子书西厢记》卷五引)此法运用得当,抒情表意有含蓄婉曲之妙,摹景描状则可达悠远深邃之境。

使至塞上

单车欲问边①,属国过居延②。征蓬出汉塞③,归雁入胡天。大漠孤烟直④,长河落日圆⑤。萧关逢候骑⑥,都护在燕然⑦。

【题解】

开元二十五年(737)秋,王维以监察御史出使凉州(今甘肃省武威市),入河西节度副大使崔希逸幕府,途中作此诗。

【注释】

① 单车:谓驾一辆车。形容轻车简从。问边:出使边疆。

② 属国:附属国。汉时称归附地为属国。《汉书·武帝纪》颜师古注:"凡言属国者,存其国号而属汉朝,故曰属国。"《汉书·卫青霍去病传》颜师古注:"不改其本国之俗而属于汉,故号属国。"一说"属国"为"典属国"简称,参见第10页《陇头吟》注释⑥。亦通。此处指使臣,王维奉使问边,故用以自称。居延:《后汉书·郡国志》有张掖居延属国,治居延城(今内蒙古自治区阿拉善盟额济纳旗东南),在居延泽南。唐名同城守捉,安北都护府治所,属甘州(治今甘肃省张掖市)。此句为"过居延属国"倒文。

③ 征蓬:犹飘蓬。泛指远行人。

④ 孤烟:独起的烽烟。烽烟为古代边塞报警或报平安的信号。北宋陆佃《埤雅·释兽·狼》:"古之烽火用狼粪,取其烟直而聚,虽风吹之不斜。"故云"孤烟直"。

⑤ 长河:此指黄河。

⑥ 萧关:汉关名。在凉州安定郡高平县东南(今宁夏回族自治区固原市泾源县北)。为关中入塞北交通要冲。唐于汉关旧址西北二百余里置萧关县(治今宁夏吴忠市同心县王团镇东南),属原州(治今宁夏固原市)。至德后地入吐蕃,大中间收复,遂废。候骑:担任侦察巡逻任务的骑兵。

⑦ 都护:官名。汉宣帝置西域都护,总监西域诸国,并护南北道,为

西域地区最高长官。其后废置不常。唐置安东、安西、安南、安北、单于、北庭六大都护,权任与汉同,且为实职。燕(Yān)然:即今杭爱山(在蒙古国境内)。据《后汉书·窦宪传》,车骑将军窦宪领兵出塞,大破北匈奴,登燕然山,刻石纪功而还。后泛指边防前线。

【评析】

前二联将万里征程轻轻带过,然其复杂心境亦可感知,单车赴边之羁愁与为国奉使之自豪,交织于字里行间。而诗之重心则落在颈联写景上,即以简净之笔,绘出塞外最为雄浑壮丽、苍莽古淡的图画。钱锺书《管锥编·毛诗正义·车攻》曰:"虚空之辽广者,每以有事物点缀而愈见其广。"大漠上烟,长河落日,即置小事物于最大空间之中,从而衬托出无限阔远之境界。《红楼梦》第四十八回,借香菱之口评曰:"据我看来,诗的好处,有口里说不出来的意思,想去却是逼真的。有似乎无理的,想去竟是有理有情的。"又曰:"我看他《塞上》一首,那一联云:'大漠孤烟直,长河落日圆。'想来烟如何直?日自然是圆的。这'直'字似无理,'圆'字似太俗。合上书一想,倒像是见了这景的。若说再找两个字换这两个,竟再找不出两个字来。"正道出此联极锤炼而又极自然之理。

秋夜独坐

独坐悲双鬓,空堂欲二更①。雨中山果落,灯下草虫鸣。白发终难变,黄金不可成②。欲知除老病,惟有学无生③。

【题解】

《全唐诗》卷一百二十六题下注:"一作《冬夜书怀》。"赵殿成注:"《唐诗正音》作《冬夜书怀》,误。"

【注释】

① 空堂:空旷寂寞的厅堂。二更:指夜九时至十一时。旧时将黄昏

至拂晓一夜间分为五段,每段两小时。北齐颜之推《颜氏家训·书证篇》:"或问:一夜何故五更?更何所训?答曰:汉魏以来,谓为甲夜、乙夜、丙夜、丁夜、戊夜;又云鼓,一鼓、二鼓、三鼓、四鼓、五鼓;亦云一更、二更、三更、四更、五更;皆以五为节。……更,历也,经也,故曰五更尔。"

② 黄金:道教仙药名。东晋葛洪《抱朴子内篇·仙药》:"仙药之上者丹砂,次则黄金,次则白银,次则诸芝……""黄金不可成",意谓神仙方术之事不足为。此句本南朝江淹《从建平王游纪南城》诗:"丹砂信难学,黄金不可成。"

③ 无生:佛教语。谓没有生灭,不生不灭。

【评析】

前二联写秋夜独坐时情景,人老、果落、虫鸣,皆从"悲"字着想,感叹岁月易逝、生命几何,沉痛而紧迫。后二联由悲而悟,以情入理。人之生老病死总归必然,炼丹服药也不可能改变,惟有超越生死,进入寂灭境界,方能彻底摆脱人生烦恼。奉佛言禅,极平易而直截,不求工而工。

早秋山中作

无才不敢累明时①,思向东溪守故篱②。不厌尚平婚嫁早③,却嫌陶令去官迟④。草堂蛩响临秋急⑤,山里蝉声薄暮悲。寂寞柴门人不到,空林独与白云期⑥。

【题解】

诗题一作《早秋山居作》。疑为天宝初(742)始入山归隐时作。

【注释】

① 明时:指政治清明时代。古代常用以称颂本朝。此句反用之,含自嘲意。

② 思向句:用陶渊明"采菊东篱下"句意。东溪、故篱,泛指田园

村野。

③ 尚平:尚长,一作"向长",字子平,东汉河内朝歌(今河南省鹤壁市淇县)人。隐居不仕,待子女婚嫁毕,恣游五岳名山,竟不知所终。事见西晋皇甫谧《高士传》卷中,《后汉书·逸民传》。

④ 却:反而,倒。陶令:陶渊明,字元亮,晚年更名潜,东晋浔阳柴桑(今江西省九江市西南)人。四十一岁由彭泽令上弃职归隐,故称。

⑤ 蛩(qióng):蟋蟀的别名。

⑥ 期:邀约,约定。

【评析】

身在山中,却以往昔在官而入,且用尚平、陶令事,言心无牵累,早该归山"守故篱"。此即脱开眼前,从对面落笔之"倩女离魂"法,右丞诗常有之。后二联写山中实景,以悲寂幽独反衬遁世自好,结在"白云"可期,曲意深妙。

积雨辋川庄作

积雨空林烟火迟①,蒸藜炊黍饷东菑②。漠漠水田飞白鹭③,阴阴夏木啭黄鹂④。山中习静观朝槿⑤,松下清斋折露葵⑥。野老与人争席罢⑦,海鸥何事更相疑⑧?

【题解】

《文苑英华》卷三百十九题作《秋雨辋川庄作》。辋川庄,即辋谷中田庄。王维辋川别业在此。参见第6页《终南别业》题解。

【注释】

① 积雨:犹久雨。迟:缓慢。

② 蒸藜:蒸煮野菜。藜,又称灰藋、灰菜。一年生草本植物。嫩叶可食,老茎可为杖。炊黍:烧火作饭。黍,通称黄米。明李时珍《本草纲目·谷二·稷》:"稷与黍,一类二种也。粘者为黍,不粘者为稷。稷可

作饭,黍可酿酒。犹稻之有粳与糯也。"饷东菑(zī):给在田间劳作的人送饭。饷,给人送饭。东菑,东边的农田,亦泛指田园。

③ 漠漠:密布貌。

④ 阴阴:幽深貌。

⑤ 习静:亦作"习靖"。谓习养静寂的心性。亦指过幽静的生活。朝槿:即木槿。花朝开暮落,故常用以喻事物变化之速或时间短暂。

⑥ 清斋:谓素食长斋。露葵:即冬葵。又名葵菜、冬寒菜、蕲菜。《本草纲目·草五·葵》:"古人采葵必待露解,故曰露葵。今人呼为滑菜,言其性也。古者葵为五菜之主,今不复食之。"

⑦ 争席:争座位。表示彼此融洽无间,不拘礼节。此用杨朱事。杨朱身有矜夸之气,众人敬畏而避之。后接受老子教诲,返回时众人与之争席。《庄子·杂言·寓言》:"其往也,舍者迎将其家,公执席,妻执巾栉,舍者避席,炀者避灶。其反也,舍者与之争席矣。"郭象注:"去其夸矜故也。"

⑧ 海鸥句:意谓人无机心,海鸥不应生疑。《列子·黄帝》:"海上之人有好沤鸟者,每旦之海上从沤鸟游,沤鸟之至者百住而不止。其父曰:'吾闻沤鸟皆从汝游,汝取来吾玩之。'明日之海上,沤鸟舞而不下也。"此乃反用其意。

【评析】

诗写田园隐居生活,一片化机在握,全是"习静"工夫。前二联为田家时景,由静观得之,故而摹写真切,画意清逸淡雅。下二联转而记述山中修习之乐,从参透荣枯到甘于清虚,心中已然忘机,自有野老争席,海鸥亲近。此诗情景之妙合,兴味之深长,自唐以降,为人所激赏,却因李肇一言,引起聚讼。其《唐国史补》卷上曰:"维有诗名,然好取人文章嘉句。'行到水穷处,坐看云起时',《英华集》中诗也;'漠漠水田飞白鹭,阴阴夏木啭黄鹂',李嘉祐诗也。"《英华集》早佚,无从考证。而指王维剽窃李嘉祐,于后世颇见影响,唐宋诗话、笔记多有转载。又传言李嘉祐诗本为"水田飞白鹭,夏木啭黄鹂",王维仅加以"漠漠""阴阴"四字。叶梦得曰:"诗下双字极难,须使七言五言之间,除去五字三字外,精神兴致全见于两言,方为工妙。唐人记'水田飞白鹭,夏木啭黄鹂'为李嘉祐诗,王摩诘窃取之,非也。此两句好处,正在添'漠漠''阴阴'四字,此乃摩诘为嘉祐点化,以自见其妙,如李光弼将郭子仪军,一号令之,精彩数倍。"(《石林诗话》卷上)而晁公武曰:"李肇讥维'漠漠水田飞白鹭,阴阴夏木啭黄鹂'之句,以为窃李嘉祐者,今嘉祐之集无之。岂肇之厚诬乎?"(《郡斋读书志》卷十七)胡应麟曰:"世谓摩诘好用他人诗,如'漠漠水田飞白鹭',乃李嘉祐语,此极可笑。摩诘盛唐,嘉祐中唐,安得前人预偷来者? 此正嘉祐用摩诘诗。"(《诗薮》内编五《近体中·七言》)沈德潜曰:"俗说谓'水田飞白鹭,夏木啭黄鹂'乃李嘉祐句,右丞袭用之。不知本句之妙,全在'漠漠''阴阴',去上二字,乃死句也。况王在李前,安得云王袭李耶?"(《唐诗别裁集》卷十三)高步瀛考订曰:"从一(嘉祐字),天宝七年进士第(见《唐才子传》)。年辈后于摩诘,其诗多与大历十才子相倡和(见《全唐诗》),则在盛唐、中唐之间。摩诘必不袭其诗句。或谓李肇唐人,载唐事当不误,不知唐人记唐事往往道听涂说,谬误者甚多,不独李肇也。"(《唐宋诗举要》卷五)至此,已证王维窃诗之事不实。

出塞作

居延城外猎天骄①,白草连天野火烧。暮云空碛时驱马②,秋日平原好射雕③。护羌校尉朝乘障④,破虏将军夜渡辽⑤。玉靶角弓珠勒马⑥,汉家将赐霍嫖姚⑦。

【题解】

题下原注:"时为御史,监察塞上作。"出塞,参见第29页《使至塞上》题解。诗当作于开元二十五年(737)秋。

【注释】

① 居延城:即唐同城守捉。参见第29页《使至塞上》注释②。天骄:"天之骄子"的省称。汉时匈奴用以自称。后亦泛称边地强悍民族或其首领。此处暗比吐蕃。

② 空碛(qì):空阔的沙漠。
③ 射雕:射猎。参见第27页《观猎》注释⑤。
④ 护羌校(jiào)尉:汉武官名。武帝时平河西,始置于凉州刺史部。东汉初复置。秩比二千石,持节以管理和保护西羌,亦领兵出征。治所先后设于狄道(今甘肃省定西市临洮县)、安夷(今青海省海东市乐都区西)、临羌(今青海省西宁市湟源县东南)、张掖(今甘肃省张掖市西北)。晋惠帝时改称凉州刺史。唐设河西节度使,治张掖。乘障:亦作"乘鄣"。谓登城守卫。
⑤ 破虏将军:汉魏武官临时称号,为军事任务而设。此与"护羌校尉"皆借指唐军将领。辽:指辽河。此处借用,非实指。
⑥ 玉靶:镶玉的剑柄。借指宝剑。角弓:用兽角装饰的弓。参见第27页《观猎》注释①。珠勒:珠饰马络头。此句泛指功赏之物。
⑦ 霍嫖(piào)姚:指霍去病。嫖姚,亦作"剽姚""票姚""票鹞""嫖姚"。《汉书·霍去病传》:"年十八,为侍中,善骑射,再从大将军(卫青)。大将军受诏,予壮士,为票姚校尉。"颜师古注:"票姚,劲疾之貌也。"此处借指唐将。

【评析】

唐人边塞诗,惯于借汉喻唐,此诗亦不例外。前四句从对方着眼,目睹"天骄"狩猎声势之盛,渲染紧迫军情。后四句则出以己方应对之策,朝夜部署,有守有攻,以及得胜凯旋后赐赏劳军。前后以实对虚,以对方勇猛强悍,衬托己方从容镇静,从而宣示必胜之旨,一气而成,神味自足。王世贞《艺苑卮言》卷四曰:"'居延城外猎天骄'一首佳甚,非两'马'字犯,当足压卷。然两字俱贵难易,或稍可改者,'暮云'句'马'字耳。"赵殿成《王右丞集笺注》卷十辩驳曰:"王弇州甚佳此作,谓非两犯'马'字,足当压卷。谢廷瓒《维园铅摘》以为'驱马'当作'驱雁',引鲍照诗'秋霜晓驱雁',阳衒之《洛阳伽蓝记》'北风驱雁,千里飞雪'为证。予谓'驱马''射雕',皆塞外射猎之事,若作'驱雁',则与上下句全不贯串。诗中复字,初盛名手往往不忌,以此摘为疵瘕,未免深文。至欲改易一字以为全璧,亦如无意味画工,割蕉加梅,是则是矣,岂妙手所谓冬景哉?"此言甚善。

鸟鸣涧

人闲桂花落①,夜静春山空。月出惊山鸟,时鸣春涧中②。

【题解】

此诗为《皇甫岳云溪杂题五首》其一。皇甫岳,赵殿成注:"按《唐书·宰相世系表》有皇甫岳,乃皇甫恂之子。未知即此人否?"云溪,当是岳别业所在地,未详何处。

【注释】

① 桂花:指春季开花的桂。明杨慎《升庵集》卷八十《桂》:"尸子曰:'春华秋英曰桂。'王维诗:'人闲桂花落,夜静春山空。'秋华者乃木犀,岩桂耳。"

② 涧:山谷,山沟。

【评析】

诗写花落、月出、鸟鸣,于静中见动,静中闻声,而愈觉其山空涧深。惟心入禅寂,方可下笔便是化工,造此清幽之境。

鹿柴

空山不见人,但闻人语响。返景入深林①,复照青苔上②。

【题解】

此诗为《辋川集》二十首之五。《辋川集》,乃天宝中王维与裴迪山水唱和诗自编集,各二十首。前有序,曰:"余别业在辋川山谷,其游止有孟城坳、华子冈、文杏馆、斤竹岭、鹿柴、木兰柴、茱萸沜、宫槐陌、临湖亭、南垞、欹湖、柳浪、栾家濑、金屑泉、白石滩、北垞、竹里馆、辛夷坞、漆园、椒园等。与裴迪闲暇各赋绝句云尔。"柴(zhài),防护栅栏、篱障。此指有篱落的村墅。

【注释】
① 返景:夕照,傍晚的阳光。
② 青苔:苔藓。阴湿处所生隐花植物,无根,色绿,茎细如丝,附着于物体表面而蔓衍。

【评析】
李锳《诗法易简录》卷十三评曰:"人语响,是有声也;返景照,是有色也。写空山不从无声无色处写,偏从有声有色处写,而愈见其空。严沧浪所谓'玲珑透彻'者,应推此种。"诗以若有若无之声、转瞬即逝之光,反衬无穷无尽之空寂与幽暗,可谓直入无生法门。

竹里馆

独坐幽篁里①,弹琴复长啸②。深林人不知,明月来相照。

【题解】
此诗为《辋川集》二十首之十七。

【注释】
① 幽篁:幽深的竹林。《楚辞·九歌·山鬼》:"余处幽篁兮终不见天。"王逸注:"幽篁,竹林也。"吕向注:"幽,深也;篁,竹丛也。"
② 长啸:撮口发出悠长清越的声音。古人常以此述志。

【评析】
融情入景,"独坐""弹琴""长啸"之一时兴会,与"幽篁""深林""明月"之当前清景,浑然天成,构营空灵澄净之境,读之豁然如濯。

辛夷坞

木末芙蓉花①,山中发红萼②。涧户寂无人③,纷纷开且落。

【题解】

此诗为《辋川集》二十首之十八。辛夷,指木兰树与花。树高数丈,木有香气。花初出枝头,苞长半寸,尖锐俨如笔头而俗称木笔,及开则似莲花而小如盏,紫苞红焰。亦有白色者,称作玉兰。坞(wù),四面如屏的花木深处。

【注释】

① 木末:树梢。芙蓉花:莲花。此指辛夷花。
② 红萼:红花。萼,花蒂。
③ 涧户:山涧中的居屋门户。

【评析】

山涧孤芳,自开自落,一任天地万物之荣枯。其情其性,脱然世外,正是摩诘心境写照。《楚辞》中屡引"辛夷",当为寄托屈原坚贞纯洁之志。而此诗却意不在此,"香草美人"之外,别有一番远味,虽不着一字,而尽得风流。

送别

山中相送罢,日暮掩柴扉①。春草明年绿,王孙归不归②?

【题解】

诗题一作《山中送别》,一作《送友》。

【注释】

① 柴扉:柴门。以柴木做门,言其简陋。
② 王孙:泛指贵胄子弟。此指游子。参见第19页《山居秋暝》注释③。两句自《楚辞·招隐士》"王孙游兮不归,春草生兮萋萋"中化出。

【评析】

唐汝询曰:"扉掩于暮,居人之离思方深;草绿有时,行子之归期难必。"(《唐诗解》卷二十二)诗不写离别时情景,而写"送罢"后离思渐浓,惟恐其去久不归,无限深情藏而不露,大妙。

杂诗

君自故乡来,应知故乡事。来日绮窗前①,寒梅著花未②?

【题解】

此诗为三首其二。诗题一作《杂咏三首》。

【注释】

① 绮(qǐ)窗:雕刻或绘饰精美的窗户。
② 著(zhuó)花:长出花蕾或花朵。

【评析】

表达思乡之情,蕴藉而深婉。赵殿成《王右丞集笺注》卷十三曰:"陶渊明诗云'尔从山中来,早晚发天目。我居南窗下,今生几丛菊',王介甫诗云'道人北山来,问松我东冈。举手指屋脊,云今如许长',与右丞此章同一杼轴,皆情到之辞,不假修饰而自工者也。然渊明、介甫二作,下文缀语稍多,趣意便觉不远。右丞只为短句,一吟一咏,更有悠扬不尽之致,欲于此下复赘一语不得。"

少年行

新丰美酒斗十千①,咸阳游侠多少年②。相逢意气为君饮,系马高楼垂柳边。

【题解】

此诗为四首其一。少年行,乐府杂曲名。本为《结客少年场行》,后多作《少年行》,或冠以地名,如《长安少年行》《邯郸少年行》等。《乐府诗集》卷六十六《杂曲歌辞六·结客少年场行》："《乐府解题》曰：'《结客少年场行》，言轻生重义，慷慨以立功名也。'《广题》曰：'汉长安少年杀吏，受财报仇，相与探丸为弹，探得赤丸斫武吏，探得黑丸杀文吏。尹赏为长安令，尽捕之。长安中为之歌曰：何处求子死，桓东少年场。生时谅不谨，枯骨复何葬？'按结客少年场，言少年时结任侠之客，为游乐之场，终而无成，故作此曲也。"。

【注释】

① 新丰：县名。汉置。参见第27页《观猎》注释③。斗(dǒu)十千：万钱一斗。极言其酒珍贵。斗，量词，用于量酒。

③ 咸阳：唐京兆府咸阳县（治今陕西省咸阳市渭城区）。参见第27页《观猎》注释②。

【评析】

诗以末尾"系马"句虚点一笔，便将游侠少年之英武意气，置酒高会之轰饮场面，映托而出，付诸读者想象，手法灵动而高妙。

九月九日忆山东兄弟

独在异乡为异客①，每逢佳节倍思亲。遥知兄弟登高处，遍插茱萸少一人②。

【题解】

题下原注："时年十七。"即开元五年（717）游长安时作。农历九月九日为重阳节，古代习俗于此日登高游宴。山东，泛指华山以东地区。王维故乡蒲州在华山以东，故云。

【注释】

① 异客：作客他乡的人。

② 茱萸：木本植物名。香气辛烈，可入药。古俗，重阳节佩茱萸能祛邪辟恶。西汉刘歆《西京杂记》卷三："九月九日，佩茱萸，食蓬饵，饮

菊花酒,令人长寿。"南宋罗愿《尔雅翼》卷十一引《风土记》:"俗尚九月九日,谓为上九。茱萸至此日,气烈熟色赤,可折其房以插头,云辟恶气御冬。"

【评析】

《诗·魏风·陟岵》写行役人登高思亲,想象父母兄长念己之言,一唱三叹,托意凄楚。此诗写佳节思亲,亦从对面说来,推想他人思我情形,更觉一片至情见于言外。此与《登裴迪秀才小台作》中"遥知远林际"同样手段,所谓"倩女离魂法",其渊源即在《三百篇》。而末句"少一人",正扣应首句"独"字,恰似玉珠落盘,自有萦回飘荡之余响。

送元二使安西

渭城朝雨裛轻尘①,客舍青青柳色新。劝君更尽一杯酒,西出阳关无故人②。

【题解】

《乐府诗集》卷八十《近代曲辞二》作《渭城曲》。元二,未详何许人。唐人诗文中喜以行第相称,即按曾祖所出同辈长幼次序排列,如"辛大""李十二""刘十九"等。安西,唐安西都护府。参见第22页《送刘司直赴安西》题解。

【注释】

① 渭城:汉改秦咸阳故都为渭城。唐为咸阳县。参见第27页《观猎》注释②。唐人从长安西行,多在此送别。裛(yì):通"浥"。沾湿。

② 阳关:古关名。汉置,在敦煌郡龙勒县(今甘肃省酒泉市敦煌市阳关镇)西。《汉书·地理志》:"(敦煌郡龙勒县)有阳关、玉门关,皆都尉治。"唐属沙州寿昌县。《元和郡县图志》卷四十《陇右道下·沙州·寿昌县》:"阳关在县西六里,以居玉门关之南,故曰阳关。本汉置也,谓之南道,西趣鄯善、莎车。……玉门故关在县西北一百一十七里,谓之

北道,西趣车师、前庭及疏勒。此西域之门户也。"

【评析】

前二句写景,"客舍""柳色"虽关别离,却因"朝雨"洒过而变得清新明净,不见一丝黯淡。与此景相融,后二句写情,惜别、体贴之意包孕完足,声情哀而不伤,沁人肺腑。赵翼评曰:"人人意中所有,却未有人道过,一经说出,便人人如其意之所欲出,而易于流播,遂足传当时而名后世。如李太白'今人不见古时月,今月曾经照古人',王摩诘'劝君更尽一杯酒,西出阳关无故人',至今犹脍炙人口,皆是先得人心之所同然也。"(《瓯北诗话》卷十一)此诗配乐后编入乐府,谓之《渭城曲》;又以"阳关"句须反复歌之,谓之《阳关三叠》。刘禹锡《与歌者何戡》诗:"旧人唯有何戡在,更与殷勤唱《渭城》。"白居易《对酒》诗:"相逢且莫推辞醉,听唱《阳关》第四声。"注云:"第四声,'劝君更尽一杯酒,西出阳关无故人'。"又《晚春欲携酒寻沈四著作先以六韵寄之》诗:"最忆《阳关》唱,真珠一串歌。"注云:"沈有讴者,善唱'西出阳关无故人'词。"可见其传唱之广远。

送沈子福归江东

杨柳渡头行客稀①,罟师荡桨向临圻②。惟有相思似春色,江南江北送君归。

【题解】

诗题一作《送沈子归江东》,一作《送沈子福之江东》。沈子福,未详何许人。江东,泛指长江下游以东地区。参见第23页《送邱为落第归江东》题解。

【注释】

① 渡头:犹渡口。

② 罟(gǔ)师:渔夫。此处借指船夫。临圻(qí):或指地名,或指水

湾曲岸,皆可通。南朝宋谢灵运《富春渚》诗:"溯流触惊急,临圻阻参错。"李善注引《埤苍》曰:"碕,曲岸头也。碕与圻同。"

【评析】

汉乐府《饮马长城窟行》云:"青青河畔草,绵绵思远道。"谓思念犹如青草,青草绵延不绝以喻相思无穷无尽。此诗则以"春色"喻"相思",言其无所不到,始终伴随友人归去。情思别致而不落套,正得乐府之神髓。

送孟六归襄阳

杜门不欲出①,久与世情疏。以此为长策②,劝君归旧庐。醉歌田舍酒③,笑读古人书。好是一生事,无劳献《子虚》④。

【题解】

诗题一作《送孟浩然》。《瀛奎律髓》卷二十四作张子容诗。孟六,孟浩然。以字行,襄州襄阳(今湖北省襄阳市襄城区)人。早年隐居鹿门山。开元十六年(728),年四十游长安,应进士不第。后为荆州从事,患疽卒。尝游历东南各地。诗与王维齐名,并称"王孟"。其诗清淡幽远,长于写景,多反映隐居生活。有《孟浩然集》。此诗当于浩然落第后,送其离长安时作。

【注释】

① 杜门:闭门。
② 长策:良策。长,一作"良"。
③ 田舍酒:农家自酿的酒。
④ 无劳:犹无须。子虚:西汉司马相如所作《子虚赋》。赋中假托子虚、乌有先生、亡是公三人相互诘难问答,前二人分别张扬诸侯国楚、齐苑囿之盛,后者则铺叙天子游猎之事,卒章归之于节俭,因以讽谏。武帝读此赋前半,颇为赏识,由狗监杨得意引荐,召见相如。相如以诸侯

之事不足观,请为天子游猎赋,乃续后半(即《文选》所题《上林赋》)。赋成奏之,武帝用以为郎。见《史记·司马相如列传》。

【评析】

黄生评此诗曰:"劝人归休,非真正知心之友,不肯作此语。盖王已饱谙宦情,孟犹未霑一命,故因其归赠以此诗,言外有许多仕路险巇、人情翻覆之感,俱未曾说出。人言王、孟淡,不知语淡而意实深,所以可贵。若淡而不深,则未免寡薄之诮矣,岂知真王、孟哉!"(《唐诗矩·五言律诗二集》)诗语因人而设,平易真率,五六更添一种洒脱滋味,确为王、孟一生最好之事。

山中

荆溪白石出①,天寒红叶稀。山路元无雨②,空翠湿人衣③。

【题解】

《全唐诗》卷一百二十八题作《阙题二首》,此为其一。

【注释】

① 荆溪:本名长水,浐水支流。北宋宋敏求《长安志》卷十一《万年县》:"荆谷水一名荆溪,来自蓝田县,至康村入县界,西流二十里出谷,至平川合库谷、采谷、石门水为荆谷水,一名产水。"注引《两京道里记》曰:"荆溪本名长水,后秦姚兴避讳改焉。"

② 元:本来,原来,向来。

③ 空翠:指湿润的青色雾气。

【评析】

诗写冬日山行所遇,皆清新可爱,真切如画。溪水清浅,白石表露;山色苍茫,红叶点缀;而无边青霭,常在不经意间润湿人衣。若非诗画圣手,岂能得此天趣？苏轼《书摩诘蓝田烟雨图》曰:"味摩诘之诗,诗中有画;观摩诘之画,画中有诗。"(《苏轼文集》卷七十《题跋画》)其下即援引此诗为证,定非偶然。

王维

相思

红豆生南国①,秋来发几枝?劝君多采撷②,此物最相思。

【题解】

诗题一作《相思子》,一作《江上赠李龟年》。

【注释】

① 红豆:红豆树、海红豆及相思子等植物种子的统称。古人常用以象征爱情或相思。唐李匡乂《资暇集》卷下:"豆有圆而红,其首乌者,举世呼为'相思子',即红豆之异名也。其木斜斫之,则有文,可为弹博局及琵琶槽。其树也大株而白,枝叶似槐;其花与皂荚花无殊;其子若褊豆,处于甲中,通身皆红。李善云'其实赤如珊瑚'是也。"

② 采撷:犹采摘。

【评析】

寓情于物,句句言在红豆,而句句饱含相思,故嘱君多多采撷,以寄托彼此间的真挚情谊。语言淳朴,情不直露,却又意味深长。此诗经乐工谱曲后,广为传唱。范摅《云溪友议·云中命》有载,安史之乱,明皇幸蜀,百官皆窜辱。著名歌手李龟年亦流落江南,"曾于湘中采访使筵上,唱:'红豆生南国,秋来发几枝?赠君多采撷,此物最相思。'又:'清风朗月苦相思,荡子从戎十载余。征人去日殷勤嘱,归雁来时数附书。'此词皆王右丞所制,至今梨园唱焉。歌阕,合座莫不望行幸而惨然"。龟年唱罢,亦不胜悲痛,忽闷绝仆地,几死。

书事

轻阴阁小雨①,深院昼慵开②。坐看苍苔色,欲上人衣来。

【题解】

《全唐诗》卷一百二十八题下注:"出《天厨禁脔》。"书事,谓书写目前闻见之事。

【注释】

① 轻阴:淡云,薄云。阁:搁置,停辍。
② 慵:懒,懒散。

【评析】

王维诗即事写景,常移情于物而使物我相生。如"涧芳袭人衣,山月映石壁","泉声咽危石,日色冷青松","落日鸟边下,秋原人外闲",以及此首轻阴止雨、苍苔上衣,皆能体物之妙而传其神,故于言外可得天然意趣。王安石《春晴》诗云:"新春十日雨,雨晴门始开。静看苍苔纹,莫上人衣来。"即从摩诘诗意化出,虽变幽深之境而为清丽,然强易末句作"莫上人衣",终未免失却恬静气韵。

李白

李白(701—762),字太白,号青莲居士。自称祖籍陇西成纪(今甘肃省平凉市静宁县西南),隋末其先人因罪流放至西域碎叶(今吉尔吉斯斯坦国托克马克北)。五岁时随父迁居绵州昌隆青莲乡(今四川省绵阳市江油市青莲镇)。少好剑术,喜任侠,并观百家书,吟诗作赋。二十五岁离蜀,长期漫游各地。天宝初(742),经玉真公主、太子宾客贺知章推荐,进京供奉翰林,然仅年余便遭谗毁去朝。安史乱中,怀用世之愿而入永王李璘幕府,因璘败牵累,流放夜郎,中途遇赦。晚年飘泊东南一带,卒于当涂(今属安徽省马鞍山市)。

李白个性豪纵不羁,又嗜酒求仙道,故其诗多奔放飘逸、奇幻瑰玮之作。题材上既有英雄济世理想与追求天性自由、恣意作乐的统一,又有游仙归隐与讽兴世道人心的结合,常借山水景象抒写胸中丘壑,情思如江流喷涌而不可遏止。体裁上很少运用颇多限制的近体律诗,而偏爱乐府古诗,尤擅七言歌行;其五、七言绝句亦渊源于乐府,多具有歌谣之韵致。语言风格率真自然、明朗流转,如"清水出芙蓉,天然去雕饰"(《经乱离后天恩流夜郎忆旧游书怀赠江夏韦太守良宰》)。唐李阳冰《草堂集序》曰:"陈拾遗横制颓波,天下质文翕然一变。至今朝诗体,尚有梁、陈宫掖之风,至公大变,扫地并尽。"唐皮日休《文薮·刘枣强碑》曰:"吾唐来有业是者,言出天地外,思出鬼神表,读之则神驰八极,测之则心怀四溟,磊磊落落,真非世间语者,有李太白。"清赵翼《瓯北诗话》卷一曰:"诗之不可及处,在乎神识超迈,飘然而来,忽然而去,不屑屑于雕章琢句,亦不劳劳于镂心刻骨,自有天马行空,不可羁勒之势。"总之,李白诗以其独特气质与风貌,成为盛唐最强之音而千古流芳。

有《李太白集》。选诗据清王琦注《李太白全集》(中华书局1977年版)。

古风五十九首(选八首)

其一

大雅久不作①,吾衰竟谁陈?王风委蔓草②,战国多荆榛③。龙虎相啖食,兵戈逮狂秦④。正声何微茫⑤,哀怨起骚人⑥。扬马激颓波⑦,开流荡无垠⑧。废兴虽万变,宪章亦已沦⑨。自从建安来⑩,绮丽不足珍。圣代复元古⑪,垂衣贵清真⑫。群才属休明⑬,乘运共跃鳞⑭。文质相炳焕,众星罗秋旻⑮。我志在删述⑯,垂辉映千春。希圣如有立⑰,绝笔于获麟⑱。

【题解】

此为《古风五十九首》其一。古风,本指古人淳朴风尚和气度。而以"古风"作为诗体名,即古体诗,则始于太白。五十九首并非一时之作,年代先后亦无次序,各诗相对独立,然风格、立意又有一定的连贯性。其内容祖风骚、宗汉魏,直接秉承阮籍《咏怀八十二首》与陈子昂《感遇三十八首》之传统,或慨古伤今,或愤世刺时,或言志骋怀,气势纵横,兴寄遥深。《古风》其一,即评价《诗经》以下诗歌的演变,表达继风雅、挽正声的诗论思想,被后人视作唐前期复古诗学宣言。

【注释】

① 大雅:本指《诗经》的组成部分之一。《诗大序》:"雅者,正也,言王政之所由废兴也。政有小大,故有《小雅》焉,有《大雅》焉。"《雅》为周王畿内乐调,谓诗之正声。《大雅》多为西周王室贵族的作品,主要歌颂周王室祖先乃至武王、宣王之功绩,有些诗篇也反映了厉王、幽王的暴虐昏乱及其统治危机。此处泛称闳雅淳正的诗篇。

② 王风:本指《诗经》十五国风之一,为东周洛邑之诗。周平王东迁,王室之尊与诸侯无异,其诗不复雅,故贬之,谓为王国之变风。一说指王者的教化,为《诗》之正声。《诗大序》:"《关雎》《麟趾》之化,王者之风。"此处二说皆可通。

③荆榛(zhēn):亦作"荆蓁"。泛指丛生灌木,多用以形容荒芜景象。

④龙虎二句:意谓战国七雄相互龙争虎斗,至秦王朝统一才结束。逮(dài),及至。

⑤正声:雅正的诗篇。指《风》《雅》之作。微茫:隐约模糊。

⑥骚人:屈原作《离骚》,因称屈原或《楚辞》作者为骚人。

⑦扬马:西汉扬雄和司马相如的并称。二人皆为汉赋代表作家。

⑧开流:开辟潮流或风气。无垠:无边际。

⑨宪章:指诗歌的法度。

⑩建安:东汉末年献帝的年号(196—219)。当时有曹操、曹丕、曹植及建安七子(孔融、陈琳、王粲、徐幹、阮瑀、应玚、刘桢)的诗歌创作,风格刚健,内容充实,后世称之为"建安风骨"。此处特指建安以后,六朝文风崇尚绮丽。

⑪圣代:当代。此指唐代。元古:上古。

⑫垂衣:"垂衣裳"的省称。亦作"垂裳"。《易·系辞下》:"黄帝、尧、舜垂衣裳而天下治,盖取诸乾坤。"韩康伯注:"垂衣裳以辨贵贱,乾尊坤卑之义也。"谓定衣服之制,示天下以礼。后用以称帝王无为而治。清真:自然纯真。

⑬属(zhǔ):适逢。休明:用以赞美明君或盛世。

⑭乘运:趁着好的时运。跃鳞:指鱼游动。比喻人奋发有为。

⑮文质二句:意谓优秀作者或作品如群星灿烂,闪耀在清旷明朗的秋空。文质,此指作品形式与内容。炳焕,鲜明灿烂。众星,喻作者或作品。罗,排列。秋旻,秋季的天空。

⑯删述:相传孔子序《书》删《诗》,又自称"述而不作"(《论语·述而》)。后以"删述"谓著述。

⑰希圣:效法圣人,仰慕圣人。有立:有所建树。

⑱获麟:指春秋鲁哀公十四年猎获麒麟事。相传孔子作《春秋》,至此而辍笔。《春秋·哀公十四年》:"春,西狩获麟。"杜预注:"麟者仁兽,圣王之嘉瑞也。时无明王出而遇获,仲尼伤周道之不兴,感嘉瑞之无应,故因《鲁春秋》而修中兴之教。绝笔于'获麟'之一句,所感而作,固

所以为终也。"

【评析】

首二句总起,为一篇大关锁。自"王风委蔓草"至"绮丽不足珍"十二句,写春秋以降诗史流变,申说"大雅久不作"之意。平王东迁,礼崩乐坏,雅正之诗已遭委弃,而变风变雅作;战国群雄迭兴,干戈相向,王道寝废,正声日益衰微,演变为哀怨屈骚;接续楚辞而有汉赋,司马、扬雄激起中流,然竟为侈靡闳衍之词,失其讽谕之义,开启无穷流弊。而建安三曹七子之后,六朝制作,夸尚绮丽,摘章绣句,更是不足为训。铺叙千年,正落在首句之"久"字上;中间又以时变虽多、法度已沦稍作顿笔,使文势跌宕有致。"圣代复元古"以下十句,则响应第二句"吾衰竟谁陈"之问。先言有唐文运肇兴,群才适当其时,而后四句自明素志,将欲复归古道,重振大雅,效法孔圣,删述以垂后世。赵翼评曰:"是其眼光所注,早已前无古人,后无来者,直欲于千载后上接《风》《雅》。盖自信其才分之高,趋向之正,足以起八代之衰,而以身任之,非徒大言欺人也。"(《瓯北诗话》卷一)通篇纲举目张,分述严密,起结回环,郑重于贱绮丽而贵清真,以宣示其诗学之主张。此外,全用赋体,上下一韵,声气完足,和雅中又兼带悲慨,不失古诗规范。

其三

秦王扫六合①,虎视何雄哉②!挥剑决浮云③,诸侯尽西来④。明断自天启⑤,大略驾群才⑥。收兵铸金人⑦,函谷正东开⑧。铭功会稽岭⑨,骋望琅邪台⑩。刑徒七十万,起土骊山隈⑪。尚采不死药⑫,茫然使心哀。连弩射海鱼⑬,长鲸正崔嵬⑭。额鼻象五岳⑮,扬波喷云雷。鬐鬣蔽青天⑯,何由睹蓬莱⑰?徐市载秦女⑱,楼船几时回⑲?但见三泉下⑳,金棺葬寒灰㉑。

【题解】

此篇咏史寄讽,借秦始皇既筑高陵又期不死的奢靡、愚妄之举,以规戒当世。詹锳《李白诗文系年》系于天宝十载(751),北游塞垣时作。

【注释】

① 六合:谓天地四方。指天下。

② 虎视:形容威武之状。东汉班固《西都赋》:"周以龙兴,秦以虎视。"

③ 决:剖开,拨开。《庄子·说剑》:"此剑直之无前,举之无上,案之无下,运之无旁。上决浮云,下绝地纪。此剑一用,匡诸侯,天下服矣。此天子之剑也。"

④ 诸侯句:谓秦王灭六国,虏其王而西入于秦。

⑤ 明断:英明的决断。天启:上天的启示。

⑥ 大略:远大的谋略。

⑦ 收兵句:指始皇帝二十六年(前221),收天下兵器,聚之咸阳,销以为钟镰,金人十二,重各千石,置宫廷中。见《史记·秦始皇本纪》。兵,古代以铜为兵器。

⑧ 函谷:函谷关。战国秦置。在秦桃林塞东北(今河南省三门峡市灵宝市函谷关镇王垛村),与韩交界。《水经注·河水四》:"(黄河)历北出东崤,通谓之函谷关也。邃岸天高,空谷幽深,涧道之峡,车不方轨,号曰天险。"秦王政六年(前241),楚、赵、魏、韩、卫合纵攻秦,至此败还。此句意谓六国已灭,天下一统,函谷关不必守御,可以向东常开。

⑨ 铭功:在金石上刻字记述功绩。会(kuài)稽岭:即会稽山。在秦会稽郡山阴县(今浙江省绍兴市)东南。始皇帝三十七年(前210),上会稽,祭大禹,望于南海,而立石刻颂秦德。见《史记·秦始皇本纪》。

⑩ 骋望:放眼远望。琅邪(lángyá)台:在秦琅邪郡琅邪县(今山东省青岛市黄岛区琅琊镇)东南十里琅邪山上,临黄海。始皇帝二十八年(前219),南登琅邪,大乐之,留三月。乃徙黔首三万户琅邪台下,复十二岁,作琅邪台,立石刻颂秦德。见《史记·秦始皇本纪》。

⑪ 骊山:在秦内史丽邑(今陕西省西安市临潼区)南。隈(wēi):山边。始皇帝三十五年(前212),发宫刑罪犯者七十余万人,分作阿房宫,或作骊山石椁。见《史记·秦始皇本纪》。

⑫ 尚采句:始皇帝三十二年(前215),遣韩终、侯公、石生求仙人不死之药。见《史记·秦始皇本纪》。

⑬ 连弩:装有机栝,可以齐发数矢或连发数矢的弓。"射海鱼"事见下"徐市"注。

⑭ 长鲸:大鲸。崔嵬:高耸貌,高大貌。

⑮ 额鼻:额头与鼻子。指面部隆起的部分。五岳:古今所指五大名山的总称。即东岳泰山,西岳华山,南岳衡山,北岳恒山,中岳嵩山。

⑯ 鬐鬣(qíliè):鱼、龙的脊鳍。西晋木华《海赋》:"巨鳞插云,鬐鬣刺天,颅骨成岳,流膏为渊。"

⑰ 蓬莱:传说中海上神山。《史记·封禅书》:"自威、宣、燕昭使人入海求蓬莱、方丈、瀛洲,此三神山者,其传在勃海中。"

⑱ 徐市(fú):亦作"徐福"。秦方士,齐人。始皇帝二十八年,徐市上书,言海中有蓬莱、方丈、瀛洲三神山,仙人居之;请得斋戒,与童男女求之。于是遣徐市发童男女数千人,入海求仙人。然徐市一去久无消息。三十七年,始皇最后一次东巡,自会稽北上至琅邪。徐市因数岁不得神药,费多,恐谴,乃诈曰:"蓬莱药可得,然常为大鲛鱼所苦,故不得至。愿请善射者与俱,见则以连弩射之。"始皇梦与海神战,如人状。问占梦,博士曰:"水神不可见,以大鱼蛟龙为候。今上祷祠备谨,而有此恶神,当除去,而善神可致。"乃令入海者赍捕巨鱼具,而自以连弩候大鱼出射之。自琅邪北至荣成山,弗见。至之罘,见巨鱼,射杀一鱼。见《史记·秦始皇本纪》。

⑲ 楼船:有楼的大船。多用作战船。

⑳ 三泉:三重泉,即地下深处。多指人死后的葬处。秦始皇于之罘射鱼后,遂并海西至平原津而病,七月崩于沙丘平台(今河北省邢台市广宗县西北),九月葬骊山。《史记·秦始皇本纪》:"始皇初即位,穿治郦山。及并天下,天下徒送诣七十余万人,穿三泉,下铜而致椁,宫观百官奇器珍怪,徙臧满之。"

㉑ 金棺:金饰之棺。寒灰:指尸体或棺椁年久朽烂而化成泥土。

【评析】

诗作两段。前十句为一段,写秦皇功业之盛,称颂其王霸之气与雄才大略,以刻石会稽、琅邪而臻于极至。《唐宋诗醇》卷一曰:"极写其盛,正为中间转笔作地。"自"刑徒"句转入后一段,由颂及刺,写秦皇侈靡无度与妄求长生。一面发刑徒七十万营造阿房宫、骊山陵,凋耗民力,一面又迷信方术,遣使海上求取不死之药,自相矛盾,足见其骄横与荒诞。"连弩射海鱼"至"何由睹蓬莱"六句,摹状猎鲸场景,惊险奇幻。其用笔愈是夸饰,愈突显其后徐市去而不返之诈,以及秦皇不免一死之蠢。收结二句,三泉寒灰,蓄足嘲讽之意,警动而冷隽。全篇气势开合有度,欲抑先扬,重在讽刺。陈沆曰:"此亦刺明皇之词。"(《诗比兴笺》卷三)唐玄宗前期拨乱反正,励精图治,创开元盛世,而后期怠惰朝政,骄奢淫逸,"尊道教,慕长生,故所在争言符瑞,群臣表贺无虚月"(《资治通鉴》卷二百一十六《唐纪三十二·玄宗下之上》),终致安史之祸。此与秦皇颇多相似,故诗借秦刺唐,亦有以焉。

其九

庄周梦胡蝶①,胡蝶为庄周。一体更变易,万事良悠悠②。乃知蓬莱水③,复作清浅流。青门种瓜人④,旧日东陵侯。富贵故如此,营营何所求⑤?

【题解】

此篇用"庄周梦蝶"之典,寓世事虚无变化之理。唐殷璠《河岳英灵集》卷上题作《咏怀》,当为天宝十二载(753)以前作。

【注释】

① 庄周:庄子,名周,战国时宋国蒙(今河南省商丘市东北)人。尝为漆园吏。继承和发展老子学说,为道家代表人物之一。《庄子·齐物论》:"昔者庄周梦为胡蝶,栩栩然胡蝶也。自喻适志与,不知周也。俄然觉,则蘧蘧然周也。不知周之梦为胡蝶与?胡蝶之梦为周与?周与胡蝶则必有分矣。此之谓物化。"

② 一体二句:意谓一种事物都有变化,那么万事万物就更是变化无穷了。一体,犹一种事物。更,却。良,确实,果然。悠悠,无穷貌。

③ 蓬莱水:谓环绕于蓬莱山的海水。指渤海。据东晋葛洪《神仙传》卷三,"麻姑自说:'接待以来,已见东海三为桑田。向到蓬莱,水又浅于往昔,会时略半也,岂将复为陵陆乎?'"

④ 青门:汉长安城东南门。本名霸城门,因其门色青,故俗呼为"青门"或"青城门"。种瓜人:指汉初召平。《三辅黄图·都城十二门》:"长安城东,出南头第一门曰霸城门。民见门色青,名曰青城门,或曰青门。门外旧出佳瓜。广陵人邵平为秦东陵侯,秦破,为布衣,种瓜青门外。瓜美,故时人谓之东陵瓜。"参见第13页王维《老将行》注释⑪。

⑤ 营营:劳而不知休息貌。引申为钻营追逐。

【评析】

首二句以"梦蝶"起兴,申明事物变化无可穷尽之理。继引沧海桑田、故侯种瓜指示本旨,言世事变幻无常,何必营营于富贵而劳其一生。使事以说理,辞约而意达。

其十

齐有倜傥生①,鲁连特高妙②。明月出海底③,一朝开光曜④。却秦振英声,后世仰末照⑤。意轻千金赠,顾向平原笑⑥。吾亦澹荡人⑦,拂衣可同调⑧。

【题解】

此篇歌咏古代倜傥人物,表达追念仰慕之意。

【注释】

① 倜傥(tìtǎng):亦作"俶傥"。卓异不羁。

② 鲁连:亦作"鲁仲连""鲁仲子"。战国时齐国人。善谋策,而不肯仕宦任职,常周游各国,排难解纷。秦军围赵都邯郸,曾以利害劝阻赵平原君尊秦王为帝。后秦兵退,平原君欲封鲁连,鲁连三辞让,赠以千金,亦不肯受。见《史记·鲁仲连邹阳列传》。

③ 明月:指明珠。三国魏曹植《赠丁廙》:"大国多良材,譬海出明珠。"

④ 光曜:同"光耀"。光亮,光辉。

⑤ 末照:犹余辉。

⑥ 顾:却,反而。平原:赵胜,号平原君。战国时赵国贵族,赵惠文

王之弟,任赵相。与齐孟尝君、魏信陵君、楚春申君合称"四公子"。赵孝成王七年(前259),秦军围赵都,平原君坚守三年之久。后得魏、楚救援,围遂解。《史记·鲁仲连邹阳列传》:"平原君乃置酒,酒酣起前,以千金为鲁连寿。鲁连笑曰:'所谓贵于天下之士者,为人排患、释难、解纷乱而无取也。即有取者,是商贾之事也,而连不忍为也。'遂辞平原君而去,终身不复见。"

⑦ 澹荡:犹放达。

⑧ 拂衣:抖衣而去。谓归隐。同调:谓志趣或主张一致,有如曲调相同。

【评析】

心慕鲁连而感兴,前八句颂其磊落气格,为结二句张本,以摅己志。三四取譬明珠出海,顿生光辉,照应人物凤怀韬略之"高妙";"却秦"四句,一事两说,避平铺而造波峭之势,关合人物功成拂衣之"倜傥"。其结构密致而多层折,正是太白古诗所独步。

其十四

胡关饶风沙,萧索竟终古①。木落秋草黄,登高望戎虏②。荒城空大漠,边邑无遗堵③。白骨横千霜④,嵯峨蔽榛莽⑤。借问谁陵虐⑥?天骄毒威武⑦。赫怒我圣皇⑧,劳师事鼙鼓⑨。阳和变杀气⑩,发卒骚中土⑪。三十六万人,哀哀泪如雨。且悲就行役⑫,安得营农圃⑬。不见征戍儿,岂知关山苦。李牧今不在⑭,边人饲豺虎。

【题解】

唐自贞观以来,与吐蕃之间和战不常。玄宗时,双方在河陇、西域地区冲突加剧,战斗频仍。针对吐蕃侵扰,自开元十七年(729)后,唐军转守为攻,深入吐蕃境内作战,不断巩固和扩大控制疆域。然连年征伐,亦耗损国用民力,加重人民苦难。太白有感于此,因作以托讽。詹锳系于天宝八载(749),是年六月,陇右节度使哥舒翰攻拔吐蕃石堡城(在今青海省西宁市湟源县日月乡石城山)。

【注释】

① 胡关二句:意谓边关之地多风沙,历来萧条冷落。胡关,与胡地相接的边关。古代泛称西部、北部民族居住地为"胡地"。终古,自古以来。

② 戎虏:古时对西部、北部各民族的蔑称。

③ 遗堵:指断墙残垣。

④ 千霜:犹千年。泛指年代久远。

⑤ 嵯峨(cuó é):形容盛多,堆积成山。榛莽:杂乱丛生的草木。

⑥ 陵虐:欺压凌辱。

⑦ 天骄:天之骄子。汉时匈奴自称。参见第34页王维《出塞作》注释①。毒威武:凶狠的威势和武力。

⑧ 赫怒:盛怒。此处用为使动。

⑨ 劳师:使军队劳累。鼙(pí)鼓:小鼓和大鼓。古代军中和乐队所用。

⑩ 阳和:祥和的气氛。

⑪ 发卒:发兵,征兵。骚:骚扰。

⑫ 行役:指服兵役而出外跋涉。

⑬ 农圃:农田园圃。引申为农耕,耕作。

⑭ 李牧:战国末赵将。长期防守赵国北疆,颇得军心。击败东胡、林胡、匈奴,曾使匈奴十余年不敢犯赵境。赵王迁三年(前233),率军御秦,大破秦军,以功封武安君。后因赵王中秦反间计,被杀。见《史记·廉颇蔺相如列传》。

【评析】

前半写边塞凄惨景象,以荒凉萧索映衬蔽野白骨,触目惊心。又设问自答,归因边敌每于秋后肆扰,凌虐人民。后半即写"圣皇"震怒,征兵远戍,却给百姓带来巨大痛苦,字字沉重。最末六句,念切民依,恨唐无将,尤见其疴瘵在抱之至。开、天数十年间,频繁用兵吐蕃,故诗之微旨,即在讥明皇黩武疲民,为开边垂戒。

其十八

天津三月时①,千门桃与李。朝为断肠花②,暮逐东流水。

前水复后水,古今相续流。新人非旧人,年年桥上游。鸡鸣海色动③,谒帝罗公侯④。月落西上阳⑤,余辉半城楼。衣冠照云日,朝下散皇州⑥。鞍马如飞龙,黄金络马头。行人皆辟易⑦,志气横嵩丘⑧。入门上高堂,列鼎错珍羞⑨。香风引赵舞⑩,清管随齐讴⑪。七十紫鸳鸯⑫,双双戏庭幽。行乐争昼夜,自言度千秋。功成身不退,自古多愆尤⑬。黄犬空叹息⑭,绿珠成衅仇⑮。何如鸱夷子⑯,散发棹扁舟⑰。

【题解】

此篇讥刺当世贵幸,托言富贵如浮云,理当功成身退。詹锳系于开元二十三年(735),《李白诗文系年》曰:"是年春,玄宗在东都,白亲见上朝之盛,乃有此诗。"

【注释】

① 天津:指天津桥。在唐东都洛阳(今河南省洛阳市东南)西南。隋炀帝大业元年(605)迁都,以洛水贯都,有天汉津梁气象,因建浮桥,名曰天津。隋末为李密烧毁,唐时改建加固为石础桥。《元和郡县图志》卷五《河南道一·河南府·河南县》:"天津桥,在县北四里。隋炀帝大业元年初造此桥,以架洛水。用大缆维舟,皆以铁锁钩连之。南北夹路,对起四楼,其楼为日月表胜之象。然洛水溢,浮桥辄坏。贞观十四年,更令石工累方石为脚。《尔雅》:'斗牛之间,为天汉之津。'故取名焉。"

② 断肠花:引人极为爱怜或哀伤之花。此指上句"桃"与"李"。

③ 海色:拂晓时的天色。

④ 谒帝:指臣子朝见皇帝。罗:分列。指公侯百官分列阶前等候召见。

⑤ 上阳:宫殿名。《旧唐书》卷三十八《地理志一·河南道·东都》:"上阳宫,在宫城之西南隅,南临洛水,西拒谷水,东即宫城,北连禁苑。宫内正门正殿皆东向,正门曰'提象',正殿曰'观风',其内别殿、亭、观九所。上阳之西,隔谷水有西上阳宫,虹梁跨谷,行幸往来。皆高宗龙朔后置。"

⑥ 朝下：犹退朝。指君臣朝见，礼毕而退。皇州：帝都，京城。
⑦ 辟(bì)易：退避，避开。
⑧ 嵩丘：嵩山。参见第19页王维《归嵩山作》题解。
⑨ 列鼎：谓陈列盛馔鼎器。古代贵族按爵品配置鼎数。错：繁多。珍羞：珍美的肴馔。
⑩ 赵舞：相传赵国女子善舞，后因以指美妙的舞蹈。
⑪ 清管：音色清亮的管乐器。齐讴：齐歌。西汉史游《急就篇》卷三："长言谓之歌，齐歌谓之讴。"本指齐声歌唱，后衍为齐地之歌。唐徐坚《初学记》卷十五引梁元帝《纂要》曰："齐歌曰讴，吴歌曰歈，楚歌曰艳。"此处泛指美妙的歌声。
⑫ 七十句：泛指蓄养宠玩。沈德潜《古诗源》卷三《鸡鸣》："鸳鸯七十二，罗列自成行。"又《西京杂记》卷三："茂陵富人袁广汉，藏镪巨万，家僮八九百人。于北邙山下筑园，东西四里，南北五里。激流水注其内，构石为山，高十余丈，养白鹦鹉、紫鸳鸯、牦牛、青兕，奇兽怪禽，委积其间。"
⑬ 愆(qiān)尤：过失，罪咎。
⑭ 黄犬：猎犬。此句用秦相李斯事。《史记·李斯列传》："二世二年七月，具斯五刑，论腰斩咸阳市。斯出狱，与其中子俱执，顾谓其中子曰：'吾欲与若复牵黄犬，俱出上蔡东门逐狡兔，岂可得乎！'遂父子相哭，而夷三族。"
⑮ 绿珠：人名。西晋石崇爱妾。后为赵王司马伦的谋臣孙秀所逼，坠楼死。衅仇：仇隙，怨仇。此句用石崇事。崇为荆州刺史时，以劫掠客商致巨富，与贵戚王恺、羊琇等争为奢靡。《晋书·石崇传》："时赵王伦专权，崇甥欧阳建与伦有隙。崇有妓曰绿珠，美而艳，善吹笛。孙秀使人求之。崇时在金谷别馆，方登凉台，临清流，妇人侍侧。使者以告，崇尽出其婢妾数十人以示之，皆蕴兰麝，被罗縠，曰：'在所择。'使者曰：'君侯服御，丽则丽矣，然本受命指索绿珠，不识孰是？'崇勃然曰：'绿珠吾所爱，不可得也。'使者曰：'君侯博古通今，察远照迩，愿加三思。'崇曰：'不然。'使者出而又反，崇竟不许。秀怒，乃劝伦诛崇、建。……崇正宴于楼上，介士到门。崇谓绿珠曰：'我今为尔得罪。'绿珠泣曰：'当

效死于官前。'因自投于楼下而死。崇曰：'吾不过流徙交、广耳。'及车载诣东市，崇乃叹曰：'奴辈利吾家财。'收者答曰：'知财致害，何不早散之？'崇不能答。崇母兄妻子无少长皆被害，死者十五人。"

⑯ 鸱（chī）夷子：范蠡，春秋时越国大夫。字少伯，楚国宛（今河南省南阳市）人。越为吴所败，赴吴为质三年。返越后助越王勾践发愤图强，灭吴。功成遂去，号"鸱夷子皮"。到陶，改名"陶朱公"，经商致富。《史记·越王勾践世家》："范蠡浮海出齐，变姓名，自谓鸱夷子皮。"司马贞索隐："范蠡自谓也。以吴王杀子胥而盛以鸱夷，今蠡自以有罪，故为号也。韦昭曰：'鸱夷，革囊也。'或曰生牛皮也。"又《汉书·货殖传》："（蠡）乃乘扁舟，浮江湖，变姓名，适齐为鸱夷子皮，之陶为朱公。"

⑰ 棹（zhào）：划（船）。扁（piān）舟：小船。

【评析】

第一段八句起兴，写天津桥春景，感发落花流水、物是人非之慨，顺启下章。第二段十八句为赋，铺陈权贵豪奢骄纵：其出入朝廷、肥马轻裘，势焰可炙；归来则高堂鼎食，歌舞游乐，极尽物欲之享；至"行乐争昼夜，自言度千秋"二句，自然括结本章。第三段六句承转，言其功成不知身退，必有李斯、石崇之祸，不如范蠡乘扁舟而浮江湖。此章比赋相兼，揭橥诗旨，语直而意显。全诗气局纵横，又脉理连贯，如朱熹所云："李太白诗，非无法度，乃从容于法度之中，盖圣于诗者也。"（《朱子语类》卷一百四十）

其十九

西上莲花山①，迢迢见明星②。素手把芙蓉③，虚步蹑太清④。霓裳曳广带⑤，飘拂升天行。邀我登云台⑥，高揖卫叔卿⑦。恍恍与之去⑧，驾鸿凌紫冥⑨。俯视洛阳川，茫茫走胡兵⑩。流血涂野草，豺狼尽冠缨⑪。

【题解】

此篇约作于安禄山洛阳称帝之后，长安攻破之前。天宝十四载（755）冬，安禄山以讨杨国忠为名，起兵范阳，南下陷洛阳。次年正月称雄武皇帝,国号燕,建元圣武,大封官职,唐朝官吏附逆颇多。王琦注:"此诗大抵是洛阳破没之后所作。'胡兵'谓禄山之兵,'豺狼'谓禄山所用之逆臣。"

【注释】

① 莲花山:指华山。五岳之西岳,属秦岭东段。在唐华州华阴县(今陕西省渭南市华阴市)南。今称主峰为太华山,西峰为莲花山,南峰为落雁山,东峰为朝阳山,北峰为云台山,中峰为玉女山。南峰最高。华山群峰耸列,峻秀奇险,为游览胜地。

② 迢迢:遥远貌。明星:华山仙女名。清《陕西通志》卷二十九《祠祀二·华州》:"明星、玉女者,居华山,服玉浆,白日升天。"一说指华山山峰。《陕西通志》卷八《山川一·华岳》:"华岳三峰:芙蓉、明星、玉女也。"其注引《方舆胜览》:"按芙蓉即莲花峰;明星、玉女疑是一名,即东玉女峰也。"

③ 素手:洁白的手。多形容女子之手。

④ 虚步:谓凌空而行。太清:道教谓元始天尊所化法身道德天尊所居之境。其境在玉清、上清之上,唯成仙方能入此,故亦泛指仙境。

⑤ 霓裳:神仙衣裳。相传神仙以云霓为裳。曳广带:衣裳上拖曳着宽阔的飘带。

⑥ 云台:华山之北峰。

⑦ 高揖:双手抱拳高举过头作揖。古代作为辞别时的礼节。卫叔卿:西汉中山(治今河北省保定市定州市)人。服食云母而成仙。尝乘浮云,驾白鹿降临皇宫,武帝仅以臣下相待,失望而去。武帝遣使推求之,终在华山绝岩下,望见叔卿与数仙人于石上嬉戏。见葛洪《神仙传》卷二。

⑧ 恍恍:朦胧不清貌。

⑨ 紫冥:天空。

⑩ 胡兵:指安禄山叛军。

⑪ 冠缨:帽及帽带。借指仕宦。此谓安禄山称帝后封授逆臣官职。

【评析】

前十句写登山从仙女游,落笔如行云骖鸾,缥缈而多姿;其间"明星"形象,不胜光华婉丽,神采照人。后四句用"俯视"转接,自幻境而跃回现实,描写流血遍野、豺狼冠缨情景。通篇以乐衬悲,借游仙以寄忧国之怀。

其四十七

桃花开东园,含笑夸白日。偶蒙春风荣,生此艳阳质①。岂无佳人色?但恐花不实②。宛转龙火飞③,零落早相失。讵知南山松④,独立自萧飋⑤?

【题解】

此篇托物言志。《李太白全集》卷二十四有《感兴八首》,其四云:"芙蓉娇绿波,桃李夸白日。偶蒙春风荣,生此艳阳质。岂无佳人色,但恐花不实。宛转龙火飞,零落互相失。讵知凌寒松,千载长守一。"两诗略同。萧士赟注曰:"按此篇已见二卷古诗四十七首,必是当时传写之殊,编诗者不能别,姑存于此卷。观者试以首句比并而论,美恶显然,识者自见之矣。"(《分类补注李太白诗》卷二十四)

【注释】

① 艳阳:形容光艳美丽。
② 岂无二句:意谓桃花徒有华丽外表,而无其实。不实,不结果实。
③ 宛转:回旋,盘曲,蜿蜒曲折。龙火:指东方七宿中的心宿。东方七宿称苍龙,其第五宿为心宿,有星三颗,主星称鹑火、大火,故称龙火。西晋张协《七命》诗:"若乃龙火西颓,暄气初收。"谓龙火西流,阳气日衰。
④ 讵(jù):岂。表示反问。
⑤ 萧飋:同"萧瑟"。形容风吹树木的声音。

【评析】

前八句极写东园桃花趋时荣谢,比衬后二句南山松坚贞独立,以繁托简,彰显其志,可谓勘破人生荣辱之理。萧士赟曰:"谓士无实行,偶然荣遇者,则易至于弃捐。孰若君子之有特操者,独立而不改其节哉!"(《分类补注李太白诗》卷二)

远别离

　　远别离,古有皇英之二女①,乃在洞庭之南②,潇湘之浦③。海水直下万里深,谁人不言此离苦?日惨惨兮云冥冥④,猩猩啼烟兮鬼啸雨。我纵言之将何补?皇穹窃恐不照余之忠诚⑤,雷凭凭兮欲吼怒⑥。尧舜当之亦禅禹⑦。君失臣兮龙为鱼,权归臣兮鼠变虎。或云尧幽囚⑧,舜野死⑨。九疑联绵皆相似⑩,重瞳孤坟竟何是⑪?帝子泣兮绿云间⑫,随风波兮去无还。恸哭兮远望,见苍梧之深山。苍梧山崩湘水绝,竹上之泪乃可灭⑬。

【题解】

　　远别离,亦作《古别离》《生别离》《长别离》《久别离》等。乐府杂曲名。《乐府诗集》卷七十一《杂曲歌辞十一·古别离》:"《楚辞》曰:'悲莫悲兮生别离。'《古诗》曰:'行行重行行,与君生别离。相去万余里,各在天一涯。'后苏武使匈奴,李陵与之诗曰:'良时不可再,离别在须臾。'故后人拟之为《古别离》。梁简文帝又为《生别离》,宋吴迈远有《长别离》,唐李白有《远别离》,亦皆类此。"此篇或作于天宝十二载(753),太白北游幽蓟后南归之时。

【注释】

　　① 皇英:指娥皇、女英。传说唐尧有二女,长娥皇,次女英,皆适于虞舜,娥皇为后,女英为妃。《水经注·湘水》:"湖水西流,迳二妃庙南,世谓之黄陵庙也。言大舜之陟方也,二妃从征,溺于湘江,神游洞庭之渊,出入潇湘之浦。"

　　② 洞庭:湖泊名。又名"青草湖"。在今湖南省北部、长江南岸。有汨、湘、资、沅、澧五水汇入。湖中多小山,以君山最为著名。

　　③ 潇湘:指湘水。因湘水清深故名。亦指湘、潇二水的并称。

　　④ 惨惨:昏暗貌。惨,通"黪"。冥冥:昏暗貌。

　　⑤ 皇穹:犹皇天。对天及天神的尊称。

　　⑥ 凭凭:象声词。形容雷声、鼓声等。

⑦ 禅(shàn):以帝位让人。传说尧知其子丹朱不肖,得四岳推举,以舜为继任人,对舜考核三年后,命其摄政。尧死后,舜继位,史称"禅让"。舜又以同样方式,推举禹为继任人。见《尚书》之《尧典》《大禹谟》。

⑧ 尧幽囚:一说尧晚年为舜所囚,其位亦为舜所夺;而舜则被禹放逐,死于南方苍梧。最早怀疑"尧舜禅让"之说者,见《荀子·正论篇》:"夫曰尧舜擅让,是虚言也,是浅者之传,陋者之说也。"又《韩非子·说疑》:"舜逼尧,禹逼舜,汤放桀,武王伐纣。此四王者,人臣弑其君者也。"后张守节《史记正义》引《竹书》云:"昔尧德衰,为舜所囚也。"又云:"舜囚尧,复偃塞丹朱,使不与父相见也。"王琦注则反驳曰:"今《竹书》并无此荒谬之说。意者起自六朝,君臣之间多有惭德,乃伪造此辞,谓古圣人已有行之者,以自文释其过欤?太白虽用其事,而以'或云'冠其上,以见其说之不可信也。"

⑨ 舜野死:《国语·鲁语上》有"舜勤民事而野死"。韦昭注:"野死,谓征有苗,死于苍梧之野也。"

⑩ 九疑:亦作"九嶷"。山名。在今湖南省永州市宁远县南,相传为舜之葬所。《山海经·海内经》:"南方苍梧之丘,苍梧之渊,其中有九嶷山。舜之所葬,在长沙零陵界中。"郭璞注:"山,今在零陵营道县南,其山九溪皆相似,故云九疑,古者总名其地为苍梧也。"梁任昉《述异记》卷下:"九疑山,隔湘江,跨苍梧野,连营道县界,九山相似,行者望之有疑,因名曰九疑山。"

⑪ 重瞳(chóngtóng):双瞳孔。传说舜出生于姚墟,目重瞳子,故取名重华。后以"重瞳"代称虞舜。

⑫ 帝子:指尧之二女娥皇和女英。绿云:缭绕仙人的瑞云。

⑬ 竹上之泪:指斑竹。茎上有紫褐色斑点的竹,亦称湘妃竹。西晋张华《博物志》卷八:"尧之二女、舜之二妃,曰湘夫人。舜崩,二妃啼,以涕挥竹,竹尽斑。"又任昉《述异记》卷上:"昔舜南巡,而葬于苍梧之野,尧之二女娥皇、女英追之不及,相与恸哭,泪下沾竹,竹文上为之斑斑然。"

【评析】

关于此诗作意,前人论说纷纭,概举有三:其一,以为刺玄宗天宝失政,内宠权臣,外任藩镇,将致丧乱。如萧士赟《分类补注李太白诗》卷三云:"此诗大意谓无借人国柄,借人国柄则失其权,失其权则虽圣哲不能保其社稷、妻子焉,其祸有必至之势也。然则此诗之作,其在于天宝之末乎?太白此时熟识时病,欲言则惧祸及己,不得已而形之诗章,聊以致其爱君忧国之志而已。所谓皇、英之事,特借之以引喻发兴。而曰'日'曰'皇穹'者,所以比其君;而'云'则其臣也。诗曰'日惨惨兮云冥冥'者,喻君昏于上,而权臣障蔽于下也;'猩猩啼烟鬼啸雨'者,极小人之形容,而政乱之甚也;'我纵言之将何补'者,太白感叹之辞,谓时事如此矣,我纵言之,诚恐君不以我为忠,而适以取憎于权臣也。夫如是,则又将何补哉?'尧舜当之亦禅禹'而下数句,乃是太白所欲言之事,谓权归于臣,其祸必至。于此所引《竹书》事,特起兴耳。末句曰'苍梧山崩湘水绝,竹上之泪乃可灭'者,白意若曰:事若至此,是抱万古之恨与山水而无穷也。诗意切直著明,流出胸臆,非识时忧世之士,怀存君忠国之心者,孰能与于此!"其二,以为刺玄宗、肃宗父子间代位之事。如王世懋《艺圃撷余》云:"其太白晚年之作邪?先是肃宗即位灵武,玄宗不得已称上皇,迎归大内,又为李辅国劫而幽之,太白忧愤而作此诗。因今度古,将谓尧、舜事亦有可疑。曰'尧舜禅禹',罪肃宗也;曰'龙鱼''鼠虎',诛辅国也。故隐其辞,托兴英、皇,而以《远别离》名篇。风人之体善刺,欲言之无罪耳。"又沈德潜《唐诗别裁集》卷六云:"玄宗禅位于肃宗,宦者李辅国谓上皇居兴庆宫,交通外人,将不利于陛下,于是徙上皇于西内,怏怏不逾时而崩。诗盖指此也。太白失位之人,虽言何补?故托吊古以致讽焉。"其三,以为讽玄宗安史乱中入蜀事。如陈沆《诗比兴笺》卷三云:"其西京初陷,马嵬赐死时作乎?'海水直下万里深,谁人不言此离苦',言天上人间永诀也。'我纵'以下,乃追痛祸乱之原。方其伏而未发,忠臣智士,结舌吞声,人人知之而不敢言。一旦祸起不测,天地易位,'六军不发无奈何,宛转蛾眉马前死','君失权兮龙为鱼,权归臣兮鼠变虎'之谓也。'或云'以下,乃苍黄西幸,传闻不一之词,故有'幽囚''野死'之议。'帝子'以下,乃又反复流连以哀痛之。……'苍梧山崩湘水绝,竹上之泪乃可灭','天长地久终有尽,此恨绵绵无绝期'也。故《长恨歌》千言,不及《远别离》一曲。"以上诸说,后二说因涉帝王让位、贵妃赐死,于诗之言表见意,似若得之。然此篇入选殷璠《河岳英灵集》,作为盛唐之人选盛唐之诗,该集所录讫于天宝十二载(753),故太白诗必作于此前。再者,太白是时北游,已察知安禄山不臣之志,而自幽州南归;因感于朝政昏暗,祸患将至,虽忧心于此,却又无力回天,欲言而不可明言之处,托吊古以抒之。因而此篇作意当以萧说为近是。全诗专用比兴,故境界奇幻,寓意深渺,细绎之则颇多趣味。王琦注引胡震亨曰:"此篇借舜二妃追舜不及、泪染湘竹之事,言远别离之苦,并借《竹书》杂记见逼舜禹、南巡野死之说,点缀其间,以著人君失权之戒。使其词闪幻可骇,增奇险之趣。盖体干于楚《骚》,而韵调于汉铙歌诸曲,以成为一家语。参观之,当得其源流所自。"(《李太白全集》卷三)

蜀道难

噫吁嚱①,危乎高哉!蜀道之难,难于上青天。蚕丛及鱼凫②,开国何茫然。尔来四万八千岁,不与秦塞通人烟③。西当太白有鸟道④,可以横绝峨眉巅⑤。地崩山摧壮士死⑥,然后天梯石栈相钩连。上有六龙回日之高标⑦,下有冲波逆折之回川。黄鹤之飞尚不得过,猿猱欲度愁攀援⑧。青泥何盘盘⑨,百步九折萦岩峦。扪参历井仰胁息⑩,以手抚膺坐长叹⑪。问君西游何时还,畏途巉岩不可攀⑫。但见悲鸟号古木,雄飞雌从绕林间。又闻子规啼夜月⑬,愁空山。蜀道之难,难于上青天,使人听此凋朱颜⑭。连峰去天不盈尺,枯松倒挂倚绝壁。飞湍瀑流争喧豗⑮,砯崖转石万壑雷⑯。其险也若此,嗟尔远道之人胡为乎来哉!剑阁峥嵘而崔嵬⑰,一夫当关,万夫莫开。所守或匪亲⑱,化为狼与豺。朝避猛虎,夕避长蛇,磨牙吮血,杀人如麻。锦城虽云乐⑲,不如早还家。蜀道之难,难于上青天,侧身西望长咨嗟⑳。

【题解】

蜀道难,乐府瑟调曲名。《乐府诗集》卷四十《相和歌辞十五·瑟调曲五·蜀道难》:"《古今乐录》曰:'王僧虔《技录》有《蜀道难行》,今不歌。'《乐府解题》曰:'《蜀道难》备言铜梁、玉垒之阻,与《蜀国弦》颇同。'……按铜梁、玉垒在蜀郡西南(北),今永康(治今四川省成都市都江堰市)是也。非入蜀道,失之远矣。"詹锳谓此篇或作于天宝二载(743),太白以荐入朝后,规摹古调以讽戒(《李白诗文系年》)。郁贤皓则以为或作于开元十八年(730),初入长安时(《李太白全集校注》卷二)。

【注释】

① 噫吁嚱(yīxūxī):叹词。表示惊异或慨叹。

② 蚕丛句:蚕丛、鱼凫,皆传说中古蜀国王。蚕丛为始祖,教人蚕桑。西晋刘逵注左思《蜀都赋》引扬雄《蜀王本纪》曰:"蜀王之先,名蚕丛、柏濩、鱼凫、蒲泽、开明。是时人萌椎髻左言,不晓文字,未有礼乐。从开明上到蚕丛,积三万四千岁,故曰兆基于上代也。"(《文选》卷四)东晋常璩《华阳国志》卷三《蜀志》:"周失纲纪,蜀先称王。有蜀侯蚕丛,其目纵,始称王。死作石棺、石椁,国人从之,故俗以石棺椁为纵目人家也。次王曰柏灌,次王曰鱼凫。鱼凫王田于湔山,忽得仙道,蜀人思之,为立祠。"

③ 秦塞(sài):秦代所建的要塞。秦关中地区四周有山川险阻,自古称为"四塞之地"。《史记·秦始皇本纪》:"秦地被山带河以为固,四塞之国也。"又《史记·项羽本纪》:"关中阻山河四塞,地肥饶可都以霸。"裴骃集解引徐广曰:"(四塞)东函谷,南武关,西散关,北萧关。"

④ 太白:山名。在唐凤翔府郿县(今陕西省宝鸡市眉县)东南五十里。为秦岭最高峰,因山巅不生草木,终年积雪,故称。鸟道:险峻狭窄的山路。太白山之西出褒、斜二水,沿河谷有褒斜道通蜀。褒水南注汉水,谷口在山南西道兴元府褒城县(今陕西省汉中市勉县褒城镇)北;斜水北注渭水,谷口在关内道凤翔府郿县西南。通道山势险峻,历代凿山架木,于绝壁修成栈道,为关中入蜀交通要道。《元和郡县图志》卷二十二《山南道三·兴元府·褒城县》:"褒斜道,一名石牛道。张良令汉王烧绝栈道,示无还心,即此道也。"

⑤ 峨眉:山名。在唐剑南道嘉州峨眉县(今四川省乐山市峨眉山市)西南。因山势逶迤,有山峰相对如蛾眉,故名。其脉自岷山绵延而来,突起为大峨、中峨、小峨三峰。东汉以降,山中佛寺、道观渐多,成为佛教、道教胜地。此处借指高峻的蜀山。

⑥ 地崩句:据《华阳国志》卷三《蜀志》,"(秦)惠王知蜀王好色,许嫁五女于蜀。蜀遣五丁迎之,还到梓潼,见一大蛇入穴中,一人揽其尾掣之,不禁,至五人相助,大呼曳蛇,山崩时压杀五人及秦五女并将从,而山分为五岭。直顶上有平石,蜀王痛伤,乃登之,因命曰五妇冢。"

⑦ 六龙:指太阳。神话传说日神羲和乘车,驾以六龙。回日:谓羲和驾车前进,不得过,为之回车。形容极高。高标:此指高耸特立之山。王琦注:"高标,是指蜀山之最高而为一方之标识者言也。"

⑧ 猿猱(náo):泛指猿猴。长臂,善攀援。

⑨ 青泥:指青泥岭。亦称"泥功山"。在唐兴元府兴州长举县(今陕西省汉中市略阳县白水江镇)西北,自古为陕、甘入蜀要途。《元和郡县图志》卷二十二《兴元府·兴州·长举县》:"青泥岭在县西北五十三里,接溪山东,即今通路也。悬崖万仞,山多云雨,行者屡逢泥淖,故号青泥岭。"盘盘:曲折回绕貌。

⑩ 扪参(shēn)历井:参、井,皆二十八宿星名。王琦注:"扪参历井者,谓仰视天星,去人不远,若可以手扪及之,极言其岭之高也。参、井二宿,本相近。参三星,居西方七宿之末,占度十,为蜀之分野。井八星,居南方七宿之首,占度三十三,为秦之分野。青泥岭,乃自秦入蜀之路,故举二方分野之星相联者言之。"胁息:敛缩气息。

⑪ 抚膺:抚摩或捶拍胸口。表示哀叹、惋惜、悲愤等。

⑫ 巉(chán)岩:险峻的山岩。

⑬ 子规:杜鹃鸟的别称。亦称杜宇鸟。相传战国末,杜宇在蜀称帝,号望帝,为除水患有功,禅位退隐西山。蜀人思之,时适二月,子规啼鸣,以为帝魂所化,故名之为杜宇。见东晋常璩《华阳国志·蜀志》。子规啼声凄切,诗文中常借以抒客愁思归之情。

⑭ 朱颜:红润美好的容颜。

⑮ 喧豗(huī):形容喧闹轰响。

⑯ 砯(pīng):象声词。形容水流冲击崖石声。转石:转动石块。

⑰ 剑阁:指剑阁道。小剑山至大剑山间栈道。北口在唐利州益昌县(今四川省广元市元坝区昭化镇)西南,南端在剑门县剑门关(今广元市剑阁县城关下寺镇)。《旧唐书》卷四十一《地理志四·剑南道·剑州》:"剑门县界大剑山,即梁山也。其北三十里所,有小剑山。大剑山有剑阁道,三十里至剑处,张载刻铭之所。"《元和郡县图志》卷二十二《兴元府·利州·益昌县》:"小剑城去大剑戍四十里,连山绝险,飞阁通衢,故谓之剑阁道。"峥嵘、崔嵬:皆形容高耸险峻。

⑱ 匪亲:不是亲子弟;不是亲信。匪,同"非"。西晋张载《剑阁铭》:"一人荷戟,万夫趑趄。形胜之地,匪亲勿居。"

⑲ 锦城:即锦官城。故址在今成都市南。成都旧城有大城、少城。少城在西,古为掌织锦官官署,因称"锦官城"。后用作成都别称,亦省作"锦官""锦城""锦里"。《华阳国志》卷三《蜀志》:"其道西城,故锦官也。锦江织锦,濯其中则鲜明,濯他江则不好,故命曰锦里也。"唐开元七年(719),于成都置剑南节度使。

⑳ 咨嗟:叹息。

【评析】

孟棨《本事诗·高逸第三》曰:"李太白初自蜀至京师,舍于逆旅。贺监知章闻其名,首访之,既奇其姿,复请所为文。出《蜀道难》以示之。读未竟,称叹者数四,号为'谪仙',解金龟换酒,与倾尽醉。期不间日,由是称誉光赫。"此篇写蜀道,自太白山经青泥岭、剑阁道至锦官城,走笔神奇变幻,倏起倏落,忽虚忽实,确有无可俦匹之仙风。诗极言蜀道之"难",而为之三致意:一难在隔绝渺远,不与中通,直到"地崩山摧壮士死",方有"天梯石栈相钩连"。一难在高峻深险,上际于天,下极于地,鸟兽畏惮,人亦为此抚膺长叹失颜色。一难在虎蛇当路,杀人如麻,以戒"所守或匪亲,化为狼与豺",若是任非其人,据险自恃,则贻害无穷。三番描述,三重嗟叹。其思之所至,融合往古传说与现实环境,逞纵横跌宕之才力;心之营构,因变天地自然之象,而为出神入化之奇境。"上有六龙回日之高标,下有冲波逆折之回川","连峰去天不盈尺,枯松倒挂倚绝壁。飞湍瀑流争喧豗,砯崖转石万壑雷"等语,状难写之景如在目前,无不惊人魂魄。诗以七言为主,杂以三言、四言、五言与九言,节奏铿锵,气势磅礴,使人读之,不啻出没于洪涛巨浪之间,真可谓绝世之体调。然前人解说此诗,亦颇多分歧,有刺肃宗朝剑南节度使严武说,讽开天间剑南节度使章仇兼琼说,讽明皇避乱幸蜀说,送友人入蜀而即事成篇说等。按此诗亦见录于《河岳英灵集》卷上,作时应在天宝十二载前;而《本事诗》等言太白初至京,贺知章见访,是在天宝初。故讽明皇幸蜀、刺严武之说,必不成立。章仇兼琼在蜀,年岁虽相近,却无据险跋扈之迹,何以作诗讽之?综观各家之词,以胡震亨所论最为平允,王琦《李太白全集》卷三注引其言曰:"愚谓《蜀道难》自是古相和歌曲,梁、陈间拟者不乏,讵必尽有为而作?白蜀人,自为蜀咏耳。言其险,更著其戒,如云'所守或匪亲,化为狼与豺'。风人之义远矣,必求一时一人之事以实之,不几失之凿乎?"又顾炎武《日知录·新唐书》云:"李白《蜀道难》之作,当在开元、天宝间。时人共言锦城之乐,而不知畏涂之险,异地之虞,即事成篇,别无寓意。"亦属通达之论。而今人郁贤皓则认为,以上数说均未尽达此诗之意,其《李太白全集校注》卷二曰:"今按(陈)阴铿《蜀道难》末二句曰:'蜀道难如此,功名讵可要!'可知《蜀道难》此题原来就有功业难求之意。中晚唐之际的诗人姚合《送李余及第归蜀》诗曰:'李白《蜀道难》,羞为无成归。子今称意行,蜀道安觉危?'可知唐人认为李白写《蜀道难》,是寓有功业无成之意的。正如《行路难》寓有仕途艰难之意一样。孟棨《本事诗》和王定保《唐摭言》记载《蜀道难》被贺知章赞赏,皆称'李白初自蜀至京师,舍于逆旅','名未甚振',当即指出蜀未几、初入长安之时。李白初入长安,为的是追求功业,结果却无成而归。由此证知,此诗当是开元年间初入长安无成而归时,送友人而寄意之作。"此说或有发明,可备一解。

梁甫吟

长啸《梁甫吟》,何时见阳春①?君不见朝歌屠叟辞棘津②,八十西来钓渭滨③。宁羞白发照清水,逢时壮气思经纶④。广张三千六百钧⑤,风期暗与文王亲⑥。大贤虎变愚不测⑦,当年颇似寻常人。君不见高阳酒徒起草中⑧,长揖山东隆准公⑨。入门不拜骋雄辩,两女辍洗来趋风⑩。东下齐城七十二,指挥楚汉如旋蓬⑪。狂客落魄尚如此,何况壮士当群雄。我欲攀龙见明主⑫,雷公砰訇震天鼓⑬。帝旁投壶多玉女⑭,三时大笑开电光⑮,倏烁晦冥起风雨⑯。阊阖九门不可通⑰,以额扣关阍者怒⑱。白日不照吾精诚,杞国无事忧天倾⑲。猰貐磨牙竞人肉⑳,驺虞不折生草茎㉑。手接飞猱搏雕虎,侧足焦原未言苦㉒。智者可卷愚者豪㉓,世人见我轻鸿毛㉔。力排南山三壮士,齐相杀之费二桃㉕。吴楚弄兵无剧孟,亚夫咍尔为徒劳㉖。《梁甫吟》,声正悲。张公两龙剑,神物合有时㉗。风云感会起屠钓,大人岘屼当安之㉘。

【题解】

梁甫吟,亦作《梁父吟》。乐府楚调曲名。《乐府诗集》卷四十一《相和歌辞十六·楚调曲上·梁甫吟》:"《古今乐录》曰:'王僧虔《技录》有《梁甫吟行》,今不歌。'……李勉《琴说》曰:'《梁甫吟》,曾子撰。《琴操》曰:曾子耕泰山之下,天雨雪冻,旬月不得归,思其父母,作《梁山歌》。'蔡邕《琴颂》曰:'梁甫悲吟,周公越裳。'按梁甫,山名,在泰山下。《梁甫吟》,盖言人死葬此山,亦葬歌也。又有《泰山梁甫吟》,与此颇同。《三国志·蜀志·诸葛亮传》:"亮躬耕陇亩,好为《梁父吟》。"今存古辞即题名诸葛亮作。詹锳系于天宝九载(750),太白离金陵,经浔阳北上至洛阳时作。

【注释】

① 阳春:温暖的春天。比喻恩泽。宋玉《九辩》:"无衣裘以御冬兮,恐溘死不得见乎阳春。"

② 朝(Zhāo)歌:商代帝乙、帝辛(纣)的别都。在今河南省鹤壁市南。周武王率西南诸侯誓师于牧野(今河南省鹤壁市淇县西南),伐纣,商军大败,纣退回朝歌鹿台自焚死,商亡。屠叟:指吕尚。姜姓,吕氏,名望,字尚父,一说字子牙,商末周初时人。传说家贫年老,尝屠牛于朝歌,卖食于棘津(今河南省新乡市延津县东北),垂钓于磻溪(今陕西省

宝鸡市东南)。遇周文王,文王与语大说,曰:"吾太公望子久矣。"故号之"太公望",载与俱归,立为太师。俗称"姜太公"。辅佐武王灭商有功,为周开国大臣。后封于齐,都营丘(今山东省淄博市临淄区东北)。又辅助成王平息东方夷族从武庚及"三监"叛乱,巩固了周室政权。有兵书《六韬》,为战国时人托其名而作。

③ 渭滨:渭水之滨。传说吕尚年七十钓于渭渚,九十遇文王。《史记·齐太公世家》:"西伯将出猎,卜之,曰:'所获非龙非彲,非虎非罴,所获霸王之辅。'于是周西伯猎,果遇太公于渭之阳。"

④ 宁(nìng)羞二句:意谓太公不以年迈垂钓为羞耻,遇时则胸怀豪壮,思考治国理政之大计。宁羞,岂以为羞耻。以反问语气表示不以为羞耻。逢时,谓遇上好时运。经纶,整理丝绪编织成绳。引申为筹划国家大事。

⑤ 广张:广泛张设。三千六百:泛指大地。《博物志》卷一:"地有三千六百轴,犬牙相举。"此句寓太公垂钩以钓天下之义。

⑥ 风期:风度品格。此句喻君臣遇合之义。

⑦ 虎变:喻非常之人出处变化莫测,如虎纹斑斓多彩。《易·革》:"九五。大人虎变,未占有孚。象曰:大人虎变,其文炳也。"孔颖达疏:"损益前王,创制立法,有文章之美,焕然可观,有似虎变,其文彪炳。"

⑧ 高阳酒徒:指郦食其(Lìyìjī)。秦末陈留高阳乡(今河南省开封市杞县西南)人。本为里监门吏。刘邦起兵至高阳时,自称"高阳酒徒"往见,献计克陈留,封广野君。楚汉之争中,说齐王田广归汉,下齐七十余城。韩信袭齐,齐王以为被出卖,将其烹死。《史记·郦生陆贾列传》:"初,沛公引兵过陈留,郦生踵军门上谒,曰:'高阳贱民郦食其,窃闻沛公暴露,将兵助楚讨不义,敬劳从者,愿得望见,口画天下便事。'使者入通,沛公方洗,问使者曰:'何如人也?'使者对曰:'状貌类大儒,衣儒衣,冠侧注。'沛公曰:'为我谢之,言我方以天下为事,未暇见儒人也。'使者出谢曰:'沛公敬谢先生,方以天下为事,未暇见儒人也。'郦生瞋目案剑叱使者曰:'走!复入言沛公,吾高阳酒徒也,非儒人也。'使者惧而失谒,跪拾谒,还走,复入报曰:'客,天下壮士也,叱臣,臣恐,至失谒。曰:走!复入言,而公高阳酒徒也。'沛公遽雪足杖矛曰:'延客入。'"按:《史

记》此段记载重出,情节各异,附于《郦生陆贾列传》之平原君朱建传后。或为太史公之未定稿,见世传郦生书,存疑而录之。

⑨ 长揖:拱手高举,自上而下行礼。隆准公:汉高祖刘邦的别称。隆准,高鼻。《史记·高祖本纪》:"高祖为人,隆准而龙颜。"刘邦乃沛(今属江苏省徐州市)人,因沛县在太行山以东,故称山东隆准公。

⑩ 趋风:疾行如风,以示恭敬。两句事见《史记·郦生陆贾列传》:"沛公将兵略地陈留郊。沛公麾下骑士,适郦生里中子也,沛公时时问邑中贤士豪俊。骑士归,郦生见,谓之曰:'吾闻沛公慢而易人,多大略,此真吾所愿从游,莫为我先。若见沛公,谓曰:臣里中有郦生,年六十余,长八尺,人皆谓之狂生,生自谓我非狂生。'骑士曰:'沛公不好儒,诸客冠儒冠来者,沛公辄解其冠,溲溺其中。与人言,常大骂,未可以儒生说也。'郦生曰:'弟言之。'骑士从容言,如郦生所诫者。沛公至高阳传舍,使人召郦生。郦生至,入谒,沛公方倨床,使两女子洗足而见郦生。郦生入,则长揖不拜,曰:'足下欲助秦攻诸侯乎?且欲率诸侯破秦也?'沛公骂曰:'竖儒!夫天下同苦秦久矣,故诸侯相率而攻秦,何谓助秦攻诸侯乎?'郦生曰:'必聚徒合义兵,诛无道秦,不宜倨见长者。'于是沛公辍洗,起摄衣,延郦生上坐,谢之。郦生因言六国纵横时。沛公喜,赐郦生食,问曰:'计将安出?'郦生曰:'足下起纠合之众,收散乱之兵,不满万人,欲以径入强秦,此所谓探虎口者也。夫陈留,天下之冲,四通五达之郊也,今其城又多积粟。臣善其令,请得使之,令下足下。即不听,足下举兵攻之,臣为内应。'于是遣郦生行,沛公引兵随之,遂下陈留。号郦食其为广野君。"

⑪ 旋蓬:蓬草随风飞旋。喻轻而易举。两句事见《史记·郦生陆贾列传》,汉三年(前204)秋,郦生东行说齐王田广,言天下归汉之理。"田广以为然,乃听郦生,罢历下兵守战备,与郦生日纵酒。淮阴侯闻郦生伏轼下齐七十余城,乃夜度兵平原袭齐。齐王田广闻汉兵至,以为郦生卖己,乃曰:'汝能止汉军,我活汝;不然,我将亨汝!'郦生曰:'举大事不细谨,盛德不辞让。而公不为若更言!'齐王遂烹郦生,引兵东走。"

⑫ 攀龙:喻依附帝王以成就功业或扬威。亦比喻依附有声望的人以立名。语本扬雄《法言·渊骞篇》:"攀龙鳞,附凤翼,巽以扬之,勃勃

乎其不可及乎！"有成语"攀龙附凤"。

⑬ 砰訇(hōng)：象声词。迅雷声。天鼓：天神所击之鼓。传说天鼓震则有雷声。此句喻君王声威。

⑭ 投壶：古代宴会礼制。亦为娱乐活动。宾主依次以矢投向盛酒的壶口，多中为胜，负者饮酒。此句喻君王之侧多有女宠或佞幸。

⑮ 三时：指春、夏、秋三季。开电光：天不雨而有闪电，谓为"天笑"。旧题西汉东方朔《神异经·东荒经》："东荒山中有大石室，东王公居焉。长一丈，头发皓白，人形鸟面而虎尾，载一黑熊，左右顾望。恒与一玉女投壶，每投千二百矫，设有入不出者，天为之嚇嘘；矫出而脱误不接者，天为之笑。"张华注："言笑者，天口流火焰灼。今天下不雨而有电光，是天笑也。"

⑯ 倏烁：闪烁不定貌。晦冥：昏暗，阴沉。两句喻君王喜怒无常。

⑰ 阊阖：传说中的天门，有九重。亦指天子之门。古宫室制度，天子设九门。《礼记·月令》："（季春之月）田猎，置罘，罗网，毕翳，喂兽之药，毋出九门。"郑玄注："天子九门者，路门也，应门也，雉门也，库门也、皋门也、城门也、近郊门也、远郊门也、关门也。"

⑱ 阍(hūn)者：阍人。《周礼·天官·阍人》："阍人，掌守王宫之中门之禁。"后通称守门人。两句化用屈原《离骚》"吾令帝阍开关兮，倚阊阖而望予"句意。

⑲ 杞：古国名。武王伐纣后，封夏禹后裔东楼公于杞，称杞国（今河南省开封市杞县）。春秋时迁都于淳于（今山东省潍坊市安丘市东北）。战国时为楚惠王所灭。《列子·天瑞篇》："杞国有人，忧天地崩坠，身亡所寄，废寝食者。"后喻不必要的忧虑，有成语"杞人忧天"。此句反用其意，谓虽不受君恩照鉴，仍忧心于国事。

⑳ 猰貐(yàyǔ)：亦作"窫窳"。传说中的食人猛兽。《山海经·北山经》："少咸之山无草木，多青碧。有兽焉，其状如牛而赤身，人面马足，名曰窫窳。其音如婴儿，是食人。"后用以比喻凶恶之人。

㉑ 驺虞(zōuyú)：传说中的义兽。《诗·召南·驺虞》："彼茁者葭，壹发五豝，于嗟乎驺虞。"毛传："驺虞，义兽也。白虎，黑文，不食生物，有至信之德则应之。"此处以喻仁德君子。

㉒ 手接二句：用东汉张衡《思玄赋》"愿竭力以守谊兮，虽贫穷而不改。执雕虎而试象兮，阽焦原而跟趾"之意。守谊，谓坚守道义。雕虎，即虎，虎身毛纹如雕画，故名。试象，与大象较量。阽(diàn)，临近危险，近边欲坠。焦原，巨石，在莒国。跟趾，脚后跟。谓脚跟齐于焦原巨石边缘而不惧。李善注："'雕虎'以喻贫，'试象'以喻竭力，'焦原'以喻义。言己以执雕虎之贫穷，愿竭试象之力，而守焦原之义。上句为此张本。"李白用此，意谓虽处贫困，勇于守义而矢志不改。按张衡赋后二句，语本《尸子》卷下引中黄伯曰："余左执太行之獶，而右搏雕虎，惟象之未与，吾心试焉。有力则又愿为牛，欲与象斗以自试。今二三子以为义矣，将恶乎试之？夫贫穷，太行之獶也；疏贱者，义之雕虎也。而吾日遇之，亦足以试矣。"谓每日执獶搏虎以试守义。《尸子》卷下又曰："莒国有名焦原者，广数寻，长五十步，临百仞之溪，莒国莫敢近也。有以勇见莒子者，独却行齐踵焉，莒国莫之敢近已，独齐踵焉，所以服莒国也。夫义之为焦原也，亦高矣。是故贤者之于义也，必且齐踵焉，此所以服一世也。"谓不畏艰险齐踵而取义。

㉓ 可卷：可以卷怀。《论语·卫灵公》："邦有道，则仕；邦无道，则可卷而怀之。"刘宝楠正义："卷，收也。怀，与'褢'同，藏也。……卷而怀之，盖以物喻。"后用以谓藏身隐退，收心息虑。

㉔ 鸿毛：鸿雁羽毛。常比喻轻微或不足道的事物。《战国策·楚策四》："是以国权轻于鸿毛，而积祸重于丘山。"

㉕ 力排二句：用齐相晏子以二桃杀三士之事。见《晏子春秋·内篇谏下二》。春秋时，齐景公有公孙接、田开疆、古冶子三士，以勇力搏虎而闻名。因不礼敬晏子，晏子便以其无义无伦说服景公，馈之二桃，请三士计功食桃。公孙接、田开疆各叙己功，先后取桃。古冶子怒，更叙己功之巨，抽剑逼二子返桃。二子以为功有不逮，取桃不让是贪，羞愧自刎。古冶子以为二子死而己独生是不仁，耻人言而夸耀其声是不义，恨此行为而不死是无勇，亦刎颈而死。后用以施阴计杀人之典。诸葛亮《梁父吟》："步出齐城门，遥望荡阴里。里中有三墓，累累正相似。问是谁家墓，田疆古冶子。力能排南山，文能绝地纪。一朝被谗言，二桃杀三士。谁能为此谋？国相齐晏子。"

㉖ 吴楚二句：用西汉周亚夫得剧孟事。景帝三年(前154)，吴王刘濞联合楚、赵等六国叛乱，周亚夫为太尉领兵讨之。至河南，得洛阳豪侠剧孟，喜曰："吴楚举大事而不求剧孟，吾知其无能为已。天下骚动，大将军得之，若一敌国云。"见《汉书·游侠传·剧孟》。李白在此以剧孟自比，谓有待知己者一遇。咍(hāi)：嗤笑；讥笑。

㉗ 张公二句：用西晋张华遣雷焕得丰城双剑事。晋初，张华见斗牛间常有紫气，问雷焕何祥？焕称是宝剑之精，在豫章丰城(今江西省宜春市丰城市西南)。张华乃补雷焕为丰城令。焕到任，掘县狱屋基，得一石函，光气非常，内有龙泉、太阿双剑。雷焕送一剑与张华，自留一剑。有客曰："得两送一，张公岂可欺乎？"焕曰："灵异之物，终当化去，不永为人服也。"张华得剑甚爱之，详观剑文，乃古剑干将。于是致书雷焕："莫邪何复不至？虽然，天生神物，终当合耳。"后张华被杀，干将剑亦失其所在。雷焕卒，其子雷华持剑途经延平津(在今福建省南平市延平区)，剑忽从腰间跃出堕水。请人入水寻剑，但见两龙各长数丈，盘绕一起，入水者惧而返。须臾，光彩照水，波浪惊沸。雷华叹曰："先君化去之言，张公终合之论，此其验乎？"见《晋书·张华传》。李白用此，以喻当国者终须用人，如神剑之遇合有时。

㉘ 风云二句：意谓大人君子必有风云际会之遇，身处困厄且当安心以俟之。风云感会，犹风云际会。古有云从龙、风从虎之说，常以风云际会形容君臣遇合，成就大业。起屠钓，指姜太公以知遇而起于屠钓。峨屼(nièwù)，不安貌。

【评析】

方东树《昭昧詹言》卷十二曰："读太白者，先详其训诂，次晓其典故，次寻其命意脉络及归宿处，而其妙全在文法高妙。大约古人不可及，只是文法高妙，令人迷离莫测。"此诗初读颇为费解，正可依方氏步骤加以辨析。诗当分以四段。首二句突起，为第一段，言志士未达而渴求知遇之恩，是全篇主旨所在。第二段咏古，以两个"君不见"各领八句，分述太公、郦生事迹，言为士无论困窘耄朽、落魄狂傲，乘时遇合则咸可见用。本段"大贤"二句以结太公，"狂客"二句以结郦生，借此宽慰和勉励自己，并自然渡下。第三段入己，寓不遇之感，又可分作两层：

"我欲攀龙见明主"至"以额扣关阍者怒"为一层,讽君侧群小环伺,而君王喜怒无常,致朝政不清,进路壅塞,贤良已无门可入。"白日不照吾精诚"至"亚夫哈尔为徒劳"为一层,使事引典,取譬连类,徘徊感叹,抒一腔悲愤。先言精诚不为君恩所照鉴,故而常怀杞人忧天之心,承上层"九门不可通"之意。继言朝政昏暗,则权奸当道,如"猰貐"害人夺命;朝政清明,则任人唯贤,多"驺虞"辅国利生。顺此而下,言我虽身处贫贱,亦不改履险取义之志;然审时度势,邦既无道,与其急而不择以妄逞豪气,不如卷而怀之以独善其身,此为智者与愚者之分,世人不解,而轻我如鸿毛。即引古来二事以证:豪勇如三士,力能排山,却为齐相二桃所杀,是愚;剧孟有强势,吴楚不用,愿效知遇者亚夫,是智。本段意脉婉转曲折,似断若连,细推则环环相扣,一以贯之。最后,"《梁甫吟》,声正悲"以下为第四段,用神剑化龙传说,谓贤德君子终有风云际会之时,且当安心以待,表达用世的期望与执着,以呼应首段作收。此篇章法转运井然,更不见其经营之迹,诚为太白七古杰构。然而,是诗又不仅限于"文法高妙",其意象之奇警,气脉之灌输,使事之适切,设喻之宏深,皆有不可及处。而博采史实、诸子、楚《骚》、志怪及传说入诗,炉冶提炼,易同俯拾,尤显太白逞才使气、驰骤词翰之本色。

乌夜啼

黄云城边乌欲栖①,归飞哑哑枝上啼②。机中织锦秦川女③,碧纱如烟隔窗语。停梭怅然忆远人,独宿孤房泪如雨。

【题解】

乌夜啼,乐府西曲歌名。《旧唐书·音乐志二》:"《乌夜啼》,宋临川王义庆所作也。元嘉十七年,徙彭城王义康于豫章。义庆时为江州,至镇,相见而哭,为帝所怪,征还宅,大惧。妓妾夜闻乌啼声,扣斋阁云:'明日应有赦。'其年更为南兖州刺史,作此歌。故其和云:'笼窗窗不开,乌夜啼,夜夜望郎来。'今所传歌,似非义庆本旨。"《乐府诗集》卷四十七《清商曲辞四·西曲歌上·乌夜啼》:"《古今乐录》曰:'《乌夜啼》,

旧舞十六人。'《乐府解题》曰:'亦有《乌栖曲》,不知与此同否。'"

【注释】

① 黄云:黄色云气。天欲雪,云特黄于常云,故称。乌:乌鸦。又称"老鸹""老鸦"。嘴大而直,羽毛黑色。

② 哑哑(yā—):象声词。乌鸦等禽鸟鸣声。

③ 织锦:织作锦缎。秦川女:指苏蕙。前秦始平郡(今陕西省咸阳市兴平市东南)人。秦川,秦岭以北关中平原,秦之故地。据《晋书·列女传》:"窦滔妻苏氏,始平人也。名蕙,字若兰,善属文。滔,苻坚时为秦州刺史,被徙流沙。苏氏思之,织锦为《回文旋图诗》以赠滔。宛转循环以读之,词甚凄惋。凡八百四十字,文多不录。"

【评析】

诗咏秦川女"织锦回文"故事,以乌啼"黄云城边"起兴,情景倍感凄凉。思念深切,隔窗与谁语?与乌雀,与路人,抑或对空自语?颇耐咀嚼。而伤情更有不堪言者,乃停梭怅然,独宿垂泪。诗之语言浅淡而极富意味,自是乐府天然气象。高步瀛曰:"此篇似讥明皇之开边。"(《唐宋诗举要》卷二)开元、天宝间,唐廷连连向外征战,戍卒艰苦,思妇怨望,亦正可由是作想。

乌栖曲

姑苏台上乌栖时①,吴王宫里醉西施②。吴歌楚舞欢未毕,青山欲衔半边日。银箭金壶漏水多③,起看秋月坠江波,东方渐高奈乐何④!

【题解】

乌栖曲,乐府西曲歌名。见《乐府诗集》卷四十八《清商曲辞五·西曲歌中》。詹锳《李白诗文系年》曰:"是诗与《乌夜啼》之作当在太白入京之前。此诗起句云:'姑苏台上乌栖时,吴王宫里醉西施。'或太白游姑苏时怀古而作,《苏台览古》诗可以为证。"

【注释】

① 姑苏台:亦作"姑胥台"。在姑苏山(即今江苏省苏州市吴中区木渎镇西北灵岩山)上。相传为吴王夫差所筑。《述异记》卷上:"吴王夫差筑姑苏之台,三年乃成。周旋诘屈,横亘五里,崇饰土木,殚耗人力,宫妓数千人。上别立春宵宫,为长夜之饮,造千石酒钟。夫差作天池,池中造青龙舟,舟中盛陈妓乐,日与西施为水嬉。吴王于宫中作海灵馆、馆娃阁,铜沟玉槛。宫之楹槛,皆珠玉饰之。"

② 西施:亦称"先施""夷光""西子"。春秋末越国苎萝(今浙江省绍兴市诸暨市南)人。姓施。以貌美著称。越王勾践败于夫椒之战后,得西施于苎萝山,教习三年,遣范蠡献之于吴王夫差,成为夫差宠妃。越灭吴,传范蠡携西施入五湖而去,不知所终。一说,吴亡后,越王沉西施于江。

③ 银箭金壶:即古代计时器刻漏。以铜为壶,底穿孔,壶中立一有刻度的箭形浮标,随壶中水滴漏,而显示箭上度数,可知时辰。箭以银饰之,故曰银箭;壶以铜为之,故曰金壶。

④ 高:通"皜"。白。《乐府诗集》卷十六《鼓吹曲辞一·汉铙歌·有所思》:"秋风肃肃晨风飔,东方须臾高知之。"奈乐何:意谓如此作乐将奈之何。暗示为乐难久之意。

【评析】

前四句两韵,铺写吴王白昼作乐。山衔落日,乌栖之时,歌舞未休,西施犹醉,时序倒插间错,平添波澜之势。后三句一韵,续写通宵寻欢至东方既白。末句以"奈乐何"括结全诗,谓吴王如此纵欲贪欢,沉湎日夜,其乐焉能长久!深寓炯戒,足为当世者鉴,而又妙在全不点破。至于"青山欲衔半边日"与"起看秋月坠江波"两句,叙事中兼用景语,则令所述避直而委曲,更见其"坠落"之讽谕远意。兴寄微婉,亦是太白家数。《本事诗·高逸第三》记贺知章称叹《蜀道难》后,又见其《乌栖曲》,叹赏苦吟曰:"此诗可以泣鬼神矣!"

将进酒

君不见黄河之水天上来,奔流到海不复回。君不见高堂明镜悲白发[1],朝如青丝暮成雪。人生得意须尽欢,莫使金樽空对月[2]。天生我材必有用,千金散尽还复来。烹羊宰牛且为乐,会须一饮三百杯[3]。岑夫子,丹丘生[4],进酒君莫停[5]。与君歌一曲,请君为我倾耳听。钟鼓馔玉不足贵[6],但愿长醉不用醒。古来圣贤皆寂寞,惟有饮者留其名。陈王昔时宴平乐[7],斗酒十千恣欢谑。主人何为言少钱,径须沽取对君酌[8]。五花马[9],千金裘[10],呼儿将出换美酒[11],与尔同销万古愁。

【题解】

将进酒,汉乐府铙歌曲名。《乐府诗集》卷十六《鼓吹曲辞一·汉铙歌十八首·将进酒》:"古词曰:'将进酒,乘大白。'大略以饮酒放歌为言。"将(jiāng),姑且。一说将(qiāng),请。黄锡珪编在天宝十一载(752),《李太白编年诗集目录》云:"天宝十一年仲春,白游河东道,还至嵩山元丹丘处作。"

【注释】

① 高堂:高大厅堂,大堂。
② 金樽:亦作"金尊"。酒杯的美称。
③ 会须:应当。
④ 岑夫子、丹丘生:李白之友。王琦注:"岑夫子,即集中所称岑征君是;丹丘生,即集中所称元丹丘是。皆太白好友也。"按岑征君,即岑勋,南阳(今属河南省)人。"征君"系尊称,指不接受朝廷征召的隐士。世传颜真卿所书《大唐西京千福寺多宝佛塔感应碑》,即岑勋所撰文。元丹丘,为李白在蜀中结识的道友,相交弥久且深,曾同在河南嵩山隐居。李白集中有多首分别写给二人的诗,而同时提及二人的诗除《将进酒》外,还有一首《酬岑勋见寻就元丹丘对酒相待以诗见招》。
⑤ 进酒句:一作"将进酒,杯莫停"。

⑥ 钟鼓馔(zhuàn)玉：指富贵生活。馔玉，精美食品。古代豪门显贵宴饮时鸣钟列鼎，饮食精美。梁戴暠《煌煌京洛行》："挥金留客坐，馔玉待钟鸣。"

⑦ 陈王：三国魏曹植。字子建，沛国谯县(今安徽省亳州市)人。曹操第三子。富于才学，操一度欲立其为太子。及曹丕、曹叡相继为帝，备受猜忌，郁郁而死。植太和六年(232)封陈王，卒谥思，故世称"陈思王"。其《名都篇》云："归来宴平乐，美酒斗十千。"李善注："平乐，观名。"

⑧ 径须：犹直须。应当，应。

⑨ 五花马：唐人喜将骏马鬣毛修剪成瓣以为饰，分成三瓣者为"三花马"，五瓣者为"五花马"。一说指马毛色作五花纹。

⑩ 千金裘：珍贵的皮衣。语出《史记·孟尝君列传》："此时孟尝君有一狐白裘，直千金，天下无双。"

⑪ 将：取，拿。

【评析】

首以"黄河"起兴，其豪迈意气即如河水奔涌，一泻而下，贯通全篇。两个"君不见"，各领十、七字长句，感发岁月如逝、生命苦短之悲慨。然后径接"人生得意须尽欢，莫使金樽空对月"两句入题，叙写饮酒适性之乐。其间复沓断续，放言咏歌，皆率其胸臆，表达傲然自信、恣纵轻财、鄙弃富贵之逸情。太白自言："曩昔东游维扬，不逾一年，散金三十余万，有落魄公子，悉皆济之。"(《上安州裴长史书》)可谓一时豪举。如是，便不觉"五花马，千金裘，呼儿将出换美酒"之语为虚夸。但千金散尽，果复来耶？世间沉浮，真得意耶？以意逆之，"太白素抱用世之才而不遇合"(萧士赟《分类补注李太白诗》卷三)，其豪壮旷达之下，委实难掩内心愤激与苦闷，取"陈王"旧事，用意亦在此。故卒章结穴于"与尔同销万古愁"上，余音亹亹，以遥应篇首逝水之悲。统观全诗，原来痛饮淋漓，不过欲扫心中不平，一任情性而已。

行路难

金樽清酒斗十千①，玉盘珍羞直万钱②。停杯投箸不能食，拔剑四顾心茫然③。欲渡黄河冰塞川,将登太行雪满山④。闲来垂钓碧溪上,忽复乘舟梦日边⑤。行路难,行路难,多岐路⑥,今安在？长风破浪会有时⑦,直挂云帆济沧海⑧。

【题解】

此诗为三首其一。行路难,乐府杂曲名。《乐府诗集》卷七十《杂曲歌辞十》引《乐府解题》曰:"《行路难》,备言世路艰难及离别悲伤之意,多以'君不见'为首。"此三首黄锡珪《李太白编年诗集目录》编在天宝二年(743)冬,在长安作。而詹锳则系于天宝三载(744)被谤放还之初。

【注释】

① 清酒:古代祭祀所用清洁的酒。《诗·小雅·信南山》:"祭以清酒,从以骍牡。"朱熹集传:"清酒,清洁之酒。"此泛指清醇的酒。

② 玉盘:玉制的盘子。亦为盘的美称。珍羞:亦作"珍馐"。精美的肴馔。羞,同"馐"。直:价值,代价。

③ 停杯二句:南朝宋鲍照《拟行路难》:"对案不能食,拔剑击柱长叹息。丈夫生世会几时,安能蹀躞垂羽翼？"此化用其意。投箸(zhù),放下筷子。

④ 太行:山脉名。在山西高原与河北平原之间,从东北向西南延伸。北起拒马河谷,南至晋、豫边境黄河沿岸,达八百余里。受河流切割,多横谷,为东西交通孔道,古有"太行八陉"之称。

⑤ 闲来二句:相传吕尚未遇周文王时,曾垂钓于磻溪。参见第70页《梁甫吟》注释②。伊挚受命于商汤之前,曾梦乘船过日月之旁。参见《宋书·符瑞志上》。此用吕尚、伊尹事,表示寄望于君臣遇合,一展政治抱负。

⑥ 岐路:岔道。岐,同"歧"。分开,岔出。《列子·说符》:"杨子之邻人亡羊,既率其党,又请杨子之竖追之。杨子曰:'嘻！亡一羊,何追者之众？'邻人曰:'多岐路。'既反,问:'获羊乎？'曰:'亡之矣。'曰:'奚亡之？'曰:'岐路之中又有岐焉,吾不知所之,所以反也。'杨子戚然变容,不言者移时,不笑者竟日。"

⑦ 长风破浪:比喻志向远大,气魄雄伟。《宋书·宗悫传》:"悫年少

时,(叔父)炳问其志,悫曰:'愿乘长风破万里浪。'"
⑧ 云帆:白色船帆。济:渡。

【评析】

诗用比兴,言世路艰险及志气难伸之苦闷,情感激越而盘纡。从无心盛宴,拔剑茫然,到冰寒雪满,进路全断,心绪由抑郁、悲愤而落入失望谷底;继而暗用太公、伊尹遇合之典,忽又振起希望。"行路难"四句,节律急促,其歧路彷徨之状,中心踟蹰之态,毕现于纸上。然如此蹉跌往复,至尾声则奋力一扬,破浪济海,诗境顿开,有冲决凭陵一切阻碍之势,情调亦转向高昂与光明。挫折中不失自信,迷惘时坚守理想,亦正是太白诗之刚健处。

长相思

长相思,在长安。络纬秋啼金井阑①,微霜凄凄簟色寒②。孤灯不明思欲绝,卷帷望月空长叹。美人如花隔云端③,上有青冥之高天④,下有渌水之波澜⑤。天长路远魂飞苦,梦魂不到关山难。长相思,摧心肝。

【题解】

长相思,乐府杂曲名。《乐府诗集》卷六十九《杂曲歌辞九·长相思》:"古诗曰:'客从远方来,遗我一书札。上言长相思,下言久离别。'李陵诗曰:'行人难久留,各言长相思。'苏武诗曰:'生当复来归,死当长相思。'长者久远之辞,言行人久戍,寄书以遗所思也。"黄锡珪编在天宝二年(743)暮秋,在长安作。

【注释】

① 络纬:即莎鸡。俗称络丝娘、纺织娘。夏秋夜间振羽作声,声如纺线,故名。王琦注:"今之所谓络纬,似蚱蜢而大,翅作声,绝类纺绩。秋夜露凉风冷,鸣尤凄紧,俗谓之纺绩娘,非蟋蟀也。"金井阑:井上有雕

饰的围栏。

② 凄凄:寒凉。簟(diàn):供坐卧铺垫用的竹席或苇席。《诗·小雅·斯干》:"下莞上簟,乃安斯寝。"郑玄笺:"竹苇曰簟。"

③ 美人:贤良之人。此指所思念的人。

④ 青冥:青苍幽远。指青天。

⑤ 渌(lù)水:清澈的水。

【评析】

《唐宋诗醇》卷二曰:"络纬秋啼,时将晚矣。曹植云:'盛年处房室,中夜起长叹。'其寓兴则同,然植意以礼义自守,此则不胜沦落之感。《卫风》曰:'云谁之思,西方美人。'《楚辞》曰:'恐美人之迟暮。'贤者穷于不遇,而不敢忘君,斯忠厚之旨也。辞清意婉,妙于言情。"诗写戍妇思远,哀怨而不伤,中和之音可追《风》《骚》。而境界凄清,情味亦深洽乐府本题题旨,真不必阑入所谓"不敢忘君"语以解之。

北风行

烛龙栖寒门①,光耀犹旦开。日月照之何不及此,惟有北风号怒天上来。燕山雪花大如席②,片片吹落轩辕台③。幽州思妇十二月④,停歌罢笑双蛾摧⑤。倚门望行人⑥,念君长城苦寒良可哀。别时提剑救边去,遗此虎文金鞞靫⑦。中有一双白羽箭⑧,蜘蛛结网生尘埃。箭空在,人今战死不复回。不忍见此物,焚之已成灰。黄河捧土尚可塞⑨,北风雨雪恨难裁。

【题解】

北风行,乐府杂曲名。《乐府诗集》卷六十五《杂曲歌辞五·北风行》:"《北风》,本卫诗也。《北风》诗曰:'北风其凉,雨雪其雱。'传云:'北风寒凉,病害万物,以喻君政暴虐,百姓不亲也。'若鲍照《北风凉》、李白'烛龙栖寒门',皆伤北风雨雪,而行人不归,与卫诗异矣。"詹锳系于天宝十一载(752),太白北游,冬在幽州作此诗。

【注释】

① 烛龙:神话中人面蛇(或龙)身、通体赤红的神。传说其张目(亦有谓其驾日、衔烛或珠)能照耀天下。《山海经·大荒北经》:"西北海之外,赤水之北,有章尾山。有神,人面蛇身而赤,直目正乘,其瞑乃晦,其视乃明,不食不寝不息,风雨是谒。是烛九阴,是谓烛龙。"又《淮南子·墬形训》:"烛龙在雁门北,蔽于委羽之山,不见日。其神人面龙身而无足。"高诱注:"蔽,至也。委羽,北方山名。一曰龙衔烛以照太阴,盖长千里。视为昼,瞑为夜,吹为冬,呼为夏。"寒门:传说中北方极寒之地。《淮南子·墬形训》:"北方曰北极之山,曰寒门。"高诱注:"积寒所在,故曰寒门。"

② 燕山:山名。在今天津市蓟州区东南,绵延而东至渤海滨。王琦注:"然诗家用'燕山'字,概举燕地之山,犹秦山、楚山之类,不专指一山也。"

③ 轩辕台:古代传说中的土台名。在今河北省张家口市涿鹿县东南桥山上。北宋乐史《太平寰宇记》卷七十一《河北道二十·妫州·怀戎县》:"桥山,山上有祠,黄帝葬于此。《山海经》云:'大荒内有轩辕台,射者不敢西向,畏轩辕故也。'"

④ 幽州:古九州之一。《尔雅·释地》:"燕曰幽州。""燕"指战国燕地,即今河北省北部至辽宁省大部。汉武帝设幽州刺史部,东汉治蓟县(今北京市西南)。唐幽州辖地仅今北京、天津、河北涿州一带,天宝时置范阳节度使。

⑤ 双蛾:美女的两眉。摧:悲伤,哀痛。"双蛾摧",指双眉蹙皱含悲。

⑥ 行人:此指远征之人。

⑦ 鞞靫(bǐngchāi):应作"韛(bù)靫"。盛箭器。

⑧ 白羽箭:尾部装置白翎的箭。

⑨ 捧土:东汉初,朱浮为大将军幽州牧,讨定北边。渔阳太守彭宠抗命,朱浮与之书曰:"今天下几里,列郡几城,奈何以区区渔阳而结怨天子?此犹河滨之人捧土以塞孟津,多见其不知量也。"见《后汉书·朱浮传》。后以"捧土"喻不自量力,或反用其意。

【评析】

写北地苦寒,从神话传说起笔,想落天外;北风怒号,雪花如席,皆劈空而来,豪语恢奇,作势渲染幽冷情境,以烘托幽州思妇之悲怨。身处极寒而哀长城行人,不忍睹物而焚鞴靫羽箭,俱是深一层表意,足摧肝胆。结处再推以至极,写思妇绵绵之恨,犹如无尽北风雨雪,若捧土塞河尚有可能,则裁减此恨更是难乎其难。情韵深致,体格亦出神入化。王世贞《艺苑卮言》卷四曰:"太白古乐府,窈冥惝怳,纵横变幻,极才人之致,然自是太白乐府。"信然。

关山月

明月出天山①,苍茫云海间。长风几万里,吹度玉门关②。汉下白登道③,胡窥青海湾④。由来征战地,不见有人还。戍客望边色⑤,思归多苦颜。高楼当此夜,叹息未应闲。

【题解】

关山月,汉乐府横吹曲名。《乐府诗集》卷二十三《横吹曲辞三·汉横吹曲三·关山月》:"《乐府解题》曰:'《关山月》,伤离别也。'古《木兰诗》曰:'万里赴戎机,关山度若飞。朔气传金柝,寒光照铁衣。'"黄锡珪编在天宝二年(743)夏,在长安作。

【注释】

① 天山:唐时称伊州(治今新疆维吾尔自治区哈密市)、西州(治今吐鲁番市东南)以北一带山脉为天山。亦称"白山""折漫罗山"。

② 玉门关:古关名。汉置,在敦煌郡龙勒县(今甘肃省酒泉市敦煌市阳关镇)西北。参见第41页王维《送元二使安西》注释②。唐玉门关,武德时设于瓜州晋昌县(治今酒泉市瓜州县锁阳城镇)北。

③ 白登:山名。汉初高祖刘邦被匈奴围困处,史称"白登之围"。在汉雁门郡平城(今山西省大同市东北)东。《史记·匈奴列传》:"(冒顿)引兵南逾句注,攻太原,至晋阳下。高帝自将兵往击之。会冬大寒,雨雪,卒之堕指者十二三。于是冒顿详败走,诱汉兵。汉兵逐击冒顿,冒顿匿其精兵,见其羸弱,于是汉悉兵(多步兵)三十二万北逐之。高帝先

至平城,步兵未尽到。冒顿纵精兵四十万骑,围高帝于白登七日,汉兵中外不得相救饷。"北宋欧阳忞《舆地广记》卷十九《河东路下》:"云州云中县有白登山,匈奴围汉高祖于此。"

④ 青海:我国最大咸水湖,在今青海省东北部。古名鲜水、西海,又名卑禾羌海。北魏时始名青海,在吐谷浑境内。唐时,吐蕃灭吐谷浑,吞并其地。王琦注:"青海,隋时属吐谷浑,唐高宗时为吐蕃所据。仪凤中李敬元,开元中王君㚟、张景顺、崔希逸、皇甫惟明、王忠嗣,先后与吐蕃攻战,皆近其地,相去不远。"

⑤ 戍客:离乡守边的人。边色:边地风物景色。

【评析】

前四句描绘边塞景象,视通万里,笔力雄浑遒劲。中四句思接千载,慨叹古来征战,代代未绝,多少征人一去不还。此节承上启下,由边塞而征战,由征战而戍客,过渡紧凑。后四句写戍卒望乡,想象高楼闺人共月叹息,含无尽悲辛。从对面来写两地相思,益复痛楚,情感层递层深,胜乐府古题之意远甚。

长干行

妾发初覆额,折花门前剧①。郎骑竹马来②,绕床弄青梅③。同居长干里,两小无嫌猜④。十四为君妇,羞颜未尝开。低头向暗壁,千唤不一回。十五始展眉,愿同尘与灰⑤。常存抱柱信⑥,岂上望夫台⑦。十六君远行,瞿塘滟滪堆⑧。五月不可触,猿声天上哀。门前迟行迹⑨,一一生绿苔。苔深不能扫,落叶秋风早。八月胡蝶来,双飞西园草。感此伤妾心,坐愁红颜老。早晚下三巴⑩,预将书报家。相迎不道远,直至长风沙⑪。

【题解】

此诗为二首其一。长干(gān)行,乐府杂曲名。古辞有《长干曲》一首。见《乐府诗集》卷七十二《杂曲歌辞十二》。长干,里巷名。在吴都建邺(今江苏省南京市)城南。左思《吴都赋》:"长干延属,飞甍舛立。"刘逵注:"建业南五里有山岗,其间平地,吏民杂居。东长干中有大长干、小长干,皆相连。大长干在越城东,小长干在越城西,地有长短,故号大、小相干。"南宋祝穆《方舆胜览》卷十四《江东路·建康府》:"长干里,去上元县五里。李白《长干行》'同居长干里',乃秣陵县东里巷。江东谓山陇之间曰'干'。"

【注释】

① 剧:游戏,嬉闹。

② 竹马:儿童游戏时当马骑的竹竿。

③ 床:井栏。弄青梅:把玩青梅。喻男女儿童间的天真亲昵。有成语"青梅竹马"。

④ 嫌猜:疑忌。

⑤ 愿同句:意谓愿同灰尘一样合而不分。

⑥ 抱柱:语本《庄子·盗跖》,"尾生与女子期于梁下,女子不来,水至不去,抱梁柱而死"。后以"抱柱"为坚守信约的典故。

⑦ 望夫台:古代传说,有女子因思念离家远行的丈夫,日日登高望之,久而化作石。后人因名其石为望夫石,山为望夫台、望夫山。故事流传极广,故关中、巴蜀、荆楚、吴越等地,均有名为"望夫"之石山高台。此取登高思远之意,非专指一处。

⑧ 瞿塘:即瞿塘峡。为长江三峡之首。亦称"夔峡"。在唐夔州(治今重庆市奉节县白帝镇)城东。两岸悬崖壁立,江流湍急,号称西蜀门户。峡口有夔门、滟滪堆。滟滪堆:峡口江流中礁石。《太平寰宇记》卷一百四十八《山南东道七·夔州》:"滟滪堆,周围二十丈,在州西南二百步蜀江中心,瞿塘峡口。冬水浅,屹然露百余尺;夏水涨,没数十丈。其状如马,舟人不敢进。又曰'犹与',言舟子取途,不决水脉,故曰犹与。谚曰:'滟滪大如朴,瞿塘不可触。滟滪大如马,瞿塘不可下。滟滪大如鳖,瞿塘行舟绝。滟滪大如龟,瞿塘不可窥。'"1958年,治理航道时已炸平。

⑨ 迟:逗留。此句谓在门前徘徊等候时留下足迹。

⑩ 三巴:东汉末,益州牧刘璋分巴郡为永宁、固陵、巴三郡,后又改为巴、巴东、巴西三郡,故称"三巴"。相当于今川、渝间嘉陵江、綦江流

域以东大部地区。南宋王应麟《小学绀珠·地理类》:"(三巴)巴郡,今重庆府;巴东,今夔州;巴西,今合州。"亦泛指蜀地。

⑪ 长风沙:地名。在唐舒州怀宁县(今安徽省安庆市潜山市)东。《太平寰宇记》卷一百二十五《淮南道三·舒州》:"长风沙,在(怀宁)县东一百九十里,置在江界,以防寇盗。"王琦注:"盖自金陵至长风沙七百里,而室家来迎其夫,甚言其远也。"

【评析】

通篇以女子口吻,自述与郎君结识、相爱到别离过程,道尽商妇闺怨。青梅竹马与婚后羞涩、展眉情景,传神写照,于生动处只可意会而不可言传。别后之担忧、苦望,以及触物而感伤,则说得愁肠百结,不胜离情。《唐宋诗醇》卷三曰:"儿女子情事,直从胸臆间流出,萦迂回折,一往情深。尝爱司空图所云'道不自器,与之圆方',为深得委曲之妙,此篇庶几近之。"诗之质而不俚,浅而能深,自是汉人乐府所遗。

古朗月行

小时不识月,呼作白玉盘。又疑瑶台镜①,飞在青云端。仙人垂两足,桂树何团团②。白兔捣药成③,问言与谁餐。蟾蜍蚀圆影④,大明夜已残⑤。羿昔落九乌⑥,天人清且安。阴精此沦惑⑦,去去不足观。忧来其如何,凄怆摧心肝。

【题解】

古朗月行,南朝宋鲍照有《朗月行》诗,见《乐府诗集》卷六十五《杂曲歌辞五》。王琦注:"疑始于照。"按鲍照诗写闺阁佳人对月弦歌,太白用其题而未袭其意。此诗或作于安史之乱前,以忧朝政昏乱。

【注释】

① 瑶台:玉制的镜台。亦指传说中仙人居所。

② 仙人二句:传说月中有仙人、桂树。唐徐坚《初学记》卷一引虞喜

《安天论》曰:"俗传月中仙人、桂树,今视其初生,见仙人之足渐已成形,桂树后生。"

③ 白兔捣药:月中之影形如白兔、杵臼,故传说月中有白兔捣药。西晋傅玄《拟天问》:"月中何有?白兔捣药。"

④ 蟾蜍:似蛙而大,背呈黑绿色,有大小疙瘩。此句谓月蚀,古人以为蟾蜍食月。

⑤ 大明:指月。

⑥ 羿:神话传说中善射的人。后衍作"后羿",为上古夷族首领,善射。王逸《楚辞章句·天问章句第三》:"《淮南》言,尧时十日并出,草木焦枯。尧命羿仰射十日,中其九日,日中九乌皆死,堕其羽翼,故留其一日也。"乌:传说日中有三足乌,因以"乌"代称日。

⑦ 阴精:指月。张衡《灵宪》:"月者,阴精之宗。积而成兽,象兔。阴之类,其数耦。"沦惑:沉沦,湮没。

【评析】

前半写童稚眼中之月,瑰丽神奇,宛若仙境。后半写月蚀情形,以月遭劫难而心忧,恨无射日英雄带给天人清平和安宁。前人多以为此诗借月引兴,微辞含寄,刺贵妃迷惑主听。如陈沆《诗比兴笺》卷三曰:"忧禄山将叛时作。月,后象;日,君象。禄山之祸,兆于女宠,故言蟾蜍蚀月明,以喻宫闱之蛊惑。九乌无羿射,以见太阳之倾危,而究归诸阴精沦惑,则以明皇本英明之辟,若非沉溺色荒,何以安危乐亡而不悟耶?危急之际,忧愤之词。"不妨存备一说。

塞下曲

五月天山雪,无花只有寒。笛中闻《折柳》①,春色未曾看。晓战随金鼓②,宵眠抱玉鞍③。愿将腰下剑,直为斩楼兰④。

【题解】

此诗为六首其一。塞下曲,唐乐府杂题,出自汉旧题《出塞》《入塞》。《乐府诗集》卷二十一《横吹曲辞一·出塞》:"《晋书·乐志》曰:'《出塞》《入塞》曲,李延年造。'曹嘉之《晋书》曰:'刘畴尝避乱坞壁,贾胡百数欲害之,畴无惧色,援笳而吹之,为《出塞》《入塞》之声,以动其游客之思,于是群胡皆垂泣而去。'按《西京杂记》曰:'戚夫人善歌《出塞》《入塞》《望归》之曲。'则高帝时已有之,疑不起于延年也。唐又有《塞上》《塞下》曲,盖出于此。"郁贤皓曰:"据此组诗诗中多写朝廷出兵情况推测,疑于天宝二年(743)在长安作。"(《李太白全集校注》卷四)

【注释】

① 折柳:亦作《折杨柳》《折杨柳枝》。乐府横吹曲名。《乐府诗集》卷二十二《横吹曲辞二·折杨柳》:"《唐书·乐志》曰:'梁乐府有《胡吹歌》云:"上马不捉鞭,反拗杨柳枝。下马吹横笛,愁杀行客儿。"此歌辞元出北国,即鼓角横吹曲《折杨柳枝》是也。'《宋书·五行志》曰:'晋太康末,京洛为《折杨柳》之歌,其曲有兵革苦辛之辞。'"梁元帝以来之作,多抒离别相思之情。

② 金鼓:四金和六鼓。四金指錞、镯、铙、铎;六鼓指雷、灵、路、鼖、鼛、晋。金鼓用以节声乐,和军旅,正田役。亦泛指金属制乐器和鼓。军队作战时用于激励士气。

③ 玉鞍:马鞍的美称。

④ 楼兰:古西域国名。王治扞泥城(今新疆维吾尔自治区巴音郭楞蒙古自治州若羌县)。西汉元封三年(前108)内附。因居汉与匈奴之间,常持两端,或杀汉使,阻通道。元凤四年(前77),汉遣傅介子斩其王安归,另立尉屠耆为王,更名为鄯善国。事见《汉书·西域传上》。后亦借用为杀敌立功的事典。

【评析】

五月天山,积雪不消,虽无雪花飘飞,却依然寒彻,春色亦只能从笛声中想来。春夏如此,秋冬何堪? 后二句顺接此意,而极言战事之紧张激烈,晓随金鼓而征,夜抱玉鞍而眠。惟其写尽边塞寒苦艰辛,方衬得末二句高亢振起,雄快踔厉。"愿将腰下剑,直为斩楼兰",正与王昌龄《从军行》"黄沙百战穿金甲,不破楼兰终不还"语同怀,意气俱足千秋。

玉阶怨

玉阶生白露①,夜久侵罗袜②。却下水精帘③,玲珑望秋月④。

【题解】

玉阶怨,乐府楚调曲名。《乐府诗集》卷四十三《相和歌辞十八·楚调曲下》有齐谢朓《玉阶怨》一首。王琦注:"题始自谢朓,太白盖拟之。"多写深宫女子愁怨。

【注释】

① 玉阶:宫廷中玉砌的台阶。亦为台阶的美称。白露:秋天的露水。《礼记·月令》:"(孟秋之月)凉风至,白露降,寒蝉鸣。"

② 侵:此指逐渐浸湿。罗袜:丝罗织成的袜。

③ 却:还,仍。张相《诗词曲语辞汇释》卷一:"却,犹还也;仍也。李白《玉阶怨》诗:'玉阶生白露,夜久侵罗袜。却下水精帘,玲珑望秋月。'此诗极写怨情,夜久不寐,还下帘而望月也。"水精:水晶。无色透明石英。常用以制作器物或饰品。

④ 玲珑:明彻貌。指隔帘所望之月晶亮莹润。

【评析】

玉阶伫立,帘下久望,孤寂凄惋形象,真切如绘。萧士赟评曰:"太白此篇,无一字言怨,而隐然幽怨之意见于言外。"(《分类补注李太白诗》卷五)

丁都护歌

云阳上征去①,两岸饶商贾。吴牛喘月时②,拖船一何苦③。水浊不可饮,壶浆半成土④。一唱《都护歌》,心摧泪如雨。万人凿盘石⑤,无由达江浒⑥。君看石芒砀⑦,掩泪悲千古。

【题解】

丁都护歌,即乐府吴声歌曲《丁督护歌》。《乐府诗集》卷四十五《清商曲辞二·吴声歌曲二·丁督护歌》引《宋书·乐志》曰:"《督护歌》者,彭城内史徐逵之为鲁轨所杀,宋高祖使府内直督护丁旿收敛殡埋之。逵之妻,高祖长女也。呼旿至阁下,自问殓送之事。每问辄叹息曰:'丁督护!'其声哀切,后人因其声广其曲焉。"又引《唐书·乐志》曰:"《丁督护》,晋宋间曲也。今歌是宋武帝所制。"此题多咏军旅之事及思妇哀怨,太白用以别创新意,写舟役之苦。詹锳系于开元二十六年(738),记润州刺史齐澣开伊娄河于瓜洲浦事。黄锡珪《李太白编年诗集目录》则编在天宝六载(747)夏,二游吴越在金陵作。郁贤皓亦从其说,《李太白全集校注》卷四:"旧注谓此诗咏齐澣或韦坚开运河通漕运,皆非。"

【注释】

① 云阳:古县名。春秋时吴国旧邑。秦改曲阿县,唐改丹阳县(今江苏省镇江市丹阳市)。《元和郡县图志》卷二十五《江南道一·润州·丹阳县》:"本旧云阳县地。秦时,望气者云'有王气',故凿之以败其势,截其直道使之阿曲,故曰'曲阿'。武德五年,曾于县置简州,八年废。天宝元年,改为丹阳县。"上征:谓溯流而上。

② 吴牛喘月:吴地之牛畏热,见月疑为日而气喘。《太平御览》卷四引《风俗通》曰:"吴牛望月则喘之;苦于日,见月亦怖而喘焉。"后用以为典,形容酷热难当,亦比喻因疑似而惧怕。

③ 拖船:牵引船只。一何:多么。

④ 壶浆:茶水或酒浆。此句指水很浑浊,盛入壶中,沉淀后一半是泥土。

⑤ 盘石:大石。盘,通"磐"。此句谓动用许多役夫采凿大石。

⑥ 无由:没有办法。江浒(hǔ):江边。此句意谓将凿下的大石运送到江边非常困难。

⑦ 芒砀(dàng):大而多貌。一说指芒山、砀山。山在今河南省商丘市永城市芒山镇西北,与安徽省宿州市砀山县交界。二山出文石(有纹理之石),故自古为采石场。然按其地理位置,与丹阳并不相涉,此说非是。揣摩诗意,应指采运太湖石,由丹阳沿运河溯流而北上。

【评析】

写纤夫上征,以云阳商贾衬起。天热饥渴,牵挽喘息,一如吴牛,其劳苦之状颇触人悯念。采石运石,千古震扰以为民累,故有千古之悲歌。《唐宋诗醇》卷四曰:"落笔沉痛,含意深远,此李诗之近杜者。"

静夜思

床前看月光①,疑是地上霜。举头望山月②,低头思故乡。

【题解】

静夜思,唐乐府新题。见《乐府诗集》卷九十《新乐府辞一·乐府杂题一》。黄锡珪编在开元十九年(731),居安陆小寿山时作。

【注释】

① 看月光:清王士禛《唐人万首绝句选》作"明月光"。后《唐宋诗醇》、沈德潜《唐诗别裁集》、蘅塘退士《唐诗三百首》亦从之,殆依王氏选本。而此前各本李白集及诸唐诗选本俱作"看月光"。

② 望山月:各本李白集及诸唐诗选本俱作"望山月",惟《唐诗三百首》作"望明月"。

【评析】

抒写羁旅之思,妙在"举头""低头"之间,不经意而言情,故其情真率有味。今人刘永济评曰:"李白此诗绝去雕采,纯出天真,犹是《子夜》民歌本色,故虽非用乐府古题,而古意盎然。"(《唐人绝句精华》)

子夜吴歌

长安一片月,万户捣衣声①。秋风吹不尽,总是玉关情②。何日平胡虏,良人罢远征③?

【题解】

此诗为四首其三,亦作《子夜四时歌·秋歌》。子夜吴歌,乐府吴声歌曲。《乐府诗集》卷四十四《清商曲辞一·吴声歌曲一》引《晋书·乐志》曰:"吴歌杂曲,并出江南。东晋已来,稍有增广。其始皆徒歌,既而被之管弦。盖自永嘉渡江之后,下及梁、陈,咸都建业,吴声歌曲起于此也。"又引《唐书·乐志》曰:"《子夜歌》者,晋曲也。晋有女子名子夜,造此声,声过哀苦。"又引《乐府解题》曰:"后人更为四时行乐之词,谓之《子夜四时歌》。又有《大子夜歌》《子夜警歌》《子夜变歌》,皆曲之变也。"

【注释】

① 捣衣:古人裁衣前,将织好的布帛铺在砧石上,用木杵捶击,使之柔软平整,便于缝制。多于秋风起时,捣衣制衣,以寄远人御寒之用。亦指洗衣时用木杵捣之,使之干净。此处指前一种意义。

② 玉关:即玉门关。参见第85页《关山月》注释②。此亦泛指边防关塞。

③ 良人:古代女子对丈夫的称呼。《孟子·离娄下》:"齐人有一妻一妾而处室者,其良人出,则必餍酒肉而后反。"赵岐注:"良人,夫也。"

【评析】

前四句情景妙合无垠,情中有景,景中含情,余韵悠远。前人有谓"删去末二句作绝句,更觉浑含无尽"(田同之《西圃诗说》)。然太白乐府诗,每于古题多有破格,别赋新意。此诗增其两句,并非赘笔,正如沈德潜所云:"诗贵寄意,有言在此而意在彼者。李太白《子夜吴歌》本闺情语,而忽冀罢征。"(《说诗晬语》卷下)其意从境出,自然深入一层,得画外之音、味外之旨,固至高妙然。

襄阳歌

落日欲没岘山西①,倒着接䍦花下迷②。襄阳小儿齐拍手,拦街争唱《白铜鞮》③。傍人借问笑何事,笑杀山公醉似泥。鸬鹚杓④,鹦鹉杯⑤,百年三万六千日,一日须倾三百杯。遥看汉水鸭头绿,恰似葡萄初酦醅⑥。此江若变作春酒,垒曲便筑糟丘台⑦。千金骏马换小妾⑧,笑坐雕鞍歌《落梅》⑨。车旁侧挂一壶酒,凤笙龙管行相催⑩。咸阳市中叹黄犬⑪,何如月下倾金罍⑫?君不见晋朝羊公一片石⑬,龟头剥落生莓苔⑭。泪亦不能为之堕,心亦不能为之哀。清风朗月不用一钱买,玉山自倒非人推⑮。舒州杓⑯,力士铛⑰,李白与尔同死生。襄王云雨今安在⑱?江水东流猿夜声。

【题解】

襄阳歌,乐府杂歌谣名。见《乐府诗集》卷八十五《杂歌谣辞三》。詹锳系于开元二十二年(734),太白往襄阳拜谒荆州刺史兼山南东道采访使韩朝宗,《李太白全集》卷二十六有《与韩荆州书》。诗当作于此际。

【注释】

① 岘(xiàn)山:又名"岘首山"。在唐襄州襄阳县(今湖北省襄阳市襄城区)东南。

② 接䍦(lí):亦作"接篱""接䍦"。古代一种白帽子。此句形容倒着白帽的醉态,用西晋山简事。简性好饮,为征南将军镇守襄阳时,常在习氏园池宴饮。《晋书·山简传》:"简优游卒岁,唯酒是耽。诸习氏荆土豪族有佳园池,简每出游嬉,多之池上,置酒辄醉,名之曰'高阳池'。时有童儿歌曰:'山公出何许?往至高阳池。日夕倒载归,酩酊无所知。时时能骑马,倒著白接䍦。举鞭向葛疆,何如并州儿?'疆家在并州,简爱将也。"参见第26页王维《汉江临泛》注释④。

③ 白铜鞮(dī):亦作《白铜蹄》。南朝梁歌谣名。梁武帝在雍镇,有童谣曰:"襄阳白铜蹄,反缚扬州儿。"铜蹄指马。后武帝代兴,扬州之士皆降,如谣所言。帝遂制新声,自为之词三曲,以被弦管。后人改"蹄"为"鞮",故曰《白铜鞮》。

④ 鸬鹚杓(sháo):刻为鸬鹚形的酒杓。王琦注引杨齐贤曰:"鸬鹚,水鸟,其颈长,刻杓为之形。"

⑤ 鹦鹉杯:用鹦鹉螺制成的酒杯。北宋李昉《太平广记·水族二》:

"鹦鹉螺,旋尖处屈而味,如鹦鹉嘴,故以为名。壳上青绿斑。大者可受二升,壳内光莹如云母,装为酒杯,奇而可玩。"

⑥ 遥看二句:意谓汉水碧绿,远看如初酿的葡萄酒。鸭头绿,绿色。王琦注引颜师古《急就篇注》:"春草、鸡翘、凫翁,皆谓染采而色似之,若今染家言鸭头绿、翠毛碧云。"酸醅(pōpēi),重酿未滤的酒。北宋钱易《南部新书》卷三:"太宗破高昌,收马乳蒲桃种于苑。并得酒法,仍自损益之,造酒成绿色,芳香酷烈,味兼醍醐,长安始识其味也。"

⑦ 垒曲:堆积酒曲。糟丘:酒糟堆积成丘。极言酿酒之多。

⑧ 千金句:用后魏曹彰以美妾换骏马事。唐李冗《独异志》卷中:"后魏曹彰,性倜傥。偶逢骏马,爱之,其主所惜也。彰曰:'余有美妾可换,唯君所选。'马主因指一妓,彰遂换之。马号曰'白鹄'。后因猎,献于文帝。"

⑨ 雕鞍:刻饰花纹的马鞍,华美的马鞍。《落梅》:即《梅花落》。汉乐府横吹曲名。《乐府诗集》卷二十四《横吹曲辞四·汉横吹曲四·梅花落》:"《梅花落》,本笛中曲也。按唐大角曲亦有《大单于》《小单于》《大梅花》《小梅花》等曲,今其声犹有存者。"

⑩ 凤笙:笙之美称。东汉应劭《风俗通义》卷六《声音·笙》:"谨按《世本》,随作笙,长四寸,十二簧,像凤之身,正月之音也。"龙管:笛之美称。催:促使。谓劝酒。

⑪ 叹黄犬:用秦相李斯临刑前感叹不能牵黄犬逐狡兔事。参见第58页《古风》其十八注释⑭。

⑫ 金罍(léi):饰金的大型酒器。《诗·周南·卷耳》:"我姑酌彼金罍,维以不永怀。"朱熹集传:"罍,酒器。刻为云雷之象,以黄金饰之。"此处泛指酒盏。

⑬ 羊公:指西晋大臣羊祜。字叔子,泰山南城(今山东省临沂市平邑县郑城镇南)人。泰始五年(269),以尚书左仆射都督荆州军事,出镇襄阳,开屯田,储军粮,作灭吴准备;又以德怀柔,深得军民之心。屡请出兵,未能实现。临终,以杜预自代。一片石:专指碑碣。《晋书·羊祜传》:"祜乐山水,每风景必造岘山,置酒言咏,终日不倦。……(祜卒)襄阳百姓于岘山祜平生游憩之所,建碑立庙,岁时享祭焉。望其碑者,莫

不流涕。杜预因名为'堕泪碑'。"

⑭ 龟头：碑座下龟形头部。

⑮ 玉山：比喻人的仪容俊美。此句用三国魏嵇康事。《世说新语·容止》："嵇康身长七尺八寸,风姿特秀。见者叹曰：'萧萧肃肃,爽朗清举。'或云：'肃肃如松下风,高而徐引。'山公曰：'嵇叔夜之为人也,岩岩若孤松之独立；其醉也,傀俄若玉山之将崩。'"傀俄,同"巍峨"。

⑯ 舒州杓：唐淮南道舒州同安（今安徽省安庆市桐城市）出产的酒杓。《新唐书·地理志》："舒州同安郡……土贡纻布、酒器、铁器。"

⑰ 铛（chēng）：古代温器。较小,有三足,以金属或陶瓷制成。用以温酒或茶。大力铛,《新唐书·韦坚传》中有"豫章力士瓷饮器、茗铛、釜"等,或为唐江南西道洪州豫章（今江西省南昌市）特产。

⑱ 襄王句：用楚襄王游高唐事。宋玉《高唐赋序》："昔者楚襄王与宋玉游于云梦之台,望高唐之观。其上独有云气,崒兮直上,忽兮改容,须臾之间,变化无穷。王问玉曰：'此何气也？'玉对曰：'所谓朝云者也。'王曰：'何谓朝云？'玉曰：'昔者先王尝游高唐,怠而昼寝,梦见一妇人曰："妾巫山之女也,为高唐之客。闻君游高唐,愿荐枕席。"王因幸之。去而辞曰："妾在巫山之阳,高丘之阻,旦为朝云,暮为行雨。朝朝暮暮,阳台之下。"旦朝视之如言,故为立庙,号曰朝云。'"后借以喻男女欢会行乐之事。

【评析】

起六句借山公而寓兴,状写惝恍醉态,一任天真。中间部分凡二十句,极言纵酒之乐,恣意横骛。先是遥看汉江似酒,醉骑骏马唱曲,车挂酒壶,笙管相催,尽力铺陈其从容自得。接下连贯李斯、羊祜二事,言即便位高权重、哀荣兼殊,终不免有临刑之叹与磨灭之悲,以反衬月下畅饮之欢。"清风朗月不用一钱买,玉山自倒非人推"二句,收束段意,出语豪逸,欧阳公以为足可"警动千古"（《欧阳修全集》卷一百二十九《笔说·李白杜甫诗优劣说》）,信非太白而不能道之。结尾四句,复言纵酒行乐,楚王高唐欢会不过子虚乌有,何如有"舒州杓""力士铛"相伴终生？全诗笔势纵横,气格凌厉,感人处即在：醉饮风月而不掩腰间傲骨,狂放之中俨然见其生命本真。胡震亨引遁叟曰："太白于乐府最深,古题无一弗拟。或用其本意,或翻案另出新意,合而若离,离而实合,曲尽拟古之妙。尝谓读太白乐府者有三难:不先明古题辞义源委,不知夺换所自;不参按白身世遭遇之概,不知其因事傅题、借题抒情之本指;不读尽古人书,精熟《离骚》、选赋及历代诸家诗集,无繇得其所伐之材与巧铸灵运之作略。今人第谓李白天才,不知其留意乐府,自有如许功力在,非草草任笔性悬合者,不可不为拈出。"(《唐音癸签》卷九《评汇五》)此可视为读太白乐府之总结。

扶风豪士歌

洛阳三月飞胡沙①,洛阳城中人怨嗟。天津流水波赤血②,白骨相撑如乱麻。我亦东奔向吴国,浮云四塞道路赊③。东方日出啼早鸦,城门人开扫落花。梧桐杨柳拂金井④,来醉扶风豪士家⑤。扶风豪士天下奇,意气相倾山可移⑥。作人不倚将军势⑦,饮酒岂顾尚书期⑧?雕盘绮食会众客⑨,吴歌赵舞香风吹⑩。原尝春陵六国时⑪,开心写意君所知⑫。堂中各有三千士,明日报恩知是谁?抚长剑,一扬眉,清水白石何离离⑬!脱吾帽,向君笑;饮君酒,为君吟。张良未逐赤松去⑭,桥边黄石知我心⑮。

【题解】

扶风,古郡名。旧为三辅之一。汉初,京畿官称内史。景帝时,分置左、右内史和主爵都尉,合称三辅。武帝太初元年(前104),更名主爵都尉为右扶风,辖渭城以西;右内史为京兆尹,辖长安以东;左内史为左冯翊,辖长陵以北。其治所皆在长安城中。唐初,改隋扶风郡为岐州,治雍县(今陕西省宝鸡市凤翔区),隶关内道。天宝年间撤岐州,复为扶风郡。至德时更名为凤翔郡,后又升为西京凤翔府。豪士,豪放任侠之士。天宝十五载(756)正月,安禄山僭号于东京,太白避乱东奔,往来宣城、当涂、溧水间。春三月,在同时避乱于吴的扶风豪士家作此。詹锳《李白诗文系年》曰:"按诗云'我亦东奔向吴国',一作'我亦来奔溧溪上'。《文苑英华》与一作同,则此诗或作于溧水一带。"溧水(今江苏省南京市溧水区),唐隶江南西道宣州。

【注释】

① 胡沙:北地沙尘。喻胡兵入侵中原的势焰。天宝十四载(755)十二月,安禄山叛军攻陷东都洛阳。次年正月,禄山在洛阳称雄武皇帝,国号燕,改元圣武。

② 天津:指洛阳天津桥。参见第57页《古风》其十八注释①。

③ 赊(shē):距离远。

④ 金井:井栏上有雕饰的水井。一说即石井。金,谓其坚固。

⑤ 来醉句:据萧士赟《分类补注李太白诗》卷七,"此太白避乱东土时,言道路艰阻,京国乱离,而东土之太平自若也。扶风乃三辅郡,意豪士亦必同时避乱于东吴,而与太白衔杯酒接殷勤之欢者"。

⑥ 意气相倾:谓志趣投合,彼此钦慕。

⑦ 作人句:西汉大将军霍光家奴冯子都,尝仗势欺辱卖酒胡姬。东汉辛延年《羽林郎》诗:"昔有霍家奴,姓冯名子都。依倚将军势,调笑酒家胡。"此句反用其意。

⑧ 饮酒句:西汉嘉威侯陈遵嗜酒,喜强留人共饮。每当宾客满堂,辄关闭大门,取出客车车辖(车轴上锁住车轮的键)投井中,客虽有急,亦不得去。尝有部刺史上朝奏事,过访陈遵,被强留不得脱身。情急中,刺史突入见遵母,谓与尚书有期会,遵母乃令从后阁出去。事见《汉书·游侠传·陈遵》。尚书,汉武帝设为左右办事,掌文书奏章,地位较重。此句反用其意。

⑨ 雕盘:刻绘花纹的盘子,精美的盘子。绮食:丰美的食品。

⑩ 吴歌赵舞:泛指美妙的歌曲和舞蹈。

⑪ 原尝春陵:指战国四君,即赵平原君赵胜、齐孟尝君田文、楚春申君黄歇、魏信陵君魏无忌。四人皆以"养士"著称,门下各有宾客三千。

⑫ 开心写意:谓披露心意,坦诚相待。

⑬ 清水白石:比喻心迹明白可见。离离:清晰貌,分明貌。

⑭ 张良:汉初大臣。字子房,相传为城父(今安徽省亳州市谯城区东南)人。祖与父相继为韩国五世相。秦灭韩,良图谋恢复,结交刺客,

狙击秦始皇于博浪沙(今河南省新乡市原阳县西南),未中。传说逃亡至下邳(今江苏省徐州市睢宁县古邳镇)圯上,遇黄石公,得《太公兵法》。后聚众归刘邦,为谋士,助其破秦灭楚。汉立,封留侯。晚年表示"愿弃人间事,欲从赤松子游耳",乃学辟谷、道引、轻身。高祖崩,吕后强留之,后八年卒。事见《史记·留侯世家》。赤松:即赤松子。传说为上古时神仙。司马贞索隐:"赤松子,神农时雨师,能入火自烧,昆仑山上随风雨上下也。"

⑮ 黄石:即黄石公。《史记·留侯世家》中在下邳圯上试张良而后赠兵书之仙者。

【评析】

首叙安史乱起,洛阳沦陷,生灵涂炭。中叙奔吴,宕开写吴地太平景象,再入扶风豪士饮宴,前后映衬,留心于用笔。接写豪士,赞其为人侠义而不倚仗权势,待客真诚有如战国四君,英姿卓荦。其实,歌咏豪士亦是发抒一己意气,"抚长剑,一扬眉""脱吾帽,向君笑"数语,活脱太白声口,流离中有如此精神,他人真不可及。故结以张良自况,显其欲解天下于倒悬之志。叙事写人言志,开合调度,驱驾才气,即如赵执信所言:"此歌行之极则,神变不可方物矣。"(《声调谱》卷二)

梁园吟

我浮黄河去京阙①,挂席欲进波连山②。天长水阔厌远涉,访古始及平台间③。平台为客忧思多,对酒遂作《梁园歌》。却忆蓬池阮公咏④,因吟渌水扬洪波⑤。洪波浩荡迷旧国,路远西归安可得?人生达命岂暇愁⑥,且饮美酒登高楼。平头奴子摇大扇⑦,五月不热疑清秋。玉盘杨梅为君设,吴盐如花皎白雪。持盐把酒但饮之,莫学夷齐事高洁⑧。昔人豪贵信陵君⑨,今人耕种信陵坟⑩。荒城虚照碧山月,古木尽入苍梧云⑪。梁王宫阙今安在?枚马先归不相待⑫。舞影歌声散渌池,空余汴水东流海⑬。沉吟此事泪满衣,黄金买醉未能归。连呼五白行六博⑭,分曹赌酒酣驰晖⑮。歌且谣,意方远。东山高卧时起来,欲济苍生未应晚⑯。

【题解】

诗题又作《梁苑醉酒歌》。梁园,即梁苑。汉梁孝王刘武东苑,在睢阳(今河南省商丘市睢阳区东南)城东。《史记·梁孝王世家》:"孝王筑东苑,方三百余里,广睢阳城七十里。大治宫室,为复道,自宫连属于平台五十余里。"天宝三载(744)夏,太白放还后初遇杜甫于东都,因相偕与高適辈游梁宋,作此。而詹锳《李白诗文系年》云:"按白于天宝三载去朝后,即西北游岐、邠、坊诸州,翌载春始东出关,则杜谱所列天宝三载白与杜甫相遇并偕高適等同游梁园诸事,俱可移于天宝四载。"又云:"考各家所著少陵年谱,于天宝五载既无事迹,亦无诗可系,今将少陵谱中天宝三载事移于天宝四载,四载事移于五载,如此既与甫之事迹不相抵牾,而与白之游踪,亦无不吻合矣。"郁贤皓则认为此与史实不符,白于三载春被放还山,即离长安之商州,夏至洛阳,秋天已与杜甫、高適同游梁宋。詹所云去朝后西北游岐、邠、坊诸州,则是开元十八年(730)第一次出长安时事(《李白两入长安及有关交游考辨》,载《南京师院学报(社会科学版)》1978年第4期)。郁说是。

【注释】

① 京阙:皇宫。亦借指京城。

② 挂席:犹挂帆。

③ 平台:本为春秋时宋皇国父为宋平公所筑。在睢阳城东北,东苑之上。汉梁孝王修复道,连属王宫与平台,与邹阳、枚乘、司马相如之徒并游其上。

④ 却忆:回忆。却,回。蓬池:即逢泽或逢忌薮。战国魏地泽薮,在其都城大梁(今河南省开封市)南。阮公:三国魏阮籍。字嗣宗,陈留尉氏(今属河南省开封市)人。曾任步兵校尉,世称阮步兵。与嵇康齐名,为"竹林七贤"之一。其《咏怀诗》之十六:"徘徊蓬池上,还顾望大梁。绿水扬洪波,旷野莽茫茫。走兽交横驰,飞鸟相随翔。是时鹑火中,日

月正相望。朔风厉严寒,阴气下微霜。羁旅无畴匹,俯仰怀哀伤。小人计其功,君子道其常。岂惜终憔悴,咏言著斯章。"

⑤ 渌水:清澈的水。"渌水扬洪波",《文选》《汉魏六朝百三家集》《阮步兵集》等俱作"绿水扬洪波"。

⑥ 达命:犹知命。谓懂得事物生灭变化皆由天命所定的道理。

⑦ 平头奴子:不戴冠巾的奴仆。

⑧ 夷齐:商末伯夷与叔齐。《史记·伯夷列传》:"伯夷、叔齐,孤竹君之二子也。父欲立叔齐,及父卒,叔齐让伯夷,伯夷曰:'父命也。'遂逃去。叔齐亦不肯立而逃之。"

⑨ 信陵君:战国四公子之一。魏安釐王异母弟,名无忌,封信陵君。礼贤下士,起用大梁夷门监侯嬴。魏安釐王二十年(前257),秦围赵邯郸,赵求于魏,信陵君用侯嬴计,窃符救赵。后留赵十年,归魏,率五国之兵大破秦军,直至函谷关。终因谗毁,为魏王所忌,乃谢病不朝。见《史记·信陵君列传》。

⑩ 信陵坟:据《太平寰宇记》卷一,信陵君墓在开封府浚仪县(今河南省开封市)南十二里。

⑪ 苍梧云:唐欧阳询《艺文类聚》卷一引《归藏》曰:"有白云出自苍梧,入于大梁。"苍梧,南方之野。参见第63页《远别离》注释⑩。

⑫ 枚马:西汉词赋家枚乘和司马相如。《史记·司马相如列传》:"司马相如者,蜀郡成都人也,字长卿。少时好读书,学击剑,故其亲名之曰犬子。相如既学,慕蔺相如之为人,更名相如。以赀为郎,事孝景帝,为武骑常侍,非其好也。会景帝不好辞赋,是时梁孝王来朝,从游说之士齐人邹阳、淮阴枚乘、吴庄忌夫子之徒,相如见而说之,因病免,客游梁。梁孝王令与诸生同舍,相如得与诸生游士居数岁,乃著《子虚》之赋。"梁王卒,诸生四散归。

⑬ 汴水:即通济渠。隋时在古鸿沟基础上开凿连接黄、淮的运河,起于荥阳郡汜水县板渚(今河南省郑州市荥阳市汜水镇东北),经浚仪(今开封市)、宋城(今商丘市睢阳区),东南注入淮河。唐宋称之为"汴水"或"汴河"。《大明一统志》卷二十六《河南布政司·开封府上·汴河故道》:"汴河旧自荥阳县东经府城内,又东合蔡河,名莨菪渠,又名通济

渠,东注泗州,下入于淮。"

⑭ 五白:古代博戏的采名。斫木为子,一具五枚,状似银杏,两头尖锐,中部广平如正方体,上黑下白。掷得五子皆黑,叫卢,最贵;其次五子皆白,叫白。后世所用骰子,相传即由此演变而来。六博:亦作"六簙""陆博"。古代一种掷采下棋的游戏。共十二棋,六黑六白,两人相博,每人六棋,故名。局分十二道,博时掷采,视采而行棋。《楚辞·招魂》:"菎蔽象棋,有六簙些。分曹并进,遒相迫些。成枭而牟,呼五白些。"菎蔽,饰玉的筹码。象棋,象牙棋子。枭,即幺,博采中得幺为胜。牟,倍胜。谓欲胜其枭,必呼五白。

⑮ 分曹:分对。犹两两。驰晖:时光,光阴。

⑯ 东山二句:用东晋谢安事。《世说新语·排调》:"谢公在东山,朝命屡降而不动,后出为桓宣武司马,将发新亭,朝士咸出瞻送。高灵时为中丞,亦往相祖。先时多少饮酒,因倚如醉,戏曰:'卿屡违朝旨,高卧东山,诸人每相与言:"安石不肯出,将如苍生何?"今亦苍生将如卿何?'谢笑而不答。"

【评析】

此篇为离京东行、过梁园而作。起四句意兴阑珊,即叙此缘由。自"平台为客忧思多"至"分曹赌酒酣驰晖",为诗之主体,写梁园访古:因忆阮公诗咏而忧思迷途,转以"达命"者自居而作自我慰解;继寻信陵、梁王之迹不见而感叹兴衰,接着便有行博赌酒而欲及时为乐。其间,或沉吟顿挫,或恣纵横放,层折反复,曲尽其意。方东树谓此"情文相生,情景相融,所谓兴会才情,忽然涌出花来者也"(《昭昧詹言》卷十二)。然太白并未沉溺于此,酒酣过后,抑郁扫平,复又回归慷慨自许。末比谢安,期待东山振起,一展济世怀抱,亦是太白心胸识见绝异常人之真处。

横江词

横江馆前津吏迎①,向余东指海云生②。郎今欲渡缘何事?如此风波不可行。

【题解】

此诗为六首其五。横江词,唐乐府新题。见《乐府诗集》卷九十《新乐府辞一·乐府杂题一》。詹锳系于开元十四年(726),太白出蜀后游襄汉,上庐山,东至金陵、扬州途中作。

【注释】

① 横江馆:驿馆名。在唐和州横江渡(今安徽省马鞍山市和县东南),与宣州当涂县采石戍(今马鞍山市雨山区采石矶)隔江相对。清《江南通志》卷三十五《舆地志·古迹·太平府》:"横江馆在采石对岸,即和州横江,李白所咏也。"津吏:古代管理渡口、桥梁的小吏。

② 海云生:海上升起乌云。此句谓乌云渐从东来,预示风雨将临。

【评析】

横江风波,仅从津吏举止和话语中见出,又暗寓世路之艰险,词意凝炼,余味曲包。王琦注引范梈(德机)云:"此篇气格合歌行之风,使人咏叹而有无穷之思,乃唐人所长也。"(《李太白全集》卷七)

秋浦歌

白发三千丈,缘愁似个长①。不知明镜里,何处得秋霜②?

【题解】

此为《秋浦歌十七首》之十五。十七首,詹锳系于天宝十三载(754),太白复游广陵、金陵,往来宣城诸处时作。秋浦,隋置宣城郡秋浦县(今安徽省池州市)。县西八十里有秋浦水,因水为名。唐武德四年(621)置池州,领秋浦、南陵二县。贞观元年(627)废池州,以秋浦属宣州。永泰元年(765)复置池州,秋浦隶之,为州治,属江南西道。

【注释】

① 缘:因为。个:指示代词。这,此。

② 秋霜:喻白发。

【评析】

起得突兀,读下文方知揽镜而照见白发,慨然生悲,此即所谓倒装入篇法。而造语亦奇,不直言愁多愁长,却夸说"白发三千丈";明知愁所从来,反说"不知""何处"。盖以平生美志不遂,发愤为辞,托兴于白发明镜,曲折见意。

峨眉山月歌

峨眉山月半轮秋①,影入平羌江水流②。夜发清溪向三峡③,思君不见下渝州④。

【题解】

峨眉山,在今四川省乐山市峨眉山市西南。参见第67页《蜀道难》注释⑤。此诗大约作于开元八年(720)游成都之后、十三年出蜀以前。

【注释】

① 半轮秋:形容半圆的秋月。

② 平羌江:古称"青衣水"。源自唐雅州(治今四川省雅安市),东南流入嘉州,经峨眉山东北,在嘉州治龙游县(今乐山市)汇入大渡河后,再入岷江。

③ 清溪:即清溪驿。汉置。在唐嘉州犍为县(今乐山市犍为县清溪镇)东南,马边河入岷江口。自清溪驿沿岷江至戎州(今宜宾市翠屏区旧州坝),然后入长江东下可达三峡。一说"三峡"为"平羌小三峡",在乐山北岷江上,即黎头、背峨、平羌三峡,清溪在黎头峡上游。此说恐非。若清溪指黎头峡上游,则须溯岷江北上。因平羌江在乐山西汇大渡河后,在乐山南入岷江,至清溪驿,皆顺水下舟。而客旅自驿站出发,亦于情理可通。

④ 君:指峨眉山月。一说指同住峨眉山中友人。渝州:今重庆市。唐属山南西道。

【评析】

山月与人相随,顺流渐次而下,铺衬"思君不见"之深情。诗境清朗如画,声调亦圆美流转。王世懋《艺圃撷余》评曰:"作诗到神情传处,随分自佳,下得不觉痕迹,纵使一句两入,两句重犯,亦自无伤。如太白《峨眉山月歌》,四句入地名者五,然古今目为绝唱,殊不厌重。"

江夏行

忆昔娇小姿,春心亦自持①。为言嫁夫婿,得免长相思。谁知嫁商贾,令人却愁苦②。自从为夫妻,何曾在乡土。去年下扬州,相送黄鹤楼③。眼看帆去远,心逐江水流。只言期一载,谁谓历三秋。使妾肠欲断,恨君情悠悠。东家西舍同时发,北去南来不逾月。未知行李游何方,作个音书能断绝④。适来往南浦⑤,欲问西江船⑥。正见当垆女⑦,红妆二八年⑧。一种为人妻⑨,独自多悲凄。对镜便垂泪,逢人只欲啼。不如轻薄儿,旦暮长追随。悔作商人妇,青春长别离。如今正好同欢乐,君去容华谁得知⑩。

【题解】

江夏行,唐乐府新题。见《乐府诗集》卷九十《新乐府辞一·乐府杂题一》。江夏,唐鄂州治所(今湖北省武汉市武昌区),隶江南西道。此篇当作于开元二十二年(734)。

【注释】

① 春心:指男女之间相思爱慕的情怀。自持:自我克制。

② 却:反而,反倒。

③ 去年二句:扬州,泛指金陵(今江苏省南京市)一带。三国吴置扬州,治建业。西晋灭吴后改名"建邺"。东晋及南朝又改名"建康",为都城及扬州治所。隋开皇九年(589),改为蒋州,移治石头城(今南京市清凉山),另改吴州为扬州,治江都(今扬州市)。唐初又复蒋州为扬州,治白下(今南京市西北)。武德九年(626),扬州移治江都。黄鹤楼,唐鄂

州江夏西有蛇山,山西北有黄鹤矶,峭立江中,旧有黄鹤楼(故址在今湖北省武汉市武昌区长江大桥桥头)。传说仙人子安乘黄鹤过此,见《南齐书·州郡志下》:"夏口城据黄鹄矶,世传仙人子安乘黄鹄过此上也。"又传说费祎登仙,曾驾鹤在此休息,见《文苑英华》卷八百十录阎伯里《黄鹤楼记》:"州城西南隅有黄鹤楼者。《图经》云:'费祎登仙,尝驾黄鹤返憩于此,遂以名楼。'"

④ 未知二句:意谓不知夫婿如今游踪在何方,想给他寄封了断的书信都无处投递。此为商妇的怨愤之词。行李,指行旅或行旅中的人。音书,书信。

⑤ 适来:犹近来。南浦:水名。在江夏城南。《太平寰宇记》卷一百十二《江南西道十·鄂州·江夏县》:"南浦,在县三里。《离骚》云:'送美人兮南浦。'其源出京首山,西入江。春冬涸歇,秋夏泛涨,商旅往来皆于浦停泊。以其在郭之南,故曰南浦。"

⑥ 西江:唐人多称长江中下游为西江。

⑦ 当垆:卖酒。垆,放酒坛的土墩。

⑧ 红妆句:形容女子正当青春年少。红妆,妇女妆饰多用红色,故称。常借指美女。二八,十六岁。谓青春年少。

⑨ 一种:一样,同样。

⑩ 容华:美丽的容颜。

【评析】

王琦注引胡震亨曰:"太白《江夏行》及《长干行》,并为商人妇咏,而其源似出《西曲》。盖古者吴俗好贾,荆、郢、樊、邓间尤盛,男女怨旷,哀吟清商,诸《西曲》所由作也。第其辞五言二韵,节短而情有未尽。太白往来襄汉、金陵,悉其人情土俗,因采而演之为长什。一从长干上巴峡,一从江夏下扬州,以尽乎行贾者之程,而言其家人失身误嫁之恨,盼归远望之伤,使夫讴吟之者,足动其逐末轻离之悔。虽其才思足以发之,而踵事以增华,自从《西曲》本辞得来,取材固有在也。凡太白乐府,皆非泛然独造,必参观本曲之辞与所借用之曲之词,始知其源流之自,点化夺换之妙,不独此二篇为然,聊发凡资读者触解云。"(《李太白全集》卷八)

赠孟浩然

吾爱孟夫子,风流天下闻。红颜弃轩冕①,白首卧松云。醉月频中圣②,迷花不事君③。高山安可仰④? 徒此揖清芬⑤。

【题解】

孟浩然,唐诗人。参见第43页王维《送孟六归襄阳》题解。詹锳系于开元二十七年(739),太白由洛阳之淮南,秋至巴陵,又游襄阳访孟,作此。

【注释】

① 红颜:青少年。轩冕:古代高官的车乘与冕服。借指官位爵禄。

② 中(zhòng)圣:酒醉的隐语。三国魏徐邈称清酒为"圣人",浊酒为"贤人"。《三国志·魏志·徐邈传》:"魏国初建,(邈)为尚书郎。时科禁酒,而邈私饮至于沉醉。校事赵达问以曹事,邈曰:'中圣人。'达白之太祖,太祖甚怒。渡辽将军鲜于辅进曰:'平日醉客,谓酒清者为圣人,浊者为贤人。邈性修慎,偶醉言耳。'竟坐得免刑。"

③ 迷花:迷恋花草。事君:侍奉君王。指入朝做官。

④ 高山:高峻的山。喻崇高的德行。《诗·小雅·车舝》:"高山仰止,景行行止。"仰,仰望。止,句末助词。景行(háng),大路,喻行为光明正大。行,行走。

⑤ 揖(yī):拱手行礼。表示敬意。清芬:喻高洁的德行。

【评析】

中二联括尽浩然平生,一"弃"一"卧","醉月""迷花",人物风神活现于眼前。然谢榛《四溟诗话》卷三云:"兴到而成,失于检点。意重一联,其势使然;两联意重,法不可从。"指二联皆言隐逸不仕,犯有意重之病。其实,太白才思横溢,作诗全以神运,故不屑于雕章琢句,拘泥于声律对偶。况此二联之所对,亦自有其工妙处。如"弃轩冕"与"卧松云",

是为互体之两面,交互映衬补充;"中圣"与"事君",语近而意远,恰得巧构之功。此诗以爱其"风流"起,敬其"清芬"结,一气贯注,神完意足,究不失为太白近体之逸品。

赠何七判官昌浩

有时忽惆怅,匡坐至夜分①。平明空啸咤②,思欲解世纷。心随长风去,吹散万里云。羞作济南生③,九十诵古文。不然拂剑起,沙漠收奇勋。老死阡陌间④,何因扬清芬?夫子今管乐⑤,英才冠三军。终与同出处⑥,岂将沮溺群⑦。

【题解】

据郁贤皓《李太白全集校注》卷七,何昌浩历官邓州司户参军,安史乱中潜迹江表,后为宣歙采访使宋若思辟署支使。宋若思为宣歙采访使在至德二载(757),昌浩为判官当在此时。而李白亦于是年出浔阳狱后曾入宋幕,当与昌浩为同僚。而詹锳则系于上元二年(761),太白游金陵,往来宣城、历阳二郡间作。判官,唐诸使幕府官。即特派临时职务大臣如节度使、观察使、防御使、团练使等,可自选中低级官员,奏请充任判官,以资佐理,掌判仓、兵、骑、胄事。

【注释】

① 匡坐:正身而坐。匡,正。夜分:夜半。
② 啸咤(chìzhà):大声呼吼。啸,通"叱"。
③ 济南生:指伏生。西汉今文《尚书》的最早传授者。名胜,济南郡(治今山东省济南市章丘区西北)人。曾为秦博士。汉文帝时,派晁错从其学。西汉《尚书》学者,皆出其门下。今本今文《尚书》二十八篇,即由伏生传授而存。《汉书·儒林传》:"伏生,济南人也,故为秦博士。孝文时,求能治《尚书》者,天下亡有。闻伏生治之,欲召,时伏生年九十余,老不能行。于是诏太常,使掌故朝错往受之。"
④ 阡陌:田野。

⑤ 夫子:此指何昌浩。管乐:指春秋时齐卿管仲和战国时燕将乐毅。管仲,名夷吾,颍上(颍水之滨)人。由鲍叔牙荐为齐卿,助齐桓公成为春秋第一霸主。乐毅,中山灵寿(今河北省石家庄市灵寿县西北)人。燕昭王时任亚卿,以上将军率五国联军破齐,下齐七十余城,封昌国君。

⑥ 出处:犹行止。

⑦ 将:与,共。沮溺:指春秋时隐士长沮、桀溺。《论语·微子》:"长沮、桀溺耦而耕,孔子过之,使子路问津焉。"郑玄注:"长沮、桀溺,隐者也。"

【评析】

借寄赠同道,表露心迹。既羞于做皓首穷经之儒,亦不愿与阡陌耕隐者为伍,其经世致用之志,有如长风扫云,排荡而出。诗之波澜结构,低起高接,抑扬转折,颇见其豪迈逸宕之势,极是太白当行本色。

赠汪伦

李白乘舟将欲行,忽闻岸上踏歌声①。桃花潭水深千尺②,不及汪伦送我情。

【题解】

汪伦,旧注皆以为村人。王琦注引杨齐贤曰:"白游泾县桃花潭,村人汪伦常酝美酒以待白。伦之裔孙至今宝其诗。"而据今人考泾县《汪氏宗谱》等,确知:"汪伦又名凤林,仁素公之次子也。为唐时知名士,与李青莲、王辋川诸公相友善,数以诗文往来赠答。青莲居士尤为莫逆交。开元、天宝间,公为泾县令,青莲往候之,款洽不忍别。公解组后,居泾邑之桃花潭。"(见李子龙《关于汪伦其人》,载《李白学刊》第二辑,上海三联书店1989年版。)詹锳系于天宝十四载(755),复游宣州泾县时作。

【注释】

① 踏歌:亦作"蹋歌"。古代民间歌舞。成队拉手而歌,以脚踏地为

节拍。一说指行吟,即边走边歌。

② 桃花潭:在唐宣州泾县(今安徽省宣城市泾县西北)境内。《大明一统志》卷十五《宁国府》:"桃花潭,在泾县西南一百里,深不可测。"

【评析】

诗言友情深厚,不直接道出,而以"桃花潭水"兴之,宛转形容,一语天然,妙得古人风致。

沙丘城下寄杜甫

我来竟何事?高卧沙丘城①。城边有古树,日夕连秋声。鲁酒不可醉②,齐歌空复情③。思君若汶水④,浩荡寄南征⑤。

【题解】

沙丘城,古地名。或为汉蛇丘县(今山东省泰安市肥城市汶阳镇)。一说指瑕丘县(今济宁市兖州区东北)。王琦注:"据此诗而约其地,当与汶水相近。"蛇丘则近汶水,时白寓家于此。杜甫,字子美,巩县(今河南省郑州市巩义市站街镇)人。杜审言之孙。开元后期,举进士不第,漫游各地。萧涤非主编《杜甫全集校注》卷一在《赠李白》诗下注曰:"天宝三载(744)四月,李白与杜甫初识于洛阳。秋,二人相约同游梁宋。后又游齐赵。四载秋,甫与白在鲁郡(今山东兖州)相别,遂作此诗以赠。"是以二人在兖州城东石门相别,甫以诗赠白,其后白亦有沙丘诗寄甫。

【注释】

① 高卧:此指闲居。

② 鲁酒:鲁国出产的酒。味淡薄。后作为薄酒、淡酒的代称。北周庾信《哀江南赋序》:"楚歌非取乐之方,鲁酒无忘忧之用。"

③ 齐歌:齐地之歌。亦泛指美妙之歌。复情:犹多情。

④ 汶水:古水名。源出泰山东、莱芜(今山东省济南市莱芜区苗山镇南文字村)西北,西南流经兖州境,在郓州梁山(今属济宁市)东南入

济水。

⑤ 南征:南行。

【评析】

孤寂中怀人,前六句极力铺张别后之情景:闲居独处时无所措置,夕阳古树下秋声悲人,及至酒淡无从解忧,歌美不能动心。虽无一句明言离愁,而又句句饱含愁思,由此托出结语,使"思君"之情,喷薄行墨间。诗寓情于水,因水而寄情,浩浩荡荡,足见二人相知相与之深沉。《唐宋诗醇》卷六引沈德潜曰:"有余地,有余情,此诗家正声也,浮浅者以为无味。"

闻王昌龄左迁龙标遥有此寄

杨花落尽子规啼①,闻道龙标过五溪②。我寄愁心与明月,随风直到夜郎西③。

【题解】

王昌龄,字少伯,京兆长安(今陕西省西安市)人。开元十五年(727)进士,授校书郎,改汜水尉,再迁江宁丞。晚年贬龙标尉。安史之乱起,辗转还乡,道出亳州(一说濠州),为刺史闾丘晓所杀。有诗名。尤擅七绝,多写边塞军旅生活,风格雄健。后人辑有《王昌龄集》。左迁,降官,贬职。龙标,县名。唐巫州治所(今湖南省怀化市洪江市黔城镇),隶黔中道。昌龄贬龙标尉,未详何年。据傅璇琮《唐代诗人丛考·王昌龄事迹考略》,昌龄贬龙标,"最早是在天宝二年或三年的秋天,可能是在此后数年间的秋天。至于究竟在哪一年,已难于确定"。白诗写的是春末情景,诗题又用"闻"字,恐是昌龄贬龙标的第二年春。詹锳疑是天宝八载(749)春夏间于扬州作。

【注释】

① 杨花句:一本作"扬州花落子规啼"。子规,杜鹃。参见第67页

《蜀道难》注释⑬。

②五溪：指唐黔中道境内的五条溪流。典籍中所载名称不一。北魏郦道元《水经注·沅水》："武陵有五溪，谓雄溪、樠溪、无溪、酉溪，辰溪其一焉。夹溪悉是蛮左所居，故谓此蛮'五溪蛮'也。"唐杜佑《通典》卷一百八十七《边防三·南蛮上》："（五溪）一辰溪，二酉溪，三巫溪，四武溪，五沅溪。"

③夜郎：古国名。战国至汉时，在今贵州西北部，以及云南、四川二省部分地区。汉武帝于其地置牂牁郡。其后列代均有开拓。唐时于黔中道三置夜郎县，先后为充州（今贵州省铜仁市石阡县西南）、业州（今湖南省怀化市新晃县东）和珍州（今贵州省遵义市桐梓县北）治所。其中，业州治夜郎县为龙标县西邻，距离最近。此处泛指王昌龄贬谪地。

【评析】

沈德潜曰："七言绝句，以语近情遥，含吐不露为贵；只眼前景，口头语，而有弦外音，使人神远。"（《唐诗别裁集》卷二十）太白此诗正可当之。诗以景语起，杨花飘零，子规啼血，二者专为情设，寓意以切事。三四承上，将同情、关怀与思念寄与明月，明月同心，又随风陪伴友人远谪。太白生前身后他人诗词歌赋中，亦不乏"共月怀思"之作。如谢庄《月赋》"美人迈兮音尘阙，隔千里兮共明月"，张九龄《望月怀远》"海上生明月，天涯共此时"，杜牧《秋霁寄远》"唯应待明月，千里与君同"，苏轼《水调歌头》"但愿人长久，千里共婵娟"等，语非不佳，然皆不如太白句情感深挚，韵味清远。要在太白笔下"明月"，无情生情，情更深婉，诗境便活。后刘皋《长门怨》有"将心寄明月，流影入君怀"句，即是点化其意而来。

庐山谣寄卢侍御虚舟

我本楚狂人，凤歌笑孔丘①。手持绿玉杖②，朝别黄鹤楼。五岳寻仙不辞远③，一生好入名山游。庐山秀出南斗旁④，屏风九叠云锦张⑤，影落明湖青黛光⑥。金阙前开二峰长⑦，银河倒挂三石梁⑧。香炉瀑布遥相望⑨，回崖沓嶂凌苍苍。翠影红霞映朝日,鸟飞不到吴天长。登高壮观天地间,大江茫茫去不还。黄云万里动风色,白波九道流雪山⑩。好为庐山谣,兴因庐山发。闲窥石镜清我心⑪,谢公行处苍苔没⑫。早服还丹无世情⑬,琴心三叠道初成⑭。遥见仙人彩云里,手把芙蓉朝玉京⑮。先期汗漫九垓上,愿接卢敖游太清⑯。

【题解】

庐山,亦称"匡山"或"匡庐"。相传殷、周间,有匡俗先生兄弟七人结庐隐此,因以得名。在今江西省九江市南,耸立于鄱阳湖、长江之滨,有"匡庐奇秀甲天下"之誉。卢虚舟,字幼真,范阳(今河北省保定市涿州市)人。《文苑英华》卷三百九十五《宪台三·殿中侍御史》有贾至《授卢虚舟殿中侍御史等制》,称其"持操有清廉之誉"。侍御,殿中侍御史或监察御史的简称。唐监察机关御史台(宪台)内设三院,即台院、殿院、察院,分别由侍御史(从六品下)、殿中侍御史(从七品上)、监察御史(正八品上)居其职。侍御史称为"台端",掌纠举弹劾、推鞫狱讼、知公廨事等。殿中侍御史称为"侍御",掌殿廷供奉之仪式,包括祭祀、典礼及皇帝巡省大驾卤簿文物等。监察御史亦称"侍御",掌分察百僚,监察狱讼、军戎、祭祀、营作、太府出纳诸事,兼管朝堂左右厢及百司纲目,巡按地方各道等。天宝十五载(756)春,太白避乱于吴,往来宣城、当涂、溧阳间,旋之剡中。秋,闻肃宗登位改元,又自余杭经金陵、秋浦至浔阳,隐居庐山屏风叠,作此。

【注释】

① 我本二句:用春秋楚狂陆通之典。陆通字接舆,尝歌而过孔子,讥其不隐于德衰之时。《论语·微子》:"楚狂接舆歌而过孔子曰:'凤兮凤兮,何德之衰!往者不可谏,来者犹可追。已而已而,今之从政者殆而!'"邢昺疏:"接舆,楚人,姓陆名通,字接舆也。(楚)昭王时,政令无常,乃被发佯狂不仕,时人谓之楚狂也。"朱熹集注:"夫子时将适楚,故接舆歌而过其车前也。凤有道则见,无道则隐,接舆以比孔子,而讥其不能隐为德衰也。来者可追,言及今尚可隐去。已,止也。而,语助辞。殆,危也。"

② 绿玉杖:泛指以玉为饰的美杖。一说指青竹杖。
③ 五岳:指五大名山。参见第52页《古风》其三注释⑮。
④ 南斗:星宿名。即斗宿,有星六颗。在北斗星以南,形似斗,故称。古代天文学以斗宿、牛宿为星纪,属十二星次之一。星纪分野对应古扬州。庐山春秋时属吴越,战国时属楚,皆古扬州地,故云。
⑤ 屏风九叠:庐山东有九叠屏。又名"屏风叠"。叠嶂九层,陡峭如屏,故称。云锦:彩云。
⑥ 明湖:明净的湖水。庐山东临鄱阳湖。青黛:青黑色。此指山影映入湖中,呈青黛色。
⑦ 金阙:庐山西北有金阙岩。又名"石门"。为石门水发源处。两岩对峙,高耸如双阙,故称。二峰:庐山南有香炉峰、双剑峰。
⑧ 三石梁:传说庐山上有三石桥,长数十丈,广不盈尺,杳然无底。一说指三叠泉。王琦注:"今三叠泉在九叠屏之左,水势三折而下,如银河之挂石梁,与太白诗句正相吻合,非此外别有三石梁也。"
⑨ 香炉:香炉峰。庐山南、北皆有香炉峰。南香炉峰附近多瀑布,太白诗或指此。
⑩ 白波句:形容长江中卷起层层巨浪,有如流动的雪山。九道,犹九派。长江至浔阳界汇入许多支流,因以九派泛指浔阳一带江水。
⑪ 石镜:庐山东有石镜峰。峰东有一圆石悬崖,明净照见人形,故称。
⑫ 谢公:南朝宋诗人谢灵运。陈郡阳夏(今河南省周口市太康县)人,移籍会稽(今浙江省绍兴市)。谢玄之孙。东晋时封康乐公,故称谢康乐。入宋,曾任永嘉太守、侍中、临川内史等职。其诗多写会稽、永嘉、庐山等地山水名胜,语言精丽,开文学史上山水诗一派。
⑬ 还丹:仙丹名。道教炼朱砂成水银,又烧水银成丹,称为"一转"。炼丹有一至九转之别,以九转为贵。再合九转丹与朱砂提炼成仙丹,称还丹。自称服后可即刻成仙。
⑭ 琴心三叠:道教术语。意谓心身和静如一。《黄庭内景经·上清章第一》:"琴心三叠舞胎仙。"梁丘子注:"琴,和也。叠,积也。存三丹田,使和积如一。"

⑮ 玉京：道教称天帝所居之处。
⑯ 先期二句：用秦博士卢敖求仙之典。《淮南子·道应训》："卢敖游乎北海，经乎太阴，入乎玄阙，至于蒙谷之上。见一士焉，深目而玄鬓，泪注而鸢肩，丰上而杀下，轩轩然，方迎风而舞。顾见卢敖，慢然下其臂，遁逃乎碑。卢敖就而视之，方倦龟壳而食蛤梨。卢敖与之语，曰：'唯敖为背群离党，穷观于六合之外者，非敖而已乎？敖幼而好游，至长不渝，周行四极，唯北阴之未窥。今卒睹夫子于是，子殆可与敖为友乎？'若士者，齤然而笑，曰：'……吾与汗漫期于九垓之外，吾不可以久驻。'若士举臂而竦身，遂入云中。"高诱注："卢敖，燕人。秦始皇召以为博士，使求神仙，亡而不反也。"汗漫，渺茫不可知，若士托以为神仙之名。九垓(gāi)，九重之天。太清，道教以玉清、上清、太清为三清境，太清为最高境。此二句以卢敖比卢虚舟，表示愿与他同游仙界。

【评析】

安史之乱中，太白避地于庐山，作此《庐山谣》。细绎诗意，可分作三段："我本楚狂人"至"一生好入名山游"为第一段，狂歌寻仙而起，明其隐遁之固志。"庐山秀出南斗旁"至"谢公行处苍苔没"为第二段，正面赋咏庐山形胜，俯瞰、远观、近窥，从不同角度尽展雄伟奇幻之境，笔势恣张开合，冠绝一代。"好为庐山谣"四句，既以石镜清心、缅怀谢公收结本段，又顺势引出下文游仙之襟期。"早服还丹无世情"至末句为第三段，造方外玄语，回应首端之意，一线环转。崇道学仙，追求服丹遨游，是其天性自由放任一面，亦是身处衰世而无可施为、又不肯同流合污之心境写照。刘辰翁以此为"桀态"(《唐诗品汇》卷二十六引)，可谓精当之至。

梦游天姥吟留别

海客谈瀛洲①，烟涛微茫信难求②。越人语天姥，云霞明灭或可睹。天姥连天向天横，势拔五岳掩赤城③。天台四万八千丈④，对此欲倒东南倾。我欲因之梦吴越，一夜飞度镜湖月⑤。

湖月照我影,送我至剡溪⑥。谢公宿处今尚在⑦,渌水荡漾清猿啼。脚著谢公屐⑧,身登青云梯⑨。半壁见海日,空中闻天鸡⑩。千岩万转路不定,迷花倚石忽已暝。熊咆龙吟殷岩泉⑪,栗深林兮惊层巅⑫。云青青兮欲雨,水澹澹兮生烟。列缺霹雳⑬,丘峦崩摧。洞天石扉⑭,訇然中开⑮。青冥浩荡不见底⑯,日月照耀金银台⑰。霓为衣兮风为马,云之君兮纷纷而来下。虎鼓瑟兮鸾回车,仙之人兮列如麻。忽魂悸以魄动,怳惊起而长嗟⑱。惟觉时之枕席⑲,失向来之烟霞⑳。世间行乐亦如此,古来万事东流水。别君去兮何时还?且放白鹿青崖间㉑,须行即骑访名山。安能摧眉折腰事权贵㉒,使我不得开心颜!

【题解】

诗题一作《别东鲁诸公》。天姥(mǔ),山名。在今浙江省绍兴市新昌县儒岙镇东北。《太平寰宇记》卷九十六《江南东道八·越州·剡县》:"天姥山,在县南八十里。《名山志》曰:'山上有枫十余丈,萧萧然。'《后吴录》云:'剡县有天姥山,传云登者闻天姥歌谣之响。'"天宝四载(745)秋,白在鲁郡先后与杜甫及诸公相别,再游吴越,临行时作此诗。留别,赠诗文与分别的人以为留念。

【注释】

① 海客:指航海者。瀛洲:传说渤海中三神山之一。《史记·秦始皇本纪》:"齐人徐巿等上书,言海中有三神山,名曰蓬莱、方丈、瀛洲,仙人居之。"参见第52页《古风》其三注释⑰⑱。

② 微茫:隐秘模糊,隐约渺茫。此句意谓(海上神山之说)虚无飘渺不可信。

③ 五岳:五大名山。参见第52页《古风》其三注释⑮。赤城:山名。在今浙江省台州市天台县北,为天台山南门。《太平寰宇记》卷九十八《江南东道十·台州·天台县》:"赤城山,在县北六里。孔灵符《会稽记》云:'赤城山,土色皆赤,状似霞云,悬溜千仞,谓之瀑布。'……又《述异记》云:'赤城山,一峰特高,可三百丈,丹壁烁日。'"

④ 天台:山名。在今浙江省台州市天台县北。山势自东北向西南

延伸,由赤城、瀑布、佛陇、香炉、华顶、桐柏诸山组成,多悬崖、峭壁、飞瀑。《太平寰宇记》卷九十八《江南东道十·台州·天台县》:"天台山,在州西一百一十里。《临海记》云:'天台山,超然秀出,有八重,视之如一帆,高一万八千丈,周回二百里。又有飞泉悬流,千仞似布。'"道教以天台为南岳衡山佐理,佛教天台宗亦发源于此。

⑤ 镜湖:又名"鉴湖"。东汉人工湖泊。永和五年(140),会稽郡(治今浙江省绍兴市)太守马臻主持修建,为当时江南大型农田水利工程之一。在会稽山北。以水平如镜,故名。

⑥ 剡(shàn)溪:曹娥江上游。在今浙江省绍兴市嵊州市南。《太平寰宇记》卷九十六《江南东道八·越州·剡县》:"剡溪,在县南一百五十步。一源出台州天台县,一源出婺州武义县。即王子猷雪夜访戴逵之所也,亦名戴溪。"

⑦ 谢公宿处:谢灵运游天姥,尝投宿于剡县(今嵊州市)。谢灵运《登临海峤初发疆中作与从弟惠连见羊何共和之》诗:"暝投剡中宿,明登天姥岑。"

⑧ 谢公屐(jī):谢灵运为游山特制的木屐。《南史·谢灵运传》:"寻山陟岭,必造幽峻,岩嶂数十重,莫不备尽登蹑。常著木屐,上山则去其前齿,下山去其后齿。"

⑨ 青云梯:指高峻的山路,如入青云,故名。谢灵运《登石门最高顶》诗:"惜无同怀客,共登青云梯。"

⑩ 天鸡:神话中天上的鸡。《述异记》卷下:"东南有桃都山,上有大树名曰桃都,枝相去三千里,上有天鸡。日初出,照此木,天鸡则鸣,天下鸡皆随之鸣。"

⑪ 殷(yǐn):震,震动。此句意谓岩泉发出巨大声响,有如熊咆龙吟。

⑫ 栗:因恐惧或寒冷而发抖。

⑬ 列缺:闪电。霹雳:响雷,震雷。

⑭ 洞天:道教称神仙居处。石扇:犹石门。扇,一作"扉"。

⑮ 訇(hōng)然:大声貌。

⑯ 青冥:此指青苍幽远的仙境或天庭。

⑰ 金银台:传说仙人所居楼台,以金银筑成。
⑱ 恍(huǎng):迷离恍惚,模糊不清。
⑲ 觉(jiào)时:醒来之时。
⑳ 向来:刚才,方才。指醒来之前的梦境中。
㉑ 白鹿:白色的鹿。古时以为祥瑞。此句化用《楚辞·哀时命》:"浮云雾而入冥兮,骑白鹿而容与。"王逸注:"言己与仙人俱出,则山神先道,乘云雾,骑白鹿而游戏也。"
㉒ 摧眉折腰:低首弯腰。犹言卑躬屈膝。

【评析】

此篇驰驱想象,托言梦游,造瑰玮幻化之境,舒愤懑不平之气。前八句以"瀛洲难求"陪起,以虚衬实,极言天姥山"云霞明灭""势拔五岳"之神奇,引入梦境。"我欲因之"以下叙梦,凡三十句,"愈唱愈高,愈出愈奇"(方东树《昭昧詹言》卷十二),读来使人飘飘然,有凌虚飞升之感。其间岩泉咆吟,雷电轰响,洞天中开,列仙纷下,落笔莫不迷离恍惚,而又惊天动地,真乃梦中创观。"惟觉时之枕席,失向来之烟霞"二语,憬然而收,犹存魂魄悸动之余波,且含启幻梦破灭之所悟。后七句即议论感慨,揭出"留别"主意:行乐一梦,万事成空,骑访名山,不事权贵,句句警策有力,铁骨铮铮然。《唐宋诗醇》卷六曰:"此篇夭矫离奇,不可方物。然因语而梦,因梦而悟,因悟而别,节次相生,丝毫不乱。若中间梦境迷离,不过词意伟怪耳。"

黄鹤楼送孟浩然之广陵

故人西辞黄鹤楼,烟花三月下扬州①。孤帆远影碧山尽②,唯见长江天际流。

【题解】

广陵,扬州古称。春秋时为邗国,后为吴国所吞并,筑邗城于蜀冈。战国时,楚怀王在邗城基础上筑广陵城,广陵之名始于此。秦设广陵县,属东海郡。西汉为广陵国,领广陵、江都二县;东汉为广陵郡。唐武德末为扬州,领江都、江阳二附郭县及六合县,属淮南道。开元十四年(726),白出峡后游襄阳,结识孟浩然。十五年留居安陆时,又与孟相会于江夏。詹锳《李白诗文系年》云:"白有《黄鹤楼送孟浩然之广陵》诗,当是本年(开元十六年)以前之作。"而黄锡珪则编在开元二十五年,复游江夏时作。

【注释】

① 烟花:泛指绮丽的春景。
② 碧山:一作"碧空"。

【评析】

首二句点明题面,嵌入"烟花三月"四字,便平添一片春光于行间,映带上下,而成"千古丽句"(陈婉俊《唐诗三百首补注》卷八)。后二句写别后之景,送人不忍离去,直至帆影没入江天一际,寓依依别情于深远。唐汝询评曰:"'黄鹤'分别之地,'扬州'所往之乡,'烟花'叙别之景,'三月'纪别之时。帆影尽,则目力已极;江水长,则离思无涯。怅望之情,俱在言外。"(《唐诗解》卷二十五)

渡荆门送别

渡远荆门外,来从楚国游。山随平野尽①,江入大荒流②。月下飞天镜③,云生结海楼④。仍怜故乡水⑤,万里送行舟。

【题解】

荆门,山名。在唐峡州宜都县(今湖北省宜昌市宜都市)西北长江南岸。参见第25页王维《汉江临泛》注释②。开元十三年(725),白年二十五,经巴渝,出三峡,赴江陵,途中作此诗。

【注释】

① 平野:平坦广阔的原野。西汉晁错《言兵事书》:"平原广野,此车

骑之地,步兵十不当一。"

② 大荒:荒远之地。

③ 天镜:月影。此指明月在江水中的倒影。

④ 海楼:即海市蜃楼。古人谓蜃气变幻而成的楼台。此处形容江上云朵奇特。

⑤ 怜:怜爱,喜爱。

【评析】

诗写自蜀入楚舟行所见,景象极其雄阔。大江从万山中奔出,过荆门便是千里平原,三四括之最切,向被称为太白壮语。五六摹写江月倒影和江上积云,形契神合,正是江天高旷处所遇奇观,易其地则难得一见。此二联写景,亦含初游楚江之新鲜感受,从而带出结联惜别蜀水之情意,牵连顾恋,更觉余味深长。故题中"送别",非我送人,而是江水送我。

南陵别儿童入京

白酒新熟山中归①,黄鸡啄黍秋正肥。呼童烹鸡酌白酒,儿女嬉笑牵人衣。高歌取醉欲自慰,起舞落日争光辉。游说万乘苦不早②,著鞭跨马涉远道。会稽愚妇轻买臣③,余亦辞家西入秦④。仰天大笑出门去,我辈岂是蓬蒿人⑤。

【题解】

诗题一作《古意》。南陵,村庄名。其地当在鲁城(今山东省曲阜市)东。开元十五年(727),太白游于安州(治今湖北省孝感市安陆市),娶故相许圉师之孙女,育有一女乳名平阳,一子名伯禽,小名明月奴。后许氏卒,白于开元后期携子女移家东鲁。据唐魏颢《李翰林集序》:"白始娶于许,生一女、一男曰明月奴。女既嫁而卒。又合于刘,刘诀。次合于鲁一妇人,生子曰颇黎。终娶于宋。"王琦注:"是其终娶者乃宗楚客之家也,而此云'宋',盖是'宗'字之讹耳。若刘、若鲁妇,则无所考。太白后只一子伯禽,则未知其明月奴与,其颇黎与?"天宝元年(742)秋,白以荐奉诏入京,临行时作。

【注释】

① 白酒:浊酒。用糯米、黄米酿制的酒,较混浊。古代酒分清酒、浊酒两种。清酒经过滤渣,较洁净,主要用于祭祀,浊酒乃人们平日所饮。两者亦泛指美酒。

② 万乘(shèng):万辆兵车。代指帝王。乘,春秋时多指兵车,一车四马。

③ 会稽句:用西汉朱买臣晚成之典。朱买臣,字翁子,会稽郡吴县(今江苏省苏州市)人。《汉书·朱买臣传》:"家贫,好读书,不治产业。常艾薪樵,卖以给食。担束薪行且诵书,其妻亦负戴相随,数止买臣毋歌呕道中,买臣愈益疾歌。妻羞之,求去。买臣笑曰:'我年五十当富贵,今已四十余矣,女苦日久,待我富贵报女功。'妻恚怒曰:'如公等,终饿死沟中耳,何能富贵!'买臣不能留,即听去。"后买臣以同乡严助荐,拜中大夫,为会稽郡守。因平东越有功,授主爵都尉,位列九卿。

④ 入秦:指奉诏入长安。

⑤ 蓬蒿人:犹言草野之民。蓬蒿,蓬草与蒿草,借指草莽或荒野。

【评析】

前半写秋熟时节漫游归来,"儿女嬉笑"、"高歌取醉",场面轻快洒落,一派欢愉。至"游说万乘苦不早",则于快意中笔势一宕,有恨不早遇之感,以是烘托下文"著鞭跨马"之急切,以及如汉家朱公晚成之得意。而"仰天大笑出门去,我辈岂是蓬蒿人"二语,更是将其飞扬跋扈之状、自负大器之怀,展现无遗,喜悦之情亦达于极致。《唐宋诗醇》卷六曰:"结句以直致见风格,所谓辞意俱尽,如截奔马。"

送友人

青山横北郭①,白水绕东城。此地一为别,孤蓬万里征②。

浮云游子意③,落日故人情④。挥手自兹去⑤,萧萧班马鸣⑥。

【题解】

此诗作于何年何地,所送何人,后世多有附会,然均无确据。安旗等编在开元二十六年(738),以为"其赋别之地当在南阳"(《李白全集编年笺注》卷三)。此外,尚有作于新津、宣城诸说。明曹学佺《蜀中广记·诗话记第一》:"李白'青山横北郭'一首,题云《送友人作》,不知其为何人与何地也。《诗林振秀》题下加'新津作'三字。资县志载此首,连'见说蚕丛路'一首,俱作《送范金卿还资州作》。金卿,即范崇凯,献《花萼楼赋》者。县志复收白《赠崇凯》古风一首,或亦有所本也。"又明周复俊《全蜀艺文志·诗·赠送上》收此诗,题作《送友人内江范崇凯》。范崇凯,字金卿,内江(今四川省内江市西)人。开元丙辰科状元及第。善属文,玄宗命作《花萼楼赋》,入奏为第一。弟元凯亦有文名,时号"梧冈双凤"。按《李太白全集》卷九有《赠范金乡二首》(乡,萧本作"卿"),诗中称其为"范宰",故知范崇凯尝任兖州金乡县(今属山东省济宁市)令。詹锳系此二首于开元二十五年(737),白居东鲁时。是以《送友人》一诗,或作于开元二十五年之后二三年,在兖州金乡送范崇凯离任。另,安旗、郁贤皓等据诗意以为似非送友人,应作"别友人",如是则白居兖州,游金乡后与范令作别。

【注释】

① 北郭:城邑外城的北墙。亦指城外北郊。
② 孤蓬:随风飘转的蓬草。比喻漂泊的孤客。
③ 游子:离家远游的人。此句谓浮云如游子,行踪飘浮不定。
④ 落日句:意谓落日依山,不忍告别大地,正如故人惜别。
⑤ 兹:代词。此,这。
⑥ 萧萧:此指马叫声。《诗·小雅·车攻》:"萧萧马鸣,悠悠旆旌。"班马:离群之马。《左传·襄公十八年》:"邢伯告中行伯曰:'有班马之声,齐师其遁。'"杜预注:"夜遁,马不相见,故鸣。班,别也。"

【评析】

首联写城外送别,工丽整齐,构景清旷弘远。中二联叙别离之情,

"孤蓬""浮云""落日"等意象流动舒卷,情义亦浸润深厚。尾联特写"挥手",以班马嘶鸣代言告别,胜过多少话语,令人涵泳不尽。此诗运笔洒脱,情与景会,明快而畅达,全无哀怨凄切之气,实于送别之作另开生面。

送友人入蜀

见说蚕丛路①,崎岖不易行。山从人面起,云傍马头生。芳树笼秦栈②,春流绕蜀城③。升沉应已定,不必问君平④。

【题解】

诗或作于开元十八年(730),初入长安时。郁贤皓曰:"此诗疑与《蜀道难》同时作,寓意亦同。"(《李太白全集校注》卷十四)

【注释】

① 见说:犹听说。蚕丛路:蜀道。蚕丛,蜀王之先。参见第66页《蜀道难》注释②。

② 秦栈:秦时所筑自关中入蜀的栈道。如褒斜道。参见第66页《蜀道难》注释④。

③ 春流:春水。此指环抱成都的郫江和流江。《史记·河渠书》:"蜀守(李)冰凿离碓,辟沫水之害,穿二江成都之中。"张守节正义引杜预《益州记》:"二江者,郫江、流江也。"蜀城:指成都。

④ 升沉二句:意谓官位爵禄自有定数,不必求卦问卜。升沉,指仕途升降。君平,指西汉严遵。字君平,蜀郡(治今成都市)人。隐居不仕,常在成都市上算命卜卦,日得百钱以自给,卜讫则闭肆下帘,以著书为事。扬雄少时从之游,屡称其德。见西晋皇甫谧《高士传》卷中。

【评析】

起联混茫,婉言蜀道崎岖难行。颔联承之,刻画山路险峻,骤然见奇,穷尽生动之致,含警示意。颈联转平,"笼""绕"二字,点染辉映,带出秀润之境,又宽慰行人。结联再次入奇,巧用君平事,暗喻蜀道难而世路亦难,合其两意,一笔叫醒。通体起承转合,浑成流畅;气势平缓奇纵,交互有度。

宣州谢朓楼饯别校书叔云

弃我去者昨日之日不可留,乱我心者今日之日多烦忧。长风万里送秋雁,对此可以酣高楼。蓬莱文章建安骨①,中间小谢又清发②。俱怀逸兴壮思飞③,欲上青天览明月④。抽刀断水水更流,举杯消愁愁更愁。人生在世不称意,明朝散发弄扁舟⑤。

【题解】

诗题一作《陪侍御叔华登楼歌》。谢朓,南朝齐诗人。字玄晖,陈郡阳夏(今河南省周口市太康县)人。曾任宣城太守、尚书吏部郎。后为始安王萧遥光所诬,下狱死。与沈约等共创永明体诗。多描写自然景色,善于熔裁,时出警句,风格清俊,为李白所推许。后世与谢灵运对举,称为"小谢"。有《谢宣城集》。谢朓楼,初名"北楼",在宣城郡治(今安徽省宣城市)后,谢朓为太守时建,故亦称"谢公楼"。唐末,为刺史独孤霖改建,易名为"叠嶂楼"。校书,即校书郎。唐秘书省属官,正九品上,掌雠校典籍、刊正文章。叔云,李白族叔李云。又名华。李华于天宝十一载官监察御史,见《新唐书·文艺传下》。唐人称监察御史为"侍御"。詹锳系于天宝十二载(753)。是年太白西北游,后南归返梁宋,秋至宣城。

【注释】

① 蓬莱:本指海上仙山。东汉藏书于东观,被学者称为"老氏藏室,道家蓬莱山"。见《后汉书·窦章传》。后因以指秘阁。李云校书秘书省,故以"蓬莱"代之。建安骨:指建安风骨。参见第49页《古风》其一注释⑩。此句称许李云文章有建安风骨。

② 清发:清新秀发。此句李白自比"小谢",言其诗有谢朓清发

之风。

③ 逸兴：超逸豪放的意兴。壮思：豪壮的情思。

④ 览：通"揽"。采摘。

⑤ 扁(piān)舟：小船。

【评析】

首四句凌空起落，将心中郁积已久，"昨日""今日"种种愤懑与烦忧，借高楼酣饮而一吐为快，"长风"句更是清气远引。中四句乘兴放怀，高自标举二人文章才华，逸兴云飞，青天揽月，激昂之情如风发泉涌，灌澈肺腑。后四句兴尽意返，又回接篇首，"抽刀"不能断，"举杯"不能消，刱比翻奇，一展长恨深愁。才华难为世用，身心不得自由，正是太白"不称意"之纽结，惟有寄迹江海，方可求得慰藉。是篇抒写烦愁，压抑中不见消沉，意兴豪壮而激情流注，要非仙才圣手不能为此。

山中问答

问余何意栖碧山①，笑而不答心自闲②。桃花流水窅然去③，别有天地非人间④。

【题解】

诗题一作《答问》，一作《山中答俗人》。《河岳英灵集》卷上录此诗，题作《答俗人问》，故詹锳系于天宝十二载(753)之前，在宣城作。安旗等则编在开元十五年(727)，白留居安州安陆(今湖北省孝感市安陆市)时作(见《李白全集编年笺注》卷一)。

【注释】

① 碧山：又名"白兆山"。在安陆县西北。清《湖广通志》卷九《山川志·德安府·安陆县》："白兆山，一名碧山。唐李白读书其下。"一说，在宣州泾县(今安徽省宣城市泾县西北)境。《大清一统志》卷八十《宁国府·山川》："碧山，在泾县西八十五里。相传唐李白尝栖此。"

② 自闲:悠闲自得。
③ 窅(yǎo)然:深远貌。
④ 别有天地:另有一种境界。

【评析】

此与王维《送别》诗同调,俱设问答:一是送友归隐,知心不复问;一是自栖碧山,人问不与言。二诗均含蕴无穷,得清雅淡远之妙。然"但去莫复问,白云无尽时",于淡远中见闲静冲和;而"桃花流水窅然去,别有天地非人间",则于淡远中见浩渺幽深。同调异趣,以其二人个性差异而使然。王尧衢《古唐诗合解》卷五云:"此诗信手拈来,字字入化,无段落可寻,特可会其意,而不可拘其辞也。"

把酒问月

青天有月来几时?我今停杯一问之。人攀明月不可得,月行却与人相随。皎如飞镜临丹阙①,绿烟灭尽清辉发②。但见宵从海上来,宁知晓向云间没③?白兔捣药秋复春④,嫦娥孤栖与谁邻⑤?今人不见古时月,今月曾经照古人。古人今人若流水,共看明月皆如此。唯愿当歌对酒时⑥,月光长照金樽里。

【题解】

题下原注:"故人贾淳令予问之。"把酒,手执酒杯。安旗等编在天宝三载(744),去朝之前在长安作(见《李白全集编年笺注》卷六)。

【注释】

① 丹阙:赤色宫阙。此指月宫。
② 清辉:清光。此指月光。
③ 但见二句:意谓月亮夜从东海升起,晓向西天沉没。宁(nìng)知,岂知,怎知。
④ 白兔捣药:参见第89页《古朗月行》注释③。

⑤ 嫦娥:亦作"恒娥""姮娥"。神话中后羿之妻。偷食不死之药而成仙,奔入月中。《淮南子·览冥训》:"羿请不死之药于西王母,恒娥窃以奔月。"高诱注:"恒娥,羿妻。羿请不死之药于西王母,未及服之,恒娥盗食之,得仙奔入月中,为月精。"

⑥ 当歌对酒:面对歌舞美酒。曹操《短歌行》:"对酒当歌,人生几何?"常用于感慨人生短暂,须有所作为。后亦用于及时行乐。

【评析】

诗以停杯问月发端,天开奇想。问月咏月,反复参照,尽在探求生命意义与人生哲理,投射自己孤独情怀。"今人不见古时月"四句,与张若虚《春江花月夜》"人生代代无穷已,江月年年只相似"同声,皆寓宇宙永恒、人生苦短之慨叹,兴象中颇见理趣。故结语自然落在"当歌对酒"上,取曹操忧虑人生、立志作为之意。此诗随兴所至,曲尽情理,且四句一韵,平仄间错,有抑扬之美。王夫之云"于古今为创调"(《唐诗评选》卷一),是。

陪侍郎叔游洞庭醉后

划却君山好①,平铺湘水流②。巴陵无限酒③,醉杀洞庭秋④。

【题解】

此诗为三首其三。侍郎叔,指刑部侍郎李晔。据《旧唐书·李岘传》,乾元二年(759),因不能质定刑狱事,刑部侍郎李晔与御史中丞崔伯阳、大理卿权献同受责,晔贬岭下一尉。刑部侍郎,唐尚书省刑部次官,正四品下,佐尚书掌管律令、刑法、徒隶并平议朝廷禁令等。洞庭,洞庭湖。参见第62页《远别离》注释②。乾元二年春,李白坐永王璘事,流夜郎,途中遇赦还归,即赴江夏。其间作《江夏赠韦南陵冰》诗,有句云:"我且为君捶碎黄鹤楼,君亦为吾倒却鹦鹉洲。"以伸胸中不平之气。是年秋,又出游湘中,在岳州得遇族叔李晔,时晔方贬岭南,行经于此。二人泛舟洞庭,李白作五绝三首。

【注释】

① 刬(chǎn)却：铲去，除掉。君山：在洞庭湖中。《博物志》卷六："洞庭君山，帝之二女居之，曰湘夫人。又《荆州图经》曰：'湘君所游，故曰君山。'"又《大明一统志》卷六十二《岳州府·山川》："(君山)在府城西南一十五里洞庭湖中，一名洞庭山，状如十二螺髻。"

② 湘水：即湘江。汇入洞庭湖的五水之一。五水为汨水、湘水、资水、沅水、澧水。此处泛指洞庭之水。

③ 巴陵：县名。唐岳州治所(今湖南省岳阳市)。

④ 醉杀：犹醉甚。杀，副词，用在谓语后表示程度很深。

【评析】

一二言铲去君山，使湘水平铺无阻；三四则借酒浇愁，湖水无限愁亦无限。诗不刻意摹景，而气象极雄阔；四句四入地名，亦浑然不觉痕迹。"刬却君山好"句，正与"捶碎黄鹤楼""倒却鹦鹉洲"用意相仿佛，特造奇语以寄兴。道路险阻，蹭蹬失志，当时逐臣迁客心中之愤激与愁闷，可以想见。

陪族叔刑部侍郎晔及中书贾舍人至游洞庭

洞庭西望楚江分①，水尽南天不见云。日落长沙秋色远②，不知何处吊湘君③。

【题解】

此诗为五首其一。贾至，字幼邻，河南洛阳人。擢明经第，历单父县尉、起居舍人、知制诰。玄宗传位，至撰册以进，授中书舍人。乾元元年(758)春，出为汝州刺史。二年春，唐军九节度兵溃于相州，至弃汝州而奔于襄、邓，因坐贬岳州司马。中书舍人，唐中书省主要属官，正五品上，掌侍进奏、参议表章、草拟诏旨制敕及玺书册命等。此五首与《陪侍郎叔游洞庭醉后三首》同时作，在乾元二年秋。

【注释】

① 洞庭句:长江西来,流经故楚之地,至岳州与洞庭之水相合,故云"西望楚江分"。

② 长沙:县名。唐潭州治所(今湖南省长沙市)。洞庭湖在潭州北境,东南至长沙五百余里。此句谓"日落长沙",乃泛言其地之远,不必坐实。

③ 湘君:指娥皇、女英,尧二女,舜之妃。传说从舜而征,溺于江湘间,为湘水神,俗谓之湘君。《史记·秦始皇本纪》:"上问博士曰:'湘君何神?'博士对曰:'闻之,尧女舜之妻而葬此。'"参见第62页《远别离》注释①。

【评析】

极目江湘,秋色苍茫浩邈,引动思古幽情。然天地之大、江湖之远,竟无处可以凭吊寄怀,排解失意之忧。《唐宋诗醇》卷七引敖英曰:"缀景宏阔,有吞吐湖山之气,落句感慨之情深矣。"

登金陵凤凰台

凤凰台上凤凰游,凤去台空江自流。吴宫花草埋幽径①,晋代衣冠成古丘②。三山半落青天外③,一水中分白鹭洲④。总为浮云能蔽日⑤,长安不见使人愁。

【题解】

金陵,古邑名。战国楚威王七年(前333)灭越后,在石城山(今江苏省南京市清凉山)设金陵邑,金陵之名始于此。凤凰台,在唐昇州江宁县(今南京市江宁区)城内。《太平寰宇记》卷九十《江南东道二·昇州·江宁县》:"凤台山,在县北一里,周回连三井冈,迤逦至死马涧。宋元嘉十六年,有三鸟翔集此山,状如孔雀,文彩五色,音声谐和,众鸟群集。仍置凤台里,起台于山,号为凤台山。"北宋张表臣《珊瑚钩诗话》卷一:"金陵凤凰台,在城之东南,四顾江山,下窥井邑。古题咏,惟谪仙为绝倡。"黄锡珪编在天宝六载(747)春,由扬州之金陵作。而詹锳则系于上元二年(761),复游金陵时作。

【注释】

① 吴宫:指三国吴主的宫殿。王琦注:"吴宫,谓孙权建都时所造宫室。"

② 衣冠:代称士大夫、缙绅。东晋以建康为都,南渡士族云集,一时繁华。

③ 三山:在南京城西南江滨。宋周应合《景定建康志》卷十七《山川志一》:"三山,在城西南三十七里,周回四里,高二十九丈。"又引《舆地志》云:"其山积石森郁,滨于大江,三峰行列,南北相连,号三山。"

④ 一水:一作"二水"。白鹭洲:在南京城西南江中。《太平寰宇记》卷九十《江南东道二·昇州·江宁县》:"白鹭洲,在大江中,多聚白鹭,因名之。"

⑤ 总为句:以浮云喻奸邪,意谓奸邪总是障蔽贤良。

【评析】

前人多以此诗为拟崔颢《黄鹤楼》而作。计有功《唐诗纪事》卷二十一云:"《黄鹤楼》诗'昔人已乘白云去,此地空余黄鹤楼。黄鹤一去不复返,白云千载空悠悠。晴川历历汉阳树,芳草凄凄鹦鹉洲。日暮乡关何处是,烟波江上使人愁',世传太白云'眼前有景道不得,崔颢题诗在上头',遂作《凤凰台》诗以较胜负。恐不然。"则计氏虽载此事,尚不以为信。然自宋至清,诗话文评却盛传之,并争较二诗优劣。或以为崔胜李不逮,或以为李远过于崔,或以为调当让崔、格则逊李,各执一端。当然,持平之论亦不在少,如《唐宋诗醇》卷七云:"崔诗直举胸情,气体高浑;白诗寓目山河,别有怀抱。其言皆从心而发,即景而成,意象偶同,胜境各擅。论者不举其高情远意,而沾沾吹索于字句之间,固已蔽矣。"是言得之。此诗起联即叙登临生感,不掩抑郁与惆怅之情。第二联上接登临意,览胜而怀古,慨叹吴、晋故都虽有一时文物之盛,而其遗终成荒径古丘,繁华不再,发抒兴亡之悲。第三联转叙观望之景,工丽而不纤巧,有江山依旧、逝者已往之兴味,衬起下联。末联括总以上种种情绪意兴,虚实相涵,以"浮云蔽日""长安不见"寄托讽谕,忧国伤时,振耀全篇,使诗之气格、境界俱臻佳妙。

望庐山瀑布

日照香炉生紫烟①,遥看瀑布挂前川。飞流直下三千尺,疑是银河落九天②。

【题解】

此诗为二首其二。诗题一作《望庐山香炉峰瀑布》。詹锳系于开元十四年(726),太白出夔门、下江陵后,即游襄汉,上庐山。此为初上庐山之作。

【注释】

① 香炉:香炉峰。在庐山南。参见第115页《庐山谣寄卢侍御虚舟》注释⑦⑨。紫烟:山谷中水气受日光照射而呈现紫色的烟雾。

② 九天:谓天空最高处。

【评析】

张表臣《珊瑚钩诗话》卷一曰:"诗以意为主,又须篇中练句,句中练字,乃得工耳。以气韵清高深眇者绝,以格力雅健雄豪者胜。"此诗写香炉峰瀑布,首句"生"字,点出云烟袅袅之态;次句"挂"字,化动为静,正合瀑布"遥看"之状;末句"落"字,则增奔流倾泻之势。三字均下得极好,又天然不见斧凿,使整诗格调飞动有活意,读之如临其境。

秋登宣城谢朓北楼

江城如画里,山晚望晴空。两水夹明镜①,双桥落彩虹②。人烟寒橘柚③,秋色老梧桐。谁念北楼上,临风怀谢公。

【题解】

北楼,南朝齐谢朓为宣城太守时所建。参见第125页《宣州谢朓楼饯别校书叔云》题解。二诗当为同时之作,即在天宝十二载(753)秋。

【注释】

① 两水:指宛溪和句溪。两水于宣城东北合流。

② 双桥:指宣城宛溪上的凤凰桥和济川桥。《江南通志》卷十六《舆地志·山川六·宁国府》:"宛溪在府城东。源出新田山,纳诸水而来,委蛇数十里,故曰宛溪。上下两桥,上曰凤凰,下曰济川,并跨溪上。"又卷二十七《舆地志·关津三桥梁镇市附》:"凤凰桥,宣城县东泰和门外,跨宛溪,长三十丈,广二丈六尺。济川桥,阳德门外,跨宛溪。上曰凤凰,下曰济川,皆隋开皇中建。"

③ 人烟:人家炊烟。

【评析】

首联开门见山,总摄全篇。中二联正是向晚所望"如画"之景:其"夹""落"二字,占尽机趣,令波光桥影灿然生辉,齐来入于眉睫之间;而"寒""老"二字,实词活用,造烟树微茫、秋色凄清之境,笔力极为老成。结联收回视野,登斯楼而念斯人,效其寄情山水,以排遣心中落寞之愁。

望天门山

天门中断楚江开①,碧水东流至北回②。两岸青山相对出③,孤帆一片日边来。

【题解】

天门山,东梁山、西梁山的合称,二山隔长江相对。东梁山,古称"博望山",在今安徽省芜湖市镜湖区西北江滨。西梁山,又名"梁山",在今安徽省马鞍山市和县白桥镇东南江滨。《太平寰宇记》卷一百五《江南西道三·太平州·当涂县》:"天门山,在县西南三十里。有二山夹大江,东曰博望,西曰天门。"又引《舆地志》云:"博望、梁山东西相对,隔江如门,相去数里,谓之天门山。"诗当于开元十四年(726),出巴蜀后顺江东游至金陵、扬州,途经天门山而作。

【注释】

① 天门中断:谓天门山被江水从中隔断。楚江:此指楚境之内的长江。

② 至北:一作"至此"。清毛奇龄《西河集》卷二十三《笺·杂笺二》:"因梁山、博望夹峙,江广,水至此作一回旋矣。时刻误'此'为'北',既东又北,既北又回,已乖句调,兼失义理。"今按其地理位置,长江至天门山确乎折而向北,至马鞍山再稍转东北,经南京始复东流。毛说非是,王琦注本作"至北回",必有以焉。此句谓江水东流,经过两山夹峙处而奔涌北去,激起回旋。

③ 两岸青山:指东、西梁山。

【评析】

天门中断,青山对出,目接之景雄浑壮阔;碧水远天,落日帆影,神会之意悠悠不尽。诗之格高语壮,情韵生动,天成一段盛唐气象。

客中作

兰陵美酒郁金香①,玉碗盛来琥珀光②。但使主人能醉客③,不知何处是他乡。

【题解】

诗题一作《客中行》。开元二十四年(736)夏,太白由太原之东鲁,寓家任城(今山东省济宁市)。詹锳《李白诗文系年》云:"诗题曰'客中作',而诗中又有'不知何处是他乡'之句,疑是初至东鲁之作。"

【注释】

① 兰陵:古县名。战国时楚置,治今山东省临沂市兰陵县兰陵镇。

其后屡有废置,唐时为沂州承县。《元和郡县图志》卷十一《河南道七·沂州·承县》:"兰陵县城,在县东六十里。《史记》曰:'荀卿以儒者适楚,楚春申君以为兰陵令,因家焉。'"郁金:香草。多年生草本植物,姜科。叶片长圆形,夏季开花,圆柱形穗状花序,白色。有块茎及纺锤状块根,黄色,有香气,古人用作香料,泡制郁鬯(祭祀用酒)。此指用郁金泡酒散发的香气。

② 琥珀:松柏树脂的化石。色淡黄、褐或红褐。此指酒的颜色。

③ 但使:犹只要。

【评析】

诗写客怀,笔调却不同寻常。一二极言酒美,三四则下豁达语,通首不见乡思羁愁。然详玩"但使"所云,隐然有酒浇磊块之意。以乐写忧,声情婉转,而愈觉其深沉。

太原早秋

岁落众芳歇①,时当大火流②。霜威出塞早③,云色渡河秋。梦绕边城月,心飞故国楼。思归若汾水④,无日不悠悠。

【题解】

太原,县名。唐太原府、河东节度使治所(今山西省太原市晋源区),隶河东道。开元二十三年(735)五月,太白偕好友谯郡元参军,自洛阳经太行赴太原。此诗为入秋抵太原时作。

【注释】

① 岁落:一年中草木开始凋零、衰败的季节;秋季。众芳:百花。

② 大火:星宿名。即心宿。农历七月黄昏,大火位置由中天逐渐西降,天气转凉。《诗·豳风·七月》:"七月流火,九月授衣。"孔颖达疏:"于七月之中,有西流者,是火之星也,知是将寒之渐。"

③ 霜威:寒霜肃杀的威力。

④ 汾水:黄河第二大支流。在今山西省中部。源出今忻州市宁武县管涔山,经太原市南流至运城市新绛县折向西,在河津市入黄河。流经地在唐时为河东道之岚州、太原府、汾州、晋州、绛州、蒲州。

【评析】

前半写景,赋景物以人格,景皆传情。"霜威出塞"、"云色渡河",神态肃杀促迫,多添寒苦。后半写情,情附着于景,情更真切。"梦绕"在此,"心飞"在彼,思归之愁如汾水悠长。诗之气韵高逸,属对亦工妙奇警,诚如《唐宋诗醇》卷七所评:"健举之至,行气如虹。"

早发白帝城

朝辞白帝彩云间①,千里江陵一日还②。两岸猿声啼不尽,轻舟已过万重山。

【题解】

诗题一作《白帝下江陵》。白帝城,东汉初称帝于蜀的公孙述所筑,以"白帝"名之,并移鱼腹县治此(今重庆市奉节县白帝镇)。城临瞿塘峡口,形势险要。三国时为蜀汉防吴重镇。蜀先主刘备为吴将陆逊所败,退居此城而崩。詹锳系于开元十三年(725)出蜀时作。黄锡珪则编在乾元二年(759),白流夜郎行至白帝城,遇赦得还,将下江陵时作。

【注释】

① 彩云:据王琦注,"白帝城,在夔州奉节县,与巫山相近。所谓'彩云',正指巫山之云也"。

② 江陵:县名。唐荆州治所(今湖北省荆州市荆州区),隶山南东道。《水经注·江水二》:"自三峡七百里中,两岸连山,略无阙处,重岩叠嶂,隐天蔽日,自非停午夜分,不见曦月。至于夏水襄陵,沿溯阻绝。或王命急宣,有时朝发白帝,暮到江陵,其间千二百里,虽乘奔御风,不以疾也。……每至晴初霜旦,林寒涧肃,常有高猿长啸,属引凄异,空谷

传响,哀转久绝,故渔者歌曰:'巴东三峡巫峡长,猿鸣三声泪沾裳。'"

【评析】

一二言尽舟行迅疾,三四再借猿声托起,便觉尺幅千里,意境全出。施补华《岘佣说诗》第二百六则曰:"太白七绝,天才超逸,而神韵随之。如'朝辞白帝彩云间,千里江陵一日还',如此迅捷,则轻舟之过万山不待言矣。中间却用'两岸猿声啼不住'一句垫之,无此句,则直而无味,有此句,走处仍留,急语仍缓。可悟用笔之妙。"

秋下荆门

霜落荆门江树空,布帆无恙挂秋风①。此行不为鲈鱼鲙②,自爱名山入剡中③。

【题解】

荆门,即荆门山。参见第25页王维《汉江临泛》注释②。此诗亦为开元十三年(725)出蜀后,秋间初下荆门时所作。

【注释】

① 布帆无恙:用东晋顾恺之旅途历险事。《世说新语·排调》:"顾长康作殷荆州佐,请假还东。尔时例不给布帆,顾苦求之,乃得。发至破冢,遭风大败。作笺与殷云:'地名破冢,真破冢而出,行人安稳,布帆无恙。'"后遂以"布帆无恙"为旅途平安之典。

② 鲈鱼鲙(kuài):用西晋张翰辞官归乡事。《世说新语·识鉴》:"张季鹰辟齐王东曹掾,在洛,见秋风起,因思吴中菰菜羹、鲈鱼鲙,曰:'人生贵得适意尔,何能羁宦数千里以要名爵?'遂命驾便归。俄而齐王败,时人皆谓为见机。"后以"思鲈鲙"或"思莼鲈"为弃官归隐之典。

③ 剡中:指剡县(今浙江省绍兴市嵊州市)一带。其地多名山,如天台、天姥等,故汉晋以来,隐逸之士趋焉。参见第117页《梦游天姥吟留别》题解。

【评析】

下笔轻松飘逸,"空"字准,"挂"字神。用事亦变其原意,非为避险归隐而去,只是骋其心性而已。自饶清韵,有出尘之趣。

苏台览古

旧苑荒台杨柳新,菱歌清唱不胜春①。只今惟有西江月②,曾照吴王宫里人。

【题解】

苏台,即姑苏台。参见第78页《乌栖曲》注释①。览古,谓游览古迹。开元十四年(726),太白出蜀后下江东,至越州(治今浙江省绍兴市)。此诗与《越中览古》《乌栖曲》等,当为前后之作。

【注释】

① 菱歌:采菱之歌。《乐府诗集》卷五十《清商曲辞七·江南弄上》引《古今乐录》曰:"梁天监十一年冬,武帝改西曲,制《江南上云乐》十四曲,《江南弄》七曲。"《江南弄》七曲其五曰《采菱曲》:"江南稚女珠腕绳,金翠摇首红颜兴。桂棹容与歌采菱。歌采菱,心未怡,翳罗袖,望所思。"

② 西江:唐人常称长江中下游为"西江"。

【评析】

缀当前之景,"杨柳""菱歌"春光无限,以比照"旧苑荒台"。又转借"西江月"之亘古不变,反衬人事存没迁改,寄寓兴亡之慨。三句言今,一句言昔,由今溯古,牵缩多少情思,凄怆已极。

越中览古

越王勾践破吴归①,义士还家尽锦衣②。宫女如花满春殿,只今惟有鹧鸪飞③。

【题解】

越,古国名。建都于会稽(今浙江省绍兴市)。春秋时兴起,战国末期为楚所灭。后以"越中"专指会稽一带或代称浙东地区。此诗当与《苏台览古》为前后作。

【注释】

① 越王句:春秋末,吴越夫椒之战,越败,越王勾践入吴为人质三年。归国后,卧薪尝胆,刻苦图强,任用范蠡、文种等人,十年生聚,十年教训,终于转弱为强。周敬王四十二年(前478),越王兴兵伐吴,在笠泽击溃吴军。五年后,又攻破吴都,吴王夫差被俘自刎,吴亡。
② 锦衣:显贵者所着精美的服装。此句谓将士立功,衣锦还乡。
③ 鹧鸪:鸟名。形似雌雉,头如鹑,胸前羽有白点如珍珠,背毛有紫赤浪纹。为南方留鸟。古人谐其鸣声为"行不得也哥哥",诗文中用以表示思念故乡。

【评析】

此诗与《苏台览古》意调相同,皆为怀古寄慨、参破盛衰之作。三句言盛,一句言衰,吊古而伤今,叙次正与上一首相反。然二诗都是"三下一转"体式,前人多谓此为绝句之创格。《唐宋诗醇》卷八曰:"前《苏台览古》通首言其萧索,而末一语兜转其盛;此首从盛时说起,而末句转入荒凉。此立格之异也。"

谢公亭

谢亭离别处①,风景每生愁。客散青天月,山空碧水流。池花春映日,窗竹夜鸣秋。今古一相接,长歌怀旧游②。

【题解】

题下原注:"盖谢朓、范云之所游。"谢公亭,在宣城北二里。宋叶廷珪《海录碎事》卷四下《亭阁门》:"谢公亭,在宣城。太守谢玄晖置。范云为零陵内史,谢送别于此,故有新亭送别诗在选中。"按《谢宣城集》卷三,有《新亭渚别范零陵云》诗,曰:"洞庭张乐地,潇湘帝子游。云去苍梧野,水还江汉流。停骖我怅望,辍棹子夷犹。广平听方籍,茂陵将见求。心事俱已矣,江上徒离忧。"詹锳系于天宝十二载(753)秋,在宣城作。

【注释】

① 谢亭:一作"谢公"。
② 长歌:放声高歌。旧游:本指昔日交游的友人。此处借指谢朓。

【评析】

思古人不见,睹风景生愁。中二联之景,孤淡寂寥,皆着我之色彩。结语笔势一扬,尚友千载,余音绵邈,洵非人工所能及。王夫之云:"'今古一相接'五字,尽古今人道不得,神理、意致、手腕三绝也。"(《唐诗评选》卷三)

夜泊牛渚怀古

牛渚西江夜,青天无片云。登舟望秋月,空忆谢将军①。余亦能高咏,斯人不可闻②。明朝挂帆席③,枫叶落纷纷④。

【题解】

题下原注:"此地即谢尚闻袁宏咏史处。"牛渚,山名。在今安徽省马鞍山市雨山区长江东岸。其山北部突出江中,即采石矶,自古为重要津渡。詹锳系于开元二十七年(739),白由洛阳之淮南,秋至巴陵(今湖南省岳阳市)。《李白诗文系年》曰:"诗云:'登舟望秋月,空忆谢将军。明朝洞庭去,枫叶落纷纷。'当是去巴陵途中作。"

【注释】

① 谢将军:谢尚。东晋将领。字仁祖,陈郡阳夏(今河南省周口市

太康县)人。豫章太守谢鲲之子,太傅谢安从兄。少聪颖,善音乐,博综众艺。王导辟为司徒掾,累官镇西将军,都督豫、冀、幽、并四州诸军事。《太平寰宇记》卷一百五《江南西道三·太平州·当涂县牛渚山》引《淮南记》云:"晋镇西将军谢尚亦镇此城,袁宏时寄运船泊牛渚,尚乘月泛江,闻运船中讽咏,遣问之,即宏诵其自作《咏史诗》,于是大相叹赏。"袁宏,字彦伯,陈郡阳夏人。《晋书·文苑传·袁宏》:"宏有逸才,文章绝美,曾为《咏史诗》,是其风情所寄。少孤贫,以运租自业。谢尚时镇牛渚,秋夜乘月,率尔与左右微服泛江。会宏在舫中讽咏,声既清会,辞又藻拔,遂驻听久之,遣问焉。答云:'是袁临汝郎诵诗。'即其咏史之作也。尚顷率有胜致,即迎升舟,与之谭论,申旦不寐,自此名誉日茂。"后入谢尚幕参其军事,累迁大司马桓温府记室、东阳太守。著有《后汉纪》三十卷、《竹林名士传》三卷,及诗赋杂文凡三百首传于世。

② 斯人:此人。指谢尚。
③ 挂帆席:一作"洞庭去"。
④ 落:一作"正"。

【评析】

夜泊牛渚,青天秋月,境界空灵通透。而寄兴于怀古地,却不见风虎嘉会,不禁黯然神伤。"明朝挂帆席,枫叶落纷纷"二语,其不遇之感,倦客之慨,借景托起,入人也深。诗以古作律,不屑于对偶,而音调圆润,情满意溢,为历来论者所激赏。严羽云:"有律诗彻首尾不对者。盛唐诸公有此体,如孟浩然诗'挂席东南望,青山水国遥。舳舻争利涉,来往接风潮。问我今何适,天台访石桥。坐看霞色晚,疑是赤城标',又'水国无边际'之篇,又太白'牛渚西江夜'之篇,皆文从字顺,音韵铿锵,八句皆无对偶者。"(《沧浪诗话·诗体》)王士禛云:"或问'不著一字,尽得风流'之说,答曰:太白诗'牛渚西江夜,青天无片云。登高望秋月,空忆谢将军。余亦能高咏,斯人不可闻。明朝挂帆席,枫叶落纷纷';襄阳诗'挂席几千里,名山都未逢。泊舟浔阳郭,始见香炉峰。常读远公传,永怀尘外踪。东林不可见,日暮空闻钟'。诗至此,色相俱空,政如羚羊挂角,无迹可求,画家所谓逸品是也。"(《分甘余话》卷四《诗评》,亦见《带经堂诗话》卷三《悬解门·入神类》)

月下独酌

花间一壶酒,独酌无相亲。举杯邀明月,对影成三人。月既不解饮①,影徒随我身。暂伴月将影②,行乐须及春。我歌月徘徊,我舞影零乱。醒时同交欢,醉后各分散。永结无情游③,相期邈云汉④。

【题解】

此诗为四首其一。其三有"三月咸阳城,千花昼如锦"句,故四首当于天宝三载(744)春,去朝之前在长安作。

【注释】

① 不解:不懂,不理解。
② 将:与,和。
③ 无情游:月、影本无知无情之物,与之交游故云"无情游"。
④ 相期:相约。云汉:云霄,高空。此句意谓欲与月、影相约,会于邈远的高空。

【评析】

明写独酌,实抒独怀。妙发奇想而邀月对影,亦是人世寂寞难销,故言酒醉歌舞愈是尽欢,则其孤独之情愈觉浓郁。末寄望于天国"无情游",强为放达,读之已不胜其悲。此诗言情别具特色,苦闷而不潦倒,荧然而见高趣,说是无情却又多情,惟太白大手笔而能为之。

山中与幽人对酌

两人对酌山花开,一杯一杯复一杯。我醉欲眠卿且去,明朝有意抱琴来①。

【题解】

幽人,幽隐之人,隐士。此诗作年未详。

【注释】

① 我醉二句:化用陶渊明语。《宋书·隐逸传·陶潜》:"潜不解音声,而畜素琴一张,无弦,每有酒适,辄抚弄以寄其意。贵贱造之者,有酒辄设。潜若先醉,便语客:'我醉欲眠,卿可去。'其真率如此。"

【评析】

志趣相投,对酌则不嫌酒多,"一杯一杯复一杯",饮兴盎然,情事逼真,而不觉其犯重。三四翻新陶语,其真率忘形酒醉之态,高山流水知音之情,较渊明辄有过之而无不及。郁贤皓曰:"前二句叙饮酒,第三句突然一转写醉,第四句又转写后约,直叙中有曲折波澜。"(《李太白全集校注》卷二十)

与史郎中钦听黄鹤楼上吹笛

一为迁客去长沙①,西望长安不见家。黄鹤楼中吹玉笛②,江城五月落梅花③。

【题解】

史钦,未详何许人。《李太白全集》卷十一有《江夏使君叔席上赠史郎中》诗,所赠或为同一人。郎中,唐尚书省六部诸曹司官,从五品上,掌各司事务,为尚书、侍郎、丞以下重要部员。黄鹤楼,参见第107页《江夏行》注释③。詹锳系于乾元二年(759),白流夜郎,至巫山遇赦得还,憩江夏时作。

【注释】

① 迁客:指遭贬斥放逐之人。此用西汉贾谊谪迁长沙事,借以自况。《史记·屈原贾生列传》:"天子后亦疏之,不用其议,乃以贾生为长沙王太傅。贾生既辞往行,闻长沙卑湿,自以寿不得长,又以适去,意不

自得,及度湘水为赋,以吊屈原。"

② 玉笛:笛子的美称。

③ 落梅花:即《梅花落》。本笛中曲,参见第96页《襄阳歌》注释⑨。南朝宋鲍照以下皆有作,多言飘零失意之愁。郁贤皓注:"此因押韵而倒置,亦含笛声因风散落之意。一语双关,乃传神之笔。"

【评析】

先叙迁谪流离之苦,后言楼上听笛,而飘零失落之感寓于其中。《唐宋诗醇》卷八曰:"凄切之情,见于言外,有含蓄不尽之致。至于《落梅》笛曲,点用入化,论者乃纷纷争梅之落与不落,岂非痴人前不得说梦耶?"

独坐敬亭山

众鸟高飞尽,孤云独去闲①。相看两不厌②,只有敬亭山。

【题解】

敬亭山,在宣城北。《江南通志》卷十六《舆地志·山川六·宁国府》:"敬亭山,在府北十里。《府志》云:'古名昭亭。东临宛、句二水,南俯城闉,烟市风帆,极目如画。'"詹锳系于天宝十二载(753),复游宣城时作。

【注释】

① 孤云句:意谓孤云悠然而去。陶渊明《咏贫士》其一:"万族各有托,孤云独无依。"此处袭其词而新其意。

② 不厌:不满足。

【评析】

太白"独坐"与"独酌"旨趣一致,皆写孤寂之怀,而此诗则于孤寂中犹见恬淡闲适。首二句写眼前之景,"孤云"意象已深得其情;后二句又推情至极,人以山为伴,不知人化作山,抑或山化作人,相看不厌,物我两忘而浑然同一。此即刘勰所云:"写气图貌,既随物以宛转;属采附声,亦与心而徘徊。"(《文心雕龙·物色》)心物极尽流连,最终达于情景妙合之境。

访戴天山道士不遇

犬吠水声中,桃花带露浓。树深时见鹿,溪午不闻钟①。野竹分青霭②,飞泉挂碧峰。无人知所去,愁倚两三松。

【题解】

戴天山,又名"大匡山"。宋时避太祖讳改名"大康山"。在今四川省绵阳市江油市大康镇西北。宋姚宽《西溪丛语》卷下引《绵州图经》云:"戴天山,在县北五十里。有大明寺,开元中李白读书于此寺。又名大康山,即杜甫所谓'康(匡)山读书处'也。"《大明一统志》卷六十七《成都府·山川》:"大匡山,在彰明县北三十里。一名康山。唐杜甫寄李白诗:'匡山读书处,头白好归来。'一名戴天山。"此诗当为太白少年读书山中时所作,詹锳系于开元七年(719)。

【注释】

① 溪午句:意谓正午时分溪谷中没听到山寺钟声。
② 青霭:青色云气。

【评析】

前六句描绘戴天山景色,不承不转,按入山行程次第展开。首联写山前,动静相间,着色鲜明;颔联写山中,"时见鹿""不闻钟",映衬深山清幽静谧;颈联写山上,既至不遇,惟见远峰"青霭""飞泉"。尾联则直写举止形态,曲折言之,最是情有未尽。王夫之评曰:"全不添入情事,只拈死'不遇'二字作,愈死愈活。"(《唐诗评选》卷三)此说也妙。

拟古

生者为过客,死者为归人①。天地一逆旅,同悲万古尘②。

月兔空捣药③,扶桑已成薪④。白骨寂无言,青松岂知春⑤?前后更叹息,浮荣何足珍⑥!

【题解】

《拟古》诗凡十二首,此为其九。十二首非一时一地之作,内容不一,多慨叹人生与时世,有《古诗十九首》之风。《唐宋诗醇》卷八云:"白之诸作,体虽仿古,意乃自运,其才无所不有,故辞意出入魏晋,而大致直媲西京,正不必拘拘句比字拟以求之。又其辞多有寄托,当以意会,更不必处处牵合,如旧注所云也。"

【注释】

① 归人:死人。《列子·天瑞》:"古者谓死人为归人。夫言死人为归人,则生人为行人矣。"

② 天地二句:意谓天地犹如一所迎来送往的旅舍,古今同悲的是其间所寄终将化作永恒的尘埃。逆旅,客舍,旅馆。

③ 月兔句:用嫦娥奔月成仙事。谓嫦娥可以长生不死,却只有玉兔徒劳地为她捣药,不能消解她的孤独和寂寞。

④ 扶桑句:意谓东方的参天神木如今已变成了薪柴。指宇宙自然的倏忽变化。扶桑,传说中神木。日出于其下,拂其杪而升,因谓为日出之处。《楚辞·九歌·东君》:"暾将出兮东方,照吾槛兮扶桑。"王逸注:"言东方有扶桑之木,其高万仞。日出,下浴于汤谷,上拂其扶桑,爰始而登,照曜四方。日以扶桑为舍槛,故曰'照吾槛兮扶桑'也。"

⑤ 白骨二句:意谓地下白骨无法言说生前荣辱贵贱,山上青松自生自息哪知冬去春来。此即"万物兴歇皆自然"(《日出入行》)之意。

⑥ 浮荣:表面的荣耀,虚假的荣耀。

【评析】

人生如寄,生命苦短。《古诗十九首》中便不乏此咏,如"人生天地间,忽如远行客。斗酒相娱乐,聊厚不为薄"(其三),"浩浩阴阳移,年命如朝露。人生忽如寄,寿无金石固"(其十三),"生年不满百,常怀千岁忧。昼短苦夜长,何不秉烛游"(其十五)云云。太白之作虽为摹拟,而能自出其意,不落于"及时行乐"之窠臼。此篇俯仰嗟叹之间,尤有宇宙恒变之思,别见寄托,亦即人生当顺应自然变化,不为生死荣辱、穷通贵贱等外物所役。究其源,则从庄周"齐物"之说而来。所谓齐生死、齐物我、齐是非乃至万物一齐,其实质正为解脱外物束缚,求得内心平静与自由,以通于天地之"大道"。

听蜀僧濬弹琴

蜀僧抱绿绮①,西下峨眉峰。为我一挥手②,如听万壑松③。客心洗流水④,遗响入霜钟⑤。不觉碧山暮,秋云暗几重。

【题解】

郁贤皓曰:"李白另有《赠宣州灵源寺仲濬公》诗,'蜀僧濬''仲濬公',疑为同一人,并为同期作品。"(《李太白全集校注》卷二十二)詹锳系于天宝十二载(753),在宣城作。

【注释】

① 绿绮:古琴名。西晋傅玄《琴赋序》:"齐桓有鸣琴曰号钟,楚王有琴曰绕梁,司马相如有绿绮,蔡邕有焦尾,皆名器也。"(《汉魏六朝百三家集》卷三十九)此处泛指古琴。
② 挥手:谓弹奏(古琴)。嵇康《琴赋》:"伯牙挥手,钟期听声。"
③ 万壑松:形容琴声如群山壑谷中的松涛。有琴曲名《风入松》。
④ 客心:游子之情思。流水:形容琴声优美如流水。有琴曲名《高山流水》。《列子·汤问》:"伯牙善鼓琴,钟子期善听。伯牙鼓琴,志在登高山,钟子期曰:'善哉!峨峨兮若泰山。'志在流水,钟子期曰:'善哉!洋洋兮若江河。'伯牙所念,钟子期必得之。"
⑤ 遗响:犹余音。霜钟:指钟或钟声。《山海经·中山经》:"(丰山)有九钟焉,是知霜鸣。"郭璞注:"霜降则钟鸣,故言知也。"此句谓琴曲余音与寺庙晚钟融为一体。

【评析】

中四句摹写听乐之所感,合于天籁,妙其形容,一如知音故事。高步瀛《唐宋诗举要》卷四曰:"一气挥洒,中有凝炼之笔,便不流入轻滑。"

春夜洛城闻笛

谁家玉笛暗飞声①,散入春风满洛城。此夜曲中闻《折柳》②,何人不起故园情③。

【题解】

洛城,即洛阳城(今河南省洛阳市瀍河回族区)。唐东都及都畿道河南府治。詹锳系于开元二十三年(735),白客东都时作。

【注释】

① 谁家:何处。
② 折柳:又名《折杨柳》。乐府横吹曲名。参见第 90 页《塞下曲》注释①。
③ 故园:家园,故乡。

【评析】

此诗题材同于前首《与史郎中钦听黄鹤楼上吹笛》,然作法有异。《黄鹤楼》诗因思归而听笛,《洛城》诗则由闻笛而思归。前者于楼上用心听之,借一曲《梅花落》,以增身世沦落之感,情思在深;后者不知何处无意闻之,所闻为《折杨柳》曲,春夜阒静,笛声悠扬,莫不引动旅人伤别之怀,情思在远。二诗俱以闻笛声传达无限羁愁别恨,又各尽章法之宜,遂为千古绝调。

长门怨

天回北斗挂西楼①,金屋无人萤火流②。月光欲到长门殿,别作深宫一段愁。

【题解】

此诗为二首其一。长门怨,乐府楚调曲名。《乐府诗集》卷四十二《相和歌辞十七·楚调曲中·长门怨》引《乐府解题》曰:"长门怨者,为陈皇后作也。后退居长门宫,愁闷悲思,闻司马相如工文章,奉黄金百斤,令为解愁之辞。相如为作《长门赋》,帝见而伤之,复得亲幸。后人因其赋而为《长门怨》也。"郁贤皓曰:"此二诗或谓天宝二年(743)秋被谗见疏而借陈皇后故事自况而作。"(《李太白全集校注》卷二十三)

【注释】

① 天回北斗:指北斗星斗柄在天空自东而西回转。秋夜斗柄则西指。

② 金屋:用汉武帝陈皇后事。陈皇后字阿娇,堂邑侯陈午与大长公主刘嫖之女。旧题班固《汉武故事》:"帝以乙酉年七月七日旦生于猗兰殿。年四岁,立为胶东王。……胶东王数岁,公主抱置膝上,问曰:'儿欲得妇否?'长主指左右长御百余人,皆云'不用'。指其女:'阿娇好否?'笑对曰:'好!若得阿娇作妇,当作金屋贮之。'长主大悦,乃苦要上,遂成婚焉。"后有成语"金屋贮娇"。此处指陈皇后失宠后所居长门宫。

【评析】

一二"挂"字、"流"字,合力托出凄清冷寂之景,以附怨情;三四"欲到""别作"四字,妙手衬得无情之月,仿佛有意送来愁苦。诗写宫怨,只就冷宫环境气氛落墨,不见人物,亦不直言哀怨,而愈觉处处有孤影徘徊,句句深含哀怨。潜玩之,尤有余味,此即司空图所谓"近而不浮,远而不尽,然后可以言韵外之致耳"(《与李生论诗书》)。

杜甫

杜甫(712—770),字子美,自称少陵野老。祖籍襄阳(今湖北省襄阳市襄城区),自其曾祖时迁居河南府巩县(今河南省郑州市巩义市站街镇)。杜审言之孙。幼好学,七岁属辞,十四五即出游翰墨场。年二十游吴越,归来赴京举进士不第,又漫游齐赵等地,结识李白、高適等名流。后寓居长安近十年,困苦无所施展,以献赋得授小官。安史乱中,只身辗转逃至凤翔,谒见肃宗,官左拾遗。长安收复后,扈从肃宗还京,出为华州司功参军。未几,弃官往秦州、同谷。后移家成都,卜居浣花溪。尝入剑南节度使严武幕府为参谋,表为检校工部员外郎,故世称杜工部。晚年携家出蜀,病死湘江舟中。一说死于耒阳(今属湖南省衡阳市)。

杜甫出身于官宦世家,"奉儒守官"是其毕生"素业",故其诗作多寓家国情怀,关心时事,同情民生疾苦。尤其在经历社会剧烈动荡、个人生活陷入极度困苦之际,愈是心怀天下,以严肃的写实精神,正视现实艰危,真实再现国家与民族深重忧患,因而被后世称作"诗史"。无可否认,杜诗中亦交织着忠君爱国与究问民瘼的矛盾,常为此而流露痛苦情绪。然终其一生,未曾放弃儒家仁政爱民理想,并以之为衡,将"忧国忧民"与批判社会黑暗、表达人民愿望紧密联系起来,在一定程度上提升了作品思想境界。自宋以后,又被尊为"诗圣",确有其深刻道德原因。杜诗艺术成就颇高,各体皆善,尤长于五七言律。语言风格变化多样,而以沉郁为主;主张"转益多师",兼采众长。唐元稹《唐故工部员外郎杜君墓系铭并序》曰:"至于子美,盖所谓上薄《风》《骚》,下该沈宋,古傍苏李,气夺曹刘,掩颜谢之孤高,杂徐庾之流丽,尽得古今之体势,而兼昔人之所独专矣。"北宋秦观《韩愈论》曰:"杜子美之于诗,实积众家之长,适当其时而已。昔苏武、李陵之诗,长于高妙;曹植、刘公幹之诗,长于豪逸;陶潜、阮籍之诗,长于冲澹;谢灵运、鲍照之诗,长于峻洁;徐陵、庾信之诗,长于藻丽。于是杜子美者,穷高妙之格,极豪逸之气,包冲澹之趣,兼峻洁之姿,备藻丽之态,而诸家之作所不及焉。然不集诸家之长,杜氏亦不能独至于斯也,岂非适当其时故耶?"明陆时雍《唐诗镜》卷二十一曰:"杜子美之胜人者有二:思人所不能思,道人所不敢道,以意胜也;数百言不觉其繁,三数语不觉其简,所谓'御众如御寡''擒贼先擒王',以力胜也。五七古诗,雄视一世,奇正雅俗,称题而出,各尽所长,是谓武库。五七律诗,他人每以情景相和而成,本色不足者往往景饶情乏,子美直摅本怀,借景入情,点镕成相,最为老手。"与李白诗风神逸宕、自然天成不同,杜诗则是千锤百炼、苦心经营,于语句、篇章、体式俱有创造之功。李诗仙才不可摹仿,杜诗刻苦可为典则,故杜诗对后人影响更为远大。

有《杜工部集》。选诗据清仇兆鳌《杜诗详注》(中华书局1979年版)。

望岳

岱宗夫如何①？齐鲁青未了②。造化钟神秀③，阴阳割昏晓④。荡胸生曾云⑤，决眦入归鸟⑥。会当凌绝顶，一览众山小⑦。

【题解】

此诗大约作于开元二十五年(737)至二十八年(740)间，杜甫举进士不第后，漫游齐赵而至东岳泰山。近岳而望，并未登山，故题为《望岳》。

【注释】

① 岱宗：即泰山。泰山居五岳之首，为诸山所宗，故称。夫(fú)：句中助词。一说为代词，犹彼。

② 齐鲁：本指春秋时两个国名。在今山东省境内。《史记·货殖列传》："故泰山之阳则鲁，其阴则齐。"后以"齐鲁"为该地区的代称。唐属河南道。青未了：指山色无穷尽。此句谓青翠山影在齐鲁境内外随处可见。

③ 造化：自然界，大自然。钟：汇聚，集中。神秀：神奇秀美。

④ 阴阳：指山北山南。割：划分。此句谓泰山高峻，遮蔽了光线，使山南山北在同一时间明暗有别，判若晨昏。

⑤ 曾：通"层"。此句倒装，谓层云叠起，荡涤心胸。

⑥ 决眦(zì)：裂开眼眶。表示极目远视。

⑦ 会当二句：意谓定要登上绝顶，举目纵观天下。表达自己的雄心壮志。会当，定当。凌，升，登。《孟子·尽心上》："孔子登东山而小鲁，登太山而小天下。"西汉扬雄《法言·吾子篇》："升东岳而知众山之峛崺也，况介丘乎！"峛崺，同"逦迤"。连绵不绝貌。介丘，小山。此或本其意。

【评析】

前六句围绕"望"意下笔，写尽东岳泰山气色，回应起首"夫如何"之问。"会当"二句如虹霓横空，灿然夺目，想象登临绝顶而纵览天下，志量恢弘非凡。然奇情远意,全凭前六蓄势烘托而来。浦起龙曰:"越境连绵,苍峰不断,写岳势只'青未了'三字,胜人千百矣。'钟神秀',在岳势前推出;'割昏晓',就岳势上显出。'荡胸''决眦',明逗'望'字。末联则以将来之凌眺,剔现在之遥观,是透过一层收也。"又云:"杜子心胸气魄,于斯可观。取为压卷,屹然作镇。"(《读杜心解》卷一之一)

登兖州城楼

东郡趋庭日①,南楼纵目初②。浮云连海岱③,平野入青徐④。孤嶂秦碑在⑤,荒城鲁殿余⑥。从来多古意,临眺独踌躇⑦。

【题解】

萧涤非主编《杜甫全集校注》卷一:"此与前《望岳》诗,同为甫始游齐赵时所作也。""甫父闲,时为兖州司马,甫往省侍之,故有'趋庭'之句。"兖州,古九州之一。隋改为鲁郡,唐武德间复为兖州,天宝元年(742)又改鲁郡,治瑕丘县(今山东省济宁市兖州区),隶河南道。

【注释】

① 东郡:即兖州。汉之东郡。趋庭:语本《论语·季氏》,"(孔子)尝独立,鲤趋而过庭。曰:'学诗乎?'对曰:'未也。''不学诗,无以言。'鲤退而学诗。他日,又独立,鲤趋而过庭。曰:'学礼乎?'对曰:'未也。''不学礼,无以立。'鲤退而学礼。"鲤,孔子之子,字伯鱼。后因以"趋庭"谓子承父教。趋,古代一种礼节,以碎步疾行表示敬意。

② 南楼:指兖州城南门楼。后人称其故基为"杜甫台"或"少陵台"。今遗址尚存。

③ 海岱:海,渤海;岱,泰山。指今山东省泰山至渤海之间地带。

④ 青徐:指唐青州(治今山东省潍坊市青州市)、徐州(今属江苏省)。海、岱、青、徐皆与兖州接壤,隶河南道。

⑤ 孤嶂:此指峄山,又名"邹山""邹峄山"。在今山东省济宁市邹城市峄山镇。秦碑:据《史记·秦始皇本纪》,"二十八年,始皇东行郡县,

上邹峄山。立石,与鲁诸儒生议,刻石颂秦德,议封禅望祭山川之事。"《水经注·泗水》:"秦始皇观礼于鲁,登于峄山之上,命丞相李斯以大篆勒铭山岭,名曰书门。"

⑥ 鲁殿:即鲁灵光殿。在鲁故城(今曲阜市)中部东北。西汉鲁恭王刘馀所建。东汉王延寿《鲁灵光殿赋序》:"鲁灵光殿者,盖景帝程姬之子恭王馀之所立也。初,恭王始都下国,好治宫室,遂因鲁僖基兆而营焉。"唐杜佑《通典》卷一百八十《州郡十·鲁郡兖州》:"(曲阜)东北又有汉鲁恭王殿,阶犹存。"

⑦ 踌躇:徘徊不进貌。

【评析】

此为杜集中第一首律诗。起联平叙,点明登楼之由。三四即承上句"纵目",下"连"字、"入"字,吞吐万象,有高远混茫之观。五六转出下句"古意",一"在"一"余",驱遣千年,托寓兴衰之慨。末联则水到渠成,以"从来""临眺"绾束,怀古抚今,结意深婉绵长。全诗开合承转,谨严细密,其格局亦工稳正大,足可垂范后来。

房兵曹胡马

胡马大宛名①,锋棱瘦骨成②。竹批双耳峻③,风入四蹄轻④。所向无空阔⑤,真堪托死生。骁腾有如此⑥,万里可横行⑦。

【题解】

旧注以此诗为杜甫少作。南宋黄鹤曰:"房兵曹,未详何人。以旧次先后,当在开元二十八九年间。"(《补注杜诗》卷十八)兵曹,唐府、州所设六曹之一。在府曰"兵曹参军",在州曰"司兵参军",掌府、州诸兵事。胡马,泛指产于西域之马。

【注释】

① 大宛:古国名。为西域三十六国之一。产汗血马。汉时,大宛隶

西域都护府,北通康居,南、西南与大月氏接。唐时置大宛都督府,治柘折城(今乌兹别克斯坦国塔什干),隶安西都护府。参见第23页王维《送刘司直赴安西》注释④。

② 锋棱:凌厉气势。仇兆鳌注引张耒曰:"马以神气清劲为佳,不在多肉。故云'锋棱瘦骨成'。"

③ 竹批:削竹。此句谓马的双耳尖锐挺拔如削竹。北魏贾思勰《齐民要术》卷六:"(马)耳欲小而锐,如削筒。"

④ 风入句:意谓马蹄轻捷如乘风而行。东晋王嘉《拾遗记》卷七:"曹洪,武帝从弟,家盈产业,骏马成群。武帝讨董卓,夜行失马,洪以其所乘马上帝。其马号曰'白鹄',此马走时惟觉耳中风声,足似不践地。至汴水,洪不能渡,帝引洪上马共济,行数百里,瞬息而至,下视马足毛不湿。时人谓乘风而行,亦一代神骏也。"

⑤ 无空阔:犹无前。形容马善走,履险如平,向前无所阻,故下句云"真堪托死生"。

⑥ 骁(xiāo)腾:谓骏马奔驰飞腾。

⑦ 横行:犹言纵横驰骋。多指征战中所向无敌。

【评析】

诗咏骏马,前半写其骨相清瘦劲健,后半言其质性忠勇无前,形神俱佳。三四以实对,整齐工丽;五六用虚笔,词气奋越。张綖曰:"四十字间,其种其相,其才其德,无所不备,而形容痛快,凡笔望一字不可得。"(《杜工部诗通》卷一)

赠李白

秋来相顾尚飘蓬①,未就丹砂愧葛洪②。痛饮狂歌空度日③,飞扬跋扈为谁雄④?

【题解】

《杜甫全集校注》卷一:"天宝三载(744)四月,李白与杜甫初识于洛阳。秋,二人相约同游梁宋。后又游齐赵。四载秋,甫与白在鲁郡(今山东兖州)相别,遂作此诗以赠。"

【注释】

① 相顾:相互照看。飘蓬:随风飘飞之蓬草。喻人漂泊无定。时李、杜二人尚客鲁郡,故云。

② 未就句:意谓昔时与李白有相与求仙炼丹之志,今漂泊无定未能遂愿而愧对葛洪。丹砂,即朱砂。道教徒用以化汞炼丹之矿物。葛洪,东晋方士。字稚川,自号抱朴子,丹阳句容(今属江苏省镇江市)人。葛玄从孙。少好神仙导养之法,从葛玄弟子郑隐受炼丹术。曾任掾、谘议参军等职,赐爵关内侯。闻交趾出丹砂,求为勾漏(今广西壮族自治区玉林市北流市东)令。携子侄至广州,止于罗浮山。在山炼丹、著述,积年而卒。著有《抱朴子内外篇》《神仙传》《西京杂记》《肘后备急方》等。见《晋书·葛洪传》。

③ 痛饮狂歌:谓名士风度。《世说新语·任诞》:"王孝伯言:'名士不必须奇才,但使常得无事,痛饮酒,熟读《离骚》,便可称名士。'"东汉徐幹《中论·夭寿第十四》:"且夫贤人之道者,同归而殊途,一致而百虑,或见危而授命,或望善而遐举,或被发而狂歌,或三黜而不去,或辞聘而山栖,或忍辱而俯就,岂得责以圣人也哉!"

④ 飞扬跋扈:谓意气举动恣纵不羁。

【评析】

少陵初识太白于东都,即有《赠李白》诗,叙厌弃机巧、托迹山林之思,表明二人同趣。后同在鲁郡,复作《与李十二白同寻范十隐居》诗,有"余亦东蒙客,怜君如弟兄。醉眠秋共被,携手日同行"句,足见二人深情。此诗则为临别赠言,前二叹惜彼此失意飘零,有负学道求仙之素约,"相顾"下字恳挚而又伤感。后二括尽太白一生为人,直说"空度日""为谁雄",真是一片忧心,全为不羁知交着想,嗟惋中暗含规诫,正显现益友之厚谊。诗之造语简约精警,字字至诚,每读此,未尝不令人感慨系之。

春日忆李白

白也诗无敌,飘然思不群①。清新庾开府②,俊逸鲍参军③。渭北春天树④,江东日暮云⑤。何时一樽酒,重与细论文⑥?

【题解】

天宝四载(745)秋与李白在鲁郡分别,次年春归长安后作。仇兆鳌注引顾宸曰:"天宝五载春,公归长安,白被放浪游,再入吴,诗必此时所作。"

【注释】

① 不群:不平凡,高出同辈。

② 庾开府:北周文学家庾信。字子山,南阳新野(今属河南省南阳市)人。初仕梁,出使西魏时,值西魏灭梁,被留。历仕西魏、北周,官至骠骑大将军、开府仪同三司,世称"庾开府"。善诗赋、骈文。在梁时作品绮艳轻靡,为宫廷文学代表。暮年感伤遭遇,反映社会动乱,风格变而为萧瑟苍凉,为杜甫所推崇。后人辑有《庾子山集》。开府,汉官名。原指成立府署,自选僚属。汉代仅三公、大将军、将军可以开府,魏晋以后开府官职逐渐增多,又有"开府、仪同三司"名号,意即开府置官援照三公成例。唐宋定"开府仪同三司"为文散官第一阶,从一品,为荣誉称号,无实际职权。此句称李白诗有庾开府的清新。明杨慎《升庵诗话》卷九:"杜工部称庾开府曰'清新'。清者,流丽而不浊滞;新者,创见而不陈腐也。"

③ 鲍参军:南朝宋文学家鲍照。字明远,东海(郡治今山东省临沂市郯城县北)人。出身微寒,历任秣陵令、中书舍人等职。后为临海王刘子顼前军参军,故称鲍参军。子顼起兵失败,照为乱兵所杀。其诗多不平之慨,表达寒门士子积极进取的愿望和对士族专权现状的不满。长于乐府,尤擅七言,风格俊逸,对唐诗人李白等颇有影响。亦擅赋及骈文。有《鲍参军集》。参军,东汉末始置。曹操以丞相总揽朝政,其僚属即以"参丞相军事"相佐。此后沿用,凡诸王及将军开府者,皆置参

军,为重要幕僚。唐诸卫及王府官俱有录事参军事,外府州亦置司录及录事参军事,七至八品不等。此句又谓李白诗如鲍参军俊逸。清乔亿《剑溪说诗》卷上:"杜诗'俊逸鲍参军','逸'字作奔逸之逸,才托出明远精神,即是太白精神,今人多解作闲逸矣。"

④ 渭北:渭水以北地区。借指长安一带。时杜甫所在。

⑤ 江东:长江自今芜湖至南京段作北、东北流向,隋唐以前为南北往来主要渡口所在,习惯上称自此以东长江南岸地区为江东。亦泛指三国吴所辖地区,即丹阳郡、吴郡、会稽郡等地。时李白所在。

⑥ 论文:指讨论评价诗文。

【评析】

仇兆鳌评曰:"上四称白诗才,下乃春日有怀。才兼庾鲍,则思不群而当世无敌矣。杯酒论文,望其竿头更进也。公居渭北,白在江东,春树暮云,即景寓情,不言怀而怀在其中。"(《杜诗详注》卷一)少陵一心所念,犹在细论诗艺,此乃君子"如切如磋,如琢如磨"之古风,亦是友道之所自。

奉赠韦左丞丈二十二韵

纨袴不饿死,儒冠多误身①。丈人试静听,贱子请具陈②。甫昔少年日,早充观国宾③。读书破万卷,下笔如有神。赋料扬雄敌④,诗看子建亲⑤。李邕求识面⑥,王翰愿为邻⑦。自谓颇挺出⑧,立登要路津⑨。致君尧舜上⑩,再使风俗淳。此意竟萧条,行歌非隐沦⑪。骑驴十三载⑫,旅食京华春⑬。朝扣富儿门,暮随肥马尘。残杯与冷炙,到处潜悲辛⑭。主上顷见征⑮,欻然欲求伸⑯。青冥却垂翅,蹭蹬无纵鳞⑰。甚愧丈人厚,甚知丈人真。每于百僚上,猥诵佳句新⑱。窃效贡公喜⑲,难甘原宪贫⑳。焉能心怏怏㉑,只是走踆踆㉒。今欲东入海,即将西去秦。尚怜终南山,回首清渭滨㉓。常拟报一饭,况怀辞大臣㉔。白鸥没浩荡㉕,

万里谁能驯㉕?

【题解】

旧注皆以此诗作于天宝七载(748)。而《杜甫全集校注》卷二据韦述《大唐故正议大夫行仪王傅上柱国奉明县开国子赐紫金鱼袋京兆韦府君墓志铭》,定此诗当作于天宝十一载春。时杜甫欲暂归东都洛阳,而韦左丞亦将出守冯翊。韦左丞,指韦济。据其墓志:"君讳济,字济,京兆杜陵人。……天宝七载,转河南尹,兼水陆运使。事弥殷而政弥简,保清静而人自化。九载,迁尚书左丞。累加正议大夫,封奉明县子。十一载,出为冯翊太守。在郡无几,又除仪王傅。……春秋六十七,以十三载十月十一日,终于京城之兴化里第。"唐尚书省置左右丞各一人。左丞正四品上,掌吏、户、礼三部十二司;右丞正四品下,掌兵、刑、工三部十二司。丈,对长辈的尊称。

【注释】

① 纨袴二句:意谓纨袴子弟尽享富贵,为士者却不易摆脱贫贱。纨袴,同"纨绔",细绢所制裤子,为贵族子弟之服。后因以借指富贵人家子弟。儒冠,古代儒生所戴帽子。借指儒生。

② 丈人二句:意谓请老人家静听我详尽道来。丈人,对老人的尊称。贱子,谦称自己。试、请,互文。具陈,详尽陈述。

③ 观国宾:本指观国君盛德而宾服之。语出《易·观》:"观国之光,利用宾于王。"后用以指举贤能而仕进于王朝。此句谓曾应举参加科考。开元二十三年(735),杜甫以乡贡资格在洛阳参加进士考试,年方二十四岁,故曰"少年""早充"。

④ 料:估量,忖度。扬雄:西汉辞赋家。

⑤ 子建:曹植,字子建,三国魏诗人。参见第80页李白《将进酒》注释⑦。仇兆鳌注:"汉扬雄尝作《甘泉》等赋,魏曹子建七步成诗,公谓扬雄之赋与己敌体,子建之诗于己相近也。"

⑥ 李邕:唐书法家。字泰和,广陵江都(今江苏省扬州市江都区)人。父李善,以注《文选》而闻于世。邕少知名长安,初为左拾遗,历括、淄、滑州刺史。天宝初(742),为汲郡、北海太守,人称"李北海"。工文

善书,尤擅以行楷写碑,存世碑刻有《麓山寺碑》《李思训碑》等。天宝六载正月,负谤受杖死于郡。《新唐书·文艺传上·杜甫》:"(甫)少贫不自振,客吴越、齐赵间,李邕奇其材,先往见之。"大历元年(766),杜甫追思与邕交谊,作《八哀诗·赠秘书监江夏李公邕》,有"伊昔临淄亭,酒酣托末契。重叙东都别,朝阴改轩砌"句,知甫与邕初遇于东都,时在开元二十九年至天宝三载(741—744)间,即"李邕求识面";天宝四载,甫重游齐州,再遇邕于临淄郡历下亭。

⑦ 王翰:唐诗人。字子羽,并州晋阳(今山西省太原市晋源区)人。景云元年(710)进士及第。开元中任秘书正字、通直舍人,后贬仙州别驾、道州司马。任侠使酒,恃才不羁。其诗善写边塞生活,《凉州词》尤有名。李邕、王翰,皆杜甫之前辈。

⑧ 挺出:突出,出众。

⑨ 要路津:重要道路、津渡。比喻要害位置。《古诗十九首》其四:"何不策高足,先据要路津。"

⑩ 致君句:意谓辅佐国君,使其成为尧、舜那样的圣明之主。

⑪ 隐沦:隐逸之士。

⑫ 骑驴句:据仇兆鳌注,"公两至长安,初自开元二十三年赴京兆之贡,后以应诏到京,在天宝六载为十三载也。他本作'三十载',断误"。遂从卢元昌注改为"十三载"。《杜甫全集校注》卷二:"(改十三载)似欠审慎。按甫自叙云:'往昔十四五,出游翰墨场。'(《壮游》)至甫写此诗时已二十六七年,大概言之,亦可曰'三十载',且诸宋本皆作'三十载',似不宜轻改也。"

⑬ 旅食:客居,寄食。

⑭ 潜:深含。

⑮ 顷(qǐng):指不久以前。见征:天宝六载(747),诏征天下士人有一艺者,皆得诣京师就选。李林甫命尚书省试,皆下之。遂贺"野无遗贤"。参见元结《次山集》卷八《喻友》。时杜甫与元结皆应诏而退。

⑯ 欻(xū)然:忽然。

⑰ 青冥二句:以鸟、鱼为喻,意谓应征者全部落选。青冥,犹青云。蹭蹬(cèngdèng),困顿失意貌。纵鳞,谓水中纵游之鱼。

⑱ 每于二句:意谓承蒙韦济不弃,常常降低身份对同僚诵读我的新作。猥、曲、辱,表示对方屈尊就卑。

⑲ 贡公:指西汉贡禹。以明经洁行,征为博士。元帝时累官御史大夫,屡上书言朝政得失。后世尊称"贡公"。与王吉(字子阳)友善,相援引入仕,世称"王阳在位,贡公弹冠"。南朝梁刘孝标《广绝交论》:"王阳登则贡公喜。"此处甫自比贡公,希望韦济如王吉那样援引自己。

⑳ 原宪:春秋末鲁国人,一说宋国人。字子思,亦称原思、仲宪。孔子弟子,七十二贤之一。出身贫寒,性狷介。孔子为鲁司寇时,以原宪为家邑宰,与之粟九百斗,以其多而辞。孔子死后,隐居于卫,甘于清苦。《史记·仲尼弟子列传》:"子贡相卫,而结驷连骑,排藜藋入穷阎,过谢原宪。宪摄敝衣冠见子贡。子贡耻之,曰:'夫子岂病乎?'原宪曰:'吾闻之,无财者谓之贫,学道而不能行者谓之病。若宪,贫也,非病也。'子贡惭,不怿而去,终身耻其言之过也。"

㉑ 怏怏:不服或不平貌。

㉒ 踆踆(qūn):行走貌。

㉓ 尚怜二句:含欲去不忍之意。怜,眷爱。终南山,在长安城南。参见第6页王维《终南别业》题解。渭滨,渭水之滨。渭水在长安城北。

㉔ 常拟二句:意谓人有微恩尚不忘报,何况大臣为文章知己,今辞别离去将何以为报。说明赠诗之故。报一饭,喻受微恩而重报。史载"报一饭之恩"的事迹,有春秋晋国武士灵辄回报赵盾,见《左传·宣公二年》;汉韩信千金报漂母,见《史记·淮阴侯列传》。大臣,指韦济。

㉕ 没:出没。

㉖ 谁能驯:谓不受人役使。

【评析】

此诗章法周谨,曲折见意。宋人范温论之颇详,其《潜溪诗眼》第十四则曰:"诗云'纨袴不饿死,儒冠多误身',此一篇立意也,故使人静听而具陈之耳。自'甫昔少年日'至'再使风俗淳',皆儒冠事业也。自'此意竟萧条'至'蹭蹬无纵鳞',言误身如此也。则意举而文备,故已有是诗矣;然必言其所以见知者,于是有'厚愧真知'之句。所以真知者,谓传诵其诗也。然宰相(应为'左丞')职在荐贤,不当徒爱人而已,士故不能无望,故曰'窃效贡公喜,难甘原宪贫'。果不能荐贤,则去之可也,故曰'焉能心怏怏,只是走踆踆'。又将入海而去秦也,然其去也,必有迟迟不忍之意,故曰'尚怜终南山,回首清渭滨'。则所知不可以不别,故曰'常拟报一饭,况怀辞大臣'。夫如此是可以相忘于江湖之外,虽见素('见素'误,应为'济')亦不得而见矣,故曰'白鸥没浩荡,万里谁能驯'终焉。此诗前贤录为压卷,盖布置最得正体,如官府甲第,厅堂房屋,各有定处,不可乱也。"第十五则又云:"诗有一篇命意,有句中命意。如老杜上韦见素(济)诗,布置如此,是一篇命意也。至其道迟迟不忍去之意,则曰'尚怜终南山,回首清渭滨';其道欲与见素(济)别,则曰'常拟报一饭,况怀辞大臣',此句中命意也。盖如此然后顿挫高雅。"(见郭绍虞《宋诗话辑佚》卷上)

饮中八仙歌

知章骑马似乘船①,眼花落井水底眠。汝阳三斗始朝天②,道逢麴车口流涎③,恨不移封向酒泉④。左相日兴费万钱⑤,饮如长鲸吸百川,衔杯乐圣称避贤⑥。宗之潇洒美少年⑦,举觞白眼望青天⑧,皎如玉树临风前⑨。苏晋长斋绣佛前⑩,醉中往往爱逃禅⑪。李白一斗诗百篇,长安市上酒家眠⑫,天子呼来不上船⑬,自称臣是酒中仙。张旭三杯草圣传⑭,脱帽露顶王公前,挥毫落纸如云烟。焦遂五斗方卓然⑮,高谈雄辩惊四筵⑯。

【题解】

《杜甫全集校注》卷一:"黄鹤曰:'此诗当是天宝间追旧事而赋之,未详何年。'然据《唐书》李适之传及《玄宗纪》,适之罢相在天宝五载四月,则此诗最早亦必作于五载四月之后。"

【注释】

① 知章句:意谓知章醉酒,骑在马上悠然摇晃,有如乘船。贺知章,字季真,自号四明狂客,越州永兴(今浙江省杭州市萧山区)人。证圣

(694)进士,官至秘书监。性狂放,好饮酒,与李白友善。天宝三载(744),上疏请度为道士,还乡里。

② 汝阳:汝阳郡王李琎。玄宗之侄,甚得钟爱。天宝初终父丧,加特进。与贺知章等为诗酒之交。杜甫初居长安,亦尝为琎宾客,有《赠特进汝阳王二十二韵》诗。朝天:上朝,朝见天子。

③ 曲(qū)车:载酒之车。曲,酒曲。流涎:淌口水。

④ 移封:改换封地。酒泉:谓盛产酒之地。此借"酒泉"地名,非实指。

⑤ 左相:李适之。原名昌。宗室子。历官通陕二州刺史、御史大夫、刑部尚书。雅好宾客,饮酒一斗不乱,夜则宴赏,昼决公务。天宝元年(742),代牛仙客为左相。五载四月,为李林甫构陷罢相,遽命亲故欢会,赋诗曰:"避贤初罢相,乐圣且衔杯。为问门前客,今朝几个来?"是年七月,贬宜州太守,到任数月后,仰药而死。日兴:每日起身。

⑥ 衔杯乐圣:引李适之诗语。谓痛饮美酒。酒清者为"圣",浊者为"贤"。参见第108页李白《赠孟浩然》注释②。避贤:让贤。罢职的婉词。

⑦ 宗之:崔宗之。滑州灵昌(今河南省安阳市滑县西南)人。吏部尚书、齐国公崔日用之子。好学,宽博有风检,与李白、杜甫以文相知。《旧唐书·文苑传下·李白》:"时侍御史崔宗之谪官金陵,与白诗酒唱和。"

⑧ 白眼:露出眼白。表示鄙视或厌恶。《晋书·阮籍传》:"籍又能为青白眼,见礼俗之士,以白眼对之。"

⑨ 玉树:嘉树,美树。《世说新语·言语》:"谢太傅问诸子侄:'子弟亦何预人事,而正欲使其佳?'诸人莫有言者。车骑答曰:'譬如芝兰玉树,欲使其生于阶庭耳。'"后以"玉树"称美佳子弟。

⑩ 苏晋:雍州蓝田(今属陕西省西安市)人。户部尚书、河内郡公苏珦之子。数岁知为文,弱冠举进士。先天中,任中书舍人。玄宗监国,所下制命多出其手。屡献谠言,天子嘉允。历户、吏二部侍郎,终太子庶子。开元二十二年(734)卒。长斋:谓佛徒过午不食。后多指长期素食。绣佛:彩绣佛像。

⑪ 逃禅:逃出禅戒。明王嗣奭《杜臆》卷一:"逃禅,盖学浮屠术,而喜饮酒,自悖其教,故云。"仇兆鳌注:"逃禅,犹云逃墨、逃杨,是逃而出,非逃而入。"

⑫ 长安句:据《旧唐书·文苑传下·李白》,"(白)既嗜酒,日与饮徒醉于酒肆。玄宗度曲,欲造乐府新词,亟召白,白已卧于酒肆矣。召入,以水洒面,即令秉笔,顷之成十余章,帝颇嘉之。尝沉醉殿上,引足令高力士脱靴,由是斥去"。

⑬ 天子句:据唐范传正《唐左拾遗翰林学士李公新墓碑》,"(玄宗)泛白莲池,公不在宴。皇欢既洽,召公作序。时公已被酒于翰苑中,仍命高将军扶以登舟,优宠如是"。不上船,意谓因酒醉不能登船,须人搀扶。

⑭ 张旭:字伯高,苏州吴县(今江苏省苏州市)人。官至金吾长史。工书,精于楷法,尤擅草书。与李白歌诗、裴旻剑舞,时称"三绝"。《新唐书·文艺传中·张旭》:"(旭)嗜酒,每大醉,呼叫狂走乃下笔;或以头濡墨而书,既醒自视,以为神,不可复得也,世呼'张颠'。"草圣:草书圣手。

⑮ 焦遂:布衣。事迹仅见于唐袁郊《甘泽谣·陶岘》:"陶岘者,彭泽之子孙也。开元中,家于昆山。……自制三舟,备极坚巧,一舟自载,一舟致宾,一舟贮饮馔。客有前进士孟彦深、进士孟云卿、布衣焦遂,各置仆妾共载。……焦遂,天宝中为长安饮徒时,好事者为《饮中八仙歌》云云。"卓然:卓异貌。

⑯ 四筵:四席,四座。借指四周座位上的人。

【评析】

歌咏八人,一人一叠,或二语,或三语四语,极写其饮姿醉态及性情才品,俱有仙风,又人人各异,自见身份,真可谓妙其形容。仇兆鳌为此分章批点,以揭其生动之趣。如批贺知章云:"骑马若船,言醉中自得;眼花落井,言醉后忘躯。"批李琎云:"三斗朝天,醉后入朝也;见曲流涎,欲向酒泉,甚言汝阳之好酒。"批李适之:"费万钱,言其豪侈;吸百川,状其纵饮。"批崔宗之:"白眼望天,席前傲岸之状;玉树临风,醉后摇曳之态。"批苏晋:"持斋而仍好饮,晋非真禅,直逃禅耳。"批李白:"斗酒百篇,言白之兴豪而才敏。"批张旭:"脱帽露顶,醉时豪放之状;落纸云烟,得意疾书之兴。"批焦遂:"谈论惊筵,得于醉后,见遂之卓然特异,非沉湎于醉乡者。"(《杜诗详注》卷二)全篇不见起收,似断似续,惟依八仙饮事裁剪;而两句者分置首、腰、尾处,然后间以三句四句,构造匀称,实为杜公特出之创格,可备一体。

同诸公登慈恩寺塔

高标跨苍穹①,烈风无时休②。自非旷士怀③,登兹翻百忧。方知象教力,足可追冥搜④。仰穿龙蛇窟⑤,始出枝撑幽⑥。七星在北户⑦,河汉声西流⑧。羲和鞭白日⑨,少昊行清秋⑩。秦山忽破碎⑪,泾渭不可求⑫。俯视但一气⑬,焉能辨皇州⑭?回首叫虞舜⑮,苍梧云正愁⑯。惜哉瑶池饮⑰,日晏昆仑丘⑱。黄鹄去不息⑲,哀鸣何所投?君看随阳雁⑳,各有稻粱谋㉑。

【题解】

题下原注:"时高適、薛据先有作。"天宝十一载(752)秋作。诸公,指高適、岑参、储光羲和薛据。《杜甫全集校注》卷二:"按高適于天宝八载举有道科登第,授封丘县尉。十一载秋,去职,抵长安。……岑参、储光羲、薛据亦在长安。五人同登慈恩寺塔,各赋诗一首。"杜诗在后,故曰"同诸公"。同,和也。今《岑嘉州诗》卷一有《与高適薛据同登慈恩寺塔》诗,《高常侍集》卷三有《同诸公登慈恩寺塔》诗,《储光羲诗集》卷三有《同诸公登慈恩寺塔》诗,薛据诗已佚。以此可知,岑参诗先作,余皆和诗。慈恩寺,在长安朱雀门街东第三街晋昌坊(今西安市雁塔区大雁塔景区)。即隋无漏寺,唐初废。贞观二十二年(648)十二月二十四日,高宗在春宫,为追念文德皇后立为寺,故以慈恩为名。慈恩寺塔,又名"雁塔",在寺西院。永徽三年(652),沙门玄奘所立。初为五层,以置天竺经像。长安年间(701—704)曾加至十层。后历兵火,止存七层。今大雁塔为明代重修。

【注释】

① 高标:此指高耸特立之塔。跨:超出,超过。

② 烈风:暴风,疾风。

③ 自非句:意谓自觉不是超脱之士。自非,自觉其非。旷士,胸襟开阔之士。

④ 方知二句:意谓凭借象教之力,方能造此高塔,足可探寻幽邃。象教,亦作"像教",即佛法。佛教谓释迦牟尼去世后,佛法将经历正法、像法和末法之三时。正法谓佛虽去世,法仪未改,教、行、证具行时期;像法谓佛去世久,道化讹替,唯行相似之佛法,虽有教有行而无证果时期;末法谓道化微末时期。《隋书·经籍志四》:"然佛所说,我灭度后,正法五百年,像法一千年,末法三千年,其义如此。"《文选·王巾〈头陀寺碑文〉》:"正法既没,象教陵夷。"李善注:"释迦佛正法住世五百年,像法一千年,末法一万年。"一说,释迦牟尼离世,弟子思念不已,刻木为佛,以形象教人,故称佛教为象教或像教。建寺塔、立佛像,即为以"像"设教。冥搜,尽力搜寻。

⑤ 龙蛇窟:喻塔梯盘错屈曲。

⑥ 枝撑:指塔内交木纵横。仇兆鳌注引黄庭坚曰:"塔下数级皆枝撑洞黑,出上级乃明。"

⑦ 七星:北斗星。北户:向北开的门。

⑧ 河汉:银河。此句既以河汉喻天上银河,则银河便似河汉流而有声,故云。

⑨ 羲和:神话传说中驾御日车的神。参见第67页李白《蜀道难》注释⑦。

⑩ 少昊:亦作"少皞"。传说中古代东夷族首领,号金天氏。以鸟为图腾。传说少昊死后,为西方之神。五行学说谓西方为金,主秋。《礼记·月令》:"孟秋之月……其帝少皞,其神蓐收。"蓐收,少昊之子。

⑪ 秦山:泛指长安东南秦岭诸山。此句谓登塔而望,诸山错杂层叠如破碎然。

⑫ 泾渭句:意谓远眺泾水和渭水,难分清浊。泾渭一浊一清,在长安东北交汇,互不混合,故有"泾渭分明"之说。

⑬ 但一气:谓只是混茫一片。

⑭ 皇州:帝都,京城。

⑮ 虞舜:传说远古部落名有虞氏,首领为舜,史称虞舜。相传尧禅位于舜,舜南征,死于南方苍梧之野。此处以虞舜寓意唐太宗。仇兆鳌注引《杜诗博议》:"高祖号神尧皇帝,太宗受内禅,故以虞舜方之。"

⑯ 苍梧:南方之野。舜死,葬苍梧之九疑山。参见第63页李白《远别离》注释⑩。此处以苍梧比太宗之昭陵。昭陵在醴泉县东北(今陕西省咸阳市礼泉县烟霞镇)九嵕山。

⑰ 瑶池:传说西王母居于昆仑山之瑶池。亦喻宫苑中美池。

⑱ 日晏:天色已晚。昆仑丘:昆仑山。青藏高原北缘山脉,西接帕米尔高原,东延入青海境内。势极高峻,多雪峰冰川。古代神话传说,昆仑山上有瑶池、阆苑、增城、玄圃等仙境。《列子·周穆王》:"(穆王)别日升昆仑之丘,以观黄帝之宫,而封之以诒后世。遂宾于西王母,觞于瑶池之上,西王母为王谣,王和之,其辞哀焉。乃观日之所入,一日行万里。"此两句刺玄宗。仇兆鳌注引程嘉燧曰:"明皇游宴骊山,皆贵妃从幸,故以日晏昆仑讽之。"

⑲ 黄鹄:通称天鹅。似雁而大,善飞翔。《商君书·画策》:"黄鹄之飞,一举千里。"此处以"黄鹄"喻贤人君子。

⑳ 随阳雁:大雁。雁为候鸟,秋寒则南飞,春暖则北飞,故曰"随阳雁"。此处以"随阳雁"喻趋炎附势的奸佞小人。

㉑ 稻粱谋:本指禽鸟寻觅食物。多用以比喻人谋求利禄。

【评析】

首四句起兴,借"高标""烈风"之雄拔,映托"登兹翻百忧",以此统领全篇。次四句写登塔,心思沉重,历尽盘曲,故觉苦寻冥搜,如穿窟穴。中八句形容登顶所见,穷极高远:仰观则天象迫近,仿佛星斗可扪其柄,河汉可闻其声;"羲和""少昊"各司其职,驱日行秋,如在眉睫间;俯视则暮色浑茫,群山大小错杂隐现,泾渭莫辨孰清孰浊,正伤其山似破碎,水亦混淆,皇州遮蔽不见。后八句承上,因登望而感,如《三山老人语录》云:"于是思古之圣君不可得,故曰'回首叫虞舜,苍梧云正愁'。是时明皇方耽于淫乐而不已,故曰'惜哉瑶池饮,日宴(晏)昆仑丘'。贤人君子,多去朝廷,故曰'黄鹄去不息,哀鸣何所投'。惟小人贪窃禄位者在朝,故曰'君看随阳雁,各有稻粱谋'。"(胡仔《苕溪渔隐丛话前集》卷十二引)登塔之忧思,贯注其间,至此呼号而出,照应前后,通篇完密。若比较同登诸公之作,此诗在立意托讽、气格章法上,尤见胜异,为杜公力作之一。

兵车行

车辚辚①,马萧萧②,行人弓箭各在腰③。耶娘妻子走相送④,尘埃不见咸阳桥⑤。牵衣顿足拦道哭,哭声直上干云霄⑥。道旁过者问行人,行人但云点行频⑦。或从十五北防河⑧,便至四十西营田⑨。去时里正与裹头⑩,归来头白还戍边。边庭流血成海水,武皇开边意未已⑪。君不闻,汉家山东二百州⑫,千村万落生荆杞⑬。纵有健妇把锄犁,禾生陇亩无东西⑭。况复秦兵耐苦战⑮,被驱不异犬与鸡。长者虽有问⑯,役夫敢伸恨?且如今年冬,未休关西卒。县官急索租⑰,租税从何出?信知生男恶⑱,反是生女好。生女犹得嫁比邻⑲,生男埋没随百草。君不见,青海头⑳,古来白骨无人收。新鬼烦冤旧鬼哭,天阴雨湿声啾啾㉑。

【题解】

此诗当作于天宝中,为玄宗连年用兵吐蕃,托汉武以讽。王嗣奭曰:"注谓玄宗用兵吐蕃而作,是已。然未详。按《唐鉴》:天宝六载,帝欲使王忠嗣攻吐蕃石堡城,忠嗣上言:'石堡险固,吐蕃举国守之,非杀数万人不能克,恐所得不如所亡,不如俟衅取之。'帝不快。将军董延光自请取石堡,帝命忠嗣分兵助之,忠嗣奉诏而不尽副延光所欲,盖以爱士卒之故。延光过期不克。八载,帝使哥舒翰攻石堡,拔之,士卒死者数万,果如忠嗣之言。所以有'边城流血'等语。"(《杜臆》卷一)《兵车行》入乐府新题,见《乐府诗集》卷九十一《新乐府辞二·乐府杂题二》)。郭茂倩曰:"新乐府者,皆唐世之新歌也。以其辞实乐府,而未常被于声,故曰新乐府也。元微之病后人沿袭古题,唱和重复,谓不如寓意古题,刺美见事,犹有诗人引古以讽之义。近代唯杜甫《悲陈陶》《哀江头》《兵车》《丽人》等歌行,率皆即事名篇,无复倚旁。"(《乐府诗集》卷九十《新乐府辞一》)

【注释】

① 辚辚:象声词。车行声。《诗·秦风·车邻》:"有车邻邻,有马白颠。"邻,通"辚"。

② 萧萧:象声词。马鸣声。《诗·小雅·车攻》:"萧萧马鸣,悠悠旆旌。"

③ 行人:出征者,役夫。

④ 耶娘:爷娘。即父母。古乐府《木兰诗》:"耶娘闻女来,出郭相扶将。"

⑤ 咸阳桥:又名"便桥"。汉武帝时造。在长安城西门外,驾于渭水上。因西门曰便门,此桥与便门相对,故名。唐时则称"咸阳桥"。

⑥ 干(gān):冲,犯。

⑦ 点行频:频繁点兵出征。点行,按名册顺序抽丁入伍。

⑧ 防河:玄宗时,经常征调兵力驻守西河(今甘肃、宁夏黄河一带),以防吐蕃侵扰,称为防河。

⑨ 营田:士卒戍边,兼事垦荒,称为营田。两句中"十五""四十"均指年龄。

⑩ 里正:里长。唐制,每百户设一里正,掌户口管理、检查非违、催促赋役等。与裹头:替他裹头。古以皂罗三尺作头巾,新兵年小,不能自裹头,故里正代为之。

⑪ 武皇:汉武帝。此借指唐玄宗。开边:用武力开拓边疆。

⑫ 山东二百州:泛指华山以东中原广大地区。

⑬ 荆杞:指荆棘和枸杞,皆野生灌木,带钩刺,被视为恶木。常用以形容荒秽、萧条景象。

⑭ 东西:指田界。《史记·秦本纪》:"为田开阡陌。"司马贞索隐引《风俗通》曰:"南北曰阡,东西曰陌。河东以东西为阡,南北为陌。"此句谓少人耕作,田间禾草蔓生,以致阡陌莫辨。

⑮ 况复:何况,况且。秦兵:指关中之兵。即此时应征出发者。下文"关西卒"亦同。

⑯ 长者:指上文"道旁过者"。行人对其尊称。

⑰ 县官:官府,朝廷。

⑱ 信知:确知,深知。

⑲ 比邻:邻居,近邻。《旧唐书·职官志二》:"百户为里,五里为乡。……四家为邻,五邻为保。"

⑳ 青海:湖泊名。在今青海省东北部。唐时为吐蕃所据。参见第86页李白《关山月》注释⑤。

㉑ 啾啾(jiū—):象声词。泛指各种凄切声。

【评析】

自创乐府新体,设为征夫问答,诉民间行役之苦,感兴规讽。首段七句,用《三百篇》语发端,带出城西道上出征送行场面,惨肃之气扑面而来。中段以"过者"相问提起,下接"防河""营田",少去老归,即所谓"点行"之频,而关锁却在"武皇开边意未已";此乃借汉喻唐,讥讽朝廷穷兵黩武,致中原烟户稀旷,民生凋敝。末段自"长者虽有问"句,稍顿再说起,仍是役夫口吻,一"敢"字曲尽心中无限悲辛;虽言"不敢",而以下征戍未休、租税何出、生男不如生女等语,皆为所伸之恨;"君不见"数句,青海白骨,新旧鬼哭,映衬首段情景,以惨语收结,其痛可感彻天地。此诗即事名篇,所持儒家"民本"立场,显于词章音色之间,正与《国风》、古乐府"讽切"传统相合,且更有含弘光大之处。而其体制亦颇见特别,仇兆鳌曰:"此章是一头两脚体,下面两扇各有起结,各换四韵,各十四句,条理秩然,而善于曲折变化,故从来读者不觉耳。"(《杜诗详注》卷二)

前出塞

挽弓当挽强①,用箭当用长。射人先射马,擒贼先擒王。杀人亦有限,立国自有疆②。苟能制侵陵③,岂在多杀伤。

【题解】

此诗为九首其六。《前出塞》其一有"悠悠赴交河"句。交河,汉时西域车师前国王治交河城(今新疆维吾尔自治区吐鲁番市西北),河水分流绕城下,故号交河。唐设交河县。贞观十四年(640)平高昌,置陇右道西州(治今吐鲁番市东南),交河属焉。仇兆鳌注:"当是天宝间,哥舒翰征吐蕃时事。诗亦当作于此时,非追作也。"又引胡夏客曰:"前后《出塞》诗题,不言'出师'而言'出塞',师出无名,为国讳也,可为诗家命题之法。"《出塞》为乐府旧题,见《乐府诗集》卷二十二《横吹曲辞二·汉横吹曲二》。

【注释】

① 挽弓句:意谓开弓射箭就要用强劲的硬弓。挽强,拉引硬弓。
② 杀人二句:意谓杀人总该有限度,建立国家亦有各自疆界。立国,一作"列国"。
③ 侵陵:同"侵凌"。侵扰,侵犯。

【评析】

《前出塞》九首,作意与《兵车行》相同,皆刺唐廷黩武开边。其一有云:"君已富土境,开边一何多。"正是组诗主意所在。此诗即循其意,先言克敌勇略,再写节制武功,以前衬后,表达出塞之道,唯在制止侵扰,而非恣意杀伐。黄生曰:"前四语,似谣似谚,最是乐府妙境。"又曰:"战阵多杀,始自秦人,盖以首级论功,先时无是也。至出塞之举,则始于汉武,当时卫、霍虽屡胜,然士马大半物故。一将功而枯万骨,亦何取哉?明皇不恤中国之民,而远慕秦皇、汉武之事,杜公此诗托讽实深。"(《杜工部诗说》卷一)

丽人行

三月三日天气新①,长安水边多丽人②。态浓意远淑且真,肌理细腻骨肉匀③。绣罗衣裳照莫春④,蹙金孔雀银麒麟⑤。头上何所有？翠微㔩叶垂鬓唇⑥。背后何所见？珠压腰衱稳称身⑦。就中云幕椒房亲⑧，赐名大国虢与秦⑨。紫驼之峰出翠釜⑩，水精之盘行素鳞⑪。犀箸厌饫久未下⑫，鸾刀缕切空纷纶⑬。黄门飞鞚不动尘⑭，御厨络绎送八珍⑮。箫管哀吟感鬼神⑯，宾从杂遝实要津⑰。后来鞍马何逡巡⑱，当轩下马入锦茵⑲。杨花雪落覆白蘋，青鸟飞去衔红巾⑳。炙手可热势绝伦㉑，慎莫近前丞相瞋㉒。

【题解】

黄鹤《补注杜诗》卷二："天宝十二载，杨国忠与虢国夫人邻居第，往来无期，或并辔入朝，不施障幕，道路为之掩目。冬，夫人从车驾幸华清宫，会于国忠第。于是作《丽人行》。"《旧唐书·玄宗纪下》："（天宝十一载）十一月乙卯，尚书左仆射兼右相、晋国公李林甫，薨于行在所。庚申，御史大夫兼蜀郡长史杨国忠，为右相兼文部尚书。"杨国忠，贵妃堂兄。本名钊，因贵妃得宠而骤迁要职，赐名国忠。按诗中有"三月三日""丞相瞋"等语，则当作于天宝十三载（754）春。《丽人行》为乐府杂曲名。古有《丽人曲》，《乐府诗集》卷六十八《杂曲歌辞八·丽人曲》引《乐府解题》曰："刘向《别录》云：'昔有丽人善雅歌，后因以名曲。'"

【注释】

① 三月三日：即上巳节。汉以前以农历三月上旬巳日为"上巳"。《后汉书·礼仪志上》："是月上巳，官民皆絜于东流水上，曰洗濯祓除去宿垢疢为大絜。"魏晋以后定为三月三日，不必取巳日。

② 长安水边：指曲江。在长安外城东南。秦为宜春苑，汉为乐游原，有水流曲折，故称曲江池。隋时以曲名不正，更名芙蓉园。唐复名曲江。开元中又加疏凿，为都人盛节游赏胜地。唐康骈《剧谈录》卷下："曲江池本秦世隑洲，开元中疏凿，遂为胜境，其南有紫云楼、芙蓉苑，其西有杏园、慈恩寺。花卉环周，烟水明媚，都人游玩，盛于中和、上巳之节。彩幄翠帱，匝于堤岸，鲜车健马，比肩击毂。……入夏则菰蒲葱翠，柳阴四合，碧波红蕖，湛然可爱。好事者赏芳辰、玩清景，联骑携觞，亹亹不绝。"

③ 态浓二句：极写丽人妍姿美质。仇兆鳌注："浓如红桃裹露，远如翠竹笼烟，淑如瑞日祥云，真如澄川朗月，一句中写出绝世丰神。"又引周甸曰："肌肤腠理，细嫩而腻滑，骨肉匀，肥瘠相宜也。"

④ 莫春：春末。莫，同"暮"。三月为暮春。

⑤ 蹙(cù)金：刺绣之一种。用金线绣图案而皱缩其线纹，使其紧密而匀贴。此句孔雀、麒麟，为衣上所绣奇禽瑞兽，极言其衣着之华贵。

⑥ 翠微：本指山光水色青翠之气，借指丽人头饰翠光萦绕。匌(è)叶：指匌彩上的花叶。匌彩，古代妇女发髻上所用花饰。鬓唇：鬓边。

⑦ 腰衱(jié)：裙带。衱，衣之后襟。

⑧ 就中：犹其中。云幕：殿室中所设轻柔如云雾的帐幕。《西京杂记》卷一："成帝设云帐、云幄、云幕于甘泉紫殿，世谓为三云殿。"椒房：即椒房殿。汉皇后所居。殿内以花椒子和泥涂壁，取温暖、芬芳、多子之义。后泛指后妃所居宫室。

⑨ 虢(guó)与秦：杨贵妃有三姊，皆有才貌，因贵妃受宠并封夫人之号，玄宗呼其为姨。大姨封韩国夫人，适崔氏；三姨封虢国夫人，适裴氏；八姨封秦国夫人，适柳氏。唐郑处诲《明皇杂录》卷下："上将幸华清宫，贵妃姊妹竞车服，为一犊车，饰以金翠，间以珠玉，一车之费，不下数十万贯。既而重甚，牛不能引，因复上闻，请各乘马。于是竞购名马，以黄金为衔辔，组绣为障泥，共会于国忠宅，将同入禁中，炳炳照灼，观者如堵。"

⑩ 紫驼之峰：指用驼峰烹制的美食。唐段成式《酉阳杂俎》卷七《酒食》："今衣冠家名食……将军曲良翰能为驴鬃驼峰炙。"翠釜：翠玉镶饰的炊器。

⑪ 水精：水晶。无色透明石英，是一种贵重矿石。行素鳞：即汉唐所谓"行炙"(宴会上传菜)。素鳞，白色的鱼，亦泛指鱼。此两句谓餐具、饮食皆华贵精美至极。

⑫ 犀箸：用犀角制作的筷子。厌饫：吃饱，吃腻。

⑬ 鸾刀：刀环有铃的刀。古代祭祀割牲用。《诗·小雅·信南山》："执其鸾刀，以启其毛，取其血膋。"毛传："鸾刀，刀有鸾者，言割中节也。"孔颖达疏："鸾即铃也，谓刀环有铃，其声中节。"此指精致的餐刀。

缕切：细切。空纷纶：意谓（厨师）白白忙碌。纷纶，忙碌，忙乱。

⑭ 黄门：宦官，太监。东汉黄门令、中黄门诸官，皆为宦者充任，故后称宦官为"黄门"。《明皇杂录》卷下："虢国每入禁中，常乘骢马，使小黄门御。紫骢之俊健，黄门之端秀，皆冠绝一时。"飞鞚（kòng）：走马。鞚，马笼头，借指马。不动尘：形容轻快如飞。此句谓玄宗多有赏赐，常遣宦官出入杨氏五家。《旧唐书·后妃传上·玄宗杨贵妃》："玄宗颁赐及四方献遗，五家如一，中使不绝。"

⑮ 络绎：连续不断，往来不绝。八珍：本指古代八种烹饪方法。后以指八种珍贵食品。明陶宗仪《南村辍耕录》卷九《续演雅发挥》："所谓八珍，则醍醐、麆沉、野驼蹄、鹿唇、驼乳糜、天鹅炙、紫玉浆、玄玉浆也。"俗以龙肝、凤髓、豹胎、鲤尾、鸮炙、猩唇、熊掌、酥酪蝉为八珍。此处泛指珍馐美味。

⑯ 箫鼓：箫与鼓。泛指乐器。哀吟：此指婉转动听。

⑰ 宾从：宾客与随从。杂遝（tà）：亦作"杂沓"。纷杂繁多貌。要津：要路。谓显要职位、地位。

⑱ 后来鞍马：指杨国忠。逡（qūn）巡：迅疾，顷刻。张相《诗词曲语辞汇释》卷五："逡巡，迅速之义，与普通之作为迟缓解者异。韩湘《言志》诗：'解造逡巡酒，能开顷刻花。'一作殷七七诗。逡巡与顷刻为对举之互文，逡巡犹顷刻也。""杜甫《丽人行》：'后来鞍马何逡巡，当轩下马入锦茵。'此诗叙述秦、虢前行，杨国忠随后神情，解者以为'按辔徐行'之意。窃谓此非徐行，乃骤马也，形容国忠之骄横，逡巡正是迅速之义。"旧注如仇兆鳌曰："秦、虢前行，国忠殿后，鞍马逡巡，见拥护填街，按辔徐行之象。"非是。

⑲ 当轩下马：仇注"当轩下马，见意气洋洋，旁若无人之状"。锦茵：谓地铺锦制的垫褥。

⑳ 杨花二句：以眼前暮春景物暗讽国忠与虢国从兄妹之间淫乱事。白蘋，水中浮草。青鸟，神话中西王母取食传信的神鸟。红巾，妇女所用手帕。前句谓杨花如雪飘飞，入水覆盖在白蘋上。后句谓青鸟衔着红巾，飞来飞去传递消息。《新唐书·后妃传上·玄宗贵妃杨氏》："虢国素与国忠乱，颇为人知，不耻也。每入谒，并驱道中，从监、侍姆百余

骑,炬密如昼,靓妆盈里,不施帏障,时人谓为'雄狐'。"雄狐,即指好色乱伦之徒。

㉑ 炙手可热:接近之便烫手。比喻权势气焰之盛。

㉒ 瞋(chēn):睁大眼睛。表示生气、恼怒。

【评析】

讽杨氏五家游宴曲江,先扬后抑,词富而旨微。首段十句,泛写水边丽人,扣合题面,极尽铺陈描画之能事,扬其风韵神采,为下文作地。中段十句,转而抑之,叙虢、秦华靡奢费,其肴馔品物之精美,恩宠赐赏之优渥,声乐饮宴之排场,无不荡人耳目,讥讽之意含焉。末段六句,再折再抑,借用暮春景色,隐射杨家"雄狐"之事,揭其势焰可畏,刺之切则意愈深,意深则委婉而不伤雅致,亦是诗家法度。

自京赴奉先县咏怀五百字

杜陵有布衣①,老大意转拙②。许身一何愚③,窃比稷与契④。居然成濩落⑤,白首甘契阔⑥。盖棺事则已,此志常觊豁⑦。穷年忧黎元⑧,叹息肠内热。取笑同学翁,浩歌弥激烈⑨。非无江海志,萧洒送日月⑩。生逢尧舜君⑪,不忍便永诀。当今廊庙具⑫,构厦岂云缺⑬?葵藿倾太阳⑭,物性固难夺。顾惟蝼蚁辈⑮,但自求其穴。胡为慕大鲸,辄拟偃溟渤⑯?以兹悟生理⑰,独耻事干谒⑱。兀兀遂至今⑲,忍为尘埃没。终愧巢与由㉑,未能易其节。沉饮聊自遣㉒,放歌破愁绝。

岁暮百草零,疾风高冈裂。天衢阴峥嵘㉓,客子中夜发㉔。霜严衣带断,指直不能结㉕。凌晨过骊山,御榻在嵽嵲㉗。蚩尤塞寒空㉘,蹴踏崖谷滑。瑶池气郁律㉙,羽林相摩戛㉚。君臣留欢娱,乐动殷胶葛㉛。赐浴皆长缨㉜,与宴非短褐㉝。彤庭所分帛㉞,本自寒女出。鞭挞其夫家,聚敛贡城阙。圣人筐篚恩㉟,实愿邦国活。臣如忽至理,君岂弃此物㊱。多士盈朝廷,仁者宜战栗㊲。

况闻内金盘㊳，尽在卫霍室㊴。中堂有神仙，烟雾蒙玉质㊵。暖客貂鼠裘㊶，悲管逐清瑟㊷。劝客驼蹄羹㊸，霜橙压香橘。朱门酒肉臭㊹，路有冻死骨。荣枯咫尺异，惆怅难再述。

北辕就泾渭，官渡又改辙㊺。群水从西下㊻，极目高崒兀㊼。疑是崆峒来㊽，恐触天柱折㊾。河梁幸未拆㊿，枝撑声窸窣(51)。行李相攀援(52)，川广不可越。老妻寄异县，十口隔风雪。谁能久不顾？庶往共饥渴(53)。入门闻号咷(54)，幼子饿已卒。吾宁舍一哀，里巷亦呜咽(55)。所愧为人父，无食致夭折。岂知秋禾登，贫窭有仓卒(56)。生常免租税，名不隶征伐(57)。抚迹犹酸辛(58)，平人固骚屑(59)。默思失业徒，因念远戍卒。忧端齐终南，澒洞不可掇(60)。

【题解】

据朱鹤龄《杜工部年谱》，天宝十四载(755)，“授河西尉，不拜，改右卫率府胄曹参军。十一月，往奉先”。其《辑注》又云：“《旧书·玄宗纪》：‘天宝十四载，冬十月壬辰，幸华清宫。十一月丙寅，禄山反。’按甫赴奉先，玄宗时正在华清，故诗中言骊山事特详。又按十一月九日，禄山反书至长安，玄宗犹未信，故此言欢娱聚敛，致乱在旦夕，而不及禄山反状也。”故知此诗当作于天宝十四载十一月初，时授官未久，以妻子在奉先县，甫往省家。奉先，本同州蒲城县(今属陕西省渭南市)；开元四年(716)，以县北有丰山，于此置睿宗桥陵，改为奉先县，隶京兆府。奉先西南距长安二百四十里。

【注释】

① 杜陵：古为杜伯国，秦置杜县。有汉宣帝墓，在长安东南杜县东原上(今陕西省西安市曲江新区三兆村南)。元康元年(前65)春建，并改杜县为杜陵县，后世沿之。甫先祖杜预，为汉魏京兆杜陵人，甫亦尝居于杜陵附近，故常自称杜陵野客、杜陵野老、杜陵布衣，以示祖籍郡望。布衣：布制衣服。借指平民。古代平民不能衣锦绣，故称。时杜甫虽授右卫率(lǜ)府胄曹参军(太子属官，掌东宫器械、公廨营缮等，从八品下)，但对此职并不以为然，尝有《官定后戏赠》诗解嘲，故此处仍以“布衣”自称。

② 老大:年纪大。拙:愚笨,迟钝。清卢元昌曰:"凡人老大,则工于世故,杜陵布衣独不然,至老弥拙。盖由许身愚,动以稷契自命耳。"(《杜诗阐》卷四)

③ 许身:犹自许,自我评价。一何:何其,多么。此两句中"拙""愚",皆愤激之词,意谓不肯趋时取巧。

④ 稷:后稷。周之始祖。相传姜嫄践天帝足迹受孕生子,曾弃而不养,故名之为"弃"。虞舜命为农官,教民耕稼,称为"后稷"。契(Xiè):殷契。殷之始祖。母曰简狄,相传浴于川时吞玄鸟之卵而受孕生契。以佐禹治水有功,舜命为司徒,封于商。《孟子·离娄下》:"禹思天下有溺者,由己溺之也;稷思天下有饥者,由己饥之也。"《礼记·祭法》:"契为司徒而民成……此皆有功烈于民者也。"此处自比稷、契,取心忧天下黎民之义。

⑤ 濩(huò)落:犹瓠落、廓落。本指空阔无用、大而不当之义,引申为沦落失意。

⑥ 契(qiè)阔:勤苦,劳苦。《诗·邶风·击鼓》:"死生契阔,与子成说。"毛传:"契阔,勤苦也。"

⑦ 觊豁:希望能达成。

⑧ 穷年:终其天年,毕生。黎元:同"黎民"。民众,百姓。

⑨ 取笑二句:意谓虽被同学辈取笑,然志向更加强烈。弥,益,更加。

⑩ 非无二句:意谓并非没有浪迹江湖、流连光景的志趣。

⑪ 尧舜君:此以古代圣君借指玄宗。玄宗前期曾有所作为,创"开元之治",故唐人常将玄宗与高祖、太宗一并比为尧舜。

⑫ 廊庙具:指能担负朝廷重任的栋梁之材。廊庙,殿下屋与太庙,借指朝廷。

⑬ 构厦:营造大厦。喻治理国事或建立大业。两句意谓朝廷不乏人才。

⑭ 葵藿:此处偏指葵。葵花性向日,以喻下对上赤心趋向。一说指葵菜和豆叶,两者均有随阳转向之性。

⑮ 顾惟:犹言回头一想。蝼蚁辈:比喻营求私利的小人。

⑯ 胡为二句：以"大鲸"自比，意谓为何要仰慕大鲸游息于大海之中。此含自嘲意。胡为，何为，为什么。辄拟，总是打算。偃，休息，安卧。溟渤，大海。

⑰ 生理：为人之道。句中"悟"一作"误"，若是，则"生理"为生计义。

⑱ 干(gān)谒：指为求荣利而奔走请托于权贵之门。

⑲ 兀兀：犹矻矻。劳碌貌。

⑳ 忍为句：意谓甘为尘俗所困，亦不愿以营求干谒为事。忍，甘愿。

㉑ 终愧句：意谓不肯做隐士而愧对巢、由。实非真感惭愧，而是谦语，表示既然"窃比稷与契"，就做不到"巢与由"，故云。巢与由，指巢父和许由，传说尧时的两位隐士。

㉒ 自遣：谓排遣自己的感情。

㉓ 天衢：指京都。峥嵘：此指寒气盛大凛冽。

㉔ 客子：离家在外的人。此为杜甫自谓。

㉕ 指直句：意谓手指冻得僵直不能束结衣带。

㉖ 骊山：在长安东约六十里（今陕西省西安市临潼区南）。其地有温泉。唐贞观十八年(644)，在山麓建汤泉宫，咸亨二年(671)改名温泉宫。天宝六载(747)，再行扩建，改名华清宫。又造长生殿即集灵台等。十五载，宫殿毁于兵火。杜甫自京赴奉先，途经骊山，时玄宗与贵妃正在华清宫避寒。

㉗ 御榻：皇帝的坐卧具。借指皇帝。嶻嶭(diéniè)：高峻的山。

㉘ 蚩尤：传说中古代九黎族首领，与黄帝决战时作雾塞天地。故用以借指雾霭或兵气。

㉙ 瑶池：宫苑中美池。参见第168页《同诸公登慈恩寺塔》注释⑰。此借指华清宫温泉，即华清池。郁律：热气蒸腾貌。

㉚ 羽林：禁卫军名。汉武帝时，选陇西、天水等六郡良家子宿卫建章宫，称建章营骑。后改羽林骑，取为国羽翼、如林之盛之意。一说象天文羽林星，主车骑。《新唐书·兵志》："高宗龙朔二年，始取府兵、越骑、步射置左右羽林军，大朝会则执仗以卫阶陛，行幸则夹驰道为内仗。"摩戛(jiá)：犹摩擦。形容兵多武器相碰击。

㉛ 殷(yǐn)：震，震动。胶葛：深远广大貌。

㉜ 长缨:古时系帽的长丝带。喻华衣美服者或达官显贵。

㉝ 短褐:粗布短衣。贫贱者所服。指平民百姓。

㉞ 彤庭:汉代宫廷因以朱漆涂饰,故称。后泛指皇宫。

㉟ 筐篚(fěi):盛物竹器。方曰筐,圆曰篚。古代置币帛于其中,以行赏赐馈赠。借指帝王厚赐的物品或帝王恩赐。此句讽玄宗赏赐无度。

㊱ 臣如二句:意谓如果臣子忽视这个道理,皇帝岂不是白白丢弃了这些财物。刺群臣糜费所赏。

㊲ 多士二句:意谓朝廷众多官员,其中有仁德的人应该对上述现象感到惊惧。

㊳ 内金盘:宫禁内所用器具。

㊴ 卫霍:西汉名将卫青和霍去病。二人皆以外戚而贵。参见第12页王维《老将行》注释⑥。此刺杨国忠辈。

㊵ 中堂二句:写杨家宴会舞蹈。谓正厅大堂上香雾弥漫,女乐起舞翩跹,恍若仙境。中堂,正中厅堂。有,一作"舞"。烟雾,堂上香炉之烟。一说指舞女衣裳轻飘似烟。玉质,形容姿容肌肤之美。

㊶ 貂鼠:即貂。古以貂为鼠类动物,故称。

㊷ 悲管句:指管乐与弦乐合奏。悲管,形容管乐嘹亮。清瑟,形容弦乐清逸。

㊸ 驼蹄羹:用骆驼足蹄加工而成的珍馐。"八珍"之一。参见第175页《丽人行》注释⑮。

㊹ 朱门:红漆大门。指豪贵之家。酒肉臭:谓酒肉吃不尽而腐败发臭。王孙子《新书》曰:"楚庄王攻宋,厨有臭肉,樽有败酒。将军子重谏曰:'今君厨肉臭而不可食,樽酒败而不可饮,而三军之士皆有饥色,欲以胜敌不亦难乎?'"(《艺文类聚》卷二十四《人部八》引)

㊺ 北辕二句:据仇兆鳌注,"自京赴奉先,从万年县(今西安市长安区东)渡浐水,东至昭应县(今西安市临潼区),去京六十里。又从昭应渡泾渭,北至奉先县,去京二百四十里。骊山,在昭应东南二里,温泉出焉。又泾渭二水,交会于昭应之北,故云'北辕就泾渭'。其官渡改辙,在唐时亦迁徙无常,大抵在昭应之间,为奉先便道耳"。北辕,车向北

行。官渡，官设渡口。改辙，改变行车道路。

㊻ 群水句：指泾渭二水皆从陇西流下。“水”，一作“冰”。仇兆鳌注：“‘群水’或作‘群冰’，非。此时正冬，冰凌未解也。”《杜甫全集校注》卷三引施鸿保曰：“今按诗意，明当作‘冰’。若是‘水’，既不得言‘高崒兀’，下云‘恐触天柱折’，水亦不得言‘触’也。冬时冰虽未解，然风裂日激，亦非尽待东风，且如冰未解，则泾渭诸水，又安能从西来？其说亦自矛盾矣。”按，改“水”作“冰”，始于王嗣奭《杜臆》卷一：“‘群冰从西下’，旧误作‘水’，今改正。”若作“冰”，虽与下文可通，但农历十月底、十一月初实难出现如此凌汛。作“水”，因时令刚过“小雪”，不到极寒，河流犹未完全封冻，下文即以夸张手法形容水势汹涌、波涛如山，亦合事理。今有民谚曰：“大雪河封住，冬至不行船。”可参。

㊼ 崒(zú)兀：高耸貌。此处形容浪高。

㊽ 崆峒：山名。一名“笄头山”。在唐原州平高县(今宁夏回族自治区固原市)西。《元和郡县图志》卷三《关内道三·原州·平高县》：“笄头山，一名崆峒山，在县西一百里。即黄帝谒广成子学道之处。《史记》曰‘黄帝东至于海，西至崆峒，登笄头’，是也。《汉书》曰‘笄头山，在泾阳西。《禹贡》泾水所出’。”

㊾ 天柱：神话中支天之柱。《淮南子·天文训》：“昔者共工与颛顼争为帝，怒而触不周之山，天柱折，地维绝。”

㊿ 河梁：桥梁。

(51) 枝撑：此指桥梁柱木。窸窣(xīsū)：细碎的声音。指桥梁受到冲击而发出的动摇声。

(52) 行李：行人，旅客。李，一作“旅”。

(53) 庶：但愿，希望。此句谓希望能在一起过艰苦日子。

(54) 号咷：亦作“号啕”“嚎咷”。放声大哭。

(55) 吾宁二句：意谓即使我肯割舍这一哀痛，无奈邻里亦为之悲伤。宁(nìng)，宁愿。里巷，邻居，乡邻。呜咽(yè)，悲泣。

(56) 岂知二句：意谓哪知秋收了，穷苦人家仍有饿死人的意外发生。秋禾登，指秋收。贫窭(jù)，贫穷，贫穷的人。仓卒(cù)，同“仓猝”。匆忙急迫，引申为意外事变。

(57) 生常二句：按唐赋役之制，凡皇族贵戚、官五品以上有职掌者，本人及父祖兄弟子孙享有蠲免特权。详见《唐六典》卷三。杜甫出身“奉儒守官”世家，祖父审言，赠著作郎（从五品上）；父闲，娶义阳王李琮外孙女崔氏，官至朝议大夫、兖州司马（从五品下），故享有蠲免特权。

(58) 抚迹：谓追思陈迹往事。

(59) 平人：平民。唐避太宗李世民讳，以“人”代“民”。骚屑：纷扰不安貌。

(60) 澒洞（hòngtóng）：大水弥漫无际貌。掇：拾取，收拾。

【评析】

此篇铺写旅途感想与见闻，赍志摅情，附缀叙事，重在表达忧国忧民之旨，故题作“咏怀”而非“纪行”。全诗分作三章：首章自“杜陵有布衣”至“放歌破愁绝”，凡三十二句，述平生之怀抱。起八句为一层，以许身“稷与契”而致“拙”和“愚”，自嘲中饱含伤愤；即便如此，仍自甘劳苦，终生不弃此志。紧承四句为一层，深入一步托出“忧黎元”主意；欲比稷契，则思天下而必有己溺己饥之念，此忧念愈被取笑，便愈是激烈。其下二十句转发议论，每四句一折，申说“未易其节”之理；长安十年生涯，既有用世之心，不忍效巢父、许由而隐身江海，又耻于干谒，不屑如蝼蚁而营营求求；穷困湮没，抱负不展，亦是天性使然，故而以“沉饮”“放歌”遣其郁结。此章千回百折，反复咏思，如仇兆鳌所云：“抚时慨己，或比或兴，迭开迭阖，备极排荡顿挫之妙。”（《杜诗详注》卷四）次章自“岁暮百草零”至“惆怅难再述”，凡三十八句，记中途过骊山时所见所感。先写客子中夜出发情景，衬起华清宫欢娱达旦场面，讽君臣不恤国事，赐浴与宴，滥赏贪谀；又讥贵戚豪奢，纵情声色，厌饫膏脂。王嗣奭据引史实曰：“天宝八年，帝引百官观左藏，帝以国用丰衍，赏赐贵宠之家无有限极。十载，帝为安禄山起第，但令穷极壮丽，不限财力。既成，具幄帟器皿充牣其中，虽禁中不及。禄山生日，帝及贵妃赐衣服、宝器、酒馔甚厚。故‘彤庭分帛’‘卫霍金盘’‘朱门酒食’等语，皆道其实，故称‘诗史’。”（《杜臆》卷一）而本章最见笔力处，即在讥刺君臣贵宠荒宴之时，间以民情比之，愤其鞭挞聚敛之横暴，怜其路旁冻骨之凄惨，字字沉痛，正是老杜忧怀写照。末章自“北辕就泾渭”至结束，凡三十句，写到家后境遇。前十句实写道路险阻,群水汹涌,行李争渡,有暗示时局动荡之意。接下十二句,述家人困窘与不幸,感念存没,心焉如割,夫妇、父子人伦之伤,入人也深。终八句,享受丁户蠲免尚且如此,何况"失业徒"与"远戍卒"乎?由一家之酸辛,推及天下之酸辛,由一己之伤痛,推及众生之伤痛,其忧念岂能不累积如山、浩茫似水?淋漓五百字,仍归结在"忧黎元"上,诗境博大而悲壮。煌煌巨篇,起伏转折,极尽变化,其"沉郁顿挫"之风格,已然成熟于是。

后出塞

朝进东门营①,暮上河阳桥②。落日照大旗,马鸣风萧萧③。平沙列万幕,部伍各见招④。中天悬明月,令严夜寂寥。悲笳数声动,壮士惨不骄⑤。借问大将谁,恐是霍嫖姚⑥。

【题解】

此诗为五首其二。其一有"召募赴蓟门"句,蓟门在幽州蓟县城西北(今北京市西城区德胜门外一带),唐范阳节度使驻所。鲍钦止曰:"天宝十四年乙未三月壬午,安禄山及契丹战于潢水,败之,故有《后出塞》五首,为出兵赴渔阳也。"(《分门集注杜工部诗》卷十五引)浦起龙注:"安禄山以边功市宠,数侵掠奚、契丹,征兵东都,重赏要士。朝廷徇之,志益骄而反遂决矣,故作是诗以讽。当在禄山将叛之时,诸本或编叛后,或编秦州,大谬。"(《读杜心解》卷一之一)

【注释】

① 东门营:设在洛阳上东门外的军营,为出征部队集结地。

② 河阳桥:横跨黄河的浮桥,在河南府河阳县(今河南省焦作市孟州市南)。为东都北面要津。传说为西晋杜预所造。

③ 落日二句:写日暮塞地行军景象。萧萧,常形容风声、马鸣声。《诗·小雅·车攻》:"萧萧马鸣,悠悠旆旌。"

④ 平沙二句:写入夜扎营时军容整肃。幕,营帐。部伍,军队编制

单位,将士兵分队列行。各见招,指集合各自队伍。

⑤ 悲笳二句:意谓军中禁令森严,静营号角响起,战士闻声肃然而生忧色。笳,军中号角,其声悲壮。惨不骄,指忧愁取代了骄纵之气。

⑥ 霍嫖姚:指西汉名将霍去病。与其舅卫青皆以外戚而贵。初为剽姚校尉,以功封冠军侯,迁骠骑将军。参见第12页王维《老将行》注释⑥。此泛喻唐大将。

【评析】

《后出塞》五首,诗意相贯,借征夫口吻,记其应募出征,至将帅欲叛时不附而逃。此篇即写出征在途。诗按时序叙事绘景,塞道悲声,边营肃容,一一入神,颇见骨力。末以霍嫖姚比统军大将,旨在讥刺朝廷纵兵操戈,实启天宝之衅。王嗣奭曰:"盖贪功之将,动以开边启人主好大喜功之心,至枯万骨以成封侯之业,此军士所最苦而不敢言,公为道破;人主深味此言,必不肯轻言用兵矣。"(《杜臆》卷三)

月夜

今夜鄜州月①,闺中只独看②。遥怜小儿女,未解忆长安③。香雾云鬟湿④,清辉玉臂寒⑤。何时倚虚幌⑥,双照泪痕干?

【题解】

《杜甫全集校注》卷三引赵次公(彦材)曰:"天宝十五载夏五月,以家避乱鄜州。秋八月,挺身赴朝廷,独转陷贼中。闺中,指其家也。公在贼中而怀鄜州耳。"黄鹤曰:"至德元载八月,自鄜州赴行在,为贼所得时作。故诗云:'遥怜小儿女,未解忆长安。'至德元载,即天宝十五载。"(《补注杜诗》卷十九)

【注释】

① 鄜(Fū)州:唐鄜州,治洛交(今陕西省延安市富县),隶关内道。

② 闺中:妇女居所。此指杜甫妻室所在。

③ 未解：不明白，不理解。
④ 香雾：夜里雾气。仇兆鳌注："雾本无香，香从鬟中膏沐生耳。"云鬟：妇女高耸的环形发髻。亦泛指乌黑秀美的头发。
⑤ 清辉：此指月光。
⑥ 虚幌（huǎng）：指透光的窗帘或帷幔。

【评析】

身陷贼中，望月思念家人，却从对面写来，言家人望月思我。此即所谓"倩女离魂"法（参见第28页王维《登裴迪秀才小台作》评析）。不啻如此，更进一层虚拟"小儿女"不解思情，反衬"闺中独看"，愈觉托意婉切。后四句先呼应首联，月下久立形象楚楚可怜，再由彼设想相聚情形，以"双照"映对"独看"，多少曲折隐寓其中。词气精丽，而意蕴深郁，笔法圆熟，可观其天巧。

哀王孙

长安城头头白乌①，夜飞延秋门上呼②。又向人家啄大屋，屋底达官走避胡。金鞭折断九马死③，骨肉不得同驰驱。腰下宝玦青珊瑚④，可怜王孙泣路隅。问之不肯道姓名，但道困苦乞为奴。已经百日窜荆棘，身上无有完肌肤。高帝子孙尽隆准⑤，龙种自与常人殊⑥。豺狼在邑龙在野⑦，王孙善保千金躯。不敢长语临交衢⑧，且为王孙立斯须⑨。昨夜东风吹血腥，东来橐驼满旧都⑩。朔方健儿好身手，昔何勇锐今何愚⑪。窃闻天子已传位⑫，圣德北服南单于⑬。花门剺面请雪耻⑭，慎勿出口他人狙⑮。哀哉王孙慎勿疏，五陵佳气无时无⑯。

【题解】

仇兆鳌注："明皇西狩，在天宝十五载六月十二日。肃宗即位，改元至德，在七月甲子（十二日）。是月丁卯（十五日），禄山使人杀霍国长公主及王妃驸马等。己巳（十七日），又杀王孙及郡县主二十余人。诗云

'已经百日窜荆棘',盖在九月间也。诗必此时所作。"《旧唐书·玄宗纪下》:"(六月)甲午(十二日),将谋幸蜀,乃下诏亲征,仗下,从士庶恐骇,奔走于路。乙未(十三日)凌晨,自延秋门出,微雨沾湿,扈从惟宰相杨国忠、韦见素、内侍高力士及太子、亲王,妃主、皇孙已下,多从之不及。"《哀王孙》入乐府新题,见《乐府诗集》卷九十一《新乐府辞二·乐府杂题二》。

【注释】

① 头白乌:白头乌鸦。传说中不祥之鸟。杨慎《升庵诗话》卷三《白头乌》:"《三国典略》曰:'侯景篡位,令饰朱雀门,其日有白头乌万计,集于门楼。童谣曰:"白头乌,拂朱雀,还与吴。"'杜工部诗'长安城头头白乌,夜飞延秋门上呼',盖用其事,以侯景比禄山也。"

② 延秋门:长安禁苑之西门。禁苑西面二门,近南者延秋门,次北者玄武门。天宝十五载(756)六月十三日凌晨,玄宗即从延秋门出,仓皇奔蜀。南宋程大昌《雍录》卷五:"玄宗幸蜀,自苑西门出。在唐为苑之延秋门,在汉为都城直门也。既出,即由便桥度渭,自咸阳望马嵬而西。"

③ 九马:亦作"九逸"。指汉文帝九匹良马。《西京杂记》卷二:"文帝自代还,有良马九匹,皆天下之骏马也。一名浮云,一名赤电,一名绝群,一名逸骠,一名紫燕骝,一名绿螭骢,一名龙子,一名麟驹,一名绝尘,号为九逸。"后用以泛指御马。此句言鞭折马死,形容天子西奔之急。

④ 宝玦:珍贵的佩玉。青珊瑚:用蓝色珊瑚制成的珠饰。

⑤ 高帝:指高祖。隆准:高鼻。《汉书·高祖纪上》:"高祖为人,隆准而龙颜。"

⑥ 龙种:帝王子孙。

⑦ 豺狼在邑:指安禄山及其叛军占领京师。龙在野:指玄宗奔走于乡野。

⑧ 交衢:指道路交叉要冲之处。

⑨ 斯须:须臾,片刻。

⑩ 橐(luó)驼:骆驼。《新唐书·逆臣传·史思明》:"贼之陷两京,

常以橐它载禁府珍宝贮范阳,如丘阜然。"旧都:指长安。

⑪朔方二句:谓唐将哥舒翰率河陇朔方兵及蕃兵共二十万拒贼,败于潼关。《集千家注杜工部诗集》卷三引师曰:"朔方健儿,指哥舒翰领朔方兵守潼关也。翰昔御吐蕃称精兵,而今为贼所败,故云'何愚'也。"

⑫窃闻句:指天宝十五载七月十二日,太子李亨即位于灵武(今宁夏回族自治区银川市灵武市西南),改元至德,尊玄宗为太上皇。

⑬南单(chán)于:东汉建武二十四年(48),匈奴内部分裂为二,一部留居漠北,称北匈奴;一部南下附汉,称为南匈奴。单于,匈奴最高首领称号。此借指西北回纥部。《旧唐书·肃宗纪》:"九月壬辰,上南幸彭原郡,封故邠王守礼男承寀为燉煌王,令使回纥和亲,册回纥可汗女为毗伽公主。"未几,回纥引兵与郭子仪军协同破贼。

⑭花门:山名。在居延海北三百里。唐初在此设有堡垒,天宝时为回纥所占。因以"花门"代称回纥。剺(lí)面:以刀划面。古代匈奴、回纥等族遇大忧大丧,则划面以示悲伤。亦用以表示诚心和决心。此句言回纥愿出兵助唐平乱。

⑮狙:伺察,察觉。此谓贼有耳目四处搜捕皇室宗族,慎勿开口言雪耻事。

⑯五陵:一说指汉高帝长陵、惠帝安陵、景帝阳陵、武帝茂陵、昭帝平陵。均在长安渭水北岸。仇兆鳌注:"此借汉以比唐也。"一说指唐高祖献陵、太宗昭陵、高宗乾陵、中宗定陵、睿宗桥陵。均在长安附近。《杜甫全集校注》卷三引施鸿保曰:"今按此就唐五陵言,非借汉为比,亦非借用字面。"二说皆可通。佳气:象征兴隆、吉祥的云气。此句慰勉王孙,谓唐室王气无时不在,犹存兴旺之象。

【评析】

乱离中路遇王孙,款款道来,悲悯之情浑涵而窈深。首四句化繁就简,借白头乌之寓,点出哀意发源,起势高古。次十二句叙邂逅,备极王孙苦状,顾怜痛惜之至,如闻其声。末十二句又申戒慰勉,反复叮咛,两处"慎勿",直教人喟然抚膺。王夫之曰:"世之为写情事语者,苦于不肖,唯杜苦于逼肖。"(《唐诗评选》卷一)只因心存仁念,下笔必带深情厚意,故能穷形尽相,摹写逼真。诗写哀切事,犹含讽刺,如"鞭折马死"

"健儿何愚"之类,亦是古来风人旨趣,可谓乐府正宗。

春望

国破山河在,城春草木深①。感时花溅泪,恨别鸟惊心②。烽火连三月③,家书抵万金。白头搔更短,浑欲不胜簪④。

【题解】

此诗作于至德二载(757)三月,时杜甫羁居长安。黄鹤曰:"诗云'国破山河在',当是至德二载春作。梁(权道)亦编在此年。是时,公陷贼中,故曰'城春草木深'。"(《补注杜诗》卷十九)

【注释】

① 国破二句:意谓国都残破而山河依旧,春日的城池草木丛生。

② 感时二句:意谓感慨时局之变而对花洒泪,伤痛家人分离而闻鸟惊心。一说以花鸟拟人,感时花也溅泪,伤别鸟也惊心。

③ 烽火:指战火、战乱。此句泛称整个春天战火连绵。

④ 白头二句:意谓白发越束越少,几乎要插不住簪子。搔,抓,梳。浑,几乎,简直。簪(zān),古人用来束发的长针。

【评析】

亲历天宝之乱,兴感日益深至,气格愈见沉郁。首联对起,"国破"与"山河在","城春"与"草木深",两两比照,复沓翻转,托出残败景象。三四触景生情,感时伤别,闻见花鸟等娱人之物,亦不禁泪洒心惊。或以此联为移情于物,离乱中花也溅泪,鸟也惊心,而况人乎!两说皆通,其审美价值即在以活景生情,真情入景,情景萦纡曲尽。五六折转,由望景而望人,"烽火"连绵不绝,亲人音书难寄,用"抵万金"之平常语,道得离人苦境凄怀。其麦秀之感,黍离之悲,最终融入"愁长发短"形象,不忍在目。

哀江头

少陵野老吞声哭①,春日潜行曲江曲②。江头宫殿锁千门,细柳新蒲为谁绿③?忆昔霓旌下南苑④,苑中万物生颜色。昭阳殿里第一人⑤,同辇随君侍君侧⑥。辇前才人带弓箭⑦,白马嚼啮黄金勒⑧。翻身向天仰射云,一笑正坠双飞翼⑨。明眸皓齿今何在?血污游魂归不得⑩。清渭东流剑阁深⑪,去住彼此无消息⑫。人生有情泪沾臆⑬,江草江花岂终极⑭?黄昏胡骑尘满城,欲往城南望城北⑮。

【题解】

此诗作于至德二载(757)春。黄鹤曰:"至德二载九月癸卯,复京师。十月壬子,复东京。而是诗云:'春日潜行曲江曲',当是作于是年春,盖谓之'潜行',又谓'黄昏胡骑尘满城',乃陷贼时所作明矣。梁权道亦编在是年。"(《补注杜诗》卷二)杨伦注:"此公在贼中时,睹江水江花哀思而作,因帝与贵妃常游幸曲江,故以《哀江头》为名。"(《杜诗镜铨》卷三)《哀江头》入乐府新题,见《乐府诗集》卷九十一《新乐府辞二·乐府杂题二》。

【注释】

① 少陵野老:杜甫自称。少陵,汉宣帝许后之陵。在宣帝杜陵之南十余里,亦称杜陵南园。因规模比杜陵小,故名。杜甫为表示祖籍郡望,常以之自号,世称"杜少陵"。参见第176页《自京赴奉先县咏怀五百字》注释①。

② 曲江:长安城东南游赏胜地。玄宗与贵妃常游幸于此,赐宴臣僚。参见第172页《丽人行》注释②。

③ 江头二句:意谓曲江池遭劫后的冷寂荒凉。《旧唐书·文宗纪下》:"上好为诗,每诵杜甫《曲江行》云:'江头宫殿锁千门,细柳新蒲为谁绿?'乃知天宝以前,曲江四岸皆有行宫台殿、百司廨署,思复升平故事,故为楼殿以壮之。"

④ 霓旌：缀有五色羽毛的旗帜，为古代帝王仪仗之一。亦代指帝王。南苑：指曲江池芙蓉苑。

⑤ 昭阳殿：汉宫殿名。后泛指后妃所居宫殿。据《汉书·外戚传》，成帝赵婕妤飞燕立为皇后，宠少衰，而其妹合德独幸，为昭仪，居昭阳舍。此句以喻杨贵妃。

⑥ 同辇(niǎn)：与天子同车。辇，天子之车。《汉书·外戚传下》："成帝游于后庭，尝欲与婕妤同辇载。婕妤辞曰：'观古图画，圣贤之君皆有名臣在侧，三代末主乃有嬖女。今欲同辇，得无近似之乎？'上善其言而止。"此句借班婕妤拒绝与成帝同辇事，刺贵妃与玄宗。

⑦ 才人：宫中女官名，多为嫔妃称号。汉置。唐因隋制，皇后以下设内官，有妃、嫔、婕妤、美人、才人、宝林、御女、采女等。《新唐书·百官志二》："才人七人，正四品，掌叙燕寝，理丝臬，以献岁功。""才人带弓箭"，指玄宗与贵妃游猎之事。一说唐有习武宫女随驾游幸，谓"射生"。

⑧ 嚼啮：咬啮，啃咬。黄金勒：用黄金制作的马络头。形容其车驾奢华。参见第173页《丽人行》注释⑨。

⑨ 一笑：指贵妃观猎而乐。飞翼：飞鸟。

⑩ 明眸二句：咏贵妃之死。据《旧唐书·玄宗纪下》，天宝十五载六月乙未(十三日)凌晨，玄宗自延秋门出奔蜀。丙申(十四日)次马嵬驿(在今陕西省咸阳市兴平市西)，诸卫顿军不进，诛杨国忠，逼玄宗赐贵妃自尽。按《新唐书·玄宗纪》，丁酉(十五日)次马嵬，杀杨国忠，赐贵妃死。

⑪ 清渭：渭水。剑阁：即剑阁道。在大剑山、小剑山之间，为入蜀要道。参见第68页李白《蜀道难》注释⑰。

⑫ 去住：犹去留。两句谓玄宗与贵妃生死离别。杨伦注："'清渭'，贵妃缢处；'剑阁'，明皇入蜀所经。'彼此无消息'，即《长恨歌》所谓'一别音容两渺茫'也。"(《杜诗镜铨》卷三)

⑬ 沾臆：谓泪水浸湿胸前。

⑭ 江草句：意谓江边花草绵延不尽。以喻情意之无限。草，一作"水"。

⑮ 欲往句：一说杜甫家居城南，欲往城南，却向城北，因胡兵满城而极度悲伤，至心乱目迷，不辨南北。一说传闻太子(肃宗)在灵武集结兵

力来取长安,甫与都人日夜面北而望官军至。明胡震亨曰:"今按曲江在都城东南,《两京新记》云:'其地最高,四望宽敞。'灵武行在,正在长安之北,公自言往城南潜行曲江者,欲望城北,冀王师之至耳。"(《唐音癸签》卷二十二)

【评析】

诗写长安沦陷后重游曲江所感。首段四句,凭空而来,"吞声""潜行",极言沉痛压抑之情,而"锁千门""为谁绿",又道尽无限萧索之意,心与境会,点明题旨。中段八句,忆昔日御驾行幸之奢华,哀天宝祸阶之所兴,暗讽明皇纵情声色,追效"三代末主"。其中"昭阳殿里第一人,同辇随君侍君侧","翻身向天仰射云,一笑正坠双飞翼"等语,笔力尤见劲切,有深意寓焉。末段八句,转回当前,唱叹马嵬惨剧,感慨世事沧桑,以悲恐交织、举踵北望回应起二句作收。前人议论此诗,每与白居易《长恨歌》相比,以为白诗"数十百言,竭力摹写,不若子美一句"(张戒《岁寒堂诗话》卷上)。然二诗缘情叙事,感时伤怀,各有擅场,正不必如此较量。

述怀

去年潼关破,妻子隔绝久①。今夏草木长,脱身得西走。麻鞋见天子,衣袖见两肘②。朝廷愍生还③,亲故伤老丑。涕泪受拾遗④,流离主恩厚⑤。柴门虽得去⑥,未忍即开口。寄书问三川⑦,不知家在否。比闻同罹祸⑧,杀戮到鸡狗。山中漏茅屋,谁复依户牖⑨?摧颓苍松根,地冷骨未朽⑩。几人全性命,尽室岂相偶⑪?嵚岑猛虎场⑫,郁结回我首。自寄一封书,今已十月后⑬。反畏消息来,寸心亦何有。汉运初中兴⑭,生平老耽酒。沉思欢会处,恐作穷独叟⑮。

【题解】

至德二载(757)四月,杜甫自京逃至凤翔(今陕西省宝鸡市凤翔区),谒肃宗行在所,拜左拾遗。授官后,惊魂稍定,因思及妻子而作此。是年二月,肃宗由彭原(今甘肃省庆阳市宁县西北)进驻凤翔。"行在所",天子在外临时驻留之地。

【注释】

① 去年二句:指天宝十五载(756)六月,哥舒翰领兵二十万镇守潼关,在杨国忠督逼下,不得已引师出关迎敌,为贼将崔乾祐所破,潼关失守。七月,杜甫闻肃宗即位,自鄜州投奔灵武,途中为叛军所俘,解至长安,距此时已近一年,故云"隔绝久"。潼关,在今陕西省渭南市潼关县秦东镇。为守卫长安门户。

② 麻鞋二句:谓奔逃至凤翔时的褴褛窘迫情形。麻鞋,用麻编织的鞋。仇兆鳌注引王叡《炙毂子》:"夏商以草为屦,左氏曰:'扉屦也。'至周,以麻为之,谓之麻鞋,贵贱通著。"见(xiàn)两肘,露出两肘。见,一作"露"。

③ 愍(mǐn):同"悯"。哀怜。

④ 拾遗:官名。唐武则天时置左右拾遗,掌供奉讽谏,从八品上。左拾遗隶门下省。

⑤ 流离:因战乱、灾荒流转离散。

⑥ 柴门:此指自己家室所在。

⑦ 三川:县名。唐鄜州三川县(今陕西省延安市富县羊泉镇三川驿村),古三水郡,以华池水、墨源水、洛水三川同会,因名。此处借"三川"代指鄜州。天宝十五载五月,杜甫自奉先移家北至白水(今属陕西省渭南市)。六月,潼关失守,玄宗奔蜀,甫再携家北行,至鄜州羌村暂住。七月,甫独身往灵武,被俘。

⑧ 比闻:近闻。罹祸:遭受祸患。潼关失守后,京畿、鄜、坊诸地皆落贼手,故忧其家人存亡。

⑨ 户牖(yǒu):门窗。

⑩ 骨未朽:指新死者。

⑪ 尽室句:意谓一家人岂能不离散。相偶,相伴或相聚。

⑫ 嵚岑(qīncén)句:喻叛军肆虐地区局势险恶。嵚岑,山峰高险貌。

⑬ 自寄二句：指去年寄书以来，已相隔十个月了。《杜甫全集校注》卷三引周篆曰："公以四月至凤翔，拜左拾遗，八月墨制放还鄜州省妻子，书盖陷贼时所寄，至是凡十月也。"

⑭ 汉运句：借汉说唐，以光武帝中兴汉室比唐运已现转机。

⑮ 沉思二句：意谓乱平后欲还家团聚，恐亲人不在而成穷独之叟。

【评析】

首段十二句，叙脱身贼中，赴行在受职，惦念妻孥心切，却以感主恩不忍言归。次段十二句，寄书鄜州，传闻失地环境险恶，又担忧家室罹祸难保，烦愁纠结不解。末段八句，言音讯断绝既久，反惧怕得到消息，亲人存亡莫测，设想将来恐成穷独老叟。通篇伤情迂回周折，直摧中心。仇兆鳌注引申涵光曰："'麻鞋见天子，衣袖露两肘'，一时君臣草草，狼籍在目。'反畏消息来，寸心亦何有'，非身经丧乱，不知此语之真。此等诗，无一语空闲，只平平说去，有声有泪，真《三百篇》嫡派，人疑杜古铺叙太实，不知其淋漓慷慨耳。"（《杜诗详注》卷五）

羌村

峥嵘赤云西①，日脚下平地②。柴门鸟雀噪，归客千里至。妻孥怪我在③，惊定还拭泪。世乱遭飘荡，生还偶然遂④。邻人满墙头，感叹亦歔欷⑤。夜阑更秉烛⑥，相对如梦寐。

【题解】

此诗为三首其一。至德二载(757)闰八月，杜甫自凤翔至鄜州省家时作。据《新唐书·杜甫传》，甫亡走凤翔，拜左拾遗。与房琯为布衣交，琯因兵败罢相，甫上疏求情，触怒肃宗，欲下三司推问，为宰相张镐所救获免。闰八月一日，奉墨制放还鄜州省视。羌村，旧址在今陕西省延安市富县茶坊街道大申号村(2023年恢复羌村名)，去县城西北约三十里。

【注释】

① 峥嵘：高峻貌。

② 日脚：太阳穿过云隙射下来的光线。《杜甫全集校注》卷四："'脚'字当是唐人口语，时人多用之。如岑参《送李司谏归京》：'雨过风头黑，云开日脚黄。'李贺《秦王饮酒》：'洞庭雨脚来吹笙。'《崇义里滞雨》：'家山远千里，云脚天东头。'罗隐《八骏图诗》：'穆满当年物外程，电腰风脚一何轻。'可知'脚'字，正与'头'字相对。今人口语犹有'日头''雨头''风头''云头'，则古人称'日脚''雨脚''风脚''云脚'，亦当时之口语。"

③ 妻孥(nú)：妻子与儿女。

④ 遂：完成，成功。此句谓偶然得以生还。

⑤ 歔欷(xūxī)：悲泣，抽噎，叹息。

⑥ 夜阑：夜深。更(gèng)：再，又。秉烛：谓持烛以照明。

【评析】

劫后骨肉重聚，悲喜交集，正写如"妻孥怪我在，惊定还拭泪"，侧写如"邻人满墙头，感叹亦歔欷"，情状摹画无不纤悉而逼真。《唐宋诗醇》卷十引王慎中曰："诗凡三首，第一首尤绝。一字一句，镂出肺肠，而婉转周至，跃然目前，又若寻常人所欲道者，真《国风》之义。"

北征

皇帝二载秋，闰八月初吉①。杜子将北征，苍茫问家室。维时遭艰虞，朝野少暇日②。顾惭恩私被③，诏许归蓬荜④。拜辞诣阙下⑤，怵惕久未出⑥。虽乏谏诤姿，恐君有遗失⑦。君诚中兴主，经纬固密勿⑧。东胡反未已⑨，臣甫愤所切。挥涕恋行在，道途犹恍惚。乾坤含疮痍，忧虞何时毕⑩？

靡靡逾阡陌⑪，人烟眇萧瑟⑫。所遇多被伤⑬，呻吟更流血。回首凤翔县，旌旗晚明灭。前登寒山重，屡得饮马窟⑭。邠郊入地底⑮,泾水中荡潏⑯。猛虎立我前,苍崖吼时裂⑰。菊垂今秋花,石带古车辙⑱。青云动高兴,幽事亦可悦⑲。山果多琐细,罗生杂橡栗⑳。或红如丹砂,或黑如点漆。雨露之所濡,甘苦齐结实。缅思桃源内,益叹身世拙㉑。坡陀望鄜畤㉒,岩谷互出没。我行已水滨,我仆犹木末㉓。鸱鸟鸣黄桑㉔,野鼠拱乱穴。夜深经战场,寒月照白骨。潼关百万师,往者散何卒㉕?遂令半秦民,残害为异物㉖。

况我堕胡尘㉗,及归尽华发。经年至茅屋㉘,妻子衣百结㉙。恸哭松声回,悲泉共幽咽。平生所娇儿,颜色白胜雪。见耶背面啼,垢腻脚不袜㉚。床前两小女,补缀才过膝㉛。海图拆波涛,旧绣移曲折。天吴及紫凤,颠倒在裋褐㉜。老夫情怀恶㉝,呕泄卧数日㉞。那无囊中帛㉟,救汝寒凛栗㊱。粉黛亦解苞,衾裯稍罗列㊲。瘦妻面复光,痴女头自栉。学母无不为,晓妆随手抹。移时施朱铅,狼籍画眉阔。生还对童稚,似欲忘饥渴。问事竞挽须,谁能即嗔喝?翻思在贼愁,甘受杂乱聒㊵。新归且慰意,生理焉得说㊶?

至尊尚蒙尘㊷,几日休练卒㊸?仰观天色改,坐觉妖氛豁㊹。阴风西北来,惨澹随回纥。其王愿助顺,其俗善驰突。送兵五千人,驱马一万匹㊺。此辈少为贵,四方服勇决。所用皆鹰腾,破敌过箭疾㊻。圣心颇虚伫,时议气欲夺㊼。伊洛指掌收,西京不足拔㊽。官军请深入,蓄锐可俱发。此举开青徐,旋瞻略恒碣㊾。昊天积霜露,正气有肃杀㊿。祸转亡胡岁,势成擒胡月。胡命其能久,皇纲未宜绝㊼。

忆昨狼狈初㊽,事与古先别㊾。奸臣竟菹醢㊿,同恶随荡析㊾。不闻夏殷衰,中自诛妺妲㊾。周汉获再兴,宣光果明哲㊾。桓桓陈将军,仗钺奋忠烈㊾。微尔人尽非㊾,于今国犹活。凄凉大同殿㊾,寂寞白兽闼㊾。都人望翠华,佳气向金阙。园陵固有神,扫洒数不缺㊾。煌煌太宗业,树立甚宏达㊾。

【题解】

题下原注:"归至凤翔,墨制放往鄜州作。"黄鹤曰:"诗述在路及到家之事,当在《羌村》后,至德二载九月作,故云'菊垂今秋花'。"(《补注杜诗》卷三)鄜州在凤翔东北,故题作《北征》。又西汉末,班彪自长安避乱至凉州安定郡,作《北征赋》,甫或仿其例。

【注释】

① 皇帝二句:交代时间,为肃宗至德二载(757)闰八月初一。初吉,朔日。即农历初一。

② 维时二句:意谓当时正遭受着艰难困苦,朝野上下时时处在紧张忧虑之中。维时,当时。艰虞,艰难忧患。暇日,空闲的日子。

③ 顾惭:自顾而惭愧。恩私被:谓单独承受皇帝之恩惠。

④ 蓬荜:即"蓬门荜户"的省语。用蓬草、树枝等做成的门户。形容穷苦人家所居住的简陋房屋。此处是对自己家屋的谦称。

⑤ 诣:往,到。阙下:宫阙之下。借指皇帝所居宫廷。此句言临行向皇帝行拜礼辞别。

⑥ 怵惕(chùtì):惊恐,戒惧。

⑦ 虽乏二句:说明上句"久未出"之故,意谓身为谏诤官不忍轻易离去,恐君王又有过失。指为房琯辩护触怒肃宗事,然肃宗毕竟与己已疏远,所言极委婉。

⑧ 经纬:编织物的纵横线。喻指规划治理。密勿:勤勉努力。

⑨ 东胡:指安史叛军。《旧唐书·安禄山传》:"安禄山,营州柳城杂种胡人也。"《史思明传》:"史思明,本名窣干,营州宁夷州突厥杂种胡人也。"唐营州(治今辽宁省朝阳市)为辽东地,故称安、史为"东胡"。至德二载正月初一,安禄山为部属所杀,立其次子庆绪为伪燕帝。

⑩ 忧虞:忧虑。

⑪ 靡靡:犹迟迟。迟缓貌。《诗·王风·黍离》:"行迈靡靡,中心摇摇。"毛传:"靡靡,犹迟迟也。"

⑫ 眇:稀少,缺少。萧瑟:萧条冷落。

⑬ 被伤:指受伤士卒。当时唐军先后在秦中一带战事失利,如房琯败于咸阳东之陈陶斜与青坂,郭子仪败于长安西之清渠等。

⑭ 前登二句：意谓登上冷寂荒凉的山岭，到处是战争留下的痕迹。重(chóng)，重叠。饮(yìn)马窟，古乐府有《饮马长城窟行》，郭茂倩曰："长城，秦所筑以备胡者，其下有泉窟，可以饮马。"（《乐府诗集》卷三十八《相和歌辞十三·瑟调曲三》）因以"饮马窟"比喻边境地区或战火频仍之处。

⑮ 邠(Bīn)：唐邠州（治今陕西省咸阳市彬县），隶关内道。此句谓邠郊低平，四面山高。

⑯ 泾水：渭水支流。源出陇山（六盘山）东，东南流经泾州（治今甘肃省平凉市泾川北）、邠州，至长安东北昭应县（今陕西省西安市临潼区）合渭水。荡潏(jué)：涌腾起伏。

⑰ 猛虎二句：泛谓秦中道路险阻。一说"猛虎"喻"苍崖"蹲踞之状；一说下句有裂石之"吼"，应指真虎。

⑱ 菊垂二句：谓陵谷变迁。菊开新花，石带旧辙。

⑲ 青云二句：写奔走愁绝时，面对青云、幽景忽感风物之美，兴致勃发。

⑳ 罗生：罗列而生。橡栗：橡子。似栗而小，橡树的果实，可充饥。

㉑ 缅思二句：因见山中果实，或红或黑，或甘或苦，皆为雨露所濡养而结实，由此遥想世外桃源之安宁，故愈觉自然微物尚且如此，而人却有不如，饱经离乱依然身世飘零，一无所成。缅思，远思。桃源，东晋陶渊明《桃花源记》中所描绘的世外乐土。拙，困穷。

㉒ 坡陀：亦作"坡陁"。山势起伏貌。鄜畤(zhì)：古代帝王祭祀之处。《史记·封禅书》："（秦文公）于是作鄜畤，用三牲郊祭白帝焉。"后以"鄜畤"为鄜州别称。畤，祭坛。因其地较高，故能远远望见。

㉓ 我行二句：意谓我已行至水滨，而仆人犹在高处，如行树杪上。木末，树杪，树梢。

㉔ 鸱(chī)鸟：鹞鹰。

㉕ 潼关二句：指天宝十五载(756)六月，哥舒翰兵败潼关。参见第191页《述怀》注释①。《旧唐书·哥舒翰传》："上久处太平，不练军事，既为国忠眩惑，中使相继督责，翰不得已，引师出关。六月四日，次于灵宝县之西原。八日，与贼交战，官军南迫险峭，北临黄河，崔乾祐以数千

人先据险要。翰及良丘等浮船中流以观进退,谓乾祐兵少,轻之,遂促将士令进,争路拥塞,无复队伍。午后,东风急,乾祐以草车数十乘纵火焚之,烟焰亘天,将士掩面,开目不得,因为凶徒所乘,王师自相排挤,坠于河。后者见前军陷败,悉溃,填委于河,死者数万人,号叫之声振天地,缚器械,以枪为楫,投北岸,十不存一二。"百万师,哥舒翰实领兵二十万,号称"百万"。散何卒(cù),谓溃散何其突然。

㉖ 遂令二句:意谓潼关失守,叛军直驱关中,人民死亡过半。遂令,于是使。秦民,关中之民。异物,鬼怪,指已死之人。

㉗ 堕胡尘:指至德元年(756)七月,甫自鄜州赴灵武途中被俘,押送长安。

㉘ 经年:经历一年。自去年七月离家,至今年闰八月归返,历时一年。

㉙ 百结:形容衣服破损多补丁。

㉚ 平生四句:写家中娇儿情态。"颜色白胜雪",旧注皆以为指面色苍白,有饥色。然《杜甫全集校注》卷四认为"白胜雪"多形容颜色之白皙俊美。故此四句为前后对比描写,前半言娇儿往昔之白美,后半言其今日之垢腻,突出现状之苦。金圣叹曰:"儿上写平生所娇,正与今日见爷背面,映出久别苦境也。平生娇儿,其颜胜雪,下若云'今日还看,其黑如铁',便是张打油恶诗。看他只用'背面'二字,轻避过今昔黑白不同丑语,却别以脚上垢腻,似对不对,反形之。"(《唱经堂杜诗解》卷二)所娇儿,所宠爱的儿子。娇,一作"骄"。耶,同"爷"。背面啼,小儿因久别而认生之状。

㉛ 补缀:缝补衣服。《礼记·内则》:"衣裳绽裂,纫箴请补缀。"缀,一作"绽"。才过膝:指衣长刚过膝,不合身。

㉜ 海图四句:承上"补缀才过膝"句,谓剪裁旧布补衣,将原有花纹图饰拆移、颠倒了。唐人衣物常绣有珍禽异兽图饰与花纹。海图,布帛上刺绣的海景图饰。天吴,传说中水神。《山海经·海外东经》:"朝阳之谷,神曰天吴,是为水伯。在蚩蚩北两水间。其为兽也,八首人面,八足八尾,皆青黄。"紫凤,传说中神鸟。《山海经·大荒北经》:"大荒之中,有山名曰北极天柜,海水北注焉。有神,九首人面鸟身,名曰九凤。"

此两种神异禽兽,或许是所绣"海图"中物象。《集千家注杜工部诗集》卷三引蔡梦弼曰:"公言妻子寒冻,以海图旧绣为小儿裋衣,故波涛为之坼,绣纹为之移,天吴及紫凤之类,或颠或倒也。"裋褐(shùhè),粗陋布衣,多为贫贱者所服。

㉝ 情怀:心情。此句谓面对家室困窘之状,念及家国时事,心情自然恶劣。

㉞ 呕(ǒu)泄:吐泻。

㉟ 那(nuó)无:奈何没有。那,"奈何"的合音。

㊱ 寒凛栗:寒冷得颤抖。

㊲ 粉黛:妇女化妆所用傅面白粉与画眉黛墨。解苞:打开包裹。苞,一作"包"。此指杜甫从凤翔带回的礼品。

㊳ 衾裯(qīnchóu):指被褥与床帐之类卧具。稍罗列:意谓略有一些(衾被等)。

㊴ 瘦妻六句:写母女欣喜之状,借痴女学样衬母亲精心打扮。"随手抹""画眉阔"等语,言女化妆不得法,杂乱涂抹,形貌可笑。自栉(zhì),自己梳头。移时,一会儿。朱铅,胭脂铅粉。狼籍,散乱貌。

㊵ 问事四句:写与儿女嬉戏相亲情景。孩童拉扯胡须问东问西,不忍喝止,回想在长安陷贼时的愁苦,此刻受其吵闹亦是甘心情愿。挽须,拉扯胡须。瞋(chēn)喝,瞪眼斥责,怒喝。翻思,回想。杂乱聒(guō),乱吵嚷。

㊶ 新归二句:意谓只是沉浸在归来团聚的快慰中,一家生计还未及考虑。生理,生计。

㊷ 蒙尘:指帝王失位在外,蒙受风尘。

㊸ 休练卒:停止训练军队。

㊹ 仰观二句:喻时局开始出现转机,叛军势焰豁然消散。坐觉,犹顿觉。妖氛,不祥的云气。喻叛军势焰。

㊺ 阴风六句:指至德二载九月,肃宗借兵回纥平乱。《旧唐书·回纥传》:"回纥遣其太子叶护,领其将帝德等兵马四千余众,助国讨逆。肃宗宴赐甚厚,又命元帅广平王见叶护,约为兄弟,接之颇有恩义。叶护大喜,谓王为兄。"阴风,喻回纥兵所挟杀伐之气。助顺,谓归顺而助

力。驰突，奔驰冲锋。五千人，概举其整数，实四千人。一万匹，回纥古俗，一卒二马，故五千兵驱万匹马。

㊻ 此辈四句：意谓回纥兵少壮精干，勇敢果决，战斗力强，为四方所服。少为贵，回纥习俗以少壮为贵。鹰腾，如鹰飞腾。箭疾，比箭迅疾。俱形容战士骁勇迅猛。

㊼ 圣心二句：意谓肃宗对回纥援兵颇寄厚望，而朝臣迫于形势亦不敢坚持异议。虚伫，虚心期待。时议，当时朝中舆论，不宜向回纥借兵，恐其为害。气欲夺，指议论勇气受到挫伤。

㊽ 伊洛二句：意谓收复东、西两京毫不费力。伊洛，伊水与洛水，此指两水流域。指掌，喻事情容易办。不足，犹不难。

㊾ 官军四句：意谓官军可乘胜进兵，恢复青、徐中原之地，直捣贼巢。蓄锐，蓄养锐气。青徐，青州、徐州，泛指两京以东中原地区。旋瞻，转眼可见。略，攻略，夺取。恒碣，恒山与碣石山，皆幽燕之地，泛指安史叛军巢穴。

㊿ 昊天二句：意谓秋天霜露积聚，有肃杀之气。喻局势与自然气候一致，扫荡叛军时机已到。昊天，此指秋天。肃杀，严酷萧瑟貌。

(51) 祸转四句：意谓厄运已经转向胡人，其灭亡被擒之日不会久长，唐王朝的命运得以延续。亡胡岁、擒胡月，同义重复，以增强气势。其，岂。皇纲，王朝政权、法度。

(52) 狼狈初：指玄宗仓皇奔蜀之时。

(53) 古先：祖先。指古代帝王。此句谓玄宗与古代帝王所遇之事尚有区别。

(54) 奸臣：指杨国忠等。菹醢（zūhǎi）：古代把人剁成肉酱的酷刑。亦泛指处死。

(55) 同恶：奸臣的同党。荡析：消灭，去除。

(56) 不闻二句：意谓夏桀宠幸妹喜，殷纣宠幸妲己，终招致亡国之祸。妹妲，一作“褒妲”。褒姒，为周幽王所宠，亦导致亡国。仇兆鳌注：“从夏殷为是，下有周汉也。妹喜、妲己，桀、纣所嬖，旧作‘褒妲’，疑误。”一说“不闻夏殷衰，中自诛褒妲”，上不言“周幽王”，下不言“妹喜”，而实含三代，乃杜诗互文之妙，亦通。此言玄宗宠幸杨贵妃，情形与三代相似。

然在马嵬兵变危急关头，能当机立断，缢杀贵妃，保住政权，即上文“事与古先别”之意。

(57) 宣光：指周宣王与东汉光武帝。为中兴之主，以喻肃宗。明哲：明察事理。

(58) 桓桓二句：指马嵬兵变，陈玄礼诛杨国忠事。天宝十五载（756）六月，玄宗奔蜀，以陈玄礼为龙武大将军领禁军扈从。《新唐书·玄宗纪》：“丁酉，次马嵬，左龙武大将军陈玄礼杀杨国忠及御史大夫魏方进、太常卿杨暄。赐贵妃杨氏死。”又《新唐书·后妃传》：“及西幸至马嵬，陈玄礼等以天下计诛国忠，已死，军不解。帝遣力士问故，曰：‘祸本尚在！’帝不得已，与妃诀，引而去，缢路祠下，裹尸以紫茵，瘗道侧，年三十八。”桓桓，勇武貌。仗钺，手持黄钺（装饰黄金的长柄斧子）统帅军队。

(59) 微尔句：意谓没有你（指陈玄礼），人民就将沦为异族。微，无，没有。

(60) 大同殿：在长安皇城东南兴庆宫内勤政务本楼北。玄宗常听政于此。

(61) 白兽闼：即白兽门。在禁苑南、宫城东北。睿宗景云元年（710），玄宗为临淄王时发动宫廷政变，即从此门与玄德门攻入宫城，杀韦后，平定内乱。《资治通鉴》卷二百九《唐纪二十五·睿宗上》：“（李隆基）使福顺将左万骑攻玄德门，仙凫将右万骑攻白兽门，约会于凌烟阁前。”胡三省注：“白兽门，即白兽闼，即杜甫《北征》诗所谓‘寂寞白兽闼’者是也，与玄德门皆通内诸门之数。”

(62) 翠华：天子仪仗中以翠羽为饰的旗帜或车盖。代指御车或帝王。

(63) 佳气：吉祥、兴旺之气。金阙：天子所居宫阙。

(64) 园陵二句：意谓收复京都后，可以祭扫先帝园陵，以尽礼数。园陵，帝王墓地。数，礼数。

(65) 煌煌二句：指重建太宗宏伟业绩。煌煌，明亮辉耀貌。宏达，宏伟盛大。

【评析】

长篇巨制，书写一代兴衰之事，极尽史传笔力，构为诗家绝唱。孟棨《本事诗·高逸第三》曰：“杜逢禄山之难，流离陇蜀，毕陈于诗，推见至隐,殆无遗事,故当时号为'诗史'。""诗史"之名即出于此。诗分五章。第一章二十句,铺写"北征"背景,发纾"忧虞"情愫。前四交代省家时间,点明题面;后十六咏述不忍辞朝之忧,一忧未尽言官职守,二忧时世运转维艰,心在君国,故欲去犹恋,俯仰徘徊。其间"东胡反未已,臣甫愤所切",总伏一篇主意。第二章三十六句,历叙凤翔至鄜州途中观感,情随境迁。首伤凤翔阡陌萧条冷落,残兵载道,战迹遍野。次畏山险水阻,猛兽当前。末痛战场"寒月""白骨",王师溃散,畿民涂炭。而在如此辛苦愁绝之中,竟闲笔点染,悦见山中宁和景象;又遥望鄜時,只四句便绘出山水行旅图画,生动入微。张上若云:"凡作极要紧、极忙文字,偏向极不要紧、极闲处传神,乃'夕阳反照'之法,惟老杜能之。如篇中'青云''幽事'一段,他人于正事、实事尚铺写不了,何暇及此?此仙凡之别也。"(《杜诗镜铨》卷四引)第三章三十六句,敷写归家悲喜之状,备陈琐细,传出一片骨肉至情。经年再见儿女室家,"娇儿"形貌之变,妻女衣着百结,极贫窶困苦之悲;而"瘦妻"精心妆扮,"痴女"学样涂抹,儿女争相挽须问事,得生还团聚之喜。然破涕之喜,生计之悲,重心犹在国事之忧,因以"翻思"四句收束本章而启下。第四章二十八句,转回国事,展望时局之变,陈议匡复之策。当时急务,正为收复两京,开涤中原,直捣贼巢,故于朝廷借用外兵一事,下语颇加审慎,既褒赞其骁勇迅猛,又深怀引狼拒虎之虑。"圣心颇虚伫,时议气欲夺"句,即颂中含讽,委婉致意。第五章二十句,追忆旧主马嵬明断,寄望新主勃尔中兴。"忆昨狼狈初,事与古先别",其回护玄宗之意显然;而"不闻夏殷衰,中自诛妹妲",则以古例今,隐刺五十年太平天子,庶几近乎亡国之君。末尾誓言继轨贞观盛业,笔势先沉后扬,聚万钧之力,戛然曲终。通篇运思,一章提示纲领,二章带笔途中,三章叙述本事,四章、五章分说本意,布局规整而严密。施补华云:"《奉先咏怀》及《北征》是两篇有韵古文,从文姬《悲愤》诗扩而大之者也。后人无此才气,无此学问,无此境遇,无此襟抱,断断不能作。然细绎其中,阳开阴合,波澜顿挫,殊足增长笔力。百回读之,随有所得。"(《岘佣说诗》第四十四则)可谓知言。

曲江二首

其一

一片花飞减却春,风飘万点正愁人①。且看欲尽花经眼②,莫厌伤多酒入唇。江上小堂巢翡翠③,苑边高冢卧麒麟④。细推物理须行乐⑤,何用浮名绊此身⑥。

其二

朝回日日典春衣⑦,每日江头尽醉归。酒债寻常行处有⑧,人生七十古来稀。穿花蛱蝶深深见⑨,点水蜻蜓款款飞⑩。传语风光共流转,暂时相赏莫相违⑪。

【题解】

至德二载(757)九月末,西京收复。十月,杜甫自鄜州返凤翔,扈从肃宗还京。乾元元年(758)暮春,在长安游曲江作此,时任左拾遗。自疏救房琯触怒肃宗,便不遂其志,夏六月即贬华州司功参军。

【注释】

① 一片二句:据卢元昌《杜诗阐》卷六,"一片花飞,断不自一片止,必风飘万点而后已。有识者当一片花飞,早知春已减却,况风飘万点,能不愁人?此物理之可推者"。减却,消减。愁人,使人愁。

② 且看句:《杜甫全集校注》卷四引纪容舒曰,"从一片花飞至万点,且至欲尽,无不历历经眼,所以满腔是愁"。经眼,过目。

③ 小堂:小楼。翡翠:水鸟名。嘴长而直,羽毛有蓝、绿、赤诸色。栖息于水岸边,以鱼虾为食。《楚辞·招魂》:"翡翠珠被,烂齐光些。"王逸注:"雄曰翡,雌曰翠。"洪兴祖补注:"翡,赤羽雀;翠,青羽雀。"

④ 高冢:高大陵墓。麒麟:传说中的瑞兽。形似鹿,头上有角,身披鳞甲,尾似牛尾。此指陵墓前倒卧的石刻兽物。

⑤ 物理:事物之道理、规律。

⑥ 浮名:虚名。此指官爵名号。

⑦ 朝(cháo)回:指罢朝退归。典:抵押,典当。

⑧ 寻常:一说指古代长度单位。八尺为寻,倍寻为常,以对下句"七十"。此喻其长或多。一说寻常即平常义,谓平时往来处皆有赊欠的酒债。二说皆通。

⑨ 蛱蝶:蝴蝶。见:同"现"。

⑩ 款款:徐缓貌。

⑪ 传语二句:意谓春光易逝,故寄语冀其暂留,可供我一时之赏。传语,犹寄语。风光,此指春光。流转,运行变化。共流转,指共同行止,即不使春光先行离去之意。相违,彼此背离。

【评析】

王嗣奭曰:"余初不满此诗,国方多事,身为谏官,岂行乐之时？后读其'沉醉聊自遣,放歌破愁绝'二语,自状最真,而恍然悟此二诗,乃以赋而兼比兴,以忧愤而托之行乐者也。"王说是。二诗脉络一贯,其郁郁不得志,正借耽湎醉乡与春景以达意。诗中体物言情,穷极工巧,而又韵味悠远。其一前四吟咏落花,"一片""万点"及至"欲尽",情景次第相触,化生无限愁境;后四感慨兴衰,故作"细推"旷达语,实乃伤怀已极。其二前四承上而来,每日行乐尽欢,只为生年苦短,其忧愤言外可见;后四先写春景,"蛱蝶""蜻蜓"一联,深得物理,而春光如此美好,当须珍惜,故寄语留春之意浑然自现。王嗣奭又云:"吃紧在'暂时'二字,与前章'欲尽花'相照,知所云'行乐',亦无可奈何之词,非实语也。"(《杜臆》卷二)

九日蓝田崔氏庄

老去悲秋强自宽①,兴来今日尽君欢②。羞将短发还吹帽,笑倩旁人为正冠③。蓝水远从千涧落④,玉山高并两峰寒⑤。明年此会知谁健,醉把茱萸仔细看⑥。

【题解】

乾元元年(758)秋,杜甫在华州(治今陕西省渭南市华州区)司功参军任上,往蓝田县访王维,未遇,会维内兄崔季重。九月九日,作此诗。崔氏庄,即崔季重别业,又称东山草堂,与王维辋川庄东西相望。季重尝任濮阳守,罢职后隐居蓝田。

【注释】

① 强(qiǎng)自宽:勉强自我宽慰。

② 兴来句:意谓今日乘兴与君尽情欢乐。

③ 羞将二句:意谓人老头发疏短,羞于被风吹落帽子,只得笑请旁人帮忙戴紧。翻用东晋孟嘉"吹帽"事。《晋书·孟嘉传》:"(嘉)后为征西桓温参军,温甚重之。九月九日,温燕龙山,寮佐毕集。时佐吏并著戎服,有风至,吹嘉帽堕落,嘉不之觉。温使左右勿言,欲观其举止。嘉良久如厕,温令取还之,命孙盛作文嘲嘉,著嘉坐处。嘉还见,即答之,其文甚美,四坐嗟叹。"后以"吹帽"为重九登高雅集之典。亦以"孟嘉落帽"喻名士风流。倩(qìng),请求。正冠,整理冠帽。

④ 蓝水:即蓝谷水。一名清河。清《陕西通志》卷九《山川二·蓝田县》:"蓝谷水,在县东南三十里。蓝谷水发源秦岭,北迳蓝关、蓝桥,过王顺山下,西北流入灞水。杜诗'蓝水远从千涧落',即此。"

⑤ 玉山:即蓝田山。一名覆车山。《陕西通志》卷九《山川二·蓝田县》:"蓝田山,在县东南三十里,一名玉山。蓝田县,山出美玉。蓝田山形如覆车,又名覆车山。县西北四十里有骊山,即此山之北阜。按后魏《风土记》云:'山巅方二里,仙圣游集之所。'霸水源出此。又西有华胥氏陵、尊卢氏陵,次北有女娲氏谷,则知此地是三皇旧居。"两峰:旧注指秦山、华山,非是。仇注引朱鹤龄说,谓华山东北有云台山,两峰峥嵘,四面绝壁,恐亦未的。或谓玉山自有两峰。浦起龙《读杜心解》卷四之一曰:"两峰不必指实。"

⑥ 茱萸:香木名。参见第40页王维《九月九日忆山东兄弟》注释①。看:此处读如平声。

【评析】

　　首联便不同凡响,以"老去"对"兴来","强自宽"对"尽君欢",顿折而起,曲尽变化。三四再一翻,巧用"吹帽"事,同为"参军",孟嘉落帽得名士风流,老杜则以不落掩其颓唐,欢笑之下全是自嘲与伤感。前四句一气,申足"老去悲秋强自宽"句意。五六写景,高远清寒,正映照节令与心境,撑住全篇。结联仍与首句相应,"仔细看"三字,茹气吞悲,引出无穷意味,至深至远。刘禹锡曰:"'茱萸'二字,经二诗人用,亦有能否。杜甫言'醉把茱萸子细看',王右丞'遍插茱萸少一人',最优也。"(王谠《唐语林》卷二《文学》引)唐人诗中用此物者数不在少,然比之二人所感所托,确有未及。

赠卫八处士

　　人生不相见,动如参与商①。今夕复何夕②,共此灯烛光。少壮能几时,鬓发各已苍③。访旧半为鬼,惊呼热中肠。焉知二十载,重上君子堂。昔别君未婚,男女忽成行④。怡然敬父执⑤,问我来何方。问答未及已,驱儿罗酒浆⑥。夜雨剪春韭,新炊间黄粱⑦。主称会面难,一举累十觞⑧。十觞亦不醉,感子故意长⑨。明日隔山岳⑩,世事两茫茫⑪。

【题解】

　　此诗当作于乾元二年(759)春。上年冬末因事赴东都洛阳,此时返华州,途中遇卫八处士。卫八,未详何许人。师曰:"按《唐史拾遗》,公与李白、高適、卫宾相友善,时宾年最少,号小友。"(《集千家注杜工部诗集》卷一引)诗中有"昔别君未婚"句,卫八即卫宾耶? 黄鹤曰:"又唐有隐逸卫大经,居蒲州。卫八亦称处士,或其族子。蒲至华止百四十里,或是公在华州时至其家。"(《补注杜诗》卷一)二说均无确据。处(chǔ)士,居家不仕者,后亦泛指未做过官的士人。

【注释】

　　① 动:常常,往往。参(shēn)与商:参星和商星。参星在西,商星在

东,此出彼没,永不相见。

②今夕句:意谓今夜又是何夜。多表示赞叹、惊喜。《诗·唐风·绸缪》:"今夕何夕,见此良人。"郑玄笺:"今夕何夕者,言此夕何月之夕乎。"孔颖达疏:"美其时之善,思得其时也。"

③苍:灰白。

④成行(háng):排成行列。言其众多。

⑤怡然:喜悦貌,安适貌。父执:父亲的朋友。《礼记·曲礼上》:"见父之执,不谓之进不敢进,不谓之退不敢退,不问不敢对,此孝子之行也。"郑玄注:"敬父同志如事父。"孔颖达疏:"见父之执,谓执友与父同志者也。"

⑥驱儿:差遣儿女。罗:陈设。

⑦间(jiàn)黄粱:掺和黄粟的米饭,俗称"二米饭"。《楚辞·招魂》:"稻粢穱麦,挐黄粱些。"王逸注:"挐,糅也。言饭则以粳稻糅稷,择新麦糅以黄粱,和而柔嫩,且香滑也。"

⑧累(lěi):接连,连续。

⑨故意:旧友的情意。

⑩山岳:此指西岳华山。

⑪世事句:谓时局动荡,别后两地相隔,恐再会无期。世事,时事。茫茫,渺茫,模糊不清。

【评析】

叙旧友重逢,如道家常,写得事真情切,浅近而有味。"访旧半为鬼,惊呼热中肠"二语,为一篇之骨,其沧桑之感,惊悸之状,非饱经乱离者不能言。而一首一尾,遥相呼应,慨叹人生聚少散多,别易会难,无常而渺茫情境,读来真欲下泪。

新安吏

客行新安道①,喧呼闻点兵②。借问新安吏:"县小更无丁③?""府帖昨夜下,次选中男行④。""中男绝短小,何以守王城⑤?"肥男有母送,瘦男独伶俜⑥。白水暮东流,青山犹哭声⑦。"莫自使眼枯,收汝泪纵横。眼枯即见骨,天地终无情。我军取相州⑧,日夕望其平。岂意贼难料,归军星散营⑨。就粮近故垒,练卒依旧京⑩。掘壕不到水,牧马役亦轻。况乃王师顺⑪,抚养甚分明⑫。送行勿泣血,仆射如父兄⑬。"

【题解】

题下原注:"收京后作。虽收两京,贼犹充斥。"仇兆鳌按:"此下六诗,多言相州师溃事,乃乾元二年自东都回华州时,经历道途,有感而作。"相州师溃,指乾元二年(759)三月,郭子仪、李光弼、王思礼等九节度所率六十万军,围攻安庆绪部于邺(即相州治所,今河南省安阳市),与史思明援军交战时遇狂风惊散,全线溃败。诸节度各还本镇,郭子仪退保河阳(今河南省焦作市孟州市南),留守东都,并大举抽丁以补充兵力。杜甫自洛阳返华州任所,途中目睹纷乱惨象而作此组诗,世称"三吏三别"。新安县(今属河南省洛阳市),隋置,唐隶都畿道河南府,在洛阳西七十里。

【注释】

① 客:杜甫自称。

② 喧呼:喧闹呼叫。点兵:征调壮丁。

③ 县小句:意谓小县再无壮丁可征了吧。此为客问词。

④ 府帖二句:此为吏答词。府帖,即军帖,军中文告。唐初实行府兵制,故称军帖为府帖,后世因之。中男,未成年男子。据《旧唐书·食货志上》,唐初定制:男女始生为黄,四岁为小,十六为中,二十一为丁,六十为老。至天宝三载又降优制,以十八为中男,二十二为丁。《杜甫全集校注》卷五引汪灏曰:"开元时,且有'十五北防河''里正与裹头'者,况两京沦没,'儿童尽东征'之后乎?细读全诗,知中男为十二岁、十三岁之孺子无疑。《旧唐书·明皇纪》天宝三载,天下百姓十八已上为中男,二十三已上成丁。每泥是说,遂不憯此诗之惨。试思,十八已上可谓之'绝短小'乎?明皇黩武,制虽颁,而奉行果力乎?读杜者,考证成书,何如公所目击自言为更确?"

⑤ 中男二句：此为客感叹语。王城，指周之洛邑。即东都洛阳。

⑥ 伶俜(língpīng)：孤单貌。

⑦ 白水二句：渲染行者远去、送者悲泣的气氛。

⑧ 相州：唐相州隶河北道。取相州，指郭子仪等围攻安庆绪于邺，历四月不下。乾元二年二月，史思明军来援，抄略唐营，断其粮草，唐军乏食，人心涣散。三月，两军城下决战。《资治通鉴》卷二百二十一《唐纪三十七·肃宗下之上》："未及布陈，大风忽起，吹沙拔木，天地昼晦，咫尺不相辨。两军大惊，官军溃而南，贼溃而北，弃甲仗辎重委积于路。子仪以朔方军断河阳桥保东京。战马万匹，惟存三千；甲仗十万，遗弃殆尽。东京士民惊骇，散奔山谷。"

⑨ 归军句：谓官军溃败后，诸节度散归本营。星散，四散。

⑩ 就粮二句：意谓征人此去给养供应方便，靠近旧都而不用上前线。就粮，取得给养。故垒，旧营垒。练卒，操练兵卒。旧京，指东都。

⑪ 况乃：况且，何况。王师顺：指官军师出有名，顺应天下。

⑫ 抚养：此指对部下的爱抚与体恤。

⑬ 仆射(yè)：指郭子仪。华州郑县（今陕西省渭南市华州区）人。以武举累官至天德军使兼九原太守。安禄山叛乱时，任朔方节度使，出河北击败史思明，潼关失守后退兵朔方，拥立肃宗。肃宗即位，任兵部尚书、同中书门下平章事，寻进封司空、关内河东副元帅，主持平叛事宜。至德二载(757)五月，以兵败清渠降左仆射，仍兼同平章事。后率军收复长安、洛阳，乾元元年(758)迁中书令。二年春，相州兵败，为东都留守，失去兵权。代宗时，平定河中兵变有功，进封汾阳郡王。德宗即位，尊为"尚父"。仆射，秦官，汉因之，位仅次尚书令。唐置左右仆射，为尚书省长官。尚书省长官本应为尚书令，因太宗即位前曾任此职，故不再复置，以左右仆射为实际长官。左仆射统吏、户、礼三部；右仆射统兵、刑、工三部。唐初，仆射地位尊崇，师长百僚，加同中书门下平章事等名，即为宰相。开元以后，则有单为仆射不兼宰相者。以后渐成虚职，为节度、观察等使的加官，以示品秩高下。

【评析】

首二句作一层，由新安道上"闻点兵"总起，挈领全篇。中十句为第二层,叙亲历之事,直刺过度抽丁。客吏问答,用意深密,"更无丁""绝短小"等语,怆然惊心;"肥男""瘦男"、有送无送,刻画细致而又凄婉。"白水暮东流,青山犹哭声",伤别之地,山水同悲,托出真景实情,括结层意而渡下。第三层十六句,劝慰出征及送行人。"眼枯即见骨,天地终无情"句,痛极而怨,暗藏锋芒。王嗣奭曰:"不言朝廷言'天地',讳之也。"(《杜臆》卷三)转而又回护相州之败,下"就粮""练卒"、劳役非重、师出有名、抚恤士卒数语,委曲表达安慰之意。此中尤可见其内心矛盾,国难当平,而民情不能漠视,故苦口忠言,以美刺为劝勉,亦不失君子仁仁之体。张𬘩曰:"凡公此等诗,不专是刺。盖兵者凶器,圣人不得已而用之。故可已而不已者,则刺之;不得已而用者,则慰之哀之。若《兵车行》、前后《出塞》之类,皆刺也,此可已而不已者也。若《新安吏》之类则慰也,《石壕吏》之类则哀也,此不得已而用者也。然天子有道,守在四夷,则所以慰哀之者,是亦刺也。"(《杜工部诗通》卷七)此说颇允,谓政治清明,天下安宁,自不必慰之哀之,其"所以慰哀之者",非刺政乱世衰而何?

潼关吏

　　士卒何草草①,筑城潼关道。大城铁不如,小城万丈余②。借问潼关吏:"修关还备胡?"要我下马行③,为我指山隅:"连云列战格④,飞鸟不能逾。胡来但自守,岂复忧西都⑤!丈人视要处⑥,窄狭容单车。艰难奋长戟,万古用一夫⑦。""哀哉桃林战⑧,百万化为鱼⑨。请嘱防关将,慎勿学哥舒⑩。"

【题解】

　　仇兆鳌注:"此因相州大败,故修潼关以备寇。"三年前,哥舒翰领兵守潼关,为贼所破,长安遂陷。此次郭子仪等败于相州,东西两都形势再度紧张,于是加筑潼关工事,以防不测。潼关为两京之间要冲,杜甫由洛阳西赴华州,必经此地。

【注释】

① 草草:忧劳貌。《诗·小雅·巷伯》:"骄人好好,劳人草草。"毛传:"好好,喜也;草草,劳心也。"

② 大城二句:意谓城防坚固高严。两句互文见义。

③ 要(yāo):邀请。

④ 连云:与天空云彩相连接。形容高远、众多。战格:战栅。战时所用防御栅栏。

⑤ 胡来二句:意谓胡兵来犯只要坚守,何须再担忧长安的安危。但自,犹只要。岂,用反问语气表示不须、不用。西都,长安。

⑥ 丈人:古代对老人的尊称。此指关吏称呼杜甫。要处:险要、要害之处。

⑦ 艰难二句:用西晋张载《剑阁铭》"一人荷戟,万夫趑趄"意。艰难,指战事紧要关头。万古,自古以来。

⑧ 桃林:即桃林塞。潼关以东、函谷关以西地区。为周武王放牛处。《书·武成》:"偃武修文,归马于华山之阳,放牛于桃林之野,示天下弗服。"孔传:"山南曰阳,桃林在华山东,皆非长养牛马之地,欲使自生自死,示天下不复乘用。"天宝十五载(756)六月,哥舒翰为杨国忠所迫,领兵出关,在桃林中叛军伏击,唐军自相排挤溃散,溺死黄河无数。参见第196页《北征》注释㉕。

⑨ 百万:唐军当时号称百万,实二十万。化为鱼:指溺于黄河而死。

⑩ 哥舒:即哥舒翰。突厥族突骑施哥舒部人。从军河西,为节度使王忠嗣牙将,勇而有谋,屡破吐蕃兵。天宝六载(747),代王忠嗣为陇右节度使。八载,攻克吐蕃石堡城。后兼河西节度使,封西平郡王。未久,因疾居长安家中。安禄山反,起为兵马副元帅,统军二十万守潼关,兵败,为部将执送安禄山而降,因于洛阳。至德二载(757),唐军收复两京,安庆绪撤退时将其杀害。

【评析】

相州新败,潼关防务骤然紧张。诗写修关备战之事,引前车之覆以为后车之戒。浦起龙曰:"起四句,虚笼筑城之完固。中十二句,详述问答之语,神情声口俱活,盖借其言以鼓舞其所事也。末四句,乃作者戒词,所谓'殷鉴不远',并以坚后日守者之志也,意重在警督筑者。"(《读杜心解》卷一之二)"三吏"虽皆用问答体式,然此篇写问答则见缓急。吏不着急答问,间以"要我下马行,为我指山隅",是"缓";而吏答词甫毕,作者便立刻接以告戒,是"急"。一缓一急,既活其"神情声口",亦增其文势顿挫之妙。

石壕吏

暮投石壕村,有吏夜捉人。老翁逾墙走,老妇出看门①。吏呼一何怒②,妇啼一何苦!听妇前致词:"三男邺城戍③。一男附书至④,二男新战死。存者且偷生⑤,死者长已矣⑥。室中更无人,惟有乳下孙⑦。有孙母未去,出入无完裙。老妪力虽衰,请从吏夜归。急应河阳役⑧,犹得备晨炊。"夜久语声绝,如闻泣幽咽⑨。天明登前途,独与老翁别。

【题解】

石壕,村名,在唐陕州硖石县(今河南省三门峡市陕州区硖石乡)东。今三门峡市陕州区观音堂镇西有石壕村,处南北两山间,村旁尚存崤函古道遗迹。杜甫西赴华州,必先经石壕村,再过潼关,故此篇应系于《潼关吏》之前。

【注释】

① 看(kān)门:一作"门看"。照应门户。指守候和应接叩门的人。
② 一何:多么。表示程度很深,多用于感叹句。
③ 邺城戍:指郭子仪等九节度兵围攻安庆绪于邺。邺城,即唐相州治安阳旧称(今河南省安阳市)。
④ 附书至:捎信回来。
⑤ 偷生:苟且求活。
⑥ 已矣:完了,逝去。
⑦ 乳下孙:指婴儿。尚在哺乳的小孙子。

⑧ 河阳役:指相州兵败后,诸节度四散,郭子仪率部退至河阳(今河南省焦作市孟州市南),断河桥以保东都洛阳。

⑨ 幽咽(yè):谓声音低沉、滞涩。常形容哭泣声或流水声。此指儿媳在室内饮泣。

【评析】

此篇叙事,用笔质朴,情意深至,有古乐府之风。"吏呼一何怒,妇啼一何苦"二语,形神毕具,比照鲜明。中十四句为老妇诉词,道尽征役之苦楚,字字堪嗟。《杜甫全集校注》卷五引汪灏曰:"此一家也,有老翁、老妇,有三男,有媳,有孙,虽贫亦乐也。乃一遭兵乱,三男出戍,二男阵亡,孙方乳,媳无完裙,妇今又夜往,老翁何以为心乎?举一家而万室可知,举一村而他村可知,举陕县而他县可知,举河阳一役而他役可知,勿只作一时一家叙事读过。"其深广意义自不待言。末四句完足情节,"独与老翁别"一语,回应篇首,牵动无限凄伤。全诗重在纪实,与《新安吏》不同,不着一句议论,亦不见一字回护,惟有满腔悲悯、一时针砭,皆寓于客观叙述之中。仇兆鳌云:"惨酷至此,民不聊生极矣。当时唐祚亦岌岌乎哉!"(《杜诗详注》卷七)

新婚别

兔丝附蓬麻①,引蔓故不长。嫁女与征夫,不如弃路傍。结发为妻子②,席不暖君床。暮婚晨告别,无乃太匆忙③。君行虽不远,守边赴河阳。妾身未分明,何以拜姑嫜④?父母养我时,日夜令我藏⑤。生女有所归,鸡狗亦得将⑥。君今生死地⑦,沉痛迫中肠。誓欲随君去,形势反苍黄⑧。勿为新婚念,努力事戎行⑨。妇人在军中,兵气恐不扬⑩。自嗟贫家女,久致罗襦裳⑪。罗襦不复施⑫,对君洗红妆。仰视百鸟飞,大小必双翔。人事多错迕⑬,与君永相望。

【题解】

诗中有"守边赴河阳"句,当是乾元二年(759)三月相州败后,郭子仪退守河阳时作。古代有新婚周年内不役之政:"三年之丧,与新有昏者,期不使。"(《礼记·礼运》)此诗即刺新婚使役。

【注释】

① 兔丝:亦作"菟丝"。草本植物。蔓生,茎细柔如丝,缠绕寄生于其他植物上。有淡红色花,子可入药,俗称"菟丝子"。《古诗十九首》其八:"与君为新婚,兔丝附女萝。"蓬麻:蓬和麻。皆为低矮植物。菟丝依附其上,必然引蔓不长,以喻"嫁女与征夫"。

② 结发:指成婚。古礼,成婚之夕,男左女右共髻束发,故称。一说指始成人。《文选·苏武〈诗四首〉》:"结发为夫妻,恩爱两不疑。"李善注:"结发,始成人也。谓男年二十,女年十五时,取笄冠为义也。"妻子:一作"君妻"。

③ 无乃:相当于"岂不是""恐怕是"。

④ 妾身二句:意谓婚礼尚未完成,新媳妇还没有名分拜见公婆。妾身,旧时女子谦称自己。姑嫜,丈夫的父亲和母亲。《集千家注杜工部诗集》卷五引蔡梦弼曰:"妇人嫁三日,告庙上坟,始谓之成婚。婚礼既明白,然后称姑嫜,正名也。今嫁未成婚而别,故曰'妾身未分明,何以拜姑嫜'。"

⑤ 藏:指深居闺中。

⑥ 生女二句:意谓女子嫁人,无论丈夫怎样,便有了依靠。即"嫁鸡随鸡,嫁狗随狗"。北宋陆佃《埤雅·释草·葛》:"(妇人)外成于夫,荣悴随焉,所以一心乎君子。语曰:'嫁鸡与之飞,嫁狗与之走。'此之谓也。"归,女子出嫁。得将,犹相将,谓偕同一起(生活)。旧注多以"鸡狗"为女子陪嫁之物。仇兆鳌注:"嫁时将鸡狗以往,欲为室家久长计也。"

⑦ 生死地:一作"往死地"。生死之地。指前线交战之地,事关生死。仇注据《杜臆》:"'君今生死地',妙有余思;或作'往死地',语便直致。"

⑧ 誓欲二句:意谓本想随夫君同去,但情急之下又心生慌乱,主意

不定。形势，此指情况，情形。苍黄，慌张，匆忙。
⑨ 戎行(háng)：指军旅之事。此句谓努力军事，能有所成就。
⑩ 妇人二句：意谓妇人在军中会影响士气。《汉书·李陵传》："陵曰：'吾士气少衰而鼓不起者，何也？军中岂有女子乎？'始军出时，关东群盗妻子徙边者，随军为卒妻妇，大匿车中。陵搜得，皆剑斩之。明日复战，斩首三千余级。"兵气，犹士气，军队的斗志。
⑪ 自嗟二句：意谓出身贫家，置办嫁衣很不容易。久致，花费许久工夫才备办好。罗襦(rú)，绸制短衣。裳，下衣。钱玄《三礼名物通释·衣服·衣裳》："古时衣与裳有分者，有连者。男子之礼服，衣与裳分；燕居得服衣裳连者，谓之深衣。妇人之礼服及燕居之服，衣裳均连。"
⑫ 不复施：不再穿。
⑬ 错迕(wǔ)：违逆，不如意。

【评析】

暮婚晨别，古来征役之惨苦，莫甚于此。通篇怨悱哀恋，全从新妇口中道出，已不同于"三吏"设为问答，是为"独白体"。诗以比兴发端，正本于《国风》、乐府之遗法。当中诉说衷肠，由哀怨初婚短暂，到悲痛失却依靠，再到鼓舞征人斗志，情绪层层转换，愈转愈深。其间屡用"君"字，语调真切而哀戚，如仇兆鳌所云："频频呼'君'，几于一声一泪。"(《杜诗详注》卷七)末四句，复以比作结：见百鸟双翔，伤人不如鸟；然又强忍酸楚，申明坚贞不渝之志。本篇着意描摹新妇心理变化，其内心之挣扎，亦是作者忧国忧民思想矛盾的具体反映。

垂老别

四郊未宁静，垂老不得安①。子孙阵亡尽，焉用身独完②？投杖出门去，同行为辛酸③。幸有牙齿存，所悲骨髓干④。男儿既介胄⑤，长揖别上官⑥。老妻卧路啼，岁暮衣裳单。孰知是死别，且复伤其寒。此去必不归，还闻劝加餐⑦。土门壁甚坚，杏园度亦难。势异邺城下，纵死时犹宽⑧。人生有离合，岂择衰老端？

忆昔少壮日,迟回竟长叹⑨。万国尽征戍⑩,烽火被冈峦。积尸草木腥,流血川原丹⑪。何乡为乐土？安敢尚盘桓⑫！弃绝蓬室居⑬,塌然摧肺肝。

【题解】

此诗刺老者行役,谓不安其居,盖非仁政也。关于此诗作年,古今注家存有二说:一说作于乾元二年(759)春三月,即邺城溃败之后不久。如仇兆鳌以为,六诗乃相州败后自东都返华州时,经历道途有感而作。今《杜甫全集校注》卷五亦主此说。但此说不易解通诗中"岁暮衣裳单"句。萧涤非曰:"窃臆,诗人或为顾全诗之完整性与增强诗之感染力,特易'春暮'为'岁暮',作必要之变通耳。"此解恐怕难以服人。一说作于乾元三年即上元元年(760)冬。黄鹤曰:"乾元三年,安庆绪为史思明所杀,而思明自河南分为四道会于汴,自是东京与郑、滑等州相继陷没,而防守愈急。此当是其年冬晚作。"(《补注杜诗》卷三)而据唐史,史思明杀安庆绪,在乾元二年三月邺城围解之后。四月,史自立为大燕应天皇帝,改元顺天,以范阳为燕京。八月,分兵四路入寇河南诸州,会于汴,连克滑、郑。此时,李光弼取代郭子仪为朔方节度使、天下兵马副元帅,令东都官民西迁入潼关,率两万唐军退保河阳三城。九月,洛阳再度陷没。十月至次年四月,史思明多次进攻河阳,均为李光弼击退,唐军亦相继收复怀、郑、滑诸州。至冬,主战场已移至江淮地。故诗作于上元元年冬之说,则与史未合。若以诗作于乾元二年冬,正李光弼与史思明激战于河阳时,虽与"岁暮"相合,然是年七月,杜甫已弃官离华州,携家远赴秦州,此说亦有未的。按,"三吏"实写闻见,"三别"虚拟独白,若以"岁暮"为虚设情景,仅为表现夫妻间相互怜爱之情,或有可通之理与？如此,六诗当为同时而作。究竟如何,姑待识者断之。

【注释】

① 四郊二句:意谓京都外围争战不息,连累我垂老之人不得安宁。四郊,指都城四周地区。《礼记·曲礼上》:"四郊多垒,此卿大夫之辱也。"孔颖达疏:"四郊者,王城四面并有郊,近郊五十里,远郊百里。诸侯亦各有四面之郊,里数随地广狭,故云四郊也。垒,军壁也。言卿大

夫尊高,任当军帅,若有威德,则无敢见侵;若尸禄素餐,则寇戎充斥,数战郊坰,故多军垒。罪各有所归,故为卿大夫之耻辱也。"此二句有暗讽统治者无能之意。

② 子孙二句:此谓子孙都已阵亡,我亦不可能在战乱中独自保全。独完,独得保全。

③ 同行(xíng):一同出行。此指同时服役的人。

④ 幸有二句:意谓虽然牙齿完好无缺,但体质衰老已非常虚弱。

⑤ 男儿:犹男子汉,大丈夫。介胄:铠甲与头盔。此指穿戴作战的甲盔。

⑥ 长揖:拱手高举,自上而下行礼。古制,介胄在身,长揖不拜。上官:指地方掌管兵役的官吏。

⑦ 孰知四句:意谓我俩都明白此去就是永别,可我心怜她寒冷,她则劝我努力加餐。孰知,清楚知道。加餐,谓多进饮食,保重身体。

⑧ 土门四句:宽慰老妻语。意谓此次征戍,土门壁垒非常坚固,敌军从杏园渡河也很困难;形势已与邺城溃败时不同,此去纵然一死还为时尚早。土门,一说在河阳附近,一说即恒州获鹿县(今河北省石家庄市鹿泉区)西南井陉口。杏园,黄河古渡,在卫州汲县(今河南省新乡市卫辉市)东南。郭子仪尝领军自此渡河击安庆绪。土门、杏园,当时皆为官军所据守。

⑨ 人生四句:意谓人生总有聚散离合,哪会因年老而能免;想起少壮时一起度过的太平日子,不由徘徊而长叹。端,此指年龄的一头。迟回,徘徊。

⑩ 万国:犹天下。

⑪ 川原丹:染红了河流与原野。

⑫ 何乡二句:意谓到处战火纷飞,哪里还有什么乐土值得留恋不舍。盘桓,逗留不进貌。

⑬ 弃绝二句:形容离开家时内心的崩溃与伤痛。蓬室,穷苦人家的草屋。塌然,哀痛、失意貌。

【评析】

首段十句,叹垂老而行役。子孙阵亡,同行辛酸,语皆凄惨至极。

"男儿既介胄,长揖别上官",苦痛中强作无畏豪言,尤可悲涕。中段十四句,叙夫妇离别深情。明知是永诀,犹顾怜彼此饥寒。转而又宽慰老妻,"纵死时犹宽""人生有离合"语,曲尽老翁心事,痛有余情。末段八句,伤离乱而自奋。烽烟四起,积尸流血,天下已无乐土可以盘桓,真不如奋命一搏。然欲行偏难行,弃家别妻,委实不堪如此深悲巨痛。此与《新婚别》写法相似,以老翁心理变化为踪,"忽而永诀,忽而相慰,忽而自奋"(浦起龙《读杜心解》卷一之二),蜿蜒回折,沉雄激宕,成功塑造出"悲壮男儿"形象。

无家别

　　寂寞天宝后,园庐但蒿藜①。我里百余家②,世乱各东西。存者无消息,死者为尘泥。贱子因阵败③,归来寻旧蹊④。久行见空巷,日瘦气惨凄⑤。但对狐与狸,竖毛怒我啼。四邻何所有?一二老寡妻。宿鸟恋本枝,安辞且穷栖⑥?方春独荷锄,日暮还灌畦⑦。县吏知我至,召令习鼓鞞⑧。虽从本州役,内顾无所携。近行止一身,远去终转迷。家乡既荡尽,远近理亦齐⑨。永痛长病母,五年委沟溪。生我不得力,终身两酸嘶⑩。人生无家别,何以为蒸黎⑪?

【题解】

　　黄鹤曰:"梁权道编在至德二载。而诗云:'永痛长病母,五年委沟壑。'殆谓天宝十四载乙未,禄山反时调役,至乾元二年己亥为五年。又曰'贱子因阵败',正指九节度之师溃相州而言。"(《补注杜诗》卷三)诗刺抽丁之苦,不恤穷独。

【注释】

　　① 寂寞二句:意谓天宝末遭逢战乱,田园荒芜,一片萧条冷寂。天宝十四载(755)十一月,安禄山反,次年七月肃宗即位,改元至德。园庐,田园与庐舍。蒿藜,泛指杂草。

② 里：古代地方行政组织。自周始，后代因之，其制不一。从二十五家为一里，到一百十家为一里不等。《旧唐书·食货志上》："百户为里，五里为乡；四家为邻，五家为保。"《杜甫全集校注》卷五引汪灏曰："因一人之无家，牵出百人无家。"

③ 贱子：戍卒自称。阵败：指乾元二年（759）春三月，九节度兵败相州。

④ 旧蹊：旧路。此言道路为蒿藜所掩，归来不复辨识，故曰"寻"。

⑤ 日瘦：形容日光暗淡微弱。仇兆鳌注："日瘦，谓日色无光，气象惨凄。"

⑥ 宿鸟二句：意谓人恋故土，犹鸟恋本枝，虽贫穷亦不辞。宿鸟，归林的鸟。穷栖，穷苦地栖息。指艰难地生活下去。

⑦ 灌畦（qí）：浇灌菜地。畦，长条田块。

⑧ 召令句：言再度被征入伍。鼓鞞（pí），同"鼓鼙"。古代军中所用大鼓、小鼓。

⑨ 虽从六句：意谓虽在本州服役，离家较近，但家中一无所有，近亦无益；不过孑然一身还是近行为好，远去终将迷失他乡，不知葬身何处；然而家乡早已荡覆而尽，近行远去其实没有什么区别。六句每两句一转，极写从役时心情。内顾，回头看。无所携，指家中无人迎送，也没东西可以携带。

⑩ 永痛四句：指安史乱起，戍卒从征，丢下久病老母，五年后战败归来，母亲已经亡故；未能亲手殓葬，成为母子两人终身遗恨。委沟溪，谓死后无人收葬。《孟子·梁惠王下》："凶年饥岁，君之民，老弱转乎沟壑。"此化用其语。酸嘶，哀痛而失声。

⑪ 何以句：意谓叫人如何做百姓。蒸黎，黎民百姓。

【评析】

战败归来，成孑然一身，再度被征，已无家可别，因以自诉其苦怀。首段十四句，总写回乡所见。前六追叙无家根由，家园荒芜，蒿藜丛生，里邻四散，存殁无踪，概观乱世"寂寞"全貌。间以"贱子"二句渡过，其"归来寻旧蹊"中"寻"字，下得凄迷神伤。后六则勾勒村巷"寂寞"近景，空巷无人，忽对出没野兽，日影惨淡，照映一二寡老，摹写刻画直达极致。中段仅四句,托兴于宿鸟恋枝。既归故土,虽穷独无家,亦不能不治理生业。末段十四句,写无家又别。"县吏"二句,提起再征。接下"虽从"六句,就"近行""远去"三翻其意,层层转折,然而终是无家,远近又有何不同?勉为豁达以自宽。刘辰翁评曰:"写至此,亦无复余恨,此其所以泣鬼神也。"(《唐诗品汇》卷七引)再下"永痛"四句,悲亲亡不见,最为痛彻心骨,故以末二句点题作结。浦起龙曰:"'何以为蒸黎',可作六篇总结。反其言以相质,直可云:'何以为民上?'"(《读杜心解》卷一之二)意谓逼得百姓无法做人,凭何凌驾万民之上!此论词锋犀利,然亦揭出杜诗讥刺之深刻,真千古绝调。刘克庄有云:"《新安吏》《潼关吏》《石壕吏》《新婚别》《垂老别》《无家别》诸篇,其述男女怨旷、室家离别、父子夫妇不相保之意,与《东山》《采薇》《出车》《杕杜》数诗,相为表里。唐自中叶以徭役调发为常,至于亡国。肃、代而后,非复贞观、开元之唐矣。新旧《唐史》不载者,略见杜诗。"(《后村诗话》卷九)

佳人

绝代有佳人①,幽居在空谷②。自云良家子③,零落依草木④。关中昔丧乱,兄弟遭杀戮⑤。官高何足论⑥,不得收骨肉。世情恶衰歇,万事随转烛⑦。夫婿轻薄儿,新人美如玉。合昏尚知时,鸳鸯不独宿⑧。但见新人笑,那闻旧人哭。在山泉水清,出山泉水浊⑨。侍婢卖珠回,牵萝补茅屋⑩。摘花不插发,采柏动盈掬⑪。天寒翠袖薄,日暮倚修竹⑫。

【题解】

乾元二年(759)七月,杜甫辞华州司功参军,移家秦州(治今甘肃省天水市秦州区)。此诗即抵秦州后作,写战乱中弃妇的痛苦遭遇。仇兆鳌注:"天宝乱后,当是实有是人,故形容曲尽其情。旧谓托弃妇以比逐臣,伤新进猖狂,老成凋谢而作,恐悬空撰意,不能淋漓恺至如此。"黄生曰:"偶然有此人,有此事,适切放臣之感,故作此诗,全是托事起兴,故

题但云'佳人'而已。后人无其事而拟作,与有其事而题,必明道其事,皆不足与言古乐府者也。"(《杜工部诗说》卷一)

【注释】

① 绝代:冠绝当代。谓举世无双。西汉李延年歌:"北方有佳人,绝世而独立。"(《汉书·外戚列传上》)此句即化用其意。

② 幽居:深居。空谷:空旷幽深的山谷。

③ 良家子:指显贵人家子女。古分良贱,汉时称医、巫、商贾、百工以外的人家为"良家"。《史记·李将军列传》:"广以良家子从军击胡。"司马贞索隐:"按如淳云:'非医巫商贾百工也。'"

④ 零落:飘零,流落。依草木:应"幽居在空谷"句。

⑤ 关中二句:指安禄山叛军攻陷长安,荼毒关中。

⑥ 官高:指遇害的兄弟都曾官居高位。

⑦ 世情二句:意谓世态人情,反复无常。指因母家衰败,遭受夫家厌弃。恶(wù),厌恶。衰歇,犹衰落。转烛,风摇烛火,喻世事变化莫测。

⑧ 合昏二句:以花木、禽鸟守信专情反衬夫婿喜新厌旧。合昏,即合欢树。《本草纲目·木二·合欢》引(陈)藏器曰:"其叶至暮即合,故云'合昏'。"又引(苏)恭曰:"此树叶似皂荚及槐,极细;五月花发,红白色,上有丝茸,秋实作荚,子极薄细,所在山谷有之。今东西京第宅山池间,亦有种者,名曰'合昏'。"鸳鸯,水鸟,旧传偶居不离,称为"匹鸟"。《诗·小雅·鸳鸯》:"鸳鸯于飞,毕之罗之。"毛传:"鸳鸯,匹鸟。"西晋崔豹《古今注·鸟兽第四》:"鸳鸯,水鸟,凫类也;雌雄未尝相离,人得其一,则思而至死,故曰'匹鸟'。"

⑨ 在山二句:语本《诗·小雅·四月》"相彼泉水,载清载浊"。此寓"佳人"自守节操,幽居空谷,不与世情同流合污。旧注解"清""浊"二字颇为纷纭,仇兆鳌注:"此谓'守贞'清,而'改节'浊也。或以新人、旧人为清浊,或以前华、后憔为清浊,或以在家、弃外为清浊,皆未当。"仇说是。

⑩ 侍婢二句:意谓自甘清苦。《杜甫全集校注》卷五引蔡梦弼曰:"(上句)卖珠所以供朝夕也。(下句)牵萝所以御风雨也。"牵萝,指牵引

藤萝。

⑪ 摘花二句：意谓不事妆饰，崇尚高洁。采柏，柏岁寒不凋，故采之以见情操。动，往往，常常。盈掬，犹满把。两手相合捧物谓"掬"。

⑫ 天寒二句：写出寂寞哀怨而又柔韧坚贞的女子形象。

【评析】

起二句化用古歌辞，点题总摄。中写佳人"自云"，历叙家道中落，世情浇薄，可悲可叹；"夫婿"以下六句，设喻起兴，以"新人"对照"旧人"，正反相承"合昏""鸳鸯"之义，托怨至深。末颂佳人贞正高洁之性，"在山"而下复用比兴，"牵萝""采柏"，活画出自甘清苦、不改其节形象；终以景语作收，其孤伤幽怨之情，坚韧特立之意，尽在言外，正与起句山谷响应。今人评曰："杜甫此诗，无论其为赋，为比兴，皆深得《国风》、古诗、乐府之流风余韵，不惟体格风神宛然相似，而意境之高华绝俗，又非寻常咏闺中思妇之诗所可企及。"(《杜甫全集校注》卷五)取《邶风·谷风》《陌上桑》《青青河畔草》《美女篇》诸作与之对读，方知其言不诬。

梦李白二首

其一

死别已吞声，生别常恻恻①。江南瘴疠地②，逐客无消息③。故人入我梦，明我长相忆④。恐非平生魂，路远不可测⑤。魂来枫林青，魂返关塞黑⑥。君今在罗网，何以有羽翼⑦？落月满屋梁，犹疑照颜色⑧。水深波浪阔，无使蛟龙得⑨。

其二

浮云终日行，游子久不至⑩。三夜频梦君，情亲见君意。告归常局促，苦道来不易。江湖多风波，舟楫恐失坠。出门搔白首，若负平生志⑪。冠盖满京华，斯人独憔悴⑫。孰云网恢恢？

将老身反累⑬。千秋万岁名，寂寞身后事⑭。

【题解】

此诗作于乾元二年(759)秋。至德元载(756)冬，李白入永王璘幕府，明年二月璘败被杀，白坐累入浔阳狱，后以附逆罪长流夜郎。乾元二年三月，白行至巫山，遇赦得还，东游于洞庭、江夏等地。杜甫时在秦州，虽知老友获罪长流，未闻其已赦还，又听传言白中途堕水而死，故积思成梦，作此二首。

【注释】

① 死别二句：意谓死别只是一时之痛，生别则不免常常悲哀。已，止。吞声，无声悲泣貌。恻恻，悲痛貌。《杜甫全集校注》卷五引吴见思曰："反起。死别则亦已矣，生别不能忘情，故心常恻恻也。"

② 瘴疠：瘴气。指南方与西南各地山林中可致病的湿热蒸郁之气。李白囚禁地浔阳、长流地夜郎，均在江南。而夜郎更是未化之地，唐属黔中道。参见第113页李白《闻王昌龄左迁龙标遥有此寄》注释③。

③ 逐客：被贬谪远地的人。此指李白。

④ 故人二句：意谓故人入梦，是因为知道我常常想念他。明，知晓，懂得。

⑤ 恐非二句：怀疑李白已遭不测，入梦的不是他的魂。古人认为梦中所见是人的灵魂。

⑥ 魂来二句：意谓李白之魂往返两地，遥远而艰难。枫林，代指江南。关塞，代指秦州。秦陇一带多关塞，故云。

⑦ 君今二句：再疑李白身罹祸患，如罗网中的鸟雀，如何能飞来飞去。仇兆鳌注本依黄生将此二句调至"恐非"句前、"长相忆"句下，曰："'君今'二句，旧在'关塞黑'之下，今从黄生本移在此处，于两段语气方顺。"(《杜诗详注》卷七)高步瀛则曰："'长相忆'下倒接'恐非平生魂'二句，疑真疑幻之情，千古如生，再以魂来魂返写其迷离之状，然后入'君今'二句，缠绵切至，恻恻动人。若依黄本、仇本移'君今'二句于'长相忆'下，神气索然尽矣。"(《唐宋诗举要》卷一)高说是。

⑧ 落月二句：写梦醒时的恍惚情景。颜色，指梦中李白的面容。

⑨ 水深二句：叮嘱告诫李白，政治环境险恶，须多加小心。蛟龙，深居水中可以兴风作浪的动物，以喻凶险的势力。

⑩ 浮云二句：化用《古诗十九首》其一"浮云蔽白日，游子不顾反"，以及李白《送友人》"浮云游子意"句意，谓只见浮云终日来去而不见游子归返。游子，当指李白。白放逐在外，二人已久不相见。

⑪ 告归六句：叙梦中相见情景。李白总是仓促告别不肯久留，却又再三说路途有险阻，远来不易。临别还手搔白发，像是感慨年华已衰而壮志未伸。告归，告辞。局促，匆促，短促。苦道，犹再三说道。舟楫，船桨。此处暗含传闻李白堕水而亡意。搔白首，以手搔白头发。

⑫ 冠盖二句：意谓京城显贵云集，唯独此人困厄失意。冠盖，达官贵人的冠服与车乘，此代指达官贵人。斯人，此人，指李白。憔悴，困顿貌。

⑬ 孰云二句：网恢恢，指天网宽阔广大貌。语本《老子》七十三章："天网恢恢，疏而不失。"原意指天道公平，犹如大网，虽稀疏却无漏失。比喻天道无所不在而又宽容，只有作恶者才逃不出上天的惩罚。此处以反诘语气，谓李白将老而遭受如此祸患，谁说天道是公平的？

⑭ 千秋二句：意谓李白的声名将会不朽，不过那是身后的事情。感伤李白生前的坎坷不平。

【评析】

此二首用记梦怀念故人，俱按梦前、梦中与梦后布局。第一篇写初梦李白，以其死生未明而深表关切。起四总叙致梦之由，以"死别"反托"生别"，有长痛不如短痛之意，是痛极语，全诗关键犹在"生别"。"故人"二句倒置，因别离而长忆，因长忆而入梦，过渡至梦境。"恐非"六语，言梦中所见，却疑真似幻，以幻为真，真幻恍然莫可分辨，恰是一片挚诚。末四写觉后，音容宛在，以叮嘱告诫回应篇首，无非"吞声""恻恻"而不能忘情。第二篇写"三夜频梦君"，情亲而语苦。首四总起，借李白"浮云游子意"而怀想其人，可谓心心相印。"告归"六句述梦，魂来仓皇沉重之状，备极生动，正反映平日为友所抱不平之气，所担忧心之事。末六承"若负平生志"而论议，悲叹好友命运坎坷："满""独"二字，便括尽天道之不公；结语又将不朽声名托于身后，含意深而痛惜尤深，真堪一哭。二诗脉络间多有关联,如浦起龙云:"始于梦前之凄恻,卒于梦后之感慨,此以两篇为起讫也。'入梦',明我忆;'频梦',见君意。前写梦境迷离,后写梦语亲切,此以两篇为层次也。"(《读杜心解》卷一之二)参互同异,可见其发明处,不细绎便不知杜诗结构之精妙然。

秦州杂诗

莽莽万重山①,孤城石谷间②。无风云出塞,不夜月临关③。属国归何晚④,楼兰斩未还⑤。烟尘一长望,衰飒正摧颜⑥。

【题解】

此诗为二十首其七。仇兆鳌注:"乾元二年秋至秦州后作。"又云:"(二十首)以入秦起,以去秦终,中皆言客秦景事。"《杜甫全集校注》卷六引汪灏曰:"久客秦州,触绪成咏,非一时之作也。事不相蒙,题不相类,前后皆在秦州所得,遂统而名之曰《秦州杂诗》。"第七首,咏秦州关塞景物,感时伤乱。秦州处陇山之西,隶陇右道,为边防要地。时吐蕃势兴,威胁陇右,形势严峻。

【注释】

① 莽莽:无边无际貌。

② 孤城:此指秦州治所上邽(今甘肃省天水市)。石谷:一作"山谷"。

③ 无风二句:谓地面无风,云在高空飘然出塞;尚未入夜,弦月已照临边关。

④ 属国:即"典属国"的省称。古官名。参见第10页王维《陇头吟》注释⑥。此用汉苏武出使匈奴被扣终于归国事,指出使吐蕃的唐使一去不还。

⑤ 楼兰:古西域国名。参见第90页李白《塞下曲》注释④。此反用汉傅介子斩楼兰王事,喻唐势衰弱不能平定边乱。

⑥ 衰飒:指环境衰落萧索。摧颜:摧折容颜。谓因远望而愁容满

面,心忧时局与国势。

【评析】

时局动荡,关辅饥馑,以及对政治极度失望,乃杜甫弃官西走秦州外内之因。自此,老杜便客寓他乡,未再见返两京。《秦州杂诗》正作于此际,其总体情感表达愈益孤愤悲郁,多样化诗风亦从雄浑劲健中,别开"苍茫瘦劲"一路。本篇描绘关塞衰飒景象,抒发国势不振忧虑,即在苍茫间蕴含凄怆,深沉里透出鲠峭。"苍茫瘦劲"说为今人马茂元所创,《唐诗选》云,如将"无风云出塞,不夜月临关",与《杂诗》他首中句子集中起来观察,"就会看到这苍茫瘦劲的山山水水后,隐藏着诗人的孤愤形象。可以说,《秦州杂诗》是老杜五律由雄劲向瘦劲转化的一个标志。其在艺术上多表现为锤词坚凝,音调峭拔,形象孤高,气象萧索"。此诗情景果如其说。

月夜忆舍弟

戍鼓断人行①,边秋一雁声②。露从今夜白,月是故乡明③。有弟皆分散,无家问死生④。寄书长不达,况乃未休兵⑤。

【题解】

乾元二年(759)秋作于秦州。诗中有"露从今夜白"句,当作于白露节之夜。舍(shè)弟,家弟。舍,谦称自家辈分低或同辈年纪小的亲属。

【注释】

① 戍鼓:边防戍楼夜来所击之禁鼓。
② 边秋:边塞的秋天。
③ 露从二句:谓白露时节,心念故乡。白露,二十四节气之一。秋季的第三个节气。《礼记·月令》:"(孟秋之月)凉风至,白露降,寒蝉鸣,鹰乃祭鸟,用始行戮。"孔颖达曰:"谓之白露者,阴气渐重,露浓色白。"(见"孟春之月"疏)

④ 有弟二句：杜甫有颖、观、丰、占四弟，时前三弟皆分散在河南道诸州。《杜甫全集校注》卷六引顾宸曰："同在一家，则谁生谁死，尚可从家而问；今既无家，并死生亦无问处。"

⑤ 寄书二句：承上句"无家"，故寄书常常不到，更何况当时战乱不息。是年八月，史思明分兵四路入寇河南诸州，九月再陷东都洛阳。参见第215页《垂老别》题解。

【评析】

前四以景托兴，"戍鼓"警拔，"一雁"空落，白露、明月凄清冷寂，虽未着一字忆弟，而字字皆含恋乡深情。后四忆弟伤乱，以"无家"为关纽，应上句月明而思念故乡，又因故乡无家而感怀兄弟分散、生死未卜，最后归总于"未休兵"。起结呼应，中间转接晓畅。而"露从今夜白，月是故乡明"两句，通达如家常语，将"今夜露白""故乡月明"词序稍作倒换，便多无穷韵致，其炼句之工如此。

天末怀李白

凉风起天末，君子意如何①？鸿雁几时到？江湖秋水多②。文章憎命达，魑魅喜人过③。应共冤魂语，投诗赠汨罗④。

【题解】

此诗与《梦李白二首》同时作。天末，犹天边，极边远之地。此指秦州。

【注释】

① 君子：此指李白。《杜甫全集校注》卷六引顾宸曰："公在秦州，正当秋景，故因凉风起而怀之。'君子意如何'，遥忆之至，不知其近况若何也。"

② 鸿雁二句：希望书信能早日寄达李白处，但忧江湖水多路遥恐怕会延误。鸿雁，《汉书·苏武传》中载有大雁传书之事，后因以代指书信

或信使。

③ 文章二句：意谓文章似与命运相敌，文才出众者总是穷困失意；奸邪小人如山泽间鬼怪，最喜陷害君子。此处暗喻李白流放夜郎，伤其命运多舛。命达，命运显达。魑魅(chīmèi)，山泽之鬼怪，伺人经过而害之。常喻指奸邪小人。

④ 应共二句：西汉贾谊谪迁长沙，渡湘水时，作赋以吊屈原(见《史记·屈原贾生列传》)。此以比李白，意谓流夜郎途经洞庭时，当作诗投赠于汨罗江，与屈原的冤魂共语。冤魂，指屈原。屈原自沉于汨罗江，为冤死之魂。汨(Mì)罗，水名，属洞庭湖水系。发源于今湖南省岳阳市平江县东南，西北流入洞庭湖。

【评析】

感秋怀人，悲悯之情积满于中。一托"鸿雁"传书，惟恐江湖风波延误，是悲友人远流而不易申慰。一言"憎命达"与"喜人过"，均属正意反说，是悲文士命运多舛，君子常见害于奸小。此又深入一层，实起千古之悲。故结语投诗赠屈原，以太白与之同冤，引悲情而至阔远。

送远

带甲满天地，胡为君远行①？亲朋尽一哭②，鞍马去孤城③。草木岁月晚，关河霜雪清④。别离已昨日，因见古人情⑤。

【题解】

乾元二年(759)冬十月离秦州赴同谷(今甘肃省陇南市成县)时作。揣摩诗意，似是与友人别后作诗追忆之。一说为自赠诗，浦起龙《读杜心解》卷三之二："不言所送，盖自送也，知公已发秦州。"

【注释】

① 带甲二句：意谓为何要在兵荒马乱中离别远行。带甲，披甲的将士。满天地，犹遍天下。胡为，何为，为什么。

② 尽一哭:皆同声而哭。
③ 鞍马:此指骑马。
④ 关河:泛指关山河川。
⑤ 别离二句:意谓昨日离别情景依然在目,可见惜别之情古往今来都是相通的。南朝梁江淹《杂体诗三十首·古离别》:"送君如昨日,檐前露已团。"《杜甫全集校注》卷六引洪仲曰:"人生别离,从古不免。古人所以当此有最不堪为情者,今日因送君而益见也。"

【评析】

黄生曰:"别离在平时犹可,最是乱世会面难期,感伤自增一倍。起十字已写得万难分手,接联更作一幅《关河送别图》,觉班马悲鸣,风云变色,使人设身其地,亦自黯然销魂。非以全副性情入诗,安能感人若是哉?"(《杜工部诗说》卷四)然诗写别离,通首不明言己情,前半只说"亲朋尽一哭",末后又说"因见古人情",是皆侧笔从对面衬出,却把己情愈说愈透,愈带愈深。上一首《天末怀李白》用反笔悲其友,此篇则以侧笔写别情,细玩,可有得于杜诗抒情之深浅层次。

剑门

惟天有设险,剑门天下壮①。连山抱西南,石角皆北向②。两崖崇墉倚,刻画城郭状③。一夫怒临关,百万未可傍④。珠玉走中原,岷峨气凄怆⑤。三皇五帝前,鸡犬各相放⑥。后王尚柔远,职贡道已丧⑦。至今英雄人,高视见霸王⑧。并吞与割据⑨,极力不相让。吾将罪真宰,意欲铲叠嶂⑩。恐此复偶然,临风默惆怅⑪。

【题解】

乾元二年(759)十一月,杜甫至同谷,生活困顿,为一生中最为艰难时期,有《乾元中寓居同谷县作歌七首》,记其穷老流离之感颇深。十二月一日,又携眷入蜀,作纪行诗十二首,此为其中之一。剑门,指剑门县与剑门关。唐武则天圣历二年(699)，于大剑山下置县设关，在今四川省广元市剑阁县城关下寺镇。大、小剑山峰峦连绵，两壁山崖高耸如剑，下有隘路似门，故因以名县、关。剑门关形势险要，惟阁道可通，有"一夫当关，万夫莫开"之称，自古为戍守之要冲。参见第68页李白《蜀道难》注释⑰。

【注释】

① 惟天二句：意谓剑门乃天下最坚固壮观的天设之险。西晋张载《剑阁铭》："惟蜀之门，作固作镇。是曰剑阁，壁立万仞。"

② 连山二句：意谓剑门山势连绵，环抱西南，而山峰巨石，其棱角皆朝向北方。指剑门地形有利于拥兵据守，是下文忧怀的起因。

③ 两崖二句：写两旁山崖如高墙并立，仿佛人工构造的城郭形状。崇墉，高墙。城郭，指内城与外城的城墙。

④ 一夫二句：化用张载《剑阁铭》"一人荷戟，万夫趑趄"句意。傍，靠近。

⑤ 珠玉二句：意谓蜀地财宝皆由此输入中原，蜀地百姓因纳贡搜括而致困乏。岷峨，岷山与峨眉山的并称。代指蜀地。气凄怆，比喻民心悲伤。

⑥ 三皇二句：意谓上古时代天下安宁，鸡犬等家畜常放养于外，也不会丢失。三皇，传说中上古三位帝王。汉唐注释家所指不一，谓伏羲、神农、黄帝，或女娲、燧人、祝融。五帝，传说中上古五位帝王。亦说法不一，或指黄帝、颛顼、帝喾、唐尧、虞舜，或指太昊、炎帝、黄帝、少昊、颛顼，或指少昊、颛顼、高辛、唐尧、虞舜，或指伏羲、神农、唐尧、虞舜。

⑦ 后王二句：意谓后世帝王对蜀地实行安抚怀柔政策，设置职官征赋纳贡，使蜀地丧失了上古淳朴之道。后王，泛指后代各朝君主。柔远，安抚边远地区人民。职贡，藩属或外国对于朝廷按时进献的贡纳。《周礼·夏官·职方氏》："制其职，各以其所能；制其贡，各以其所有。"

⑧ 至今二句：承上言，于是就有英雄人物割据蜀地而称霸。英雄人，指东汉公孙述、三国刘备等据蜀称王者。高视，傲视。形容称王称霸的野心。霸王，割据一方者为霸，并吞天下者为王。

⑨ 并吞:兼并侵吞。割据:分割占据一方领土,建立政权。

⑩ 吾将二句:意谓我要向造物主问罪,铲平这致乱的重峦叠嶂,使野心家们无险可凭。真宰,造物主,宇宙的主宰。

⑪ 恐此二句:意谓想到凭险割据之事恐怕还会时有发生,不禁临风惆怅而无言。

【评析】

起八句写初入剑门,惊心于剑门形势之"险""壮",详尽刻画,引出恃险为乱之虑。中十句据以发抒议论:先从当前苛敛诛求而入,喻蜀民之伤痛;接下以上古与后世相比,深论"柔远""职贡"之失,故有"英雄人"凭险割据,句句述史而又句句警时。吴瞻泰云:"'走中原','走'字妙,困于诛求,不言可知。岷峨,蜀山也。山无情尚凄怆,蜀中之民其何如哉?二句蕴蓄无限。'三皇五帝'四句,一开一阖,以跌醒割据一层,尤见波折。"(《杜诗提要》卷三)末四句愤然出奇,直欲"罪真宰""铲叠嶂",遥应篇首天险之壮;继又怅然作收,"英雄割据"之虑,"岷峨凄怆"之伤,无不深含其中。

卜居

浣花溪水水西头①,主人为卜林塘幽②。已知出郭少尘事③,更有澄江销客愁④。无数蜻蜓齐上下,一双𪁧鹅对沉浮⑤。东行万里堪乘兴,须向山阴入小舟⑥。

【题解】

乾元二年(759)岁暮,杜甫抵成都。上元元年(760)初,在西郊浣花溪结草庐以居,作此诗。卜居,谓择地而居。

【注释】

① 浣(huàn)花溪:在成都西郭外(今成都市青羊区)。今清水河经成都城西段称浣花溪,入城南段则称南河,在合江亭处与府河相汇。锦

江即府南河统称,其南流至眉山市彭山区,入岷江。

②主人:指当地友人。旧注指剑南节度使裴冕,非。仇兆鳌注引顾宸曰:"黄鹤、鲍钦止皆云:剑南节度使裴冕为公卜成都草堂以居之。此说无据。裴若为公结庐,则诗题当特标裴冀公,而诗中亦不当以'主人卜林塘'一句轻叙矣。"仇以为是"公自谓",又云:"此从浣花溪叙入,即可称花溪主人。后《归成都》诗云'锦里逢迎有主人',亦可称锦里主人矣。"按,此说亦误。杜甫携家奔波入蜀,人地生疏,得人之助较合情理。故"主人"虽非裴冕,亦必有所指,恐是地主为宜。卜:选择。

③出郭:城外。尘事:凡俗之事。

④更有句:意谓又有清澈溪水,可以消散客子之愁。澄江,指浣花溪。

⑤鸂鶒(xīchì):水鸟名。形似鸳鸯,又称紫鸳鸯。

⑥东行二句:意谓可沿溪流乘兴而下,东行万里到吴越山阴。暗用东晋王徽之雪夜访戴之典。《世说新语·任诞》:"王子猷居山阴,夜大雪,眠觉,开室命酌酒,四望皎然。因起仿偟,咏左思《招隐诗》,忽忆戴安道。时戴在剡,即便夜乘小船就之。经宿方至,造门不前而返。人问其故,王曰:'吾本乘兴而行,兴尽而返,何必见戴!'"乘兴,趁一时高兴。山阴,今浙江省绍兴市。杜甫早年尝游历吴越,今卜居浣溪,故缘溪作东游之想。

【评析】

卜居浣花溪畔,暂去颠沛流离之苦,所作必有快畅语。首联点明安身之处,叠一"水"字,再推出"幽"字,并以之贯通全局。中二联写景,承上申说"林塘"幽闲情趣。《杜甫全集校注》卷七引颜廷榘曰:"出郭远俗,澄江消愁,虽云寄寓,亦有'衡门泌水'之意。蜻蜓上下,鸂鶒浮沉,物情之适如此,亦见林塘之幽处。"末联忽作东游之想,亦是衬托浣溪环境之美,以及幽居闲适之乐,故暗用王子猷"乘兴"故事,放言以畅其怀,即仇氏所谓"此快意语,非愁叹语"(《杜诗详注》卷九)是也。

蜀相

丞相祠堂何处寻①？锦官城外柏森森②。映阶碧草自春色，隔叶黄鹂空好音③。三顾频繁天下计④，两朝开济老臣心⑤。出师未捷身先死，长使英雄泪满襟⑥。

【题解】

上元元年(760)春，首访武侯祠而作。蜀相，指诸葛亮。东汉建安二十六年(221)，刘备称帝于成都，国号汉，史称"蜀"或"蜀汉"，建元章武。《三国志·蜀志·诸葛亮传》："先主于是即帝位，策亮为丞相。"

【注释】

① 丞相祠堂：即孔明庙，亦称武侯祠。在今四川省成都市武侯区内。《太平寰宇记》卷七十二《剑南西道一·益州》："诸葛武侯祠，在先帝庙西，府城西有故宅。"《方舆胜览》卷五十一《成都府路·成都府》："武侯庙，在府西北二里，今为乘烟观。孔明《表》云：'薄田十顷，桑八百株。'即此地。孔明初亡，百姓遇节朔，各私祭于道上。李雄称王，始为庙于少城内。桓温平蜀，夷少城，独存孔明庙，后封武兴王庙，至今祠祀不绝。"

② 锦官城：亦作"锦城""锦里"。在今成都市武侯区内，与武侯祠紧邻。古为成都少城。参见第68页李白《蜀道难》注释⑲。森森：树木繁密貌。传说武侯祠前有一大柏树，为诸葛亮手植，历千百年，枯而复生。

③ 映阶二句：意谓堂前碧草自为春色掩映台阶，树上黄鹂隔着枝叶徒然鸣唱。写祠宇荒寂之景，有感于碧草、黄鹂似乎不解怀吊。黄鹂，亦名"鸧鹒""黄莺"，身黄头黑嘴红，鸣声婉转动听。

④ 三顾：指先主刘备三顾茅庐问计于诸葛亮。《三国志·蜀志·诸葛亮传》："时先主屯新野。徐庶见先主，先主器之，谓先主曰：'诸葛孔明者，卧龙也。将军岂愿见之乎？'先主曰：'君与俱来。'庶曰：'此人可就见，不可屈致也。将军宜枉驾顾之。'由是先主遂诣亮，凡三往，乃见。"诸葛亮《前出师表》："先帝不以臣卑鄙，猥自枉屈，三顾臣于草庐之中，谘臣以当世之事。由是感激，遂许先帝以驱驰。"频繁：一作"频烦"。

⑤ 两朝：指先主刘备与后主刘禅。开济：开创大业并匡济危时。老臣：任职久而齿德俱尊之臣。

⑥ 出师二句：意谓诸葛亮大业未遂而病死军中，常使后世英雄为此而感慨痛惜。《前出师表》中有"北定中原""兴复汉室"等语，即亮未竟之志业。据《三国志·蜀志·诸葛亮传》，建兴十二年（234）春，亮出兵伐魏，出斜谷，据武功五丈原（在今陕西省宝鸡市岐山县南），与司马懿所率魏军相持百余日。其年八月，亮病死军中，年五十四。

【评析】

追慕之作，先入祠景。颔联下"自""空"二字，描摹碧草、黄鹂空自争春，便含无穷怅怀在于言外，使通篇光彩焕然。黄生云："曰'自春色'，曰'空好音'，确见入庙时低回想像之意，此诗中之性情也。"（《杜工部诗说》卷八）后半入事发议，以孔明其人，匡济艰危，鞠躬尽瘁，忠贞之节足为后世所仰。故结联叹惋其有志无成，语多悲慨，既慨古人，亦慨一己及世代同心之人，收束感怀在最深最广处。

狂夫

万里桥西一草堂①，百花潭水即沧浪②。风含翠筱娟娟净，雨裛红蕖冉冉香③。厚禄故人书断绝，恒饥稚子色凄凉④。欲填沟壑惟疏放⑤，自笑狂夫老更狂。

【题解】

诗当作于上元元年（760）夏，在成都草堂时。狂夫，杜甫自谓。仇兆鳌引卢注："此诗因草堂而兴感，诗成之后，用末句狂夫为题。"

【注释】

① 万里桥：成都七星桥之一。在南门外，横跨锦江（南河）。《元和郡县图志》卷三十一《剑南道上·成都府·成都县》："万里桥，架大江

水,在县南八里。蜀使费祎聘吴,诸葛亮祖之,祎叹曰:'万里之路始于此。'桥因以为名。"

② 百花句:意谓百花潭可作隐居之地。百花潭,在浣花溪中,草堂附近。沧浪(láng),古水名。汉水别流。亦称夏水。《书·夏书·禹贡》:"嶓冢导漾,东流为汉,又东为沧浪之水。"孔传:"别流在荆州。"后以"沧浪之水"喻世道之清浊,遇清则仕,遇浊则隐。《孟子·离娄上》:"有孺子歌曰:'沧浪之水清兮,可以濯我缨;沧浪之水浊兮,可以濯我足。'"

③ 风含二句:写草堂周边清雅夏景。翠筱(xiǎo),青翠细竹。娟娟,姿态柔美貌。裛(yì),通"浥"。沾湿。红蕖(qú),红荷花。冉冉,渐至貌。

④ 厚禄二句:意谓做高官的故交断了音信,失去接济,致全家时常挨饿,幼子面有饥色。厚禄故人,当指成都尹、剑南节度使裴冕。上元元年三月,裴冕离任回长安,故言"书断绝"。恒饥,常常挨饿。稚子,幼子。甫有二子名宗文、宗武。

⑤ 欲填句:意谓即便陷于困境仍要疏狂放达。沟壑,山沟。借指野死之处或困厄之境。仇兆鳌注:"向秀《思旧赋》:'嵇康志远而疏,吕安心旷而放。'公诗每用疏放,本此。"

【评析】

老杜遭逢乱世坎坷,常抒一腔忧愤,笔力浑成老健,为千古第一沉重人。然亦有置沉重于不顾,反自咏疏狂以见其胸次者,如此诗。草堂落成,本可自得自适,但以厚禄故人离去,稚子饥色凄凉,艰难之状依然。而身陷困境,沉痛已极,不如托之笑傲,毕竟目下翠筱在庭,红蕖在潭,妻子在堂,远非北征鄜州、避走秦地之昔时可比,排遣一番又何妨?狂者,诗家之本色,得时则发。《赠李白》诗云:"痛饮狂歌空度日,飞扬跋扈为谁雄?"《饮中八仙歌》又云:"宗之萧洒美少年,举觞白眼望青天。"虽写太白、宗之,亦公自况耳。诗之颔联,历来为人所赏。其佳处一在叠字,仇兆鳌引杨升庵曰:"诗中叠字最难下,唯少陵用之独工。"并搜列杜集七律中,有用之句首者如"娟娟戏蝶过闲幔,片片轻鸥下急湍"等,用之句尾如"信宿渔人还泛泛,清秋燕子故飞飞"等,用之上腰如"江天漠漠鸟双去,风雨时时龙一吟"等,用之下腰如"穿花蛱蝶深深见,点水蜻蜓款款飞"等,皆"声谐义恰,句句带仙灵之气,真不可及矣"(《杜诗详注》卷九)。二在互体,罗大经曰:"上句风中有雨,下句雨中有风,谓之互体。"(《鹤林玉露》卷七)谓风含翠筱,以雨润而明净娟娟,雨浥红蕖,缘风送而清香冉冉,此即意象两相映衬而入妙。

江村

清江一曲抱村流①,长夏江村事事幽②。自去自来梁上燕,相亲相近水中鸥。老妻画纸为棋局③,稚子敲针作钓钩。但有故人供禄米④,微躯此外更何求⑤?

【题解】

上元元年(760)夏作。草堂位于浣花溪畔,故曰江村。

【注释】

① 清江:即今清水河。其城西一段为浣花溪。

② 长夏:指夏日。因其白昼较长,故称。

③ 棋局:棋盘。即围棋棋盘。

④ 但有句:一作"多病所须惟药物"。《杜甫全集校注》卷七引朱瀚曰:"通首神脉,全在第七,犹云'万事俱备,只欠东风',与'厚禄故人书断绝'参看。若作'多病所须惟药物',意味顿减,声势亦欠稳顺。"但,只要。故人,仇注指裴冕。禄米,用作俸给的粟米。此句谓只要有"故人"供给口粮。然裴已于当年暮春离任,已不能指望,故此处实含依人而活的悲酸。

⑤ 微躯:谦词。犹贱体。

【评析】

起联"事事幽"三字,为一篇总纲。中四句即从景事、人事着墨,申足江村之"幽"。燕鸥自在亲近,妻子闲适逍遥,天然一幅忘机图画,读来清爽盈目。然结语却推开一步,吐露幽幽心事。"故人"不可指望,无所营求又谈何容易? 由此可知,诗中景事、人事,实为心事之反衬,是以萧散轻逸之笔,曲写内心深隐之悲酸。

野老

野老篱边江岸回,柴门不正逐江开①。渔人网集澄潭下②,估客船随返照来③。长路关心悲剑阁④,片云何事傍琴台⑤? 王师未报收东郡⑥,城阙秋生画角哀⑦。

【题解】

上元元年(760)初秋作。是年夏,李光弼、田神功等已相继击破史思明叛军,收复怀、郑、滑诸州,然东都诸郡尚在贼手,故诗云"王师未报收东郡"。野老,乡野老人。仇兆鳌注:"诗成后,拈首二字为题。"

【注释】

① 野老二句:因江岸曲折迂回,柴门随岸势而开,故曰"不正"。

② 渔人句:意谓渔夫聚集于潭中下网捕鱼。澄潭,指浣花溪中百花潭。

③ 估客:行商。返照:夕阳,夕照。

④ 长路句:意谓时常挂念故乡,然道路遥远,想起剑阁险阻就令人生悲。长路,远路。关心,牵挂,挂念。剑阁,大、小剑山间栈道。参见第68页李白《蜀道难》注释⑰。

⑤ 片云句:自伤飘泊蜀中。片云,喻孤客。何事,一作"何意"。琴台,在成都浣花溪北,相传为西汉司马相如弹琴之所。

⑥ 王师:天子军队,王朝军队。东郡:东都洛阳周边一带州郡。

⑦ 城阙:都城,京城。至德二载(757),升成都为南京,故得称城阙。画角:古代军乐器。传自西羌。形如竹筒,本细末大,以竹木或皮革制成,因表面有彩绘,故称。发声哀厉高亢,军中多用以警昏晓,振士气,肃军容。帝王出巡,亦用以报警戒严。

【评析】

前半临江望晚,渔网商船,澄潭夕照,皆落落入画;而篱边柴门,亦深含"野老"无聊惆怅。后半因景生情,见"估客"而作"长路""片云"之想,悲故乡遥远,伤独自飘零;然东郡未收,归乡无期,故不胜城阙画角之哀。情意由隐至显,气象则由明转黯,杜诗之开合法度,于是可窥豹一斑。

和裴迪登蜀州东亭送客逢早梅相忆见寄

东阁官梅动诗兴①,还如何逊在扬州②。此时对雪遥相忆,送客逢春可自由③。幸不折来伤岁暮,若为看去乱乡愁④?江边一树垂垂发,朝夕催人自白头⑤。

【题解】

上元元年(760)岁暮,裴迪作《登蜀州东亭送客逢早梅相忆》以寄杜甫,甫遂和以此诗。是年秋,杜甫尝往蜀州新津(今四川省成都市新津区)会裴迪,时王缙为蜀州刺史,甫有《和裴迪登新津寺寄王侍郎》诗。九月,高适任蜀州刺史,甫前往探视,秋冬之际返成都。裴迪,王维诗友。参见第17页王维《辋川闲居赠裴秀才迪》题解。迪上元元年入蜀,依王维弟缙为从事,遂与杜甫相唱和。唐蜀州治晋原(今成都市崇州市),隶剑南道。东亭,故址在今崇州文庙北。

【注释】

① 官梅:官府所种植的梅。

② 何逊:南朝梁诗人。字仲言,东海郯(今山东省临沂市郯城县北)人。八岁能诗,弱冠举秀才。历官奉朝请、尚书水部郎。天监六年(507),南平王萧伟为中权将军、扬州刺史,引逊为水部行参军事兼记室,荐之武帝。后出为安成王萧秀参军事、庐陵王萧续记室。后人因称"何水部""何记室"。其诗与阴铿齐名,善写景,工于炼字,为杜甫所推许。有《何水部集》。扬州,即建康(今江苏省南京市)。参见第107页李

白《江夏行》注释③。何逊在扬州时，尝作《咏早梅》（一作《扬州法曹梅花盛开》）诗，云："兔园标物序，惊时最是梅。衔霜当路发，映雪拟寒开。枝横却月观，花绕凌风台。朝洒长门泣，夕驻临邛杯。应知早飘落，故逐上春来。"宋张邦基《墨庄漫录》卷一："时南平王殿下为中权将军、扬州刺史，望高右戚，实曰贤主，拥篲分庭，爱客接士。东阁一开，竞收扬马；左席皆启，争趋邹枚。君（指何逊）以词艺早闻，故深亲礼，引为水部行参军事，仍掌文记室。"故杜诗"东阁官梅动诗兴，还如何逊在扬州"二句，是说裴迪在王缙幕府，因东亭逢早梅而引动诗兴，感时怀人，就像何逊在扬州为南平王东阁宾客，兴感于"惊时最是梅"一样。

③ 逢春：蜀中梅开在春节前后，故云。自由：自在自适，不受限制和拘束。

④ 幸不二句：意谓幸亏你不曾折梅相寄，来增添我岁暮伤感；见梅而触动乡愁，让我怎堪承受？若为（wéi），怎堪。裴迪原诗今已不传，想必其中有惜不能折梅相赠之语，故和诗如此答之。

⑤ 江边二句：意谓我草堂边也有一树梅在渐渐开放，正日夜不息催人老去。江边，指浣花溪草堂边。垂垂，渐渐。

【评析】

南朝宋陆凯有《赠范晔诗》云："折花逢驿使，寄与陇头人。江南无所有，聊赠一枝春。"诗叙怀人之思，以"春"代"梅"，折梅相赠，欣愿所至，别饶情趣。而老杜此诗则点化其意，后四句寓寒梅于苍然异境，倾写岁暮伤感与纷乱乡愁，以酬应裴诗送客逢梅，见梅忆友，不能"赠春"之叹。二人俱客蜀乡，一枝触目，便动飘零迟暮之悲，深情径从"幸不折来""朝夕催人"中转出，幽婉已极。

客至

舍南舍北皆春水①，但见群鸥日日来②。花径不曾缘客扫，蓬门今始为君开③。盘飧市远无兼味，樽酒家贫只旧醅④。肯与邻翁相对饮⑤，隔篱呼取尽余杯⑥。

【题解】

题下原注:"喜崔明府相过。"诗当作于上元二年(761)春,在浣花溪。崔明府,旧注或以为杜甫舅氏,或以为表兄弟,或以为新交之友,殊难坐实。明府,唐人专以称县令。

【注释】

① 舍南舍北:指草堂前后。

② 但见句:意谓幽居而忘机,鸥鸟不疑,日日飞来相伴。典出《列子·黄帝》。参见第33页王维《积雨辋川庄作》注释⑧。此亦含离群索居,无人来访之意。

③ 花径二句:为互文见义。黄生注:"花径不曾缘客扫,今始缘君扫;蓬门不曾为客开,今始为君开。上下两意,交互成对。"(《杜工部诗说》卷八)

④ 盘飧(sūn)二句:写市远家贫,待客酒菜简单朴素。盘飧,指盘中熟食。无兼味,谓只有一种菜肴。旧醅(pēi),陈酒。

⑤ 肯与句:探问客人是否肯与邻翁共饮。客人身份为"明府",邻翁是"野人",故须试探云。

⑥ 呼取:叫来,喊来。取,助词,犹得。余杯:剩下的酒。

【评析】

首联"春水"环绕,"群鸥"日来,衬起幽居无客。颔联流对承转,可知平日"花径"不扫,"蓬门"常闭,申述上意;今日径扫门开,足见客亲主喜,入题启下。颈联自歉待客,情分愈重,愈是不论酒馔,愈是随意话语。结联巧引邻翁作陪,不拘缛礼,正暗照起处鸥鸟不疑。黄生曰:"前半见空谷足音之喜,后半见贫家真率之趣。隔篱之邻翁,酒半可呼,是亦鸥鸟之类,而宾主两各忘机,亦可见矣。"(《杜工部诗说》卷八)

春夜喜雨

好雨知时节①,当春乃发生②。随风潜入夜,润物细无声③。

野径云俱黑④,江船火独明。晓看红湿处,花重锦官城⑤。

【题解】

上元二年(761)春作于成都。《杜甫全集校注》卷八引陈式曰:"此夜间开门看雨之作。"

【注释】

① 时节:节令,季节。

② 发生:此指使万物萌生。仇兆鳌注:"《庄子》'春气发而百草生'。"

③ 随风二句:意谓细雨在夜里随春风悄悄而来,滋润万物却毫无声息。

④ 野径:田野小路。

⑤ 晓看二句:设想雨后情景。意谓早晨看城里枝头红花,一定都挂满雨珠,显得更加饱满浓艳。红湿处,指枝头红花润湿一片。花重,谓花沾雨而显得饱满沉重。锦官城,成都别称。参见第 232 页《蜀相》注释②。

【评析】

浦起龙云:"写雨切夜易,切春难。"(《读杜心解》卷三之二)然题中四字,切"喜"尤难,而切"喜"不露"喜",则又难乎其难。此雨"知时节""潜入夜""细无声",有情有意,温和柔润,是其品格可喜。野径云黑,一灯独明,晓看锦城,红湿花重,是其境象可喜。前喜但能领会,后喜正堪谛视,字字透出炉锤之工。颔联与尾联,状写"好雨"天然入神,既深察物理,又颇饶风致,自是杜诗高明绝人处。

江亭

坦腹江亭暖①,长吟野望时②。水流心不竞,云在意俱迟③。寂寂春将晚,欣欣物自私④。故林归未得,排闷强裁诗⑤。

【题解】

当作于上元二年(761)暮春,在浣花溪。

【注释】

① 坦腹:舒身仰卧,坦露胸腹。

② 野望:在野外远望。

③ 水流二句:意谓看见水流不止忽然心生不争之念,仰望白云悠然亦觉志意随之游息。不竞,不争。俱迟,一同徐行。仇兆鳌注:"水流不滞,心亦从此无竞。闲云自在,意亦与之俱迟。二句有淡然物外、优游观化意。"

④ 寂寂二句:意谓春天已悄悄过去,万物欣欣向荣,皆各得其所。此即融羁情入景,言春已寂寂,岁时迟暮,万物欣欣,而我独失其所。寂寂,寂静无声貌。春将晚,即暮春。欣欣,草木茂盛貌。物自私,谓万物生长各得其所、各遂其性。

⑤ 故林二句:一作"江东犹苦战,回首一颦眉"。仇兆鳌注:"黄生谓结语宜从草堂本。当此春光和煦,物各得所,思及人犹苦战,不禁伤心蹙额矣。今按:此时惟河北未平耳,江东却无所指。"故林,喻故乡。排闷,排遣烦闷。裁诗,作诗。

【评析】

"坦腹"江亭,悠然"长吟",观水云草木而感,兴羁旅无归之慨。"水流心不竞,云在意俱迟"一联,与王维"行到水穷处,坐看云起时"(《终南别业》)异曲同工。然摩诘心静,能巧夺化机于"水穷云起"之外;老杜则世乱为客,纵使触物有思超然,亦不能率性而忘我。故"寂寂春将晚,欣欣物自私"联,即刻转入迟暮、失所之悲,须以"裁诗"来"排闷"。通首旨意,由是方可得之。此外,五六下叠字亦工妙。仇兆鳌尝列举杜诗七言律中句例(参见第234页《狂夫》评析),而未及五言律。其实,老杜五言律用叠字尤频,亦每见"仙灵之气",今从杜集中简择列下。如用于句首:"湛湛长江去,冥冥细雨来。"(《梅雨》)"袅袅啼虚壁,萧萧挂冷枝。"(《猿》)"枝枝总到地,叶叶自开春。"(《柳边》)用于句尾:"风吹花片片,春动水茫茫。"(《城上》)"入空才漠漠,洒迥已纷纷。"(《喜雨》)"匣琴虚夜夜,手板自朝朝。"(《西阁三度期大昌严明府同宿不到》)用于中腰:

"杨柳枝枝弱,枇杷对对香。"(《田舍》)"野日荒荒白,春流泯泯清。"(《漫成二首》其一)"花远重重树,云轻处处山。"(《涪江泛舟送韦班归京》)诗用叠字,源自《诗》《骚》,为嗟叹而永歌之助,以达于声情相谐。汉乐府依旧诗乐合一,情志多从音声求之,故能承其流风。及五言古诗而下,文词虽与音乐分离,然亦多有资于声音之美者,著于叠字与双声叠韵。仅就叠字而言,用于句首,可借以兴发感动;用于中腰,有萦回曲折之妙;用于句尾,则多余音绕梁之趣。详观杜律,此皆灼然可验。

水槛遣心

去郭轩楹敞,无村眺望赊①。澄江平少岸②,幽树晚多花③。细雨鱼儿出,微风燕子斜。城中十万户④,此地两三家。

【题解】

此诗为二首其一。当作于上元二年(761)春,在草堂。仇兆鳌注引邵曰:"草堂水亭之槛,言凭槛眺望以遣心也。"水槛(jiàn),临水亭阁栏杆。遣心,犹遣兴,排闷散心。

【注释】

① 去郭二句:意谓草堂水槛位置因离开城郭、无村落遮碍而空旷敞亮,可以凭栏远眺。轩楹,指水槛廊柱。赊,远。

② 澄江:此指锦江。平少岸:谓水岸相齐。

③ 幽树:幽深的树林。

④ 城中句:概言成都民户繁盛。《旧唐书》卷四十一《地理志四·剑南道·成都府》:"(成都)天宝领县十,户十六万九百五十。"

【评析】

诗用全对格,如仇兆鳌云:"八句排对,各含'遣心'。"(《杜诗详注》卷十)首呼尾应,益显水槛清旷幽静。中二联写槛外之景,游目远近,点画精致微妙,深见怡然自得之情。其中,尤以五六为佳。叶梦得评曰:

"诗语固忌用巧太过,然缘情体物,自有天然工妙,虽巧而不见刻削之痕。老杜'细雨鱼儿出,微风燕子斜',此十字殆无一字虚设。雨细著水面为沤,鱼常上浮而淰,若大雨则伏而不出矣。燕体轻弱,风猛则不能胜,唯微风乃受以为势,故又有'轻燕受风斜'之语。至'穿花蛱蝶深深见,点水蜻蜓款款飞','深深'字若无'穿'字,'款款'字若无'点'字,皆无以见其精微如此。然读之浑然,全似未尝用力,此所以不碍其气格超胜。"(《石林诗话》卷下)

茅屋为秋风所破歌

八月秋高风怒号,卷我屋上三重茅①。茅飞渡江洒江郊,高者挂罥长林梢②,下者飘转沉塘坳③。南村群童欺我老无力,忍能对面为盗贼④。公然抱茅入竹去,唇焦口燥呼不得⑤,归来倚杖自叹息。俄顷风定云墨色⑥,秋天漠漠向昏黑⑦。布衾多年冷似铁⑧,娇儿恶卧踏里裂⑨。床头屋漏无干处⑩,雨脚如麻未断绝。自经丧乱少睡眠⑪,长夜沾湿何由彻⑫?安得广厦千万间⑬,大庇天下寒士俱欢颜,风雨不动安如山。呜呼!何时眼前突兀见此屋⑭?吾庐独破受冻死亦足。

【题解】

上元二年(761)仲秋在草堂作。诗记风雨中茅屋破漏之事,由一己之困苦,推想天下"寒士"类似处境,展现宽厚仁爱情怀,是其许身稷契、心忧黎元思想的延续。

【注释】

① 三重茅:几层茅草。
② 挂罥(juàn):缠绕悬挂。
③ 塘坳(ào):池塘,低洼地。
④ 忍能句:意谓竟忍心当面作盗贼。一时气愤之词。忍能,忍心这样。

⑤ 呼不得：指呼喊到声嘶。
⑥ 俄顷：片刻，一会儿。
⑦ 秋天：秋季的天空。漠漠：迷蒙貌。
⑧ 布衾（qīn）：布被。
⑨ 恶卧：睡相不好。踏里裂：把被里子蹬踏破了。
⑩ 床头：一作"床床"。
⑪ 丧乱：指安史之乱。
⑫ 何由彻：如何挨到天亮。彻，彻晓，达旦。
⑬ 安得：怎能得，如何能得。有欲得而不能得的意思。
⑭ 突兀：高耸貌。见：同"现"。

【评析】

诗作四层。首五句为第一层，记秋风破屋，吹茅洒落江郊。连串动词，描述风卷茅飞情形，犹在目前。次五句为第二层，写顽童欺侮老弱，抱茅入林。"倚杖自叹息"，既叹自己困穷无力，亦叹他人不解体恤，为末层述怀埋一伏笔。中八句为第三层，叙屋破偏遭夜雨之苦状。衾裂雨漏，细节如生，又以"自经丧乱"为转关，看似说此夜难眠，暗含天下艰危之意，带入更深一境，自然渡下。末五句为第四层，由己溺己饥，推及人溺人饥。张载《西铭》有云："民吾同胞，物吾与也。"（《张子全书》卷一）意即世人皆属我同胞，万物与我俱为同俦。"大庇天下寒士俱欢颜"，铿锵一鸣，掷地有声，颇具"民胞物与"气象，其胸襟之博大，仁爱之深厚，足为万世法。

不见

不见李生久，佯狂真可哀①。世人皆欲杀②，吾意独怜才。敏捷诗千首，飘零酒一杯。匡山读书处，头白好归来③。

【题解】

题下原注："近无李白消息。"蔡梦弼、仇兆鳌等定在上元二年（761）

作。《杜甫全集校注》卷八:"天宝三载(744)四月,李白与杜甫在洛阳相会,两人后有梁宋、东鲁之游。四载秋末冬初,二人在石门作别。至德二载(757)白入永王李璘幕,璘败,白获罪系浔阳狱。乾元元年(758),流放夜郎。二年三月,中途遇赦。宝应元年(762)病逝于当涂。今姑从蔡梦弼编年,作上元二年成都诗。"白遇赦后即返,徘徊于江乡,行踪无定,故甫无从得其消息。

【注释】

① 佯狂:假装疯癫。此指李白怀才不遇而疏狂自放。哀:怜悯,同情。

② 世人句:指李白受永王之累获罪系狱。亦泛指其高才傲骨而遭众人忌恨。

③ 匡山二句:承上叹其"飘零",望其生还故里。匡山,又名"戴天山""大康山"。在今四川省绵阳市江油市大康镇西北。参见第145页李白《访戴天山道士不遇》题解。此处代指李白绵州故里。

【评析】

哀怜之意,知交之情,全从"不见"二字而出,真朴不事藻饰。故此诗不独取首二字为题,实以其旨为一篇之统。杜公一生最重太白,别后弥久不见,而一心系之,先后题咏达十余首,其忠厚待人尤为可叹。怀忆太白,此在杜集中属最后一首,亦似与诗题暗合。

客亭

秋窗犹曙色,落木更高风①。日出寒山外,江流宿雾中②。圣朝无弃物,衰病已成翁③。多少残生事④,飘零任转蓬⑤。

【题解】

宝应元年(762)晚秋作。是年七月,剑南节度使严武奉调回京,杜甫送至绵州(今四川省绵阳市游仙区),有《送严侍郎到绵州同登杜使君江楼宴》诗。时逢成都少尹、剑南兵马使徐知道反叛,外加吐蕃、南诏侵扰,蜀地动乱不宁,甫受阻不得返,乃避走梓州(今绵阳市三台县)。八月,徐知道之乱为高适所平,甫返成都迎家再至梓,作《客夜》及此诗。《杜甫全集校注》卷九引顾宸曰:"此首与上首(指《客夜》)合作一首看,从不睡而望天之明,从不肯明而见残月之影,时犹高枕也。从残月影落而见秋窗之曙色。"又引汪灏曰:"客亭,非亭也,即公所寓梓州之邸。"

【注释】

① 高风:一作"天风"。秋风。《太平御览》卷二十五《时序部十·秋下》引南朝梁元帝《纂要》:"(秋)风曰商风、素风、凄风、高风、凉风、激风、悲风。"

② 宿雾:夜雾。

③ 圣朝二句:意谓圣世人尽其才,没有弃置不顾者;而我已衰残老病,不能为世所用。暗寓年衰而不得志的悲伤。圣朝,对本朝的尊称。弃物,喻无用之人。

④ 残生:余生,残余的岁月。

⑤ 转蓬:随风飘转的蓬草。此喻身世飘泊无定。

【评析】

方回评曰:"王右丞诗云'江流天地外,山色有无中'。此诗三四以写秋晓,亦足以敌右丞之壮。然其佳处,乃在五六有感慨。两句言景,两句言情,诗必如此,则净洁而顿挫也。"(《瀛奎律髓》卷十四)诗写客居晓景,清邃而浑涵,是大家手笔;发客居感慨,积怨而不怨,亦是杜公本色。

闻官军收河南河北

剑外忽传收蓟北①,初闻涕泪满衣裳。却看妻子愁何在②?漫卷诗书喜欲狂③。白日放歌须纵酒④,青春作伴好还乡⑤。即从巴峡穿巫峡,便下襄阳向洛阳⑥。

【题解】

宝应二年(763)春作于梓州。是年七月改元广德。据《旧唐书·史思明传》及《资治通鉴》卷二百二十二《唐纪三十八·肃宗下之下》,上元二年(761)三月,史朝义(史思明长子)弑父代立,然并无经略之才,叛军诸将多不应其召。宝应元年(762)十月,代宗以雍王李适为天下兵马元帅,朔方节度使仆固怀恩副之,会诸道节度使及回纥兵于陕州东讨,在洛阳北郊大败史朝义军,收复东京与河阳,又连克河南诸州县地。十一月,进军河北,叛将薛嵩以相、卫、洺、邢四州降,张忠志以赵、恒、深、定、易五州降。二年正月,史部田承嗣以莫州降,李怀仙以幽州降。史朝义败走广阳(唐檀州燕乐县,今北京市密云区东北),守军不受,只得北入奚契丹。逃至温泉栅(今河北省唐山市丰润区东北),追兵至,朝义被迫于林中自缢死,李怀仙取其首级以献。至此,历时七年又三月的安史之乱,终告结束。官军,朝廷的军队。河南河北,指黄河南北地区。

【注释】

① 剑外:剑门关以南,即剑南。泛指蜀地。蓟北:指唐河北道幽州、蓟州地区,即今河北省中部与京、津一带。此处泛指以范阳为中心的安史叛军根据地。

② 却看:再看,还看。愁何在:谓平日愁绪一散而尽。

③ 漫卷:漫不经心地卷起。指喜不自禁之状。

④ 白日句:意谓在明媚阳光下放声歌唱,还须开怀畅饮。白日,黄鹤、仇兆鳌本作"白首"。今从诸本。"白日"对"青春",出自《楚辞·大招》:"青春受谢,白日昭只。"杜集中常用此,如"青春波浪芙蓉园,白日雷霆夹城仗"(《乐游园歌》),"落花游丝白日静,鸣鸠乳燕青春深"(《题省中壁》),"青春犹无私,白日已偏照"(《次空灵岸》)等。

⑤ 青春句:意谓一路有春天美景伴随,正好快乐还乡。青春,春天。春季草木茂盛,其色青绿,故称。

⑥ 即从二句:预设回乡路线,即由梓州沿峡江出蜀入楚,再由襄阳向洛阳。巴峡,此指巴江之峡。《太平御览》卷六十五《地部三十·陇蜀诸水·巴字水》引《三巴记》曰:"阆、白二水合流,自汉中至始宁城下,入武胜,曲折三曲,有如巴字,亦曰巴江,经峻峡中,谓之巴峡。即此水

也。"巫峡,此代指长江三峡。三峡谓瞿塘峡、巫峡、西陵峡。《水经注·江水二》:"巴东三峡巫峡长,猿鸣三声泪沾裳。"巫峡,西起今重庆市巫山县大宁河口,东至今湖北省恩施土家族苗族自治州巴东县官渡口镇,绵延四十余公里,为三峡之最,故举之以概。萧涤非注:"峡险而狭,故曰'穿',出峡水顺而易,故曰'下',由襄阳往洛阳,又要换陆路,故用'向'字。"(《杜甫诗选注》)"洛阳"下原注:"余田园在东京。"

【评析】

满篇惊喜,快意动人,却不知皆从深悲积苦中来。漫卷诗书、放歌纵酒等喜不自禁之态,无一字不咄咄逼真,正反衬其初闻喜讯而涕泪沾襟之状。个中滋味,非子美何以道之?末申"还乡"之意,句若贯珠,一气而下。然再三读之,诗写归心愈喜愈急,愈是觉其羁滞之累,如江水奔流,浩广无际。

送路六侍御入朝

童稚情亲四十年①,中间消息两茫然。更为后会知何地,忽漫相逢是别筵②。不分桃花红胜锦③,生憎柳絮白于绵④。剑南春色还无赖⑤,触忤愁人到酒边⑥。

【题解】

宝应二年(763)春作于梓州。路六,未详何许人。从首句看,知是杜甫童年旧友。侍御,唐殿中侍御史或监察御史的简称。参见第114页李白《庐山谣寄卢侍御虚舟》题解。

【注释】

① 童稚句:意谓两人童年时感情亲密。杜甫作此诗时五十一岁,四十年前,皆十岁左右孩童。

② 忽漫:忽而,偶然。别筵:饯别的筵席。

③ 不分(fèn):不平,不服气。分,一作"忿"。

④ 生憎：偏恨，最恨。

⑤ 剑南：同"剑外"。剑门关以南。泛指蜀地。无赖：犹无聊。谓多事而引人生厌。

⑥ 触忤：冒犯。

【评析】

前半写久别重逢，相逢即别，又后会无期，一波三折笔，乱离之感深沉而真切。后半转入当前景物，桃花柳絮竟自争春，反说"不分""生憎"，只因春色"无赖"，触动无限愁情，全不解人在"别筵"。五六看似宕开，实则上应别易会难，下挽酒边愁人，使诗之脉络微度，气象浑成，极开合变化之妙。

将赴荆南寄别李剑州

使君高义驱今古，寥落三年坐剑州①。但见文翁能化俗②，焉知李广未封侯③？路经滟滪双蓬鬓④，天入沧浪一钓舟⑤。戎马相逢更何日⑥？春风回首仲宣楼⑦。

【题解】

旧注均编在广德二年(764)春阆州作。《杜甫全集校注》则编在大历三年(768)正月，在夔州未出峡时。其卷十八云："之所以致误，盖因未知李剑州为谁也。按李剑州，指李昌夔。据《旧唐书·杜鸿渐传》载：'永泰元年十月，剑南西川兵马使崔旰杀节度使郭英义，据成都，自称留后。邛州衙将柏贞节、泸州衙将杨子琳、剑州衙将李昌夔等兴兵讨旰，西蜀大乱。'又《资治通鉴》卷二百二十四《唐纪四十·代宗中之上》载：'(大历元年八月)以柏茂琳(贞节)、杨子琳、李昌夔各为本州刺史。'自大历元年至三年首尾为三年，故诗云'寥落三年坐剑州'。杜甫即将乘船东下荆南，故寄诗向剑州刺史李昌夔告别。"此说是。荆南，荆州(治今湖北省荆州市荆州区)一带。

【注释】

① 使君二句：叹惋李刺史仁德高尚，却沉沦州郡不得升迁。驱今古，谓可与古今贤能并肩齐驱。剑州，隋普安郡，唐初改始州，先天二年(713)改为剑州，隶剑南道，治普安(今四川省广元市剑阁县)。

② 文翁：西汉庐江舒(治今安徽省合肥市庐江县西南)人。景帝末，为蜀郡守，"仁爱好教化"。见蜀地僻陋，便选拔开敏有才的郡县小吏十几人，送京师从博士受业。几年后，蜀生皆学成归来，文翁依次察举任用。又于成都市中修起学官，招收下县子弟，入学者免除徭役，成绩优者补为郡县吏。每出巡视，"益从学官诸生明经饬行者与俱，使传教令"。蜀郡自是教化大开，学于京师者可比齐鲁。武帝时，令天下郡国皆立学校官，即文翁为之始。见《汉书·循吏传》。后世用为称颂循吏的典故。

③ 焉知：哪知，怎知。惊讶感叹之词。李广：西汉武帝时名将。屡立战功而未封侯。参见第10页王维《陇头吟》注释⑤。两句用文翁、李广之典，比拟李刺史的文治武功和境遇。

④ 滟滪：即滟滪堆。长江瞿塘峡口险礁。参见第87页李白《长干行》注释⑧。蓬鬓：谓鬓发蓬乱。

⑤ 沧浪：古水名。汉水或汉水支流。参见第234页《狂夫》注释②。

⑥ 戎马：古代驾兵车的马。喻战争、战乱。

⑦ 春风句：意谓将出蜀下荆南，如当年避难荆州的王粲一样，依然无所托身，只能回望蜀中，怀念故人。仲宣，王粲，字仲宣，山阳高平(今山东省济宁市微山县两城镇)人。东汉末文学家，建安七子之一。少有才名，受司徒征辟，召为黄门侍郎。粲以长安局势扰乱，未赴任，乃南下依荆州牧刘表，然不为所用。尝作《登楼赋》，抒写冀望太平与不得志的感慨。后归附曹操，为丞相掾，累官侍中。仲宣楼，其所在地有三说：一说即荆州当阳县(今湖北省宜昌市当阳市河溶镇)城楼。《水经注·漳水》："王仲宣登其东南隅，临漳水而赋之曰：'夹清漳之通浦，倚曲沮之长洲。'是也。"一说即襄阳城楼。刘表为荆州刺史，移州治于襄阳，王粲南下而依之，登此楼而赋。明王世贞作《仲宣楼记》力主此说，见《弇州四部稿》卷七十七。一说江陵城亦有仲宣楼。梁元帝萧绎《出江陵县

还》诗其二:"朝出屠羊县,夕反仲宣楼。"《文选》六臣注亦持此说。今多以当阳说为是。

【评析】

上半叹惋使君"寥落",炼字用典,皆有讲究。"驱"字照映"坐"字,顿显其高才不遇之伤。方之古贤文治武功,似文翁教化风俗,却同李广未得封侯。句句对应,处处贯通。下半自慨身世飘零,点明题意,造语奇警。"双蓬鬓"对"一钓舟",便含衰残沦落之悲;而"天入沧浪",又多茫茫无可栖泊之感。尾联回抱使君,预想后会无期,只如仲宣登楼兴嗟,言尽而情韵无尽。上下各臻一境,收结处再作兜转,呼应首尾,此亦杜律章法一绝。

登楼

花近高楼伤客心①,万方多难此登临②。锦江春色来天地,玉垒浮云变古今③。北极朝廷终不改,西山寇盗莫相侵④。可怜后主还祠庙,日暮聊为《梁父吟》⑤。

【题解】

广德二年(764)春作于成都。上年十月,吐蕃陷长安,代宗奔走陕州,未久郭子仪收复京师,车驾还京。十二月,吐蕃又陷松(治今四川省阿坝藏族羌族自治州松潘县)、维(治今阿坝州理县薛城镇)、保(治今阿坝州理县上孟乡)诸州,剑南节度使高适不能救。二年初,朝廷以严武取代高适,再度镇蜀,杜甫闻讯即从阆州归成都,晚春登楼感事而作此。

【注释】

① 客心:旅居者之心。客,杜甫自谓。

② 万方多难:指天下灾难重重。时外有吐蕃入侵,内有叛将作乱,朝廷处于内忧外患之中。万方,本指各方诸侯,引申为天下各地。

③ 锦江二句:意谓锦江春色充塞天地之间,玉垒浮云古今变幻不

定。锦江,即濯锦江。流经成都西南,为岷江支流。传说蜀人织锦濯其中,则色泽鲜明,故称。参见第230页《卜居》注释①。玉垒,山名。在彭州导江县(今四川省成都市都江堰市)西。山近维州失地。

④ 北极二句:意谓唐王朝政权稳固,终不可改;吐蕃寇盗不必枉费心机,屡来相犯。北极,又称作"北辰",北极星。常喻指帝王或受尊崇的人。《论语·为政》:"为政以德,譬如北辰,居其所而众星共之。"西山,泛指吐蕃边境雪山。《九家集注杜诗》卷二十一引赵彦材(次公)曰:"北极者,北辰也。《语》曰:'譬如北辰,而众星拱之。'则朝廷之尊安如此。寇盗,指言吐蕃。盖去年十月,吐蕃陷京师,十五日闻郭子仪军至,众惊溃,子仪复长安。则朝廷似乎改矣,而车驾已还,此其终不改也。而十二月,吐蕃陷松、维、保三州,成(都)大震,则来相侵矣。故公告之以朝廷如北极,终不改移,尔吐蕃特寇盗耳,无用相侵犯也。"

⑤ 可怜二句:感慨蜀后主昏庸亡国犹享祠庙,暗讽当朝宠信宦官、无贤良辅弼而招致祸患。杨伦曰:"伤时无诸葛之才,以致三朝鼎沸,寇盗频仍,是以吟想徘徊,至于日暮而不能自已耳。并自伤不用意亦在其中,其兴寄微婉若此。"(《杜诗镜铨》卷十一)又,《杜甫全集校注》卷十一:"后主宠信宦官黄皓,终致蜀汉亡国。代宗任用宦官程元振、鱼朝恩等,招致吐蕃陷京、銮舆幸陕之祸,故借后主托讽。后主昏庸,亡国还享祠庙,代宗尚未亡国,似胜于刘禅,但亦够可怜矣。"后主,指三国蜀先主刘备之子刘禅。蜀炎兴元年(263),魏将钟会、邓艾分兵伐蜀,刘禅降,被押送至洛阳,蜀亡。祠庙,祠堂或庙堂。仇兆鳌注引吴曾《漫录》曰:"蜀先主庙,在成都锦官门外,西挟即武侯祠,东挟即后主祠。蒋堂帅蜀,以禅不能保有土宇,始去之。"今成都武侯祠为君臣合祀祠庙,无后主祠,由汉昭烈庙、武侯祠、惠陵、三义庙四部分组成。梁父吟,亦作《梁甫吟》。乐府篇名。《三国志·蜀志·诸葛亮传》:"亮躬耕陇亩,好为《梁父吟》。"参见第70页李白《梁甫吟》题解。此处借《梁父吟》指自己的《登楼》诗。

【评析】

发端由果而因,倒装起势,提挈一篇情景。王嗣奭云:"此诗妙在突然而起,情理反常,令人错愕,而伤心之故,至末始尽发之,而竟不使人知,此作诗者之苦心也。万方多难,固可伤心,意犹未露,不过揭出'登临'二字耳。首联写登临所见,意极愤懑,词却宽泛,此亦急来缓受,文法固应如是。言锦江春水与天地俱来,而玉垒浮云与古今俱变,俯仰宏阔,气笼宇宙,可称奇杰。而佳不在是,止借作过脉起下。云'北极朝廷'如锦江水源远流长,终不为改;而'西山之盗'如玉垒之云,倏起倏灭,莫来相侵。曰'终不改',亦幸而不改也;曰'莫相侵',亦难保其不侵也。'终''莫'二字有微意在。"(《杜臆》卷六)

绝句二首

其一

迟日江山丽①,春风花草香。泥融飞燕子②,沙暖睡鸳鸯③。

其二

江碧鸟逾白,山青花欲燃④。今春看又过,何日是归年⑤。

【题解】

广德二年(764)在成都作。黄鹤曰:"梁权道编在广德二年阆州作。然公归成都与王侍御诗有'犹得见残春'之句,而此诗云:'今春看又过,何日是归年。'则当在成都作矣。"(《补注杜诗》卷二十五)

【注释】

① 迟日:春日。《诗·豳风·七月》:"春日迟迟,采蘩祁祁。"朱熹集传:"迟迟,日长而暄也。"指春日阳光温暖、充足貌。

② 泥融句:意谓春融解冻,燕子飞来飞去,衔泥筑巢。

③ 鸳鸯:水鸟。旧传雄雌偶居不离,故称"匹鸟"。参见第220页《佳人》注释⑧。

④ 江碧二句:意谓江水碧绿,更显得鸥鸟之白;青山苍翠,映衬得鲜花之红。逾,更加。花欲燃,形容鲜花红得像火焰一样要燃烧起来。

⑤ 归年：犹归期。

【评析】

二首图画春景，动静相间，色彩互映，神化之机跃然如见；传写情意，恋春惜春，感物思归，安适中又深含漂泊之伤。

绝句

两个黄鹂鸣翠柳①，一行白鹭上青天②。窗含西岭千秋雪③，门泊东吴万里船④。

【题解】

此诗为四首其三。其二有云："因惊四月雨声寒。"则《绝句四首》为广德二年(764)四月作，时在成都草堂。

【注释】

① 黄鹂：即黄莺。参见第232页《蜀相》注释③。

② 白鹭：水鸟名。嘴直而尖，颈细而长，林栖水食。

③ 窗含句：意谓从草堂的窗口可以遥望长年积雪的西山。西岭，即西岭雪山。在今成都市大邑县西岭镇。因在成都西，故称西岭或西山。山高积雪，终年不化。

④ 门泊句：意谓草堂门前正停靠着东吴远航而来的商船。东吴，泛指古吴地。大约相当于今江苏、浙江两省东部地区。仇兆鳌注引范成大《吴船录》："蜀人入吴者，皆从合江亭登舟，其西则万里桥。杜诗'门泊东吴万里船'，此桥正为吴人设。"

【评析】

诗写初夏景象，对起对结，意到笔随，极尽体物之工。一二着色鲜明，绘出清新画面，生机勃然。三四巧于布置，思接无限时空，静境超旷。程大昌云："诗思丰狭，自其胸中来。若思同而句韵殊者，皆象其人，不可强求也。张祜送人游云南，固尝张大其境矣，曰'江连万里海，

峡入一条天'。至老杜则曰'窗含西岭千秋雪,门泊东吴万里船',又曰
'路经滟滪双蓬鬓,天入沧浪一钓舟',以较祐语,雄伟而又优裕矣。"
(《演繁露》续集卷四)

丹青引

　　将军魏武之子孙①,于今为庶为清门②。英雄割据虽已矣③,
文采风流今尚存④。学书初学卫夫人⑤,但恨无过王右军⑥。丹
青不知老将至,富贵于我如浮云⑦。开元之中常引见,承恩数上
南薰殿⑧。凌烟功臣少颜色⑨,将军下笔开生面⑩。良相头上进
贤冠,猛将腰间大羽箭⑪。褒公鄂公毛发动,英姿飒爽犹酣战⑫。
先帝御马玉花骢,画工如山貌不同⑬。是日牵来赤墀下⑭,迥立
阊阖生长风⑮。诏谓将军拂绢素⑯,意匠惨澹经营中⑰。须臾九
重真龙出,一洗万古凡马空⑱。玉花却在御榻上,榻上庭前屹相
向⑲。至尊含笑催赐金,圉人太仆皆惆怅⑳。弟子韩幹早入室㉑,
亦能画马穷殊相㉒。幹惟画肉不画骨,忍使骅骝气凋丧㉓。将军
画善盖有神㉔,偶逢佳士亦写真。即今漂泊干戈际㉕,屡貌寻常
行路人㉖。途穷反遭俗眼白㉗,世上未有如公贫。但看古来盛名
下,终日坎壈缠其身㉘。

【题解】

　　题下原注:"赠曹将军霸。"仇兆鳌、萧涤非等皆从黄鹤编在广德二
年(764),在成都作。丹青,本指绘画所用红绿等颜料,代指绘画或画
工。引,歌曲体裁名。南宋张表臣《珊瑚钩诗话》卷三:"猗迁抑扬,永言
谓之歌;非鼓非钟,徒歌谓之谣;步骤驰骋,斐然成章谓之行;品秩先后,
叙而推之谓之引;声音杂比,高下短长谓之曲;吁嗟慨叹,悲忧深思谓之
吟;吟咏情性,总合而言志谓之诗。"曹霸,唐画家。魏高贵乡公曹髦(曹
操曾孙)之后。《历代名画记》卷九:"曹霸,魏曹髦之后。髦画称于后
代,霸在开元中已得名。天宝末,每诏写御马及功臣,官至左武卫将

军。"后以罪削籍为庶人。安史乱后,流落蜀中。其画作传世的有《逸骥》《玉花骢》《老骥》等十四件,著录于《宣和画谱》卷十三。

【注释】

① 魏武:指魏武帝曹操。

② 为庶为清门:成为平民和寒素门第。《杜甫全集校注》卷十一引蔡梦弼曰:"霸乃曹之后,其门第最清高。玄宗末年得罪,削籍为庶人也。"

③ 英雄句:意谓曹魏割据中原的霸业已成过去。割据,指分割占据一方领土,成立政权。

④ 文采句:指三曹能诗,曹髦善画,而曹霸工书画,传承了祖先文采风流。文采风流,形容才华横溢,作品超绝。

⑤ 卫夫人:东晋女书法家。河东安邑(今山西省运城市夏县西北)人。以隶书见长,王羲之曾从其学书。唐张怀瓘《书断》卷中:"卫夫人,名铄,字茂猗,廷尉展之女弟,恒之从女,汝阴太守李矩之妻也。隶书尤善规矩,钟公云:'碎玉壶之冰,烂瑶台之月,婉然芳树,穆若清风。'右军少常师之。永和五年卒,年七十八。"

⑥ 无过:没有超过。王右军:即王羲之。东晋书法家。字逸少,琅邪临沂(今山东省临沂市北)人。官至右军将军、会稽内史,人称王右军。早年从卫夫人学,后改初学,草书学张芝,楷书学钟繇,并能兼采众长,推陈出新。《书断》卷中:"尤善书草、隶、八分、飞白、章、行,备精诸体,自成一家法,千变万化,得之神功,自非造化发灵,岂能登峰造极?"

⑦ 丹青二句:意谓曹霸热爱绘画,沉浸其中,乐以忘忧,不慕功名富贵。其语化用《论语·述而》:"不义而富且贵,于我如浮云。""其为人也,发愤忘食,乐以忘忧,不知老之将至云尔。"

⑧ 承恩:蒙受皇帝恩泽。南薰殿:唐宫殿名。在玄宗听政之所南内兴庆宫。《长安志》卷九:"(兴庆)宫之正门西向曰兴庆门,南曰通阳门,北曰跃龙门,西南隅曰勤政务本楼,其西榜曰花萼相辉楼。宫内正殿曰兴庆殿,其后曰文泰殿,前有瀛州门,内有南薰殿,北有龙池。"

⑨ 凌烟:即凌烟阁。在唐西内三清殿侧。贞观十七年(643)二月,太宗命阎立本图写二十四功臣于凌烟阁上,并自作赞。少颜色:指功臣

图像因年久而褪色。

⑩ 开生面:展现新的面目。此指曹霸奉诏重画功臣新像。

⑪ 良相二句:概写所画二十四文武功臣。进贤冠,文官朝参时所戴礼帽,为文官标志。大羽箭,一种四羽大竿长箭,为武将标志。太宗好用此箭。

⑫ 褒公二句:意谓图画的两位武将特别生动,姿态英武矫健仿佛正在酣战。褒公,褒国公段志玄,凌烟功臣第十人。鄂公,鄂国公尉迟敬德,凌烟功臣第七人。飒爽,矫健挺拔貌。

⑬ 先帝二句:意谓先帝所乘的马名叫玉花骢,多少画工描摹不出它的神韵。先帝,指玄宗。南宋吴曾《能改斋漫录》卷六:"《明皇杂录》记上所乘马有玉花骢、照夜白。又《异人录》云,玉花骢者以面白故,又谓之玉面花骢。"画工如山,指画工众多。貌不同,谓画不像。

⑭ 赤墀(chí):亦称"丹墀"。皇宫中的台阶。因以赤色丹漆涂饰,故称。

⑮ 阊阖:此指皇宫宫门。生长风:形容马的神骏气势。

⑯ 拂绢素:指在白绢上画马。绢素,未曾染色的白绢。

⑰ 意匠句:意谓作画时勾勒轮廓,苦心构思,经营位置。意匠,精心构思。惨澹经营,指苦心安排、构思运笔。

⑱ 须臾二句:意谓片刻工夫就活现出天子宝马形象,一扫古往今来画马的平庸。须臾,片刻。九重,指宫禁之门,亦代指帝王。真龙,指骏马玉花骢。一洗,犹一扫。凡马,普通的马。

⑲ 玉花二句:意谓御榻上的画马与庭前的真马屹然相向,难以区分。却,反而。御榻,皇帝的坐卧具。屹,耸立貌。

⑳ 圉(yǔ)人:养马人。太仆:官名。为天子御执,掌舆马畜牧之事。惆怅:惊叹。

㉑ 韩幹:唐画家。京兆(治今陕西省西安市)人,一说大梁(今河南省开封市)人。年少时曾为酒肆雇工,经王维资助,学画十余年而艺成。擅画人物、鬼神,尤工画马,师事曹霸而重写生。天宝中,图画玄宗内厩玉花骢、照夜白等名马,有肥壮雄骏之状,时称独步。入室:学问或技艺得为师嫡传者称"入室弟子"。语出《论语·先进》:"由也升堂矣,未入

于室也。"邢昺疏:"言子路之学识深浅,譬如自外入内,得其门者。入室为深,颜渊是也;升堂次之,子路是也。"

㉒ 穷殊相:此指画尽马的种种状貌形态。

㉓ 干惟二句:意谓韩干画马肥壮,多肉而丧失了神骏气韵。骅骝,周穆王八骏之一。泛指骏马。

㉔ 画善:一作"尽善",一作"善画"。

㉕ 写真:图画人物真容。

㉖ 漂泊干戈:躲避战乱。

㉗ 貌(mò):描绘。

㉘ 途穷句:意谓困境中常遭受浅薄势利者的轻视。

㉙ 坎壈(lǎn):亦作"坎廩"。困顿而不得志貌。

【评析】

此篇凡四十句,每八句一换韵,平仄交互,诗意亦随之而转,自然成章。首章叙曹霸家世及学艺渊源,纯用陪衬之笔,感慨其境遇与情操。次章颂其写真成就,图画功臣别开生面,栩栩欲活,仍是为下文作衬。第三章追忆曹霸奉诏画马,先以如山画工铺垫,再以阶前真马旁衬,然后正写画马过程:其苦心构思,挥洒落墨,片刻之间,"九重真龙"豁然而出,超类绝伦。此乃一篇之重心。第四章承上,再赞曹霸画马之妙,却不直言,而是借真假二马屹然相向、旁观者不同反应来烘染,并以入室弟子韩干所画肥马反衬见意。末章回归现实,写画师如今落魄困顿,呼应发端削籍之叹,更与昔日入宫作画之盛,形成强烈对比。结二句既是宽慰曹霸,亦是作者愤激之辞,郁郁不平之气,可不痛哉!通篇以宾形主,全用衬法,各章结构亦波澜层出,多开合起伏之变,真七古之神品。

倦夜

竹凉侵卧内,野月满庭隅①。重露成涓滴,稀星乍有无②。暗飞萤自照,水宿鸟相呼③。万事干戈里,空悲清夜徂④。

【题解】

《杜甫全集校注》卷十:"当是广德元年(763)秋末杜甫在阆州时作。九月公自梓至阆。"又引顾宸曰:"通首皆不能睡之景,故曰倦夜。"

【注释】

① 竹凉二句:意谓竹林凉气袭入卧室,月光洒满庭院角落。卧内,卧室,内室。仇兆鳌注:"竹迎风,故凉;月当空,故满。此初夜之景。"

② 重(zhòng)露二句:意谓露水浓重凝聚成珠,天星稀疏闪烁不定。涓滴,一点一滴地流淌。乍有无,忽明忽暗貌。仇兆鳌注:"露凝竹而成涓滴,星近月而乍有无,此深夜之景。"

③ 暗飞二句:意谓黑暗中的飞萤闪烁着微光,栖息水边的禽鸟相互呼唤。仇兆鳌注:"月落以后,暗萤自照;竹林之外,宿鸟相呼。此夜尽之景。"又云:"暗飞萤,水宿鸟,上三字连读。自照,有感孤栖。相呼,心伤无侣。"

④ 万事二句:《杜甫全集校注》卷十引赵汸,曰"结句乃悲世乱多故,叹夜景之不长"。干戈,喻指战乱。徂(cú),往。清夜徂,谓清静之夜易逝。司马相如《长门赋》:"悬明月以自照兮,徂清夜于洞房。"

【评析】

前六句写"夜",静以动显,时移景迁,体物摹神,声情气韵粲然大备。末二句言情,点醒题面,干戈不息,万事系心,清夜蹉跎,无眠而"倦"意尽出。王嗣奭曰:"题曰《倦夜》,是无情无绪,无可自宽,亦无从告语,故此诗亦比兴,非单咏夜景也,但不宜逐句贴解。"(《杜臆》卷六)

禹庙

禹庙空山里,秋风落日斜。荒庭垂橘柚①,古屋画龙蛇②。云气嘘青壁③,江声走白沙。早知乘四载,疏凿控三巴④。

【题解】

永泰元年(765)正月,杜甫辞去幕职回归草堂;四月,严武病卒,甫失去依靠,五月携家出蜀东下。秋,经渝州(今重庆市)而至忠州(今重庆市忠县),谒大禹庙,作此诗。庙在州治临江县南。

【注释】

① 荒庭:荒芜的庭院。橘柚:橘子和柚子。《书·禹贡》:"岛夷卉服。厥篚织贝,厥包橘柚,锡贡。沿于江海,达于淮泗。"意即大禹治水后,九州安定,东南各岛亦可安居,那里的人身穿草服,将筐篚装的贝锦、包裹好的橘柚,作为贡品献给禹,进贡的船只沿着长江、黄海到达淮河、泗水。

② 画龙蛇:指庙墙上所画大禹治水之事。《孟子·滕文公下》:"禹掘地而注之海,驱龙蛇而放之菹。"意即禹开挖河道使洪水流注大海,驱赶龙蛇至水草丛生的沼泽深处,使其不再兴风作浪。

③ 嘘青壁:一作"生虚壁"。嘘,吹拂。青壁,庙宇所在山崖的青色石壁。

④ 早知二句:意谓自己早已知道大禹乘四载以治水、疏凿三巴之功。四载(zài),传说大禹治水时所乘四种交通工具。《书·益稷》:"予乘四载,随山刊木。"孔安国传:"所载者四,谓水乘舟,陆乘车,泥乘輴,山乘樏。"輴(chūn),古代用于泥泞路上的交通工具。樏(léi),登山用具。三巴,古地名。巴郡、巴东、巴西的合称。亦泛指蜀地。参见第88页李白《长干行》注释⑩。

【评析】

起势苍古,笼聚一篇精神。"荒庭""古屋","橘柚""龙蛇",本写庙内之景,却化用禹事于森寂之境中,典切而无痕。"云气""江声","青壁""白沙",再写庙外之景,着一"嘘"字、"走"字,不仅画迹皆活,亦隐然可感英贤疏凿山河之豪情,逼出下联。结语踔然见意,追念大禹丰功伟绩,属对精工,笔力老健。仇兆鳌曰:"只此四十字中,风景形胜,庙貌功德,无所不包。其局法谨严,而气象弘壮,读之意味无穷。"(《杜诗详注》卷十四)是为唐人祠庙诗之最上乘者。

旅夜书怀

细草微风岸,危樯独夜舟①。星垂平野阔,月涌大江流②。名岂文章著③?官应老病休④。飘飘何所似?天地一沙鸥⑤。

【题解】

旧注皆以此诗作于永泰元年(765)秋,由成都舟下渝、忠时。今人有云:"一则'星垂平野阔'句所描画的图景与忠州一带的峡谷地貌不合,二则'细草'本是象征春天的景物,也与秋天不符。"认为此诗写作应满足三个条件:"一是在春天,二是在广阔的平野之中,三是在漂泊于大江上的船里。"而最适合这三条的是大历三年(768)春,离开夔州,穿过三峡,顺着大江,向江陵航行的一段时期(见日本松原朗《试论杜甫〈旅夜书怀〉诗的写作时期》,载《杜甫研究学刊》1994 年第 4 期)。书怀,犹写怀,抒发情怀。

【注释】

① 危樯:高的桅杆。

② 星垂二句:因平野远阔,故见星空如垂;因大江奔流,故有月影如涌。

③ 名岂句:意谓我怎能因文章而著名。此是心有不甘之语,即素志不在文章,却以献赋受赏而得名。

④ 官应句:意谓做官倒是由于老病而辞退。此是反语,即因疏救房琯、议论时政而遭排斥,非以老病而罢官。

⑤ 飘飘二句:作者自况。意谓自己飘泊无定就像天地间孤飞的沙鸥。飘飘,一作"飘零"。飘泊貌,形容行止无定。沙鸥,栖息于沙洲上的鸥鸟。

【评析】

分写题中四字,前半为"旅夜"情景,后半"书怀",气骨风神并臻其妙。"星垂平野阔,月涌大江流"一联,境极雄浑,衬得"夜舟"愈是孤单飘零,虽与太白"山随平野尽,江入大荒流"(《渡荆门送别》)语意相合,而情感所寄则悲欣不同。"名岂文章著?官应老病休"一联,立言含蓄,不甘于名因文章而著,不平于官非老病而休,书尽一生怀抱。故结以"沙鸥"自况,人如鸥鸟孤飞于天地间,反照首联,寓无穷感伤而在言外。

八阵图

功盖三分国①,名成八阵图。江流石不转②,遗恨失吞吴③。

【题解】

永泰二年(766)夏,杜甫迁居夔州(今重庆市奉节县东)时作。八阵图,相传诸葛亮所造用兵阵法。南宋王应麟《小学绀珠》卷九释"八陈":"洞当、中黄、龙腾、鸟飞、折冲、虎翼、握机、衡。诸葛武侯(作)。"其遗址记载有三处:一说在沔阳(今陕西省汉中市勉县东)定军山诸葛亮墓东,见《水经注》;一说在新都(今四川省成都市新都区)北三十里弥牟镇,见《太平寰宇记》《大明一统志》;一说在鱼复(今重庆市奉节县东)永安宫南长江北岸江滩上,见《水经注》《太平寰宇记》。此诗所咏即鱼复八阵图。《太平寰宇记》卷一百四十八《山南东道七·夔州》:"八阵图,在县西南七里。《荆州图记》云:'永安宫南一里渚下平碛上,周回四百十八丈,中有诸葛孔明八阵图。聚细石为之,各高五尺,广十围,历然棋布,纵横相当。中间相去九尺,正中开南北巷,广悉五尺,凡六十四聚。或为人散乱,及为夏水所没,冬水退,复依然如故。'"

【注释】

① 功盖句:指诸葛亮辅助刘备建立蜀汉,形成与魏、吴鼎立的局面,三分天下,功高盖世。

② 江流句:意谓任凭江流冲击,石阵却屹然不动。此句亦化用《诗·邶风·柏舟》中"我心匪石,不可转也"句,赞美诸葛亮忠贞不二、坚如磐石之心志。

③ 遗恨句:意谓诸葛亮有如此阵法而不能灭吴,终成千古遗恨。此句历来解说不一。据吴瞻泰,"'失吞吴'有四说:不能灭吴为恨,旧说也;吴、蜀唇齿之国,蜀不当有吞吴之志,以此为恨,东坡说也;不能制主上东行,自以为恨,王嗣奭、朱鹤龄说也;以不能用阵法,而致吞吴失师,刘逴说也"(《杜诗提要》卷十四)。俞陛云曰:"武侯之志,在严汉贼之辨,酬先主之知,征吴非所急也。乃北伐未成,而先主猇亭挫败,强邻未灭,剩有阵图遗石,动悲壮之江声。故少陵低回江浦,感遗恨于吞吴,千载下如闻叹息声也。"(《诗境浅说续编·五言绝句》)遗恨,至死犹感悔恨。吞吴,灭吴。

【评析】

对句而起,议论入诗,就"八阵图"称颂诸葛伟绩,更叹其统一志业未竟,怀人伤己。高步瀛曰:"'失吞吴'犹言未能吞吴耳。以武侯如此阵图而不能吞吴,真千古遗恨,故精诚所寄,石不为转,大意与'出师未捷'二句同一感慨。"(《唐宋诗举要》卷八)

古柏行

孔明庙前有老柏,柯如青铜根如石①。霜皮溜雨四十围,黛色参天二千尺②。云来气接巫峡长,月出寒通雪山白③。君臣已与时际会,树木犹为人爱惜④。忆昨路绕锦亭东⑤,先主武侯同閟宫⑥。崔嵬枝干郊原古⑦,窈窕丹青户牖空⑧。落落盘踞虽得地,冥冥孤高多烈风⑨。扶持自是神明力,正直元因造化功⑩。大厦如倾要梁栋⑪,万牛回首丘山重⑫。不露文章世已惊,未辞剪伐谁能送⑬。苦心岂免容蝼蚁,香叶终经宿鸾凤⑭。志士幽人莫怨嗟⑮,古来材大难为用。

【题解】

永泰二年(766)至夔州时作。赵次公云:"孔明为蜀相,成都则先主庙而武侯祠堂附焉,夔州则先主庙、武侯庙各别。今咏柏专是孔明庙而已,岂非夔州柏乎!公诗集中其在夔也,屡有孔明庙诗。于《夔州十绝》云:'武侯祠堂不可忘,中有松柏参天长。'以绝句证之,则此乃夔州之诗明矣。"(《九家集注杜诗》卷七)

【注释】

① 柯:草木的枝茎。此指柏树枝条。

② 霜皮二句:用夸张手法写柏树的高大。霜皮,苍白的树皮。四十围,四十人合围。仇兆鳌注:"霜皮溜雨,色苍白而润泽也。四十围、二千尺,形容柏之高大也。"黛色,青黑色。此指树冠之色。北宋沈括《梦溪笔谈·讥谑》:"杜甫《武侯庙柏》诗云'霜皮溜雨四十围,黛色参天二千尺'。四十围乃是径七尺,无乃太细长乎?"此说过于拘泥事实,历来为论者所鄙,以为不当以尺寸较诗家语。其实,这涉及生活真实与艺术真实的问题,沈氏混淆了两者的区别。

③ 云来二句:意谓巫峡云雾飘来与柏树之气接,雪山月出清冷与柏树之寒通。皆言柏树高大。此二句本在"君臣"二句后,南宋刘辰翁(号须溪)以为传写之讹,仇兆鳌即据此将两联倒置。

④ 君臣二句:意谓刘备、孔明乘时遇合,君臣二人有功德在民,人民感念而爱惜柏树,才使它长得如此高大。此二句本在"云来"二句之前,仇依须溪而改。萧涤非注:"(仇兆鳌把这四句倒置)实太主观大胆。因为这样一来,似乎是通顺些,但文章却显得平庸没有气势,所以黄生斥为'小儿之见'。"(《杜甫诗选注》)赵次公曰:"前既已言柏之大高矣,便可接'气接巫峡,寒通雪山',皆为形容之句,而却插此两句,何也? 曰:此公诗之妙处也。盖柏虽有四十围之大、二千尺之长者,而后人如萧欣辄伐之不能久有。惟此柏,以君臣际会之休,故人爱惜,以至于今也。惟其如此,然后致'气接寒通'之远焉。"(《九家集注杜诗》卷七)萧欣,东晋将军,永和中为南乡郡守,尝伐城南郡社前大柏树。事见《水经注·丹水》。

⑤ 锦亭:指成都草堂。因傍锦江而有亭,故称锦亭。严武有《寄题杜二锦江野亭》诗。以下四句追写成都先主庙、武侯祠及祠前柏树。

⑥ 閟(bì)宫:神庙。成都武侯祠附在先主庙中,故曰"同閟宫"。

⑦ 崔嵬句:形容成都祠庙柏树高耸而有古意。崔嵬,高耸貌,高大

貌。郊原,成都郊外平原。成都武侯祠前大柏树,传说为诸葛亮手植。参见第232页《蜀相》注释②。

⑧ 窈窕句:形容成都祠庙幽深寂静。窈窕,深邃貌。丹青,此指祠庙中塑像或墙上彩绘。户牖(yǒu),门窗。

⑨ 落落二句:意谓成都庙柏超拔壮伟,虽据有郊原之地,然孤耸于幽冥高空而多招烈风,则与夔州庙柏相同。落落,壮伟貌。盘踞,占据。冥冥,昏暗貌。烈风,暴风,疾风。

⑩ 扶持二句:合写两地之柏。意谓古柏不为烈风所摧,似有神明相助,其正直挺拔本于天地自然之功。王嗣奭《杜臆》卷七:"成都之柏在郊原,故云'盘踞得地';然以'孤高'而多'烈风',则与夔同也。故'扶持'二句,合言两处之柏,而实借以赞孔明之材与'神明'通,与'造化'合也。"

⑪ 大厦如倾:喻国家情势危急,濒临崩溃。如,将要。梁栋:屋宇大梁。喻治国人才。

⑫ 万牛句:意谓古柏重如丘山,万牛牵挽不动,唯有回首喘息。此句形容材大不能举。

⑬ 不露二句:意谓古柏质朴无华而世人惊其高大,它虽不辞砍伐却无人能够移送。此亦含自况之意。文章,错杂的色彩或花纹。未辞剪伐,指不避砍伐以充栋梁之材。萧涤非注:"二句中有着杜甫自己的影子。古柏不知自炫,故曰不露文章。古柏本可作栋梁,故曰未辞剪伐。这就杜甫为人来说,即不怕牺牲,与'我能剖心血,饮啄慰孤愁','济时敢爱死,寂寞壮心惊'正是一副心肠。送,就木说,是移送;就人说,是保送或推荐。"(《杜甫诗选注》)

⑭ 苦心二句:意谓柏心虽苦不免为蝼蚁所穿,柏叶芳香也曾招引鸾凤栖宿。蝼蚁,蝼蛄和蚂蚁,以喻小人。鸾凤,鸾鸟和凤凰,以喻君王或贤俊之士。萧涤非注:"柏心味苦,故曰苦心。柏叶有香气,故曰香叶。这两句也含有身世之感。"(《杜甫诗选注》)

⑮ 幽人:隐逸之人,隐士。怨嗟:怨恨叹息。

【评析】

借物起兴,句句写柏,又句句喻人。前八句咏夔州之柏,落笔警拔,曲尽形容之妙,实誉孔明德风高远。中八句先由"忆昨"宕开,以成都庙柏作陪,再合写两地之柏功同造化,文势回荡,仍是赞美武侯通神之才与正直之性。后八句因物感怀,以大材难举,自嗟身世遭逢。杜公早抱稷契之心,常存栋梁之想,故平生极仰慕孔明为人,屡借其事悲惋材大不尽为用。结二句即人木双关,吐露本旨,语调悲怨沉痛,太息之声犹闻纸上。

秋兴八首

其一

玉露凋伤枫树林①,巫山巫峡气萧森②。江间波浪兼天涌③,塞上风云接地阴④。丛菊两开他日泪⑤,孤舟一系故园心⑥。寒衣处处催刀尺,白帝城高急暮砧⑦。

【题解】

秋兴(xìng),遇秋而遣兴。永泰二年(766)在夔州作。组诗次第相贯,不可移易。王嗣奭曰:"《秋兴八首》以第一首起兴,而后七首俱发中怀,或承上,或起下,或相互发,或遥相应,总是一篇文字,拆去一章不得,单选一章不得。"(《杜臆》卷八)清范廷谋总评曰:"此诗八章,公身寓夔州,心忆长安,因秋遣兴而作,故以'秋兴'名篇。八章中,总以首章'故园心'为枢纽,四章'故国平居有所思'为脉络,方得是诗主脑。若浑沦看去,终无端绪可寻。首章以'凋伤'二字作骨,凡峡中天地、山川、草木、人事,无不萧森,已说尽深秋景象,提出'故园心'三字,点明遣兴之由。'暮砧'句,结上生下。'孤城落日',承上咏暮景。'山郭''朝晖',又承上咏朝景。虽俱就夔府而言,细玩次章曰'望京华',三章曰'五陵衣马',仍是不忘长安,正所谓'一系故园心'也。四章则直接长安,煞出'故国平居有所思',将'故园心'三字显然道破。下四章即承此句分叙,抚今追昔,盛衰之感和盘托出,却首首不脱秋意。'蓬莱'一章,指盛时言。'瞿唐''昆明'二章，指陷后言。'昆吾'一章，追忆昔游而言，皆故国平居之所思者。末则以'白头吟望'结出作诗之意，总收全局。统观篇法次第，一首有一首之照应，八首有八首之联贯。气体浑厚，法脉周密，词意雄壮。其间抑扬顿挫，慷慨淋漓，全是浩然之气相为终始。公之心细如发，笔大如椽，已可概见。至于忧国嫉时，怀才不偶，满腔愤闷，却出以温厚和平之语，全然不露圭角。怨而不怒，哀而不伤，《三百篇》之遗响犹存，真所谓大家数也。学诗者熟读细玩，顷刻不离胸次，则思过半矣。"（《杜工部七言诗选直解》卷二）

【注释】

① 玉露：指秋露。凋伤：草木凋零枯萎。

② 巫山巫峡：巫山，在今重庆市巫山县东。巫峡，西起巫山县大宁河口，东至巴东县官渡口镇，绵延四十余公里，为三峡之最。参见第247页《闻官军收河南河北》注释⑥。《水经注·江水二》："江水历峡，东迳新崩滩。……其下十余里，有大巫山，非惟三峡所无，乃当抗峰岷、峨，偕岭衡、疑，其翼附群山，并概青云，更就霄汉辩其优劣耳。……其间首尾一百六十里，谓之巫峡，盖因山为名也。"萧森：萧瑟阴森。

③ 江间：此指巫峡之江水。兼天：连天。

④ 塞上：此指夔州。夔州当三峡入口，形势险要，故云。

⑤ 丛菊句：谓再见菊开而撒落往日常流的辛酸之泪。丛菊两开，指去年（永泰元年）夏离成都，秋抵夔州云安（今重庆市云阳县），及今秋在夔州（今奉节县东），已两见菊开，故云。他日，犹往日或前日。

⑥ 孤舟句：谓身在孤舟而始终心系故园。故园，当指长安。杜甫以杜陵为祖籍郡望，亦尝居于长安，故以长安为故园。此处"故园心"，不只是家园情，更含有故国之思，是组诗八首之关键。仇兆鳌注引王嗣奭云："此一首便包括后七首。而'故园心'，乃画龙点睛处，至四章'故国思'，读者当另着眼，易家为国，其意甚远。后面四章，又包括于其中。"

⑦ 寒衣二句：意谓天气转凉，家家户户都在赶制御寒衣服，入暮白帝满城可闻急促捣衣声。刀尺，裁衣用的剪刀和尺。白帝城，夔州旧治。参见第136页李白《早发白帝城》题解。砧，捣衣石。《杜甫全集校注》卷十三引边连宝曰："末联是当授衣之辰，而自伤游子无衣之意。言

处处者,以见己之独不然也。"

【评析】

首章为组诗之纲。前四句写巫山巫峡秋景,天地间波浪风云,萧森动荡,悲壮苍凉,浑然而成秋兴之基调。后四句传羁旅夔州之情,感时溅泪,又身在孤舟,飘零日久,心系故园,而实忧故国,乃深见秋兴之立意。此即八章主脑。而末联结上起下,言外所含无衣思归之感,正由其后二、三两章挥发。

其二

夔府孤城落日斜①,每依北斗望京华②。听猿实下三声泪③,奉使虚随八月槎④。画省香炉违伏枕⑤,山楼粉堞隐悲笳⑥。请看石上藤萝月,已映洲前芦荻花⑦。

【题解】

此章承上,写在夔州思归情景。《杜甫全集校注》卷十三引徐增曰:"第一首悲身之在客,此首方及客中度日也。前以'暮'字结,此以'落日'起。'落日斜'装在'孤城'二字下,惨淡之极,又如亲见子美一身立于夕阳中也。"

【注释】

① 夔府:唐置夔州,治奉节(今重庆市奉节县东),隶山南东道。

② 京华:即长安。长安城上直北斗星,故称"北斗城"。《三辅黄图·汉长安故城》:"城南为南斗形,北为北斗形,至今人呼汉京城为斗城是也。"唐崔镇《北斗城赋》:"馆倚南山,撷云霞而上出;城俸北斗,仰星汉而曾披。"长安在夔州以北,故每依北斗以望长安。

③ 听猿句:因"望京华",故听猿鸣而泪下。《水经注·江水二》:"每至晴初霜旦,林寒涧肃,常有高猿长啸,属引凄异,空谷传响,哀转久绝。故渔者歌曰:'巴东三峡巫峡长,猿鸣三声泪沾裳。'"《杜甫全集校注》卷十三引朱注:"峡猿感泪,向闻其语,今乃信之,故曰'实下'。"

④ 奉使句:用"乘槎犯斗"事。乘槎(chá)犯斗,即乘坐筏子登天。

神话传说中有居海滨者,八月乘浮槎至天河。见西晋张华《博物志》卷十:"旧说云天河与海通。近世有人居海滨者,年年八月有浮槎去来,不失期。人有奇志,立飞阁于槎上,多赍粮,乘槎而去。十余日中,犹观星月日辰,自后茫茫忽忽,亦不觉昼夜。去十余日,奄至一处,有城郭状,屋舍甚严。遥望宫中多织妇,见一丈夫牵牛渚次饮之。牵牛人乃惊问曰:'何由至此?'此人具说来意,并问此是何处,答曰:'君还至蜀郡,访严君平则知之。'竟不上岸,因还如期。后至蜀,问君平,曰:'某年月日有客星犯牵牛宿。'计年月,正是此人到天河时也。"又有传说汉张骞奉使寻河源,乘槎至天河。见宋周密《癸辛杂识前集·乘槎》:"及梁宗懔作《荆楚岁时记》,乃言武帝使张骞使大夏,寻河源,乘槎见所谓织女、牵牛,不知懔何所据而云。"(今本《荆楚岁时记》未见载)此句即化用两事,表示曾入严武幕为参谋,有望还京,然终无所成,故云"奉使虚随"。

⑤ 画省:汉代以称尚书省。省中以胡粉涂壁,紫素界之,画古烈士像,故称"画省"。亦称"粉省""粉署"。尚书郎须入值省中,据《汉官旧仪》卷上:"尚书郎宿留台,中官给青缣白绫被或锦被、帷帐、毡褥、通中枕,太官供食,汤官供饼饵果实,下天子一等。给尚书郎伯二人,女侍史二人,皆选端正者从直。伯送至止车门还,女侍史执香炉烧薰,从入台护衣。"唐中书、门下、尚书三省官,每日入值亦与汉略同。杜甫为左拾遗时,屡有值宿之事,尝作《春宿左省》诗。违伏枕:婉言卧病而离开省署,即以老病罢官。违,离开。伏枕,犹卧病。但杜甫罢官非因老病,而是由于遭到贬斥,故此句与"官应老病休"同一感慨。

⑥ 山楼:指白帝城楼。粉堞(dié):城上用白垩涂刷的齿形女墙。隐悲笳:谓夜幕降临,山楼粉堞仿佛在悲笳声中渐渐隐去。悲笳,古代军中号角,其声悲壮。此句寓战乱未平、还京无望之意。

⑦ 请看二句:意谓才看到月光照临山石上的藤萝,忽已移向洲前的芦荻花丛了。指伫望良久,不觉已至夜深,有时光飞逝之感。藤萝,紫藤的通称。亦泛指山间匍匐茎和攀援茎的植物。芦荻,芦与荻。生长在水边的草本植物。

【评析】

紧承上章"故园心",而提揭"望京华"三字,点出八诗之眼。思归情切,尽融于虚实故事及夔府暮夜之景中。黄生曰:"诗中只是身在此,心在彼。心在彼,恨不能去;身在此,日不可度。光景催人,借长歌以代痛哭,此秋之不能已于兴,秋兴之不能已于人也。"(《杜工部诗说》卷八)

其三

千家山郭静朝晖①,日日江楼坐翠微②。信宿渔人还泛泛,清秋燕子故飞飞③。匡衡抗疏功名薄④,刘向传经心事违⑤。同学少年多不贱,五陵衣马自轻肥⑥。

【题解】

此章顺延第二章,写夔州朝景,感叹平生。前三章由暮而夜,由夜而朝,次第秩然。

【注释】

① 山郭:山城,山村。此指夔州内城。朝晖:早晨的阳光。

② 翠微:指山水青翠之色。江楼依山傍水,如置身青翠之中,故云"坐翠微"。

③ 信宿二句:意谓连宿两夜的渔人又在江中泛舟,清秋时节的燕子依然飞来飞去。还(hái),表示重复,相当于"再""又"。故,故意。《杜甫全集校注》卷十三引钱笺:"'信宿渔人',不但自况,以其延缘荻苇,携家啸歌,羁栖之客,殆有弗如。'还泛泛'者,亦羡之之辞也。《九辩》曰:'燕翩翩其辞归兮,蝉寂寞而无声。'以燕遇秋寒,徊翔而畏惧也,故以清秋目之。'燕燕于飞',诗人取喻送别。己则系舟伏枕,而燕乃上下辞归,飞翔促数,搅余心焉。曰'故飞飞',恼乱之辞,亦触连也。"两句写江楼常见之景,表达羡渔人无忧、烦秋燕不归的羁愁。

④ 匡衡句:以抗疏匡衡自比,谓曾上疏救房琯,结果却遭贬斥,故功名不及衡。匡衡,西汉经学家、大臣。字稚圭,东海承(今山东省枣庄市峄城区)人。以说《诗》著称。元帝时,因上书言事,由博士迁光禄大夫、太子少傅。《汉书》本传:"衡为少傅数年,数上疏陈便宜,及朝廷有政议,傅经以对,言多法义,上以为任公卿。"累官至丞相,封乐安侯。抗疏,指向皇帝上书直言。

⑤ 刘向句：又以传经刘向自比，谓家承奉儒素业，却不能如刘向传授经学，故心事每与愿违。刘向，西汉经学家、目录学家、文学家。本名更生，字子政，沛（今江苏省徐州市沛县）人。汉楚元王五世孙。成帝时，任光禄大夫，终中垒校尉。治《春秋谷梁传》，亦好《左氏传》。曾校阅群书，撰《别录》，为目录学之祖。又编有《楚辞》。原有集，已佚，明人辑有《刘中垒集》。另有《洪范五行传》《新序》《说苑》《列女传》等，今存。传经，指传授经学。

⑥ 同学二句：意谓少时同师受业之辈多已脱离贫贱，他们乘肥马、衣轻裘，皆居于长安豪富之地。五陵，指西汉五个皇帝陵墓所在地，均在长安渭水北岸。参见第186页《哀王孙》注释⑯。汉元帝以前，每立陵墓，辄迁徙四方豪富及外戚于此居住，令供奉园陵。衣（yì）马，即"衣马轻肥"。指穿着轻暖的皮袍，坐着由肥马拉的车。语出《论语·雍也》："赤之适齐也，乘肥马，衣轻裘。"后用以形容生活豪华。两句意极不平，而用语含蓄。《杜甫全集校注》卷十三引李梦沙曰："四句合看，总见公一肚皮不合时宜处。言'同学少年'，既非抗疏之匡衡，又非传经之刘向，志趣寄托与公绝不相同。彼所谓富贵赫奕，自鸣其不贱者，不过'五陵衣马自轻肥'而已。极意夷落语，却只如叹羡，乃见少陵立言酝藉之妙。"

【评析】

晨兴独坐，心中烦愁日日不减，故眼前清朗朝景，更增其落寞无聊。渔舟无忧而泛，秋燕辞归而飞，以衬己之漂泊无定。由是带出"望京"衷曲，借匡衡、刘向事功，慨己一生志与愿违，以致同学少年穷达分途，讽而不露。以上三章即景言情，使事托意，皆由夔州忆及长安，明见秋之所兴，引出后面五章。

其四

闻道长安似弈棋，百年世事不胜悲①。王侯第宅皆新主，文武衣冠异昔时②。直北关山金鼓震，征西车马羽书驰③。鱼龙寂寞秋江冷④，故国平居有所思⑤。

【题解】

此章为八诗枢纽,由处身夔州而思及长安,过渡到回忆长安而归结夔州。清陈廷敬《午亭文编·杜律诗话下》:"八章中,前三章详夔州略长安,后五章详长安略夔州。此章末句可以结本章,可以起下章,可以总起下四章,'故国平居有所思',犹'历历开元事,分明在眼前'。"

【注释】

① 闻道二句:意谓听闻长安的政局就像弈棋,世事变化直教人不胜伤悲。闻道,听说。《杜甫全集校注》卷十三引徐增曰:"'闻道'二字,可感可泣。一则不忍言亲见,乃托之耳闻;一则去国已远,不欲实说也。"百年,虚数,非实指,大约是杜甫自谓生平所历时间。《杜甫全集校注》按:"首二句先虚虚喝起,笼罩全篇,下四句方从容道出不胜悲之事实。"

② 王侯二句:意谓王侯府第已易新主,朝廷文臣武将人事皆非。此慨朝廷天宝乱后种种盛衰变化,如缙绅非故、中宦当国、官爵滥赏、文武杂任等。第宅,府第,住宅。衣冠,古代士以上穿戴的服装。代指士大夫、缙绅。

③ 直北二句:形容西北边患不止,情况危急。直北,正北。金鼓震,表示战事激烈。金鼓,即战鼓。参见第90页李白《塞下曲》注释②。羽书驰,指传递紧急军事文书。羽书,犹羽檄。插着羽毛的紧急军事文书。广德元年(763)秋七月,吐蕃大举犯边,入大震关,尽取河西、陇右之地。十月,陷长安,代宗出幸陕州。十二月,又陷松、维、保诸州之地,成都震惊。二年冬十月,朔方节度仆固怀恩叛唐,引回纥、吐蕃兵至邠州,进逼奉天,京师戒严。

④ 鱼龙句:以鱼龙寂寞自喻。鱼龙,鱼和龙。泛指鳞介水族。秋冬水族深潜,不在水面游动。《杜甫全集校注》卷十三引顾宸曰:"寂寞,指鱼龙言。言吾之飘泊秋江,正犹鱼龙值秋而潜蛰。以鱼龙喻己寂寞,甚奇。"

⑤ 故国句:意谓秋日蛰伏夔州,不由思忆往昔居住长安时的平常日子。故国,故都。此指长安。平居,平日,平常日子。黄生曰:"七句陡然接入,得此一振,全篇俱为警策,言外实含比兴,意谓时事纷纭,志士正宜乘时展布,奈何龙蟠鱼伏,息影秋江!回思昔日,亦尝厕足朝班矣,

乃令一跌不振,谁实为之?"(《杜工部诗说》卷八)

【评析】

前三章心之所系,至此接入,从"故园"到"故国",改换一字而主意全出。中二联概言长安乱端:朝廷政局如弈棋,争夺无休;边境连年多警事,干戈纷扰。其所思所忧,非为一己之穷通,即在世道变易与国运衰颓,厥指远大。故而身当"寂寞秋江",无计奈何,追念"故国平居"之时,慨然而不胜其悲,起下四章分而解之。

其五

蓬莱宫阙对南山①,承露金茎霄汉间②。西望瑶池降王母,东来紫气满函关③。云移雉尾开宫扇,日绕龙鳞识圣颜④。一卧沧江惊岁晚⑤,几回青琐点朝班⑥。

【题解】

此章写长安宫阙及朝仪之盛,感怀朝班不再,为故国平居所思之一。

【注释】

① 蓬莱:唐宫殿名。即大明宫,又称含元殿。《唐会要》卷三十:"龙朔二年,高宗染风痹,以宫内湫湿,乃修旧大明宫,改名蓬莱宫。北据高原,南望爽垲。……咸亨元年三月四日,改蓬莱宫为含元殿。长安元年十一月,又改为大明宫。……神龙元年二月,复改为含元殿。"《雍录》卷三引《长安志》曰:"大明宫北据高原,南望爽垲,视终南如指掌,在京坊市可俯而窥也。"宫阙:一作"仙阙"。仇兆鳌本作"高阙",注曰:"丰存礼云,宫阙,旧本作'仙阙'为是,与下文'宫扇'不犯重。《杜臆》从之。今按:宫,当作'高',盖字近而讹耳。"仇说非是。"蓬莱宫阙",即蓬莱宫之阙,不必更"宫"为"仙"或"高"。南山:此指终南山。

② 承露:承露盘。汉武帝于建章宫筑神明台,立铜仙人舒掌捧铜盘承接甘露,冀饮以延年。《汉书·郊祀志上》:"其后又作柏梁、铜柱、承露仙人掌之属矣。"颜师古注引《三辅故事》云:"建章宫承露盘高二十

丈,大七围,以铜为之,上有仙人掌承露,和玉屑饮之。"唐宫中无承露盘,此借汉事为喻。金茎:用以擎承露盘的铜柱。霄汉:天河。亦借指天空。

③ 西望二句:借用典故极写长安宫苑宏丽,宛若仙居。瑶池,传说中昆仑山上仙池,西王母所居。喻宫苑中美池。参见第167页《同诸公登慈恩寺塔》注释⑰。紫气,表示祥瑞,为附会圣贤出现的预兆。《史记·老庄申韩列传》:"于是老子乃著书上下篇,言道德之意五千余言而去,莫知其所终。"司马贞索隐引《列异传》:"老子西游,关令尹喜望见其有紫气浮关,而老子果乘青牛而过。"函关,即函谷关。参见第51页李白《古风》其三注释⑧。旧注认为此联讥玄宗崇道慕仙,故以"瑶池王母"喻杨贵妃册为太真,"紫气函关"比永昌坊空中见玄元皇帝,过于坐实。杨伦《杜诗镜铨》卷十三:"旧注以'王母'句比贵妃之册为太真,'紫气'句指玄元之降于永昌。虽记天宝承平盛事,而荒淫失政亦略见矣。今按:西眺瑶池,东瞰函关,只是极言宫阙气象之宏敞,而讽意自见于言外,公诗每有此双管齐下之笔。"叶嘉莹《杜甫秋兴八首集说》云:"(本章)大旨在写故国平居之盛事,故此联之主旨似只在写宫阙之宏敞壮丽。然玄宗之好神仙、册太真、祀玄元,则又确有史事可证,故杜甫于写宫廷之宏敞壮丽之时,乃沓用'瑶池''王母''紫气''函关'诸字样,此正《镜铨》所云'诗每有此双管齐下之笔'者也。至于其是否有讥讽之意,则但可意会,既不必明言确指其为有,亦不必极言力辩其为无也。"

④ 云移二句:描写朝仪威严。意谓宫扇如云彩一般分开,在日光环绕下亲见皇帝龙颜。雉尾,即雉尾扇。皇帝仪仗用具之一。据《唐会要》卷二十四,开元中,萧嵩奏,每月朔、望,皇帝受朝于宣政殿,宸仪肃穆,升降俯仰,众人不合得而见之,请备用羽扇障合,上坐定,乃去扇。后来定为朝仪。龙鳞,指龙袍。圣颜,皇帝容颜。此指玄宗。杜甫曾一度入朝,献赋蓬莱宫,此联即记其事。

⑤ 一卧句:回归现实,伤年华于秋江。一卧,指卧病。有一蹶不振之意。沧江,苍色江流。此指夔州江水。

⑥ 几回句:意谓立朝时间有限,只几回而已。青琐,装饰皇宫门户的青色连环花纹。借指宫门或宫廷。点朝班,指上朝时依班次点名传

呼百官。杜甫任左拾遗,方立班朝参,但未久因房琯事而遭贬谪,故云。《杜甫全集校注》卷十三引顾宸曰:"盖公自天宝十载献《三大礼赋》,上奇之,命待制集贤院,时年四十,以布衣一识圣颜。至肃宗至德二载,拜左拾遗,明年扈从还长安,时年四十六,始点朝班。至代宗大历元年,自云安至夔,秋寓夔之西阁,时年五十五矣。思及此,那得不惊岁晚!"

【评析】

回忆"故国"承平之盛,宫阙宏丽,朝仪威严,不惟气浑而语壮,且于言外见讽,意极含蓄。末联回返当前,对句作收,以寄无限家国身世之慨。叶嘉莹曰:"此诗前六句仍当以颂意为主,如此方显末二句之空际转身,鲸鱼掉尾,而使前六句之种种繁华盛美都成幻梦,然后一己自蓬莱献赋以来之种种身世之感及国事之种种盛衰之变,其托意兴悲,乃真有不可胜言者矣。"(《杜甫秋兴八首集说》)

其六

瞿唐峡口曲江头①,万里风烟接素秋②。花萼夹城通御气,芙蓉小苑入边愁③。珠帘绣柱围黄鹄,锦缆牙樯起白鸥④。回首可怜歌舞地⑤,秦中自古帝王州⑥。

【题解】

此章写长安歌舞游宴之地曲江,为故国平居所思之二。

【注释】

① 瞿唐句:由所在之地夔峡,联想到长安曲江。瞿唐,峡名。即瞿塘峡,亦称"夔峡"。西起今重庆市奉节县白帝城,东至巫山县大宁河口。为长江三峡之首,最短而又最雄伟。两岸悬崖壁立,江流湍急,号称西蜀门户。峡口有夔门、滟滪堆。曲江,长安城东南游赏胜地。参见第172页《丽人行》注释②。

② 万里句:意谓两地虽相隔万里,而秋色遥遥若接。风烟,指秋天景色,亦兼含兵象。素秋,古代五行说以秋属金,其色白,故称。

③ 花萼二句:追叙当年御驾游幸曲江池苑,宴乐之中传来边患消息。花萼,即花萼相辉楼。《旧唐书·睿宗诸子传》:"玄宗于兴庆宫西南置楼,西面题曰花萼相辉之楼,南面题曰勤政务本之楼。玄宗时登楼,闻诸王音乐之声,咸召登楼同榻宴谑。"夹城,两边筑有高墙的通道。芙蓉小苑,即芙蓉园,曲江池苑别称。《旧唐书·玄宗纪上》:"(开元二十年六月)遣范安及于长安广花萼楼,筑夹城,至芙蓉园。"此言玄宗从花萼楼经夹城至芙蓉园,故曰"通御气"。又安禄山叛军逼近长安,玄宗奔蜀之前,曾登花萼楼饮酒。唐李德裕《次柳氏旧闻》:"及禄山犯阙,乘传遽以告,上欲迁幸,复登楼置酒,四顾凄怆。"此即"入边愁"。

④ 珠帘二句:再言曲江繁华景象。亭台楼阁富丽堂皇,苑中多黄鹄等珍禽;龙舟鹢首往来不绝,时时惊起池中鸥鸟。珠帘绣柱,指曲江建筑的华美。黄鹄,即天鹅。参见第167页《同诸公登慈恩寺塔》注释⑲。《汉书·昭帝纪》:"始元元年春二月,黄鹄下建章宫太液池中。公卿上寿,赐诸侯王、列侯、宗室金钱各有差。"锦缆牙樯,指曲江舟楫的精致。

⑤ 回首句:意谓昔日曲江为繁华之地,如今却荒凉颓败,真令人不堪回首。歌舞地,指曲江。

⑥ 秦中:犹关中。此借指长安一带地区。帝王州:帝王居住之地,京都。

【评析】

陈廷敬云:"上章长安宫阙,此下三章长安城外池苑,此章曲江也。上下四章皆前六句长安,后及夔州。此章在中,首二句便以瞿唐、曲江合言,亦章法变换处。"(《午亭文编·杜律诗话下》)起联即从"一卧沧江"引出,写两地风烟遥接,正应首章秋气萧森。中四句怀想曲江昔日繁华景象,其御驾游幸之盛,逸豫生祸之戒,表里相应,自见其味外余旨。末以叹惋收束,伤形胜之区因歌舞而残毁,忠爱之心较然。

其七

昆明池水汉时功①,武帝旌旗在眼中②。织女机丝虚夜月,石鲸鳞甲动秋风③。波漂菰米沉云黑,露冷莲房坠粉红④。关塞极天唯鸟道,江湖满地一渔翁⑤。

【题解】

此章写昆明池景物之盛,为故国平居所思之三。

【注释】

① 昆明池:遗址在今陕西省西安市长安区斗门街道东。汉武帝所凿。《汉书·武帝纪》:"(元狩三年春)发谪吏穿昆明池。"颜师古注引臣瓒曰:"《西南夷传》有越巂、昆明国,有滇池,方三百里。汉使求身毒国,而为昆明所闭。今欲伐之,故作昆明池象之,以习水战。在长安西南,周回四十里。"《三辅黄图》卷四引《食货志》曰:"时粤欲与汉用船战逐,乃大修昆明池也。"又引《三辅旧事》曰:"昆明池地三百三十二顷,中有戈船各数十,楼船百艘,船上建戈矛,四角悉垂幡旄葆麾,盖照烛涯涘。"

② 武帝:汉武帝。此借汉说唐,亦代指唐玄宗。玄宗时,昆明池仍习水战,如杜甫《寄岳州贾司马六丈巴州严八使君两阁老五十韵》诗有云:"无复云台仗,虚修水战船。"故"旌旗在眼中",既言汉亦慨今。叶嘉莹曰:"此二句承上章'自古帝王'而来,自仍以咏汉武之功为主。'在眼中'者,言武帝之功,旌旗之盛,仿佛犹在眼中,既以衬今日之衰,更借以慨唐代之武事,若一加确指,则反伤浅露矣。"(《杜甫秋兴八首集说》)

③ 织女二句:写池畔景物。汉昆明池畔立有牵牛、织女石像和石鲸。《三辅黄图》卷四引《关辅古语》曰:"昆明池中有二石人,立牵牛、织女于池之东西,以象天河。"又引《三辅故事》曰:"池中有豫章台及石鲸,刻石为鲸鱼,长三丈,每至雷雨,常鸣吼,鬐尾皆动。"机丝,织机上的丝。虚夜月,状织女似乎对月停梭。动秋风,状石鲸仿佛随风摆动。

④ 波漂二句:写池中景物。菰(gū),即茭白。秋结实,称"菰米",亦称"雕胡米"。《本草纲目·谷二·菰米》:"雕胡,九月抽茎,开花如苇芀,结实长寸许,霜后采之,大如茅针,皮黑褐色,其米甚白而滑腻,作饭香脆。杜甫诗'波漂菰米沉云黑'者,即此。"沉云黑,形容菰米丰熟,漂浮水面,望去如黑云一片。莲房,即莲蓬。坠粉红,莲花色红,秋时纷纷凋谢,故云。旧注有以为此二联写兵火凋残之状,读来有荒烟野草之悲,实未确。按《秋兴》本意即是"望京华",追思"故国平居"所历之盛事,故此二联旨在描绘昆明池景的雄丽和物产的丰饶,而非感慨苍凉。

⑤ 关塞二句:回到现实,慨叹漂泊江湖而无归。关塞,同首章之"塞

上",指夔州山川天险。极天,言极高。唯鸟道,指由蜀入秦道路险峻狭隘。江湖满地,意即处处漂泊。渔翁,杜甫自谓。

【评析】

再忆长安城外池苑,续写"故国"之思。发句承"自古帝王州"而来,颂汉武之功,想象"旌旗"在眼,包蕴广远,其所伸但可意会。而描画昆明池景,以炼字为主,着"虚"字、"动"字、"漂"字、"沉"字、"冷"字、"坠"字,便赋物以情,句句静中含动,成自然活境。与第五章相似,末二句亦骤然掉转,折回眼前,昆明池之盛观丽象,已为"关塞""鸟道"所取代,道路险阻,欲归不得,直如"渔翁"四处漂泊。前六句极力铺陈,至此托出无尽悲凉,笔劲情深。

其八

昆吾御宿自逶迤,紫阁峰阴入渼陂①。香稻啄残鹦鹉粒,碧梧栖老凤凰枝②。佳人拾翠春相问,仙侣同舟晚更移③。彩笔昔曾干气象,白头今望苦低垂④。

【题解】

此章追叙渼陂等名胜之游,为故国平居所思之四。

【注释】

① 昆吾二句:追叙自长安经昆吾、御宿往游渼陂。昆吾、御宿,均在长安南,近终南山。汉时属上林苑范围。《汉书·扬雄传上》:"武帝广开上林,南至宜春、鼎胡、御宿、昆吾。"晋灼曰:"鼎胡,宫也,《黄图》以为在蓝田。昆吾,地名也,有亭。"颜师古曰:"宜春,近下杜。御宿,在樊圃(一作'川')西也。"樊川,即御宿川。《三辅黄图》卷四:"御宿苑在长安城南御宿川中,汉武帝为离宫别馆,禁御人不得入。往来游观,止宿其中,故曰御宿。"逶迤,曲折绵延貌。紫阁峰,终南山峰名,在鄠县(今陕西省西安市鄠邑区)东南三十里。《关中胜迹图志》卷二:"紫阁峰、白阁峰、黄阁峰,三峰俱在鄠县东南三十里。《雍胜略》:'紫阁峰,旭日射之,烂然而紫,其形上耸,若楼阁然。'"渼陂(měibēi),湖名,在鄠县西。《长

安志》卷十五:"渼陂在县西五里,出终南山诸谷,合朝公泉为陂。《十道志》曰:'有五味陂,陂鱼甚美,因误名之。'……又《说文》曰:'渼陂在京兆鄠县,其周一十四里,北流入涝水。"天宝十三载(754),杜甫居长安时,曾与岑参兄弟同游渼陂。其《渼陂行》诗云:"岑参兄弟皆好奇,携我远来游渼陂。"

② 香稻二句:形容一路所见物产之盛美。意谓此处有鹦鹉啄食过的香稻粒,有凤凰栖息过的碧梧枝。香稻,一作"红豆""红稻""红饭"。啄残,一作"啄余"。当以"香稻""啄余"为胜。明唐汝询曰:"赵注以'香稻'一联为倒装法。今观诗意,本谓香稻乃是鹦鹉啄余之粒,碧梧则有栖老凤凰之枝。盖举鹦、凤以形容二物之美,非实事也。若云'鹦鹉啄余香稻粒,凤凰栖老碧梧枝',则实有凤凰、鹦鹉矣。少陵倒装句固是不少,惟此一联不可牵合。"(《唐诗解》卷四十一)叶嘉莹亦云:"盖此联之句法,以表面之文法观之,实不免似倒装之句。盖香稻无喙,本不能啄,啄者自当是鹦鹉;碧梧无足,又何能栖,栖者自当是凤凰。……然而若就义法言之,则此联原以写渼陂附近之香稻、碧梧为主,而鹦鹉之啄余、凤凰之栖老,不过以之形容稻、梧之美盛耳,并非实有之物也。如此,则香稻、碧梧,自当置之句首,而'啄余鹦鹉''栖老凤凰',不过为稻、梧之形容子句耳。"(《杜甫秋兴八首集说》)

③ 佳人二句:叙渼陂胜游。意谓水边多美女游春,相互赠物嬉戏;与知心之交同舟寻幽,乐而忘归。拾翠,拾取翠鸟羽毛以为首饰。后多指妇女游春。语出魏曹植《洛神赋》:"或采明珠,或拾翠羽。"相问,相互赠送。仙侣,指情投意合的友朋。语出《后汉书·郭太传》:"林宗唯与李膺同舟而济,众宾望之,以为神仙焉。"此指杜甫与同游的岑参兄弟。晚更移,指移棹夜游不归。即《渼陂行》诗中所谓"船舷暝戛云际寺,水面月出蓝田关"。

④ 彩笔二句:总结本章及全八章。意谓当年意气风发,纪游之文笔可撼动山河气象;如今穷老衰病,惟在远乡遥望京华。彩笔,五色笔。梁钟嵘《诗品》卷中:"初,淹罢宣城郡,遂宿冶亭,梦一美丈夫,自称郭璞,谓淹曰:'吾有笔在卿处多年矣,可以见还。'淹探怀中,得五色笔以授之。尔后为诗,不复成语,故世传江淹才尽。"后人因以"彩笔"指词藻

富丽的文笔或文章。杜甫游渼陂,作有《渼陂行》《渼陂西南台》《与鄠县源大少府宴渼陂》《城西陂泛舟》诸篇。又因游历在献赋事之后,故当时颇以文才自负。昔曾,一作"昔游"。今望,一作"吟望"。当以"昔游""今望"为胜。

【评析】

故国平居所历,自宫阙池苑而至山川名胜,所有昔日之繁盛美好,一一皆成追忆。三四造句错综奇隽,凸显民用之丰足。五六取境清明秀异,回味高朋之嘉会。七写"昔游",当年文采意气,真可挥斥八极,凌厉九霄。八言"今望",自画咏秋小像,于老病委顿中,犹一心遥望"京华"。此二句既收束后四章,又总括全八章,感慨沉郁,章法井然。

咏怀古迹

群山万壑赴荆门①,生长明妃尚有村②。一去紫台连朔漠,独留青冢向黄昏③。画图省识春风面,环珮空归夜月魂④。千载琵琶作胡语,分明怨恨曲中论⑤。

【题解】

此诗为五首其三。永泰二年(766)在夔州作。五首各涉一古迹:第一首庾信宅,第二首宋玉宅,第三首昭君村,第四首先主庙,第五首武侯祠。黄鹤曰:"诗咏三峡、五溪与宋玉之宅、昭君之墓、先主孔明之庙而怀其人,当是大历元年至夔州后作。"(《补注杜诗》卷三十)杨伦曰:"此五章乃借古迹以咏怀也。庾信避难,由建康至江陵,虽非蜀地,然曾居宋玉之宅,公之飘泊类是,故借以发端;次咏宋玉,以文章同调相怜;咏明妃,为高才不遇寄慨;先主、武侯,则有感于君臣之际焉。"又云:"公避禄山之乱,自东北至西南,谓从陷贼谒上凤翔,旋弃官客秦州入蜀,自乾元二年至此已八年矣。因风尘故怀及先主、武侯,因飘泊故怀及庾、宋、明妃,知非泛咏古迹。"(《杜诗镜铨》卷十三)此章即借昭君古迹而怀人慨己。

【注释】

① 群山句：意谓江水穿过三峡的群山万壑奔赴荆门。荆门，山名。在唐峡州宜都县(今湖北省宜昌市宜都市)西北长江南岸。参见第25页王维《汉江临泛》注释②。

② 明妃：王昭君。名嫱，字昭君，西汉南郡秭归(今属湖北省宜昌市)人。晋避司马昭讳，改称为"明君"或"明妃"。明妃村，在今宜昌市兴山县昭君镇西北十余里，下临香溪。

③ 一去二句：概言王昭君平生。汉元帝时，昭君被选入宫。据《汉书·匈奴传下》，竟宁元年(前33)，匈奴呼韩邪单于来朝求和亲，元帝以后宫良家子王嫱字昭君赐单于。入匈奴后，号"宁胡阏氏"，生一男伊屠智牙师，为右日逐王。又据《后汉书·南匈奴传》，成帝建始二年(前31)，呼韩邪死，前阏氏子立，欲妻昭君，昭君上书求归，成帝敕令从胡俗，遂复为后单于阏氏。一去紫台，指昭君离开汉宫。紫台，犹紫宫，帝王所居宫禁。朔漠，北方沙漠地带。青冢，指昭君墓。在今内蒙古自治区呼和浩特市玉泉区大黑河(古称金河)南岸，距市区约二十里。《太平寰宇记》卷三十八《关西道十四·振武军》："青冢在(旧单于大都护府驻地金河)县西北，汉王昭君葬于此，其上草色常青，故曰青冢。"

④ 画图二句：意谓元帝当初只凭图画来认识春风真面，以致昭君殒没塞外，魂灵如夜月空归。刺元帝昏庸而使昭君远嫁。上句承第三句，叙昭君远嫁之故；下句承第四句，言昭君死犹不忘故国。传说昭君不肯贿赂画工，被画为丑，遂嫁匈奴。《西京杂记》卷二："元帝后宫既多，不得常见，乃使画工图其形，按图召幸之。诸宫人皆赂画工，多者十万，少者亦不减五万，独王嫱不肯，遂不得见。后匈奴入朝，求美人为阏氏，于是上案图以昭君行。及去，召见，貌为后宫第一，善应对，举止闲雅。帝悔之，而名籍已定，帝重信于外国，故不复更人。乃穷案其事，画工皆弃市，籍其家资皆巨万。画工有杜陵毛延寿，为人形，丑好老少必得其真。安陵陈敞、新丰刘白、龚宽，并工为牛马飞鸟众势，人形好丑不逮延寿。下杜阳望亦善画，尤善布色，樊育亦善布色，同日弃市。京师画工，于是差稀。"省(xǐng)识，犹认识。春风面，喻美丽容颜。环珮，女子所佩玉饰，借指美女。此代昭君。

⑤ 千载二句：意谓胡地琵琶声千载不绝，分明是昭君在诉说无穷的怨恨。琵琶，西域弹拨乐器。初作"枇杷""批把"，秦汉时传入中原。东汉刘熙《释名·释用器》："枇杷，本出于胡中，马上所鼓也。推手前曰枇，引手却曰杷，象其鼓时，因以为名也。"胡语，犹胡音，胡地音乐。曲中论(lún)，犹言用乐曲倾诉。论，通"抡"。挥动。指弹奏乐曲。《乐府诗集》卷五十九《琴曲歌辞·昭君怨》引《乐府解题》曰："昭君恨帝始不见遇，乃作怨思之歌。"

【评析】

起笔历落，以"赴"字推出竞秀争流局面，便见江山之所钟毓。然佳人薄命，中四句即概怀昭君平生悲苦："连"字哀其去国，"向"字伤其客葬；五六再分承三四，"省识""空归"，用词平婉而怨思最为深邃。结处"琵琶""胡语"中，恨不见遇，忧愤之情千载与共，真乃绝唱。是以《唐宋诗醇》卷十七有云："破空而来，势如天骥下坂，明珠走盘。咏明妃者，此为第一，欧阳修、王安石诗犹落第二乘。"

历历

历历开元事①，分明在眼前。无端盗贼起②，忽已岁时迁③。巫峡西江外④，秦城北斗边⑤。为郎从白首⑥，卧病数秋天⑦。

【题解】

大历二年(767)秋在夔州作。一时有《洞房》《宿昔》《能画》《斗鸡》《历历》《洛阳》《骊山》《提封》八诗，虽未标出总题，但就内容而言，实属组诗。王嗣奭《杜臆》卷八："(《洞房》)此下八首皆追忆长安之往事，语兼讽刺，以警当时君臣，图善后之策也。每首先成诗而撮首二字为篇名，盖《三百篇》之遗法也。"黄生《杜工部诗说》卷七："八章专述开元以来之事，借古喻今，美恶不掩，风人之旨尽于此矣。"仇兆鳌《杜诗详注》卷十七："《秋兴》及《洞房》诸诗，摹情写景，有关国家治乱兴亡，寄托深长。《秋兴》八首，气象高华，声节悲壮，读之令人兴会勃然。《洞房》八章,气思沉郁,词旨凄凉,读之令人感伤欲绝。此皆少陵聚精会神之作,故能舌吐风云,笔参造化,千载之下犹可歌而可涕也。但七律才大气雄,固推赋骚逸调,而五律韬锋敛锷,直与经史并驱,两者当表里参观,方足窥其底蕴焉。"又评《历历》诗云:"此章承前起后。前三章说承平之世,故以'开元事'括之。后三章说乱离以后,故以'盗贼起'包之。"

【注释】

① 历历:清晰貌。

② 无端句:指天宝末安史之乱。无端,无因由,无缘无故。仇兆鳌注:"天宝之乱,皆明皇失德所致,此云'无端盗贼起',盖讳言之耳。"

③ 岁时迁:岁月流逝。自天宝十四载(755)安史乱起,至今已有十余年,故云。

④ 西江:长江从西而来,故称西江。此句言自己所在之地。

⑤ 秦城句:此言心中怀念之地。秦城,指长安。长安古称"北斗城"。参见第268页《秋兴》其二注释②。

⑥ 为郎:做郎官。广德二年(764)六月,严武表荐杜甫为节度使参谋、检校工部员外郎。时年已五十有三,故云"从白首"。从,听任,有不甘意。《前汉纪》卷八:"冯唐白首,屈于郎署,岂不惜哉!"

⑦ 数(shuò)秋天:屡经秋日。

【评析】

上四回顾亲身所历,语虽简括,而情味极深沉,自开、天以来,种种重熙累盛与颠沛流离,尽在其中矣。下四顿跌自叹,身之所在,心之所念,多少悲凉感愤,于言外见之。

孤雁

孤雁不饮啄①,飞鸣声念群②。谁怜一片影③,相失万重云④?望尽似犹见,哀多如更闻⑤。野鸦无意绪,鸣噪亦纷纷⑥。

【题解】

大历二年(767)秋在夔州作。而旧注多编在永泰二年(766)初至夔州时。黄鹤曰:"盖托孤雁以念兄弟也。似是大历元年在夔州作,梁编亦然。"(《补注杜诗》卷二十九)

【注释】

① 饮啄:饮水啄食。《庄子·养生主》:"泽雉十步一啄,百步一饮,不蕲畜乎樊中。"

② 念群:思念同伴或群体。

③ 一片影:指孤雁形单影只。

④ 万重云:形容孤雁与雁群相隔遥远。

⑤ 望尽二句:意谓望尽天涯,似若见到同伴身影;哀鸣不绝,仿佛又闻同伴呼唤。写孤雁念群之极。

⑥ 野鸦二句:意谓野鸦不解孤雁心思,只顾自己鸣噪不已。意绪,犹思绪。《杜甫全集校注》卷十七引顾宸曰:"堪笑野鸦,不知何意绪而鸣噪纷纷乎!曰'无意绪',言其鸣噪之时,竟无意可求,无绪可理,只觉其乱纷纷耳。借野鸦作结,更见孤雁飞鸣,有意有绪,哀声不苟。"亦,一作"自"。

【评析】

写失群之雁,笔笔在"孤",在"念群"。三四句,"一片影"与"万重云"作对比,极言其孤苦之悲,追寻之苦。五六句,"似犹见"而实未见,"如更闻"则实未闻,念群之情可谓至深至切。末以"野鸦"无意无绪来陪衬,愈显孤雁心性之清正与兀傲。通首设喻托意,咏雁写怀,物我浑融,了无斧凿痕。

阁夜

岁暮阴阳催短景①,天涯霜雪霁寒宵②。五更鼓角声悲壮,三峡星河影动摇③。野哭千家闻战伐,夷歌几处起渔樵④。卧龙跃马终黄土⑤,人事音书漫寂寥⑥。

【题解】

题下有注:"即西阁。"大历元年(766)暮冬作于夔州。黄鹤曰:"诗云'岁暮阴阳催短景',又云'三峡星河影动摇',当是在夔州作。又云:'野哭千家闻战伐,夷歌几处起渔樵。'乃大历元年作,是时崔旰之乱未息。"(《补注杜诗》卷三十一)阁,即西阁。杜甫自云安至夔州,秋寓于西阁,终岁居之。

【注释】

① 阴阳:犹日月。短景:日短。冬季白昼不长,故云。

② 天涯:天边,极远之地。此指夔州。霁:泛指风霜雨雪停止,天气转晴。寒宵:寒夜。

③ 五更二句:写寒夜中所闻见情景。萧涤非注引吴见思云:"三四顶'寒宵'句。天霁则鼓角益响,而又五更之时,故声悲壮。天霁则星辰益朗,而又映三峡之水,故影动荡也。"(《杜甫诗选注》)五更,此指第五更,即天将明时。参见第30页王维《秋夜独坐》注释①。鼓角,战鼓和号角。古代军中用以报时、警戒或发令。《通典》卷一百四十九《兵二》:"夫军城及野营行军在外,日出日没时,挝鼓千捶。三百三十三捶为一通。鼓音止,角音动,吹十二声为一叠。角音止,鼓音动。如此三角三鼓,而昏明毕之。"星河,银河。

④ 野哭二句:写天将晓时所闻,感叹战乱祸及千家万户,以及凄然身处边鄙之地。野哭,哭于郊野或道路。指听闻征战消息后人民号哭震野。千家,犹家家。时蜀中有崔旰之乱。旰为严武爱将,为检校西川兵马使。武卒,不满朝廷委任郭英乂为剑南节度使,起兵杀郭英乂。邛州刺史柏茂林、泸州刺史杨子琳、剑州刺史李昌巙皆举兵讨旰,蜀中大乱。参见第249页《将赴荆南寄别李剑州》题解。夷歌,此泛指外族歌曲。渔樵,渔人和樵夫。夷歌起于渔樵之口,旧注谓为蛮夷杂居,有习俗之变。按是指身处荒僻,所闻皆夷歌,有久客之悲。几处,犹处处。

⑤ 卧龙:喻隐居或暂未崭露头角的杰出人物。此指诸葛亮。《三国志·蜀志·诸葛亮传》:"(徐庶)谓先主曰:'诸葛孔明者,卧龙也,将军

岂愿见之乎?'"跃马:喻纵横称雄。此指公孙述。西晋左思《蜀都赋》:"公孙跃马而称帝。"终黄土:谓终归于尽。夔府有孔明庙和白帝庙,故而涉及二人,意谓盖世英雄终不免一死。一说诸葛亮忠,公孙述逆,贤愚同归于尽。

⑥ 人事句:谓世道艰难,人情往来亦只能任其寂寥。漫,任随,随意。时杜甫身在远地,"亲朋无一字",而郑虔、李白、苏源明、高适、严武等好友亦相继离世,故有此颓唐语。

【评析】

西阁寒夜所闻所见,写来清响萧飒,势若奔雷。三四承接"寒宵",鼓角彻天,星影动摇,景极壮阔;五六伤时感事,家家野哭,处处夷歌,情复悲切。此即所谓以壮景写哀情。而起结尤寄微意,阴阳催短景,人生能几何?虽见万事成空之颓唐,然实多素志不展之愤激。

缚鸡行

小奴缚鸡向市卖①,鸡被缚急相喧争。家中厌鸡食虫蚁,不知鸡卖还遭烹。虫鸡于人何厚薄②?吾叱奴人解其缚。鸡虫得失无了时,注目寒江倚山阁③。

【题解】

黄鹤曰:"诗云'注目寒江倚山阁',当是大历元年冬寓居夔西阁时作。"(《补注杜诗》卷十三)

【注释】

① 小奴:年幼男仆。亦泛指小奴仆。

② 虫鸡句:意谓虫鸡对人有什么厚薄可言。指不该厚此薄彼,护虫而卖鸡。厚薄,犹亲疏。

③ 鸡虫二句:此诗之本旨所在。《唐宋诗醇》卷十一:"齐物之旨。"王嗣奭曰:"公晚年溺佛,意主慈悲不杀,见鸡食虫蚁而怜之,遂命缚鸡

出卖。见其被缚喧争,知其畏死,虑及卖去遭烹,遂解其缚,又将食虫蚁矣。鸡得则虫失,虫得则鸡失,世间类者甚多,故云'无了时'。计无所出,只得'注目寒江倚山阁'而已。写出一时情景如画,信是诗家妙手。"(《杜臆》卷八)

【评析】

所叙不过日常一趣,却生出一段别致议论。鸡虫得失,亦道亦佛,难以穷究,正合世间"两难困境"之理。此亦宋人"以议论为诗""即事见理"之先河。结句宕开,牵诗思于杳茫,诉诸静悟与兴会,更有神来之妙。

日暮

牛羊下来久①,各已闭柴门。风月自清夜②,江山非故园。石泉流暗壁,草露滴秋根③。头白灯明里,何须花烬繁④。

【题解】

大历二年(767)秋作于夔州瀼西。夔州白帝城外有东瀼水(今草堂河)、西瀼水(今梅溪河),皆为长江小支流。瀼西,指西瀼水之西(即宋以后夔州州治、今三峡水库建成前老奉节县城)。《太平寰宇记》卷一百四十八《山南东道七·夔州》:"千顷池,在(大昌)县西三百六十里,波澜浩渺,莫知涯际,分为三道:一道东流当县为井源,一道西流为云安县阳溪,一道南流为奉节县西瀼水。"是年春,杜甫由白帝城西阁移居瀼西。

【注释】

① 牛羊句:写牛羊暮归。《诗·王风·君子于役》:"日之夕矣,羊牛下来。"

② 风月:清风明月。清夜:清静之夜。

③ 石泉二句:写山中夜景,词序倒置。仇兆鳌注:"本是'暗泉流石壁,秋露滴草根',却用颠倒出之,觉声谐而句警。"

④ 头白二句:意谓明亮灯光下头发如此雪白,灯花何必繁开报什么

喜讯。花烬,灯芯余烬,即灯花。世谓有喜事则结灯花。黄生曰:"俗以灯花占喜兆,公意中盖以归朝为喜,今头白如此,归朝无日,何用灯花虚兆为? 七八在他人必云'自顾头如雪,灯花不用繁'矣,惟公工于炼句如此。"(《杜工部诗说》卷五)

【评析】

写客中暮夜情景,其词清婉,其气平淡,而其意则极悲郁。人生迟暮之慨,故园难归之伤,尽藏于风月灯影中,浑无畔岸。顾宸曰:"此诗全是异乡无依之感。牛羊自下,柴门自闭,与吾不相涉也。风月自清,江山非故,亦与吾不相涉也。石泉自流,草露自滴,更与吾不相涉也。头白老人,当此日暮,惟孤灯相对而已。偏此灯花若与我有情者,然公云并此亦不须也。淡淡八句中,自有无限意义在。"(《辟疆园杜诗注解》五言律卷十一)

登高

风急天高猿啸哀①,渚清沙白鸟飞回②。无边落木萧萧下③,不尽长江滚滚来。万里悲秋常作客,百年多病独登台④。艰难苦恨繁霜鬓⑤,潦倒新停浊酒杯⑥。

【题解】

大历二年(767)秋作于夔州。仇兆鳌引朱注云:"旧编成都诗内。按诗有'猿啸哀'之句,定为夔州作。"一说广德元年(763)梓州作。黄鹤曰:"宝应元年、广德元年九月,公皆在梓州,以后篇(指《九日》诗)论之,此诗当是广德元年作。"(《补注杜诗》卷二十六)登高,农历九月九日重阳节,习俗于此日登高游宴。

【注释】

① 猿啸哀:三峡多猿,鸣声凄厉。《水经注·江水二》:"巴东三峡巫峡长,猿鸣三声泪沾裳。"

② 渚(zhǔ):水中小洲。
③ 落木:落叶。萧萧:风吹草木摇落声。
④ 百年:犹一生。
⑤ 繁霜鬓:谓白发日增。
⑥ 潦倒句:因衰病而戒酒,故云"新停"。潦倒,衰颓。

【评析】

此诗写景寄情,饶有气魄。前半登高所望,秋色江天,高浑而雄阔;后半登高所感,久客多病,孤伤而苍凉。其经营布置亦颇见整严,八句两两成对,且又句中自对,如"风急"与"天高"、"渚清"与"沙白"等,出手便夺天造;而下"萧萧""滚滚"叠字,更增其疏宕远势,皆极炉锤熔炼之妙。胡应麟尝激赏曰:"杜'风急天高'一章五十六字,如海底珊瑚,瘦劲难名,沉深莫测,而精光万丈,力量万钧。通章章法、句法、字法,前无昔人,后无来学。微有说者,是杜诗,非唐诗耳。然此诗自当为古今七言律第一,不必为唐人七言律第一也。元人评此诗云:'一篇之内,句句皆奇;一句之中,字字皆奇。'亦似识者。"(《诗薮·内编五》)。

观公孙大娘弟子舞剑器行并序

大历二年十月十九日,夔州别驾元持宅①,见临颍李十二娘舞剑器②,壮其蔚跂③。问其所师,曰:"余公孙大娘弟子也。"开元三载④,余尚童稚,记于郾城观公孙氏舞剑器浑脱⑤,浏漓顿挫⑥,独出冠时⑦。自高头宜春、梨园二伎坊内人⑧,洎外供奉舞女⑨,晓是舞者,圣文神武皇帝初⑩,公孙一人而已。玉貌锦衣,况余白首⑪,今兹弟子,亦匪盛颜⑫。既辨其由来,知波澜莫二⑬。抚事慷慨,聊为《剑器行》。昔者吴人张旭⑭,善草书书帖,数尝于邺县见公孙大娘舞西河剑器⑮,自此草书长进,豪荡感激,即公孙可知矣⑯。

昔有佳人公孙氏,一舞剑器动四方。观者如山色沮丧⑰,天地为之久低昂。㸌如羿射九日落,矫如群帝骖龙翔。来如雷霆收震怒,罢如江海凝清光⑱。绛唇珠袖两寂寞⑲,晚有弟子传芬芳。临颍美人在白帝⑳,妙舞此曲神扬扬。与余问答既有以㉑,感时抚事增惋伤。先帝侍女八千人㉒,公孙剑器初第一。五十年间似反掌㉓,风尘澒洞昏王室㉔。梨园弟子散如烟,女乐余姿映寒日㉕。金粟堆南木已拱,瞿唐石城草萧瑟㉖。玳筵急管曲复终,乐极哀来月东出㉗。老夫不知其所往,足茧荒山转愁疾㉘。

【题解】

　　大历二年(767)冬十月作于夔州。公孙大娘,玄宗时期著名舞蹈艺人,善舞剑器等。弟子,即序中所称李十二娘。剑器,唐舞曲名,属健舞或武舞之一。唐段安节《乐府杂录·舞工》,在健舞曲中列有"剑器"。清胡鸣玉《订讹杂录》卷三《剑器浑脱》:"杜少陵诗序云:'观公孙氏舞剑器浑脱,浏漓顿挫,独出冠时。'唐段安节《乐府杂录》谓'剑器'是健舞曲名。又《文献通考·舞部》谓'剑器',古武舞之曲名,其舞用女妓,雄妆空手而舞。案此,今人意以剑器为刀剑之器,非是。"一说,舞者持两端有结之彩帛而舞。清桂馥《札朴》卷六《览古·剑器》:"姜君元吉言,在甘肃,见女子以丈余彩帛结两头,双手持之而舞,有如流星。问何名,曰'剑器'也。乃知公孙大娘所舞即此。"然今人多持执剑而舞说。参见陈寅恪《元白诗笺证稿》第五章《新乐府·立部伎》,任二北《敦煌曲初探》第四章《舞容一得·剑器舞考》。

【注释】

　　① 别驾:亦称"别驾从事""别驾从事史"。汉官名。为刺史佐官,刺史巡视辖境时乘驿车随行,故名。魏晋时,诸州置别驾,总理庶务,职权甚重,当刺史之半。隋唐时改为"长史"。唐中期以后诸州又别驾、长史并置,与"司马"通谓之"上佐"。别驾从五品至从四品不等,然职任已轻。因品高俸厚,常以安置贬谪大臣。元持:河南洛阳人。北魏宗室之后,累官至都官郎中。见《元和姓纂》卷四。

　　② 临颍:唐许州临颍县(今属河南省漯河市)。此言李十二娘的籍贯是临颍。

③ 蔚跂(qǐ):雄浑多姿。

④ 三载:一作"五载"。开元五年,杜甫六岁,似可记忆观舞。诗中有"五十年间似反掌"句,自开元五年(717)至大历二年(767)正好五十年。

⑤ 郾城:唐豫州(代宗时改蔡州)郾城县(今河南省漯河市郾城区)。剑器浑脱:本各为舞曲名。浑脱,原指用小动物整张皮革制成的囊形帽子。唐张鷟《朝野佥载》卷一:"赵公长孙无忌,以乌羊毛为浑脱毡帽,天下慕之,其帽为'赵公浑脱'。"后成为一种戴浑脱帽表演的舞蹈或舞队。《新唐书·宋务光传》载清源尉吕元泰上书言时政云:"比见坊邑相率为浑脱队,骏马胡服,名曰'苏莫遮'。旗鼓相当,军阵势也;腾逐喧噪,战争象也;锦绣夸竞,害女工也;督敛贫弱,伤政体也;胡服相欢,非雅乐也;浑脱为号,非美名也。安可以礼义之朝,法胡虏之俗?""浑脱"亦为当时流行的健舞之一,后又与"剑器"相融合,故称作"剑器浑脱"。清王士禛《居易录》卷二十一:"唐自则天末年'剑器'入'浑脱',为犯声之始。'剑器'宫调,'浑脱'商调,以臣犯君,故为犯声。"

⑥ 浏漓顿挫:谓其舞姿和音调流利飘逸、抑扬跌宕。

⑦ 独出冠时:谓其舞艺突出而冠绝一时。

⑧ 高头:即皇帝前头。借指宫廷。宜春、梨园二伎坊内人:指玄宗时期供奉宫廷歌舞的女伎和艺人。宜春,即宜春院,为选入宫中女伎所居。开元二年(714)置,在长安东宫内。唐崔令钦《教坊记》:"妓女入宜春院,谓之内人,亦曰前头人,常在上前也。"梨园,玄宗选拔坐部伎子弟和宫女教习歌舞之处。《新唐书·礼乐志十二》:"玄宗既知音律,又酷爱法曲,选坐部伎子弟三百教于梨园。声有误者,帝必觉而正之,号'皇帝梨园弟子'。宫女数百,亦为梨园弟子,居宜春北院。"伎坊,犹教坊。

⑨ 洎(jì):至,到。外供奉舞女:指不居宫中,随时应诏入宫表演的歌舞艺伎。与"内人"相对而言。

⑩ 圣文神武皇帝:玄宗尊号。《旧唐书·玄宗纪下》:"(开元二十七年)二月己巳,加尊号'开元圣文神武皇帝'。"

⑪ 玉貌二句:前句言公孙氏当时风貌,后句言眼下自己老态。意谓在我童稚时,公孙氏正当妙龄,如今我已白头,公孙氏就更不用说了。

⑫ 亦匪盛颜:谓青春已过。匪,不是。盛颜,青年时的容貌。

⑬ 既辨二句:意谓弄清了李十二娘的师承渊源,也就知道她的舞艺与公孙大娘没有二致。波澜,此指舞蹈的跌宕起伏。

⑭ 张旭:字伯高,苏州吴县(今江苏省苏州市)人。参见第164页《饮中八仙歌》注释⑭。据唐李肇《唐国史补》卷上,"旭言:'始吾见公主、担夫争路,而得笔法之意,后见公孙氏舞剑器,而得其神'"。

⑮ 邺县:唐相州属县,在州治安阳(今属河南省)北四十里。西河剑器:当为产生于西河地区的剑器舞曲。西河,或指河西或河湟一带。

⑯ 豪荡二句:意谓张旭草书奔放激荡,是受公孙氏舞姿的启发,草圣书法如此,则其舞艺可知矣。

⑰ 色沮丧:因惊心动魄而改变脸色。

⑱ 㷀(huò)如四句:描绘公孙氏舞姿跌宕回旋,多样变化。伏如射落九日,起如骖龙飞翔,来如聚雷霆震怒,罢如凝江海清光。㷀,光亮闪烁貌。羿,神话传说中善射者,尝射落九日。参见第89页李白《古朗月行》注释⑥。矫,矫健。群帝,五方之帝。《晋书·天文志上》:"黄帝坐在太微中,含枢纽之神也。……东方苍帝,灵威仰之神也。南方赤帝,赤熛怒之神也。西方白帝,白招矩之神也。北方黑帝,叶光纪之神也。"骖龙翔,驾龙翱翔。收,聚集。清光,指剑光。

⑲ 绛唇句:谓公孙大娘人与舞俱亡。绛唇,朱唇。此指人。珠袖,此代舞。

⑳ 临颍美人:指李十二娘。白帝:白帝城。指夔州。

㉑ 有以:犹有因。即序中"辨其由来"之意。

㉒ 先帝:指玄宗。八千人:极言其多。

㉓ 反(fān)掌:犹转瞬。喻时间短暂。

㉔ 风尘:喻安史之乱。澒洞(hòngtóng):绵延、弥漫。

㉕ 梨园二句:同情李十二娘,深慨今昔盛衰之变。两京沦陷,梨园弟子及乐工流移四散,故云"散如烟"。女乐,歌舞伎。此指李十二娘。余姿,前辈传留下来的舞姿。当下为冬十月,故云"映寒日"。

㉖ 金粟二句:上句伤玄宗去世多年,下句伤艺人与己流落夔峡。宝应元年(762)四月,玄宗崩于神龙殿。广德元年(763)三月,葬于金粟山

泰陵。金粟山,在今陕西省渭南市蒲城县东北三十里。《旧唐书·玄宗纪下》:"初,上皇亲拜五陵,至桥陵,见金粟山岗有龙盘凤翥之势,复近先茔,谓侍臣曰:'吾千秋后宜葬此地,得奉先陵,不忘孝敬矣。'至是,追奉先旨以创寝园,以广德元年三月辛酉葬于泰陵。"瞿唐石城,即白帝城。

㉗ 玳筵二句:萧涤非注"二句切别驾元持宅。观舞虽同,而时代身世大异,故不禁乐极哀来"(《杜甫诗选注》)。玳筵,即玳瑁筵,指豪华珍贵的宴席。急管,节奏急速的管乐。

㉘ 老夫二句:承上自叹道尽途穷。老夫,杜甫自称。足茧,足上生茧,喻流离奔走、跋涉辛劳。愁疾,谓深愁。

【评析】

此篇序与诗脉理相贯,即由夔州观舞,触怀追往,牵挽出无限沧桑之感,文质俱胜。仇兆鳌注引王嗣奭云:"此诗见剑器而伤往事,所谓'抚事慷慨'也。故咏李氏,却思公孙,咏公孙,却思先帝,全是为开元、天宝五十年治乱兴衰而发。"(《杜诗详注》卷二十)而篇中抚时感事,用笔最重,寄情最深者,仍是公孙氏。写李十二娘,写张旭,写先帝及其教坊弟子,只是侧笔铺衬,窥其用意,即在彰显公孙氏绝世舞艺,借以象征开元一代歌舞繁华。故诗之前半愈是扬厉,则后半愈是悲凉,两相映照,正体现"浏漓顿挫"与"豪荡感激"之格力。结二句于进退迷茫中,蕴涵日月反掌、陵谷变迁之深忧,足以撼动古今。

暮归

霜黄碧梧白鹤栖①,城上击柝复乌啼②。客子入门月皎皎③,谁家捣练风凄凄④。南渡桂水阙舟楫⑤,北归秦川多鼓鼙⑥。年过半百不称意⑦,明日看云还杖藜⑧。

【题解】

此诗写作时地,注家多编在大历三年(768)秋,由江陵寓居公安时作。黄鹤则以为二年秋作于夔州,《补注杜诗》卷三十四曰:"诗云'南度桂水阙舟楫,北归秦川多鼓鼙',当是大历二年夔州作。而梁权道编在三年荆南诗内。按公三年正月出峡,舟达江陵,秋移公安,有《舟中出南浦》诗,非无舟楫。又诗云'霜黄碧梧白鹤栖,城上击柝复乌啼',则诗乃秋末作。若在大历三年作,则其年秋在公安,冬移岳阳,有'舟雪洒寒灯'之句,与'阙舟楫'愈不叶。赵注云:'城上击柝,为白帝城为是。是年吐蕃寇灵州、邠州,京师戒严,故曰北归多鼓鼙。'三年虽吐蕃亦寇邠、灵州,京师亦戒严,然若作江陵作,则北归长安不由秦川。"

【注释】

① 霜黄碧梧:霜使碧梧变黄。黄,用为动词。赵次公云:"梧之碧叶为霜所黄也。"(《九家集注杜诗》卷三十四)

② 击柝(tuò):古代巡夜人敲击木梆报更。

③ 客子:杜甫自谓。

④ 捣练:捣洗煮过的白绢。练,煮熟生丝或生丝织品,使之柔软洁白。

⑤ 桂水:一名"漓水"。其上源在桂州临源县(今广西壮族自治区桂林市兴安县),有秦代灵渠与湘江上源相通。《太平寰宇记》卷一百六十二《岭南道六·桂州·临桂县》:"漓水,一名桂江,出临源县东南阳海山。……湘水,今名小湘江,源出临源县阳海山。漓水、湘水同源,分为二水,水在全义岭上南流为漓水,北流为湘水。"故诗文中亦称湘水为桂水。此处"桂水"即泛指湖湘地区。阙(quē):缺少。

⑥ 秦川:秦岭以北平原地带。此处代指长安京畿之地。鼓鼙:古代军中乐器,指大鼓和小鼓。此处代指征战。时吐蕃侵扰不息,京师戒严。

⑦ 半百:五十。杜甫时年五十六。不称(chèn)意:不合心意。

⑧ 杖藜:谓拄着手杖行走。藜,一年生草本植物。嫩叶可食,老茎坚韧可为杖。

【评析】

此诗之眼在"不称意"三字。老来悲秋,耳目所接无非萧瑟苍凉,他乡暮景殊不称意。而客子思返,南行无舟楫,北归多兵祸,万方多难,皆为不称意事。故结语杖藜看云,集一身闲愁,写尽百无聊赖之态。老杜七言律中,有刻意出格者,非古非律,律中带古,公戏称为"吴体",其实当属另类拗体。此诗每句都不协于律,拗字又多,即是吴体七言,然读来并不觉诘屈生硬。如"霜黄碧梧""客子入门"等句,不仅声调仍自和谐浏亮,且创造出天然清境,含有不尽余味,绝非后人所能摹拟。

登岳阳楼

昔闻洞庭水①,今上岳阳楼。吴楚东南坼,乾坤日夜浮②。亲朋无一字③,老病有孤舟④。戎马关山北⑤,凭轩涕泗流⑥。

【题解】

大历三年(768)冬十二月,由公安至岳州时作。岳阳楼,在江南西道岳州巴陵县(今湖南省岳阳市)城西门上,未知创于何时。北宋范致明《岳阳风土记》:"岳阳楼,城西门楼也。下瞰洞庭,景物宽阔。唐开元四年,中书令张说除守此州,每与才士登楼赋诗,自尔名著。"

【注释】

① 洞庭水:洞庭湖。参见第62页李白《远别离》注释②。

② 吴楚二句:写湖水浩瀚辽阔,把东南大地坼裂,使日月沉浮其中。吴楚,春秋吴、楚之故地。此泛指东南之地,即今长江中下游一带。坼(chè),裂开,分裂。乾坤,称日月。《水经注·湘水》:"湖水广圆五百余里,日月若出没于其中。"

③ 无一字:指音讯全无。

④ 老病句:杜甫时年五十七,身患多种疾病,江湖漂泊,舟外无家,故生此感慨。有,犹"在"。

⑤ 戎马:古代驾兵车的马。代指战争、战乱。其时有与吐蕃之战,长安以北边防吃紧。《资治通鉴》卷二百二十四《唐纪四十·代宗中之上》:"(大历三年)八月壬戌,吐蕃十万众寇灵武。丁卯,吐蕃尚赞摩二

万众寇邠州,京师戒严,邠宁节度使马璘击破之。……九月壬申,命郭子仪将兵五万屯奉天,以备吐蕃。……壬午,朔方骑将白元光击吐蕃,破之。壬辰,元光又破吐蕃二万众于灵武。凤翔节度使李抱玉,使右军都将临洮李晟将兵五千击吐蕃,晟曰:'以力则五千不足用,以谋则太多。'乃将千人出大震关。至临洮,屠吐蕃定秦堡,焚其积聚,虏堡帅慕容谷种而还。吐蕃闻之,释灵州之围而去。戊戌,京师解严。"

⑥ 凭轩:依靠栏杆。涕泗流:涕泪俱下,痛哭。

【评析】

中二联一景一情,洞庭湖水坼裂大地,浮动乾坤,空阔无垠中倍增孤苦飘零之感,景情两相映对,以大显深。结联又从一己之心事,转而系于天下之安危,则愈见其气象恢弘,胸襟博大,语意悲壮。通首登楼骋怀,诗境由阔入狭,又由狭返阔,而开合无痕,非有天纵笔力,何以至此!

江汉

江汉思归客,乾坤一腐儒①。片云天共远,永夜月同孤②。落日心犹壮③,秋风病欲苏④。古来存老马,不必取长途⑤。

【题解】

大历三年(768)秋,漂泊江陵时作。江汉,指长江和汉水,以及二水之间地区。仇兆鳌则以为是下年所作,注云:"旧编在夔州,今依蔡氏入在湖南诗内,与下首'江汉山重阻'为同时之作,盖大历四年秋也。"

【注释】

① 乾坤:天地,天下。腐儒:指迂腐而不知变通的儒士。以此自称,含自嘲之意。黄生曰:"'一腐儒'上着'乾坤'字,自鄙而兼自负之辞,人见其与时龃龉,未免腐儒目之;然身在草野,心忧社稷,乾坤之内,此腐儒能有几人?"(《杜工部诗说》卷五)

② 片云二句:以"片云""孤月"自况,语句倒装,顺言则为"与片云共

远天,与孤月同长夜"。

③ 落日:犹迟暮,喻年衰或处境艰难。非实景。

④ 病欲苏:指病情正在好转。苏,恢复生机。

⑤ 古来二句:用"老马识途"之典。《韩非子·说林上》:"管仲、隰朋从于桓公而伐孤竹,春往冬反,迷惑失道。管仲曰:'老马之智可用也。'乃放老马而随之,遂得道。"存,留养。老马,作者自比。长途,此喻驰驱之力。意谓古人存养老马,不是取其体力,而是重在其智可用。萧涤非云:"末二句极怨恨,意思是说,难道我这腐儒,连一匹老马也不如了吗?"(《杜甫诗选注》)

【评析】

上半谓其孤远而思归,下半则申"老骥伏枥"之意。诗中所言"片云""孤月""落日""秋风",是景语,却虚虚实实,全是自我情绪与心境之写照,故景语即是情语。诗又借老马之用自比,切望不弃,其暮年壮心可鉴。起结自嘲自负,怨而不怒,宛然绘出一个"腐儒"形象,卓立于天地山川之间。

江南逢李龟年

岐王宅里寻常见①,崔九堂前几度闻②。正是江南好风景,落花时节又逢君③。

【题解】

大历五年(770)春作。上年春暮,杜甫离开岳阳往潭州(今湖南省长沙市),居留至次年春,与流落江潭的李龟年相逢。唐岳州、潭州,俱属江南西道。仇兆鳌注引朱曰:"题曰'江南',必潭州作也。旧编在大历三年荆南诗内,非是。"又引钱笺:"《史记》,王翦定荆江南地。又,项羽徙义帝于江南。《楚辞章句》,襄王迁屈原于江南,在湘潭之间。龟年方流落江潭,故曰江南。"李龟年,宫廷乐师。善歌,又善奏羯鼓、筚篥。玄宗时尝在梨园供职,作有《渭州曲》。安史之乱后流落江南,杜甫以诗赠之。唐郑处诲《明皇杂录》卷下:"唐开元中,乐工李龟年、彭年、鹤年兄弟三人,皆有才学盛名。彭年善舞,鹤年、龟年能歌,尤妙制《渭川》,特承顾遇,于东都大起第宅,僭侈之制,逾于公侯。宅在东都通远里,中堂制度甲于都下。其后龟年流落江南,每遇良辰胜赏,为人歌数阕,座中闻之,莫不掩泣罢酒。"

【注释】

① 岐王:睿宗第四子、玄宗之弟李范。《旧唐书·睿宗诸子传》:"范好学工书,雅爱文章之士,士无贵贱,皆尽礼接待。……(开元)十四年病薨。……赠王为惠文太子,陪葬桥陵。"寻常:经常。

② 崔九:原注"崔九,即殿中监崔涤,中书令湜之弟"。崔涤,定州安喜(今河北省定州市)人。中书侍郎崔仁师之孙、中书令崔湜之弟,以门荫入仕。《旧唐书·崔仁师传》后附其事曰:"涤多辩智,善谐谑,素与玄宗款密。兄湜坐太平党诛,玄宗常思之,故待涤逾厚,用为秘书监。出入禁中,与诸王侍宴,不让席而坐,或在宁王之上。后赐名澄。从东封还,加金紫光禄大夫,封安喜县子。开元十四年卒,赠兖州刺史。"

③ 正是二句:阔别重逢,有"风景不殊"而世事全非之悲。江南好风景,言湖湘之地山明水秀。落花时节,既伤花落春尽,更伤人世治乱兴衰、悲欢离合之变。

【评析】

前二句追怀往昔闻誉,后二句感叹眼前重逢。一"闻"一"逢"之间,包含四十余年沧桑巨变,多少兴衰之慨,不尽乱离之伤,竟无一字道及,而又俱于言外见之。诗之用笔达意,可止则止,能藏即藏,令人联想阔远,真得绝句之致味。

小寒食舟中作

佳辰强饮食犹寒①,隐几萧条戴鹖冠②。春水船如天上坐,老年花似雾中看③。娟娟戏蝶过闲幔,片片轻鸥下急湍④。云白山青万余里,愁看直北是长安⑤。

【题解】

大历五年(770)春作于潭州。黄鹤曰:"公在潭,率舟居,此当是大历五年作。"(《补注杜诗》卷三十六)寒食,节日名。在清明前一日或二日。相传春秋时晋文公负其功臣介之推,之推愤而隐于绵山。文公悔悟,烧山逼令出,之推抱木焚死。遂定于忌日禁火冷食,以为悼念。据考,《周礼·秋官·司烜氏》:"中春以木铎修火禁于国中。"则禁火为周旧制。西汉刘向《别录》亦有"寒食蹋蹴"的记载,与介之推死事无关。东晋陆翙《邺中记》《后汉书·周举传》等,记述邺、太原等地旧俗,始附会为介之推事。寒食日有在春、在夏、在冬诸说,惟在春说为后世所沿袭。南朝梁宗懔《荆楚岁时记》:"去冬节一百五日,即有疾风甚雨,谓之寒食。禁火三日,造饧大麦粥。"小寒食,寒食的第二天。王嗣奭曰:"小寒食,注谓寒食前一日,误矣,盖谓寒食次日也。《岁时记》:'冬至后一百五日为寒食。'据历在清明前二日。而《后汉书》周举移书子推庙,易一月为三日。《广义》注:'禁火三日,谓至后一百四、五日、六日。'乃知小寒食是六日,故诗云:'佳辰强饮食犹寒。'总在三日内,故云'佳辰'。次日清明始有新火,故云'食犹寒'。其意甚明。"(《杜臆》卷十)

【注释】

① 佳辰:良辰,吉日。此指小寒食。强(qiǎng)饮:勉强饮酒。

② 隐几(yìnjī):倚靠着几案。几,此指船上的几案。鹖冠(héguān):隐士之冠。《文选·刘孝标〈辩命论〉》:"至于鹖冠瓮牖,必以悬天有期。"李善注:"《七略》,鹖冠子者,盖楚人也。常居深山,以鹖为冠,故曰鹖冠。"此句刻画出舟中人穷愁潦倒、孤苦寂寞形象。

③ 春水二句:意谓春水洋溢,舟行若凌空;老年看花,眼眩如隔雾。《杜甫全集校注》卷二十引赵次公曰:"黄鲁直云,前人诗有'水面船如天上坐',杜公改一字,而精神炯然,可谓点铁成金。"又沈佺期《钓竿篇》诗云:"人疑天上坐,鱼似镜中悬。"看,此处读如平声。

④ 娟娟二句:萧涤非注"二句语含比兴。见蝶、鸥往来自由,各得其

所,益觉自己的不得自由"(《杜甫诗选注》)。娟娟,飘动貌。此状蝶之戏。闲幔,一作"开幔"。仇兆鳌注引朱瀚曰:"公父名闲,故注家改'闲'为'开',毕竟未妥。"而北宋张耒《明道杂志》云:"杜甫之父名闲,而甫诗不讳'闲'。某在馆中时,同舍屡论及此。余谓甫天姿笃于忠孝,于父名非不获已,宜不忍言。试问王仲至讨论之,果得其由,大抵本误也。《寒食》诗云:'田父邀皆去,邻家闲不违。'仲至家有古写本杜诗,作'问不违'。作'问',实胜'闲'。又《诸将》诗云:'见愁汗马西戎逼,曾闪朱旗北斗闲。'写本作'殷'字,亦有理,语更雄健。又有'娟娟戏蝶过闲幔,片片惊鸥下急湍',本作'开幔','开幔'语更工,因开幔见蝶过也。"片片,此状鸥之轻。

⑤ 云白二句:意谓相隔万里云山,空望长安而生愁。《旧唐书·地理志三》:"(潭州)在京师南二千四百四十五里,至东都二千一百八十五里。"万余里,此为诗家夸张语。沈佺期《遥同杜员外审言过岭》诗:"两地江山万余里,何时重谒圣明君。"浦起龙曰:"三四、第七,与沈云卿诗偶相类,固非蹈袭,亦非有意损益也。"(《读杜心解》卷四之二)直北,正北。

【评析】

首句"佳辰强饮",含愁而起。三四舟中所感,春水盈盈实依节令而来,雾里看花则承"隐几萧条";句式为上二下五,亦是一奇。五六舟中观景,"戏蝶""轻鸥"往来随意,极其自在闲适,反兴自己身心俱困,引出下文。末二句云山空望,愁由中发,正回照首端。黄生曰:"起二句,便是愁之深,故结用'愁'字点破,应转末联云:云山满目,隔长安万里而遥,直北看去,所以生愁。"又云:"前六句轻俊流利,七句实接。'云白山青'四字振起,章法之佳甚者也。"(《唐诗摘钞》卷三)即方回所称"壮丽悲慨"之作,可为"万古之准则"(《瀛奎律髓》卷十六)。

韩愈

韩愈(768—824),字退之,河南河阳(今河南省焦作市孟州市南)人。自谓郡望昌黎,故后世尊称昌黎先生。幼孤,由兄嫂抚养成人,能刻苦读书。贞元八年(792)登进士第,三试博学宏词不中,两入节度使幕府为推官。十八年,以铨选调国子四门博士,寻迁监察御史,因上疏言事而贬连州阳山令。宪宗即位,移江陵法曹参军,历国子博士、河南令、考功郎中、中书舍人、太子右庶子等。元和十二年(817),从裴度参与平定淮西之役,以功授刑部侍郎,因谏阻宪宗迎佛骨,贬为潮州刺史。后累官至吏部侍郎。长庆四年(824)十二月卒,赠礼部尚书,谥曰文。

韩愈是古文运动的倡导者。他站在儒学道统立场,主张继承先秦、两汉散文传统,力反六朝以来的骈俪文风。其文气势雄健,内容真率,开辟了唐代古文发展的新道路,被列为唐宋八大家之首。而其诗在中唐亦独树一帜,尤擅长五、七言古体。他以文为诗,求新警,善铺陈,好发议论,将古文笔法引入诗中,扩大了诗的表现领域。清叶燮《原诗·内篇上》曰:"韩愈为唐诗之一大变,其力大,其思雄,崛起特为鼻祖。宋之苏、梅、欧、苏、王、黄,皆愈为之发其端,可谓极盛。"清赵翼《瓯北诗话》卷三曰:"韩昌黎生平所心摹力追者,惟李杜二公。顾李杜之前,未有李杜,故二公才气横恣,各开生面,遂独有千古。至昌黎时,李杜已在前,纵极力变化,终不能再辟一径。惟少陵奇险处,尚有可推扩,故一眼觑定,欲从此辟山开道,自成一家。此昌黎注意所在也。然奇险处亦自有得失。盖少陵才思所到,偶然得之;而昌黎则专以此求胜,故时见斧凿痕迹。有心与无心,异也。其实昌黎自有本色,仍在文从字顺中,自然雄厚博大,不可捉摸,不专以奇险见长。恐昌黎亦不自知,后人平心读之自见。若徒以奇险求昌黎,转失之矣。"清马允刚《刻唐李杜韩白四家叙》曰:"今读其集,其立意用笔、抒写性情景物之处,其阔大处似李,其沉实处似杜,其光焰诚有不减李杜者,学者特因其语多生硬,不似他家之顺适,故读者少耳。而其用意实有足羽翼《三百篇》者,不但文起八代之衰已也。"韩诗驰骋才力,不肯蹈袭前人,创造出雄豪奇崛之境,实开一代之风气。

有《昌黎先生集》。选诗据钱仲联《韩昌黎诗系年集释》(上海古籍出版社1984年版)。

条山苍

条山苍,河水黄①。浪波沄沄去②,松柏在高冈③。

【题解】

贞元二年(786)初至河中作,时年十九。条山,即中条山。在河中府(治今山西省运城市永济市蒲州镇)境,黄河与涑水之间。东北至西南走向,长约三百二十余里。清王元启曰,公因感名士阳城隐于中条山之事而作此。"'波浪'句,谓远近慕其德行,从学者多;'松柏'句,仰其德行之高,且有未获从游之恨。"(《读韩记疑》卷一)

【注释】

① 河水:黄河之水。
② 浪波:一作"波浪"。沄沄:水流汹涌貌。
③ 高冈:高的山脊。《诗·周南·卷耳》:"陟彼高冈,我马玄黄。"郑玄笺:"山脊曰冈。"

【评析】

山河光色交映成辉,态势亦动静相乘。而诗语简朴、宏壮,短短十六字,颇见气概,邈然有古意。

青青水中蒲三首

青青水中蒲①,下有一双鱼。君今上陇去②,我在与谁居?
青青水中蒲,长在水中居。寄语浮萍草③,相随我不如④。
青青水中蒲,叶短不出水。妇人不下堂⑤,行子在万里⑥。

【题解】

贞元九年(793)游凤翔时作。清陈沆曰:"此公寄内而代为内人怀己之词。然前二章,儿女离别之情。第三章,丈夫四方之志。"(《诗比兴笺》卷四)钱仲联补释云:"公夫人卢氏,年少于公约六七岁。据公为妻兄卢於陵所作墓志铭,於陵以元和二年卒,年三十有六。如以公妻之年少於陵二岁计,则贞元九年,年仅十九耳。"《青青水中蒲》入唐乐府新题,见《乐府诗集》卷九十一《新乐府辞二·乐府杂题二》。

【注释】

① 蒲:菖蒲。多年生水生草本植物。叶狭长似剑形,初夏开淡黄色小花,全株有香气。

② 陇:此指陇坻(六盘山南段)地区。唐属关内道陇州(治今陕西省宝鸡市陇县)。《旧唐书·地理志一》:"凤翔、陇节度使,治凤翔府,管凤翔府、陇州。"

③ 浮萍:漂浮水面的草本植物。叶扁平,呈圆形、倒卵形或椭圆形。表面绿色,背面紫红色,叶下生须根,开小白花。

④ 相随句:意谓我不如浮萍能够始终伴随蒲草。

⑤ 不下堂:犹不出门。下堂,离开殿堂或堂屋。

⑥ 行子:出行的人。

【评析】

三章意脉相贯,不言自己怀内,而言内人怀己,思情只从对面托出,倍见真切。又全用比兴,映对反衬,词质而不俚,尽得三百篇及汉乐府之遗。

醉留东野

昔年因读李白杜甫诗,长恨二人不相从①。吾与东野生并世②,如何复蹑二子踪③?东野不得官④,白首夸龙钟⑤。韩子稍奸黠⑥,自惭青蒿倚长松⑦。低头拜东野,愿得终始如駏蛩⑧。东野不回头,有如寸筳撞巨钟⑨。吾愿身为云,东野变为龙⑩。四方上下逐东野,虽有离别何由逢⑪?

【题解】

贞元十四年(798)春作于汴州(今河南省开封市),时在宣武军节度使董晋幕中。愈进士及第后,三试博学宏词而不中,十二年入董晋幕为观察推官。孟郊,字东野,湖州武康(今浙江省湖州市德清县)人。早年隐居嵩山。贞元十二年,年近五十登进士第,数年后授溧阳县尉。元和初(806),为河南水陆转运从事。九年卒,友人私谥贞曜先生。其诗感伤遭遇,多寒苦之音。用字造句力避平庸浅率,追求瘦硬。韩愈与之意趣相投,交谊颇深,世人并称为"韩孟"。贞元十三年,郊犹未得官,尝寄寓汴州。明年春,将离汴南行,赋诗别愈,韩集中亦有《远游联句》《答孟郊》等诗,与此诗皆为同时之作。

【注释】

① 不相从:不在一起。天宝三载(744)四月,李白与杜甫初识于洛阳。是年秋,二人相约同游梁宋,后又游齐赵。四载秋,在鲁郡东石门(今山东省济宁市兖州区)相别,白南游吴越,甫归长安。从此,二人未再相见。

② 并世:同时代。

③ 如何句:意谓为何像李白、杜甫一样不常相从。复蹑二子踪,指追随二人踪迹。

④ 不得官:贞元十二年,孟郊第三次应进士试及第,既得即去,至十七年方以铨选授溧阳尉。故愈作此诗时,郊犹未得官。

⑤ 夸龙钟:夸耀年老资深。谓倚老卖老。钱仲联补释:"龙钟,形容老态。曰'夸龙钟',犹俗云'卖老'也。"

⑥ 奸黠:此指小聪明,滑头。

⑦ 自惭句:意谓与东野交而自感惭愧,好比青蒿倚靠高大的苍松。

⑧ 駏蛩(jùqióng):即蛩蛩駏驉。传说中的异兽。一说蛩蛩与駏驉为相类似而形影不离的二兽。一说为一兽,常背负另一种叫"蟨(jué)"的兽行走,蟨为蛩蛩駏驉取甘草而食之,蟨遇祸患,蛩蛩駏驉必负之而逃,两者相依相顾。钱仲联补释:"《尔雅》作'邛邛岠虚',《吕览》《韩诗外传》作'蛩蛩距虚',《说苑》作'蛩蛩巨虚'。'邛邛'为省文,'駏驉'为别体也。"

⑨ 有如句:用"以莛撞钟"之典。莛(tíng),草茎。谓用草茎打钟,毫无声响。喻才识浅陋的人向高明的学者发问,得不到回应。《说苑·善说》:"赵襄子谓仲尼曰:'先生委质以见人主,七十君矣,而无所通,不识世无明君乎?意先生之道固不通乎?'仲尼不对。异日,襄子见子路曰:'尝问先生以道,先生不对。知而不对则隐也,隐则安得为仁?若信不知,安得为圣?'子路曰:'建天下之鸣钟,而撞之以挺,岂能发其声乎哉?君问先生,无乃犹以挺撞乎!'"挺,通"莛"。此处以"寸莛"自比,"巨钟"喻孟郊。

⑩ 吾愿二句:意谓我与君志同道合,愿如云龙长久相从。《易·乾》:"同声相应,同气相求。水流湿,火就燥,云从龙,风从虎,圣人作而万物睹。"

⑪ 虽有句:意谓即使世间常有离别也遭遇不到。何由逢,以反问语气表示遇不到。

【评析】

孟东野为昌黎所心折,不仅在年长,更在身穷而才性"雄骜",为诗笃好"横空盘硬语"(韩愈《荐士》)。其精神气格,昌黎以为匹敌,并视作砥砺进步之助,故愿托襟怀相依相从。诗中叙二人厚谊,比于李杜之交,自许甚高;又多引譬运典,降身屈己以示推崇,语句豪率奇辟而情意深至,颇合题中"醉留"之旨。

汴泗交流赠张仆射

汴泗交流郡城角,筑场千步平如削①。短垣三面缭逶迤②,击鼓腾腾树赤旗③。新雨朝凉未见日,公早结束来何为④?分曹决胜约前定⑤,百马攒蹄近相映⑥。球惊杖奋合且离⑦,红牛缨绂黄金羁⑧。侧身转臂著马腹,霹雳应手神珠驰⑨。超遥散漫两闲暇,挥霍纷纭争变化⑩。发难得巧意气粗⑪,欢声四合壮士呼。此诚习战非为剧,岂若安坐行良图⑫?当今忠臣不可得,公马莫走须杀贼⑬。

【题解】

贞元十五年(799)九月作,在徐州张建封幕。南宋樊汝霖曰:"公集有谏张仆射击球书,此诗言'此诚习战非为剧,岂若安坐行良图',盖亦以讥之也。"(《五百家注昌黎文集》卷三引)钱仲联集释引洪兴祖《韩子年谱》曰:"九月一日上建封书,论晨入夜归事。其后有谏击球书及诗。"汴泗交流,指徐州。古汴水与泗水在徐州汇合后入淮,故云。张仆射,指张建封,官至徐泗濠节度、加检校尚书右仆射。仆射,秦官,汉唐沿之。唐置左右仆射,为尚书省长官。后仅为节度、观察诸使的加官。参见第208页杜甫《新安吏》注释⑬。建封有和诗《酬韩校书愈打球歌》云:"仆本修持文笔者,今来帅镇红旗下。不能无事习蛇矛,闲就平场学使马。军中役养骁智才,竞驰骏逸随我来。护军对引相向去,风呼月旋期先开。俯身仰击复旁击,难于古人左右射。齐观百步透短门,谁羡养由遥破的?儒生疑我新发狂,武夫爱我生辉光。杖移骏底拂尾后,星从月下流中场。人人不约心自一,马马不鞭蹄自疾。凡情莫便捷中能,拙自翻惊巧时失。韩生讶我为斯艺,劝我徐驱作安计。不知戎事竟何成,且愧吾人一言惠。"清陈景云曰:"此诗张仆射有和篇,其末云:'韩生许我为斯艺,劝我徐驱作安计。不知戎事竟何成,且愧吾人一言惠。'盖击球之事,虽不为即止,亦深以公言为有当也。"(《韩集点勘》卷一)

【注释】

① 筑场千步:修筑方圆千步的球场。步,古长度单位。唐以来旧制,以营造尺五尺为一步。

② 短垣:短墙。缭:围绕。透迤:曲折绵延貌。

③ 腾腾:象声词。形容鼓声。

④ 结束:装束,打扮。

⑤ 分曹:指分成两队进行比赛。

⑥ 攒蹄:马急驰貌。因奔驰时前后蹄攒集一起,故云。

⑦ 球惊句:形容激烈的击球场面。球惊,谓球击如飞。杖奋,谓球杖挥舞。合且离,指比赛队伍时分时合。

⑧ 红牛句:形容装饰华丽的骏马来回奔驰。缨绂(fú),本指冠带与印绶,此指披挂于马身的垂饰物。羁,马络头。南宋孙汝听曰:"以红牛毛为缨绂,黄金为羁,所以饰马。"(《五百家注昌黎文集》卷三引)

⑨ 侧身二句:意谓比赛中击球者翻身附着于马腹上,只听霹雳一声随手将球击出。霹雳,形容击球的声音。应手,随手,顺手。神珠,喻球。

⑩ 超遥二句:意谓骑手们一会儿散开远去,看似悠闲从容;一会儿又迅疾聚拢,纷乱争抢而富于变化。超遥,远貌。挥霍,迅疾貌。

⑪ 发难得巧:指张仆射击发球的难度高,而控球技艺巧捷。王元启曰:"谓发之难,得之巧。建封和诗云:'俯身仰击复旁击,难于古人左右射。'与此'难'字正同。"(《读韩记疑》卷一)意气粗:形容意气豪壮。

⑫ 此诚二句:意谓如果打球确是练兵而非游戏,那么不如安坐营帐谋划良策。习战,练习作战。剧,游戏。岂若,犹何如,表示不如。良图,远大的谋略。

⑬ 公马句:劝讽张建封不要让自己的骏马疲于球戏,而应当奔驰在杀敌战场。莫走,莫要疾奔于球场。钱仲联集释引李黼平曰:"末句从杜《冬狩行》'为我回辔擒西戎'脱胎。"

【评析】

首段六句,摹写击球前形势与气氛,以"来何为"设问,呼起下文。次段十句,正写击球"分曹决胜"情景,场面眩目惊心,纷沓复跌宕,极有笔力。其间,百马攒蹄相映,军士翻身俯仰,衬出仆射技艺超群与意气洋洋,刻画愈是精妙,愈能烘托诗之题旨。末段四句,顺势说出本意,归结于劝讽,剀切而不乏奇警。昌黎文集中有《上张仆射第二书》,以谏击球事,不过着眼于"养寿命"而论之。此诗则直言止球戏,谋良图,须上战场杀敌建功。故近人程学恂曰:"前赋击球极工尽致,后乃以正规之。此诗之讽与书之谏有不同处。"(《韩诗臆说》卷一)

雉带箭

原头火烧静兀兀①,野雉畏鹰出复没②。将军欲以巧伏人,盘马弯弓惜不发③。地形渐窄观者多,雉惊弓满劲箭加④。冲人决起百余尺,红翎白镞随倾斜⑤。将军仰笑军吏贺,五色离披马前堕⑥。

【题解】

此与《汴泗交流赠张仆射》诗为同时之作。樊汝霖曰:"此诗公佐张仆射于徐,从猎而作也。读之,其状如在目前,盖写物之妙者。"(《五百家注昌黎文集》卷三引)

【注释】

① 原头句:意谓原野上猎火在静静燃烧。原头,原野。火,打猎时驱赶禽兽之火。兀兀,静止貌。

② 出复没:一作"伏欲没"。南宋朱熹按:"雉出复没,而射者弯弓不肯轻发,正是形容持满命中之巧,毫厘不差处。改作'伏欲',神采索然矣。"(《原本韩集考异》卷一)

③ 将军二句:意谓将军欲施展其过人射技,骑马盘旋回转,挽弓而不发。伏人,使人佩服。盘马,骑马盘旋回转。弯弓,挽弓,拉弓。清顾嗣立曰:"二句无限神情,无限顿挫。公盖示人以运笔作文之法也。"(《昌黎先生诗集注》卷三)程学恂曰:"二句写射之妙处,全在未射时,是能于空处得神。即古今作诗文之妙,亦只在空处着笔。此可作口诀读。"(《韩诗臆说》卷一)

④ 加:置于其上。此指射中。

⑤ 红翎句:意谓野雉带着箭倾斜而下。红翎白镞,指箭。红翎,箭竿末端的红色羽毛。白镞,白色的金属箭头。

⑥ 五色:指野雉的彩色羽毛。离披:分散垂落貌。

【评析】

此篇写射雉,与前诗写击球,皆得咏物记事之妙,要在选取典型情境,体物而传其神。射猎中,野雉惊慌出没,将军盘马挽弓不发,便多动止之真趣;而野雉带箭冲起又坠落,则又笔底波澜,更添顿挫之声势。《唐宋诗醇》卷二十九曰:"篇幅有限,而盘屈跳荡,生气远出,故是神笔。"读之可悟韩诗运思裁剪之法。

归彭城

　　天下兵又动①,太平竟何时?吁谟者谁子②?无乃失所宜③。前年关中旱,闾井多死饥④。去岁东郡水,生民为流尸⑤。上天不虚应,祸福各有随⑥。我欲进短策⑦,无由至彤墀⑧。刳肝以为纸,沥血以书辞⑨。上言陈尧舜,下言引龙夔⑩。言词多感激⑪,文字少葳蕤⑫。一读已自怪,再寻良自疑⑬。食芹虽云美,献御固已痴⑭。缄封在骨髓,耿耿空自奇⑮。昨者到京城,屡陪高车驰⑯。周行多俊异⑰,议论无瑕疵。见待颇异礼,未能去毛皮⑱。到口不敢吐,徐徐俟其巇⑲。归来戎马间⑳,惊顾似羁雌㉑。连日或不语,终朝见相欺㉒。乘间辄骑马㉓,茫茫诣空陂㉔。遇酒即酩酊㉕,君知我为谁?

【题解】

　　贞元十六年(800)春,愈以节度推官代张建封朝正(古代诸侯及臣属在正月朝见天子)后,归返徐州时作。樊汝霖曰:"彭城,徐州也。公为《欧阳詹哀辞》曰:'贞元十五年冬,予以徐州从事朝正于京师。'《答张彻》诗曰:'朝京忽同舣。'而此诗曰'归彭城'者,盖十六年自京复归徐也。"(《五百家注昌黎文集》卷二引)

【注释】

　　① 天下句:指贞元十五年(799)淮西节度留后吴少诚叛乱。三月,吴少诚陷唐州;九月,掠临颍,寇许州,朝廷发十六道兵(宣武、河阳、郑滑、东都汝、成德、幽州、淄青、魏博、易定、泽潞、河东、淮南、徐泗、山南东、西、鄂岳)讨之。十二月,诸道兵败于小溵河(在今河南省漯河市临颍县南)。

　　② 吁谟(xūmó):大计,大谋。《诗·大雅·抑》:"吁谟定命,远犹辰告。"毛传:"吁,大;谟,谋;犹,道;辰,时也。"此句质问谁在谋划军国大政。清方世举注引《新唐书·宰相表》:"贞元十四年七月壬申,赵宗儒罢。工部侍郎郑余庆为中书侍郎、同中书门下平章事,崔损为门下侍

郎。"(《韩昌黎诗集编年笺注》卷一)清沈钦韩曰:"考其时,德宗信任韦渠牟、李实等,群小用事。宰相崔损、郑余庆、齐抗等,充位而已。"(《韩集补注》)

③ 无乃:相当于"莫非""恐怕是"。表示委婉猜度语气。所宜:适宜,妥当。

④ 前年二句:指贞元十四年冬,无雪,京师饥。关中,泛指四塞(东函谷、南武关、西散关、北萧关)之内渭河流域一带。闾井,里巷,平民聚居处。死饥,饿死的人。

⑤ 去岁二句:指贞元十五年秋,黄河在滑州(治今河南省安阳市滑县城关街道)决口,郑、滑等地遭遇洪灾。生民,人民。流尸,漂浮于流水中的尸体。

⑥ 上天二句:意谓上天总能感应到人事善恶,必会降福报或灾祸于下。《后汉书·顺冲质帝纪》:"(永和元年春正月,孝顺皇帝)诏曰:'朕秉政不明,灾眚屡臻,典籍所忌,震、食为重。今日变方远,地摇京师。咎征不虚,必有所应。群公百僚,其各上封事,指陈得失,靡有所讳。'"

⑦ 短策:谦词。笨拙的策略。

⑧ 彤墀:即丹墀。宫殿前的赤色台阶或赤色地面。借指朝廷。

⑨ 刳(kū)肝二句:意谓愿力陈肺腑之言,为国竭尽忠诚。刳肝,剖挖心肝。喻陈肺腑之言。沥血,滴血以示竭诚。

⑩ 上言二句:意谓以圣君之道、贤士之德上书进言。尧舜,唐尧和虞舜,远古传说中的圣明君主。龙夔,舜时贤臣龙与夔。后泛指贤士。

⑪ 感激:感奋激发。

⑫ 葳蕤(wēiruí):华美艳丽貌。此处形容文字华而不实。

⑬ 一读二句:意谓初读自己的进言已觉得奇怪,再读更是怀疑自己了。此为愤激之词,恨其言论恐不受重视,不为所用。再寻,犹重温。良,甚。

⑭ 食芹二句:意谓虽然位卑识浅仍不忘微薄之献的心意是美好的,但那么做本来就显得过于痴迂。食芹,用《列子·杨朱》中"曝背食芹"之典:"昔者宋国有田夫,常衣缊黂,仅以过冬。暨春东作,自曝于日,不知天下之有广厦隩室,绵纩狐貉。顾谓其妻曰:'负日之暄,人莫知者,

以献吾君,将有重赏。'里之富室告之曰:'昔人有美戎菽、甘枲茎芹萍子者,对乡豪称之。乡豪取而尝之,蜇于口,惨于腹,众哂而怨之,其人大惭。子此类也。'"亦作"献芹",谦言自己的礼物菲薄或建议浅陋。献御,指进献食物给皇上。此喻进言。

⑮ 缄封二句:意谓只好将想说的话封闭在内心深处,徒以耿耿忠诚而自命不凡。缄封,封闭。骨髓,指内心深处。耿耿,一片忠心。自奇,犹自负。

⑯ 高车:高大的车。喻指显贵者。

⑰ 周行(háng):周官行列。《诗·周南·卷耳》:"嗟我怀人,寘彼周行。"毛传:"怀,思;寘,置;行,列也。思君子,官贤人,置周之列位。"后泛指朝官。俊异:杰出而卓异的人。

⑱ 见待二句:意谓朝官们特蒙优渥,却没有去掉虚伪的客套。异礼,特别的礼遇。毛皮,虚礼,客套。

⑲ 到口二句:意谓在朝堂上欲言又止,总在迟疑地等待时机。徐徐,犹迟疑。巇(xī),罅隙,此喻可乘之机。

⑳ 戎马:战争,战乱。

㉑ 羁雌:失偶的雌鸟。《文选·谢灵运〈晚出西射堂〉》:"羁雌恋旧侣,迷鸟怀故林。"刘良注:"羁雌,无耦也。"

㉒ 终朝(zhāo):整天。见相欺:一作"见我欺""相见欺"。指受人排挤,相互间假装应和。

㉓ 乘间:利用机会,趁空。

㉔ 诣:到,往。空陂(bēi):空旷的山坡。

㉕ 酩酊(mǐngdǐng):大醉貌。

【评析】

诗作三段。起十句为第一段,忧悯兵连祸结,究问谋者之过失,以为上天报应,感慨极深。中十四句为第二段,披露赤诚,正苦于无处进言,转念又自怪自疑,借嘲讽自己迂阔痴迷,发泄一腔忠愤。末十六句为第三段,写往返京师见闻:前八句叙在京所遇,婉刺朝官饱练世故,优礼特异,却依违阿曲,不敢直言切谏;后八句记归徐所感,幕中相欺相轧,困顿无聊,其驻马空陂,把酒浇愁,实多日暮途穷之悲。通篇不惟结构工稳,情绪由振荡排击而至委曲萦回,亦含变化之法。

山石

　　山石荦确行径微①,黄昏到寺蝙蝠飞。升堂坐阶新雨足②,芭蕉叶大支子肥③。僧言古壁佛画好,以火来照所见稀④。铺床拂席置羹饭,疏粝亦足饱我饥⑤。夜深静卧百虫绝,清月出岭光入扉。天明独去无道路⑥,出入高下穷烟霏⑦。山红涧碧纷烂漫,时见松枥皆十围⑧。当流赤足蹋涧石⑨,水声激激风吹衣⑩。人生如此自可乐,岂必局束为人鞿⑪。嗟哉吾党二三子,安得至老不更归⑫?

【题解】

　　贞元十七年(801)秋七月,与友人游洛北惠林寺时作。上年夏,愈离开徐州而西居洛阳。樊汝霖曰:"此诗编次于《河之水》后,当是去徐即洛时作,故其后有'人生如此自可乐,岂必局束为人鞿'之句。"(《五百家注昌黎文集》卷三引)方世举注:"按《外集·洛北惠林寺题名》云:'韩愈、李景兴、侯喜、尉迟汾,贞元十七年七月二十二日鱼于温洛,宿此而归。'前诗(指《赠侯喜》)云'晡时坚坐到黄昏',此诗云'黄昏到寺蝙蝠飞',正一时事景物。"(《韩昌黎诗集编年笺注》卷二)

【注释】

　　① 荦(luò)确:怪石嶙峋貌。行径微:山路狭窄。行径,通行的小路。

　　② 升堂坐阶:指进入寺院游憩。升堂,登上厅堂。阶,堂前台阶。新雨:刚下过的雨。

　　③ 芭蕉:亦称"甘蕉"。多年生草本植物。叶长而宽大,花苞殷红如炬,果实似香蕉,但不能食用。原产于琉球群岛和台湾。支子:即栀子。常绿灌木或小乔木。夏日开白花,香浓。秋结果实,生青熟黄,可作黄色染料,亦可入药。

④ 稀:依稀,模糊。亦可解作"稀罕",意即佛画很罕见。
⑤ 疏粝(lì):粗糙的饭食。此指简单的饮食。
⑥ 无道路:指晨雾中辨不清道路。
⑦ 烟霏:飘动的烟雾云团。
⑧ 松枥:松树和枥树。枥,同"栎"。落叶乔木。十围:十人合围。形容树干粗壮。
⑨ 当流:对着流水。蹋:同"踏"。
⑩ 激激:象声词。急流声。
⑪ 岂必:犹何必。局束:局促,拘束。靰(jī):马嚼子。此处用作动词,牵制,束缚。
⑫ 嗟哉二句:意谓我辈几位同心好友,怎能到老还不辞官归去。表达欲脱羁束、归返田园的愿望。嗟哉,叹词。吾党二三子,指同游的几位知心友。安得,怎能。不更归,不再归。归,指辞官回乡。

【评析】

近人汪佑南曰:"是宿寺后补作,以首二字'山石'标题,此古人通例也。'山石'四句,到寺即景。'僧言'四句,到寺后即事。'夜深'二句,宿寺写景。'天明'六句,出寺写景。'人生'四句,写怀结。通体写景处,句多浓丽;即事写怀,以淡语出之。浓淡相间,纯任自然,似不经意,而实极经意之作也。"(钱仲联《韩昌黎诗系年集释》卷二引)诗按纪游次序写来,许多层次联络照应,如展画卷,不见丝毫繁芜板滞。而叙事、绘景与写怀,只是寻常用语,却处处有声有色,情味具足。故知韩诗并非专为奇险一路,亦有清峻流转之笔。

落齿

去年落一牙①,今年落一齿②。俄然落六七③,落势殊未已。余存皆动摇,尽落应始止④。忆初落一时,但念豁可耻⑤。及至落二三,始忧衰即死。每一将落时,懔懔恒在己⑥。叉牙妨食物,颠倒怯漱水⑦。终焉舍我落,意与崩山比⑧。今来落既熟,见落空相似⑨。余存二十余,次第知落矣⑩。傥常岁落一,自足支两纪。如其落并空,与渐亦同指⑪。人言齿之落,寿命理难恃⑫。我言生有涯⑬,长短俱死尔。人言齿之豁,左右惊谛视⑭。我言庄周云,木雁各有喜⑮。语讹默固好,嚼废软还美⑯。因歌遂成诗,持用诧妻子⑰。

【题解】

诗题又作《齿落》。贞元十九年(803)在京师作,时以四门博士调任监察御史。南宋韩醇曰:"公尝与侄老成书云'吾年未四十,齿牙动摇',贞元十八,《与崔群书》云'近者,左车第二牙无故动摇脱去',今此诗又云'去年落一牙,今年落一齿',其在贞元十九年作欤?"(《五百家注昌黎文集》卷四引)

【注释】

① 牙:大牙。古时称在辅车之后者为牙。辅车,指颊辅与牙床。

② 齿:门牙。古时称当唇者为齿。南宋戴侗《六书故》卷十一:"口有齿有牙,齿当唇,牙当车。"以下诗中"牙""齿"为互文,同义。

③ 俄然:一会儿,突然间。形容时间短。

④ 尽落句:谓落尽才停止。

⑤ 忆初二句:意谓回想当初落第一颗时,只是担心豁牙非常羞人。

⑥ 懔懔(lǐn—)句:意谓自己常处在忧虑恐惧之中。懔懔,危惧貌。恒,经常,常常。

⑦ 叉牙二句:意谓松动的牙齿歪斜不正既妨碍进食,又害怕用水漱口。叉牙,参差旁出。颠倒,歪斜不正。

⑧ 终焉二句:意谓它终究还是舍弃我而脱落,使我的情绪败坏好比山崩一样。

⑨ 今来二句:意谓如今已对落齿习以为常,此番所脱只不过与从前相似罢了。

⑩ 次第:依次。

⑪ 傥常四句:意谓假如每年落一个成为常态,那么足可支撑二十余年。假如今日一并落尽,亦与渐渐而落意义相同。傥,假如。自足,自

当足够。纪,十二年为一纪。如其,假如。同指,旨意相同。韩醇曰:"《周礼》'一纪十有二岁'。以所余二十余齿,一岁一落,则足支两纪矣。如其今日并落,则与岁常渐渐而落者,亦同归于空而已也。"(《五百家注昌黎文集》卷四引)

⑫ 寿命句:意谓生命之道无所依凭。即寿命不能长久。理,命理,命运之道。恃,依赖,凭借。

⑬ 生有涯:生命有限。《庄子·养生主》:"吾生也有涯,而知也无涯。"

⑭ 左右句:意谓周围的人会惊奇地仔细察看。谛视,仔细察看。

⑮ 木雁句:用《庄子·山木》典。庄子行于山中,见大树因不材而免于被伐,后又见主人杀不鸣之雁以享客。弟子疑而问于庄子曰:"昨日山中之木,以不材得终其天年,今主人之雁,以不材死,先生将何处?"庄子笑曰:"周将处夫材与不材之间。"此借木和雁各得其所,喻有牙无牙各有其可喜之处。

⑯ 语讹二句:意谓齿落说话多有讹误,那么沉默不语便好;无牙不能咀嚼,那就专吃软食亦同样有美味。语讹,言语讹误。软,软食。

⑰ 诧:夸耀。

【评析】

歌咏"落齿",每四句一转意,脉理亦曲折可见。初始但觉羞耻,继之变为忧惧,再变而为豁达,层层推进,法度秩然。"语讹默固好,嚼废软还美"两句,申释"木雁"事典,深得乐天知命、纯任自然之趣。如此叙写生活日常,且即事入理,用笔率直而又诙谐有味,是韩诗一大新奇处。其命意与手法,人或以为上承陶潜《止酒》,不如说本于老杜《缚鸡行》更为切当。

答张十一功曹

山净江空水见沙,哀猿啼处两三家。筼筜竞长纤纤笋①,踯躅闲开艳艳花②。未报恩波知死所,莫令炎瘴送生涯③。吟君诗罢看双鬓,斗觉霜毛一半加④。

【题解】

贞元二十年(804)春在连州阳山县(今属广东省清远市)作。十九年冬十二月,愈以言事罢监察御史,出为阳山令,次年春至阳山。张十一,即张署,此以行第称之。与愈同自监察御史遭贬,令郴州临武(今属湖南省郴州市)。功曹,唐地方佐吏,为六曹或六司(功、仓、户、兵、法、士)之一。在府称功曹参军事,在州称司功参军事,七品。《唐六典》卷三十:"功曹、司功参军,掌官吏考课、假使、选举、祭祀、祯祥、道佛、学校、表疏、书启、医药、陈设之事。"韩集中,酬张署诗颇多,而署诗仅此诗后所附原唱,曰:"九疑峰畔二江前,恋阙思归日抵年。白简趋朝曾并命,苍梧左宦亦联翩。鲛人远泛渔舟火,鹏鸟闲飞雾里天。澣汗几时流率土,扁舟直下共归田。"据钱仲联补释,"公《唐故河南令张君墓志铭》:'君讳署,字某,河间人。以进士举博学宏词,为校书郎,自京兆武功尉拜监察御史。为幸臣所谮,与同辈韩愈、李方叔三人,俱为县令南方。二年,逢恩俱徙掾江陵。'按:洪兴祖《韩子年谱》系此诗于二十年春南迁时。方成珪《昌黎先生诗文年谱》系此诗于永贞二年春,二人偕掾江陵时,以题有'功曹'二字;二十年春,张尚未为功曹。然细按张诗,境地情绪,明系作于湘南而非江陵。至公此诗首三句,即《送区册序》所称'阳山天下之穷处,江流悍急,县郭无居民,夹江荒茅篁竹之间,小吏十余家'景象。第四句与《杏花》诗所谓'二年流窜出岭外,所见草木多异同。山榴踯躅少意思,照耀黄紫徒为丛',及《游青龙寺》诗'前年岭隅乡思发,踯躅成山开不算'者亦合。第六句'炎瘴'字更不切江陵。方说非也。'功曹'二字,疑为后来追题,或为李汉编集时所加"。

【注释】

① 筼筜(yúndāng):一种皮薄、节长而竿高的竹子。

② 踯躅(zhízhú):杜鹃花的别称。又名"映山红"。

③ 未报二句:意谓皇上的恩泽尚未报答,也不知身将终于何处,只是不要在这湿热的瘴气里虚度一生。恩波,指帝王的恩泽。死所,生命终止的地方。炎瘴,南方湿热致病之气。

④ 斗(dǒu):通"陡"。陡然,突然。霜毛:白发。

【评析】

前半写贬所景象,荒疏、闲寂之中点缀鲜明,似寄逐臣失落而犹未绝望之情,为下文作地。后半抒贬谪愁怨,用尽曲笔:五六句实含愤懑与忧虑,却掩于"未报恩波"等语之下;七八句不说内心悲哀,而只以陡增"霜毛"来形容。深文厚貌,正所谓"怨而不怒,哀而不伤"之意。同遭困厄,酬答仍不失敦雅,是足可宽人慰己。

八月十五夜赠张功曹

纤云四卷天无河①,清风吹空月舒波②。沙平水息声影绝,一杯相属君当歌③。君歌声酸辞且苦,不能听终泪如雨。洞庭连天九疑高④,蛟龙出没猩鼯号⑤。十生九死到官所⑥,幽居默默如藏逃⑦。下床畏蛇食畏药,海气湿蛰熏腥臊⑧。昨者州前槌大鼓,嗣皇继圣登夔皋⑨。赦书一日行万里,罪从大辟皆除死⑩。迁者追回流者还,涤瑕荡垢朝清班⑪。州家申名使家抑,坎轲只得移荆蛮⑫。判司卑官不堪说,未免捶楚尘埃间⑬。同时辈流多上道⑭,天路幽险难追攀。君歌且休听我歌,我歌今与君殊科⑮。一年明月今宵多,人生由命非由他,有酒不饮奈明何⑯!

【题解】

贞元二十一年(805)正月,顺宗即位,韩愈、张署皆遇赦。愈于夏秋间离阳山,赴郴州与署一同待命。八月,顺宗被迫让位,宪宗登极,改元永贞,复大赦。因遭人阻抑,二人均未调任京职,仅改江陵府掾,署为功曹参军,愈为法曹参军。此诗即作于郴州受命后的中秋之夜。

【注释】

① 纤云:微云,轻云。无河:指中秋夜空月明星稀,见不到银河。
② 月舒波:指月光铺洒。

③ 相属(zhǔ)：相互劝酒，向人敬酒。

④ 洞庭：即洞庭湖。又名"青草湖"。参见第62页李白《远别离》注释②。九疑：即九疑山。参见第63页李白《远别离》注释⑩。洞庭、九疑，概述二人南迁经途。

⑤ 蛟龙：蛟与龙。传说中的水族动物。蛟能发洪水，龙能兴云雨。此指湖上风浪大作。猩鼯：猩猩与鼯鼠。栖息于山林中的动物。

⑥ 官所：官员办公处所。此指贬官之地。张署为郴州临武令，韩愈为连州阳山令。

⑦ 幽居：居于僻静之地。

⑧ 下床二句：意谓下床怕蛇咬、吃饭怕中毒，空气潮湿腥臭熏人。形容贬所生活环境恶劣。药，毒药。方世举注："按南方多蛇，又多畜蛊，以毒药杀人。"(《韩昌黎诗集编年笺注》卷三)海气，海面或江面上的雾气。此泛指南方山水间的瘴雾。湿蛰，潮湿。钱仲联补释："蛰亦湿义，字通作'霫'。《集韵》：'霫，小湿。陟立切。'"腥臊，腥臭，腥臭的气味。

⑨ 嗣皇句：意谓新皇继位将要举用像夔、皋陶一样的贤良。嗣皇，继位的皇帝。此指宪宗。贞元二十一年八月四日，顺宗下诏退位，令皇太子即皇帝位。五日，又下诰改元。《旧唐书·顺宗纪》："辛丑，诰：'……宜以今月九日册皇帝于宣政殿。……宜改贞元二十一年为永贞元年。自贞元二十一年八月五日已前，天下死罪降从流，流以下递减一等。'"登，进用，选拔。夔皋，即夔与皋陶。相传为虞舜时期的乐官和刑官，有政绩。后以借指贤明的辅弼大臣。

⑩ 大辟(pì)：死刑。古代五刑之一。隋唐以后五刑为死、流、徒、杖、笞。

⑪ 迁者二句：意谓迁谪流放的官员都被召还，洗尽身上的污浊以赴朝廷清班。涤瑕荡垢，清除污垢。瑕，玉石上的斑点或裂痕。垢，污秽。此喻过失罪错。朝(cháo)清班，指复官上朝入于班列。清班，朝班的美称。古代群臣上朝时按官品分班排列的位次，称"朝班"。后亦泛指朝廷百官之列。

⑫ 州家二句：意谓刺史提名赦免而遭观察使压制，命运坎坷只得量移到荆楚之地。州家，刺史。汉、唐州郡长官。使家，观察使。唐于诸

道置按察使,后改采访处置使,又改观察使,位次于节度使,并为地方军政长官。中叶以后,多以节度使兼领。无节度使之州,亦特设观察使,管辖一道或数州,并兼领刺史之职。凡兵甲、财赋、民俗之事,无所不领,权任颇重,谓之都府。沈钦韩《韩集补注》:"是时,杨凭为湖南观察使。"钱仲联补释:"杨凭为柳宗元妻父,自必仰承忬,文一党意旨,公与署之被抑,宜也。"坎轲,亦作"坎坷"。高低不平貌,喻困顿不得志。荆蛮,古代中原人对楚、越或南人的称呼。此指江陵。

⑬ 判司二句:意谓判司官职低微不值一提,处于底层总不免要受责罚。判司,唐州府佐吏。如诸曹(司)参军等。捶楚,杖击,鞭打。蔡梦弼曰:"按唐制,参军、簿尉有过,即受笞杖之刑,犹今之胥吏也。故杜牧诗有云'参军与簿尉,尘土惊劻勷。一语不中治,鞭笞身满疮'是也。"(《五百家注昌黎文集》卷三引)尘埃间,此喻官场底层。

⑭ 辈流:流辈,同辈。上道:上路。此指启程回京。

⑮ 殊科:不同。

⑯ 奈明何:谓怎么面对天上明月。有辜负了如此良辰美景之意。明,此以指代月亮或月光。一说,明指明宵。"奈明何",即待到明宵怎么办。钱仲联补释:"'奈明何',奈明宵何也。承上省'宵'字。今宵中秋,月色分外明,故上句云'多'。明宵,则满月开始缺矣,故唤奈何也。"此说亦通。

【评析】

赠答诗反客为主,借客之口一吐胸中郁结,颇能自出新裁。首四句但写中秋清景,以逗起"君歌"。"洞庭"以下十八句,即代张署所歌之辞,叙迁谪之悲辛,遇赦之期寄,量移之失落,顿挫转换,几多波折。末五句则以"我歌"收住,劝慰好友顺应天命,莫负金樽明月,语意超脱,兴象清旷,正与篇首相回映。

湘中酬张十一功曹

休垂绝徼千行泪,共泛清湘一叶舟①。今日岭猿兼越鸟②,

可怜同听不知愁③。

【题解】

永贞元年(805)九月,韩愈、张署二人同舟离郴赴江陵任,途中作此。湘中,泛指湘江流域。愈自连州过岭赴郴州,即进入湘中地。《五百家注昌黎文集》卷九引《集注》:"湘,水名。湘中,即谓郴州。郴在江南西道,于古为越地。"

【注释】

① 休垂二句:意谓眼下正同乘一叶小舟沿着湘江北上,就不必再为远谪而悲伤流泪。绝徼(jiào),极远的边塞之地。徼,边塞。清湘,清深的湘江。

② 岭:指五岭。即大庾岭、骑田岭、萌渚岭、都庞岭、越城岭,位于今江西、湖南与广东、广西四省之间。郴州临武在岭北,连州阳山在岭南,同属古楚、越僻远蛮荒地,为张、韩二人贬官之所,故句中有"岭猿""越鸟"之谓。

③ 可怜:可爱。

【评析】

韩集有《祭河南张署员外文》曰:"余出岭中,君俟州下;偕掾江陵,非余望者。"然遇赦北移,泛舟清湘,终难掩绝处逢生之喜。而岭上猿鸣鸟啼,本为悲苦之音,如今听来反觉可爱,是用昔愁托出今喜,亦是以今喜反衬昔愁,深可玩味。

谒衡岳庙遂宿岳寺题门楼

五岳祭秩皆三公①,四方环镇嵩当中②。火维地荒足妖怪,天假神柄专其雄③。喷云泄雾藏半腹,虽有绝顶谁能穷④?我来正逢秋雨节,阴气晦昧无清风。潜心默祷若有应,岂非正直能感通⑤?须臾静扫众峰出⑥,仰见突兀撑青空⑦。紫盖连延接天柱,石廪腾掷堆祝融⑧。森然魄动下马拜,松柏一径趋灵宫⑨。粉墙丹柱动光彩,鬼物图画填青红⑩。升阶伛偻荐脯酒,欲以菲薄明其衷⑪。庙令老人识神意,睢盱侦伺能鞠躬⑫。手持杯珓导我掷⑬,云此最吉余难同⑭。窜逐蛮荒幸不死,衣食才足甘长终⑮。侯王将相望久绝,神纵欲福难为功⑯。夜投佛寺上高阁,星月掩映云朣胧⑰。猿鸣钟动不知曙,杲杲寒日生于东⑱。

【题解】

永贞元年(805)九月,自郴州北上江陵,途中游衡山作。旧有作于自潮州还一说,如苏轼《海市》诗云:"潮阳太守南迁归,喜见石廪堆祝融。"非是。《五百家注昌黎文集》卷三引《补注》:"公前后两谪南方,初自阳山北还过衡,在永贞元年八月,至潭适当残秋。《陪杜侍御游湘西寺》诗云'是时秋向残'是也。今云'我来正逢秋雨节',故知此诗自阳山还时作。后自潮州移刺袁州,则元和十五年十月,盖未尝过衡。据《袁州谢上表》云:'去年正月贬授潮州刺史,其年十月,准例量移。'云云。即自潮径当来袁,又未尝遇秋雨节时也。苏公《海市》诗中所云,粗言之耳。"衡岳,指衡山,五岳之南岳。在今湖南省衡阳市南岳区北及衡山县西。《元和郡县图志》卷二十九《江南道五·衡州·衡山县》:"衡山,南岳也。一名岣嵝山。在县西三十里。《南岳记》曰:'衡山者,朱阳之灵台,太虚之宝洞。'又云:'赤帝馆其岭,祝融托其阳,以其宿当翼轸,度应机衡,故为名。'又曰:'上如车盖及衡轭之形,山高四千一十丈。'"衡岳庙,即南岳庙。《元和郡县图志》又引《南岳记》曰:"(衡岳庙)南宫四面皆绝,人兽莫至,周回天险无得履者。"《大明一统志》卷六十四《衡州府·祠庙》:"南岳庙,在祝融峰下,祀南岳衡山之神。衡岳有祀,自唐虞已然,汉武帝移祭于霍山,至隋始复祭于此。"岳寺,即衡岳寺。一说在衡山集贤峰,《大明一统志》卷六十四《衡州府·寺观》:"衡岳寺,在衡山县集贤峰。唐韩愈宿衡岳寺,有题门楼诗。"一说在紫云峰下,《大清一统志》卷二百八十一《衡州府·寺观》:"衡岳寺,在衡山县西紫云峰下。梁天监中建。本名善果寺,陈改曰大明寺,隋大业中复改为衡岳寺。"

【注释】

① 五岳句:指古代祭祀五岳用三公之礼。属于王朝最高等级祭祀礼仪。《礼记·王制》:"天子祭天下名山大川,五岳视三公,四渎视诸侯。"五岳,五大名山的总称。参见第52页李白《古风》其三注释⑮。祭秩,祭祀等级。三公,朝廷三种最高官衔的合称。周为太师、太傅、太保。西汉为大司徒(丞相)、大司马(太尉)、大司空(御史大夫);东汉则以太尉、司徒、司空为三公。唐宋沿东汉之制,但非实职。明清承周制,仅用作大臣最高荣衔。

② 四方句:意谓四岳各在其方,中岳嵩山居其中。环镇,周围的名山。镇,一方的主山。指东、西、南、北四岳。

③ 火维二句:意谓南岳衡山地处荒远多妖怪,天授神权让它称雄其间。火维,古代五行说以南方属火,因以"火维"称南方。亦特指南岳衡山。天假,上天授予。神柄,即神权。此指南岳神的权力。

④ 喷云二句:意谓半山腰云雾迷漫,即便登上顶峰亦不易尽览。半腹,半山腰。绝顶,山之最高峰。

⑤ 潜心二句:意谓心中默默祈祷似乎有所应验,难道不是正直者能感动神灵而使天气转晴。潜心,犹专心。感通,谓此有所感而通于彼。

⑥ 须臾句:意谓清风片刻间扫去阴云显露众峰。

⑦ 突兀:高耸貌。

⑧ 紫盖二句:衡山有五大峰,此举其四。腾掷,向上飞起貌。顾嗣立注引《长沙记》:"衡山七十二峰,最大者五:芙蓉、紫盖、石廪、天柱、祝融为最高。"(《昌黎先生诗集注》卷三)钱仲联集释引朱彝尊曰:"此下须用虚景语点注,似更活。今却用四峰排一联,微觉板实。"又引汪佑南曰:"竹垞批,余意不谓然。是登绝顶写实景,妙用'众峰出'领起。盖上联虚,此联实,虚实相生。下接'森然魄动'句,复虚写四峰之高峻,的是古诗神境。朗诵数过,但见其排荡,化堆垛为烟云,何板实之有?"

⑨ 一径:一路。灵宫:此指衡岳庙。

⑩ 粉墙二句:写庙宇白墙红柱上画满彩色的鬼怪图像。粉墙,涂刷成白色的墙。丹柱,红漆柱子。鬼物,指鬼怪。青红,指代彩色颜料。

⑪ 升阶二句:意谓登上台阶恭敬地进献酒肉,欲借微薄的祭品表明

内心的诚意。升阶,自堂下拾级而上。伛偻(yǔlǚ),弯腰俯身以示恭敬。荐,进献祭品。脯(fǔ),干肉。菲薄,此指微薄之物。衷,诚意。

⑫ 庙令二句:意谓庙令老人能领会岳神的旨意,时而抬头凝视,时而察言观色,谨敬地与我对问交谈。庙令,掌管岳庙的官吏。《新唐书·百官志》:"五岳四渎令各一人,正九品上,掌祭祀。"睢盱(huīxū),睁眼仰视貌。侦伺,窥探。鞠躬,谨慎诚敬貌。

⑬ 杯珓(jiào):占卜用具。南宋程大昌《演繁露·卜教》:"后世问卜于神,有器名'杯珓'者,以两蚌壳投空掷地,观其俯仰,以断休咎。自有此制后,后人不专用蛤壳矣,或以竹,或以木,略斫削使如蛤形,而中分为二,有仰有俯,故亦名'杯珓'。杯者,言蛤壳中空,可以受盛,其状如杯也。珓者,本合为教,言神所告教,现于此之俯仰也。"

⑭ 云此句:言这次占卜的结果最为吉利,是其他所占之形不能相比的。《演繁露·卜教》:"其掷法,则以半俯半仰者为吉也。"

⑮ 窜逐二句:意谓我被放逐蛮荒之地侥幸不死,但愿终身能得温饱就心满意足了。衣食才足,刚好满足温饱。甘长终,甘愿如此到终老。

⑯ 侯王二句:意谓求取高官显爵的欲望早已断绝,神灵纵使赐福于我也难有功效。侯王将相,此处泛指高官显爵。

⑰ 膧胧:昏暗不清貌。

⑱ 猿鸣二句:意谓听到猿鸣钟响不觉天已破晓,一轮明亮的秋阳正从东方升起。曙,天亮,破晓。杲杲(gǎo—),明亮貌。《诗·卫风·伯兮》:"其雨其雨,杲杲出日。"

【评析】

诗当分为四段。首段六句总写岳势,从五岳之尊,转入衡岳之雄,起笔超迈。第二段八句叙写游山,山间阴晴变幻之景,虚实相生,奇峻雄壮,正由"默祷"感天通神逗引而出,以戏笔显现其刚直风节。第三段十四句铺写谒庙:"森然魄动"四句,自外而内,描画岳庙环境,一睹光怪;"升阶伛偻"六句,记述祝祭问卜事,虽见庄肃恭谨,而实含谐谑之趣;"窜逐蛮荒"四句,抒写悒郁不平情怀,志业难成,功名息机,即使获神福庇又能如何? 君子智之为用,不即不离,不折不挠,与前文扫云之"正直"相呼应。末段四句写投宿佛寺,以景结情,于昏暗冷寂中,留意点缀光明与疏放,绾合全篇,引诗思至深远。

杏花

居邻北郭古寺空①,杏花两株能白红②。曲江满园不可到,看此宁避雨与风③?二年流窜出岭外④,所见草木多异同⑤。冬寒不严地恒泄,阳气发乱无全功⑥。浮花浪蕊镇长有,才开还落瘴雾中⑦。山榴踯躅少意思,照耀黄紫徒为丛⑧。鹧鸪钩辀猿叫歇⑨,杳杳深谷攒青枫⑩。岂如此树一来玩,若在京国情何穷⑪?今旦胡为忽惆怅?万片飘泊随西东⑫。明年更发应更好,道人莫忘邻家翁⑬。

【题解】

元和元年(806)二月在江陵作,时为江陵法曹参军。

【注释】

① 北郭:城外北郊。北郭古寺,王元启曰:"江陵有金銮寺,退之题名在焉。居邻古寺,意即此寺。"(《读韩记疑》卷一)

② 能白红:谓竟然这般红白相间。能,这样,如许。方世举按:"杏花初放,红后渐白。"(《韩昌黎诗集编年笺注》卷三)

③ 曲江二句:意谓既然不能到长安曲江观看满园春色,那么只能不避风雨来欣赏此花了。曲江,长安城东南游赏胜地。参见第 172 页杜甫《丽人行》注释②。宁避,岂避。以反诘语气表示不避。

④ 二年句:指贞元十九年(803)冬被贬阳山,至永贞元年(805)九月量移江陵,前后历两年有余。流窜,流放。岭,指五岭。参见第 321 页《湘中酬张十一功曹》注释②。

⑤ 异同:不同,不一致。

⑥ 冬寒二句:意谓岭外冬季不甚寒冷,地气常泄而冻土不生;故而阳气乱发,天地失去了完美的功能。无全功,指天地失去化育万物的完美功能。即谓岭南草木生长杂乱而无所限制。《列子·天瑞》:"天地无

全功,圣人无全能,万物无全用。"清查慎行曰:"不到岭南,不知此句之妙。"(《初白庵诗评》卷上)

⑦ 浮花二句:意谓那儿随时随地可见繁开的花,但刚开不久就都飘落在瘴雨蛮烟之中。镇,常,长久。张相曰:"镇,犹常也,长也,尽也。韩愈《杏花》诗:'浮花浪蕊镇长有,才开还落瘴雾中。'此与'长'字义同而联用为重言。"(《诗词曲语辞汇释》卷二)

⑧ 山榴二句:意谓满山的杜鹃花缺少精神,阳光下黄黄紫紫空自堆簇成丛。山榴,即山石榴。一名"山踯躅"。杜鹃花的别名。参见第317页《答张十一功曹》注释②。意思,犹精神,神情。

⑨ 鹧鸪:南方留鸟。古人谐其声为"行不得也哥哥",诗文中常借以表达思乡之情。参见第139页李白《越中览古》注释③。钩辀(zhōu):鹧鸪鸣声。北宋唐慎微《证类本草》卷十九:"(鹧鸪)生江南,形似母鸡,鸣云'钩辀格磔'者是。"

⑩ 杳杳:幽深貌。攒(cuán):簇聚。

⑪ 岂如二句:意谓以上都不如眼前观赏的这两株杏花,能引起我好似身在京城的无穷情思。岂如,何如。以反诘语气表示不如。玩,观赏,欣赏。京国,国都,京城。何焯曰:"应'曲江满园不可到。'"(《义门读书记》卷三十)

⑫ 今旦二句:借杏花飘零四散而自叹身世。今旦,今朝,今日。胡为,何为,为什么。万片,指凋落的杏花。

⑬ 道人:此指寺庙中的僧人。邻家翁:邻居老翁。作者自谓。

【评析】

首二句点起本题,便不再吟咏杏花,只是借物兴慨,专注于曲江之念,且由此折入流窜岭外所见。中间宕开,铺写异域风物,其草木鸟兽尽含迁谪之愁怨,正为曲江满园春色作衬,故以"岂如"句收转,牵出无穷京国情思及飘零惆怅,致有曲折。末二句,虽有寄望未来之意,却也不隐其归期难卜之悲,足以感动人心。通首诗意敦厚圆转,笔锋亦遒劲可爱,真得风人之体。

李花赠张十一署

江陵城西二月尾,花不见桃惟见李①。风揉雨练雪羞比,波涛翻空杳无涘②。君知此处花何似?白花倒烛天夜明,群鸡惊鸣官吏起③。金乌海底初飞来④,朱辉散射青霞开⑤。迷魂乱眼看不得,照耀万树繁如堆⑥。念昔少年著游燕⑦,对花岂省曾辞杯⑧。自从流落忧感集,欲去未到先思回⑨。只今四十已如此,后日更老谁论哉⑩?力携一樽独就醉⑪,不忍虚掷委黄埃⑫。

【题解】

元和元年(806)二月在江陵作。张署时亦在府中,为功曹参军。

【注释】

① 花不句:意谓夜色中只见李花而不见桃花。南宋杨万里曰:"桃李岁岁同时并开,而退之有'花不见桃惟见李'之句,殊不可解。因晚登碧落堂,望隔江桃李,桃皆暗而李独明,乃悟其妙。盖'炫昼缟夜'云。"(《江西道院集二·读退之李花诗序》)炫昼缟夜,谓李花色白,其光采既照耀于白天,又显现于夜晚。

② 风揉二句:意谓李花在风雨的抚弄和洗炼下,洁白得连雪花也羞于与之相比;繁密的花朵像波涛一样在空中翻动,杳茫无际。涘(sì),边际。

③ 白花二句:意谓白色李花反照夜空一片明亮,使群鸡惊慌啼鸣唤起官吏奔赴早衙。倒烛,犹反照。官吏起,指官吏早起赴衙门点卯。

④ 金乌:神话传说太阳中有三足乌,因用为太阳的代称。

⑤ 朱辉:红光。青霞:犹青云。

⑥ 迷魂二句:形容李花繁盛如堆,在阳光照耀下令人魂迷目眩。

⑦ 著(zhuó)游燕:贪恋游乐宴饮。著,贪恋。

⑧ 省(shěng):尝,曾经。句中"省""曾"二字联用,重言而同义(见张相《诗词曲语辞汇释》卷五)。辞杯:推辞饮酒。

⑨ 自从二句:意谓自从漂泊在外忧感交集,欲去看花人未到而兴致

已尽。

⑩ 谁论：向谁叙说。论，叙说。

⑪ 力携句：意谓独自尽力而饮，以求一醉。钱仲联补释："按下《寒食日出游》诗,时张方病,故公独就醉也。"其诗云："李花初发君始病,我往看君花转盛。"

⑫ 不忍句：意谓不忍李花飘落黄尘而辜负大好春光。意即不甘心虚掷光阴,委身于凡尘。虚掷,白白丢弃。黄埃,黄色尘埃。喻尘世间。

【评析】

与前首《杏花》不同,此写李花,体物穷尽工巧,又托花喻人,兴寄深微。前半十一句,设色取势,极写李花之盛。其中"白花倒烛天夜明"句,状李花"炫昼缟夜"奇观,妙得前人未发之秘。晚唐李商隐《李花》诗"自明无月夜"、郑谷《旅寓洛南村舍》诗"月黑见梨花"等句,即从此意翻出,而气象、风调则皆有不及。后半八句,转而致慨,以情造文。流落中百忧交集,犹恋花惜花,不忍其虚掷黄埃,实慕李花光洁胜雪、明烛夜天,感激以思自厉自振而已。

感春

皇天平分成四时,春气漫诞最可悲①。杂花妆林草盖地,白日座上倾天维②。蜂喧鸟咽留不得,红萼万片从风吹③。岂如秋霜虽惨冽,摧落老物谁惜之④？为此径须沽酒饮⑤,自外天地弃不疑⑥。近怜李杜无检束,烂漫长醉多文辞⑦。屈原《离骚》二十五⑧,不肯餔啜糟与醨⑨。惜哉此子巧言语,不到圣处宁非痴⑩？幸逢尧舜明四目,条理品汇皆得宜⑪。平明出门暮归舍,酩酊马上知为谁⑫？

【题解】

此诗为四首其二。元和元年(806)春在江陵作。

【注释】

① 皇天二句：意谓皇天把一年平均分成四季，而春气弥漫的时节最令人悲伤。皇天，天的尊称。漫诞，散漫。此翻"悲秋"之意。《楚辞·九辩》："悲哉，秋之为气也！萧瑟兮草木摇落而变衰。"

② 白日句：即坐看白日向西倾斜。天维，天隅，天边。

③ 蜂喧二句：意谓蜂儿、鸟儿喧闹悲鸣也留不住春光，红花千片万片随风飘落引动愁情。杜甫《曲江》诗："一片花飞减却春，风飘万点正愁人。"

④ 岂如二句：意谓春风不如秋霜，秋霜虽然肃杀凛冽，却只摧落无人怜惜的衰老之物。岂如，何如。惨冽，凛冽，寒冷。老物，此指秋季衰朽之草木。

⑤ 径须：应当。

⑥ 自外句：意谓置身世外，果断地抛弃一切。不疑，不迟疑，不犹豫。

⑦ 近怜二句：意谓喜爱李白与杜甫的不拘形迹，长醉中能写出许多美妙诗篇。怜，喜爱。检束，检点约束。烂漫，谓醉中放浪形骸之态。钱仲联补释："唐人诗用'怜'字常作'爱''喜'等义解，见张相《诗词曲语辞汇释》。此二句爱李杜之长醉，正与下文惜屈原之不饮相对。"

⑧ 屈原句：指屈原写有《离骚》等二十五篇作品。《汉书·艺文志》："屈原赋二十五篇。"

⑨ 不肯句：谓屈原不愿饮酒。餔啜（būchuò），吃喝。糟，酒糟。代酒。醨，薄酒。有成语"餔糟啜醨"。《楚辞·渔父》："众人皆醉，何不餔其糟而啜其醨？"（《文选》"醨"作"醴"）

⑩ 不到句：意谓不饮美酒便是痴。圣处，指饮酒而醉。古称清酒为"圣人"，浊酒为"贤人"，故醉酒为"中圣"或"中圣人"。参见第108页李白《赠孟浩然》注释②。宁非，岂不是。钱仲联集释引方成珪曰："此言屈原不肯餔糟啜醨，人皆醉而己独醒，故曰'不到圣处'。盖参用徐邈'中圣人'语，紧就饮酒言，而以诙谐出之，非真讥三闾也。"

⑪ 幸逢二句：意谓幸逢圣君能明察四方，治理时政井然有序，品录贤才亦恰当适宜。尧舜，以喻明君。四目，观察四方之眼。《书·舜

典》:"询于四岳,辟四门,明四目,达四聪。"孔传:"谋政治于四岳,开辟四方之门未开者,广致众贤。广视听于四方,使天下无壅塞。"条理,指治理政务及其次序。品汇,指品鉴和汇聚人才。

⑫ 平明二句:意谓自晨至暮无所事事,终日沉醉于酒中。平明,黎明。酩酊,沉醉。

【评析】

《感春四首》触物兴慨,写人生困窘,借酒以浇胸中愁怨与不平。而此首言情之沉郁,则句奇意重,出语惊人。开端"春气漫诞最可悲",一反宋玉以来文士悲秋之调,增其伤时况味。继而作比,谓春风吹散片片美好,正不如秋霜只摧落老物,所含忧愤至深至切。中间又举远近三人发议,本意在感念同怀,却故为豁达,以酒事论之。程学恂曰:"满怀郁郁,感时伤老,遂欲寄情于酒。而笑屈原之不饮,皆极无聊之词,非平平论古。"(《韩诗臆说》卷一)末尾明颂暗讽,设若政治清明,何以不能人尽其用? 怨恨之气隐然可感,因以"酩酊马上"形象收结,痛苦已极。

郑群赠簟

蕲州簟竹天下知①,郑君所宝尤瑰奇②。携来当昼不得卧,一府传看黄琉璃③。体坚色净又藏节④,尽眼凝滑无瑕疵。法曹贫贱众所易⑤,腰腹空大何能为? 自从五月困暑湿,如坐深甑遭蒸炊⑥。手磨袖拂心语口,慢肤多汗真相宜⑦。日暮归来独惆怅,有卖直欲倾家资⑧。谁谓故人知我意,卷送八尺含风漪⑨。呼奴扫地铺未了,光彩照耀惊童儿。青蝇侧翅蚤虱避⑩,肃肃疑有清飚吹⑪。倒身甘寝百疾愈,却愿天日恒炎曦⑫。明珠青玉不足报,赠子相好无时衰⑬。

【题解】

元和元年(806)夏五月在江陵作。郑群,字弘之,荥阳(今属河南省郑州市)人。以进士选授正字,自鄠县尉拜监察御史,佐鄂岳、江陵幕;

后历复州、衢州刺史,官终库部郎中。孙汝听曰:"(郑群)时以殿中侍御史佐裴均江陵军。公自阳山量移江陵法曹,与群同僚。"(《五百家注昌黎文集》卷四引)簟(diàn),竹席。

【注释】

① 蕲州簟竹:唐淮南道蕲州(治今湖北省黄冈市蕲春县北)所出之竹,又称"蕲竹"。《大明一统志》卷六十一《黄州府·土产》:"蕲竹,蕲州出。以色莹者为簟,节疏者为笛,带须者为杖。"

② 瑰奇:珍奇。

③ 琉璃:指一种有色半透明的玉石,或烧制而成的瓷釉制品。此处借指光润明净的竹簟。

④ 藏节:谓簟竹节疏,编席无节痕。西晋嵇含《南方草木状》卷下:"簟竹,叶疏而大,一节相去六七尺。"

⑤ 法曹:即法曹参军事。唐府、州佐吏,为六曹或六司(功、仓、户、兵、法、士)之一,正七品下。《新唐书·百官志》:"法曹、司法参军事,掌鞫狱丽法,督盗贼,知赃贿没入。"易,轻视。韩愈时任江陵府法曹参军,身卑职微,受人轻视,故云。

⑥ 甑(zèng):古代蒸食炊器。先秦时期为陶制或青铜制,后多用木制。烝:同"蒸"。用水蒸气加热。

⑦ 手磨二句:意谓抚摩拂拭这竹簟,心有所想即言于口,对体胖多汗的我来说,它是真正适宜的。手磨,用手抚摩。磨,通"摩"。袖拂,用衣袖拂拭。心语口,即言为心声之意。慢肤,细腻润泽的肌肤。

⑧ 有卖句:意谓如果有卖这种竹簟,真想倾尽家财去买它。

⑨ 卷送句:意谓卷起八尺宽的竹簟赠送给我,仿佛带来微风吹拂水面的清凉。风漪,微风吹拂水面形成的波纹。后亦借指竹席。

⑩ 青蝇句:意谓苍蝇、跳蚤、虱子之类害虫在竹簟上无法立足,纷纷躲避。侧翅,斜飞而去。

⑪ 肃肃:象声词。风声。清飑(biāo):犹清风。

⑫ 倒身二句:意谓躺在竹簟上安睡,百病都痊愈了,竟愿天日永久放射炽热的光芒。甘寝,静卧,安睡。却,竟。炎曦,烈炽的日光。

⑬ 明珠二句:意谓明珠青玉实不足以回报郑君,惟有用任何时候都

不衰减的情谊赠予他。无时衰,没有一刻衰减。

【评析】

赋物言情,工于衬法。咏竹簟之美,先托以"一府传看",复从自己极欲得之,到获赠后童惊虫避,尽作侧面烘染。如此落笔,正为点明题旨,映衬赠簟人情之美。"倒身甘寝百疾愈,却愿天日恒炎曦"两句,更是反衬取意,违理见奇,前人虽有"过火""过情"之谓(见赵翼《瓯北诗话》卷三、程学恂《韩诗臆说》卷一),而描摹至极,亦未尝不豁人耳目。

荐士

周诗三百篇,雅丽理训诰①。曾经圣人手②,议论安敢到?五言出汉时,苏李首更号③。东都渐弥漫④,派别百川导。建安能者七⑤,卓荦变风操⑥。逶迤抵晋宋⑦,气象日凋耗。中间数鲍谢⑧,比近最清奥⑨。齐梁及陈隋,众作等蝉噪。搜春摘花卉⑩,沿袭伤剽盗。国朝盛文章,子昂始高蹈⑪。勃兴得李杜,万类困陵暴⑫。后来相继生,亦各臻阃奥⑬。有穷者孟郊,受材实雄骜⑭。冥观洞古今,象外逐幽好⑮。横空盘硬语,妥帖力排奡⑯。敷柔肆纡余,奋猛卷海潦⑰。荣华肖天秀,捷疾逾响报⑱。行身践规矩,甘辱耻媚灶⑲。孟轲分邪正,眸子看瞭眊⑳。杳然粹而精㉑,可以镇浮躁。酸寒溧阳尉㉒,五十几何耄㉓?孜孜营甘旨,辛苦久所冒㉔。俗流知者谁?指注竞嘲慠㉕。圣皇索遗逸,髦士日登造㉖。庙堂有贤相,爱遇均覆焘㉗。况承归与张㉘,二公迭嗟悼。青冥送吹嘘,强箭射鲁缟㉙。胡为久无成?使以归期告。霜风破佳菊,嘉节迫吹帽㉚。念将决焉去,感物增恋嫪㉛。彼微水中荇,尚烦左右芼㉜。鲁侯国至小,庙鼎犹纳郜㉝。幸当择珉玉,宁有弃珪瑁㉞?悠悠我之思,扰扰风中藁。上言愧无路,日夜惟心祷㉟。鹤翎不天生,变化在啄菢㊱。通波非难图,尺地易可漕㊲。善善不汲汲,后时徒悔懊㊳。救死具八珍,不如一箪犒㊴。

微诗公勿诮,恺悌神所劳㊵。

【题解】

元和元年(806)秋,韩愈与孟郊在长安相聚。郊于贞元二十一年(805)辞溧阳尉,闲居京师无所成,又将去之,愈乃作诗荐之于郑余庆。余庆元和元年五月罢相为太子宾客,九月改国子祭酒,十一月为河南尹兼水陆转运使,方奏郊为水陆运从事。旧注以此诗作于余庆尹河南时,王元启以为非是,曰:"篇中有'霜风''佳菊'之句,当是余庆初改祭酒时所荐。"(《读韩记疑》卷一)而钱仲联集释则据诗中"嘉节迫吹帽"句,以是作于重阳节前,曰:"元和元年九月为辛卯朔,余庆丙午迁国子祭酒,为十六日,已在重阳后矣。此诗当是在余庆为太子宾客时上也。"

【注释】

① 周诗二句:意谓《诗经》三百篇,文辞雅正华丽而通于训诂。周诗,即《诗经》。春秋时代所编诗歌总集,凡三百零五篇,故亦称《诗》三百。有"风""雅""颂"三大类,大抵是周初至春秋中叶的作品,为儒家所列经典之一。雅丽,雅正华丽。理,通,达。《淮南子·时则训》:"理关市,来商旅。"高诱注:"理,通也。"又注"规度不失,生气乃理"云:"理,达也。"训诂,本指《尚书》六种文体中的训与诰。训乃教导之词,诰则用于会同时的告诫。二者并称泛指训导告诫一类的文辞。

② 曾经句:谓《诗经》经过了孔子的整理删定。相传古者诗三千余篇,孔子去其重,取可施于礼义者三百五篇,"孔子皆弦歌之,以求合韶武雅颂之音,礼乐自此可得而述"(《史记·孔子世家》)。然近人多疑此说。

③ 苏李:指西汉苏武和李陵。《文选·杂诗》录有李少卿(陵)《与苏武诗三首》,苏子卿(武)《古诗四首》,皆五言诗。梁钟嵘《诗品》卷上:"逮汉李陵,始著五言之目矣。古诗眇邈,人世难详,推其文体,固是炎汉之制,非衰周之倡也。"然自宋苏轼始,即怀疑这些诗的真实性。据今人考定,旧题李陵、苏武的五言诗,实出于东汉末文人的伪托。更号:更换名号。即"著五言之目"。

④ 东都:代指东汉。

⑤ 建安句:指东汉建安七子的诗歌创作。参见第49页李白《古风》其一注释⑩。

⑥ 卓荦:超绝出众。风操:此指诗歌风格。

⑦ 逶迤:衰颓貌。唐陈子昂《与东方左史虬修竹篇序》:"汉魏风骨,晋宋莫传,然而文献有可征者。仆尝暇时观齐梁间诗,彩丽竞繁,而兴寄都绝,每以永叹。思古人常恐逶迤颓靡,风雅不作,以耿耿也。"

⑧ 鲍谢:指南朝宋鲍照与谢灵运。参见第157页杜甫《春日忆李白》注释③、第115页李白《庐山谣寄卢侍御虚舟》注释⑫。

⑨ 比近:近时,近来。清奥:清新深远。

⑩ 搜春:犹寻春。游赏春景。

⑪ 子昂:陈子昂,字伯玉,梓州射洪(今属四川省遂宁市)人。文明元年(684)进士及第,以上书言政为武后所赏,授麟台正字,转右拾遗。后解官归乡,为县令段简所诬,瘐死狱中。其诗标举风骨,强调兴寄,是唐诗革新的先驱。《新唐书·陈子昂传》:"唐兴,文章承徐、庾余风,天下祖尚,子昂始变雅正。初,为《感遇诗》三十八章,王適曰:'是必为海内文宗。'"高蹈:崛起,特出。

⑫ 勃兴二句:意谓李白与杜甫使得诗歌创作勃然兴起,各种流派都被他俩的成就超越和压倒。勃兴,蓬勃兴起。万类,此指各种诗歌流派或品类。陵暴,欺压凌辱。此指超越压制。《新唐书·文艺传·杜甫》:"昌黎韩愈于文章慎许可,至歌诗独推曰:'李杜文章在,光焰万丈长。'诚可信云。"

⑬ 阃隩(kǔn'ào):同"阃奥"。门槛与内室。比喻学问、事理的精深之处。

⑭ 受材:天赋的才能。雄骜:犹雄健。

⑮ 冥观二句:意谓其诗能精深微妙地洞察古今,能在物象之外求得清幽胜境。冥观,玄妙地体察。洞,透彻。象外,物象之外。幽好,犹幽胜。东晋孙绰《游天台山赋》:"散以象外之说,畅以无生之篇。""浑万象以冥观,兀同体于自然。"

⑯ 横空二句:形容其词气刚硬劲健,工稳沉着。横空,横亘天空。此指气势强盛。盘,盘绕,盘旋。硬语,刚劲坚硬的语言。妥帖,稳当。

排奡(ào),刚劲有力。此二句亦是韩愈诗的语言风格。南宋胡仔引王安石曰:"诗人各有所得,'清水出芙蓉,天然去雕饰',此李白所得也;'或看翡翠兰苕上,未掣鲸鱼碧海中',此老杜所得也;'横空盘硬语,妥帖力排奡',此韩愈所得也。"(《苕溪渔隐丛话前集》卷五)

⑰ 敷柔二句:意谓铺叙从容时显得曲折有致,挥洒迅猛时如同卷起大海波澜。上句"敷柔"与下句"奋猛",指两种运笔方式。敷,敷陈,铺叙。柔,宽舒,从容。肆,显示。纡余,形容歌声或文章曲折有致。奋,挥洒,挥动。猛,迅猛。潦,积水。

⑱ 荣华二句:意谓辞藻华美似若天成,才思敏捷胜过回声。荣华,华美的辞藻。天秀,天然之美。捷疾,敏捷。响报,回声。

⑲ 行身二句:意谓立身处世能遵从儒家礼法,甘受屈辱视攀附权贵为羞耻。行身,犹立身处世。规矩,此指儒家礼法、法度。媚灶,语出《论语·八佾》:"与其媚于奥,宁媚于灶。"何晏集解引孔安国曰:"奥,内也,以喻近臣。灶,以喻执政。"后以"媚奥""媚灶"喻阿附权贵。

⑳ 孟轲二句:意谓孟子以眼瞳的明暗,来考察人心的正邪。瞭眊(liǎomào),指眼睛的明亮与昏暗。语出《孟子·离娄上》:"胸中正,则眸子瞭焉;胸中不正,则眸子眊焉。"

㉑ 杳然句:形容孟郊胸襟远大,品行纯美。杳然,犹悠然。深远貌。粹而精,纯美,纯粹。

㉒ 溧阳尉:溧阳县尉。溧阳县(治今江苏省常州市溧阳市西北南渡镇旧县村),唐隶江南西道宣州。孟郊贞元十二年(796)进士及第,十七年选授溧阳尉,二十一年任满离去。县尉为县令佐官,掌一县治安等庶务,秩九品,故云"酸寒"。

㉓ 五十句:意谓五十距老年相差多少?以反问语气表示相差不多。几何,多少。耄(mào),古代以称八十至九十岁年纪。《诗·大雅·板》:"匪我言耄。"毛传:"八十曰耄。"《礼记·曲礼上》:"八十、九十曰耄。"此处泛指年老。钱仲联补释:"东野于元和九年卒,年六十四。以此推之,贞元十七年始尉溧阳时,年五十一。二十一年去尉时,年五十五。"

㉔ 孜孜二句:意谓专心一意侍奉双亲,长期为辛苦所笼罩。孜孜,专心一意。甘旨,本指养亲的食物,引申为奉养双亲。冒,覆盖,笼罩。

㉕ 指注:指指点点,指责。嘲愒:嘲笑轻视。

㉖ 圣皇二句:意谓皇帝索求遗漏的人才,每日都有俊杰被选拔任用。圣皇,对皇帝的尊称。遗逸,指隐士和遗才。髦士,英俊之士。登造,进用。

㉗ 爱遇:亲近礼遇。覆焘:亦作"覆帱"。犹覆被。喻施加恩惠。

㉘ 归与张:一说指归登与张建封。韩醇曰:"谓郊尝为归登、张建封所知。"(《五百家注昌黎文集》卷二引)张建封,参见第307页《汴泗交流赠张仆射》题解。归登,大历七年(772)举孝廉高第,补四门助教。贞元初(785)复登贤良科,自美原尉拜右拾遗,以切谏为时人称重。后转右补阙、起居舍人,迁兵部员外郎,充皇子侍读,寻加史馆修撰。元和中,累官工部尚书。一说,"归"应是归登之父崇敬。方世举注:"冠归于张之上,必其名位在建封之前,疑是登父崇敬也。《旧唐书·德宗纪》:'贞元十五年,特进兵部尚书归崇敬卒。十六年,右仆射张建封卒。'追而溯之,称曰'二公',固其宜也。登虽尝与韩、孟周旋,然按登传,德宗时才至兵部员外郎,充皇子侍读、史馆修撰,不应并称'二公',又在张上也。崇敬字正礼,苏州吴郡人。新旧史皆有传。"(《韩昌黎诗集编年笺注》卷二)

㉙ 青冥二句:意谓诸公虽能奖掖荐引孟郊,然其势若强弩之末不能穿鲁缟。青冥,青天。吹嘘,奖掖,荐引。杜甫《赠献纳使起居田舍人澄》:"扬雄更有《河东赋》,唯待吹嘘送上天。"鲁缟,鲁地所产白绢,以轻细著称。《汉书·韩安国传》:"冲风之衰,不能起毛羽;强弩之末,力不能入鲁缟。"

㉚ 嘉节句:意谓迫近嘉节重阳。嘉节,美好的节日。此指重阳节。吹帽,用东晋孟嘉"落帽"事,喻重阳登高雅集。参见第204页杜甫《九日蓝田崔氏庄》注释③。

㉛ 恋嫪(lào):留恋不舍之情。

㉜ 彼微二句:意谓那些微小的水中之荇,还要烦劳左右采择。荇(xìng),多年生水生草本植物,嫩叶可食,亦可入药。芼(mào),择取。《诗·周南·关雎》:"参差荇菜,左右芼之。"自此以下皆为荐孟之语,多用比的手法,望郑余庆能汲引之。

㉝ 鲁侯二句:意谓鲁国虽然很小,却也将郜鼎纳于太庙。鲁侯,鲁国国君。此指鲁桓公。郜鼎,春秋郜国所造宗庙祭器,以为国宝。后被宋国取去。宋又将此鼎贿赂鲁桓公,桓公献于太庙。《左传·桓公二年》:"夏四月,取郜大鼎于宋。戊申,纳于大庙。非礼也。"

㉞ 幸当二句:意谓正处在择取珉石与美玉的时候,岂有抛弃美玉的道理?幸当,犹言正当,正处在。珉,似玉的美石,次于玉。珪瑁,古代帝王、诸侯举行隆重仪式时所用玉制礼器。诸侯执珪以朝天子,天子执瑁以覆其珪。此喻有用之才。

㉟ 悠悠四句:意谓我心忧虑,纷乱如风中羽饰;欲进言推荐他却愧无门路,只好日夜在心里为他祈求。悠悠,忧思貌。扰扰,纷乱貌。纛(dào),帝王车上的羽饰,用牦牛尾或雉尾制成。心祷,在心中祈求。

㊱ 鹤翎二句:意谓鹤的丰羽不是天然生成的,而是从幼雏破壳变化而来。翎,鸟翅或尾上长而硬的羽毛。亦泛指鸟羽。啄菢(bào),指禽鸟幼雏破壳而出。菢,孵。

㊲ 通波二句:意谓要使水流相通并不难办,在极小范围作些开凿改动即可。通波,水流相通。尺地,一尺之地,极言其小。可漕,可以通航水运。王元启曰:"易,移易也。言但移易尺寸之地,即可以达通波,所谓一举手之劳耳。"(《读韩记疑》卷一)

㊳ 善善二句:意谓喜爱良才而不急于举用,以后只会白白懊悔。善善,前一"善"为动词,喜爱,善待。后一"善"为名词,指贤良的人,德才兼备的人。《贞观政要·纳谏》引《管子》曰:"齐桓公之郭国,问其父老曰:'郭何故亡?'父老曰:'以其善善而恶恶也。'桓公曰:'若子之言,乃贤君也,何至于亡?'父老曰:'不然。郭君善善而不能用,恶恶而不能去,所以亡也。'"汲汲,心情急切貌。后时,后来,以后。

㊴ 救死二句:意谓用八种珍贵的食物去拯救即将饿死的人,还不如给他一箪饭食。八珍,古代八种珍贵食品。参见第174页杜甫《丽人行》注释⑮。箪(dān),古代用来盛饭食的竹器,圆形有盖。犒(kào),以酒食财物等慰劳。此指犒劳之物如饭食。

㊵ 微诗二句:意谓请公不要讥笑我这篇拙作,君子和乐平易能得神的佑助。微诗,谦称自己的诗作。公,对人的敬称。此指郑余庆。诮

(qiáo),嘲笑,讥刺。恺悌(kǎitì),和乐平易。劳,保佑,扶助。《诗·大雅·旱麓》:"岂弟君子,神所劳矣。"郑玄笺:"劳,劳来,犹言佑助。"

【评析】

荐举至友,特从诗派源流叙起,以大开合谋篇。前段所论,自三百篇而下,即立其统绪传承。此与李杜论诗不同。太白要接续《风》《雅》,因而目无古人;少陵主"转移多师",以故不废江河。而昌黎允执厥中,汉魏六朝只点取苏李、七子与鲍谢,本朝则鼎列子昂与李杜,其他皆略无顾意,抑扬与夺,精简而见识力。后段先叙东野文才、风操及遭厄,再引譬援类以荐之,无不深注情谊,真是一副仁厚肝肠。如此布置,实欲归东野于诗之正统,推誉可谓造极。对此,后世论者多不为然,以东野才力不足踵武前贤,韩诗未免有过情之失。然韩孟相互激励,视友为己,誉扬于彼又何尝不是自许其能、自任其重?

秋怀诗十一首(选三首)

其一

窗前两好树,众叶光薿薿①。秋风一披拂②,策策鸣不已③。微灯照空床,夜半偏入耳。愁忧无端来④,感叹成坐起。天明视颜色,与故不相似。羲和驱日月,疾急不可恃⑤。浮生虽多涂,趋死惟一轨⑥。胡为浪自苦⑦?得酒且欢喜。

【题解】

《秋怀诗十一首》,元和元年(806)在京师作。陈景云曰:"按诗乃元和初自江陵掾召为国子博士时作。《行状》云:'时宰相有爱公者,将以文学职处公。有争先者构飞语,公恐及难,求分司东都。'是诗中有云'学堂日无事',盖方官国子也。又云'南山见高棱',则犹未赴东都也。至'语阱''心兵'诸语,其在已闻飞语后欤?更以《释言》篇参证,公元和元年六月进见相国郑公,后数日即有为逸于相国之座者,则是秋正公忧逯畏讥时也。"(《韩集点勘》卷一)《秋怀诗》感时寄兴,皆五古短制。清方东树曰:"韩公亦是长篇易知,短篇用意深微,文法奇变,隐藏难识,尤莫如《秋怀》十一首矣。"又云:"(《秋怀》)有怨意,有敛退自策厉意,而直书目前,即事指点,惝恍迷离,似庄似讽。朱子言《孟子》说义理'精细明白,活泼泼地',可以状此诗意境。"(《昭昧詹言》卷九)此章写窗前秋风落叶,感而生愁,因觉日月流年、人生如寄而作自我排遣。

【注释】

① 薿薿(nǐ—):茂盛貌。《诗·小雅·甫田》:"今适南亩,或耘或耔,黍稷薿薿。"朱熹集传:"薿,茂盛貌。"

② 披拂:吹拂,飘动。《庄子·天运》:"风起北方,一西一东,有上彷徨,孰嘘吸是?孰居无事而披拂是?"成玄英疏:"披拂,犹扇动也。"

③ 策策:象声词。此指落叶声。

④ 无端:指无缘无故,无来由。

⑤ 羲和二句:意谓光阴似箭,流逝而不可凭依。羲和,古代神话传说中的太阳神,乘日车而驾以六龙。参见第67页李白《蜀道难》注释⑦。王元启按:"羲和日御,不当驱月,月御则为望舒。"(《读韩记疑》卷一)钱仲联补释,"《山海经·大荒南经》郭璞注:'羲和,盖天地始生主日月者也。故《启筮》曰:空桑之苍苍,八极之既张,乃有夫羲和,是主日月,职出入,以为晦明。'是羲和可兼日月言之,王说但知其一耳"。

⑥ 浮生二句:意谓人生虽有各种迂直途径,但终不免要归于死亡一途。浮生,语本《庄子·刻意》:"其生若浮,其死若休。"以人生在世,虚浮不定,因称人生为"浮生"。多涂,各种途径。趋死,归于死亡。一轨,一种途径。

⑦ 浪自苦:谓白白自寻苦恼。浪,徒然,白白地。

【评析】

写秋意始来,只是声色点染,而极言触景兴感,夙夜无寐之状。若仅止此,则犹未脱文士悲秋之常调。其奇特处,正在于能从秋意秋怀中参理,以理自遣,且浑然不露痕迹。

其四

秋气日恻恻①,秋空日凌凌②。上无枝上蜩③,下无盘中蝇。岂不感时节,耳目去所憎。清晓卷书坐,南山见高棱④。其下澄湫水,有蛟寒可罾⑤。惜哉不得往,岂谓吾无能?

【题解】

此章写秋日清寒,感叹所憎蜩蝇之类小害已去,而蛟龙之类大害犹存,有心除之却不见任。清何焯曰:"'沉寥兮天高而气清,寂寥兮收潦而水清',是首所祖。原本前哲,却句句直书即目,所以为至。'清晓卷书坐'以下,不但去所憎,霁开水澄,尤秋之可喜也。末又因不得手揽蛟龙,触动所怀,此固丈夫之猛志,奈何为一博士束缚也。"(《义门读书记》卷三十)

【注释】

① 恻恻:寒冷貌。
② 凌凌:寒冷貌。
③ 蜩(tiáo):蝉。《诗·豳风·七月》:"四月秀葽,五月鸣蜩。"
④ 清晓二句:意谓清晨起坐读书,抬头可见终南山高耸的山峰。清晓,天刚亮时。南山,终南山。高棱,高峰的棱角。王元启曰:"读此二语,清寒莹骨,肝胆为醒。"(《读韩记疑》卷一)
⑤ 其下二句:意谓山下的清湫中,有蛟龙可以捕捞。澄湫,清澈的深潭。蛟寒,犹寒蛟。传说中居于深渊中的水族。可罾(zēng),可以捕捞。罾,用木棍或竹竿做支架的方形鱼网,形似仰伞。

【评析】

诗用比兴,所憎"蜩蝇""寒蛟"或有所指。陈沆曰:"蜩蝇之去,可憎之小者也;寒蛟之罾,可图之大者也。内而宦幸权奸,外而藩镇叛臣,手无斧柯,掌乏利剑,其若之何!"(《诗比兴笺》卷四)思翼朝政之心,至诚感神。"清晓卷书坐,南山见高棱"二句,连缀秋寒时节与不伸壮怀,发逸兴于清远,寄至味于古淡,不刻意求工而自工。

其八

卷卷落地叶①,随风走前轩②。鸣声若有意,颠倒相追奔。空堂黄昏暮,我坐默不言。童子自外至,吹灯当我前③。问我我不应,馈我我不餐。退坐西壁下,读诗尽数编。作者非今士,相去时已千。其言有感触,使我复凄酸。顾谓汝童子,置书且安眠。丈人属有念④,事业无穷年⑤。

【题解】

此章写秋日黄昏默坐读诗,有感于古人之言,而矢志于文章不朽之事业。钱仲联集释引清李光地《榕村诗选》曰:"言诵古人诗,与古人相感,默然安寝,而志乎无穷之业。《诗》所谓'独寐晤宿,永矢弗告'者欤?"以为在言独善其身之乐。

【注释】

① 卷卷(quán—):零落貌,干缩蜷曲貌。
② 前轩:堂前屋檐下的平台。
③ 吹灯:点灯。
④ 丈人:古代对老人的尊称。此处是作者对童子说话时的自称。属(zhǔ):正,恰。
⑤ 事业句:意谓文章为不朽之事业。三国魏曹丕《典论·论文》:"盖文章,经国之大业,不朽之盛事。"

【评析】

以秋风落叶起兴,写昏暮枯坐,不应不餐,可见其忧结也深,故接以灯下读诗而纾之。而读古人诗,感其言,又念及文章事业之千古不朽,慨然有志于此。运思精密,一气贯通,下笔更有明达晓畅之妙。

三星行

我生之辰,月宿南斗①。牛奋其角,箕张其口②。牛不见服箱,斗不挹酒浆③。箕独有神灵,无时停簸扬④。无善名已闻,无恶声已讙⑤。名声相乘除,得少失有余⑥。三星各在天,什伍东西陈⑦。嗟汝牛与斗,汝独不能神⑧。

【题解】

元和二年(807)在京师作。时有执政爱韩愈之才,有意荐之,却为流言所谤,愈求分司东都以避祸。洪兴祖曰:"《三星行》《剥啄行》,皆元和初遇谗求分司时作。"(《五百家注昌黎文集》卷四)三星,谓斗、牛、箕三星宿。苏轼曰:"退之诗云'我生之辰,月宿直(南)斗',乃知退之磨蝎为身宫,而仆乃以磨蝎为命,平生多得谤誉,殆是同病也。"磨蝎宫,指星宿。旧时星象学以为,身、命居此宫者,常多磨难。

【注释】

① 我生二句:意谓我出生之时,月亮正位于南斗。宿(sù),位于,处于。指日月在空中运行所处的位置。南斗,即斗宿(xiù),北方七宿第一宿。有星六颗,形似斗,因在北斗星之南,故称。

② 牛奋二句:意谓牵牛高扬其角,箕星大张其口。牛,即牛宿,北方七宿第二宿。有星六颗,又称牵牛。奋,扬,翘。箕(jī),即箕宿,东方七宿第七宿。有星四颗,形似簸箕,故称。

③ 牛不见二句:意谓称其为牛而不见它驾车,称其为斗却不能用它舀酒。此处借牛、斗以自喻。服(fú)箱,负载车箱。犹驾车。挹(yì),舀取。《诗·小雅·大东》:"睆彼牵牛,不以服箱。""维北有斗,不可以挹酒浆。"

④ 箕独二句:意谓唯独箕星有神异,随时都在簸扬。簸扬,指用箕扬去谷物中的糠秕杂物。《诗·小雅·大东》:"维南有箕,不可以簸扬。"此处反用其意,以喻自己不断受到流言蜚语的中伤。

⑤ 讙(huān):喧哗。

⑥ 名声二句:意谓善恶名声相互抵消,得少失多。乘除,抵消。韩愈《上兵部侍郎李巽书》:"薄命不幸,动遭谗谤,进寸退尺,卒无所成。"

⑦ 什伍句:意谓三星纵横罗列于天空。孙汝听曰:"什伍,犹纵横也。南斗六星,牵牛六星,箕四星。"(《五百家注昌黎文集》卷四引)

⑧ 嗟汝二句：借叹息牛、斗二星没有箕星神异而自嘲自解。程学恂曰："末段责牛、斗处无聊，妙甚。若认作望其服箱、挹酒浆，真痴人说梦矣。"(《韩诗臆说》卷一)

【评析】

化通《风》《雅》，托喻三星以见其意。而所怀幽愤，则借诙谐笔墨出之，其抑扬褒贬，妙思奇趣，可以默会而不可以言传。

送李翱

广州万里途①，山重江透迤②。行行何时到③，谁能定归期？捋我出门去，颜色异恒时④。虽云有追送，足迹绝自兹⑤。人生一世间，不自张与施⑥。譬如浮江木，纵横岂自知。宁怀别后苦，勿作别后思⑦。

【题解】

元和四年(809)正月作。李翱，字习之，陇西成纪(今甘肃省平凉市静宁县西南)人，一说赵郡(治今河北省石家庄市赵县南)人。贞元十四年(798)进士及第，累官山南东道节度使。会昌元年(841)卒于襄阳，谥曰文。尝从韩愈学文，共同推进古文运动。有《李文公集》。元和三年，岭南节度使杨於陵聘翱为掌书记。四年正月，从洛阳赴广州，韩愈、石洪、孟郊送之。李翱《来南录》："元和三年十月，翱既受岭南尚书公之命。四年正月己丑，自旌善弟以妻子上船之漕。乙未，去东都，韩退之、石浚川假舟送予。明日，及故洛东吊孟东野，遂以东野行。浚川以妻疾，自漕口先归。黄昏，到景云山居。诘朝登上方，南望嵩山，题姓名记别。既食，韩、孟别予西归。"(《李文公集》卷十八)此诗当作于分别之时。

【注释】

① 广州：唐岭南道广州中都督府、岭南节度使治所(今广东省广州市)。

② 逶迤:曲折绵延貌。

③ 行行:不断前行。《古诗十九首·行行重行行》:"行行重行行,与君生别离。"

④ 颜色:面色。恒时:平时。

⑤ 虽云二句:意谓即使有挚友殷勤相送,他的行踪还是会从此断绝。追送,形容殷勤跟随相送。

⑥ 不自句:意谓人不能掌握自己的命运。不自,犹不在。施(shǐ),通"弛"。张与弛,谓弓弦拉紧和放松。因喻事物兴废、进退、升降等。《礼记·杂记下》:"张而不弛,文武弗能也。弛而不张,文武弗为也。一张一弛,文武之道也。"郑玄注:"张弛,以弓弩喻人也。弓弩久张之,则绝其力;久弛之,则失其体。"

⑦ 宁怀二句:意谓宁愿忍受别后各自孤独,也不愿别后彼此思念。即相思比孤独更加痛苦。别后苦,一作"别时苦"。

【评析】

送行短篇,上半叙离别事况,下半言离别情意。"不自张与施",叹惋人生多不由己,意极沉重;"勿作别后思",用反语烘衬相思之苦,尤见情深。

池上絮

池上无风有落晖①,杨花晴后自飞飞②。为将纤质凌清镜③,湿却无穷不得归④。

【题解】

诗题一作《池上》。钱仲联集释:"此首见《遗诗》。不详年月,类系于此。"絮,柳絮。柳树的种子,带有白色绒毛,可随风飘散。

【注释】

① 落晖:夕阳。

② 杨花:即柳絮。
③ 纤质:柔弱的体质。凌清镜:飞越清澈如镜的水面。
④ 湿却句:谓无数柳絮沾湿在水面飞不回来了。

【评析】

道眼前飞絮沾水情景,巧言切状,全似不曾用力。而玩味诗意,此照水杨花,正可喻自矜自得者,常毁于自炫而不自知。

石鼓歌

张生手持《石鼓文》①,劝我试作《石鼓歌》。少陵无人谪仙死,才薄将奈石鼓何②?周纲陵迟四海沸,宣王愤起挥天戈③。大开明堂受朝贺④,诸侯剑佩鸣相磨⑤。搜于岐阳骋雄俊⑥,万里禽兽皆遮罗⑦。镌功勒成告万世,凿石作鼓隳嵯峨⑧。从臣才艺咸第一,拣选撰刻留山阿⑨。雨淋日炙野火燎,鬼物守护烦㧑呵⑩。公从何处得纸本?毫发尽备无差讹⑪。辞严义密读难晓,字体不类隶与科⑫。年深岂免有缺画,快剑斫断生蛟鼍⑬。鸾翔凤翥众仙下,珊瑚碧树交枝柯。金绳铁索锁纽壮,古鼎跃水龙腾梭⑭。陋儒编《诗》不收入,"二雅"褊迫无委蛇⑮。孔子西行不到秦,掎摭星宿遗羲娥⑯。嗟余好古生苦晚,对此涕泪双滂沱⑰。忆昔初蒙博士征⑱,其年始改称元和。故人从军在右辅⑲,为我量度掘臼科⑳。濯冠沐浴告祭酒㉑,如此至宝存岂多?毡苞席裹可立致,十鼓只载数骆驼㉒。荐诸太庙比郜鼎,光价岂止百倍过㉓?圣恩若许留太学,诸生讲解得切磋。观经鸿都尚填咽,坐见举国来奔波㉔。剜苔剔藓露节角,安置妥帖平不颇。大厦深檐与盖覆,经历久远期无佗㉕。中朝大官老于事,讵肯感激徒媕娿㉖。牧童敲火牛砺角,谁复著手为摩挲㉘?日销月铄就埋没,六年西顾空吟哦㉙。羲之俗书趁姿媚,数纸尚可博白鹅㉚。继周八代争战罢㉛,无人收拾理则那㉜。方今太平日无事,柄任儒术崇丘轲③。安能以此上论列？愿借辩口如悬河㉞。石鼓之歌止于此,呜呼吾意其蹉跎㉟。

【题解】

元和六年(811)作。是年秋,韩愈由河南令迁兵部职方员外郎。诗中有"六年西顾空吟哦"句,知此歌作于赴京任职之前。石鼓,为我国现存最早的刻石。形略似鼓,共十鼓,每鼓刻四言诗一首,用大篆即籀文刻成,内容为歌咏天子与秦公游猎之事,故又称"猎碣"。其制作时代,唐人以为是周文王或周宣王之物,宋人始提秦物说,后世多从之,但有秦襄公、文公、穆公、景公、献公诸说。今人刘星、刘牧则考证为秦始皇时期所制(《石鼓诗文复原译释》,贵州大学出版社 2011 年版)。唐初,石鼓发现于岐州三畤原(在今陕西省宝鸡市凤翔区南),一经面世,即受到学者、书家的称誉,诗人亦有品题。韩愈之前,杜甫《李潮八分小篆歌》尝提及"陈仓石鼓";韦应物亦作有一篇《石鼓歌》,其中"乃是宣王之臣史籀作"一句,引起后世聚讼。北宋欧阳修《集古录·石鼓文》云:"岐阳石鼓,初不见称于前世,至唐人始盛称之,而韦应物以为周文王之鼓、宣王刻诗,韩退之直以为宣王之鼓。在今凤翔孔子庙中,鼓有十,先时散弃于野,郑余庆置于庙而亡其一。皇祐四年,向传师求于民间,得之乃足。其文可见者四百六十五,不可识者过半。余所集录文之古者,莫先于此。然其可疑者三四:今世所有汉桓、灵时碑往往尚在,其距今未及千岁,大书深刻,而摩灭者十犹八九。此鼓按太史公《年表》,自宣王共和元年至今嘉祐八年,实千有九百一十四年,鼓文细而刻浅,理岂得存?此其可疑者一也。其字古而有法,其言与《雅》《颂》同文,而《诗》《书》所传之外,三代文章真迹在者,惟此而已。然自汉已来,博古好奇之士皆略而不道。此其可疑者二也。隋氏藏书最多,其志所录,秦始皇刻石、婆罗门外国书皆有,而独无石鼓。遗近录远,不宜如此。此其可疑者三也。前世传记所载古远奇怪之事,类多虚诞而难信,况传记不载,不知韦、韩二君何据而知为文、宣之鼓也。隋、唐古今书籍粗备,岂当时犹有所见,而今不见之邪?然退之好古不妄者,余姑取以为信尔。至于字画,亦非史籀不能作也。"以此歌观之,韩愈曾荐石鼓于朝,呼吁保护文物至宝,却不为所纳。

【注释】

① 张生:孙汝听曰"即张籍"(《五百家注昌黎文集》卷五引)。钱仲联补释:"张籍时不在东都,此张生或是张彻,本年《李花》诗有'夜领张彻投卢仝'句可证。"石鼓文:此指石鼓拓印。十鼓十诗,至少应有七百一十七字,今综合各种拓本,最多见存五百五十一字(参见徐宝贵《石鼓文整理研究》,中华书局2008年版)。

② 少陵二句:意谓世上再无杜甫、李白,才薄的人怎能作好石鼓歌。少陵,杜甫自号"少陵野老",故世称杜少陵。谪仙,李白初至京师,贺知章见而称之为"谪仙"。事见唐孟棨《本事诗·高逸第三》。奈……何,拿……怎么办。

③ 周纲二句:意谓周王朝纲纪衰败天下动荡不宁,宣王发愤而起率军南征北伐。纲,纲纪,法令。陵迟,衰败。沸,鼎沸。此指动荡不宁。宣王,西周第十一代君主。厉王之子。名靖,一作"静"。在位时(公元前827—前782),任用召穆公、尹吉甫、仲山甫等一批贤臣,废除籍田制,连续对淮夷、徐戎、猃狁用兵,四夷咸服,诸侯复宗周,史称"宣王中兴"。挥天戈,指挥王师。

④ 明堂:帝王宣明政教,举行朝会、祭祀、庆赏等大典的地方。

⑤ 剑珮:宝剑和垂佩。鸣相磨:指相互触碰发出声响。形容朝贺的诸侯接踵而至。

⑥ 搜:通"蒐"。天子春猎。《左传·隐公五年》:"故春搜、夏苗、秋狝、冬狩,皆于农隙以讲事也。"杜预注:"搜,索,择取不孕者。苗,为苗除害也。狝,杀也;以杀为名,顺秋气也。狩,围守也;冬物毕成,获则取之,无所择也。"岐阳:岐山之南。山在今陕西省宝鸡市岐山县北部,为周室肇基之地。

⑦ 遮罗:拦截捕捉。

⑧ 镌(juān)功二句:意谓刻石记功以告示千秋万代,为制作石鼓而开山凿石。镌功勒成,将功业成就雕刻在石上。镌、勒,雕刻。隳(huī),毁坏。嵯峨,指高耸的山。

⑨ 从臣二句:意谓宣王的侍从臣下都有一流的才艺,诗章择优刻于石鼓而后放入深山。从臣,侍从之臣。山阿(ē),山的曲折处。

⑩ 雨淋二句：意谓石鼓历经雨淋日烤野火熏烧，烦劳山鬼守卫呵护才得以留存。鬼物，鬼怪。扪(huī)呵，挥斥。此处引申为卫护。

⑪ 毫发句：意谓拓印本极其完备，没有丝毫差错。毫发，犹丝毫。

⑫ 不类：不像。隶与科：指隶书和蝌蚪书。隶书，由篆书简化演变而成。笔画变篆书圆转为方折，改象形字为笔画字。始于秦，通用于汉魏。蝌蚪书，亦作"科斗书""科斗篆"。战国时六国古文的一种。笔画多头大尾小，形如蝌蚪，故称。石鼓文的书体为大篆或籀书，故云"不类隶与科"。

⑬ 年深二句：意谓年代久远难免笔画有所缺损，但笔笔仍如快剑能斩活的蛟鼍。年深，时间久长。缺画，文字缺漏笔画。生蛟鼍(tuó)，指活的蛟龙和鳄鱼之类凶猛水族。

⑭ 鸾翱四句：形容石鼓文的笔画字迹变化多样。有的如鸾凤飞舞群仙来下，有的如珊瑚绿树枝柯交错，有的如金绳铁索笔势劲壮，有的如古鼎龙梭忽隐忽现。鸾翱凤翥(zhù)，鸾鸟与凤凰在飞翔。枝柯，枝条。金绳铁索，用金属制成的绳索。锁钮，喻字体笔画笔势。古鼎跃水，用秦始皇求周鼎而不得之事。《水经注·泗水》："周显王四十二年，九鼎沦没泗渊。秦始皇时，而鼎见于斯水。皇自以德合三代，大喜，使数千人没水求之，不得，所谓鼎伏也。"龙腾梭，用东晋陶侃挂梭化龙之事。《晋书·陶侃传》："侃少时渔于雷泽，网得一织梭，以挂于壁。有顷雷雨，自化为龙而去。"

⑮ 陋儒二句：意谓当时的儒士目光多么短浅，编《诗》时不收入石鼓文，使《小雅》《大雅》内容狭隘不能包容。陋儒，浅薄的儒士。指当时采诗编诗的人。二雅，指《诗经》中的《小雅》《大雅》。褊迫，狭隘。委蛇(wēiyí)，深远貌。

⑯ 孔子二句：意谓孔子西行未能到达秦国，因而删定《诗三百》时独遗石鼓文，这就好比摘取星星而漏掉日月。秦，石鼓文所在地。孔子周游列国未能至此，故不见石鼓文。掎摭(jǐzhí)，摘取。羲娥，指日神羲和与月神嫦娥，以代日月。

⑰ 嗟余二句：感叹自己虽然好古却苦于出生太晚，对着石鼓文常常悲伤流泪。好古，喜爱古代事物。滂沱，形容涕泪或血流得多。

⑱ 初蒙博士征:指元和元年(806)夏六月,韩愈自江陵法曹参军征召还朝为国子学博士。蒙,承蒙。博士,学官名。唐国子监总辖国子、太学、四门等学,各置博士、助教等职。《旧唐书·职官志三》:"(国子监)国子博士二人(正五品上),助教一人(从六品上),学生三百人,典学四人,庙干二人,掌固四人。博士掌教文武官三品已上、国公子孙、二品已上曾孙为生者。"

⑲ 右辅:右扶风。汉三辅之一。唐初为岐州,后改凤翔府,治雍县(今陕西省宝鸡市凤翔区),隶关内道。参见第98页李白《扶风豪士歌》题解。句中"故人"未详何人,时在凤翔节度府幕为从事。

⑳ 量度(liángduó):测量,测定。臼科:臼形的坑穴。以置放石鼓。

㉑ 濯冠沐浴:为表诚敬而洗帽洗身。祭酒:国子监主管官。《旧唐书·职官志三》:"(国子监)祭酒一员(从三品),司业二员(从四品下)。祭酒、司业之职,掌邦国儒学训导之政令,有六学(一国子学、二太学、三四门、四律学、五书学、六算学也)。"

㉒ 毡苞二句:意谓十只石鼓用毡布草席包裹好,只需数匹骆驼就可以立刻运到。苞,通"包"。

㉓ 荐诸二句:意谓把石鼓进献于太庙与郜鼎相比并,其身价超过郜鼎何止百倍。荐,进献。太庙,帝王的祖庙。郜鼎,春秋时鲁桓公所得郜国宝鼎,纳于太庙。参见第337页《荐士》注释㉝。光价,显耀的身价。

㉔ 圣恩四句:意谓如果皇上恩典把石鼓留在最高学府,诸生便可一起讲解相互切磋;就像汉时在鸿都门观摩石经而人声鼎沸,将会看到全国上下为此忙碌奔走。太学,古代设于京师的最高学府。汉武帝元朔五年(前124)立五经博士,教授弟子五十人,为西汉置太学之始。东汉太学大为发展,极盛时太学生达三万人。其后各代,或设太学,或设国子监,或两者同时设立,名称不一,制度亦有变化,但均为传授儒学的最高学府。诸生,此指在太学或国子监进修的众弟子。观经鸿都,指东汉熹平四年(175),灵帝诏诸儒正定五经,由蔡邕等以隶书刊于石碑,立于太学,世称"熹平石经"。又,光和元年(178),灵帝于藏书处鸿都门内置学,专习辞赋书画。故"鸿都门学"非太学,太学在洛阳城南平阳门外。此言观石经于"鸿都",恐误,或为借用。填咽,指声音充塞空间。坐见,

行将看到。

㉕ 剜苔四句：意谓剔除石鼓上的苔藓显露文字棱角，把它们安置稳妥无偏无颇；让高屋深檐把它们覆盖，希望它们经历久远不受损害。节角，指文字笔画的棱角。妥帖，安稳，稳当。平不颇，平整不偏斜。颇，不平。无佗，亦作"无他"。犹无恙，无害。

㉖ 中朝二句：意谓朝中大官个个老于世故，他们只会依违两可，岂肯奋发有为。中朝，犹朝廷，朝中。老于事，指办事老于世故、精于计较。讵肯，岂肯。感激，感动奋发。媕婀（ān'ē），依违不决。

㉗ 敲火：敲击火石以取火。砺角：磨角。

㉘ 著（zhuó）手：动手，开始做。摩挲：抚摸。表示爱惜之意。

㉙ 六年：此指元和六年。西顾：指西望岐阳与长安。此句嗟叹朝廷未能尽早保护石鼓文物。

㉚ 羲之二句：意谓王羲之的俗体书法追求柔媚风格，书写几张还可换取一群白鹅。羲之，即王羲之。东晋书法家。参见第256页杜甫《丹青引》注释⑥。俗书，通俗流行书体。此指隶书。沈德潜曰："隶书风俗通行，别于古篆，故云俗书，无贬右军意。"（《唐诗别裁集》卷七）趁，追逐，追求。姿媚，妩媚，柔媚。博，换取。博白鹅，《晋书·王羲之传》："又山阴有一道士，养好鹅，羲之往观焉，意甚悦，固求市之。道士云：'为写《道德经》，当举群相赠耳。'羲之欣然写毕，笼鹅而归，甚以为乐。"

㉛ 继周八代：泛指周以后、唐以前各代。孙汝听曰："《论语》'其或继周者，虽百世可知也'。八代，谓汉、魏、晋、宋、齐、梁、陈、隋。"又樊汝霖曰："自周而下，不啻八代，论其正统，又颇多说。今以石鼓所在言之，其秦、汉、魏、晋、元魏、齐、周、隋八代欤？"（《五百家注昌黎文集》卷五引）

㉜ 无人句：意谓石鼓无人收集又怎么整理上面的文字。则那（nuó），又奈何。那，"奈何"的合音。

㉝ 柄任：重视信从。丘轲：孔丘和孟轲。

㉞ 安能二句：意谓怎样才能将此事向上建言，愿借善辩者的口若悬河之才。论列，此指论述、建议。辩口，能言善辩。悬河，喻论辩滔滔不绝。

㉟ 呜呼句：慨叹自己的意愿终将不遂。其，将，将要。蹉跎，失意。

【评析】

　　全诗分四段。首四句为第一段,叙作歌缘由,以自惭"才薄"衬起石鼓。第二段十二句,叙石鼓来历,渲染周宣中兴,勒石而铭其功。"雨淋"二句,言鬼神护佑之幸,束上生下。第三段十四句,写石鼓之文,拓本精备与辞义深奥,皆一笔带过,重在描述字体之坚劲朴茂。叠用比譬,化静为动,极力摹画出古篆形神。而段末四句,斥责陋儒,抱憾孔子,叹其遗珠弃璧,未将石鼓文编入"二雅",此即所谓烘云托月之法。第四段三十六句,结合自身经历,写安置石鼓,上请移诸太学而不遂。夹叙夹议,慷慨激越,向来一股郁勃之气,尽发于纸笔间。《唐宋诗醇》卷三十云:"典重瑰奇,良足铸之金而磨之石。后半旁皇珍惜,更见怀古情深。厥后石鼓升沈不一,竟得依圣人之居,其文与六籍并垂永世,则退之请留太学之说,实有力焉。此诗亦不为空作矣。"

桃源图

　　神仙有无何眇芒[①],桃源之说诚荒唐。流水盘回山百转,生绡数幅垂中堂[②]。武陵太守好事者[③],题封远寄南宫下[④]。南宫先生忻得之[⑤],波涛入笔驱文辞[⑥]。文工画妙各臻极,异境恍惚移于斯[⑦]。架岩凿谷开宫室,接屋连墙千万日[⑧]。嬴颠刘蹶了不闻,地坼天分非所恤[⑨]。种桃处处惟开花,川原近远烝红霞[⑩]。初来犹自念乡邑,岁久此地还成家。渔舟之子来何所[⑪]?物色相猜更问语[⑫]。大蛇中断丧前王,群马南渡开新主[⑬]。听终辞绝共凄然,自说经今六百年[⑭]。当时万事皆眼见,不知几许犹流传[⑮]。争持酒食来相馈,礼数不同樽俎异[⑯]。月明伴宿玉堂空,骨冷魂清无梦寐。夜半金鸡啁哳鸣,火轮飞出客心惊[⑰]。人间有累不可住,依然离别难为情[⑱]。船开棹进一回顾,万里苍苍烟水暮[⑲]。世俗宁知伪与真,至今传者武陵人[⑳]。

【题解】

此篇或作于元和八年（813）。韩愈时官京师，为比部郎中、史馆修撰。旧注有云，诗乃刺吉州刺史阎寀，贞元七年（791）自请度为武陵桃源观道士事（见沈钦韩《韩集补注》）。非是。钱仲联补释："诗云'武陵太守好事者，题封远寄南宫下'。太守，窦常也。常以元和七年冬出守武陵，见刘禹锡《武陵北亭记》，时去贞元七年已二十余载矣，此诗未必追刺前事也。考常守武陵时，禹锡方为武陵司马，刘集有《游桃源诗一百韵》，中述神仙事云云。此诗首破神仙荒唐之说者，疑因此而发也。今以系诸八年末。"陶渊明作《桃花源记》，虚构"桃源"避乱地，而其中实按人世间事述之。后王维《桃源行》诗始肇其端，称其为"仙源"；至刘禹锡诸作，则尽言神仙事而造其极，是以遭时辈非议。钱说不为无因。

【注释】

① 眇芒：同"渺茫"。此指虚妄无据。

② 生绡：未漂煮过的丝织品。古时多用以作画，因以代称画卷。此指桃源图。中堂：厅堂正中。

③ 武陵太守：指朗州刺史窦常。唐朗州治武陵县（今湖南省常德市）。窦常，字中行，扶风平陵（今陕西省咸阳市西北）人。大历间登进士第，居广陵白沙，结庐种树，以讲学著述为事，凡二十年不出。贞元中，入淮南节度使杜佑幕为参谋。元和六年（811），自湖南判官入为侍御史，转水部员外郎。历朗、夔、江、抚四州刺史，以国子祭酒致仕。兄弟五人俱有诗名，号"五窦"，有《窦氏联珠集》。

④ 题封：此指将《桃源图》封缄题签。南宫：本指南方列宿之宫，后借以称尚书省。唐尚书省六部统称南宫，亦专指试进士的礼部。

⑤ 南宫先生：或指卢汀。陈景云曰："南宫先生疑是卢虞部汀，韩、卢倡和甚多。"（《韩集点勘》卷一）钱仲联补释："公元和四年《和卢赤藤杖歌》称卢为虞部，工部尚书之属。六年《和卢望秋作》称司门，刑部尚书之属。十年《和卢元日朝回》称库部，兵部尚书之属，皆可称南宫。公为此诗时，卢当在司门或库部任。若十年以后，公《早赴街西行香赠卢》诗称中舍人，《酬卢曲江荷花》诗称给事，皆不属南宫矣。"

⑥ 波涛入笔：指南宫先生在图上题字，喻其文思或笔势起伏不平。

⑦ 异境：指桃源胜境。恍惚：亦作"恍忽"。倏忽，须臾间。

⑧ 架岩二句：意谓桃源人先祖避乱来此，依傍岩谷开凿架筑房屋，连接庭户日久形成村邑。宫室，泛指房屋。接屋连墙，指家家户户相连接。

⑨ 嬴颠二句：意谓秦汉两朝的衰亡更替完全没有听说，天下分崩离析的变化也毫不关心。嬴颠，指秦朝颠覆。刘蹶，指汉朝崩塌。地坼天分，指魏晋时期分裂动乱局面。所恤，关心顾念的事情。

⑩ 川原句：形容原野上桃花盛开如升腾的红霞。烝，同"蒸"。云气升腾。

⑪ 渔舟之子：指误入桃源的武陵渔人。

⑫ 物色相猜：谓根据其形貌相互猜度。物色，形状，形貌。

⑬ 大蛇二句：意谓刘邦斩蛇起义推翻了秦朝，五马南渡长江建立了东晋。此是渔人对桃源人的讲述。大蛇中断，指秦末刘邦斩蛇起义。《史记·高祖本纪》："高祖被酒，夜径泽中，令一人行前。行前者还报曰：'前有大蛇当径，愿还。'高祖醉，曰：'壮士行，何畏！'乃前，拔剑击斩蛇。蛇遂分为两，径开。行数里，醉，因卧。后人来至蛇所，有一老妪夜哭。人问何哭，妪曰：'人杀吾子，故哭之。'人曰：'妪子何为见杀？'妪曰：'吾子，白帝子也，化为蛇当道，今为赤帝子斩之，故哭。'人乃以妪为不诚，欲笞之，妪因忽不见。后人至，高祖觉。后人告高祖，高祖乃心独喜，自负。诸从者日益畏之。"群马南渡，指西晋末司马五王渡江至建邺。《晋书·元帝纪》："太安之际，童谣云'五马浮渡江，一马化为龙'。及永嘉中，岁、镇、荧惑、太白聚斗、牛之间，识者以为吴越之地当兴王者。是岁，王室沦覆，帝与西阳、汝南、南顿、彭城五王获济，而帝竟登大位焉。"新主，即元帝司马睿，渡江时为琅邪王。

⑭ 听终二句：意谓听完渔人的讲述大家都感到凄然，方知桃源之外已经历六百年兴衰。凄然，凄凉悲伤。六百年，从秦末至东晋太元中渔人进入桃源，时约六百年。

⑮ 当时二句：意谓当年祖先曾亲眼见过的一切事情，不知今天还有多少在流传。几许，多少。

⑯ 礼数：古代按名位而分的礼仪等级制度，如尊卑长幼之序等。樽

俎:盛酒食的器皿。樽以盛酒,俎以置肉。

⑰ 月明四句:写渔人夜宿桃源情形。玉堂,宫殿的美称。亦称仙人居所。此借指桃源客舍。金鸡,传说中的神鸡。此借指报晓雄鸡。啁哳(zhāozhā),烦杂而细碎的声音。火轮,太阳。程学恂曰:"'骨冷魂清无梦寐'七字甚妙。须知此境惟桃源中有之,则凡得此境者,到处皆桃源也。"(《韩诗臆说》卷一)

⑱ 人间二句:意谓尘世间还有牵累不能在此久住,只能强忍痛苦依依不舍地离别。累,牵累。依然,形容依恋的情态。难为情,谓感情上受不了。

⑲ 万里苍苍:形容迷茫无际。

⑳ 世俗二句:意谓世间俗人哪里知道桃源的真假,至今传言此事的还是那些武陵人。宁(nìng),岂,难道。

【评析】

此篇以议论为始终,前呼后应,力辟桃源神化之说。当中先叙作图题画缘起,再铺陈桃源本事,层层折转,亦时或有所发挥。如巧用"高祖斩蛇""五马渡江"事,敷衍"不知有汉,无论魏晋"之所涵;又虚拟渔人夜宿桃源、晨起作别情形,造清寂苍茫之境,为桃源故事平添多少色彩!是其异于记文之处。此与王摩诘《桃源行》诗,皆顺记文演绎,而各尽所能,力求新变,故能见其气韵精神,成三家鼎足。

春雪

新年都未有芳华①,二月初惊见草芽。白雪却嫌春色晚,故穿庭树作飞花②。

【题解】

此诗当元和十年(815)作。韩愈时官京师,为考功郎中、知制诰。

【注释】

① 芳华(huā):芳香的花。

② 故:特意,特地。

【评析】

化人情为物意,借雪花怨春来迟,透露诗家盼春心思,翻空而出奇。造语亦不事雕镂,自然流转若走丸。

戏题牡丹

幸自同开俱隐约①,何须相倚斗轻盈②。陵晨并作新妆面③,对客偏含不语情。双燕无机还拂掠④,游蜂多思正经营⑤。长年是事皆抛尽,今日栏边暂眼明⑥。

【题解】

元和十年(815)在京师作。牡丹,著名观赏植物。其栽培史很早,但古无"牡丹"之名,统称为芍药。唐时种植广泛,人们常以木芍药称牡丹,或两者混称。

【注释】

① 隐约:依稀不明貌。指牡丹枝叶繁茂,花开掩映其中。
② 何须句:意谓不必相互依倚争奇斗艳。何须,何必,何用。轻盈,轻柔纤丽。
③ 陵晨:清晨。陵,通"凌"。迫近。新妆面:指女子新妆饰的容色。此喻牡丹花。
④ 无机:没有心机,任意。
⑤ 游蜂:飞来飞去的蜜蜂。多思:犹多情。经营:此指往来花间采蜜。
⑥ 长年二句:意谓长久以来我就不问世事,今日栏边看花便觉赏心悦目。是事,事事,凡事。暂,即,便。

【评析】

前二联正写花态,娇羞似晨妆新人,有曲尽形容之妙。颈联侧写燕拂蜂恋,烘托花开场景,其神采自可想见。而此六句戏谑比拟,不假藻绘,只为铺衬末联感兴,状物而归于超然,亦是此诗高标脱俗处。

晚春

草树知春不久归,百般红紫斗芳菲①。杨花榆荚无才思②,惟解漫天作雪飞③。

【题解】

此诗为《游城南十六首》其三。《游城南十六首》内容相对独立,并非一时之作,其年月亦无可考。旧注皆推为元和十年以后作,钱仲联集释则系于元和十一年(816)。

【注释】

① 百般红紫:犹万紫千红。百般,各种各样。斗芳菲:犹争妍,斗艳。谓竞逞美艳。

② 杨花:柳絮。榆荚:榆树的果实。初春时先于叶而生,形似铜钱,联缀成串,俗称榆钱。才思:此指才情,情趣。

③ 惟解:只知。

【评析】

一幅晚春图,多情趣者斗色争妍,无才思者漫天飘飞,前后辉映,各展所长。一片惜春恋春意,都托与"百般红紫""杨花榆荚",活笔点缀,翻新出奇,而洞达于人情物理。

调张籍

李杜文章在,光焰万丈长①。不知群儿愚,那用故谤伤②?蚍蜉撼大树,可笑不自量③。伊我生其后④,举颈遥相望。夜梦多见之,昼思反微茫⑤。徒观斧凿痕,不瞷治水航⑥。想当施手时,巨刃磨天扬。垠崖划崩豁,乾坤摆雷硠⑦。惟此两夫子⑧,家居率荒凉⑨。帝欲长吟哦,故遣起且僵⑩。翦翎送笼中,使看百鸟翔⑪。平生千万篇,金薤垂琳琅⑫。仙官敕六丁,雷电下取将。流落人间者,太山一豪芒⑬。我愿生两翅,捕逐出八荒⑭。精神忽交通,百怪入我肠⑮。刺手拔鲸牙,举瓢酌天浆。腾身跨汗漫,不著织女襄⑯。顾语地上友,经营无太忙⑰。乞君飞霞珮,与我高颉颃⑱。

【题解】

此诗钱仲联集释系于元和十一年(816)。时有关于李杜优劣之论,或抑李崇杜,或李杜并讥。如元稹《唐故工部员外郎杜君墓系铭并序》云:"则诗人以来,未有如子美者。时山东人李白,亦以奇文取称,时人谓之'李杜'。予观其壮浪纵恣,摆去拘束,摸写物象,及乐府歌诗,诚亦差肩于子美矣。至若铺陈终始,排比声韵,大或千言,次犹数百,词气豪迈而风调清深,属对律切而脱弃凡近,则李尚不能历其藩翰,况堂奥乎!"(《元氏长庆集》卷五十六)白居易《与元九书》云:"又诗之豪者,世称'李杜'。李之作,才矣奇矣,人不逮矣!索其风雅比兴,十无一焉。杜诗最多,可传者千余篇。至于贯穿今古,觇缕格律,尽工尽善,又过于李。然撮其《新安吏》《石壕吏》《潼关吏》《塞芦子》《留花门》之章,'朱门酒肉臭,路有冻死骨'之句,亦不过三四十首。杜尚如此,况不逮杜者乎!"(《白氏长庆集》卷四十五)韩愈则大不以为然,作此力推李杜。调(tiáo),调侃,调笑。张籍,字文昌,苏州(今属江苏省)人。贞元十五年(799)进士及第。历太常寺太祝、水部员外郎、国子司业等,故世称"张水部"或"张司业"。有《张司业集》。籍为韩门弟子,亦与李绅、元稹、白居易等时相过从。钱仲联补释:"籍虽隶韩门,然其乐府诗体近元白而不近韩,故白亟称之。元白持论,当为籍所可,故昌黎为此诗以启发之欤?"

【注释】

① 光焰:犹光芒,光辉。此喻李白、杜甫作品的价值和影响力。

② 不知二句:意谓却不知一些小人愚昧粗鲁,怎能时常做出攻讦他

们的事。群儿,一群小人。此指"谤伤"李杜的人。那(nǎ),怎么,如何。谤伤,诽谤中伤。

③ 蚍蜉二句:意谓好比蚂蚁想要摇动大树,可笑他们把自己估计过高。蚍蜉(pífú),大蚁。不自量,不能正确估计自己的能力。

④ 伊:发语词,无义。

⑤ 微茫:隐约模糊。

⑥ 徒观二句:意谓李杜的功绩如同大禹治水,后人只能看到遗留下的斧凿痕迹,却无法目睹当时开辟疏浚的艰难情景。徒,只,仅。不瞩,不见。治水航,指疏浚江河水道。

⑦ 想当四句:意谓想象大禹他们动手施工,高高扬起巨斧,劈开悬崖峭壁,天地间回荡着山崩地裂的巨响。施手,犹动手。磨天,同"摩天"。迫近天空。形容极高。垠崖,悬崖峭壁。划,劈。崩豁,崩塌裂开。雷硠(láng),山崩的声音。

⑧ 两夫子:指李白、杜甫。

⑨ 率:都。

⑩ 帝欲二句:意谓天帝想要二人持久地创作诗歌,因此让他们奋发崛起而又陷入困窘。吟哦,此指作诗。遣起,令其振起。僵,僵局。指困窘的局面。

⑪ 翦翎二句:意谓他俩就像被剪去翅翎送入笼中的鸟,只能眼看外面百鸟自由地飞翔。翦翎,剪除翎羽。以喻因受羁缚而才能不得施展。

⑫ 金薤(xiè)句:比喻他们的作品极其优美珍贵。金薤,一种篆体"倒薤书"的美称。琳琅,精美的玉石。

⑬ 仙官四句:意谓其中大部分作品都被仙官派遣的使者取走了,留在人世间的只是泰山的毫末之微。此乃叹惋李杜诗文多已散佚。仙官,道教称有尊位的神仙。敕,委任。六丁,道教以六丁(丁卯、丁巳、丁未、丁酉、丁亥、丁丑)为阴神,为天帝所役使。雷电,传说中的天神。《古今事文类聚前集》卷四引《龙城录》:"上元中,台州一道士王远知善《易》,知人生死祸福,作《易总》十五卷。一日,因暴风雷雨忽至,暝雾中一老人叱曰:'所泄者书何在?上帝令吾摄六丁、雷电,取捋文书。'"太山,即泰山。豪芒,指毫毛之细尖。喻极微小之物。

⑭ 捕逐：此指追求，追随。八荒：八方荒远之地。西汉刘向《说苑》卷十八："八荒之内有四海，四海之内有九州。"

⑮ 精神二句：意谓读他们的作品，可与他们精神相感通，其种种奇思妙想便进入我心头。交通，感应，感通。百怪，指李杜作品中的各种奇异思想和景象。

⑯ 刺手四句：形容李杜诗歌境界。"刺手"句喻雄健之境。刺手，探手。一说，刺为"刾"之误。刾手，犹转手，反手。"举瓢"句喻豪放之境。天浆，天宫中的美酒。"腾身"句喻阔远之境。腾身，纵身。汗漫，广阔无边。后引申为仙人的名称。参见第116页李白《庐山谣寄卢侍御虚舟》注释⑯。"不著"句喻冲逸之境。织女襄，织女所制精美的织锦。《诗·小雅·大东》："跂彼织女，终日七襄。虽则七襄，不成报章。"明周祈《名义考》卷一："襄，《说文》织文也。汉魏郡有县能织锦绮，因名襄。七襄，织文之数也。《诗》意谓望彼织女，终日织文，至七襄之多，终不成报我之文章也。"

⑰ 顾语二句：意谓我回头对地上的好友说，不要搜肠刮肚地苦心构思。地上友，此指张籍。经营，指艺术构思。

⑱ 乞（qǐ）君二句：意谓我要把仙女的装饰送给你，与我一起在天地中自由飞翔。指学习李杜，共同在诗歌领域里驰骋。乞，给予。霞珮，仙女的饰物。以喻李杜的创作。颉颃（xiéháng），鸟上下飞翔貌。《诗·邶风·燕燕》："燕燕于飞，颉之颃之。"毛传："飞而上曰颉，飞而下曰颃。"清马瑞辰《毛诗传笺通释》卷四："颉颃二字双声。段玉裁曰：'《传》上下互讹，当作"飞而下曰颉，飞而上曰颃"。颉之言抑；抑，降也，下也，故为下飞。颃之言亢；亢，高也，举也，故为上飞。《文选·甘泉赋》："鱼颉而鸟胻。"李善注："颉胻，犹颉颃也。"鱼潜渊而曰颉，鸟戾天而曰胻，正颉下颃上之证。'今按段说是也。"此喻在诗歌领域驰骋。

【评析】

起六句为第一段。极口称颂李杜，讥斥谤伤，不论优劣，可为千古定评。自"伊我"而下二十二句，凡三层，为第二段。先言思慕李杜其人，幻想其兴会笔到，一如大禹开山治水；次写天降大任，使其命运乖舛，道诗人穷而后工之意；后用仙官收书事，感喟李杜杰作散佚已多，存世者不过泰山一毫芒。宝爱怜惜之情,层见叠出。"我愿"而下十二句,有两层,为第三段。前八句祈愿奋翅追随,探寻李杜奇瑰诗境,深寓景仰之思;末四句切题,劝勉点化好友,以归诸诗学正途。通首气势磅礴,造语隽异,设譬取象光怪而陆离,读来令人目不给赏,实乃论诗之逸调。

听颖师弹琴

昵昵儿女语,恩怨相尔汝①。划然变轩昂②,勇士赴敌场。浮云柳絮无根蒂,天地阔远随飞扬③。喧啾百鸟群,忽见孤凤凰。跻攀分寸不可上,失势一落千丈强④。嗟余有两耳,未省听丝篁⑤。自闻颖师弹,起坐在一旁⑥。推手遽止之,湿衣泪滂滂⑦。颖乎尔诚能,无以冰炭置我肠⑧。

【题解】

此诗当作于元和十一年(816),时韩愈由考功郎中迁中书舍人、太子右庶子。颖师,天竺僧人,善琴。方世举按:"李贺亦有《听颖师弹琴歌》,云'竺僧前立当吾门,梵宫真相眉棱尊。古琴大轸长八尺,峄阳老树非桐孙。凉馆闻弦惊病客,药囊暂别龙须席。请歌直请卿相歌,奉礼官卑复何益',则颖师是僧明甚,盖以琴干长安诸公而求诗也。贺官终奉礼,殁于元和十一年,作诗时盖已病。"(《韩昌黎诗集编年笺注》卷九)

【注释】

① 昵昵(nì)二句:形容琴声缠绵婉转,有如青年男女在谈情说爱。昵昵,亲密貌。恩怨,情侣或夫妻间的情爱。相尔汝,以你我相称。此处表示亲近。

② 划然:忽然,突然。轩昂:形容音调高昂雄壮。

③ 浮云二句:形容琴声飘邈悠扬。

④ 喧啾四句:形容琴声丰富响亮、抑扬顿挫。喧啾,喧闹嘈杂。孤凤凰,指孤独的凤凰,鸣声嘹唳。跻(jī)攀,犹攀登。

⑤ 未省(xǐng):不知晓,不懂得。丝篁:弦管乐器。代指音乐。

⑥ 起坐:此指激动得忽起忽坐。

⑦ 推手二句:意谓止不住的泪水打湿了衣衫,只得请求颖师赶紧停止弹奏。推手,犹拱手。表示敬意或请求。遽(jù),急速,赶快。滂滂(pāng—),水流急貌。常形容泪、血等流得多。

⑧ 颖乎二句:意谓颖师你的确才能出众,别再让我忽悲忽喜如蹈冰火。诚能,指的确有才能的人。冰炭置我肠,形容音乐使自己心情忽悲忽喜,两不相容。

【评析】

前十句正面摹写琴声,或轻柔,或激越,或悠远嘹亮,或抑扬顿挫,两两比照,极尽变化之妙。后八句转写听琴反应,其举止言色,生气以贯,莫不旁衬颖师技艺高超。而前后境象又互为发明,真有夺天手段。方世举曰:"白香山'江上琵琶',韩退之'颖师琴',李长吉'李凭箜篌',皆摹写声音至文。韩足以惊天,李足以泣鬼,白足以移人。"(《方扶南批本李长吉诗集》卷一,见中华书局本《三家评注李长吉歌诗》)斯言得之。

华山女

街东街西讲佛经,撞钟吹螺闹宫庭①。广张罪福资诱胁,听众狎恰排浮萍②。黄衣道士亦讲说③,座下寥落如明星。华山女儿家奉道,欲驱异教归仙灵④。洗妆拭面著冠帔⑤,白咽红颊长眉青⑥。遂来升座演真诀,观门不许人开扃⑦。不知谁人暗相报,訇然振动如雷霆⑧。扫除众寺人迹绝,骅骝塞路连辎軿⑨。观中人满坐观外,后至无地无由听。抽钗脱钏解环佩,堆金叠玉光青荧⑩。天门贵人传诏召,六宫愿识师颜形⑪。玉皇颔首许归去⑫,乘龙驾鹤来青冥⑬。豪家少年岂知道,来绕百匝脚不停⑭。云窗雾阁事慌惚,重重翠幔深金屏⑮。仙梯难攀俗缘重,浪凭青鸟通丁宁⑯。

【题解】

此诗当作于元和十四年(819)初,韩愈在京任刑部侍郎。时宪宗于释道二教,俱极崇信。十三年岁末,宪宗遣中使迎取凤翔法门寺佛骨,举国若狂,愈上《论佛骨表》以谏之。韩醇注:"新旧史皆具载于本传。先是,凤翔法门寺有护国真身塔,塔内有释迦文佛指骨一节,其法三十年一开,开则岁稔人泰。至是,宪宗遣中使杜英奇,押宫人三十,持香花迎入大内,留禁中三日,乃送佛祠,王公士庶奔走赞叹。公为刑部侍郎,上表极谏。帝大怒,欲抵死。崔群、裴度、咸里诸贵皆为公言,乃贬潮州刺史。"(《五百家注昌黎文集》卷三十九引)钱仲联补释据《论佛骨表》所述,正与本诗首四句相合,故推诗、文为同时之作。华(huà)山,五岳之西岳。参见第60页李白《古风》其十九注释①。华山女,指华山女道士。

【注释】

① 撞钟吹螺:指在佛教法会仪式上撞击大钟、吹奏螺号,以示庄严。宫庭:帝王居所。

② 广张二句:意谓依靠诱骗和胁迫手段来宣扬祸福的轮回报应,听众密集拥挤犹如铺排在水面上的浮萍。广张,夸大。资,依靠,凭借。狎恰,密集拥挤貌。

③ 黄衣道士:古代道士常着黄衣黄冠,故称。

④ 归仙灵:皈依道教。仙灵,指神仙。

⑤ 冠帔(guānpèi):古代妇女的服饰。冠,帽子。帔,披肩。亦泛指道士的服装。

⑥ 白咽句:谓华山女容貌之美。白咽,雪白脖颈。红颊,红润脸颊。长眉青,青色长眉。

⑦ 遂来二句:意谓于是她登上坛场宣讲法术秘诀,道观之门不许他人随意打开。观(guàn)门,道观大门。开扃(jiōng),开门。扃,门闩。

⑧ 訇(hōng)然句:意谓华山女传道的消息突然如雷霆般振动开来。訇然,大声貌。

⑨ 骅骝(huáliú)句:意谓前来听讲的车马络绎不绝,道路为之堵塞。骅骝,相传为周穆王的"八骏"之一。后泛指骏马。辎𫐉(zīpíng),辎车与𫐉车的合称。辎车,有帷盖的车。𫐉车,有帷幕的车。亦泛指有屏蔽

的马车。

⑩ 抽钗二句:写信众纷纷施舍钱财。钗(chāi),钗子。由两股簪子交叉组合成的首饰,用以绾住头发。钏(chuàn),臂镯。环佩,多指女子身上所佩玉饰。青荧,青光闪映貌。

⑪ 天门二句:写华山女受到皇帝的召见。天门,皇宫之门。代指皇宫。贵人,即中贵人。宫中传达圣旨的宦者。六宫,古代后妃寝宫,正寝一,燕寝五,合为六宫。初专指皇后。《周礼·天官·内宰》:"以阴礼教六宫。"郑玄注:"六宫,谓后也。妇人称寝曰宫。宫,隐蔽之言。后象王,立六宫而居之,亦正寝一,燕寝五。教者,不敢斥言之,谓之六宫,若今称皇后为中宫矣。"后多用以泛称后妃或其居所。《周礼·天官·内宰》:"上春,诏王后帅六宫之人而生穜稑之种,而献之于王。"郑玄注:"六宫之人,夫人以下分居后之六宫者。""夫人以下分居后之六宫者,每宫九嫔一人,世妇三人,女御九人;其余九嫔三人,世妇九人,女御二十七人,从后唯其所燕息焉。"

⑫ 玉皇:玉皇大帝。即道教所称天帝。此处指皇帝。颔首:点头。表示允可,赞许。

⑬ 乘龙句:谓华山女飞升成仙。青冥,青天。

⑭ 豪家二句:意谓那些豪门子弟怎能通晓仙道的真谛,只是围绕华山女的居处流连徘徊。知道,懂得仙道。百匝,百周。反复环绕。

⑮ 云窗二句:暗示华山女身世隐秘莫测,入皇宫后飞升一事迷雾重重。云窗雾阁、翠幔金屏,皆形容华山女起居隐秘诡异。慌(huǎng)惚,模糊不明貌。

⑯ 仙梯二句:意谓那些子弟俗缘太重难以攀登仙梯,枉费了青鸟来回传递音讯。暗示华山女过去曾有暧昧隐情,借飞升而了断俗缘。仙梯,登上仙界的阶梯。俗缘,此指尘世间的情缘。浪凭,徒然凭借。青鸟,传说中西王母的信使。丁宁,音讯,消息。

【评析】

是时韩公排斥佛者,可谓不遗余力。发端四句,状佛事喧嚣,逗引下文,顺势定调。中间十六句,铺叙道佛相抗。其局面由败转胜,不过凭借华山女姿色惑众,又巧施闭门擒纵之术,终不脱开头"诱胁"二字。

卒章十句,述女冠受召入宫而骤然飞升,豪家少年迷恋而徘徊不去。是用隐曲之笔,写"慌惚"之事,因涉皇帝与六宫,不止限乎浪荡子弟,故托讽尤深。即如查慎行所云:"('仙梯难攀俗缘重,浪凭青鸟通丁宁')二句与杜老《丽人行》结处意同,而此更校含吐蕴藉。"(《初白庵诗评》卷上)

左迁至蓝关示侄孙湘

一封朝奏九重天,夕贬潮州路八千①。欲为圣明除弊事,肯将衰朽惜残年②。云横秦岭家何在③?雪拥蓝关马不前。知汝远来应有意,好收吾骨瘴江边④。

【题解】

元和十四年(819)正月,韩愈上书谏迎佛骨,触怒宪宗,由刑部侍郎贬官潮州刺史。此诗即作于南行途中。左迁,降职贬官。蓝关,蓝田关。《元和郡县图志》卷一《关内道一·京兆府·蓝田县》:"蓝田关,在县南九十里,即峣关也。秦赵高将兵拒峣关,沛公引兵攻峣关,逾蒉山击秦军,大破之。"韩湘,字北渚,愈侄韩老成之子。长庆三年(823)举进士,官至大理寺丞。愈被贬,严令即日上路,仓猝先行,其家随后亦遭迫遣。愈行至蓝田关,唯侄孙湘方赶来相从。

【注释】

① 一封二句:意谓早晨才向皇帝进呈奏章,晚上就被贬往八千里外的潮州。一封朝奏,指《论佛骨表》。九重天,指帝王或朝廷。朝奏夕贬,言得罪之速。潮州,唐岭南道潮州,治海阳(今广东省潮州市)。八千里,泛称距离遥远,非确指。《旧唐书·韩愈传》:"疏奏,宪宗怒甚。间一日,出疏以示宰臣,将加极法。裴度、崔群奏曰:'韩愈上忤尊听,诚宜得罪,然而非内怀忠恳,不避黜责,岂能至此?伏乞稍赐宽容,以来谏者。'上曰:'愈言我奉佛太过,我犹为容之。至谓东汉奉佛之后,帝王咸致夭促,何言之乖剌也?愈为人臣,敢尔狂妄,固不可赦。'于是人情惊

愧,乃至国戚诸贵亦以罪愈太重,因事言之,乃贬为潮州刺史。"

② 欲为二句:意谓一心想替皇上革除有害的事,岂能因衰朽而顾惜自己的晚年。圣明,皇帝的代称。肯,岂。残年,指人的晚年。

③ 秦岭:横贯中国中部的山脉,东西走向,全长三千里,为南北分界线。此指秦岭山脉的中段,即终南山。在蓝田县南。韩愈南下,须越岭而行。

④ 瘴江:泛指南方的河流。古人认为,岭南空气湿热,山谷林溪间多瘴疠之气。

【评析】

前二联写"左迁"。朝奏夕贬,一贬即山遥水远,然本心未移,穷且益坚,起承迅疾而紧密,颇见刚直意气。后二联写"至蓝关示侄孙"。云横雪拥,道眼前光景,收骨江边,悲去路难测,寓深长之思于壮阔之境中,语极凄楚而不落颓唐。通首又得结构之妙,一二呼出五六,七八应和三四,上下错综交互,故能推波助澜,竭情尽致。

早春呈水部张十八员外

天街小雨润如酥①,草色遥看近却无。最是一年春好处②,绝胜烟柳满皇都③。

【题解】

此诗为二首其一。长庆三年(823)春作,时在京为吏部侍郎。元和十四年(819)正月,韩愈贬潮州刺史,冬量移袁州。十五年九月,召拜国子监祭酒,赴京师。长庆元年(821)七月,转兵部侍郎。二年二月,往镇州宣抚王廷凑军,平息叛乱;九月转吏部侍郎。水部张十八员外,指张籍,其行第为十八。时任水部员外郎。参见第357页《调张籍》题解。

【注释】

① 天街:指京城的街道。润如酥:形容春雨润滑细腻。酥,用牛、羊

奶提炼而成的乳酪。

② 最是:正是,恰是。处(chù):时,时候。

③ 绝胜:远超,远胜。烟柳:形容柳树枝叶繁茂,翠色如烟。

【评析】

　　一二写"小雨""草色",描状入化,非体察精微而不能为。三四抒情,比较满城"烟柳",最喜"春好"时节生机勃发。用语亦似信手拈来,淡而有味,别具清新俊逸之美。

倪进 编撰

唐宋十大家诗选

（下册）

复旦大学出版社

下册目录

白居易（四十首）

观刈麦 ……………………………………… 369
新制布裘 …………………………………… 370
重赋 ………………………………………… 372
伤友 ………………………………………… 373
买花 ………………………………………… 375
上阳白发人 ………………………………… 376
太行路 ……………………………………… 379
卖炭翁 ……………………………………… 381
井底引银瓶 ………………………………… 382
隋堤柳 ……………………………………… 384
秋山 ………………………………………… 387
秋游原上 …………………………………… 388
村雪夜坐 …………………………………… 389
友人夜访 …………………………………… 390
游悟真寺诗一百三十韵 …………………… 390
舟行 ………………………………………… 401
晚望 ………………………………………… 402
山中独吟 …………………………………… 403
初出城留别 ………………………………… 404

玩新庭树因咏所怀 ················ 405
夜雨（我有所念人） ·············· 405
寄微之（去国日已远） ············ 406
夜雪 ······························ 407
真娘墓 ···························· 408
长恨歌 ···························· 409
琵琶引并序 ························ 416
赋得古原草送别 ···················· 421
大林寺桃花 ······················ 422
问刘十九 ·························· 423
种桃杏 ···························· 424
后宫词（泪尽罗巾） ·············· 425
勤政楼西老柳 ···················· 426
暮江吟 ···························· 426
钱塘湖春行 ························ 427
西湖晚归回望孤山寺赠诸客 ········ 428
除苏州刺史别洛城东花 ············ 429
宴散 ······························ 430
九年十一月二十一日感事而作 ······ 430
与梦得沽酒闲饮且约后期 ·········· 432
杨柳枝词（一树春风） ············ 433

李商隐（三十首）

无题（八岁偷照镜） ················ 437
宿骆氏亭寄怀崔雍崔衮 ············ 438
西南行却寄相送者 ················ 439
安定城楼 ·························· 440
戏赠张书记 ························ 442

无题（昨夜星辰） ………………………………………… 443

咏史（历览前贤） ………………………………………… 444

哭刘司户蕡 ………………………………………………… 446

寄令狐郎中 ………………………………………………… 447

花下醉 ……………………………………………………… 448

落花 ………………………………………………………… 449

寄蜀客 ……………………………………………………… 450

晚晴 ………………………………………………………… 451

贾生 ………………………………………………………… 452

夜雨寄北 …………………………………………………… 453

杜工部蜀中离席 …………………………………………… 454

夜饮 ………………………………………………………… 456

木兰花 ……………………………………………………… 457

无题（相见时难） ………………………………………… 458

蝉 …………………………………………………………… 459

柳（曾逐东风） …………………………………………… 460

悼伤后赴东蜀辟至散关遇雪 ……………………………… 461

筹笔驿 ……………………………………………………… 462

锦瑟 ………………………………………………………… 463

二月二日 …………………………………………………… 465

咏史（北湖南埭） ………………………………………… 466

板桥晓别 …………………………………………………… 467

常娥 ………………………………………………………… 468

忆住一师 …………………………………………………… 469

乐游原（向晚意不适） …………………………………… 470

王安石（三十首）

纯甫出僧惠崇画要予作诗 ………………………………… 473

谢公墩	475
明妃曲(明妃初出)	478
白沟行	479
送郑叔熊归闽	481
日出堂上饮	483
舟中读书	484
君难托	485
半山春晚即事	486
送邓监簿南归	487
壬辰寒食	489
送项判官	490
示长安君	491
葛溪驿	492
山中	492
江上(江水漾西风)	493
秫陵道中口占(经世才难就)	494
杂咏(桃李白城坞)	494
梅花	495
棋	496
元日	497
北陂杏花	498
北山(北山输绿)	499
寄蔡天启	499
书湖阴先生壁(茅檐长扫)	500
泊船瓜洲	501
钟山即事	502
夜直	503
暮春(无限残红)	504
登飞来峰	504

苏轼（五十首）

夜泊牛口 …………………………………………… 508
辛丑十一月十九日既与子由别于郑州西门之外马上赋诗一篇
　寄之 ………………………………………………… 509
和子由渑池怀旧 …………………………………… 511
太白山下早行至横渠镇书崇寿院壁 ……………… 512
王维吴道子画 ……………………………………… 512
真兴寺阁 …………………………………………… 515
和董传留别 ………………………………………… 517
出颍口初见淮山是日至寿州 ……………………… 518
游金山寺 …………………………………………… 519
腊日游孤山访惠勤惠思二僧 ……………………… 521
六月二十七日望湖楼醉书（黑云翻墨） ………… 523
法惠寺横翠阁 ……………………………………… 523
饮湖上初晴后雨（水光潋滟） …………………… 525
新城道中（东风知我） …………………………… 525
有美堂暴雨 ………………………………………… 526
雪后书北台壁（黄昏犹作） ……………………… 527
饮酒台 ……………………………………………… 529
西斋 ………………………………………………… 530
书韩幹牧马图 ……………………………………… 531
东栏梨花（梨花淡白） …………………………… 534
中秋月（暮云收尽） ……………………………… 535
百步洪（长洪斗落） ……………………………… 536
舟中夜起 …………………………………………… 538
寓居定惠院之东杂花满山有海棠一株土人不知贵也 …… 539
东坡（废垒无人顾） ……………………………… 541

正月二十日与潘郭二生出郊寻春忽记去年是日同至女王城作
  诗乃和前韵 …………………………………………………… 543
寒食雨(春江欲入户) ………………………………………… 544
海棠 …………………………………………………………… 545
题西林壁 ……………………………………………………… 546
郭祥正家醉画竹石壁上郭作诗为谢且遗二古铜剑 ………… 547
送沈逵赴广南 ………………………………………………… 548
高邮陈直躬处士画雁(野雁见人时) ………………………… 549
寄吴德仁兼简陈季常 ………………………………………… 550
惠崇春江晚景(竹外桃花) …………………………………… 554
书李世南所画秋景(野水参差) ……………………………… 555
书王定国所藏烟江叠嶂图 …………………………………… 556
赠刘景文 ……………………………………………………… 558
泛颍 …………………………………………………………… 559
书晁说之考牧图后 …………………………………………… 561
雪浪石 ………………………………………………………… 563
八月七日初入赣过惶恐滩 …………………………………… 565
四月十一日初食荔支 ………………………………………… 567
儋耳山 ………………………………………………………… 569
倦夜 …………………………………………………………… 570
纵笔(寂寂东坡) ……………………………………………… 571
儋耳 …………………………………………………………… 571
澄迈驿通潮阁(余生欲老) …………………………………… 573
六月二十日夜渡海 …………………………………………… 574
赠岭上老人 …………………………………………………… 575
次韵江晦叔(钟鼓江南岸) …………………………………… 576

黄庭坚(三十首)

寄黄幾复	579
送范德孺知庆州	580
和答钱穆父咏猩猩毛笔	582
送谢公定作竟陵主簿	584
双井茶送子瞻	586
次韵王定国扬州见寄	587
次韵柳通叟寄王文通	588
题伯时画严子陵钓滩	589
题子瞻枯木	590
和答元明黔南赠别	591
王充道送水仙花五十枝欣然会心为之作咏	592
雨中登岳阳楼望君山二首	594
鄂州南楼书事(四顾山光)	595
书磨崖碑后	596
清明	599
次韵裴仲谋同年	601
池口风雨留三日	602
题落星寺(落星开士)	603
次元明韵寄子由	605
登快阁	606
奉答李和甫代简绝句(山色江声)	607
过家	608
送张材翁赴秦签	609
题阳关图(断肠声里)	612
秋怀(茅堂索索)	612
过方城寻七叔祖旧题	613

早行 ·· 614
观化（柳外花中） ······································ 615
答龙门潘秀才见寄 ···································· 616

陆游（四十首）

夜读兵书 ··· 619
度浮桥至南台 ·· 619
游山西村 ··· 621
黄州 ··· 622
秋风亭拜寇莱公遗像（江上秋风） ················ 623
寒食 ··· 624
山南行 ·· 625
剑门道中遇微雨 ····································· 627
秋声 ··· 628
长歌行 ·· 629
春残 ··· 631
病起书怀（病骨支离） ······························· 632
大风登城 ··· 633
南定楼遇急雨 ······································· 634
渔翁 ··· 635
初发夷陵 ··· 636
小雨极凉舟中熟睡至夕 ···························· 637
六月十四日宿东林寺 ······························· 637
登赏心亭 ··· 639
夏夜不寐有赋 ······································· 640
小园（小园烟草） ···································· 641
病起 ··· 642
书愤（早岁那知） ···································· 643

临安春雨初霁	644
夜登千峰榭	645
东关(烟水苍茫)	647
秋晚思梁益旧游(忆昔西行)	647
冬夜读书忽闻鸡唱	648
秋夜将晓出篱门迎凉有感(三万里河)	650
十一月四日风雨大作(僵卧孤村)	650
溪上作(伛偻溪头)	651
初夏行平水道中	652
秋夜纪怀(北斗垂莽苍)	653
书愤(镜里流年)	653
沈园二首	654
西村	656
柳桥晚眺	656
枕上作	657
示儿	658
后记	660

白居易

白居易(772—846),字乐天,晚号香山居士。其先太原(今山西省太原市晋源区)人,曾祖时迁居下邽(今属陕西省渭南市),而本人则出生于新郑(今属河南省郑州市)。早年家贫多故,虽在官吏之家,却遭逢藩镇之乱,颇历艰辛。后苦节读书,贞元十六年(800)进士及第,两年后试"书判拔萃科"中选,授秘书省校书郎。宪宗朝,自盩厔尉迁至左拾遗、左赞善大夫。元和十年(815),因上疏请急捕刺死宰相武元衡之贼,得罪贬为江州司马。后历忠州、杭州、苏州刺史、河南尹,累官太子少傅分司东都。会昌二年(842),以刑部尚书致仕,寓居洛阳。六年八月卒,赠尚书右仆射,谥曰文。

白居易是中唐颇具影响的诗人。首先,他的诗歌作品不仅数量多、传播广,而且保存较为完整。他生前曾将自己的诗作,按讽谕、闲适、感伤、杂律分类编集。其《与元九书》云:"仆志在兼济,行在独善,奉而始终之则为道,言而发明之则为诗。谓之讽谕诗,兼济之志也;谓之闲适诗,独善之义也。故览仆诗者,知仆之道焉。"儒家"穷则独善其身,达则兼善天下"(《孟子·尽心上》)的思想,成为他立身处世、赋诗为文之道,故尤重其前两类作品。他的一生,可以遭遇贬谪为分界。在他前期,能发扬杜甫的写实精神,积极倡导新乐府运动,写出了不少切近现实、补察时政、关怀民生的篇章;而在受贬后,多数作品则转向吟玩性情,呈现出淡泊悠然的格调。这正是他坚守"兼济"与"独善"信念的写照。其次,他的创作具有鲜明的理论意识和表现特色。在《与元九书》中,他强调要继承《诗三百》"美刺兴比"的传统,反对梁、陈间"嘲风雪,弄花草"的浮靡之风,提出"文章合为时而著,歌诗合为事而作"的创作原则。其讽谕诗如《秦中吟》《新乐府》等,正是直歌其事、主题明确。而与之相应,则为语言表现的质朴真挚、平易晓畅。《新乐府序》云:"其辞质而径,欲见之者易谕也;其言直而切,欲闻之者深诫也;其事核而实,使采之者传信也;其体顺而肆,可以播于乐章歌曲也。总而言之,为君、为臣、为民、为物、为事而作,不为文而作也。"自觉确立了诗歌创作内容与形式相统一的标准。此外,他的长篇叙事诗如《长恨歌》《琵琶引》等,不独文辞温厚流丽,犹能曲尽情意之妙;而律诗绝句,则兴象玲珑,语浅而意深,均受到当时及后世读者的喜爱。

有《白氏长庆集》。选诗据谢思炜《白居易诗集校注》(中华书局2006年版)。

观刈麦

田家少闲月①,五月人倍忙。夜来南风起,小麦覆陇黄②。妇姑荷箪食,童稚携壶浆③。相随饷田去④,丁壮在南岗⑤。足蒸暑土气,背灼炎天光⑥。力尽不知热,但惜夏日长。复有贫妇人,抱子在其傍。右手秉遗穗⑦,左臂悬弊筐⑧。听其相顾言,闻者为悲伤。家田输税尽⑨,拾此充饥肠。今我何功德,曾不事农桑⑩?吏禄三百石⑪,岁晏有余粮⑫。念此私自愧,尽日不能忘。

【题解】

题下原注:"时为盩厔县尉。"元和二年(807)五月作。讽谕诗。盩厔(今陕西省西安市周至县),唐京兆府属县,在长安西。县尉,县官属,掌一县之治安。据朱金城《白居易年谱》,元和元年,罢校书郎;"四月,应'才识兼茂明于体用科',与元稹等同登第。居易以对策语直,入第四等(乙等)。同月二十八日,授盩厔尉"。刈(yì),收割。

【注释】

① 闲月:农事清闲的月份。

② 小麦句:意谓黄熟的小麦覆盖着田间。覆陇,覆盖田垄。陇,通"垄"。田埂。

③ 妇姑二句:意谓妇女肩挑盛在竹篮里的饭食,小孩手提壶装的茶水与酒浆。妇姑,媳妇与婆婆。此泛指妇女。荷(hè),承担,肩负。箪(dān)食,盛在竹篮里的饭食。箪,用竹或苇编制的圆形饭篮。壶浆,用壶装的茶水、酒浆。《孟子·梁惠王下》:"箪食壶浆,以迎王师。"后以"箪食壶浆"为拥军犒师或饷馈饮食之典。

④ 饷(xiǎng)田:送饭食到田头。

⑤ 丁壮:此指青壮年男子。

⑥ 足蒸二句:意谓劳作者双足受地面暑气的熏蒸,项背被火热的阳光灼烤。土气,地气。从泥土中蒸发升腾的气体。天光,日光。

⑦ 秉：持，握。遗穗：此指收割后遗留在田里的麦穗。
⑧ 弊筐：破筐。
⑨ 输税：缴纳租税。
⑩ 曾(zēng)不句：竟然不从事农业生产。曾，乃，竟。
⑪ 吏禄：官吏的俸禄。三百石：此借代县辅佐官，非实指其俸禄数。《汉书·百官公卿表上》："县令、长，皆秦官，掌治其县。万户以上为令，秩千石至六百石。减万户为长，秩五百石至三百石。皆有丞、尉，秩四百石至二百石，是为长吏。百石以下有斗食、佐史之秩，是为少吏。"汉县丞、县尉为长吏，俸禄在四百石至二百石之间，故借以代指县尉。唐县尉品秩较低，俸禄远不到三百石。《新唐书·百官志四下》："（畿县）尉二人，正九品下。"又《食货志五》："武德元年，文武官给禄，颇减隋制。一品七百石，从一品六百石，二品五百石，从二品四百六十石，三品四百石，从三品三百六十石，四品三百石，从四品二百六十石，五品二百石，从五品百六十石，六品百石，从六品九十石，七品八十石，从七品七十石，八品六十石，从八品五十石，九品四十石，从九品三十石，皆以岁给之。"
⑫ 岁晏：一年将尽的时候。

【评析】

旁观农家夏收，活绘出一幅勤苦劳作图。而后浓墨叙写拾穗贫妇，将心比心，深自愧怍，哀怜之意溢于言表。通首由面及点，事明而辞达，真情实景一览即得。

新制布裘

桂布白似雪①，吴绵软于云②。布重绵且厚，为裘有余温。朝拥坐至暮，夜覆眠达晨。谁知严冬月，支体暖如春③。中夕忽有念④，抚裘起逡巡⑤。丈夫贵兼济，岂独善一身⑥？安得万里裘，盖裹周四垠⑦？稳暖皆如我，天下无寒人。

【题解】

朱金城笺:"约作于元和二年(807)至元和十年(815)。"(《白居易集笺校》卷一)讽谕诗。布裘,布制的棉衣。居易晚年又作《新制绫袄成感而有咏》云:"百姓多寒无可救,一身独暖亦何情。""争得大裘长万丈,与君都盖洛阳城。"与此篇旨趣相同。

【注释】

① 桂布:又称"桂管布"。唐桂管地区(治今广西壮族自治区桂林市)所产木棉布。唐人笔记《玉泉子》:"夏侯孜为左拾遗,常着桂管布衫朝谒。开成中,文宗无忌讳,好文,问孜:'衫何太粗涩?'具言桂管产此布,厚可以御寒。他日,上问宰相:'朕察拾遗夏侯孜必贞介之士。'宰相曰:'其行,今之颜、冉。'上嗟叹,亦效着桂管布,满朝皆效之。此布为之骤贵也。"木棉,亦作"木绵""橦花"。元以前典籍中,"木棉"或"木绵"常与"橦花"混用。宋元之际,中土引入草棉,仍称之为"木棉""橦花",至明初方始称作"棉花",并沿用至今。

② 吴绵:吴地所产丝绵。

③ 支体:此指整个身体。支,同"肢"。

④ 中夕:半夜。

⑤ 逡(qūn)巡:徘徊貌。

⑥ 丈夫二句:意谓大丈夫当做有益于天下的事,怎能只顾自己一人的利益。兼济,谓使天下民众、万物皆能受益。岂独,难道只是。《孟子·尽心上》:"古之人,得志,泽加于民;不得志,修身见于世。穷则独善其身,达则兼善天下。"

⑦ 周四垠:遍及天下。周,遍,遍及。四垠,四境,天下。

【评析】

末四句以己及人,悲悯为怀,与杜甫《茅屋为秋风所破歌》结意相同。黄彻曰:"或谓子美诗意宁苦身以利人,乐天诗意推身利以利人,二者较之,少陵为难。然老杜饥寒而悯人饥寒者也,白氏饱暖而悯人饥寒者也,忧劳者易生于善虑,安乐者多失于不思,乐天宜优。"(《䂬溪诗话》卷九)二人前倡后继,虽身份有别,而仁心无异。

重赋

厚地植桑麻①,所要济生民。生民理布帛②,所求活一身。身外充征赋,上以奉君亲③。国家定两税④,本意在忧人⑤。厥初防其淫,明敕内外臣⑥:税外加一物,皆以枉法论。奈何岁月久,贪吏得因循⑦。浚我以求宠,敛索无冬春⑧。织绢未成匹,缲丝未盈斤⑨。里胥迫我纳⑩,不许暂逡巡⑪。岁暮天地闭⑫,阴风生破村⑬。夜深烟火尽,霰雪白纷纷⑭。幼者形不蔽,老者体无温。悲端与寒气,并入鼻中辛⑮。昨日输残税⑯,因窥官库门。缯帛如山积,丝絮似云屯⑰。号为羡余物,随月献至尊⑱。夺我身上暖,买尔眼前恩。进入琼林库⑲,岁久化为尘。

【题解】

诗题又作《无名税》,为《秦中吟十首》之二。《秦中吟十首》,约作于元和五年(810)前后。其序云:"贞元、元和之际,予在长安,闻见之间,有足悲者。因直歌其事,命为《秦中吟》。"讽谕诗。此篇刺赋税苛重,贪吏聚敛。

【注释】

① 厚地:大地。
② 理:治办,制作。
③ 身外二句:意谓在满足自身生存需要之后,多余之物便作为赋税奉献给皇上。身外,自身之外。此指多余的生活资料。君亲,此特指君王。
④ 两税:即"两税法"。建中元年(780),德宗采纳宰相杨炎建议,颁行新税法。将征收谷物、布帛等实物为主的租庸调法一并折合钱价,按夏、秋两季征收,夏税不超过六月,秋税不超过十一月,故称"两税法"。
⑤ 忧人:忧虑民生。
⑥ 厥初二句:意谓实行新法初始,就明确诏示内外诸臣,要防止过

度征收。厥初,其初。淫,过度,无节制。明敕,指上对下明白地训示或告诫。内外臣,宦官和朝臣。此泛指朝廷百僚。

⑦ 因循:沿袭。指沿用旧制或旧习。

⑧ 浚我二句:意谓为了邀功求宠,不分时节地敲诈勒索、巧取豪夺。浚,攫取,榨取。敛索,搜刮索取。

⑨ 缲(sāo)丝:煮茧抽丝。

⑩ 里胥:古代一里之长。亦称"里正"。参见第169页杜甫《兵车行》注释⑩。

⑪ 逡巡:迟疑,犹豫。

⑫ 天地闭:天地闭塞掩藏。《管子·度地》:"当冬三月,天地闭藏。"

⑬ 阴风:朔风,冷风。

⑭ 霰(xiàn)雪:雪珠和雪花。

⑮ 悲端二句:意谓悲哀的情绪加上寒气,郁结成无尽的辛酸。悲端,悲哀的心绪。一作"悲喘"。鼻中辛,犹鼻酸。形容悲痛伤心。

⑯ 输残税:交纳尚未付清的赋税。输,交纳,献纳。

⑰ 缯(zēng)帛二句:意谓官库内绸布堆积成山,丝絮飘然如云层聚集。缯帛,丝绸的统称。丝絮,丝绵。云屯,如云之聚集。形容盛多。

⑱ 号为二句:意谓名义上是作为盈余的财物,逐月进献给皇帝。羡余物,盈余之物。随月,犹月进。德宗时地方官吏为求宠而逐月进献财物。至尊,皇帝的代称。

⑲ 琼林库:唐内库。德宗时设,以藏贡品。《新唐书·陆贽传》:"至是天下贡奉稍至,乃于行在夹庑署琼林、大盈二库,别藏贡物。"

【评析】

直词劲气,如针砭之刺病。邀宠官吏肆意敛索,破村老幼饱含悲辛,摹写逼真而沉痛。结语"进入琼林库,岁久化为尘",暗讽上文"国家定两税,本意在忧人",留不尽之意于欲说还休处,亦合风人之旨。

伤友

陋巷孤寒士,出门苦恓恓①。虽云志气在,岂免颜色低②。

平生同门友③,通籍在金闺④。曩者胶漆契,迩来云雨睽⑤。正逢下朝归,轩骑五门西⑥。是时天久阴,三日雨凄凄。蹇驴避路立,肥马当风嘶⑦。回头忘相识,占道上沙堤。昔年洛阳社⑧,贫贱相提携。今日长安道,对面隔云泥⑨。近日多如此,非君独惨凄。死生不变者,唯闻任与黎⑩。

【题解】

诗题一作《伤苦节士》,又作《胶漆契》,为《秦中吟十首》之四。此篇借孤寒士的凄惨境遇,刺世态炎凉之变。

【注释】

① 恓恓(qī—):惶惶不安貌,凄凉貌。

② 颜色低:犹低头。颜色,面色。此借指头。

③ 同门友:指同师受业者。

④ 通籍:谓已在朝中记名入册了。指初入仕。金闺:指金马门。汉代宫门,学士待诏处。《史记·滑稽列传》:"金马门者,宦署门也。门傍有铜马,故谓之曰'金马门'。"后亦代指朝廷。

⑤ 曩(nǎng)者二句:意谓昔日如胶似漆的友情,近来却是翻云覆雨相背离。曩,从前。胶漆契,喻交情深厚。迩来,近来。云雨,喻人情世态反复无常。杜甫《贫交行》:"翻手作云覆手雨,纷纷轻薄何须数。"睽,乖违,背离。

⑥ 轩骑:车骑。五门:古代王宫设有五门,自内而外为路门(毕门)、应门、雉门、库门、皋门。此泛指宫城之门。

⑦ 蹇(jiǎn)驴二句:意谓孤寒士骑跛驴避立路旁,同门友乘肥马当风嘶鸣。蹇驴,跛足驽弱的驴。肥马,肥硕健壮之马。乘肥马以形容富贵。《论语·雍也》:"赤之适齐也,乘肥马,衣轻裘。"

⑧ 洛阳社:即白社,在洛阳城东。东晋葛洪《抱朴子·杂应》:"洛阳有道士董威辇,常止白社中,了不食。陈子叙共守事之,从学道。"后以"洛阳社"借指隐居之地。

⑨ 云泥:云天泥地,喻两物相去甚远。

⑩ 任与黎:句下有原注"任公叔、黎逢"。二人同登大历十二年

(777)进士第,黎逢为状元。参见清徐松《登科记考》卷十一。

【评析】

写孤寒士与同门友,哀其可共患难而不可同富贵,两相比照,莫不刻画鲜明,以伤世情浇薄,友道之不古。

买花

帝城春欲暮①,喧喧车马度②。共道牡丹时,相随买花去。贵贱无常价,酬直看花数③。灼灼百朵红,戋戋五束素④。上张幄幕庇,旁织巴篱护⑤。水洒复泥封,移来色如故⑥。家家习为俗,人人迷不悟。有一田舍翁⑦,偶来买花处。低头独长叹,此叹无人谕⑧。一丛深色花,十户中人赋⑨。

【题解】

诗题一作《牡丹》,为《秦中吟十首》之十。此篇刺达贵沉迷奢华,挥金如土。

【注释】

① 帝城:皇城,京都。

② 喧喧:形容声音喧闹嘈杂。

③ 贵贱二句:意谓牡丹花的价格高低不定,要看花朵的数量计价付钱。贵贱,此指价值的高低。酬直,偿付所值的价钱。

④ 灼灼二句:意谓鲜艳无比的百朵红花,等值于高高堆积的五束白绢。灼灼,鲜明、鲜艳貌。戋戋(jiān—),委积貌。《易·贲》:"六五,贲于丘园,束帛戋戋。"陆德明音义:"戋戋,在千反。马(融)云:'委积貌。'"束,布帛五匹为一束。素,泛指白色绢帛。

⑤ 上张二句:意谓花丛上方张开帐幕来遮光,又在旁边编织篱笆作防护。幄(wò)幕,帐幕。庇,遮盖。巴篱,篱笆。

⑥ 移来:指买来移栽。

⑦ 田舍翁:老农。
⑧ 谕:明白,领会。
⑨ 一丛二句:意谓一丛深红色牡丹花的价值,能抵十户中等人家一年的赋税。

【评析】

乐天另有诗云:"但伤民病痛,不识时忌讳。遂作《秦中吟》,一吟悲一事。"(《伤唐衢二首》其二)此章即专吟"买花"一事,铺张不惜笔力,终托出"田舍翁"惊心一叹:"一丛深色花,十户中人赋。"愤然相较,讽意显豁。

上阳白发人

上阳人①,红颜暗老白发新。绿衣监使守宫门②,一闭上阳多少春。玄宗末岁初选入③,入时十六今六十。同时采择百余人,零落年深残此身④。忆昔吞悲别亲族,扶入车中不教哭⑤。皆云入内便承恩⑥,脸似芙蓉胸似玉。未容君王得见面,已被杨妃遥侧目⑦。妒令潜配上阳宫⑧,一生遂向空房宿。秋夜长,夜长无寐天不明。耿耿残灯背壁影⑨,萧萧暗雨打窗声。春日迟,日迟独坐天难暮。宫莺百啭愁厌闻⑩,梁燕双栖老休妒。莺归燕去长悄然⑪,春往秋来不记年。唯向深宫望明月,东西四五百回圆⑫。今日宫中年最老,大家遥赐尚书号⑬。小头鞋履窄衣裳,青黛点眉眉细长。外人不见见应笑,天宝末年时世妆⑭。上阳人,苦最多。少亦苦,老亦苦,少苦老苦两如何?君不见昔时吕向《美人赋》⑮,又不见今日《上阳白发歌》。

【题解】

元和年间,白居易与元稹等人积极倡导诗歌革新运动,发扬《诗经》和汉乐府美刺讽谕传统,自创新题歌咏时事,故名之为"新乐府"。其

《新乐府序》曰:"凡九千二百五十二言,断为五十篇。篇无定句,句无定字,系于意,不系于文。首句标其目,卒章显其志,《诗》三百之义也。其辞质而径,欲见之者易谕也。其言直而切,欲闻之者深诫也。其事核而实,使采之者传信也。其体顺而肆,可以播于乐章歌曲也。总而言之,为君、为臣、为民、为物、为事而作,不为文而作也。元和四年为左拾遗时作。"《新乐府》五十首,皆录入《乐府诗集》卷九十七至九十九。此篇《上阳白发人》,为《新乐府》五十首之七。上阳宫,在唐东都禁苑之东,高宗时建。参见第57页李白《古风》其十八注释⑤。小序云:"《上阳白发人》,愍怨旷也。"又题下自注云:"天宝五载已后,杨贵妃专宠,后宫人无复进幸矣。六宫有美色者,辄置别所,上阳是其一也。贞元中尚存焉。"

【注释】

① 上阳人:一本作"上阳人,上阳人"。上阳宫女。

② 绿衣监(jiàn)使:泛指唐内侍省宦官及其所充任的内诸司使。唐初宦官皆着黄衣,高宗时始禁内外官着黄,后宦官亦按文武官品阶服色。《旧唐书·舆服志》:"(高宗上元元年制)文武三品已上服紫,金玉带。四品服深绯,五品服浅绯,并金带。六品服深绿,七品服浅绿,并银带。八品服深青,九品服浅青,并鍮石带。"又《职官志三·内侍省》:"掖廷令(从七品下)掌宫禁女工之事。凡宫人名籍,司其除附,公桑养蚕,会其课业。"

③ 玄宗末岁:指天宝十五载(756)。

④ 同时二句:意谓当年一同选进宫中有一百多人,日久殒落殆尽,如今仅剩上阳宫女孤身一人。采择,选取。零落,喻死亡。年深,天长日久。残,剩余,残存。

⑤ 不教(jiāo):不使,不让。

⑥ 承恩:蒙受恩泽。

⑦ 遥侧目:斜眼远视。表示嫉妒。

⑧ 潜配:暗中发配。

⑨ 耿耿:明亮貌。背壁影:指背对自己投映在墙壁上的身影。

⑩ 百啭:形容鸣叫声婉转多变。厌闻:不愿听。

⑪ 悄然：忧伤貌。

⑫ 东西：谓十五的圆月，夕从东边升起，朝从西边落下。四五百回：概言上阳宫人入宫后所见月圆次数。陈寅恪《元白诗笺证稿》第五章《新乐府》："假定上阳宫人选入之时为天宝十五载（西历七五六年），其年为十六。则至贞元十六年（西历八〇〇年）其年六十。自入宫至此凡历四十五年，须加十六闰月，共约五百五十六望，除去阴雨暗夕，上阳宫人之获见月圆次数，亦不过四五百回。三五之时，月夕生于东，朝没于西，所以言东西者，盖隐含上阳人自夕至旦通宵不寐之意也。"

⑬ 大家：宫中近臣或后妃对皇帝的称呼。东汉蔡邕《独断》卷上："亲近侍从官称（天子）曰'大家'。"尚书：此指宫官之号。唐承隋制，宫官六尚（尚宫、尚仪、尚服、尚食、尚寝、尚工）设女尚书，正五品。陈寅恪曰："是唐代沿袭前代，宫中亦有女尚书之号也。此老宫女身在洛阳之上阳宫，当时皇帝从长安授此衔，即所谓'遥赐'也。噫！以数十年幽闭之苦，至垂死之年，始博得此虚名，聊以快意，实可哀悯，而诗人言外之旨抑可见矣。"（同上）

⑭ 小头四句：意谓我穿着小头鞋子、紧窄衣裳，仍用青黛画眉又细又长。外面的人没看见则罢，看见了一定会笑话我，因为这是天宝末年的时尚妆扮。青黛，青黑色颜料。女子画眉用。时世妆，当年时兴的妆扮。

⑮ 君不见句：用玄宗时吕向献赋讽谏事。句下原注："天宝末，有密采艳色者，当时号花鸟使。吕向献《美人赋》以讽之。"据《新唐书·文艺传·吕向》，向字子回，亡其世贯，或曰泾州（治今甘肃省平凉市泾川县北）人。"玄宗开元十年，召入翰林，兼集贤院校理，侍太子及诸王为文章。时帝岁遣使采择天下姝好，内之后宫，号'花鸟使'；向因奏《美人赋》以讽，帝善之，擢左拾遗。"可知吕向献赋在开元间，非天宝末，故白氏原注与史未合，或疑此注为后人妄加。

【评析】

上阳宫女自青春而垂暮，一生幽闭，其怨旷之悲，绝望之痛，无不显现于字句间。如前半抚今追昔，叙惨淡身世，"入时十六今六十""零落年深残此身""妒令潜配上阳宫"等语，足泣鬼神。后半借景言情，秋去春来,风雨消磨,孤寂中"厌闻""休妒""不记年";至自嘲"大家遥赐尚书号""天宝末年时世妆",语虽轻而意实重,殊可玩索。末尾数句俯仰先后,感慨系之,正见诗人讽戒补阙之志。

太行路

太行之路能摧车①,若比人心是坦途。巫峡之水能覆舟②,若比人心是安流③。人心好恶苦不常,好生毛羽恶生疮④。与君结发未五载,岂期牛女为参商⑤。古称色衰相弃背,当时美人犹怨悔⑥。何况如今鸾镜中⑦,妾颜未改君心改。为君薰衣裳,君闻兰麝不馨香⑧。为君盛容饰⑨,君看金翠无颜色⑩。行路难,难重陈⑪。人生莫作妇人身,百年苦乐由他人。行路难,难于山,险于水。不独人间夫与妻,近代君臣亦如此。君不见左纳言⑫,右内史⑬,朝承恩,暮赐死。行路难,不在水,不在山,只在人情反覆间。

【题解】

此篇为《新乐府》五十首之十。太行路,因太行山多横谷,为东西交通孔道,关隘重重,形势险要,自古有"太行八陉"之称。参见第81页李白《行路难》注释④。小序云:"《太行路》,借夫妇以讽君臣之不终也。"

【注释】

① 摧车:摧毁车辆。摧,坠毁,毁坏。

② 巫峡:长江三峡之一。两岸绝壁,舟行极险。参见第247页杜甫《闻官军收河南河北》注释⑥。

③ 安流:平缓的流水。

④ 人心二句:意谓人心的爱好与憎恶是反复无常的,喜爱的可以把他夸上天去,憎恶的就说他全身长满疮疖。好恶(hàowù),喜爱与憎恨。生毛羽,生出翅膀。形容极意夸饰、拔高。东汉张衡《西京赋》:"所好生毛羽,所恶成疮痏。"李善注:"毛羽,言飞扬。疮痏,谓瘢痕也。"

⑤ 与君二句：意谓与君结为夫妻还不到五年，难道想让牛郎织女变成永不相见的参商二星。结发，成婚。牛女，牵牛星与织女星或"牛郎织女"的省称。参（shēn）商，参星与商星。二星此出彼没，永不相见。喻彼此对立不和。

⑥ 古称二句：意谓古来就有"色衰爱弛"的说法，当时的美人还为此心存怨恨。用汉武帝李夫人之典。李夫人病笃，以形貌毁坏而拒绝见武帝，因谓其姊妹曰："所以不欲见帝者，乃欲以深托兄弟也。我以容貌之好，得从微贱爱幸于上。夫以色事人者，色衰而爱弛，爱弛则恩绝。上所以挛挛顾念我者，乃以平生容貌也。今见我毁坏，颜色非故，必畏恶吐弃我，意尚肯复追思闵录其兄弟哉！"（见《汉书·外戚传》）

⑦ 鸾镜：女子妆镜的美称。《艺文类聚》卷九十引南朝宋范泰《鸾鸟诗序》曰："昔罽宾王结罝峻卯之山，获一鸾鸟，王甚爱之，欲其鸣而不致也。乃饰以金樊，飨以珍羞，对之愈戚，三年不鸣。其夫人曰：'尝闻物见其类而后鸣，何不悬镜以映之？'王从其意。鸾睹形悲鸣，哀响中宵，奋而绝。"

⑧ 兰麝：兰香与麝香。泛指名贵的香料。

⑨ 盛容饰：盛妆打扮。

⑩ 金翠：指用黄金、翠玉制成的饰物。颜色：光彩。

⑪ 重（chóng）陈：再述，重复陈说。

⑫ 纳言：唐门下省长官，即侍中。《旧唐书·职官志二》："侍中二员。隋曰纳言，又名侍内。武德为纳言，又改为侍中。龙朔改东台左相，光宅元年改为纳言，神龙复为侍中。开元元年改为黄门监，五年复为侍中。天宝二年改为左相，至德二年复改为侍中。"又云："侍中之职，掌出纳帝命，缉熙皇极，总典吏职，赞相礼仪，以和万邦，以弼庶务，所谓佐天子而统大政者也。凡军国之务，与中书令参而总焉，坐而论之，举而行之，此其大较也。"

⑬ 内史：唐中书省长官，即中书令。《旧唐书·职官志二》："中书令二员。……隋曰内书令。武德曰内史令，寻改为中书令。龙朔为西台右相，咸亨复为中书令。光宅为凤阁令。开元元年改为紫微令，五年复为中书令。天宝改为右相，至德二年复为中书令。"又云："中书令之职，

掌军国之政令,缉熙帝载,统和天人。入则告之,出则奉之,以釐万邦,以度百揆,盖佐天下而执大政也。"

【评析】

设比起兴,又使事触类,嗟叹行路之难,不及人心险恶多变远甚。而最易感于此者,则无过于妇之从夫与臣之事君。通首词约指明,以妇人口吻,借"闺怨"而托讽,直刺伦理纲常下人身依附之失,亦是唐人诗中常例。

卖炭翁

卖炭翁,伐薪烧炭南山中①。满面尘灰烟火色,两鬓苍苍十指黑②。卖炭得钱何所营③?身上衣裳口中食。可怜身上衣正单,心忧炭贱愿天寒。夜来城外一尺雪,晓驾炭车辗冰辙④。牛困人饥日已高,市南门外泥中歇⑤。翩翩两骑来是谁⑥?黄衣使者白衫儿⑦。手把文书口称敕⑧,回车叱牛牵向北⑨。一车炭,千余斤,宫使驱将惜不得⑩。半匹红纱一丈绫,系向牛头充炭直⑪。

【题解】

此篇为《新乐府》五十首之三十二。小序云:"《卖炭翁》,苦宫市也。"德宗时,官中派宦官往民间市场强行买物,口称"官市",实为掠夺。韩愈《顺宗实录》卷二:"旧事,宫中有要市外物,令官吏主之,与人为市,随给其直。贞元末,以宦者为使,抑买人物,稍不如本估。末年不复行文书,置'白望'数百人于两市并要闹坊,阅人所卖物,但称'宫市',即敛手付与,真伪不复可辨,无敢问所从来。其论价之高下者,率用百钱物买人直数千钱物,仍索进奉门户并脚价钱。将物诣市,至有空手而归者。名为'宫市',而实夺之。"

【注释】

① 南山:终南山。在长安城南。

② 苍苍:灰白色。

③ 何所营:做什么用。营,谋求,需求。

④ 辗(niǎn):碾压。冰辙:地面冰冻的车轮印迹。

⑤ 市南门:指集市的南门。唐长安有东市、西市,分别在朱雀门街两侧,即皇城东南为东市,西南为西市。因东市靠近三大内(太极宫、大明宫、兴庆宫),周围多勋贵第宅,往来客货连绵不绝,故较西市更为热闹繁华。

⑥ 翩翩:行动轻疾貌。

⑦ 黄衣使者:即中使。指宦官。白衫儿:平民。唐时平民着白衣。此指宫市宦官派往市场采办的人员。因他们常在市场东张西望,白取人之物,故称"白望"。《新唐书·张建封传》:"是时,宦者主宫市,置数十百人阅物廛左,谓之'白望'。"

⑧ 敕:皇帝的命令或诏书。

⑨ 牵向北:指牵向宫中。皇宫在长安城北。

⑩ 宫使:皇宫的使者。指宦官。

⑪ 半匹二句:意谓他们把半匹红纱和一丈绫,朝牛头上一挂,就充作一车炭的价值了。唐代市场为钱帛兼行制,即可用布帛代货币进行交易。《唐会要》卷八十六:"贞元以后,京都多中官市物于廛肆,谓之宫市。不持文牒,口衔敕命,皆以监估不中衣服、绢帛杂红紫之物,倍高其估,尺寸裂以酬价。"

【评析】

卖炭老翁之艰辛,宫中使者之凶横,只数语便已写尽。而描述情状愈是生动,如在痛处着鞭,愈能切中世心与时弊。"可怜身上衣正单,心忧炭贱愿天寒"句,与韩昌黎得竹箪而愿"天日恒炎"同样手段,然其立意与情怀,有在人在己之别,相去岂可以道里计?

井底引银瓶

井底引银瓶,银瓶欲上丝绳绝。石上磨玉簪,玉簪欲成中央折①。瓶沉簪折知奈何②,似妾今朝与君别。忆昔在家为女时,人言举动有殊姿③。婵娟两鬓秋蝉翼,宛转双蛾远山色④。笑随戏伴后园中⑤,此时与君未相识。妾弄青梅凭短墙⑥,君骑白马傍垂杨。墙头马上遥相顾,一见知君即断肠⑦。知君断肠共君语,君指南山松柏树。感君松柏化为心,暗合双鬟逐君去⑧。到君家舍五六年,君家大人频有言。聘则为妻奔是妾,不堪主祀奉蘋蘩⑨。终知君家不可住,其奈出门无去处。岂无父母在高堂⑩,亦有亲情满故乡。潜来更不通消息⑪,今日悲羞归不得。为君一日恩,误妾百年身。寄言痴小人家女⑫,慎勿将身轻许人。

【题解】

此篇为《新乐府》五十首之四十。小序云:"《井底引银瓶》,止淫奔也。"淫奔,旧谓女子未经聘纳,奔就男方,自行结合,为礼法和时俗所不容。诗之用意虽出于劝戒,但对私奔女子的可悲遭遇,亦寄寓了深切同情。

【注释】

① 井底四句:意谓从井底向上拉银瓶,银瓶快要拉上来时丝绳却断了;在石上磨制玉簪,玉簪就要磨成功时却从中间折为两截。引,拉。银瓶,银制的瓶。玉簪,玉制的簪子。

② 瓶沉簪折:谓瓶沉水底难以寻觅,簪子中断不可接续。喻男女分离。

③ 殊姿:与众不同的姿态。

④ 婵娟二句:意谓美丽的鬓发薄如秋蝉的翅膀,弯曲的双眉秀似远望的山色。婵娟,容颜体态美好貌。秋蝉翼,秋蝉的翅膀。喻指古代妇女的一种发式,两鬓薄如蝉翼,亦称"蝉鬓"。西晋崔豹《古今注·杂注》:"魏文帝宫人绝所爱者,有莫琼树、薛夜来、田尚衣、段巧笑四人,日夕在侧。琼树乃制蝉鬓,缥眇如蝉,故曰'蝉鬓'。"宛转,弯曲貌。双蛾,美女的两眉。远山色,犹远山眉。形容女子秀眉。西汉刘歆《西京杂记》卷二:"文君姣好,眉色如望远山,脸际常若芙蓉,肌肤柔滑如脂。"

⑤ 戏伴:玩伴。

⑥ 弄青梅:把玩青梅。李白《长干行》其一:"郎骑竹马来,绕床弄青梅。"后以"青梅竹马"喻男女儿童间的两小无猜。

⑦ 知君:指懂得君心。断肠:形容极度思念。

⑧ 感君二句:意谓感受到君的情意就像松柏一样坚贞,便私自许下终身跟随君而去。双鬟,古代少女的发式,为两个环形发髻,出嫁后合而为一。暗合双鬟,暗自合拢头上的两个发髻。表示已许身于人。

⑨ 聘则二句:意谓经过聘纳的才是正妻,私奔的只能是小妾,不能主持和参与家族的祭祀。聘,聘娶正妻。奔,私奔。《礼记·内则》:"聘则为妻,奔则为妾。"主祀,主持祭祀。蘋蘩(pínfán),两种可供食用的水草,古时常用于祭祀。此泛指祭品。

⑩ 高堂:指父母。

⑪ 潜来:偷偷跑来,私奔而来。

⑫ 痴小:幼稚,幼弱。

【评析】

首以"瓶沉簪折"喻其结局,再追怀相识相许及私奔始末,极尽叙事之工。全篇设为女子口中语,宛然而道,一片纯真率直,而实含无限伤情。读其低回跌宕处,想见其平生为人,楚楚之状如立眼前。

隋堤柳

隋堤柳,岁久年深尽衰朽。风飘飘兮雨萧萧,三株两株汴河口①。老枝病叶愁杀人,曾经大业年中春②。大业年中炀天子,种柳成行夹流水。西自黄河东至淮,绿影一千三百里③。大业末年春暮月,柳色如烟絮如雪。南幸江都恣佚游④,应将此柳系龙舟。紫髯郎将护锦缆,青娥御史直迷楼⑤。海内财力此时竭,舟中歌笑何日休?上荒下困势不久,宗社之危如缀旒⑥。炀天子,自言福祚长无穷⑦,岂知皇子封酅公⑧。龙舟未过彭城阁,义旗已入长安宫⑨。萧墙祸生人事变⑩,晏驾不得归秦中⑪。土坟数尺何处葬?吴公台下多悲风⑫。二百年来汴河路,沙草和烟朝复暮。后王何以鉴前王,请看隋堤亡国树。

【题解】

此篇为《新乐府》五十首之四十三。小序云:"《隋堤柳》,悯亡国也。"隋炀帝时,在东都洛阳与江都(今江苏省扬州市)之间,沿通济渠、邗沟河岸修筑御道,道旁植柳,后人称为"隋堤"。《元和郡县图志》卷五《河南道一·河南府·河阴县》:"隋炀帝大业元年,更令开导,名通济渠。自洛阳西苑引谷、洛水达于河,自板渚引河入汴口,又从大梁之东引汴水入于泗,达于淮,自江都宫入于海。亦谓之御河,河畔筑御道,树之以柳。炀帝巡幸,乘龙舟而往江都。"《乐府诗集》卷九十九《新乐府辞十·新乐府下·隋堤柳》引《通典》曰:"隋炀帝大业初,发河南诸郡男女百余万开通济渠,自西苑引谷、洛水达于河,又引河通于淮海。"又引《大业拾遗记》曰:"炀帝将幸江都,命云屯将军麻祜谋,浚黄河入汴堤,使胜巨舰,所谓隋堤也。"

【注释】

① 汴河口:在黄河古津渡板渚,即板城渚口(今河南省郑州市荥阳市汜水镇东北)。为通济渠东段起点。隋开通济渠,分为两段:西段起自洛阳西苑,引谷、洛水经偃师入黄河;东段起自板渚,引黄河水行于汴水故道,经浚仪(今开封市)、宋城(今商丘市睢阳区)东南注入淮河。唐宋人遂称通济渠东段为"汴河""汴水"或"汴渠"。参见第102页李白《梁园吟》注释⑬。

② 大业:隋炀帝年号(605—618)。

③ 绿影:此指柳树的身影。

④ 南幸句:大业十二年(616)七月,隋炀帝第三次南幸江都。十三年五月,唐国公李渊在太原起兵,十一月攻入长安,立代王杨侑为帝(隋恭帝),改元义宁。十四年春三月,炀帝在江都宫为右屯卫将军宇文化及所杀;五月,恭帝被逼退位,奉皇帝玺绶于李渊,隋亡唐立。恣佚,同"恣逸"。放纵。

⑤ 紫髯二句:意谓担任警卫的武将在外守护着龙舟,年轻貌美的宫

官在内当值于迷楼。紫髯郎将,泛指担任宿卫的武官。《三国志·吴志·孙权传》:"(建安十九年)权与凌统、甘宁等在津北为魏将张辽所袭,统等以死扞权,权乘骏马越津桥得去。"裴松之注引《献帝春秋》曰:"张辽问吴降人:'向有紫髯将军,长上短下,便马善射,是谁?'降人答曰:'是孙会稽。'"后以"紫髯"代称武将。锦缆,指精美的缆绳。此代龙舟。青娥御史,泛指宫中女官。隋制,内官置六尚(尚宫、尚仪、尚服、尚食、尚寝、尚工),其尚宫有纠察之权,故以"御史"称之。《隋书·后妃传序》:"(开皇二年)又采汉晋旧仪,置六尚、六司、六典,递相统摄,以掌宫掖之政。一曰尚宫,掌导引皇后及闺阃禀赐。管司令三人,掌图籍法式,纠察宣奏。"迷楼,炀帝在江都所建楼名。唐颜师古《大业拾遗记》:"帝尝幸昭明文选楼,车驾未至,先命宫娥数千人升楼迎侍。微风东来,宫娥衣被风绰直泊肩项。帝睹之,色荒愈炽,因此乃建迷楼,择下俚稚女居之,使衣轻罗单裳,倚槛望之,势若飞举。"

⑥ 宗社:宗庙与社稷。借指国家。缀旒:喻国势垂危。《文选·潘勖〈册魏公九锡文〉》:"当此之时,若缀旒然。"张铣注:"旒,冠上垂珠,而缀于冠者,言帝室之危如旒之悬。"

⑦ 福祚:福禄,福分。

⑧ 皇子封酅(xī)公:武德元年(618)五月,李渊即位称帝,下诏封隋恭帝杨侑为酅国公。次年五月,侑暴毙,年仅十五。侑乃炀帝之孙,称"皇子"误。《唐会要·二王三恪》:"(武德元年五月二十二日诏曰)其以莒之酅邑,奉隋帝为酅公,行隋正朔,车旗服色,一依旧章。"

⑨ 龙舟二句:意谓炀帝南幸的龙舟尚未到达江都,起义的队伍便已攻入首都长安。彭城阁,在江都宫中,有温室。大业末,炀帝最终亦丧生于此。唐温大雅《大唐创业起居注》卷三:"(宇文化及等)谋同逆,因骁果等欲还,精锐遂夜率之而围江都宫,杀后主于彭城阁。"义旗,起义军队的旗帜,代起义军。此指李渊的军队。

⑩ 萧墙:古代宫室内作为屏障的矮墙。借指内部。

⑪ 晏驾:帝王死亡的讳辞。秦中:指长安。

⑫ 吴公台:古台名。在江都宫西。《隋书·炀帝纪下》:"(宇文化及等)以骁果作乱,入犯宫闱。上崩于温室,时年五十。萧后令宫人撤床

篑为棺以埋之。化及发后,右御卫将军陈稜奉梓宫于成象殿,葬吴公台下。发敛之始,容貌若生,众咸异之。大唐平江南之后,改葬雷塘。"雷塘,在今扬州市邗江区西湖街道曹庄。2013年3月在此发现两座砖室墓,有"隋故炀帝墓志"出土,经考古认定为隋炀帝及萧后墓葬。2018年建成隋炀帝墓考古遗址公园,2019年列为第八批全国重点文物保护单位。

【评析】

千里隋堤,昔曾垂柳依依,却象征一代荒淫昏乱。鉴戒之意,托寓于乐府新辞间,切直而明畅。《唐宋诗醇》卷二十云:"一起似谚似谣,最有古意。详叙兴亡之事,仍以柳结,俯仰情深。"

秋山

久病旷心赏①,今朝一登山。山秋云物冷,称我清羸颜②。白石卧可枕,青萝行可攀③。意中如有得④,尽日不欲还。人生无几何,如寄天地间⑤。心有千载忧⑥,身无一日闲。何时解尘网⑦,此地来掩关⑧?

【题解】

朱金城笺:"约作于元和五年(810)至元和六年(811)。"(《白居易集笺校》卷五)在长安,为京兆府户曹参军、充翰林学士。闲适诗。

【注释】

① 旷心赏:缺少欢乐。心赏,心情欢畅。

② 山秋二句:意谓山中秋天清冷的景色,正与我瘦弱的形貌相称。云物,景物,景色。称(chèn),符合。清羸(léi),消瘦衰弱。

③ 青萝:松萝。一种攀生于石崖、松柏或墙壁上的植物。

④ 意中:心里。

⑤ 如寄:好像暂时寄居。比喻时间短促。《古诗十九首》其十三:

"人生忽如寄,寿无金石固。"

⑥ 千载忧:谓深远而久长之忧。《古诗十九首》其十五:"生年不满百,常怀千岁忧。"

⑦ 尘网:喻指人世间的种种束缚。

⑧ 掩关:犹闭关、坐关。佛教徒的修行方法之一。谓一定时期内,与世隔绝,闭门静坐,以求觉悟。

【评析】

上半登临,下半感怀,兴发欲脱"尘网"之想。词意本出《古诗》与释氏,乐天化用以遣"闲适"。而其所谓"闲适",又多从"兼济"中来,此夙抱一饭难忘,故云"心有千载忧,身无一日闲"。

秋游原上

七月行已半,早凉天气清。清晨起巾栉①,徐步出柴荆②。露杖筇竹冷,风襟越蕉轻③。闲携弟侄辈,同上秋原行。新枣未全赤,晚瓜有余馨④。依依田家叟⑤,设此相逢迎。自我到此村,住来白发生。村中相识久,老幼皆有情。留连向暮归⑥,树树风蝉声。是时新雨足,禾黍夹道青⑦。见此令人饱,何必待西成⑧?

【题解】

元和七年(812)作,时丁母忧而居于下邽义津乡金氏村(今陕西省渭南市经开区信义街道紫兰村)。闲适诗。朱金城《白居易年谱》:"元和六年辛卯,四十岁。在长安。京兆户曹参军、翰林学士。母陈氏卒于长安宣平里第,年五十七。丁忧,退居下邽义津乡金氏村。十月,迁葬祖锽、父季庚于下邽。"

【注释】

① 巾栉(zhì):手巾与梳篦。泛指盥洗用具。

② 柴荆:用柴木与荆条做的简陋门户。借指村舍。

③ 露杖二句：意谓筇竹做的手杖清凉光润如沾露，葛麻蕉布制的外衣轻盈又滑爽。露杖，竹杖。因其清凉光润如沾露，故称。筇（qióng）竹，长节而中实，宜于制杖。风襟，外衣。越蕉，葛布与蕉布。又称"葛越""蕉麻"。即用草木纤维织成的布，产自南越。

④ 余馨：残留的香味。

⑤ 依依：此指待人亲近貌。

⑥ 留连：留恋不舍貌。

⑦ 禾黍：泛指稻粱稷黍等庄稼。

⑧ 西成：指秋天庄稼已熟，农事告成。《书·尧典》："平秩西成。"孔颖达疏："秋位在西，于时万物成熟。"

【评析】

新秋清明气象，田家淳朴人情，浑融一体。语极平和自然，可见暂出樊笼之欢趣。

村雪夜坐

南窗背灯坐①，风霰暗纷纷②。寂寞深村夜，残雁雪中闻③。

【题解】

元和七年（812）作，居下邽金氏村。闲适诗。

【注释】

① 南窗：泛指窗子。因窗多朝南，故称。

② 风霰（xiàn）：风卷霰雪。霰，雪珠。

③ 残雁：失群之雁。

【评析】

村夜背灯独坐，闻残雁风雪哀鸣，孤寂之情尽含于萧疏之景中，别有隽味。

友人夜访

檐间清风簟，松下明月杯①。幽意正如此②，况乃故人来③。

【题解】

元和九年(814)作，居下邽金氏村。闲适诗。朱金城《白居易年谱》："秋，李顾言(朱按：各本《白集》俱作'固言'，误)来访，留宿相语。"

【注释】

① 檐间二句：意谓于檐下铺席，有清风徐来；在松下置酒，与明月相应。

② 幽意：幽雅闲适的情趣。

③ 故人：指李顾言。《白集》卷六又有《村中留李三宿》诗。朱金城《白居易年谱》："'李三'为李顾言。字仲远，曾官监察御史，居常乐里，与元稹、白居易过从甚密。元和十年春卒。此诗题下绍兴本原注误作'固言'。马本、汪本俱误作'村中留李三固言宿'。考李顾言与《旧书》卷一七三所载曾相文宗之李固言，仅音声偶同，显系两人。"

【评析】

一二对起，落纸生辉，化成一片澄明之境，无非从旁铺衬三四。如此良辰美景，更何况有故人来访，其"幽意"自不待多言。

游悟真寺诗一百三十韵

元和九年秋，八月月上弦①。我游悟真寺，寺在王顺山②。去山四五里，先闻水潺湲③。自兹舍车马，始涉蓝溪湾④。手挂青竹杖，足蹋白石滩⑤。渐怪耳目旷⑥，不闻人世喧。山下望山上，初疑不可攀。谁知中有路，盘折通岩巅。一息幡竿下，再休石龛边⑦。龛间长丈余，门户无扃关⑧。俯窥不见人，石发垂若鬟⑨。惊出白蝙蝠,双飞如雪翻。回首寺门望,青崖夹朱轩⑩。如擘山腹开⑪,置寺于其间。

入门无平地,地窄虚空宽。房廊与台殿,高下随峰峦。岩崿无撮土⑫,树木多瘦坚。根株抱石长,屈曲虫蛇蟠⑬。松桂乱无行⑭,四时郁芊芊⑮。枝梢裊清吹,韵若风中弦⑯。日月光不透,绿阴相交延。幽鸟时一声⑰,闻之似寒蝉⑱。首憩宾位亭⑲,就坐未及安。须臾开北户,万里明豁然。拂檐虹霏微⑳,绕栋云回旋。赤日间白雨,阴晴同一川。野绿蔟草树,眼界吞秦原㉑。渭水细不见,汉陵小于拳㉒。却顾来时路,萦纡映朱栏㉓。历历上山人,一一遥可观。前对多宝塔㉔,风铎鸣四端㉕。栾栌与户牖,栝恰金碧繁㉖。云昔迦叶佛,此地坐涅槃㉗。至今铁钵在,当底手迹穿。西开玉像殿,百佛森比肩㉘。抖擞尘埃衣㉙,礼拜冰雪颜㉚。叠霜为袈裟,贯雹为华鬘㉛。逼观疑鬼功,其迹非雕镌㉜。次登观音堂㉝,未到闻栴檀㉞。上阶脱双履,敛足升净筵㉟。六楹排玉镜,四座敷金钿㊱。黑夜自光明,不待灯烛燃。众宝互低昂㊲,碧珮珊瑚幡㊳。风来似天乐,相触声珊珊㊴。白珠垂露凝,赤珠滴血殷。点缀佛髻上,合为七宝冠㊵。双瓶白琉璃,色若秋水寒。隔瓶见舍利㊶,圆转如金丹。玉笛何代物,天人施祇园㊷。吹如秋鹤声,可以降灵仙。是时秋方中,三五月正圆。宝堂豁三门㊸,金魄当其前㊹。月与宝相射,晶光争鲜妍。照人心骨冷,竟夕不欲眠。

晓寻南塔路,乱竹低婵娟㊺。林幽不逢人,寒蝶飞翾翾㊻。山果不识名,离离夹道蕃㊼。足以疗饥乏,摘尝味甘酸。道南蓝谷神,紫伞白纸钱㊽。若岁有水旱,诏使羞蘋蘩㊾。以地清净故,献奠无羊腥㊿。危石叠四五,嵓嵬歆且刓㊿。造物者何意,堆在岩东偏。冷滑无人迹,苔点如花笺㊿。我来登上头,下临不测渊。目眩手足掉㊿,不敢低头看。风从石下生,薄人而上抟㊿。衣服似羽翻㊿,开张欲飞骞㊿。巉巉三面峰,峰尖刀剑攒㊿。往往白云过,决开露青天。西北日落时,夕晖红团团。千里翠屏外,走下丹砂丸[58]。东南月上时，夜气青漫漫。百丈碧潭底，写出黄金盘[59]。蓝水色似蓝[60]，日夜长潺潺。周回绕山转，下视如青环。或铺为慢流，或激为奔湍。泓澄最深处[61]，浮出蛟龙涎[62]。侧身入其中，悬磴尤险难[63]。扪萝踏樛木[64]，下逐饮涧猿。雪迸起白鹭，锦跳惊红鳣[65]。歇定方盥漱，濯去支体烦。浅深皆洞澈，可照脑与肝。但爱清见底，欲寻不知源。东崖饶怪石，积甃苍琅玕[66]。温润发于外，其间韫玙璠[67]。卞和死已久[68]，良玉多弃捐。或时泄光彩，夜与星月连。中顶最高峰，拄天青玉竿。鼯鼪上不得[69]，岂我能攀援？上有白莲池，素葩覆清澜[70]。闻名不可到，处所非人寰。又有一片石，大如方尺砖[71]。插在半壁上，其下万仞悬[72]。云有过去师，坐得无生禅[73]。号为定心石，长老世相传[74]。却上谒仙祠[75]，蔓草生绵绵。昔闻王氏子[76]，羽化升上玄[77]。其西晒药台，犹对芝术田[78]。时复明月夜，上闻黄鹤言[79]。回寻画龙堂，二叟鬓发斑[80]。想见听法时，欢喜礼印坛[81]。复归泉窟下，化作龙蜿蜒。阶前石孔在，欲雨生白烟。往有写经僧[82]，身静心精专。感彼云外鸽[83]，群飞下翩翩[84]。来添砚中水，去吸岩底泉。一日三往复，时节长不愆[85]。经成号圣僧，弟子名杨难。诵此莲花偈[86]，数满百亿千。身坏口不坏，舌根如红莲。颅骨今不见，石函尚存焉。粉壁有吴画[87]，笔彩依旧鲜。素屏有褚书[88]，墨色如新干。灵境与异迹，周览无不殚[89]。一游五昼夜，欲返仍盘桓[90]。

我本山中人，误为时网牵[91]。牵率使读书，推挽令效官[92]。既登文字科[93]，又忝谏诤员[94]。拙直不合时，无益同素餐[95]。以此自惭惕[96]，戚戚常寡欢。无成心力尽，未老形骸残。今来脱簪组[97]，始觉离忧患。及为山水游，弥得纵疏顽[98]。野麋断羁绊[99]，行走无拘挛[100]。池鱼放入海，一往何时还？身著居士衣[101]，手把南华篇[102]。终来此山住，永谢区中缘[103]。我今四十余，从此终身闲。若以七十期，犹得三十年。

【题解】

元和九年(814)作,仍居下邽金氏村。闲适诗。朱金城《白居易年谱》:"八月,游蓝田悟真寺。"悟真寺,在蓝田县(今属陕西省西安市)东南二十里王顺山。

【注释】

① 月上弦:农历每月初七或初八,太阳至地球的连线与地球至月亮的连线成直角时,从地球上看到的月相呈"D"字形,即弦左弓右,称为"上弦月"。上弦月午时升起,日落时月在中天,子时月落,故上半夜可见。

② 王顺山:蓝田县山名。北宋宋敏求《长安志》卷十六《蓝田县》:"王顺山,在县东南二十里。《旧图经》曰:'昔道人王顺隐此山,得道。'"

③ 潺湲(chányuán):流水声。

④ 蓝溪:即蓝谷水。《长安志》卷十六《蓝田县》:"蓝谷水,南自秦岭西,流经蓝关、蓝桥,过王顺山,水下出蓝谷,西北流入霸水。"

⑤ 白石滩:或指蓝溪中浅滩。王维《辋川集序》所列辋川山谷二十处"游止",亦有"白石滩"。参见第36页王维《鹿柴》题解。然其地究在蓝谷还是辋谷,未可确知。《长安志》卷十六《蓝田县》云:"蓝谷在县东南二十里,辋谷在县西南二十里。"

⑥ 旷:空旷,开阔。

⑦ 一息二句:意谓登山途中在旗幡下和石龛旁各休息了一次。幡竿,系旗幡的杆。石龛(kān),供奉佛像或神灵的小石阁。

⑧ 扃(jiōng)关:关闭。扃,从外关闭门户的门闩。

⑨ 石发(fà):石上所生的苔藻。鬟:古代妇女的环形发髻。

⑩ 青崖:青山。朱轩:朱红色的屋宇。此指佛寺建筑。

⑪ 擘(bò):剖开。

⑫ 岩崿:起伏的山峦。撮(cuō)土:一撮之土。形容量少。撮,用三指抓取。

⑬ 屈曲句:形容树木根株像虫蛇一样盘曲缠绕。蟠(pán),盘曲,纠结。

⑭ 无行(háng):不成行列。

⑮ 郁芊芊:形容草木苍翠繁茂。

⑯ 枝梢二句:意谓枝梢在清风中摇曳,发出琴音般动听的声音。袅,摇曳,颤动。清吹,清风。亦指清越的乐音。

⑰ 幽鸟:潜隐于绿阴深处的鸟。

⑱ 寒蝉:又名"寒螀""寒蜩"。蝉的一种。青赤色,体形较小。《文选·曹植〈赠白马王彪〉》:"秋风发微凉,寒蝉鸣我侧。"李善注:"蔡邕《月令章句》曰'寒蝉应阴而鸣,鸣则天凉,故谓之寒蝉也'。"

⑲ 宾位亭:寺院中的西亭。佛寺常以东为主位,西为宾位。

⑳ 霏微:漂洒,漂溢。

㉑ 野绿二句:意谓绿色的原野上草木丛聚,关中大地尽在眼界之中。蔟(cù),丛聚,聚积。秦原,指关中平原。为秦故地,故称。

㉒ 汉陵:长安附近的汉代诸帝陵。著名的有渭水北岸"五陵",南岸"霸陵"和"杜陵"。参见第 186 页杜甫《哀王孙》注释⑯。

㉓ 萦纡:盘旋环绕。

㉔ 多宝塔:即多宝如来宝塔。据《法华经·见宝塔品》,尔时七宝塔中有多宝佛,是东方宝净国主。"其佛行菩萨道时,作大誓愿:'若我成佛,灭度之后,于十方国土有说《法华经》处,我之塔庙,为听是经故,涌现其前,为作证明。'"唐人尊奉法华宗,故各地寺院中常建多宝塔。

㉕ 风铎:风铃。殿阁塔檐所悬之铃,风吹发出响声,故称。

㉖ 栾栌(lú)二句:意谓宝塔的梁柱与门窗,色彩繁丽而融洽。栾栌,屋中柱顶承梁之木。立柱和横梁间成弓形的承重结构为栾,梁上短柱为栌。户牖(yǒu),门窗。祫(xiá)恰,又作"恰恰"。融和貌。金碧繁,指色彩华丽夺目。

㉗ 云昔二句:意谓传说从前的迦叶佛,就是在此处坐化圆寂。迦叶佛,释迦牟尼十大弟子之一。全名"摩诃迦叶",古印度摩揭陀国王舍城人。在佛弟子中年高德劭,称"大迦叶"。释迦牟尼殁后,佛教结集三藏时,为召集人兼首座。亦被尊为中土禅宗第一代祖师。涅槃,梵语音译,意即"灭度""寂灭""圆寂"。

㉘ 森比肩:一个接一个地并立。形容众多。

㉙ 抖擞:梵语"头陀"的意译,即去除尘垢烦恼。唐释道世《法苑珠

林》卷一百一《六度篇五·禅定部·头陀》:"西云头陀,此云抖擞,能行此法,即能抖擞烦恼,去离贪著,如衣抖擞能去尘垢,是故从喻为名。"后因以"头陀"称僧人,亦专指行脚乞食的僧人。

㉚ 礼拜:此指向玉佛行礼致敬。

㉛ 叠霜二句:意谓玉佛的袈裟如重叠的白霜,披挂的华鬘如贯串的冰雹。形容玉佛雕刻精美。袈裟,僧人的法衣。华鬘(huāmán),又作"花鬘"。古印度人装饰在身上或颈项上的花串,亦有用各种宝物雕刻成花形连缀而成。

㉜ 逼观二句:意谓迫近细看玉佛像,其精妙真使人疑为出自鬼功神力,而非人工所雕刻。鬼功,亦作"鬼工"。谓事物精妙高超,非人工所能为。雕镂,雕刻。

㉝ 观音:即"观世音",唐时避太宗李世民讳,省称"观音"。别称"观自在""观音大士"。佛教菩萨名。大慈大悲、救苦救难之神。唐以前塑像,本为男身,至宋渐渐演为女身菩萨。胡应麟《少室山房笔丛·庄岳委谈上》:"又宋人小说载,南渡甄龙友题《观世音像》云:'巧笑倩兮,美目盼兮。彼美人兮,西方之人兮。'则宋时所塑大士像,或已讹为妇人。而观世音之称妇人,亦当起于宋世。"

㉞ 栴(zhān)檀:梵文"栴檀那"的省称。即檀香。寺庙中用以燃烧祀佛。

㉟ 敛足:停步。净筵:素席。

㊱ 六楹二句:意谓观音堂中六根楹柱悬挂着玉镜,观音像四周宝座都用金子镶嵌。楹,厅堂的前柱。玉镜,玉磨成的镜子。佛堂悬镜,以示庄严清净。金钿,用金子镶嵌。

㊲ 众宝:指佛堂陈设的佛像、法器诸宝。低昂:高低排列。

㊳ 碧珮句:谓佛像身上佩戴的珠玉饰品。碧珮,青翠的玉佩。珊瑚幡,饰有珊瑚珠的冠巾。

㊴ 珊珊:此指珠玉佩饰相触发出悦耳的声音。

㊵ 白珠四句:意谓白珠如同露滴凝成,赤珠则似鲜血染红。白的红的珠玉点缀在佛的发髻上,便合成佛的七宝冠。殷(yān),血染的红色。七宝,佛教所称的七种珍宝。《法华经》以金、银、琉璃、砗磲、玛瑙、真

珠、玫瑰为七宝。

㊶ 舍利：梵语音译，意即"身骨"。释迦牟尼佛遗体火化后结成的坚硬珠粒。后泛指佛教徒火化后的骸骨。

㊷ 玉笛二句：意谓佛堂中的玉笛不知是哪个时代的产物，只怕是天神放置在佛寺里的。玉笛，玉制的笛子。其与净瓶、柳枝等，常作为观音手持的法器。祇园，梵语"祇树给孤独园"的简称。印度佛教圣地之一。相传憍萨罗国的给孤独长者，以重金购置舍卫城南祇陀太子园地，祇陀太子又献园中林木，建为精舍，供释迦牟尼讲法，故以二人名字命名。后用以代称佛寺。

㊸ 宝堂：佛堂，佛寺。三门：寺院的大门。北宋释道诚《释氏要览·住处》："凡寺院有开三门者，只有一门亦呼为三门者何也？《佛地论》云：'大宫殿，三解脱门为所入处。大宫殿喻法空涅槃也，三解脱门谓空门、无相门、无作门。'今寺院是持戒修道、求至涅槃人居之，故由三门入也。"

㊹ 金魄：满月。

㊺ 婵娟：竹美貌。

㊻ 翾翾（xuān—）：飞舞貌。

㊼ 离离：盛多貌。蕃（fán）：生长，繁殖。

㊽ 道南二句：意谓道路南侧有蓝谷神庙，朝野皆祭祀之。紫伞，紫色车盖。帝王或王公仪仗之一。《隋书·礼仪志五》："王、庶姓王、仪同三司已上、亲公主，雉尾扇、紫伞。皇宗及三品已上官，青伞朱里。其青伞碧里，达于士人，不禁。"又《宋史·仪卫志六》："哲宗元祐七年，太常寺言：'《开元礼》，大驾八角紫伞，王公已下四角青伞。'"白纸钱，魏晋以后民俗，祭祀时焚烧或抛撒纸钱与鬼神。明胡我琨《钱通》卷十九："俗中解祠之时，剪白纸钱，鬼得银钱用；剪黄纸钱，鬼得金钱用。"

㊾ 诏使：皇帝派出的特使。羞蘋蘩：指进献祭品，行祭祀之仪。羞，进献。蘋蘩，古代用于祭祀的水草。参见第384页《井底引银瓶》注释⑨。

㊿ 献奠：献供祭奠。

(51) 礧嵬（lěiwéi）：亦作"磊嵬""碌塊"。高险貌。欹（qī）且刓

(wán):倾斜而无棱。刓,削去棱角。

㊾ 花笺:精致华美的笺纸。

㊽ 掉:颤抖,颤动。

㊾ 薄人:逼人。上抟(tuán):向上飞旋。

㊿ 羽翮(hé):鸟的羽翼。翮,鸟羽的茎。中空透明,俗称"羽管"。

㊽ 开张:张开,舒展。飞骞(qiān):飞行。骞,通"搴"。飞起。

㊾ 巉巉(sǒng—)二句:意谓前方三面都是山峰林立,峰顶就像簇聚的刀剑。巉巉,山峰耸立貌。攒(cuán),簇聚,聚集。

㊽ 丹砂丸:借喻落日。丹砂,即朱砂。深红色矿物。古代道士用以化汞炼丹。

㊾ 黄金盘:此借喻月亮。

⑥ 蓝水句:谓蓝谷水如同蓝色的染料。蓝,植物名。有蓼蓝、松蓝、木蓝、马蓝等多种,其叶可制蓝色染料。

⑥ 泓澄:水深而清。

⑥ 蛟龙涎:蛟龙的口水。喻水花。

⑥ 悬磴(dèng):石桥。

⑥ 扪萝:攀援葛藤。樛(jiū)木:枝杈向下弯曲的树木。

⑥ 锦:锦鲤。鳞光闪亮的鲤鱼。鳣(zhān):鲟鳇鱼。一种深水中的大鱼。

⑥ 积甃(zhòu):层叠的井壁。琅玕:似玉的石头。

⑥ 温润二句:意谓那些石头表面散发出温润的光彩,其内部则蕴藏着美玉。韫,蕴藏,收藏。玙璠(yúfán),美玉。

⑥ 卞和:亦作"和氏"。春秋时楚人。相传他于荆山觅得玉璞,先后献给楚厉王和武王,都被认为欺诈,受刑砍去双脚。楚文王即位,卞和抱璞哭于荆山下,文王使人琢璞,得宝玉,名"和氏璧"。事见《韩非子·和氏》。

⑥ 䶢䶢(jiōnglíng):斑鼠。

⑦ 素葩:白花。

⑦ 方尺砖:一尺见方的砖。

⑦ 万仞:形容极高或极深。古以八尺为一仞。

⑬ 无生禅：佛教以不生不灭、不动不静为无生，证得无生之法即是无生禅。《金刚三昧经·无生行品第三》云："佛言，菩萨禅即是动，不动不禅是无生禅。禅性无生，离生禅相；禅性无住，离住禅动。若知禅性无有动静，即得无生。"参见第31页王维《秋夜独坐》注释③。

⑭ 长老：此用为僧人的尊称。

⑮ 却上：向上。仙祠：道观。

⑯ 王氏子：即道士王顺。

⑰ 羽化：飞升成仙。上玄：天空，天上。

⑱ 芝术(zhú)田：传说中仙人种草药的地方。芝，菌类植物，生枯木上，有青、赤、黄、白、黑、紫等色。古人以为瑞草，服之可以成仙，故称"灵芝"。术，又名"山蓟"。多年生草本植物，根茎入药。有白术、苍术等数种。

⑲ 上闻句：谓仙人一去不返。唐崔颢《黄鹤楼》诗："昔人已乘白云去，此地空余黄鹤楼。黄鹤一去不复返，白云千载空悠悠。"

⑳ 二叟：此指画龙堂壁画中的二老人。取材于伊、洛二水之龙听法感化的佛教传说。唐李亢《独异志》卷上："唐天后朝，处士孙思邈居于嵩山修道。时大旱，有敕选洛阳德行僧徒数千百人，于天宫寺讲《仁王经》，以祈雨泽。有二人在众中，须眉皓白。讲僧昙林遣人谓二老人曰：'罢后可过一院。'既至，问其所来，二老人曰：'某伊、洛二水龙也，闻至言当得改化。'林曰：'讲经祈雨，二圣知之乎？'答曰：'安得不知！然雨者，须天符乃能致之，居常何敢自施也。'林曰：'为之奈何？'二老曰：'有修道人以章疏闻天，因而滂沱，某可力为之。'林乃入启。则天发使嵩阳召思邈，内殿飞章，其夕天雨大降。"

㉑ 礼印坛：拜佛，归依佛法。印坛，此借指佛法。

㉒ 写经僧：指唐释法诚。俗姓樊，雍州万年(今陕西省西安市)人。据唐释道宣《续高僧传》卷二十八《读诵篇·释法诚传》，法诚童小出家，诵《法华经》以为恒任。历游名岳，追踪胜友，来蓝谷悟真寺，于寺南横岭造华严堂。又竭其精志书写受持，请弘文学士张静写经，自己每日烧香供养。一年后写毕，有异鸟翔集。贞观十四年(640)夏末卒，年七十八。法诚日诵《法华经》，计十年之勤，万有余遍。

㉝ 云外鸽:仙鸽。《释法诚传》中则谓为"异鸟":"(张静写经)诚恒每日烧香供养在其案前,点画之间,心缘目睹,略无遗漏。故其克心钻注,时感异鸟,形色希世,飞入堂中徘徊鼓舞,下至经案,复上香炉,摄静住观,自然驯狎,久之翔逝。明年经了,将事兴庆,鸟又飞来,如前驯扰,鸣唤哀亮。"北宋苏易简《文房四谱》卷三则从白诗之说:"蓝田王顺山悟真寺,有高僧写《涅槃经》,群鸽自空中衔水添砚,水竭毕至。曾闻彼山僧传云,亦见于白傅百韵诗。"

㉞ 下:一作"千"。翩翩:轻快飞翔貌。

㉟ 不愆(qiān):不错过。

㊱ 莲花偈:指《妙法莲华经》之偈。《妙法莲华经》,简称《法华经》,通行本为七卷二十八品,每品结尾有偈颂重宣精义。此下六句叙法诚弟子诵经事。唐张读《宣室志》卷七:"唐贞观中,有玉润山悟真寺僧,夜于蓝溪忽闻有读《法华经》者,其声纤远。时星月迥临,四望数十里阒然无睹,其僧惨然有惧,及至寺具白其事于群僧。明夕俱于蓝溪听之,果闻经声自地中发,于是以标表其所。明日穷表下,得一颅骨在积壤中。其骨槁然,独唇吻与舌鲜而且润,遂持归寺,乃以石函致于千佛殿西轩下。自是,每夕常有读《法华经》声在石函内,长安中有士女观者千数。后新罗僧客于寺,仅岁余,一日寺僧尽下山,独新罗僧,遂窃石函而去。寺僧迹其所往,已归海东矣。时开元末也。"

㊲ 吴画:指吴道子所画佛像。吴道子,唐画家。阳翟(今河南省许昌市禹州市)人。年未弱冠,穷丹青之妙。游洛阳时,玄宗闻其名,召为内教博士,改名道玄。擅画佛道人物,曾在两都寺观作壁画三百余间。其用笔圆转,所画衣带如被风吹拂,故后人以"吴带当风"称其技法高超、画风飘逸。

㊳ 褚书:指褚遂良书法。褚遂良,唐大臣,书法家。字登善,钱塘(今浙江省杭州市)人,一说阳翟人。太宗时,历起居郎、谏议大夫、中书令。高宗即位,受太宗遗诏辅政,任吏部尚书、左仆射、知政事,封河南郡公。后因反对高宗立武氏为后,被贬而死。其书继二王之后别开生面,正书丰艳流畅,富有变化。与欧阳询、虞世南、薛稷并称为"唐初四大书家"。

㊴ 灵境二句:意谓寺院周边优美奇异的风景和遗迹,全都游览已

尽。灵境,寺庙所在的名山胜境。异迹,奇异的遗迹。周览,遍览。殚,尽。

⑩ 盘桓:徘徊,逗留。

⑪ 时网:此指尘世罗网。喻世俗各种事务与关系。

⑫ 牵率二句:意谓被人逼迫着读书做官。牵率,牵制控引。推挽,推拉。效官,授官。此处引申为做官。

⑬ 文字科:指科举考试。唐代科举分为常科、制科两类。常科为每年按期分科进行的考试,主要科目有明经、进士等,考试及第后并不立即授官,而是再经吏部释褐试,获选则授官。制科为皇帝下诏临时举行的考试,科目繁多,有文词类、吏治类、长才类、贤良类、儒学类等百余种,考试及第即授官。白居易先后参加过常科和制科考试。他贞元十六年(800)进士及第,十八年试吏部"书判拔萃科"中选,授秘书省校书郎;元和元年(806)四月,又应制举"才识兼茂明于体用科"(吏治类),入乙等,授盩厔尉。

⑭ 谏诤员:指掌讽谏之职的言官。白居易元和三年(808)除左拾遗,为门下省言谏官。

⑮ 拙直二句:意谓自己愚拙率直多不合时宜,对朝廷无所裨益如同不劳而食。此为不得志的愤激之词。不合时,不符合当时所需的风尚。无益,无所裨益。素餐,无功受禄,不劳而食。

⑯ 惭惕:羞愧惶恐。

⑰ 簪组:代指官职或做官。簪,官吏的冠饰。组,佩印的绶带。

⑱ 弥得句:意谓更能放纵随性。弥,更加。疏顽,懒散顽钝。

⑲ 野麋(mí):俗称"四不像"。哺乳动物。毛淡褐色,似鹿而大。

⑳ 拘挛:拘束,拘泥。

㉑ 居士:称有德才而隐居不仕或未仕的人。佛教亦称在家修行者为居士。此处二说皆通。

㉒ 南华篇:《庄子》别名。天宝元年(742)春,玄宗封庄子为"南华真人",其所著书即改为《南华真经》。

㉓ 永谢句:意谓永远断绝人世间的因缘。区中缘,人世间的各种联系。

【评析】

《唐宋诗醇》卷二十一曰:"洋洋洒洒,一气读去,几于千岩竞秀,万壑争流,目不给赏矣。就其中细寻之,则步骤井然,一丝不紊。"诗按顺序纪游,可分作五段。第一段四句,总叙游寺时间、地点,提举纲领。第二段写登山过程,徒步而上,两次小憩,抵寺门回望山腹间梵宇,行笔如走龙蛇,盘折而出奇。第三段细叙寺中所历,又作三层:"入门无平地"至"闻之似寒蝉",描绘院内苍郁清幽之境;"首憩宾位亭"至"可以降灵仙",记游览宾位亭、多宝塔、玉像殿、观音堂,或简笔勾勒,或浓墨铺染,详略不同而各见神采;"是时方秋中"至"竟夕不欲眠",写寺院月夜景象,因物生感,收束整段。第四段纵笔叙写寺外"灵境与异迹",为连日所闻所见。其游踪自道南神庙而至岩东危石,再下及蓝溪碧潭,复又上谒仙祠、画龙堂,日落月升,一路向北。其间除亲临之境外,犹有目交意想之名胜,如中峰莲池、定心片石等。且不独专写实景,更附会释道传说,二龙听法、写经僧及弟子诵经故事,添枝接叶,正是小说家笔法。此段文字描摹刻画,错杂写来,无不散朗而多姿。第五段感慨平生,以言超然出世之志,收足游兴。

舟行

帆影日渐高,闲眠犹未起。起问鼓枻人①,已行三十里。船头有行灶②,炊稻烹红鲤。饱食起婆娑③,盥漱秋江水。平生沧浪意④,一旦来游此。何况不失家,舟中载妻子。

【题解】

题下原注:"江州路上作。"闲适诗。元和十年(815)六月,宰相武元衡遇刺身亡。居易上年冬方授太子左赞善大夫入朝,闻讯首上疏急请捕贼,以雪国耻。当道者以宫官越职言事,恶之。其后以母看花坠井死,而作《赏花》及《新井》诗,被诬有伤名教。八月,乃奏贬为江表刺史。诏出,中书舍人王涯复论不宜治郡,追改江州司马。朱金城《白居易年谱》:"初出蓝田,到襄阳,乘舟经鄂州,冬初到江州。"江州,隶江南西道,治浔阳(今江西省九江市)。唐于各州置司马,在别驾、长史之下,以安排贬谪或闲散官员。

【注释】

① 鼓枻(yì):划桨。

② 行灶:可以移动的炉灶。

③ 婆娑(suō):舞蹈貌。

④ 沧浪(láng)意:归隐的意愿。沧浪,指"沧浪之歌"。《孟子·离娄上》:"有孺子歌曰:'沧浪之水清兮,可以濯我缨;沧浪之水浊兮,可以濯我足。'"参见第234页杜甫《狂夫》注释②。

【评析】

远谪途中,食甘寝宁,不见流露丝毫委屈与愤懑。达则兼济,穷则独善,惟其内有所守,故能意气自若如是。

晚望

江城寒角动①,沙洲夕鸟还②。独在高亭上③,西南望远山。

【题解】

元和十一年(816)作,在江州司马任。闲适诗。

【注释】

① 江城:此指浔阳城。寒角:号角。因于寒夜吹奏,或声音凄厉使人戒惧,故称。

② 夕鸟:晚归的鸟。

③ 在:一作"坐"。

【评析】

独望远山,牵引无穷思绪,诗小而境阔。

山中独吟

人各有一癖①,我癖在章句②。万缘皆已销③,此病独未去。每逢美风景,或对好亲故。高声咏一篇,恍若与神遇④。自为江上客⑤,半在山中住⑥。有时新诗成,独上东岩路。身倚白石崖⑦,手攀青桂树⑧。狂吟惊林壑⑨,猿鸟皆窥觑⑩。恐为世所嗤⑪,故就无人处⑫。

【题解】

朱金城笺:"作于元和十三年(818),江州,江州司马。"(《白居易集笺校》卷七)闲适诗。

【注释】

① 癖(pǐ):嗜好。

② 章句:辨章析句。经学家解释经义的一种方法。此指文章或诗歌。

③ 万缘:佛教谓一切因缘。即事物生灭变化的所有因果关系。

④ 神遇:指从精神上去感知事物或事理。

⑤ 江上客:谓寄居江州。

⑥ 山中住:住在庐山。白居易在庐山香炉峰与遗爱寺间结有草堂。元和十二年春,草堂成,居易作有《香炉峰下新置草堂即事咏怀题于石上》《草堂记》等诗文。

⑦ 白石崖:草堂旁山崖。《香炉峰下新置草堂即事咏怀题于石上》诗云:"香炉峰北面,遗爱寺西偏。白石何凿凿,清流亦潺潺。"

⑧ 青桂树:桂树。桂树常绿,故称。

⑨ 林壑:山林涧谷。

⑩ 窥觑:偷看。

⑪ 嗤:讥笑,嘲笑。

⑫ 就:赴,到。

【评析】

万缘皆销,独存诗癖,于是有山中独自狂吟。其自得自适之情,"独善其身"之道,从声惊林壑、猿鸟窥觑中可见。

初出城留别

朝从紫禁归①,暮出青门去②。勿言城东陌,便是江南路③。扬鞭簇车马④,挥手辞亲故。我生本无乡⑤,心安是归处。

【题解】

长庆二年(822)七月离长安时作。闲适诗。元和十三年(818)岁末,居易代为忠州刺史,离江州。十五年夏,召回长安,除尚书司门员外郎。寻改授主客郎中、知制诰。长庆元年(821)十月,转中书舍人。二年春,上书论河北用兵事,不听。又以朝中朋党倾轧,乃求外任。七月,自中书舍人除杭州刺史。

【注释】

① 紫禁:皇宫。古以紫微垣喻帝王之居,因称宫禁为"紫禁"。

② 青门:汉长安城东南门。此泛指京城东门。参见第54页李白《古风》其九注释④。

③ 勿言二句:意谓不要说这是长安东城外的郊陌,一出城门就踏上了去江南的路。陌,道路。

④ 簇:催促。

⑤ 无乡:没有故乡。白居易出生于新郑,而其先太原人,曾祖辈又迁居下邽,家族无固定的长久居住地,故云。

【评析】

写别离,不作悲切语,只是平淡叙出。末二句点开一篇眼目,有水到渠成之致。

玩新庭树因咏所怀

霭霭四月初①,新树叶成阴。动摇风景丽,盖覆庭院深。下有无事人,竟日此幽寻②。岂唯玩时物③,亦可开烦襟④。时与道人语,或听诗客吟。度春足芳色⑤,入夜多鸣禽。偶得幽闲境⑥,遂忘尘俗心。始知真隐者,不必在山林。

【题解】

长庆四年(824)初夏作,在杭州刺史任。闲适诗。

【注释】

① 霭霭:犹蔼蔼。茂盛貌。

② 竟日:终日,整天。幽寻:寻幽访胜。

③ 时物:时节景物。

④ 烦襟:烦闷的心怀。

⑤ 芳色:香艳的花木。

⑥ 幽闲境:清静闲适之境。

【评析】

晋人王康琚《反招隐诗》云:"小隐隐陵薮,大隐隐朝市。"谓身在繁华朝市,而志在清静玄远,是真隐士。此篇正翻其意,借赏玩庭阴,以抒幽闲忘机之怀。

夜雨

我有所念人,隔在远远乡。我有所感事,结在深深肠。乡远去不得,无日不瞻望①。肠深解不得,无夕不思量②。况此残灯夜,独宿在空堂③。秋天殊未晓④,风雨正苍苍⑤。不学头陀法,前心安可忘⑥?

【题解】

元和六年(811)秋作,在下邽。感伤诗。诗中"所念人",指其早年恋人湘灵。建中三年(782),居易十一岁,因避战乱,随父(白季庚)任官之徐州,移家符离(今安徽省宿州市北),与小其四岁的邻家女湘灵相识,称为"东邻婵娟子"。二人青梅竹马,情愫暗生,然终以门第之别而难成眷属,此乃居易一生之痛。白集中,为湘灵而作之诗达十余首,有《邻女》《寄湘灵》《寒闺夜》《长相思》《冬至夜怀湘灵》《感秋寄远》《寄远》《感镜》等。元和十年,居易谪江州,途中偶遇湘灵,又作《逢旧》《感情》等篇,伤感弥深。

【注释】

① 瞻望:远望,盼望。
② 思量(liàng):思念,相思。
③ 空堂:空寂的堂屋。
④ 殊:犹,尚。
⑤ 苍苍:迷茫貌。
⑥ 不学二句:意谓不曾学过除去一切烦恼的佛法,又怎能忘记从前那份爱慕之心。头陀法,佛法。头陀,梵语"抖擞"之意,即抖却或摆脱尘垢烦恼。参见第394页《游悟真寺诗一百三十韵》注释㉙。

【评析】

思情辗转深入,浑化于无迹。用语浅近,嗟叹而咏歌之,得古乐府之遗声。

寄微之

去国日已远①,喜逢物似人②。如何含此意,江上坐思君。有如河岳气③,相合方氤氲④。狂风吹中绝⑤,两处成孤云。风回终有时,云合岂无因?努力各自爱,穷通我尔身⑥。

【题解】

此为《寄微之三首》其三。元和十年(815)赴江州途中作。感伤诗。元稹,字微之,河南(今河南省洛阳市)人。早年家贫。贞元九年(793)举明经科,闲居京城。十九年,与白居易同登书判拔萃科,入秘书省为校书郎。从此,二人结为至交,共同倡导诗歌革新运动,并称"元白"。元和间曾任监察御史,因得罪权贵,遭贬为江陵士曹参军、通州司马。元和末召回京,历祠部郎中、知制诰、中书舍人等。长庆二年(822),官至同中书门下平章事。大和五年(831),暴疾卒于武昌节度使任所,年五十三。居易作此组诗时,稹在通州司马任。

【注释】

① 去国:离开朝廷。
② 物:此指景物气象。
③ 河岳气:山川所含清朗平正之气。应第二句"物似人"。
④ 氛氲:盛貌。
⑤ 中绝:中断,隔开。
⑥ 穷通句:意谓任凭你我之身困穷与通达。意即君子穷通实由天命,不必计较。

【评析】

元白二人同声相应,同气相求,一如天地间清正之气,其分合聚散终归有定。抚慰之词愈勤愈切,则相思之情愈真愈浓。

夜雪

已讶①衾枕冷,复见窗户明。夜深知雪重,时闻折竹声②。

【题解】

元和十一年(816)冬作,在江州司马任。感伤诗。

【注释】

① 讶(yà):惊讶,疑怪。衾枕:被子和枕头。亦泛指卧具。
② 折竹声:指积雪压断竹子的声音。

【评析】

"衾枕冷""窗户明",已衬出夜雪之大,而"时闻折竹声",更是深一步衬法。迁客不寐之怀,尽在其中。

真娘墓

真娘墓,虎丘道①。不识真娘镜中面②,唯见真娘墓头草。霜摧桃李风折莲,真娘死时犹少年。脂肤荑手不牢固③,世间尤物难留连④。难留连,易销歇⑤。塞北花,江南雪⑥。

【题解】

题下原注:"墓在虎丘寺。"朱金城笺:"约作于宝历元年(825)至宝历二年(826),苏州。"(《白居易集笺校》卷十二)谢思炜按:"《白氏文集》前集所收作品止于长庆四年(824),此诗或为长庆中途经苏州时作。"感伤诗。真娘,唐苏州名妓。唐李绅《真娘墓诗序》:"(真娘)吴之妓人,歌舞有名者。死葬于吴武丘寺前,吴中少年从其志也。墓多花草,以蔽其上。嘉兴县前亦有吴妓人苏小小墓,风雨之夕,或闻其上有歌吹之音。"唐范摅《云溪友议·谭生刺》:"真娘者,吴国之佳人也,时人比于苏小小,死葬吴宫之侧。行客感其华丽,竞为诗题于墓树,柠比鳞臻。"

【注释】

① 虎丘:山名。在苏州西北阊门外。唐时因避讳曾改称"武丘"。相传吴王阖闾葬此。
② 镜中面:镜中真容。
③ 脂肤荑(tí)手:形容女子洁白柔润的肌肤和手。脂,油脂,脂肪。荑,茅草的嫩芽。《诗·卫风·硕人》:"手如柔荑,肤如凝脂。"毛传:"如

黄之新生,如脂之凝。"

④ 尤物:指绝色美人或珍奇之物。留连:留恋而不舍弃。

⑤ 销歇:消失。

⑥ 塞北二句:意谓塞北苦寒,花期短暂;江南温煦,雪落即融。塞北,泛指长城以北地区。

【评析】

引譬连类,伤惋真娘及世间之美易遭摧折。结四句申足诗意,咏叹中戛然而止,但觉余音绕梁。

长恨歌

汉皇重色思倾国①,御宇多年求不得②。杨家有女初长成③,养在深闺人未识。天生丽质难自弃,一朝选在君王侧。回眸一笑百媚生④,六宫粉黛无颜色⑤。春寒赐浴华清池⑥,温泉水滑洗凝脂⑦。侍儿扶起娇无力,始是新承恩泽时。云鬓花颜金步摇⑧,芙蓉帐暖度春宵⑨。春宵苦短日高起,从此君王不早朝。承欢侍宴无闲暇,春从春游夜专夜。后宫佳丽三千人,三千宠爱在一身。金屋妆成娇侍夜⑩,玉楼宴罢醉和春。姊妹弟兄皆列土⑪,可怜光彩生门户⑫。遂令天下父母心,不重生男重生女。骊宫高处入青云⑬,仙乐风飘处处闻。缓歌慢舞凝丝竹,尽日君王看不足。渔阳鼙鼓动地来⑭,惊破霓裳羽衣曲⑮。

九重城阙烟尘生⑯,千乘万骑西南行。翠华摇摇行复止⑰,西出都门百余里。六军不发无奈何⑱,宛转娥眉马前死⑲。花钿委地无人收,翠翘金雀玉搔头⑳。君王掩面救不得,回看血泪相和流。黄埃散漫风萧索,云栈萦纡登剑阁㉑。峨嵋山下少人行㉒,旌旗无光日色薄。蜀江水碧蜀山青,圣主朝朝暮暮情。行宫见月伤心色㉓,夜雨闻铃肠断声㉔。天旋日转回龙驭㉕,到此踌躇不能去㉖。马嵬坡下泥土中,不见玉颜空死处㉗。君臣相顾尽沾衣,东望都门信马归㉘。归来池苑皆依旧,太液芙蓉未央柳㉙。芙蓉如面柳如眉,对此如何不泪垂?春风桃李花开夜,秋雨梧桐叶落时。西宫南苑多秋草㉚,宫叶满阶红不扫。梨园弟子白发新,椒房阿监青娥老㉛。夕殿萤飞思悄然,孤灯挑尽未成眠。迟迟钟鼓初长夜,耿耿星河欲曙天。鸳鸯瓦冷霜华重,翡翠衾寒谁与共?悠悠生死别经年,魂魄不曾来入梦㉜。

临邛道士鸿都客㉝,能以精诚致魂魄。为感君王辗转思,遂教方士殷勤觅㉞。排空驭气奔如电㉟,升天入地求之遍。上穷碧落下黄泉㊱,两处茫茫皆不见。忽闻海上有仙山,山在虚无缥缈间。楼阁玲珑五云起㊲,其中绰约多仙子㊳。中有一人字太真㊴,雪肤花貌参差是㊵。金阙西厢叩玉扃,转教小玉报双成㊶。闻道汉家天子使,九华帐里梦魂惊㊷。揽衣推枕起徘徊,珠箔银屏逦迤开㊸。云鬓半偏新睡觉㊹,花冠不整下堂来。风吹仙袂飘飖举,犹似霓裳羽衣舞。玉容寂寞泪阑干㊺,梨花一枝春带雨。含情凝睇谢君王,一别音容两眇茫。昭阳殿里恩爱绝㊻,蓬莱宫中日月长㊼。回头下望人寰处,不见长安见尘雾。唯将旧物表深情,钿合金钗寄将去㊽。钗留一股合一扇,钗擘黄金合分钿㊾。但令心似金钿坚,天上人间会相见。临别殷勤重寄词㊿,词中有誓两心知。七月七日长生殿(51),夜半无人私语时。在天愿作比翼鸟,在地愿为连理枝(52)。天长地久有时尽,此恨绵绵无绝期。

【题解】

元和元年(806)作,时为盩厔尉。感伤诗。此歌取材于天宝末玄宗与杨贵妃的悲剧故事。据同时人陈鸿《长恨歌传》:"元和元年冬十二月,太原白乐天自校书郎尉于盩厔,鸿与琅琊王质夫家于是邑。暇日相携游仙游寺,话及此事,相与感叹。质夫举酒于乐天前曰:'夫希代之事,非遇出世之才润色之,则与时消没,不闻于世。乐天深于诗,多于情者也。试为歌之,如何?'乐天因为《长恨歌》。意者不但感其事,亦欲惩尤物,窒乱阶,垂于将来也。歌既成,使鸿传焉。"

【注释】

① 汉皇句：借汉武帝事说唐玄宗。倾国，绝色美女。据《汉书·外戚传上》，汉武帝宠幸的李夫人，入宫前本为倡家，其兄李延年侍上起舞，歌曰："北方有佳人，绝世而独立。一顾倾人城，再顾倾人国。"上乃召见而幸之。

② 御宇：统治天下。

③ 杨家有女：指杨贵妃。小字玉环，蒲州永乐（今山西省运城市芮城县西南）人。姿质丰艳，善音律歌舞。初为玄宗子寿王瑁妃。后召入宫，得玄宗宠爱，封贵妃。姊妹皆显贵，堂兄杨国忠操弄朝政。天宝十四载（755）十一月，安禄山以讨伐杨国忠名义，发动叛乱。次年六月，玄宗西奔蜀，至马嵬驿（今陕西省咸阳市兴平市西），禁军逼杀杨国忠、杨贵妃。参见第200页杜甫《北征》注释㊽。

④ 百媚：种种妩媚风情。

⑤ 六宫粉黛：泛指宫中所有后妃。六宫，古代天子立六宫，为后妃寝宫。参见第363页韩愈《华山女》注释⑪。粉黛，傅面白粉与画眉黛墨，均为妇女化妆用品。此借指美女。

⑥ 华清池：温泉浴池，在长安东骊山之麓。贞观中建汤泉宫，咸亨时改名"温泉宫"。天宝六载（747），扩建后改名"华清宫"，其温泉池即称"华清池"。参见第178页杜甫《自京赴奉先县咏怀五百字》注释㉖。

⑦ 凝脂：凝结的油脂。形容洁白柔润的肌肤。《诗·卫风·硕人》："手如柔荑，肤如凝脂。"

⑧ 金步摇：古代妇女的一种首饰。用金银丝盘成花之形状，上面缀以垂珠，插于发鬓，走路时摇曳生姿，故名。

⑨ 芙蓉帐：用芙蓉花染缯制成的帐子。泛指精美华丽的帐子。

⑩ 金屋：华美之屋。据《汉武故事》，武帝幼时喜爱大长公主之女阿娇，云："若得阿娇作妇，当作金屋贮之。"参见第149页李白《长门怨》注释②。

⑪ 列土：分封土地。《新唐书·后妃传上·玄宗贵妃杨氏》："天宝初，进册贵妃。追赠父玄琰太尉、齐国公。擢叔玄珪光禄卿，宗兄铦鸿胪卿，锜侍御史，尚太华公主。主，惠妃所生，最见宠遇。而钊亦浸显。

钊,国忠也。三姊皆美劭,帝呼为姨,封韩、虢、秦三国为夫人,出入宫掖,恩宠声焰震天下。"

⑫ 可怜:可羡。

⑬ 骊宫:即华清宫。因其建在骊山之上,故称。

⑭ 渔阳句:指安禄山反叛。渔阳,战国时燕置渔阳郡(治今北京市密云县西南),秦汉沿之。唐天宝元年(742)改蓟州为渔阳郡(治今天津市蓟州区)。当时属范阳节度使安禄山的辖区,故用以代之。鼙(pí)鼓,古代军中所用乐鼓。此代战事。

⑮ 霓裳羽衣曲:又作"霓裳羽衣舞"。唐宫廷乐舞。著名法曲。传为开元中西凉节度使杨敬述所献,初名《婆罗门曲》,后经玄宗润色并制歌词,改此名。其乐、舞、服饰皆着力描绘虚无缥缈仙境及仙女形象。白居易《霓裳羽衣歌》诗,对此曲结构与舞姿有细致描写。安史乱后,此曲散佚。

⑯ 九重城阙:指京城。古制,天子之居有九重门,故称。天宝十五载(756)六月十三日凌晨,玄宗率扈从自禁苑延秋门出,仓皇奔蜀。参见第185页杜甫《哀王孙》注释②。

⑰ 翠华:天子仪仗中用翠羽装饰的旗帜或车盖。代指御驾或天子。

⑱ 六军:唐之禁军。《新唐书·百官志四上》:"左右龙武、左右神武、左右神策,号六军。"但此为中、晚唐之制。据《旧唐书·职官志三》,玄宗时则是左右羽林、左右龙武,实为四军。

⑲ 宛转句:谓杨贵妃之死。参见第189页杜甫《哀江头》注释⑩。宛转娥眉,形容美人临死前哀怨缠绵貌。

⑳ 花钿(tián)二句:意谓花钿、翠翘、金雀、玉搔头都散乱地丢弃在地上,无人收拾。花钿,用金翠珠宝等制成的花朵形首饰。翠翘、金雀,都是雀鸟形钗名。玉搔头,玉簪。

㉑ 云栈句:谓从剑阁道入蜀。云栈,山壁间悬空的栈道。剑阁,指剑门关及剑阁道。参见第68页李白《蜀道难》注释⑰。

㉒ 峨嵋:亦作"峨眉"。山名。在今四川省乐山市峨眉山市西南。参见第66页李白《蜀道难》注释⑤。玄宗幸蜀,并不经过峨眉山,此用以泛指蜀山。北宋沈括《梦溪笔谈·讥谑》:"白乐天《长恨歌》云'峨嵋山

下少人行,旌旗无光日色薄'。峨嵋在嘉州,与幸蜀路全无交涉。杜甫《武侯庙柏》诗云'霜皮溜雨四十围,黛色参天二千尺'。四十围乃是径七尺,无乃太细长乎?"并以此为"文章之病"。诗家用语,常有夸张、借代之效,沈氏不通也甚。参见第264页杜甫《古柏行》注释②。

㉓ 行宫:京城以外供帝王出行居住的宫室。

㉔ 夜雨句:谓玄宗伤悼杨贵妃。唐郑处诲《明皇杂录》补遗:"明皇既幸蜀,西南行,初入斜谷,属霖雨涉旬,于栈道雨中闻铃音,与山相应。上既悼念贵妃,采其声为《雨霖铃》曲,以寄恨焉。"

㉕ 天旋句:谓时局转变,皇帝车驾回返。龙驭,天子车驾。至德二载(757)九、十月,唐军收复两京。十一月,肃宗派太子太师韦见素赴蜀迎玄宗归长安。

㉖ 到此句:谓玄宗又到马嵬驿而不忍离去。《旧唐书·后妃传上》:"上皇自蜀还,令中使祭奠,诏令改葬。礼部侍郎李揆曰:'龙武将士诛国忠,以其负国兆乱。今改葬故妃,恐将士疑惧,葬礼未可行。'乃止。上皇密令中使改葬于他所。初瘗时以紫褥裹之,肌肤已坏,而香囊仍在。内官以献,上皇视之凄惋,乃令图其形于别殿,朝夕视之。"

㉗ 玉颜:美丽的容颜。此指杨贵妃。空死处:谓只见到其死处。

㉘ 都门:京都城门。此代指长安。信马归:形容心情忧郁,任由马行走,不加约束。

㉙ 太液:太液池。汉、唐宫廷池苑。汉太液池在长安故城之西、建章宫之北。唐太液池又名"蓬莱池",在大明宫内。未央:未央宫。汉宫,在长安故城西南角龙首原上。唐时亦划入禁苑中。此句用"太液""未央"泛指唐皇宫池苑。

㉚ 西宫南苑:指太极宫与兴庆宫。唐以太极宫为"西内",大明宫为"东内",兴庆宫为"南内"或"南苑"。兴庆宫系玄宗为藩王时故宅,后为宫,位于大明宫之南,故称。据《资治通鉴》卷二百二十一《唐纪三十七·肃宗下之上》,玄宗返京后,初居南内兴庆宫,宦者李辅国以上皇日与外人交通,假借肃宗名义,胁迫玄宗迁居西内甘露殿,并流贬玄宗亲信高力士、王承恩、陈玄礼等。

㉛ 梨园二句:意谓经过几年的变乱,梨园的歌舞艺人增添了新的白

发,年轻貌美的椒房女官也衰老了。梨园弟子,玄宗所教习的宫廷歌舞艺人,号"皇帝梨园弟子"。参见第291页杜甫《观公孙大娘弟子舞剑器行》注释⑧。椒房,后妃居住之所。因以花椒和泥抹墙,故称。阿监,宫中的侍从女官。青娥,美丽的少女。指阿监。

㉜ 夕殿八句:描写玄宗晚年孤寂凄苦、日夜思念的情景。夕殿萤飞,化用南朝齐谢朓《玉阶怨》:"夕殿下珠帘,流萤飞复息。"钟鼓,此指报时之器。耿耿星河,指明亮的银河。曙天,黎明时的天空。鸳鸯瓦,屋顶铺瓦,两瓦一俯一仰,嵌合成对,故名。翡翠衾,绣有翡翠纹饰的被子。经年,此指经过若干年。魂魄,指杨贵妃的亡魂。

㉝ 临邛:古县名。唐剑南道邛州治所(今四川省成都市邛崃市)。鸿都客:仙府中人。对道士的尊称。

㉞ 方士:古代自称能访仙炼丹的方术之士。

㉟ 排空驭气:犹言腾云驾雾。

㊱ 碧落:道教以称天界。黄泉:地下阴间。

㊲ 五云:此指五色祥云。

㊳ 绰约:柔婉而美好貌。仙子:仙女。

㊴ 太真:杨玉环始为寿王妃。开元二十五年(737),寿王母武惠妃薨,玄宗郁郁不乐,后宫数千无当意者,有人进言杨氏"姿质天挺,宜充掖廷",玄宗遂召入宫中。然禁中异之。二十八年正月,乃命杨氏自以其意出为道士,号"太真"。天宝四载(745),玄宗为寿王聘韦昭训之女,立杨氏为贵妃。参见《新唐书·玄宗本纪》和《后妃传上》。

㊵ 参差(cēncī):差不多,几乎。

㊶ 金阙二句:意谓敲响神仙宫阙西侧房屋的门户,转托应门侍女通报来了访客。金阙,道教称仙界宫阙,为神仙或天帝所居。玉扃,玉饰的门户。转教,转托通报。小玉,传说为吴王夫差之女。白居易《霓裳羽衣歌》"吴妖小玉飞作烟"句下自注:"夫差女小玉死后,形见于王。其母抱之,霏微若烟雾散空。"双成,即董双成,神话中西王母侍女。《汉武帝内传》:"(西王母)又命侍女董双成吹云和之笙。"此以"小玉""双成"借指太真侍女。侍女辗转通报,表示仙宫深严。

㊷ 九华帐:华丽的帐子。

㊸ 珠箔：珠帘。银屏：饰银的屏风。逦迤（lǐyǐ）：此指连续不断貌。

㊹ 新睡觉：刚睡醒。

㊺ 阑干：纵横貌。此指泪痕满面。

㊻ 昭阳殿：汉宫殿名。《三辅黄图》卷三："武帝时，后宫八区，有昭阳、飞翔、增成、合欢、兰林、披香、凤凰、鸳鸯等殿。"此借指杨贵妃生前所居寝宫。

㊼ 蓬莱宫：神山宫殿。蓬莱，传说中海上三神山之一。此指贵妃在神山的居所。

㊽ 钿（diàn）合：镶嵌金银珠玉的首饰盒子。金钗：妇女插于发髻的金制首饰，由两股合成。相传此二物是玄宗与贵妃的定情信物。

㊾ 钗留二句：意谓把金钗、钿合拆分成两半，一半带给对方，一半留给自己。擘，分开。因金钗有两股，故云"擘黄金"。合分钿，钿盒拆开成为两扇。

㊿ 殷勤：恳切叮嘱。重寄词：郑重地传话。寄词，犹寄语。

㉑ 七月七日：农历七月七日夜为"七夕"。民间传说，牛郎、织女每年此夜在天河相会。长生殿：在骊山华清宫内。《唐会要》卷三十《大内·华清宫》："天宝元年十月，造长生殿，名为'集灵台'以祀神。"

㉒ 在天二句：以"比翼鸟""连理枝"为喻，誓言恩爱相伴，永不分离。比翼鸟，传说中的一种鸟。《尔雅·释地》："南方有比翼鸟焉，不比不飞，其名谓之鹣鹣。"郭璞注："似凫，青赤色，一目一翼，相得乃飞。"比，并列。连理枝，两树枝干相连。理，树干组织纹路。

【评析】

通篇分三段。首段自"汉皇重色思倾国"至"惊破霓裳羽衣曲"，叙杨妃入宫及专宠之事。"赐浴""侍宴"等摹写，极声色之盛，直刺明皇骄奢淫逸、荒政失道，而终致安史之祸。次段"九重城阙烟尘生"至"魂魄不曾来入梦"，叙马嵬生死永别与明皇朝夕思念。其赐死之场景，往还蜀道之踌躇，以及西宫南苑之怀旧，一气说下，莫不深情贯注，托出悲苦凄清之境。末段"临邛道士鸿都客"至"此恨绵绵无绝期"，叙方士访仙事。虚无缥缈间，蓬莱宫中赠物寄语，皆依传说而为想象之词，意在引发爱情誓言，点醒"长恨"题面而为全诗眼目，然后一笔刹住，神完气足。

时君与宠妃,因色而溺,因溺而失,因失而恨,写来自是别具风情,并非一味"惩尤物,窒乱阶,垂于将来",而是讽谕包含同情,感伤兼有赞美。故《长恨》一歌,情文相融,事理互见,仍教千载下读者动心入耳,荡气回肠。

琵琶引并序

元和十年,予左迁九江郡司马①。明年秋,送客湓浦口②,闻舟船中夜弹琵琶者。听其音,铮铮然有京都声③。问其人,本长安倡女④,尝学琵琶于穆、曹二善才⑤。年长色衰,委身为贾人妇⑥。遂命酒⑦,使快弹数曲。曲罢悯默⑧,自叙少小时欢乐事,今漂沦憔悴,转徙于江湖间。予出官二年⑨,恬然自安⑩。感斯人言,是夕始觉有迁谪意。因为长句,歌以赠之。凡六百一十六言,命曰《琵琶行》。

浔阳江头夜送客⑪,枫叶荻花秋索索⑫。主人下马客在船,举酒欲饮无管弦⑬。醉不成欢惨将别,别时茫茫江浸月。忽闻水上琵琶声,主人忘归客不发。寻声暗问弹者谁⑭,琵琶声停欲语迟⑮。移船相近邀相见,添酒回灯重开宴⑯。千呼万唤始出来,犹把琵琶半遮面⑰。

转轴拨弦三两声,未成曲调先有情。弦弦掩抑声声思⑱,似诉平生不得意。低眉信手续续弹⑲,说尽心中无限事。轻拢慢撚抹复挑,初为霓裳后绿腰⑳。大弦嘈嘈如急雨,小弦切切如私语㉑。嘈嘈切切错杂弹,大珠小珠落玉盘。间关莺语花底滑,幽咽泉流冰下难㉒。冰泉冷涩弦凝绝㉓,凝绝不通声暂歇。别有幽愁暗恨生㉔,此时无声胜有声。银瓶乍破水浆迸,铁骑突出刀枪鸣。曲终收拨当心画㉕,四弦一声如裂帛㉖。东舟西舫悄无言,唯见江心秋月白。

沉吟放拨插弦中,整顿衣裳起敛容㉗。自言本是京城女,家在虾蟆陵下住㉘。十三学得琵琶成,名属教坊第一部㉙。曲罢曾教善才伏,妆成每被秋娘妒㉚。五陵年少争缠头,一曲红绡不知数㉛。钿头云篦击节碎,血色罗裙翻酒污㉜。今年欢笑复明年,秋月春风等闲度㉝。弟走从军阿姨死㉞,暮去朝来颜色故㉟。门前冷落鞍马稀,老大嫁作商人妇㊱。商人重利轻别离,前月浮梁买茶去㊲。去来江口守空船,绕船月明江水寒。夜深忽梦少年事,梦啼妆泪红阑干㊳。

我闻琵琶已叹息,又闻此语重唧唧㊴。同是天涯沦落人,相逢何必曾相识。我从去年辞帝京㊵,谪居卧病浔阳城。浔阳小处无音乐,终岁不闻丝竹声㊶。住近湓江地低湿,黄芦苦竹绕宅生。其间旦暮闻何物,杜鹃啼哭猿哀鸣㊷。春江花朝秋月夜,往往取酒还独倾。岂无山歌与村笛,呕哑嘲哳难为听㊸。今夜闻君琵琶语,如听仙乐耳暂明。莫辞更坐弹一曲,为君翻作琵琶行㊹。感我此言良久立,却坐促弦弦转急㊺。凄凄不似向前声㊻,满座重闻皆掩泣。就中泣下谁最多㊼,江州司马青衫湿㊽。

【题解】

元和十一年(816)秋作,在江州司马任。感伤诗。诗题亦作《琵琶行》。"引""行"皆为古诗的一种体裁。南宋王灼《碧鸡漫志》卷一:"古诗或名曰乐府,谓诗之可歌也。故乐府中有歌有谣,有吟有引,有行有曲。"

【注释】

① 九江郡:隋置,唐改江州(治今江西省九江市)。天宝元年(742)改为浔阳郡,乾元元年(758)复为江州。

② 湓浦口:湓水入长江处,在江州城西一里。《大清一统志》卷二百四十四《九江府·山川》:"湓水,在德化县西一里。源出瑞昌县清湓山,亦名湓洞。东流会瀼溪,经县治南,俗名南河。绕城而东,会诸水。水入德化县界,东经府城下,又名湓浦港。又北入大江,其入江处即古之湓口也。"

③ 铮铮：常形容金石之类的撞击声。京都声：此指京都地区的音乐曲调。

④ 倡女：歌舞伎。以歌舞娱人的女子。

⑤ 善才：唐时有精通琵琶者名曹善才，因以称琵琶师为"善才"。唐段安节《乐府杂录·琵琶》："贞元中，有王芬、曹保，保子善才，其孙曹纲，皆袭所艺。次有裴兴奴，与纲同时。曹纲善运拨，若风雨，而不事扣弦。兴奴长于拢撚，不拨稍软。时人谓'曹纲有右手，兴奴有左手'。"此句中"曹"，或指曹纲。

⑥ 贾(gǔ)人：商人。

⑦ 命酒：命人置酒。

⑧ 悯默：因哀伤而沉默。一作"悯然"，哀怜貌。

⑨ 出官：指京官外放为地方官。

⑩ 恬然自安：淡然而安定貌。

⑪ 浔阳江：长江流经江州北的一段。此句谓送客地点，即《序》中所云"湓浦口"。

⑫ 荻(dí)花：荻，多年生草本植物，生长在水边，似芦。根茎有节，叶抱茎生，秋季开白色或紫色花。索索：一作"瑟瑟"。象声词。形容细碎的声音。此句下原注："半红半白之貌。"谓枫叶红色，荻花白色。

⑬ 管弦：管乐与弦乐。此泛指音乐。

⑭ 暗问：私下询问。

⑮ 欲语迟：想说而又迟疑。

⑯ 回灯：重新掌灯。

⑰ 犹把：一作"犹抱"。

⑱ 掩抑：声音低沉貌。思：悲伤，哀愁。

⑲ 信手：随手。续续：连续不断。

⑳ 轻拢二句：意谓灵巧地运用多种指法，弹奏出美妙的乐曲《霓裳》和《绿腰》。拢(lǒng)、撚(niǎn)、抹(mò)、挑(tiǎo)，指弹奏琵琶时，左手指在琴弦上的按、揉、扫、拨等动作。霓裳，即《霓裳羽衣曲》。参见第412页《长恨歌》注释⑮。绿腰，又名《六幺》《录要》。唐教坊琵琶曲名。段安节《乐府杂录·琵琶》："贞元中，有康昆仑第一手。始遇长安大旱，诏移南市

祈雨,及至天门,街市人广,较胜负及斗声乐。即街东有康昆仑,琵琶最上,必请街西无以敌也。遂请昆仑登彩楼,弹一曲新翻羽调《录要》。"原注曰:"本自乐工进曲,上令录出要者,因以为名,自后来误言'绿腰'也。"

㉑ 大弦二句:形容琵琶声有轻重缓急、抑扬顿挫的变化。大弦,琵琶的粗弦。嘈嘈,声音沉重而急促。小弦,琵琶的细弦。切切,声音轻细而柔和。

㉒ 间(jiàn)关二句:形容琵琶声宛转似莺啼从花底滑出,低沉如冰下泉水艰涩流过。间关,鸟鸣宛转。幽咽,水声低沉、轻微。冰下难,一作"水下滩"。谢思炜校引段玉裁《经韵楼集》卷八《与阮芸台书》:"'泉流水下滩'不成语,且何以与上句属对?昔年曾谓当作'泉流冰下难',故下文接以'冰泉冷涩'。'难'与'滑'对,难者滑之反也。莺语花底,泉流冰下,形容涩滑二境,可谓工绝。"

㉓ 凝绝:中断,停止。

㉔ 幽愁暗恨:掩藏在内心的忧愁和怨恨。

㉕ 当心画:指曲终时,右手同时划拨琵琶中心四弦。

㉖ 裂帛:撕裂绢帛。

㉗ 沉吟二句:意谓琵琶女若有所思地收起拨子插在琴弦中,整理好衣裳恢复严肃端庄的面容。沉吟,深思。拨,弹奏弦乐器的用具。整顿,整理。敛容,显出端庄的面容。此指已收敛弹奏乐曲时的悲伤表情。

㉘ 虾蟆(hámá)陵:西汉董仲舒墓,在长安万年县(今陕西省西安市碑林区)南。唐李肇《国史补》卷下:"旧说,董仲舒墓门,人过皆下马,故谓之'下马陵',后人语讹为'虾蟆陵'。"

㉙ 教坊第一部:唐教习宫廷音乐,有部次组别之分。据《新唐书·礼乐志十二》,"(玄宗)又分乐为二部:堂下立奏,谓之立部伎;堂上坐奏,谓之坐部伎。太常阅坐部,不可教者隶立部,又不可教者乃习雅乐。"此琵琶女,或属坐部伎。

㉚ 秋娘:唐时对歌舞伎的通称。

㉛ 五陵二句:意谓长安豪富子弟争先恐后来献礼,弹奏一曲收到的

红绡不计其数。五陵,指长安渭水北岸五座汉帝陵。因每立陵墓,辄迁徙四方豪富及外戚居于此,故成京都富贵之乡。此代指富家豪门。参见第271页杜甫《秋兴》其三注释⑥。缠头,古代歌舞艺人表演完毕,客以罗锦为赠,称"缠头"。红绡,红色薄绸。

㉜ 钿头二句:意谓歌舞时用钿头、云篦击打节拍不知碎掉多少,红色罗裙亦常常被酒渍污染。钿头,即花钿。花形金玉首饰。参见第412页《长恨歌》注释⑳。云篦(bì),即云头篦。饰有云纹的篦梳,栉发用具,亦作头饰。击节,打拍子。罗裙,妇女所穿丝制裙子。

㉝ 等闲:轻易,随便。

㉞ 弟走句:谓坊中姊妹从军为军妓,义母(假母)亦去世了。弟,坊中姊妹。阿姨,妓之义母。此用教坊中称谓。唐崔令钦《教坊记》:"坊中诸女,以气类相似,约为香火兄弟。"唐孙棨《北里志·海论三曲中事》:"妓之母,多假母也,亦妓之衰退者为之。""(诸女)皆冒假母姓,呼以女弟女兄为之行第,率不在三旬之内。"

㉟ 颜色故:此指容颜衰老。

㊱ 老大:年纪大。

㊲ 浮梁:县名。唐饶州浮梁县(今属江西省景德镇市),隶江南西道。《旧唐书·地理志三》:"浮梁,武德中废新平县,开元四年分鄱阳置,后改新昌,天宝元年复置。"

㊳ 梦啼句:谓梦中哭泣醒来粉泪纵横。红阑干,形容泪水融合脂粉满面流淌。

㊴ 重(chóng)唧唧:再次叹息。重,又,再。唧唧,叹息。亦指叹息声。

㊵ 辞帝京:告别京都长安。

㊶ 丝竹:弦乐器与管乐器的总称。亦泛指音乐。

㊷ 啼哭:一作"啼血"。此形容杜鹃鸟哀鸣。杜鹃鸟口红,春时杜鹃花开即鸣,声甚哀切。古人误传其"啼血"。《禽经》:"鹎,嶲周,子规也。啼必北向。《尔雅》曰:'嶲周,瓯越间曰怨鸟。夜啼达旦,血渍草木,凡鸣皆北向也。'"鹎(dí)、嶲(guī)周,皆子规古称。

㊸ 呕哑嘲哳(ōuyāzhāozhā):象声词。形容歌曲、音乐声的单调和

嘈杂。欧,一作"呕"。

㊹ 翻:谱写,改编。

㊺ 却坐:重新入座。促弦:指调紧琴弦。

㊻ 凄凄:悲伤,凄惨。向前声:刚才弹奏的曲调。向前,先前。

㊼ 就中:其中。一作"座中"。

㊽ 青衫:唐文散官八、九品服以青。参见第377页《上阳白发人》注释②。居易任江州司马时散官官阶为将仕郎,从九品下,故服"青衫"。其《祭庐山文》曰:"将仕郎守江州司马白居易,以香火酒脯,告于庐山遗爱寺四旁上下大小诸神。"唐制,散官官阶高于职事官阶称为"行",散官官阶低于职事官阶称为"守"。州司马为职事官称,从五品下,高于将仕郎从九品下,故云"将仕郎守江州司马。"

【评析】

叙事长篇,虽段落明畅,而写人物经历及情感之变却有许多波折。从琵琶女迟疑出场,到倾心弹奏琵琶,再到自述不幸身世,一步步映衬铺垫,已然可见文章提顿之法。女子人生遭际,实关合作者宦途升降,线索一明一暗,会聚于"同是天涯沦落人,相逢何必曾相识"句上,此正是二人精神相通交感处。且叙琵琶女荣辱之事,详昔而略今,叙自己则反之,为略昔而详今,前后互为补充,又可知其行文裁剪之功。而当中描画人物情态,摹写琵琶乐音,亦无不间杂作者观听所感,极尽形容之妙。《唐宋诗醇》卷二十二曰:"满腔迁谪之感,借商妇以发之,有同病相怜之意焉。比兴相纬,寄托遥深,其意微以显,其音哀以思,其辞丽以则。《十九首》云:'清商随风发,中曲正徘徊。一弹再三叹,慷慨有余哀。'及杜甫《观公孙大娘弟子舞剑器行》,与此篇同为千秋绝调,不必以古近前后分也。"

赋得古原草送别

离离原上草①,一岁一枯荣②。野火烧不尽,春风吹又生。远芳侵古道③,晴翠接荒城④。又送王孙去⑤,萋萋满别情⑥。

【题解】

此诗或作于贞元三年(787),为少年时试帖习作。律诗。《旧唐书·白居易传》:"年十五六时,袖文一编,投著作郎吴人顾况。况能文,而性浮薄,后进文章无可意者。览居易文,不觉迎门礼遇,曰:'吾谓斯文遂绝,复得吾子矣。'"唐张固《幽闲鼓吹》:"白尚书应举初至京,以诗谒顾著作。顾睹姓名,熟视白公曰:'米价方贵,居亦弗易。'乃披卷。首篇曰:'咸阳原上草,一岁一枯荣。野火烧不尽,春风吹又生。'即嗟赏曰:'道得个语,居即易矣。'因为之延誉,声名大振。"赋得,此指科举考试的试帖诗,因试题多摘取古人成句,故题前均有此二字。

【注释】

① 离离:茂盛繁密貌。
② 枯荣:枯萎和繁茂。
③ 远芳:指弥漫无际的芳草。
④ 晴翠:草原在阳光照耀下所映射出的碧绿色。荒城:凄清的城郭。
⑤ 王孙:对人的尊称。此指远行的友人。《史记·淮阴侯列传》:"吾哀王孙而进食,岂望报乎?"司马贞索隐引刘德曰:"秦末多失国,言王孙、公子,尊之也。"
⑥ 萋萋:草木茂盛貌。《楚辞·招隐士》:"王孙游兮不归,春草生兮萋萋。"

【评析】

上半写"古原草",三四承"枯荣"而来,气象警拔,寓生生不息之理,成天然偶对。下半写"送别",七八从《楚辞》成句中化出,萋萋芳草无边无际,以比离愁别绪,更见情意之浑朴深至。虽为试帖习作,而体物工细,上下圆合条贯,油然有余味。

大林寺桃花

人间四月芳菲尽①,山寺桃花始盛开。长恨春归无觅处②,

不知转入此中来③。

【题解】

元和十二年(817)四月作,在江州司马任。律诗。大林寺,在庐山西大林峰南,晋建。居易闲暇时尝结伴游庐山,作《游大林寺》文,曰:"余与河南元集虚……凡十七人,自遗爱草堂历东、西二林,抵化城,憩峰顶,登香炉峰,宿大林寺。大林穷远,人迹罕到。环寺多清流苍石,短松瘦竹。寺中唯板屋木器,其僧皆海东人。山高地深,时节绝晚。于时孟夏月,如正、二月天,梨桃始华,涧草犹短。人物风候,与平地聚落不同。初到,恍然若别造一世界者。因口号绝句云:'人间四月芳菲尽,山寺桃花始盛开。长恨春归无觅处,不知转入此中来。'既而,周览屋壁,见萧郎中存、魏郎中弘简、李补阙渤三人姓名诗句。因与集虚辈叹且曰:'此地实匡庐间第一境,由驿路至山门,曾无半日程。自萧、魏、李游,迨今垂二十年,寂寥无继来者。嗟呼!名利之诱人也如此。'时元和十二年四月九日,乐天序。"

【注释】

① 人间:民间。此指庐山下的平地聚落。芳菲:花草盛美。此指百花。

② 春归:春去,春尽。

③ 转(zhuǎn)入:转移至某范围之内。

【评析】

深山忽见桃花,拟作春光归处。运思极新妙,落笔亦有奇趣。

问刘十九

绿蚁新醅酒①,红泥小火垆②。晚来天欲雪③,能饮一杯无④?

【题解】

元和十二年(817)冬作,在江州司马任。律诗。刘十九,名不详,嵩阳处士。时在江州与居易常相往还。居易另有《刘十九同宿》诗云:"唯共嵩阳刘处士,围棋赌酒到天明。"

【注释】

① 绿蚁:新酿酒面上的绿色浮沫,细如蚁,故名。亦借指酒。醅(pēi)酒:未过滤去糟的酒。亦泛指酒。

② 垆:通"炉"。

③ 雪:下雪。

④ 无:用于句末,表示疑问。相当于"否"。

【评析】

先经营夜饮氛围,再发问相招,情味全出。看似从容随意,却别具一手眼。

种桃杏

无论海角与天涯①,大抵心安即是家②。路远谁能念乡曲?年深兼欲忘京华③。忠州且作三年计④,种杏栽桃拟待花⑤。

【题解】

元和十四年(819)春作,在忠州刺史任。律诗。

【注释】

① 无论句:意谓不管相隔多少遥远。海角,突出于海中的狭长形陆地。天涯,天边。均指极远的地方。亦形容彼此相隔遥远。今有成语"天涯海角"。

② 大抵:大都。表示总括一般情况。

③ 路远二句:意谓路程太远不能念及故乡,时间久长都要忘记京华了。谁能,犹怎能。以反问语气表示不能。乡曲,古代居民组织的基层单位,此代指家乡或故乡。年深,时间久长。兼,俱,都。

④ 忠州:唐山南东道忠州,治临江县(今重庆市忠县)。

⑤ 拟:打算,准备。

【评析】

七言六句,为律诗创体。赵翼曰:"前后单行,中间成对,此六句律正体也。"(《瓯北诗话》卷四)诗写千里外放,由江州而忠州,然俯仰不愧不怍,随遇而安,真可谓乐天之士。

后宫词

泪尽罗巾梦不成①,夜深前殿按歌声②。红颜未老恩先断,斜倚薰笼坐到明③。

【题解】

朱金城笺:"约作于长庆三年(823)以前。"(《白居易集笺校》卷十八)律诗。旧说以为王建作,编入其《宫词》中。南宋胡仔《苕溪渔隐丛话后集》卷十四曰:"予阅王建《宫词》,选其佳者,亦少得,只世所脍炙者数词而已。其间杂以他人之词,如……'泪满罗巾梦不成,夜深前殿按歌声。红颜未老恩先断,斜倚薰笼坐到明。'此白乐天诗也。"

【注释】

① 泪尽:一作"泪湿"。罗巾:丝制手巾。
② 前殿:宫廷正殿。按歌声:击节而歌。按,击打节拍。
③ 红颜二句:意谓容颜尚未衰老而恩宠却已断绝,只好倚靠着熏笼独自坐到天明。红颜,特指女子美丽的容颜。薰笼,覆罩在熏炉上的竹笼。可以用来熏烤衣被。

【评析】

代拟宫怨之词,语直致而情深婉。近人俞陛云曰:"作宫词者,多借物以寓悲。此诗独直书其事,四句皆倾怀而诉,而无穷幽怨,皆在'坐到明'三字之中。"(《诗境浅说续编·七言绝句》)

勤政楼西老柳

半朽临风树①,多情立马人②。开元一株柳,长庆二年春③。

【题解】

长庆二年(822)春作,在长安中书舍人任。律诗。朱金城《白居易年谱》:"时唐军十余万围王廷凑,久无功,居易上书论河北用兵事,皆不听。复以朋党倾轧,两河再乱,国是日荒,民生益困,乃求外任。"勤政楼,即勤政务本楼。在南内兴庆宫西南。开元八年(720)建,为玄宗听政处。参见第256页杜甫《丹青引》注释⑧。

【注释】

① 临风:迎风,当风。《楚辞·九歌·少司命》:"望美人兮未来,临风怳兮浩歌。"

② 立马:骑马停驻不走。

③ 开元二句:意谓柳树从开元到长庆,已历百余年。开元(713—741),唐玄宗年号。长庆(821—824),唐穆宗年号。

【评析】

"多情人"对"半朽树",百年陵谷沧桑,飒然在怀。造语极简括,而意味闳深。

暮江吟

一道残阳铺水中①,半江瑟瑟半江红②。可怜九月初三夜③,露似真珠月似弓④。

【题解】

长庆二年(822)秋作,沿汉水、长江赴杭州刺史任途中。律诗。朱金城《白居易年谱》:"七月,自中书舍人除杭州刺史。宣武军乱,汴河未通,乃取道襄汉赴任。途经江州,与李渤会,访庐山草堂。十月,至杭州。"

【注释】

① 残阳:夕阳。

② 瑟瑟:碧色宝石。此指碧绿色。

③ 可怜:可爱。

④ 真珠:即珍珠。月似弓:农历九月初三为蛾眉新月,一弯如弓。日落时犹在西天,入夜后沉下。

【评析】

残照铺水,露下月垂。写三秋江天暮景,清丽而静,朗润而远。

钱塘湖春行

孤山寺北贾亭西①,水面初平云脚低②。几处早莺争暖树③,谁家新燕啄春泥?乱花渐欲迷人眼,浅草才能没马蹄④。最爱湖东行不足⑤,绿杨阴里白沙堤⑥。

【题解】

长庆三年(823)春作,在杭州刺史任。律诗。钱塘湖,即西湖。在杭州城西。汉时称明圣湖,唐始称西湖。

【注释】

① 孤山寺:在西湖里湖与外湖之间的孤山上。南朝陈文帝天嘉初年(560)建,名"永福"。北宋改为"广化"。今不存。贾亭:一名贾公亭。唐贞元(785—805)中,杭州刺史贾全所建。唐末废。

② 云脚:雨前或雨后低垂的云。

③ 早莺:初春的黄鹂鸟。暖树:向阳的树枝。

④ 才能:刚刚能够。没(mò):遮没,掩盖。

⑤ 行不足:游赏不尽。

⑥ 白沙堤：即白堤。又称"沙堤""断桥堤"。白堤横亘湖上,把西湖划分为外湖和里湖,并将孤山和北山连接在一起,东起断桥,经锦带桥而止于平湖秋月。白堤唐以前已有,后人误为白居易所建。其实白氏所筑之堤在钱塘门外自石涵桥北至武林门外一段,称为"白公堤",如今已无迹可寻。

【评析】

自孤山沿白堤而上,一路春光,次第道来,句句切题。中二联写莺燕花草,最是鲜丽活泼,不止意匠自出,巧夺化工,犹可见游春者爱心荡漾,一片天真烂漫。末以"行不足"三字收束,正含不尽余情。

西湖晚归回望孤山寺赠诸客

柳湖松岛莲花寺①,晚动归桡出道场②。卢橘子低山雨重,栟榈叶战水风凉③。烟波澹荡摇空碧④,楼殿参差倚夕阳⑤。到岸请君回首望,蓬莱宫在海中央⑥。

【题解】

长庆三年(823)夏作,在杭州刺史任。律诗。孤山寺,参见第427页《钱塘湖春行》注释①。

【注释】

① 柳湖：此指西湖。因西湖畔多植柳树,故称。松岛：此指孤山。莲花寺：即孤山寺。

② 归桡(ráo)：犹归舟。桡,船桨。代指小船。道场：僧人或道士诵经做法事的场所。

③ 卢橘二句：意谓枇杷果经山雨浇淋后显得沉重而低垂;棕榈叶在清凉湖风吹拂下颤动又摇曳。卢橘,枇杷。栟榈(bīnglú)，棕榈。战,颤动,摇晃。水风,含水汽的风。

④ 澹荡：荡漾。空碧：指澄碧的水色。

⑤ 参差(cēncī):高低不齐貌。
⑥ 蓬莱宫:传说中海上神宫。此借指孤山寺。

【评析】

一二"晚归",七八"回望",首尾遥相应和,实起虚收。中间四句,写途中远近风景,下字工妙,动意十足,读之如身历其境然。

除苏州刺史别洛城东花

乱雪千花落①,新丝两鬓生②。老除吴郡守③,春别洛阳城。江上今重去④,城东更一行。别花何用伴,劝酒有残莺⑤。

【题解】

宝历元年(825)暮春作,将别洛阳。律诗。长庆四年(824)五月,除太子左庶子分司东都,去杭赴洛阳。朱金城《白居易年谱》:"(宝历元年)春葺新居,王起为宅内造桥。三月四日,除苏州刺史。二十九日,发东都,过汴州,与令狐楚相会。渡淮水,经常州,五月五日,到苏州任。"

【注释】

① 乱雪:喻落花。
② 新丝:喻新生的白发。
③ 吴郡守:即苏州刺史。东汉置吴郡,隋、唐改苏州。天宝元年(742)改为吴郡,乾元元年(758)复为苏州。
④ 江上句:指第二次走长江水路赴任。第一次为长庆二年(822)赴杭州刺史任,亦沿江而下。参见第426页《暮江吟》题解。
⑤ 残莺:指晚春莺啼。

【评析】

花落年衰时再赴江南,为惜别伤感之词,尽无可奈何之情。末二句写无伴别花、残莺劝酒,尤见其孤怀高气。

宴散

小宴追凉散,平桥步月回①。笙歌归院落,灯火下楼台②。残暑蝉催尽③,新秋雁带来。将何迎睡兴④,临卧举残杯⑤。

【题解】

大和五年(831)初秋作,在洛阳河南尹任。律诗。

【注释】

① 小宴二句:意谓小宴随着凉夜来临散了,我从平桥踏着月光回家。小宴,小型宴会。平桥,没有弧度的桥。

② 笙歌二句:意谓庭院里的乐歌停止了,楼台上的灯火熄灭了。笙歌,泛指奏乐歌唱。

③ 残暑:残余的暑气。

④ 将:拿。睡兴(xìng):犹睡意。

⑤ 残杯:饮剩的酒。

【评析】

言词清雅,境界疏朗,有闲逸之趣。宋人晏殊拈出颔联,以为"善言富贵"(欧阳修《归田录》卷二引)。

九年十一月二十一日感事而作

祸福茫茫不可期①,大都早退似先知②。当君白首同归日,是我青山独往时③。顾索素琴应不暇,忆牵黄犬定难追④。麒麟作脯龙为醢,何似泥中曳尾龟⑤?

【题解】

题下原注:"其日独游香山寺。"大和九年(835)冬作,在洛阳为太子少傅分司。律诗。是时,宦官专擅朝政,文宗不能禁。十一月二十一日,翰林侍讲学士、宰相李训得文宗授意,与凤翔节度使郑注等,密谋内应外合,以左金吾卫仗院石榴树上夜降甘露为名,诱使宦官神策军中尉仇士良等往观,辄加诛杀。因所伏甲兵暴露,仇士良逃回殿上,劫持文宗入宫,遣禁军捕杀李训、舒元舆、王涯、贾𫗧等,郑注也被监军宦官所杀,株连者千余人,朝列几空。史称"甘露之变"。故此诗并非作于事发当日,而是居易在洛阳听闻凶讯后所作。

【注释】

① 期:预知,料想。

② 大都:泛指大都邑。此指京都长安。早退:提前隐退。

③ 当君二句:意谓当我的故交赴死之日,正是我独游香山之时。白首同归,用西晋潘岳与石崇事。潘岳《金谷集作诗》曰:"春荣谁不慕,岁寒良独希;投分寄石友,白首同所归。"原指二人友谊坚贞,至老不变。后潘岳遇祸,与石崇共赴刑场,潘谓石曰:"可谓白首同所归。"时人以为潘诗适成其谶(见《世说新语·仇隙》)。此处借指李训、舒元舆、王涯、贾𫗧等老臣同时赴死。青山,指香山。在洛阳城南龙门山之东。居易晚年筑石楼于此,自号香山居士。

④ 顾索二句:意谓他们来不及像嵇康那样临刑抚琴,是否会想起李斯不得牵黄犬之悔。顾索素琴,《晋书·嵇康传》:"康将刑东市,太学生三千人请以为师,弗许。康顾视日影,索琴弹之,曰:'昔袁孝尼尝从吾学《广陵散》,吾每靳固之,《广陵散》于今绝矣!'时年四十,海内之士莫不痛之。"牵黄犬,《史记·李斯列传》:"二世二年七月,具斯五刑,论腰斩咸阳市。斯出狱,与其中子俱执,顾谓其中子曰:'吾欲与若复牵黄犬,俱出上蔡东门逐狡兔,岂可得乎!'遂父子相哭,而夷三族。"后以"牵黄犬"喻指过着悠闲自得的日子。参见第58页李白《古风》其十八注释⑭。此用二人临刑之事,以痛惜故旧突遭杀身之祸。

⑤ 麒麟二句:意谓追求高位厚禄的优裕生活,还不如甘于贫贱而得以保全。脯(fǔ),干肉片。醢(hǎi),肉酱。麒麟脯、龙醢,指珍馔佳肴,喻高位厚禄。曳尾龟,曳尾于泥涂中的龟。喻贫贱隐居生活。《庄子·秋水》:"庄子钓于濮水。楚王使大夫二人往先焉,曰:'愿以境内累矣!'庄子持竿不顾,曰:'吾闻楚有神龟,死已三千岁矣,王巾笥而藏之庙堂

之上。此龟者,宁其死为留骨而贵乎? 宁其生而曳尾于涂中乎?'二大夫曰:'宁生而曳尾涂中。'庄子曰:'往矣! 吾将曳尾于涂中。'"

【评析】

闻甘露之祸而兴感,有自身见机早退之幸,亦多朝臣白首同归之悲。情思错综浩荡,全以使事用典出之,但可意会而不能尽言。

与梦得沽酒闲饮且约后期

少时犹不忧生计①,老后谁能惜酒钱? 共把十千沽一斗②,相看七十欠三年③。闲征雅令穷经史,醉听清吟胜管弦④。更待菊黄家酝熟⑤,共君一醉一陶然⑥。

【题解】

开成三年(838)作,在洛阳。律诗。刘禹锡,字梦得,洛阳人,自言系出中山(治今河北省定州市)。贞元九年(793)进士。尝入杜佑幕府,迁监察御史。参与"永贞革新",失败后,屡遭贬谪。开成初,为太子宾客分司东都,与白居易同在洛阳。二人为至交,唱和颇多,世称"刘白"。居易时有《醉吟先生传》文曰:"家虽贫,不至寒馁;年虽老,未及耄。性嗜酒,耽琴淫诗,凡酒徒、琴侣、诗客多与之游。游之外,栖心释氏,通学小中大乘法。与嵩山僧如满为空门友,平泉客韦楚为山水友,彭城刘梦得为诗友,安定皇甫朗之为酒友。每一相见,欣然忘归。"约后期,约定后会之期。

【注释】

① 生计:指生活或维持生活的方法。

② 共把句:意谓争相解囊买酒。十千沽一斗(dǒu),万钱买一斗酒。极言酒美价高。斗,量词,用于量酒。

③ 七十欠三年:六十七岁。白居易与刘禹锡同岁,此时皆"七十欠三年"。

④ 闲征二句:意谓闲来为征求酒令而穷究经史典籍,醉酒时聆听吟诗更胜过欣赏乐音。雅令,高雅的酒令。宴席上一种侑酒助兴的游戏。举一人为令官,出一句诗文,依令饮酒,违者罚。明焦竑《焦氏笔乘续集》卷四《觯政》:"魏文侯与诸大夫饮,使公乘不仁为觯政,殆即今之酒令耳。唐时文士,或以经史为令,如退之诗'令征前事为',乐天诗'闲征雅令穷经史'是也。或以呼卢为令,乐天诗'醉翻衫袖抛小令,笑掷骰盆呼大采'是也。"清吟,清雅地吟诵。

⑤ 家酝熟:指家中自酿的酒已成。

⑥ 陶然:醉乐貌。东晋陶渊明《时运》诗:"挥兹一觞,陶然自乐。"

【评析】

解囊沽酒,豪酌雅吟,似说尽平生快意。然陶然一醉中,又暗含萧飒况味,老怀多感,悲欢何以排遣,惟借杯酒对知己吐之。通首一气承接,笔意融畅,自不失其当行本色。

杨柳枝词

一树春风千万枝,嫩如金色软于丝①。永丰西角荒园里②,尽日无人属阿谁③?

【题解】

会昌五年(845)作,时已以刑部尚书致仕,在洛阳。律诗。杨柳枝,唐乐府新题。本为汉乐府横吹曲辞《折杨柳》,至唐易其名,开元时已入教坊曲。白居易依旧曲作《杨柳枝词八首》,翻为新声,时辈相继唱和,均以此曲咏柳抒怀。七言四句,与《竹枝词》相类。此首《杨柳枝词》诗成,时河南尹卢贞作有和诗并序,序曰:"永丰坊西南角园中,有垂柳一株,柔条极茂。白尚书曾赋诗,传入乐府,遍流京都。近有诏旨,取两枝植于禁苑。乃知一顾增十倍之价,非虚言也。"(谢思炜校注本以此序为题,今从诸本为《杨柳枝词》)其后,居易又作有《诏取永丰柳植禁苑感赋》诗。一说,《杨柳枝词》乃为其家妓小蛮而作。唐孟棨《本事诗·事感》:"白尚书姬人樊素善歌,妓人小蛮善舞,尝为诗曰:'樱桃樊素口,杨柳小蛮腰。'年既高迈,而小蛮方丰艳,因为《杨柳枝词》以托意,曰:'一树春风万万枝,嫩于金色软于丝。永丰坊里东南角,尽日无人属阿谁?'及宣宗朝,国乐唱是词,上问谁词,永丰在何处,左右具以对之。遂因东使命取永丰柳两枝,植于禁中。白感上知其名,且好尚风雅,又为诗一章,其末句云:'定知此后天文里,柳宿光中添两枝。'"此说或好事者为之,犹未足信,且宣宗时居易已卒。

【注释】

① 一树二句:写春风中柳树的翩跹姿态。千万,一作"万万"。形容枝条茂密。金色,此指枝条上嫩黄的新芽。

② 永丰:唐东都洛阳坊名。在外城东南,南出长夏门(南面三门之南东门)。清徐松《唐两京城坊考》卷五:"长夏门之东第一街,从南第一曰仁和坊,次北正俗坊,次北永丰坊。"

③ 尽日:犹终日,整天。阿(ā)谁:疑问代词。谁,何人。

【评析】

前半写春风杨柳之姿,无限妖娆;后半托物寄意,感叹美质不得其所,旨趣远大。乐天律绝小诗,常常语简而情韵丰足,读之不觉其短,是其诗格高妙处。

李商隐

李商隐(约813—约858),字义山,号玉谿生、樊南生。其先怀州河内(今河南省焦作市沁阳市)人,后迁居郑州荥阳(今河南省郑州市荥阳市)。幼随父赴浙江幕府,九岁丧父,归郑州从堂叔读书。十六岁时,以古文为士大夫所知。大和三年(829),入天平军节度使令狐楚幕府为巡官。楚爱其才,命在门下与其子绹同学,亲授今体文(四六)。开成二年(837),登进士第。未几,入泾原节度使王茂元幕,并娶其女,亦因此为令狐绹等所忌恨,谓其"背恩"。此后仕途蹭蹬,身陷牛李党争而屡遭排抑,只担任过秘书郎、县尉和幕府判官等低职,落魄潦倒一生。病卒于荥阳,年仅四十六。

李商隐沉沦失意的身世经历,使其诗作有反映现实、抨击黑暗的一面,而且能突破儒家政治伦理的束缚,注重于内心情绪的表达,直抒胸臆。其政治诗、咏史诗,便对藩镇割据、宦官专政、时政弊端多所讥讽和批判,展示了当时社会衰败、民不聊生的真实状况。其无题诗,包括以篇首数字为题而实属无题的诗,是李商隐最具特色的作品。此类诗非一时一地而作,内容取材广泛,兴寄或隐或显,将个人政治、生活中种种情感体验,如希望与压抑、执着与迷惘、欢娱与感伤等,以含蓄深婉、朦胧瑰丽的形式表现出来,具有强烈的感染力。其艺术才能较为全面,尤擅律、绝,字字锻炼,格律工整,使事繁巧,于杜诗多有取法。然李商隐部分诗作,亦存在堆砌典故、词旨隐晦之病。南宋胡仔《苕溪渔隐丛话前集》卷二十二引《蔡宽夫诗话》云:"王荆公晚年亦喜称义山诗,以为唐人知学老杜而得其藩篱,惟义山一人而已。每诵其'雪岭未归天外使,松州犹驻殿前军','永忆江湖归白发,欲回天地入扁舟',与'池光不受月,暮气欲沉山','江海三年客,乾坤百战场'之类,虽老杜亡以过也。义山诗合处信有过人,若其用事深僻,语工而意不及,自是其短。世人反以为奇而效之,故昆体之弊适重其失,义山本不至是云。"总体而言,李商隐诗继盛唐、中唐之后,于情感体验、意境营造、语言表达上,实有开拓之功,足可称为晚唐之大家。

有《李义山诗集》。文集已佚,后人辑有《李义山文集笺注》《樊南文集详注》《樊南文集补编》等。选诗据清冯浩《玉谿生诗集笺注》(上海古籍出版社1979年版)。

无题

　　八岁偷照镜,长眉已能画①。十岁去踏青②,芙蓉作裙衩③。十二学弹筝④,银甲不曾卸⑤。十四藏六亲⑥,悬知犹未嫁⑦。十五泣春风,背面秋千下⑧。

【题解】

　　此诗当为早期之作。冯浩《玉谿生年谱》编在大和二年(828),商隐十六岁。明年,即赴天平军节度使(驻郓州,今山东省泰安市东平县西北)令狐楚幕。而《玉谿生诗集笺注》又云:"初应举时作也,酌编于此。"自相矛盾,非是。商隐初次应举在大和八年,不中,时年二十二。

【注释】

　　① 八岁二句:谓小女孩八岁就懂得爱美。"偷"字摹得羞涩之状真。长眉,纤长的眉毛。

　　② 踏青:清明时节郊游。旧时亦称清明节为踏青节。

　　③ 芙蓉句:意谓欲以芙蓉为裳。此喻形美而志洁。《楚辞·离骚》:"制芰荷以为衣兮,集芙蓉以为裳。"芙蓉,荷花。裙衩(chà),下裳。

　　④ 筝:拨弦乐器。形似瑟。相传为秦时蒙恬所造。古筝弦数历代由五弦增至十二、十三、十六弦。

　　⑤ 银甲:套在手指上用于弹拨乐器的银制爪甲。

　　⑥ 藏六亲:指藏于深闺,回避亲属。六亲,历来说法不一,可泛指血统、婚姻关系最近的亲戚。

　　⑦ 悬知:料想,预知。此句谓已到待嫁的年龄,父母却未许嫁。

　　⑧ 背面句:意谓无心嬉戏,常背对秋千暗自神伤。秋千,民间传统游戏。在木架或铁架上悬挂两绳,下拴横板。人在板上或立或坐,双手握绳,推引而摆动。相传为春秋齐桓公从北方山戎引入。一说源自汉武帝宫中,本作"千秋",取"千秋万岁"之义,后倒读为"秋千"。见北宋高承《事物纪原》卷八。

【评析】

写少女才情美质,语清朗而有思致。结含青春虚度之悲,韵味无穷,深得古乐府神髓。商隐《上崔华州书》云:"五年读经书,七年弄笔砚。"(《李义山文集笺注》卷十)《樊南甲集序》又云:"樊南生十六能著《才论》《圣论》,以古文出诸公间。"(同上卷九)合而参之,诗中兴寄隐然可见:少负异禀,渴求为世所用,因自托早慧女而歌以咏志。

宿骆氏亭寄怀崔雍崔衮

竹坞无尘水槛清①,相思迢递隔重城②。秋阴不散霜飞晚,留得枯荷听雨声③。

【题解】

冯浩《玉谿生年谱》编在大和九年(835)秋。七年,令狐楚入为吏部尚书,商隐转投华州(今陕西省渭南市华州区)刺史崔戎幕。八年春,商隐应试不第,时崔戎改兖海观察使(驻兖州,今山东省济宁市兖州区),商隐从之,自华至兖。六月,崔戎卒,商隐离兖。此后一年,商隐往来京师,诗当作于此际。然张采田《玉谿生年谱会笺》卷四则列之于不编年诗,曰:"此首未定何年也。"骆氏亭,在长安东南蓝溪,贞元年间(785—805)为骆山人所构。白居易有《过骆山人野居小池》诗,自注:"骆生弃官居此二十余年。"崔雍、崔衮,为崔戎二子,与商隐友善。

【注释】

① 竹坞(wù):竹舍,竹楼。水槛:临水亭阁的栏杆。

② 迢递:指思虑悠远。重城:古代城市的外城与内城。此指崔氏兄弟所在的长安。

③ 秋阴二句:意谓秋日阴霾酝酿雨意,霜也下得迟了;留得满池枯荷,不眠之夜好听雨声。含蓄表达寂寥与怀友情意。

【评析】

思念之情,寄怀之意,全由景语烘衬,深曲而不着剪刻痕。纪昀评曰:"分明自己无聊,却就枯荷雨声渲出,极有余味。若说破雨夜不眠,转尽于言下矣。'秋阴不散'起'雨声','霜飞晚'起'留得枯荷',此是小处,然亦见得不苟。"(《玉谿生诗说》卷上)

西南行却寄相送者

百里阴云覆雪泥①,行人只在雪云西②。明朝惊破还乡梦,定是陈仓碧野鸡③。

【题解】

冯浩、张采田均编在开成二年(837)。上年四月,令狐楚出为山南西道节度使,驻兴元(今陕西省汉中市)。二年春,商隐因令狐绹荐誉,登进士第。冬初,赴兴元代楚草《遗表》,途中作此以赠友人。兴元在长安西南,故曰"西南行"。却寄,回寄,回赠。时楚重病于镇,十一月卒。

【注释】

① 雪泥:雪后泥泞之路。

② 行人:指远行的人。此句谓只与友人"雪云"相隔,有依恋不舍之意。

③ 陈仓碧野鸡:即"陈宝"。古代传说中的鸡鸣神。《汉书·郊祀志上》:"(秦)文公获若石云,于陈仓北坂城祠之。其神或岁不至,或岁数。来也常以夜,光辉若流星,从东方来,集于祠城,若雄雉,其声殷殷云,野鸡夜鸣。以一牢祠之,名曰陈宝。"《水经注·渭水一》:"(陈仓)县有陈仓山,山上有陈宝鸡鸣祠。昔秦文公感伯阳之言,游猎于陈仓,遇之于此坂,得若石焉,其色如肝,归而宝祠之,故曰陈宝。其来也,自东南晖晖声若雷,野鸡皆鸣,故曰鸡鸣神也。"陈仓,古县名。唐至德时改为凤翔府宝鸡县(今陕西省宝鸡市陈仓区)。由长安赴兴元,因褒斜古道湮圮,须走陈仓道。此两句设想明晨身在陈仓,惊破还乡梦的一定是宝鸡

神,借以表达思乡怀友之情。

【评析】

义山七绝,每巧于运思,下笔颇能造奇出新。"行人只在雪云西",不说相去遥远,而言只隔片云,怀思随行常伴,绰有风调。后半想象陈宝惊梦,合典故与事实,牵动离情,意味深厚,亦是义山擅场。

安定城楼

迢递高城百尺楼①,绿杨枝外尽汀洲②。贾生年少虚垂涕③,王粲春来更远游④。永忆江湖归白发,欲回天地入扁舟⑤。不知腐鼠成滋味,猜意鹓雏竟未休⑥。

【题解】

冯浩、张采田均编在开成三年(838)。是年春,令狐楚病卒未久,商隐即为泾原节度使王茂元所辟,赴其幕,并娶其女。王氏时属李党,与令狐氏等牛党有门户之争,商隐遽依之,难免有"诡薄无行"之讥,故令狐绚恶其"背恩"。婚后,商隐试博学宏词科,取而被抹,恐亦是牛党势力所阻。商隐落选即返泾原幕,在泾州治所安定(今甘肃省平凉市泾川县北),登城楼作此抒怀。

【注释】

① 迢递:高峻貌。

② 汀洲:水中小洲。

③ 贾生:指贾谊。河南洛阳(今河南省洛阳市东)人。西汉政论家、文学家。少博学,文帝初召为博士,不久迁太中大夫。为大臣排挤,贬为长沙王太傅。后又召入京,任为梁怀王太傅。多次上疏,批评时政。据《汉书·贾谊传》:"谊数上疏陈政事,多所欲匡建。其大略曰:'臣窃惟事势,可为痛哭者一,可为流涕者二,可为长太息者六。若其它背理而伤道者,难遍以疏举。'"此句即用其事,谓自己空怀才略,而不受重

视,故云"虚垂涕"。

④ 王粲:东汉末建安七子之一。参见第250页杜甫《将赴荆南寄别李剑州》注释⑦。尝避乱离长安,南下依荆州牧刘表,然不为所用,作《登楼赋》。此句借以写自己客居泾幕、无所施展之忧。

⑤ 永忆二句:意谓向来就有乘扁舟归隐江湖的心愿,但希望是在建立回天转地的事功之后。冯浩笺注:"言扁舟江湖,必须待旋乾转坤、功成白发之时。时方年少,正宜为世用,而预期及此者,见志愿之深远也。解固如斯,要在味其神韵。何曰:'此二句亦是王荆公一生心事,故酷爱之。'"其意境与杜甫"路经滟滪双蓬鬓,天入沧浪一钓舟"(《将赴荆南寄别李剑州》)一联,有异曲同工之妙。

⑥ 不知二句:据《庄子·秋水》,"惠子相梁,庄子往见之。或谓惠子曰:'庄子来,欲代子相。'于是惠子恐,搜于国中三日三夜。庄子往见之,曰:'南方有鸟,其名为鹓雏,子知之乎?夫鹓雏发于南海而飞于北海,非梧桐不止,非练实不食,非醴泉不饮。于是鸱得腐鼠,鹓雏过之,仰而视之曰:"吓!"今子欲以子之梁国而吓我邪?'"商隐借用此典,意谓我志存高远,岂醉心于区区名利,不料却被贪恋利禄的小人猜忌不休。腐鼠,腐烂的死鼠,喻遭人鄙弃的贱物。鹓雏,传说中与鸾凤同类的鸟,喻高洁之士。

【评析】

登高望远,倾吐失意之怀。感叹才比贾生、王粲,又身世遭逢相类,千古同声一哭。五六"江湖""扁舟"之思,自所望"绿杨""汀洲"而兴,后人激赏之,以为大有杜意。许印芳曰:"言己长念江湖不忘,而归必在白发之时,所以然者,为欲挽回天地也;天地既回,而后可入扁舟,归江湖耳。句中层折,暗转暗递,出语浑沦,不露筋骨,此真少陵嫡派。"(李庆甲《瀛奎律髓汇评》卷三十九引)末借庄子寓言,刺朋党排挤猜忌,语多愤怨。然亦有论者谓此"用事秒杂,与前不相称"(方东树《昭昧詹言》卷十九)。

戏赠张书记

别馆君孤枕①,空庭我闭关②。池光不受月,野气欲沉山③。星汉秋方会,关河梦几还④?危弦伤远道,明镜惜红颜⑤。古木含风久,平芜尽日闲⑥。心知两愁绝,不断若寻环⑦。

【题解】

冯浩编在开成三年(838)。张书记,冯氏疑即朔方节度书记张五审礼,亦王茂元之婿。笺注:"此盖张与其妇相离,故戏赠之。"张采田则以此诗作于开成四年,商隐任弘农尉时。《玉谿生年谱会笺》卷二:"此或张于役宏农,与义山相见,其妇尚居岐下,故以思家戏之也。诗意牢落,必调尉时作。"弘农,县名,唐虢州治所(今河南省三门峡市灵宝市)。商隐释褐为秘书省校书郎(正九品上阶),调补弘农尉。张审礼家凤翔(今陕西省宝鸡市凤翔区),古称岐下。

【注释】

① 别馆:客馆,旅店。此指张客居他乡。

② 闭关:闭门,断绝往来。此指妇独守空闺。

③ 池光二句:写幽寂之景。池水波光潋滟,不能倒映月影;野外暮霭沉沉,似欲遮蔽群山。

④ 星汉二句:意谓牛郎、织女只能七夕相会于银汉,你远隔关河之外有多少次梦里还家?

⑤ 危弦二句:意谓弹曲急促是因感伤你的远别,对照明镜叹惜自己红颜易衰。危弦,急弦。红颜,女子美丽的容颜。

⑥ 古木二句:写疏旷之景。古木孤立微风之中,平野终日一片寂然。

⑦ 寻环:循环,往复回旋。指夫妻间相思之情往复不断。

【评析】

本写张书记思念家室,却全以妇人声口道出,故着一"戏"字于题中。诗言两地相思愁情,而间以寂寥凄清之景,景因情现,情由景生,倍增其循环往复之势。词意亦轻婉,正是晚唐韵致。

无题

昨夜星辰昨夜风,画楼西畔桂堂东①。身无彩凤双飞翼,心有灵犀一点通②。隔座送钩春酒暖,分曹射覆蜡灯红③。嗟余听鼓应官去④,走马兰台类转蓬⑤。

【题解】

此诗为二首其一。冯浩编在开成四年(839),在秘书省校书郎任上作。张采田编在会昌二年(842)。开成五年,王茂元自泾原入为朝官,商隐亦辞弘农尉任,南游江乡(湖湘一带)。会昌元年,茂元出为忠武军节度、陈许观察使(驻许州,今河南省许昌市),商隐自江乡返京。明年,为茂元所辟。《玉谿生年谱会笺》卷二:"(会昌二年壬戌)义山居陈许幕,辟掌书记。又以书判拔萃,授秘书省正字(正九品下阶),旋居母丧。"今人刘学锴、余恕诚《李商隐年表》则编在会昌六年春,商隐守丧期满,入京重官秘阁正字后作,是。

【注释】

① 画楼:一作"画堂"。雕饰华丽的楼房。桂堂:桂木所造厅堂。亦泛指华美的堂屋。

② 身无二句:意谓两人身份地位虽有不同,但彼此欣慕,情意相通。彩凤,凤凰。灵犀,即犀牛角。旧说犀角中心有髓质白纹可通两头,感应灵敏,故以"一点灵犀"喻心心相印。

③ 隔座二句:写宴饮嬉戏场景,渲染欢乐气氛。送钩,又称"藏钩",古代一种游戏。分为两队,一钩藏在数手中,以猜知所在较胜负。分曹,分对,犹两两。射覆,古代猜物游戏。藏物于覆器之下,令人猜之。

④ 听鼓:古代官府卯刻击鼓,入值;午刻再鼓,下值。因称官吏赴衙值班为"听鼓"。应(yìng)官:犹应卯。官吏清晨卯时到衙听候点名

入值。

⑤ 兰台:汉代宫中收藏典籍处。唐指秘书省。高宗时改秘书省为兰台,武周时又改为麟台,中宗时复称秘书省。转(zhuǎn)蓬:随风飘转的蓬草。

【评析】

首二凌虚而来,映带三四风怀,此身不能如"彩凤"比翼双飞,两心却有"灵犀"息息相通。五六承之,隔座分曹嬉戏,酒暖灯红,欢情融融。前六句写尽"昨夜"宴游之乐,温润而流丽,铺衬出拂晓应官走马之叹,比于"转蓬"作收。余意饱含失落与怅恨,挥之不去。

咏史

历览前贤国与家,成由勤俭破由奢①。何须琥珀方为枕,岂得真珠始是车②?运去不逢青海马,力穷难拔蜀山蛇③。几人曾预南薰曲④?终古苍梧哭翠华⑤。

【题解】

冯浩、张采田均编在开成五年(840)。是年正月,文宗病重。宦官仇士良、鱼弘志矫诏拥立颖王李瀍(后改名炎)为皇太弟,太子李成美复为陈王。文宗崩,仇士良说皇太弟杀杨贤妃、陈王成美、安王溶,遂即位。诗当作于此际,题作"咏史",实为伤悼文宗。

【注释】

① 历览二句:意谓纵观历代君主治国之道,往往以勤俭而成功,以奢侈而破败。《韩非子·十过》:"昔者,戎王使由余聘于秦。穆公问之曰:'寡人尝闻道而未得目见之也,愿闻古之明主,得国失国何常以?'由余对曰:'臣尝得闻之矣,常以俭得之,以奢失之。'"

② 何须二句:意谓明主当以贤臣良将为宝,何必用琥珀作枕、珍珠照车?言外指文宗勤俭治国,亦重贤良,然竟不成功,引出下联。琥珀,

古代松柏树脂的化石,有淡黄、褐或红褐诸色。可制成珍贵的工艺品。琥珀枕,以琥珀作枕。《资治通鉴》卷一百一十七《晋纪三十九·安皇帝壬》:"宁州献琥珀枕于太尉(刘)裕。裕以琥珀治金创,得之大喜,命碎捣分赐北征将士。"真珠,即珍珠。真珠车,用战国魏王(亦称梁王或梁惠王)向齐威王夸耀"照车之珠"事。《史记·田敬仲完世家》:"(威王)二十四年,与魏王会田于郊。魏王问曰:'王亦有宝乎?'威王曰:'无有。'梁王曰:'若寡人国小也,尚有径寸之珠,照车前后各十二乘者十枚,奈何以万乘之国而无宝乎?'威王曰:'寡人之所以为宝与王异。吾臣有檀子者,使守南城,则楚人不敢为寇东取,泗上十二诸侯皆来朝。吾臣有盼子者,使守高唐,则赵人不敢东渔于河。吾吏有黔夫者,使守徐州,则燕人祭北门,赵人祭西门,徙而从者七千余家。吾臣有种首者,使备盗贼,则道不拾遗。将以照千里,岂特十二乘哉!'梁惠王惭,不怿而去。"

③ 运去二句:意谓文宗当衰败之世,无辅佐良才可任,亦无力铲除邪恶势力。《资治通鉴》卷二百四十六《唐纪六十二·文宗下》:"(开成四年十一月乙亥)上疾少间,坐思政殿,召当直学士周墀,赐之酒,因问曰:'朕可方前代何主?'对曰:'陛下尧、舜之主也。'上曰:'朕岂敢比尧、舜!所以问卿者,何如周赧、汉献耳。'墀惊曰:'彼亡国之主,岂可比圣德!'上曰:'赧、献受制于强诸侯,今朕受制于家奴。以此言之,朕殆不如。'因泣下沾襟,墀伏地流涕,自是不复视朝。"运,世运,国运。青海马,亦称"青海骢"。青海所出骏马,号为龙种,能日行千里。此喻可担大任之人才。蜀山蛇,用传说战国时蜀王遣五丁迎秦五女,曳蛇而致山崩之事。参见第67页李白《蜀道难》注释⑥。张采田《玉谿生年谱会笺》卷二:"青海马,惜驾驭者无英雄;蜀山蛇,恨盘结者增气焰。"

④ 预:预闻。谓参与其事并得知内情。南薰:指《南风》歌。相传为虞舜所作。《孔子家语·辩乐解》:"昔者,舜弹五弦之琴,造《南风》之诗。其诗曰:'南风之薰兮,可以解吾民之愠兮;南风之时兮,可以阜吾民之财兮。'"此句以舜比文宗,言其有求治之心愿,却少有人知晓。

⑤ 终古:久远。苍梧:即九嶷山。相传为舜之葬所。参见第63页李白《远别离》注释⑩。此处借指文宗所葬之章陵(在今陕西省渭南市

富平县西北天乳山南麓)。翠华:天子仪仗中以翠羽为饰的旗帜或车盖。代指文宗。

【评析】

"成俭败奢",为历来经国之长规。唐文宗在藩时,便深知父兄两朝之弊,及登位,去奢从俭,思用贤辅,不可谓不勤政求治。然事与愿违,两谋除宦失利,反"受制于家奴",以至自比周、汉之末帝,抑郁而终,真可痛惜。此诗即感于此,叹惋文宗困败无成,归因于王道"运去""力穷",语意悲凉迷惘,隐然有狂澜既倒之伤。

哭刘司户蕡

路有论冤谪①,言皆在中兴②。空闻迁贾谊,不待相孙弘③。江阔惟回首,天高但抚膺④。去年相送地,春雪满黄陵⑤。

【题解】

冯浩、张采田均编在会昌二年(842)。刘蕡,字去华,幽州昌平(今北京市昌平区西南)人。宝历二年(826)进士擢第。博学善属文,尤精《左氏春秋》,好言古兴亡事。为人耿介嫉恶,慨然有澄清之志。大和二年(828),策试贤良方正,秉笔直书,切论宦官乱政,危及社稷。考官不敢录取,朝野喧然不平。后令狐楚镇兴元、牛僧孺镇襄阳,辟蕡为幕府,授秘书郎,以师友待之。然终因宦官诬害,贬为柳州(今广西壮族自治区柳州市)司户参军,卒。会昌元年春,商隐南游江乡时,在潭州(治今湖南省长沙市)与蕡相晤,作有《赠刘司户蕡》诗。明年,闻其卒,又连作《哭刘蕡》《哭刘司户二首》《哭刘司户蕡》诸首。冯浩笺注:"义山重叠致哀,细味之,实一时所作,或有代人之作而并存者。"

【注释】

① 论:议论。此句谓道路上的行人都在议论刘蕡冤枉被贬谪。

② 言皆句:意谓刘蕡所发表的言论都是为了唐王朝的振兴。中兴,

转衰为盛,再度振兴。

③ 空闻二句:意谓空自听说贾谊远谪还能再召入京,已等不到公孙弘被免而重受征用。指刘蕡被贬柳州却客死异乡,命运不及西汉贾谊、公孙弘。贾谊受排挤,贬长沙王太傅,三年后复召入京为梁怀王太傅。参见第440页《安定城楼》注释③。公孙弘,齐菑川国(治今山东省潍坊市寿光市纪台镇)人。汉武帝初即位,举贤良文学之士,弘年六十,征以贤良为博士。出使匈奴,还报不合上意,被免职归。十年后,再征贤良文学,对策第一,累官丞相,封平津侯。刘蕡亦曾应试贤良方正科,因以公孙弘为喻。

④ 江阔二句:意谓江天相隔阔远,不能前往哭吊,惟有回首抚胸以示哀悼。抚膺,抚摩或搥拍胸口,表示惋惜、哀叹、悲愤等。

⑤ 黄陵:山名。当湘水入洞庭湖处。传说舜二妃娥皇、女英在其上,有黄陵亭、黄陵庙。会昌元年春,商隐自江乡返京,在此与刘蕡分别。

【评析】

刘蕡言"中兴"而遭"冤谪",借道路之口而起,倍觉气有不平。三四用事精切警动,痛惜之情沉重无比。后半宕开笔意,摹写江天遥祭,追怀雪中相送,融伤悼于空凄境象之中,含蕴无尽。

寄令狐郎中

嵩云秦树久离居①,双鲤迢迢一纸书②。休问梁园旧宾客③,茂陵秋雨病相如④。

【题解】

张采田编在会昌五年(845)。《玉谿生年谱会笺》卷三:"义山春赴郑州李舍人褎之招,归居洛阳。十月服阕,入京重官秘书省正字。"商隐自郑州归居洛阳,方患疾恙,令狐绹有书信问讯,故作此以报之,冀舍怨修好。时绹在朝中任右司郎中。唐右司郎中,从五品上,为尚书右丞副貳,协掌尚书都省事务,监管兵、刑、工部诸司政务。

【注释】

① 嵩云句:意谓我在洛下,君在长安,分离已久。嵩云,嵩山之云,代指洛阳。秦树,秦地之树,代指长安。

② 双鲤:相合的两块鱼形木板,中间可夹带书信。代指书信。古乐府《饮马长城窟行》:"客从远方来,遗我双鲤鱼。呼儿烹鲤鱼,中有尺素书。"(见《乐府诗集》卷三十八《相和歌辞·瑟调曲》)此指令狐绹来信。迢迢:遥远貌。

③ 休问:莫问,不要问。含有愧对方关心存问的语气。梁园:指西汉梁孝王刘武东苑。梁孝王好辞赋,尝召邹阳、枚乘、庄忌、司马相如等为梁园宾客。参见第102页李白《梁园吟》题解及注释⑫。此处以梁园喻楚幕,谓昔年与绹同学,游于令狐门下。

④ 茂陵句:以司马相如自况,谓在萧然秋雨中卧病洛阳。茂陵,汉武帝陵墓名。初为茂乡,武帝筑茂陵,置为县。在今陕西省咸阳市兴平市东北。相如,即司马相如。相如晚年因病免官,家居茂陵。参见《史记·司马相如列传》。

【评析】

"嵩云""秦树",是时空距离,亦是心理距离,云影树阴中包孕多少恩怨。久别忽得来书,正当秋雨萧萧、病榻淹缠,答词却不卑俯乞怜。"休问"二语,犹含感念旧谊、自慨身世之意,缱绻委曲而饶有情味。

花下醉

寻芳不觉醉流霞①,倚树沉眠日已斜②。客散酒醒深夜后,更持红烛赏残花③。

【题解】

冯浩编在会昌五年(845),闲居永乐县(今山西省运城市芮城县永乐镇)时作。商隐自上年春移家于此。张采田则列于不编年诗。《玉谿生年谱会笺》卷四:"此等诗何处不可作?冯氏列之永乐,殊无据。"

【注释】

① 寻芳:游赏风花美景。流霞:此指浮动的晚霞。

② 沉眠:酣睡,昏睡。

③ 更:再,又。

【评析】

无聊自遣,而妙思天造。马位曰:"李义山诗'客散酒醒深夜后,更持红烛赏残花',有雅人深致。苏子瞻'只恐夜深花睡去,高烧银烛照红妆',有富贵气象。二子爱花兴复不浅。或谓两诗孰佳?余曰:李胜,苏微有小疵,既'香雾空濛月转廊'矣,何必'高烧银烛'?此就诗之全体言也。"(《秋窗随笔》)

落花

高阁客竟去①,小园花乱飞。参差连曲陌②,迢递送斜晖③。肠断未忍扫④,眼穿仍欲稀⑤。芳心向春尽⑥,所得是沾衣⑦。

【题解】

冯浩编在会昌六年(846)。张采田则编在会昌五年,是。四年春暮,河东将杨弁之乱平后,商隐移家永乐。五年春,应从叔李褎之招,赴郑州,后携家归洛阳,与弟羲叟等同居,时多病;冬十月,丁母忧期满除服,入京重官秘书正字。诗当作于五年春,在永乐将赴郑州之时,故应列在《寄令狐郎中》诗前。

【注释】

① 高阁:高大的楼阁。

② 参差(cēncī):不齐貌。曲陌:曲折的小路。

③ 迢递:遥远貌。斜晖:指傍晚西斜的阳光。

④ 肠断:形容极度悲伤。

⑤ 眼穿句:意谓盼望春天长留,但枝头花朵还是越来越稀疏。眼穿,犹望眼欲穿。形容殷切盼望。稀,一作"归"。

⑥ 芳心:喻指花之情怀或灵魂。亦指人之精神或情志。

⑦ 沾衣:指落花沾附人衣。亦指人伤心落泪沾湿衣襟,犹沾襟。

【评析】

一二对起,以客去楼空托出落花乱飞,便生无限伤情。三四承飞花,望园外风飘万点,曲路斜阳,用"连"字"送"字,顿觉花落有意。五六写人,言留春不住,"肠断""眼穿",已不胜其愁苦。七八人花相合,双关作收。花开花落,犹如人世浮沉:就花而言,花随春尽,所得不过沾附人衣;就人而言,青春易逝,素志难伸,不免对花沾襟。故失意之人,惜春伤春,亦是悲惋生命湮厄、美好摧折。

寄蜀客

君到临邛问酒垆①,近来还有长卿无②?金徽却是无情物③,不许文君忆故夫④。

【题解】

冯浩编在会昌六年(846),在秘书省。张采田则编在大中五年(851),在梓州(今四川省绵阳市三台县)东川节度使柳仲郢幕中,与《妓席暗记送同年独狐云之武昌》为同时作。二谱编年依据皆有不足,今且存疑。蜀客,指旅居在外的蜀人。古籍中亦专指西汉司马相如。

【注释】

① 临邛:古县名。即今四川省成都市邛崃市。西汉卓文君的故乡。酒垆:卖酒处放置酒瓮的砌台。亦借指酒肆、酒店。此用卓文君夜奔司马相如事。据《汉书·司马相如传上》,文君新寡,居于家。相如游临邛,以琴心打动文君,文君乘夜私奔相如,驰归成都。因家徒四壁,无以

为计,又俱返临邛,尽卖车骑,买一酒舍,令文君当垆卖酒,相如则自着犊鼻裤,与雇工杂役洗涤器皿于街市。

② 长卿:司马相如,字长卿。

③ 金徽:用金属镶制的琴面音位标识。借指琴。唐李肇《唐国史补》卷下:"蜀中雷氏斫琴,常自品第,第一者以玉徽,次者以瑟瑟徽,又次者以金徽,又次者螺蚌之徽。"却是:正是。

④ 故夫:指文君先夫。

【评析】

文君与相如情事,如琴心挑逗、当垆卖酒等,此诗字面均有涉及。然却独出心裁,翻转用典,不提文君对故夫无情,而推之"金徽",反见其因琴音所得之真情深爱。手法用心,即如钟惺所言:"极刻之语,极正之意。"(《唐诗归》卷三十三《晚唐一》)义山奇异不可及处,亦在此。

晚晴

深居俯夹城①,春去夏犹清。天意怜幽草②,人间重晚晴。并添高阁迥③,微注小窗明④。越鸟巢干后⑤,归飞体更轻。

【题解】

冯浩、张采田均编在大中元年(847)。是年商隐为桂管观察使郑亚所辟,入其幕为掌书记。春夏之际抵桂州(今广西壮族自治区桂林市),作此诗。晚晴,指雨后傍晚天色转晴。商隐在京,备受党争之苦,此番随郑亚赴桂,精神上有所振起。

【注释】

① 夹城:城郭内两边筑有高墙的通道。

② 幽草:幽深处的小草。此处或有自喻之意。

③ 并添句:由于天晴,更增添了楼阁上凭高望远之势。

④ 微注:微光照射。指夕阳的余辉照射进来。

⑤ 越鸟:南方的鸟。越,古指百越聚居之地,即今两广一带地区。巢干:指枝叶干燥后忙于筑巢。清何焯曰:"切晴。"(《义门读书记》卷五十八)

【评析】

写南国初夏雨后晚晴,境界清新明净,笔墨轻快工致。"天意怜幽草,人间重晚晴",该备情理,或有寄寓,颇耐人咀味。"并添高阁迥,微注小窗明",体物触兴,因变取会,得自然神趣。尾联写归鸟体轻,若有意无意,言外含暂脱羁轭之感。纪昀曰:"末句结'晚晴',可谓细意熨贴,即无寓意亦自佳也。"(《玉谿生诗说》卷上)

贾生

宣室求贤访逐臣①,贾生才调更无伦②。可怜夜半虚前席,不问苍生问鬼神③。

【题解】

冯浩、张采田均编在大中二年(848)。刘学锴、余恕诚以为缺乏有力证据,故列于不编年诗。贾生,即贾谊。参见第440页《安定城楼》注释③。

【注释】

① 宣室:汉代未央宫中之宣室殿。在未央宫前殿北,为皇帝正处,即参与祭祀活动、处理重大事务和特殊召见之所。逐臣:被朝廷放逐的官员。此指贾谊。贾谊曾受文帝重用,因遭大臣反对,被贬逐长沙,三年后又召之回京。召见时,文帝刚在宣室举行过祭祀,故云"宣室求贤"。

② 才调:才气,才能。无伦:无人能及。

③ 可怜二句:意谓可叹文帝夜半徒然移坐靠近贾生,征询的不是国计民生,而是鬼神之道。可怜,犹可叹,可惜。虚,徒然,空自。前席,在坐席上欲更靠近对方而移动向前。苍生,平民百姓。《史记·屈原贾生列

传》:"后岁余,贾生征见。孝文帝方受釐,坐宣室。上因感鬼神事,而问鬼神之本,贾生因具道所以然之状。至夜半,文帝前席。既罢,曰:'吾久不见贾生,自以为过之,今不及也。'"釐(xī),胙肉,祭祀鬼神后的福食。

【评析】

上半咏贾生征见宣室,下半议汉文夜半前席,以"可怜"为转关,欲抑先扬。末句则在"不问"与"问"间巧作对比,点破求访实情,寓讽于慨。诗之立意正大而冷隽,辞气亦犀利而剀切,足可为百世鉴戒。

夜雨寄北

君问归期未有期①,巴山夜雨涨秋池②。何当共剪西窗烛,却话巴山夜雨时③?

【题解】

诗题一作《夜雨寄内》。冯浩、张采田均编在大中二年(848)。是年二月,郑亚贬循州(今广东省惠州市惠城区)刺史,商隐未随赴,离桂北归。于是徘徊江湘、往来荆巴一带,曾干谒湖南观察使李回,望其援手,不果。秋归洛阳,携家还京,未几选为盩厔(今陕西省西安市周至县)尉。此诗即作于归洛之前、逗留巴蜀时。寄北,谓寄诗与北方闺中。

【注释】

① 归期:指回家的日期。
② 巴山:泛指巴蜀。
③ 何当二句:意谓何时一同在西窗下秉烛长谈,再来追叙此刻巴山夜雨的情景。何当,犹何时,何日。剪烛,剪去烧过的烛芯,使烛光更加明亮。喻促膝夜谈。却话,回头述说。

【评析】

寄诗怀内,由当下情景设以问答,映现两地相思与寂淹无聊,是一层写意。而后预想将来重聚,剪烛西窗,共话此时种种愁苦,即是深翻一层写意。通首情思缠绵,语句清婉,乃义山又一佳构。今或言此诗为寄赠长安友人,细揣诗意,恐非是。寄友适于"云树之思"一类,不当有"共剪窗烛"如此私昵之景象,而用之闺帏,则最为允洽。

杜工部蜀中离席

人生何处不离群①?世路干戈惜暂分②。雪岭未归天外使,松州犹驻殿前军③。座中醉客延醒客④,江上晴云杂雨云。美酒成都堪送老,当垆仍是卓文君⑤。

【题解】

冯浩编在大中三年(849)。张采田则编在大中六年,在梓州东川节度使柳仲郢幕,是。五年春,商隐自武宁军节度使(驻徐州)卢弘正幕入朝,以文章谒令狐绹,补太学博士。七月初,妻王氏卒。会河南尹柳仲郢镇东蜀,辟为节度书记。十月,改判官,旋为检校工部郎中。冬,差赴西川推狱,至成都。六年春初,由成都返梓,临行饯别之际作此诗。杜工部,即杜甫。离席,饯别的宴席。诗拟杜体,亦托杜甫在蜀事迹以慨己。上元二年(761),杜甫在成都草堂,穷困无依。十月,严武出任成都尹、剑南节度使,以世交常赡济甫,并邀其入幕,被甫婉拒。宝应元年(762)七月,武奉调回京,成都即陷动乱不宁,外有吐蕃、南诏两面压境,内有武将徐知道反叛作乱。甫送武至绵州,道阻不得返,乃避走东川。后高适以平乱功迁剑南节度使,却无力抵御吐蕃入侵,连失松、维、保之地。广德二年(764)初,严武取代高适,再度镇蜀,甫闻讯亦归成都。六月,入其幕,表为节度参谋、检校工部员外郎,赐绯鱼袋。七月,武率兵西征,大破吐蕃军,拓地数百里。然甫在幕中,颇不乐,终日迫于案牍琐务,与同僚亦不协,渐生去意。永泰元年(765)正月,便辞幕归草堂。四月,严武暴卒,杜甫遂携家离成都东下,拟由水路出蜀。

【注释】

① 离群:犹分离。

② 世路句：意谓由于战争不息，社会动荡混乱，短暂的离别亦让人依依不舍。世路，犹世道，指社会状况。干戈，兵器的通称，代指战争。

③ 雪岭二句：意谓边境雪山那边有朝廷使臣羁留未归，松州前线还驻守着天子的禁军。雪岭，泛指唐朝与吐蕃边境大雪山。天外使，指出使远国的使臣。代宗宝应二年（763），遣李之芳、崔伦使吐蕃，至其境而留之。松州，隶剑南道，治嘉诚（今四川省阿坝藏族羌族自治州松潘县）。贞观初招抚党项羌而设松州都督府，天宝时辖大小羁縻州达百余。代宗时，松州与茂州（治今阿坝州茂县）、维州（治今阿坝州理县薛城镇）、保州（治今阿坝州理县上孟乡）等，俱陷吐蕃。殿前军，即天子禁军。据《新唐书·兵志》，初，哥舒翰破吐蕃临洮西之磨环川，即其地置神策军。后故地沦没，诏屯陕州。及广德元年（763）吐蕃破长安，代宗避于陕，宦官鱼朝恩为观军容使，举军迎扈，遂以军归禁中，为天子禁军。因神策军给养丰厚，故守边诸将务为诡辞，请遥隶神策军，以赢禀赐。繇是塞上往往称神策行营。此两句概述杜甫时实况。

④ 延：请。此指劝酒。

⑤ 美酒二句：意谓成都多美酒足可安度晚年，何况还有如卓文君那样的美女当垆卖酒。送老，养老。杜甫《秦州杂诗》其十四："何时一茅屋，送老白云边。"当垆，参见第 450 页《寄蜀客》注释①。

【评析】

商隐在梓幕，自觉与杜甫当年境遇相仿佛，故于成都离席上声气相感，慨叹今昔时势与际运。陆昆曾云："义山拟为是诗，直如置身当日，字字从甫心坎中流露出来，非徒求似其声音笑貌也。起言人生斯世，何在不感离群，况乱后独行，能无黯然其际乎？'雪岭'句，是外夷之干戈；'松州'句，是内地之干戈。足上第二句意。接言我瞻四方，可栖托者惟蜀，即此离别之顷，座中延客，醉醒皆属知心；江上看云，晴雨无非好景。亦何能舍此远去耶？结言文君美酒，可以送老，见天下扰扰，而成都独宴然也。"（《李义山诗解》）其颈联造句颇奇隽，不仅是上下对，亦是当句对，且能善用重字。此手法正由瓣香老杜而来，如"即从巴峡穿巫峡，便下襄阳到洛阳"（《闻官军收河南河北》）。至义山则有此联及"纵使有花兼有月，可堪无酒又无人"（《春日寄怀》）等，更有诗题径作《当句有对》

者,通首八句皆自为对。

夜饮

卜夜容衰鬓①,开筵属异方②。烛分歌扇泪,雨送酒船香③。江海三年客,乾坤百战场④。谁能辞酩酊,淹卧剧清漳⑤?

【题解】

冯浩编在大中三年(849)。张采田则编在大中七年,在梓州幕,是。其年十一月,商隐编定《樊南乙集》,自序曰:"三年已来,丧失家道,平居忽忽不乐,始克意事佛,方愿打钟、扫地为清凉山行者。""三年已来",指大中五年丧妻、入梓州柳仲郢幕以来,已历三年。诗当作于此际。《玉谿生年谱会笺》卷四:"义山行年四十余,故曰'衰鬓'。在梓州,故曰'异方'。'百战场'泛言时势艰难。结谓无人能甘隐遁也。此'夜饮'盖寻常宴集,非离席也。"

【注释】

① 卜夜:亦作"卜昼卜夜"。春秋时齐陈敬仲为工正(掌百工之官),请桓公饮酒,桓公乐。入夜,命举火继饮,敬仲辞曰:"臣卜其昼,未卜其夜,不敢。"见《左传·庄公二十二年》。后称尽情欢乐昼夜不止为"卜昼卜夜"或"卜夜"。卜,古以火灼龟甲,根据裂纹预测吉凶。

② 开筵:开设宴席。异方:异域,外乡。

③ 烛分二句:意谓烛泪分滴在歌女扇子上,微雨中游船飘散着酒香。歌扇,歌舞时用的扇子。酒船,供客人饮酒游乐的船。

④ 乾坤:犹天下。指国家,江山。

⑤ 谁能二句:前后句倒置。意谓逗留于此,身心痛苦远甚于卧病清漳畔的刘桢,有谁能拒绝大醉一场?酩酊(mǐngdǐng),大醉貌。淹卧,犹淹留。剧,甚。清漳,漳河上流。据《汉书·地理志上》,上党郡沾县大黾谷,清漳水所出。在今山西省晋中市昔阳县西寨乡东北。此用东汉末诗人、建安七子之一刘桢事。其诗《赠五官中郎将》之二云:"余婴

沉痼疾,窜身清漳滨。"谓我痼疾缠身,只得隐伏于清漳之滨。后以"卧清漳"为久病异乡之典。

【评析】

夜饮浇愁,感叹身世。"江海三年客,乾坤百战场"一联,前贤多有称赏,以为高壮沉雄,绝似老杜。此联虽能撑起全篇,然终难掩丧妻失家、为异方幕客之凄伤。故结处用典,以其痛楚甚于刘桢久卧清漳,正不如一醉销忧。

木兰花

洞庭波冷晓侵云①,日日征帆送远人。几度木兰舟上望②,不知元是此花身③。

【题解】

冯浩、张采田均编在大中三年(849)。上年,商隐自桂湘、荆巴经洛阳返长安,冬末选为盩厔尉后,又谒京兆尹。三年春,尹留之代参军事,奏署掾曹,专掌章奏。十月,武宁军节度使卢弘正辟商隐入幕为判官,初得侍御史衔。十二月,始东行赴徐州卢弘正幕。故商隐在长安已有年余。冯浩笺注:"此在令狐家假物托意之作。"令狐家有庭园,花木繁盛,闻于长安。如白居易有《题令狐家木兰花》诗,韦庄有《令狐亭》诗等。而商隐亦另有《木兰》五古一首,咏物寓意,寄望于令狐绹。时绹以翰林学士承旨拜中书舍人,寻迁御史中丞,又代兵部侍郎、知制诰。木兰,又名"杜兰""林兰"。香木。

【注释】

① 侵:迫近。

② 几度:犹几次,几回。表示不确定数次。木兰舟:用木兰木造的船。南朝梁任昉《述异记》卷下:"木兰川在浔阳江中,多木兰树。昔吴王阖闾间植木兰于此,用构宫殿也。七里洲中,有鲁班刻木兰为舟,舟至

今在洲中。诗家云木兰舟,出于此。"后常用为船的美称,并非实指木兰木所制。

③ 元:本来,原来。

【评析】

冯浩曰:"上二句谓桂管往来,久愿归朝也。下二句谓曾经远望,不知元是此中旧物,比己之素在门馆也。妙笔运之,情味绵远,若江湖散人,无此情事矣。"(《玉谿生诗集笺注》卷二)张采田亦云:"义山自婚于茂元,从郑亚,望李回,久已去牛就李,今为京尹辟管章奏,是依然又入太牢羁绁矣,故言外有含意焉。"(《玉谿生年谱会笺》卷四)然此诗诠释,亦不必尽泥于牛李党局。征帆送远,木兰为舟,企望于济渡,殊不知却是花木自身飘零流落。故其意或可视作借花木喻人,以寄空怀夙愿、颠沛羁离之慨。

无题

相见时难别亦难①,东风无力百花残。春蚕到死丝方尽,蜡炬成灰泪始干②。晓镜但愁云鬓改③,夜吟应觉月光寒。蓬山此去无多路④,青鸟殷勤为探看⑤。

【题解】

此诗作年各家说法不同,然皆以为与《无题四首》同时作。张采田编在大中五年(851),以令狐绹上年冬拜相,商隐是年春初自徐州幕还京,往见令狐,匆匆一面不及陈情,三月作《无题四首》以记其事。刘学锴、余恕诚列在不编年诗。

【注释】

① 相见句:古人常言"别易会难",如魏文帝《燕歌行》"别日何易会日难,山川悠远路漫漫";宋武帝《丁督护歌》"辛苦戎马间,别易会难得"。此处翻其意,谓会难别亦难。前一"难",困难;后一"难",难堪。

② 春蚕二句:意谓春蚕到死才停止吐丝,蜡烛燃尽便不再滴泪。比

喻无穷无尽的思念和坚贞不渝的爱情。"丝"与"思"谐音。蜡烛燃烧时滴淌的液体蜡,称为"浊泪",常用来象征离情别意。

③ 晓镜:明镜。云鬓:形容女子浓密而柔美的鬓发。此句写年华易逝之忧。

④ 蓬山:仙山。参见第52页李白《古风》之三注释⑰。此指对方居所。

⑤ 青鸟句:意谓试着让青鸟代为殷勤致意。青鸟,神话传说中为西王母取食传信的雀鸟。借指传递音讯的信使。探看(kān),探寻。

【评析】

围绕"别"字写相思苦情,回环往复,屈曲而有深致。赵臣瑗云:"泛读首句,疑是未别时语,及玩通首,皆是别后追思语,乃知此句是倒文。言往常别时每每不易分手者,只缘相见之实难也。接句尤奇,若曰当斯时也,风亦为我兴尽不敢复颠,花亦为我神伤不敢复艳,情之所钟至于如此。三四承之,言我其如春蚕耶,一日未死,一日之丝不能断也;我其如蜡烛耶,一刻未灰,一刻之泪不能制也。呜呼!言情至此,真可以惊天地而泣鬼神,《玉台》《香奁》其犹粪土哉!"(《山满楼笺注唐诗七言律》卷四)后半先揣度对方容颜憔悴、内心凄凉,以反照两情之深切与真挚;再寄望于"蓬山""青鸟"收结,情意缠绵而执着。诗中意象,或寓儿女情长,或讽援引无望,多可咀嚼,然断不可征实,如女冠之恋、令狐之交等,一坐实则了然无趣。

蝉

本以高难饱,徒劳恨费声①。五更疏欲断,一树碧无情②。薄宦梗犹泛③,故园芜已平④。烦君最相警,我亦举家清⑤。

【题解】

冯浩编在大中五年(851),在徐州幕作。张采田列之于不编年诗,《玉谿生年谱会笺》卷四:"颇难征实,冯编徐幕无据。"

【注释】

① 本以二句：意谓蝉栖身高枝而难求一饱，含恨悲鸣亦是枉然。古人以为蝉餐风饮露，象征清高，故云"高难饱"。

② 五更二句：意谓天将晓时蝉声疏落几近断绝，而大树碧绿依然对此无动于衷。

③ 薄宦：卑微的官职。梗犹泛：像水中枝梗一样漂泊无定。语出《战国策·齐策三》："今者臣来，过于淄上，有土偶人与桃梗相与语。桃梗谓土偶人曰：'子，西岸之土也，挺子以为人。至岁八月，降雨下，淄水至，则汝残矣。'土偶曰：'不然。吾西岸之土也，土则复西岸耳。今子，东国之桃梗也，刻削子以为人，降雨下，淄水至，流子而去，则子漂漂者将何如耳？'"后因以"梗泛"指漂泊无定。

④ 故园句：谓故乡田园荒芜。芜已平，指野草埋没田地和路径。

⑤ 烦君二句：意谓烦劳蝉以其悲鸣相示意，我亦是一家清贫而空无所有。最相警，指蝉以鸣声告诫示意。举家清，全家清贫。

【评析】

咏物兴感，借蝉喻己。取蝉"高难饱""疏欲断"，寄寓自性清高而困于穷途之恨；又以"一树碧无情"，显示世态人情之浇薄冷漠。蝉与人同声相应、同病相怜，故闻蝉便有羁宦梗泛、田园不归之悲，赋情思于物象而臻妙。纪昀曰："前半写蝉，即自寓；后半自写，仍归到蝉。隐显分合，章法可玩。"(《玉谿生诗说》卷上)

柳

曾逐东风拂舞筵①，乐游春苑断肠天②。如何肯到清秋日，已带斜阳又带蝉③。

【题解】

张采田编在大中五年(851)。是年初秋，商隐妻王氏卒。未几，应东川节度使柳仲郢之辟，赴梓州。参见第454页《杜工部蜀中离席》题解。柳,旧注以为借物寓姓,言初承柳氏东川之命而作。

【注释】

① 舞筵:酒宴中歌舞助兴时铺地用的席子或地毯。亦代指歌舞宴乐。

② 乐游:"乐游苑"的省称。故址在长安东南郊。本秦时宜春苑,汉宣帝时改建为乐游苑。唐时,为长安士女游赏胜地。断肠天:此指让人极为留恋的季节或时日。断肠,形容极度思念或悲痛。

③ 如何二句:意谓岂肯等到秋日由荣转枯,始终与斜照、哀蝉相伴。言柳晚景萧疏凄凉。如何肯,岂肯,怎么肯。带,披戴。

【评析】

咏物自寓,旨趣与《蝉》诗相近。写柳自春至秋,昔荣今悴,以喻人渐入迟暮沉沦之境。"曾逐东风",极言一时繁华得意;"如何肯到",又包含不甘零落之恨。前后比照愈显明,词气则愈沉痛。义山集中题柳之作达十余首,惟此篇最有意味。

悼伤后赴东蜀辟至散关遇雪

剑外从军远①,无家与寄衣。散关三尺雪,回梦旧鸳机②。

【题解】

张采田编在大中五年(851)。秋赴梓州,途中作此以怀念亡妻。悼伤,犹悼亡,指丧妻。东蜀,即东川节度使所辖地区。肃宗至德二载(757),分剑南为东、西川节度,东川领梓、遂等十二州。代宗广德二年(764)正月,又合剑南东、西川为一道。散关,又名"大散关"。在凤翔府宝鸡县(今陕西省宝鸡市陈仓区)西南大散岭上,为关中进入西南地区交通要塞。

【注释】

① 剑外:剑门关以外。泛指蜀地。此指东川节度使驻地梓州(今四

② 鸳机:亦作"鸳鸯机"。织机的美称。

【评析】

悼亡后远赴戎幕,遇雪而感。前三句实写,皆铺衬语;末句虚笔,是一篇主脑。以"鸳机"为借代,欲把无人作有人,无家当有家,迂曲中更增多少伤情与寒意,尽在言外。

筹笔驿

鱼鸟犹疑畏简书,风云常为护储胥①。徒令上将挥神笔②,终见降王走传车③。管乐有才真不忝④,关张无命欲何如⑤?他年锦里经祠庙,《梁父吟》成恨有余⑥。

【题解】

张采田编在大中十年(856)。《玉谿生年谱会笺》卷四:"此随仲郢还朝,途次作。结指大中五年西川推狱,曾至成都也。"是年初,柳仲郢入朝,改任兵部侍郎、充盐铁转运使,荐商隐为盐铁推官。商隐乃随至长安,途经筹笔驿时作此诗。筹笔驿,古驿名。在唐山南西道利州绵谷县北八十里(今四川省广元市朝天区筹笔乡)。为金牛道上主要驿站。相传诸葛亮出师伐魏,尝驻军筹划于此,因以得名。

【注释】

① 鱼鸟二句:意谓筹笔驿形势险要森严,鱼鸟犹豫不前像是畏惧诸葛亮严明的军令,风云聚积如同长久护卫着驻军的壁垒藩篱。鱼,一作"猿"。犹疑,犹豫不决。简书,古代用于告戒、策命、盟誓、征召等事的文书,因写在竹简上,故称。《诗·小雅·出车》:"岂不怀归,畏此简书。"朱熹集传:"简书,戒命也。"此指军令,禁令。储胥,军队驻扎时设以防卫的藩篱栅栏。

② 上将:主将,主帅。此指诸葛亮。挥神笔:形容诸葛亮善于运筹

指挥。

③ 降王：指蜀后主刘禅。传（zhuàn）车：古代驿站的专用车辆。魏景元四年（263），大将军司马昭遣钟会、邓艾等分兵伐蜀，邓艾军先入成都，刘禅降，全家被用驿车迁至魏都洛阳。

④ 管乐：指春秋时齐卿管仲和战国时燕将乐毅。参见第110页李白《赠何七判官昌浩》注释⑤。不忝：不愧，不辱。此句赞美诸葛亮真不愧有管仲、乐毅那样的文经武略。

⑤ 关张句：慨叹蜀汉大将关羽和张飞短命，诸葛亮失去有力辅助而难有作为。无命，指关张二人均无好的命运。关羽镇守荆州兵败被擒，为吴将所杀；张飞为报关羽之仇率军伐吴，临出兵前遭麾下谋杀。欲何如，又能怎么办。指难有作为。

⑥ 他年二句：回想当年曾到成都武侯祠庙凭吊，作有感慨其志业未竟的诗篇。他年，指大中五年。是年冬，商隐差赴成都推狱时曾谒武侯祠庙。锦里，即成都锦官城，有武侯祠。参见第68页李白《蜀道难》注释⑲、第232页杜甫《蜀相》注释②。梁父吟，题名诸葛亮所作乐府古辞。《三国志·蜀志·诸葛亮传》："亮躬耕陇亩，好为《梁父吟》。身长八尺，每自比管仲、乐毅，时人莫之许也。"参见第70页李白《梁甫吟》题解。此处代指咏怀诸葛之诗。商隐谒武侯祠，有《武侯庙古柏》诗云："谁将《出师表》，一为问昭融。"对诸葛亮出师未捷、志业不成深感痛惜。

【评析】

咏怀古迹，追忆武侯风烈，伤其功业无成。首联以"鱼鸟""风云"烘托，人物气象凛然可见。中二联使事属对，议论唱叹，深慨诸葛虽高才善筹，偏遭逢庸主，痛失辅翼，终不能挽蜀汉于覆亡。尾联转写昔日谒祠庙吟《梁父》，余恨不尽，推开一笔作结，正是老杜技法。故方东树批曰："义山此等诗，语意浩然，作用神魄，真不愧杜公。前人推为一大宗，岂虚也哉！"（《昭昧詹言》卷十九）

锦瑟

锦瑟无端五十弦，一弦一柱思华年①。庄生晓梦迷蝴蝶②，望帝春心托杜鹃③。沧海月明珠有泪④,蓝田日暖玉生烟⑤。此情可待成追忆,只是当时已惘然⑥。

【题解】

冯浩编在大中七年(853),在梓幕作。张采田则编在大中十二年。是年二月,柳仲郢罢盐铁转运使,商隐亦废罢盐铁推官,还郑州闲居,未几病卒。诗以首二字为题,实属无题,非咏物之作。锦瑟,装饰华美的瑟。瑟,古代一种拨弦乐器,形似古琴而无徽位,声调悲凉。据说原有五十根弦,后代弦数不一,一般为二十五弦。

【注释】

① 锦瑟二句:商隐作此诗时年近五十,因听到悲怨的瑟声,由弦柱数触动年华之思。无端,无缘无故,没来由。柱,乐器上系弦的支柱。华年,青春年华。此指年华身世。

② 庄生句:庄生,即庄周。此引庄周梦蝶事,以言人生如梦,往事如烟之意。《庄子·齐物论》:"昔者庄周梦为胡蝶,栩栩然胡蝶也。自喻适志与! 不知周也。俄然觉,则蘧蘧然周也。不知周之梦为胡蝶与? 胡蝶之梦为周与?"

③ 望帝句:以望帝魂化杜鹃,喻美志不遂和时世之伤。望帝,即杜宇。相传战国末在蜀称帝,号望帝,死后化成杜鹃。参见第67页李白《蜀道难》注释⑬。春心,春景所引发的情感。借指美好的愿望或情怀。

④ 沧海句:相传珍珠是南海鲛人(神话中的人鱼)的眼泪变成。《博物志》卷二:"南海外有鲛人,水居如鱼,不废织绩,其眼能泣珠。"又以珠之明灭与月盈亏相关。西晋左思《吴都赋》:"蚌蛤珠胎,与月亏全。"《广博物志》卷三十七:"蚌珠生于蚌腹,与月盈亏。"此句谓明珠被弃于沧海,喻才能不为世用。

⑤ 蓝田句:长安蓝田县东南有蓝田山,又名"玉山",产美玉。参见第3页王维《春夜竹亭赠钱少府归蓝田》、第4页《蓝田山石门精舍》题解。相传玉埋于土中,在阳光照耀下,良玉上空会出现烟云,故云"日暖玉生烟"。此句谓人才虽遭埋没,然文采词华却显露于世,终难掩其光芒。

⑥ 此情二句:意谓过去种种失意之事岂待今日追忆,即在发生的当

时就已让人惘然自失了。言外有今日追忆时不堪回首之意。

【评析】

此诗解释历来颇多歧义,大抵有如下数说:或以为是悼亡之作,为追怀妻子王氏(见冯浩《玉溪生诗集笺注》卷二);或以为是情诗,为思念恩师令狐楚家婢女锦瑟(见刘攽《中山诗话》);或以为是咏瑟诗,为歌咏锦瑟适、怨、清、和四种声调(见《苕溪渔隐丛话》前集卷二十二引黄朝英《缃素杂记》);或以为是自伤身世,为晚年追叙生平、感叹遭逢之辞(见张采田《玉溪生年谱会笺》卷四)。今人则多采纳自伤身世说。其实,诗无达诂,一篇作品理解差异如此之大,正说明其意蕴之丰富与含蓄。而从作品本身感情色彩出发,再结合作者一生经历去看,"自伤身世"说犹不失为近情之论。梁启超有云,义山集中《锦瑟》等篇,"这些诗他讲的什么事,我理会不着。拆开一句一句的叫我解释,我连文义也解不出来。但我觉得他美,读起来令我精神上得一种新鲜的愉快。须知美是多方面的,美是含有神秘性的"(《饮冰室文集》之三十七《中国韵文里头所表现的情感七》)。《锦瑟》之美,就在于不着实景,而是运用比兴手法,将庄生梦蝶、杜鹃啼血、沧海珠泪、良玉生烟等意象,组合成朦胧奇幻之境,"可望而不可置于眉睫之前"(司空图《与极浦书》);不直抒胸臆,而是间接传达迟暮落拓、抑塞不遣之怅惘情思,若即若离,似有如无。此一美感,应由全篇整体感知,即便认同"自伤身世"说,亦不能逐词逐句附会义山生平事迹,钩深索隐如拆七宝楼台,其美又何从得之?

二月二日

二月二日江上行,东风日暖闻吹笙。花须柳眼各无赖①,紫蝶黄蜂俱有情。万里忆归元亮井②,三年从事亚夫营③。新滩莫悟游人意,更作风檐雨夜声④。

【题解】

冯浩编在大中九年(855)。张采田则编在大中七年,在梓州幕。据诗中"三年"句,张说是。当作于《夜饮》诗之前,参见第456页《夜饮》题解。二月二日,蜀中旧俗以此日为踏青节。宋陈元靓《岁时广记》卷一《春·游蜀江》引杜氏《壶中赘录》:"蜀中风俗,旧以二月二日为踏青节,都人士女络绎游赏,缇幕歌酒,散在四郊。"

【注释】

① 花须:花蕊。柳眼:新生柳叶。早春初生的柳叶如人睡眼初展,故称。无赖:犹无聊。因心情抑郁,见春色而生厌烦。此与杜甫"剑南春色还无赖,触忤愁人到酒边"(《送路六侍御入朝》)之意相同。

② 元亮井:东晋陶渊明字元亮,辞官归隐后赋诗云"井灶有遗处,桑竹残朽株"(《归园田居》其四)。后以"元亮井"为忆归之典。

③ 从事:任职。亚夫营:西汉将军周亚夫屯军细柳,营中戒备森严,无军令者不得入。后以"亚夫营"或"细柳营"称纪律严明的军营。参见第27页王维《观猎》注释④。此借指梓州柳仲郢幕。

④ 新滩二句:意谓江上新滩不理解人的心情,发出如同夜里檐间风吹雨打般的流水声。游人,离家远游的人。此指作者自己。

【评析】

上半春景盎然,物皆含情,引出下半"忆归"之愁,以乐衬哀。"元亮井"与"亚夫营",天然巧对,切合羁身万里、宾幕三年之经历。而欲归不能归,直把滩声听成夜来凄风苦雨,已不胜孤寂之感。通首情韵生动,气格清拔,深得杜公运思用笔之妙。

咏史

北湖南埭水漫漫①,一片降旗百尺竿②。三百年间同晓梦③,钟山何处有龙盘④?

【题解】

冯浩列于不编年诗。张采田则编在大中十一年(857),任盐铁推官游江东时作。

【注释】

① 北湖句：意谓昔日皇家游乐处，如今唯见湖水茫茫。北湖，指玄武湖。在今江苏省南京市玄武区。古俗称"后湖""练湖"，南朝宋元嘉中改名玄武湖。南埭（dài），指鸡鸣埭。故址在玄武湖南岸。据《南史·后妃传上》，齐武帝数幸琅邪城（在今南京市栖霞区东），宫女常从之，早发至湖北埭鸡始鸣，故称为"鸡鸣埭"。埭，挡水的土坝。东晋及南朝时期，玄武湖、鸡鸣埭皆为皇家游乐之所。

② 一片句：指六朝各代君主相继亡国。语本刘禹锡《西塞山怀古》"一片降幡出石头"。

③ 三百间：以建康为都的六朝（三国吴、东晋、宋、齐、梁、陈），存国累计达三百余年。此举其成数。同晓梦：指各朝存亡倏忽，如一场空梦。

④ 钟山：即紫金山。在金陵城东，即今南京市玄武区。龙盘：形容山势雄壮绵延，如龙盘卧之状。《说郛》卷五十九下引西晋张勃《吴录》："刘备曾使诸葛亮至京，因睹秣陵山阜，乃叹曰：'钟山龙盘，石头虎踞，帝王之宅也。'"言金陵形胜之地，可为帝京。此句以六朝皆命短，故疑钟山何来龙盘。

【评析】

眼前烟水苍茫，涵盖六朝三百年兴废存亡。耽于淫乐，而致降旗一片、空梦一场，故结语愤而质疑：人事不修，金陵形胜何可凭据？四句慨叹，层层转进，气脉宏贯。

板桥晓别

回望高城落晓河①，长亭窗户压微波②。水仙欲上鲤鱼去③，一夜芙蓉红泪多④。

【题解】

冯浩、张采田均列于不编年诗。板桥,在汴州(今河南省开封市)西。唐人小说《板桥三娘子》云:"唐汴州西有板桥店。店娃三娘子者,不知何从来……人皆谓之有道,故远近行旅多归之。"(见《太平广记》卷二百八十六引《河东记》)又《大清一统志》卷一百五十《开封府·津梁》:"板桥,在府城北七里。唐大历十一年,马燧讨平汴州叛将李灵曜,引军西屯板桥。"冯浩笺注:"义山往来东甸,其必此板桥矣。"

【注释】

① 晓河:拂晓时的银河。

② 长亭:古时于城外大道旁,五里设短亭,十里设长亭,为行人休憩或送行饯别之所。微波:水面微小的波浪。此言长亭临水,窗下微波荡漾。

③ 水仙句:意谓游子将如水仙乘鲤凌波而去。水仙,指传说中乘鲤归仙的琴高。据西汉刘向《列仙传》卷上,琴高,周末赵人,能鼓琴,为宋康王舍人,浮游冀州涿郡间。后与诸弟子期,入涿水取龙子,某日当返。至期,弟子候于水旁,琴高果乘鲤而出。留一月,复入水去。

④ 一夜句:意谓貌若芙蓉的美人一夜流下多少伤心泪。红泪,指美人泪。据前秦王嘉《拾遗记》卷七,魏文帝所爱美人,姓薛名灵芸,常山人。初,选入六宫,闻别父母,升车就路之时,以红色玉唾壶承泪,及至京师,壶中泪凝如血。后因以"红泪"称美人泪。

【评析】

首句点题,言有情人拂晓板桥相别。次句回写长亭私话,情意绵绵如窗外微波荡漾。三四两句分应一二,游子登舟远行,美人一夜伤悲。本为诗家惯用题材,忽入水仙乘鱼、芙蓉红泪,平凡中顿生奇趣。纪昀曰:"何等风韵!如此作艳体,乃佳。"(《玉谿生诗说》卷上)

常娥

云母屏风烛影深,长河渐落晓星沉①。常娥应悔偷灵药,碧海青天夜夜心②。

【题解】

冯浩、张采田均列于不编年诗。常娥,本作"恒娥",俗称"姮娥"。汉代因避文帝刘恒讳,改称"常娥",通作"嫦娥"。神话中月亮女神,羿之妻。

【注释】

① 云母二句:以月宫居所内外景色,写嫦娥孤寂冷落、永夜不寐境况。云母,一种柔韧有弹性的片状矿石,俗称千层纸。玻璃光泽,半透明,有白、黑、绿、褐诸色。可用来装饰窗户、屏风等。长河,指银河。晓星,晨见之星,如启明星等。银河渐落晓星沉没,表示由夜深至天明。

② 常娥二句:意谓嫦娥想必后悔当初偷吃了长生药,如今夜复一夜寂寞凄凉地空对碧海似的青天。《淮南子·览冥训》:"羿请不死之药于西王母,恒娥窃以奔月。"高诱注:"恒娥,羿妻。羿请不死之药于西王母,未及服之,恒娥盗食之,得仙,奔入月中,为月精。"灵药,传说中的仙药,服之可以永生。

【评析】

借题发挥,多所寄托,非只咏嫦娥。其寓意与《锦瑟》篇相似,前人注解亦颇纷杂,有刺女冠及自伤、自忏诸说。然诗中"悔偷灵药"式感慨,实应人生境遇莫测之机:人若求其高标遗世,则常遭羁绊制约,而陷孤寂落寞。才人名士如"应悔"嫦娥者,从来不乏其例。故诗当以意会,更不必牵合旧注所云。

忆住一师

无事经年别远公①,帝城钟晓忆西峰②。烟炉消尽寒灯晦,童子开门雪满松③。

【题解】

冯浩、张采田均列于不编年诗。住一师,僧人。生平未详。住,一作"匡"。

【注释】

① 无事:无端,没有缘故。经年:经历一年或若干年。远公:指东晋高僧慧远。居庐山东林寺,为中原净土宗初祖,世人称为远公。据《高僧传》卷六,慧远,本姓贾氏,雁门楼烦(今山西省忻州市原平市沿沟乡)人。少随舅令狐氏游学许、洛,为诸生。年二十一往太行恒山,从道安受业。后欲往罗浮山,及届浔阳,见庐峰清静,始住龙泉精舍。刺史桓伊为远更立房殿于山之东,即东林寺。卜居于此三十余年,弘法传道,声名远播。此处借"远公"比住一师。

② 帝城:京都,皇城。此指长安。钟晓:即晓钟。指宫中和佛寺报晓的钟声。西峰:住一师之山寺所在,未可确指何处。商隐开成年间曾移居济源(今属河南省),其西有玉阳山;又入泾原节度使幕,泾原所辖安定等府州境有西峰。

③ 烟炉二句:写二人在山寺中灯下夜话、天明见松雪情景。烟炉,焚香炉。一作"炉烟"。晦,昏暗。

【评析】

前半写当前,闻晓钟而起故人之思。后半言所忆,灯下纵谈而不觉天之将晓,情志投合无间;童子开门而见遍山松雪,人在一尘不染之境。结句宕开,得意于言外,清韵悠长。

乐游原

向晚意不适①,驱车登古原②。夕阳无限好,只是近黄昏③。

【题解】

冯浩、张采田均列于不编年诗。乐游原,即"乐游苑"之别称。在长安东南。参见第461页《柳》注释②。据北宋宋敏求《长安志》卷八:"其地居京城之最高,四望宽敞,京城之内,俯视指掌。每正月晦日、三月三日、九月九日,京城士女咸就此登赏祓禊。"

【注释】

① 向晚:傍晚。不适:不惬意,不愉快。

② 古原:指乐游原。

③ 只是句:一说"只是"表示轻微转折,解作"只不过""但是""怎奈",意谓黄昏将近而好景不长。一说"只是"即"就是""正是"义,解作"因为"亦通,意谓正是接近黄昏才有如此景致。两种解释,句意相反。

【评析】

诗虽短小而蕴含实深。自宋以来,注家便有"怨身世""忧时事"之说,即摅写"迟暮之感,沉沦之痛"(沈厚塽《李义山诗集辑评》卷上引纪昀、何焯语),伤惋"唐祚将衰"(高棅《唐诗品汇》卷四十四引杨万里语)。若以义山生活经历及其他作品观之,此说不为无见。然今人周汝昌却有另解,以"只是"一词非转折,乃有"就是""正是"之义,而对后二句重赋新意(见《唐诗鉴赏辞典》第1136页)。诗人登古原排遣"不适",正近黄昏时刻,目接夕阳美景,情以境迁,兴发留恋时光之慨,亦未尝不本乎真。就其基调而言,无论是悲怨还是赞叹,所有"触绪",皆可融入"夕阳黄昏"意象之中,恰是诗歌艺术概括力的生动体现。

王安石

王安石(1021—1086),字介甫,号半山,抚州临川(今江西省抚州市)人。庆历二年(1042)进士及第,授签书淮南节度判官。历鄞县知县、舒州通判,有治绩。嘉祐三年(1058)为三司度支判官,就任后上万言书主张变法,不纳。神宗即位,召为翰林学士兼侍讲。熙宁元年(1068),上《本朝百年无事札子》,陈举北宋百年制度之弊,力言改革。二年为参知政事,三年拜相,陆续推行"青苗""均输"等新法,史称"熙宁变法"或"王安石变法"。由于守旧派强烈反对,七年罢相,八年复相,九年再罢,退居江宁(今江苏省南京市),封荆国公。元祐元年(1086)卒,赠太傅,追封舒王,谥曰文。

王安石在文学观念上颇重"适用",强调"务为有补于世"(《上人书》)。其文清峻峭拔、简明切要,为"唐宋八大家"之一。其诗以熙宁九年(1076)退居钟山为界,大致可分为前后两部分,从内容到风格均有所变化。前期作品关注天下安危,自负意气,直道胸中事,刻露而不留余地。后期作品则以写景状物为主,蕴涵深婉,精于意匠。其中,当以五七言绝句为上,取境雅远,下笔工致,多有诗家炉锤之妙。南宋叶梦得《石林诗话》卷上曰:"王荆公晚年诗律尤精严,造语用字,间不容发。然意与言会,言随意遣,浑然天成,殆不见有牵率排比处。"南宋杨万里《诚斋诗话》亦云:"五七字绝句最少,而最难工,虽作者亦难得四句全好者,晚唐人与介甫最工于此。"故王安石晚年之作,已能独步当时,且为后世所重,因称之曰"王荆公体"(严羽《沧浪诗话·诗体》)。

有《临川先生文集》《王文公文集》两种。选诗据南宋李壁《王荆文公诗笺注》(上海古籍出版社2010年版)。

纯甫出僧惠崇画要予作诗

画史纷纷何足数①,惠崇晚出吾最许②。旱云六月涨林莽,移我翛然堕洲渚③。黄芦低摧雪翳土,凫雁静立将俦侣④。往时所历今在眼,沙平水澹西江浦⑤。暮气沉舟暗鱼罟,欹眠呕轧如鸣橹⑥。颇疑道人三昧力⑦,异域山川能断取。方诸承水调幻药⑧,洒落生绡变寒暑⑨。金坡巨然山数堵,粉墨空多真漫与⑩。濠梁崔白亦善画,曾见桃花静初吐。酒酣弄笔起春风,便恐漂零作红雨。流莺探枝婉欲语,蜜蜂掇蕊随翅股⑪。一时二子皆绝艺,裘马穿羸久羁旅⑫。华堂岂惜万黄金,苦道今人不如古⑬。

【题解】

熙宁元年(1068)六月作,在京为翰林学士。四月,自江宁知府奉诏越次入对,上《本朝百年无事札子》。王安上,字纯甫。安石季弟。惠崇,宋初僧人。建州建阳(今福建省南平市建阳区)人,善诗画。北宋郭若虚《图画见闻志》卷四:"建阳僧慧崇,工画鹅雁鹭鸶,尤工小景,善为寒汀远渚、萧洒虚旷之象,人所难到也。"又欧阳修《六一诗话》:"国朝浮图以诗名于世者九人,故时有集号《九僧诗》,今不复传矣。余少时闻人多称。其一曰惠崇,馀八人者忘其名字也。余亦略记其诗,有云:'马放降来地,雕盘战后云。'又云:'春生桂岭外,人在海门西。'其佳句多类此。其集已亡,今人多不知有所谓九僧者矣,是可叹也。"

【注释】

① 画史:画师,画家。何足数:犹言哪值得称道。

② 许:佩服,称许。

③ 旱云二句:意谓六月的林野处处暑气蒸腾,但一见惠崇的画就立刻感到置身洲渚的清寒。旱云,不能致雨的干云。林莽,泛指乡野。翛(shū)然,迅疾貌。洲渚,水中的小块陆地。

④ 黄芦二句:意谓枯黄的芦苇低垂,白雪覆盖着堤岸;野鸭和大雁成双结对,静静环立于水边。此指惠崇画描绘的"寒汀远渚"之境。低摧,

低垂貌。翳,遮掩,掩盖。凫(fú)雁,野鸭和大雁。将俦侣,携带伴侣。

⑤ 西江浦:泛指长江中下游水滨。

⑥ 暮气二句:意谓黄昏雾霭笼罩,依稀可见张挂渔网的小舟;渔父斜躺着安睡,鼾声呕轧如同摇橹。鱼罟(gǔ),鱼网。欹(qī)眠,斜躺着睡觉。呕轧(ōuyà),象声词。本指摇橹的声音,此借指鼾声。鸣橹,即摇橹发出的响声。

⑦ 道人:此指僧人。三昧力:泛指神奇的法力。三昧,梵语音译,意即"正定"。指屏除杂念,专心致志。

⑧ 方诸:古代在月下承接露水的器具。

⑨ 生绡:未漂煮过的丝织品。古代多用以作画,故亦指画卷。

⑩ 金坡二句:意谓翰林院有巨然所绘数幅远山,只不过堆砌色彩下笔草草。金坡,皇宫正殿称金銮殿,殿旁有坡称金銮坡,坡与翰林院相接,因以"金坡"借指翰林院。巨然,五代南唐僧人。江宁(今江苏省南京市)人。工山水画。南唐后主李煜降宋,随至汴京(今河南省开封市),在学士院绘《烟岚晓景》壁画,为当时所称。据李德身《王安石诗文系年》,"又欧阳修《归田录》卷二云:'近时名画,李成、巨然山水,包鼎虎、赵昌花果。成官至尚书郎,其山水寒村,往往人家有之。巨然之笔,惟学士院玉堂北壁独存,人间不复见也。'据此,安石见巨然画,必为翰林学士时"。粉墨,此指绘画颜料。漫与,犹言率意潦草。

⑪ 濠梁六句:写当代画师崔白所绘花鸟的生动逼真。崔白,字子西,濠梁(今安徽省滁州市凤阳县东)人。工画花竹翎毛。熙宁初,尝受命画垂拱殿御扆竹鹤一扇。红雨,喻落花。流莺,指鸣声婉转的黄莺。掇(duó)蕊,采撷花粉。

⑫ 一时二句:意谓巨然、崔白都以绝技驰名当时,然而却困厄穷迫流落异乡。裘马穿羸,即"裘穿马羸"。衣裘破敝,马匹瘦弱。形容生活困顿。羁旅,客居异乡。羁,同"羇"。

⑬ 华堂二句:暗讽朝廷或显贵惜金不惜才,总是强调今人不如古人。华堂,华贵的堂屋。喻指朝廷或显贵。苦道,犹再三反复地说。

【评析】

发端二句一跌一扬,点起惠崇。接下十二句为观画所见所感:四句写画中景象，先侧写后正写；四句引往昔所历，以渲染画境逼真；四句论绘画技艺，虚实相形相应。下十句又牵出画师名家，巨然率性随意，崔白工细生动，写二子绝艺及遭际，全为旁衬惠崇。末二句绾合三家以收，寄讽于感慨。通篇手法多变，思理曲折而可寻绎，此正是宋人擅长处。

谢公墩

走马白下门①，投鞭谢公墩②。昔人不可见，故物尚或存。问樵樵不知，问牧牧不言。摩挲苍苔石，点检屐齿痕③。想此绠长楦，想此倚短辕。想此玩云月，狼藉盘与樽④。井迳亦已没，漫然禾黍村⑤。摧藏羊昙骨，放浪李白魂⑥。亦已同山丘，缅怀苻兰荪⑦。小草戏陈迹⑧，甘棠咏遗恩⑨。万事付鬼箓⑩，耻荣何足论？天机自开阖，人理孰畔援⑪。公色无喜惧，傥知祸福根⑫。涕泪对桓伊，暮年无乃昏⑬。

【题解】

晚年退居江宁钟山时作。李德身《王安石诗文系年》编在"元丰诗汇"（1085）中。谢公，指东晋谢安。字安石，陈郡阳夏（今河南省周口市太康县）人。出身士族，有盛名。孝武帝时，位至宰相。曾任大都督率部迎击前秦军，获淝水大捷，并乘胜北伐，收复洛阳及青、兖、徐、豫等失地。后会稽王司马道子执政，被排挤，出镇广陵，旋病卒。谢公墩，传说为谢安隐逸游乐时登临之处，在钟山半山上。王安石筑有园宅于此。李壁注："墩在公所舍宅报宁禅寺后。余尝至其处，特一土骨堆耳。"

【注释】

① 白下：唐县名。今南京的别称。《元和郡县图志》卷二十五《江南道一·润州·上元县》："隋开皇九年平陈，于石头城置蒋州，以江宁县属焉。武德三年，杜伏威归化，改江宁为归化县。九年，改为白下县，属润州。贞观九年，又改白下为江宁。"

② 投鞭：下马。

③ 摩挲二句：意谓抚拭长满青苔的岩石，考寻前人登临的足迹。摩挲，抚摸。点检，考核，查察。屐(jī)齿，木屐底的齿。借指足迹或游踪。

④ 想此四句：想象谢公当年隐逸游憩于建康东山时的情景。絓，通"挂"。絓长樯，犹言挂帆。指扬帆归去。倚短辕，倚靠于牛车。借指隐居。玩云月，指游赏山云水月。狼藉，纵横散乱貌。《史记·滑稽列传》："日暮酒阑，合尊促坐，男女同席，履舄交错，杯盘狼藉。"

⑤ 井迳二句：意谓遗迹早就湮没，如今已是浑然一片。井迳，田间的小路。漫然，犹浑然。禾黍，泛指黍稷稻麦等粮食作物。古代诗文中常借用为感叹故国破败或胜地废圮之典。《诗·王风·黍离序》："《黍离》，闵宗周也。周大夫行役至于宗周，过故宗庙宫室，尽为禾黍。闵宗周之颠覆，彷徨不忍去而作是诗也。"

⑥ 摧藏二句：意谓自己亦具有羊昙的风骨，时常如李白放纵于诗酒。摧藏，收藏。羊昙，泰山南城（今山东省临沂市平邑县南）人。谢安之甥，善歌乐，为东晋"江左十贤"之一。安病逝前返京曾过西州门，羊昙感旧兴悲，哭于此门。《晋书·谢安传》："羊昙者，太山人，知名士也，为安所爱重。安薨后，辍乐弥年，行不由西州路。尝因石头大醉，扶路唱乐，不觉至州门，左右白曰：'此西州门。'昙悲感不已，以马策扣扉，诵曹子建诗曰：'生存华屋处，零落归山丘。'恸哭而去。"放浪，放纵不受拘束。

⑦ 亦已二句：意谓今亦居住在谢公登临过的山丘，为缅怀前贤而种下了满园兰荪。蒔，种植。兰荪，即菖蒲，一种香草。

⑧ 小草句：用谢公事，谓自己虽怀远志，却嬉戏于古人遗迹处，有遭逢不遂之慨。小草，药草名。其根曰"远志"，其叶曰"小草"。《世说新语·排调》："谢公始有东山之志，后严命屡臻，势不获已，始就桓公司马。于时人有饷桓公药草，中有远志。公取以问谢：'此药又名小草，何一物而有二称？'谢未即答。时郝隆在坐，应声答曰：'此甚易解，处则为远志，出则为小草。'谢甚有愧色。"

⑨ 甘棠句：用燕召公事，谓自己亦有美政之名，应不亚于谢公。甘棠，木名。即棠梨。《史记·燕召公世家》："召公巡行乡邑，有棠树，决

狱政事其下,自侯伯至庶人各得其所,无失职者。召公卒,而民人思召公之政,怀棠树不敢伐,歌咏之,作《甘棠》之诗。"又《晋书·谢安传》:"(安)及至新城,筑埭于城北。后人追思之,名为召伯埭。"

⑩ 鬼箓:又作"鬼录"。阴间死人的名簿。亦指死亡。

⑪ 天机二句:意谓天赋的开合是自然而然的,做人的规范有谁能够背离。天机,天赋灵机。人理,做人的道德规范。畔援,违背,改易。

⑫ 公色二句:意谓谢公或许知晓祸福的根源,故遇事无喜无惧神色不改。傥,或许,也许。《世说新语·雅量》:"桓公伏甲设馔,广延朝士,因此欲诛谢安、王坦之。王甚遽,问谢曰:'当作何计?'谢神意不变,谓文度曰:'晋祚存亡,在此一行。'相与俱前。王之恐状,转见于色。谢之宽容,愈表于貌。望阶趋席,方作洛生咏,讽'浩浩洪流'。桓惮其旷远,乃趣解兵。""谢公与人围棋,俄而谢玄淮上信至,看书竟,默然无言,徐向局。客问淮上利害,答曰:'小儿辈大破贼。'意色举止,不异于常。"

⑬ 涕泪二句:意谓谢公晚年恐怕有些昏聩,因困于谗言,听到桓伊歌《怨诗》为自己鸣不平,弗能自禁而流涕。事见《晋书·桓伊传》。桓伊,字叔夏,小字子野(一作野王),谯国铚县(今安徽省淮北市濉溪县西南)人。有武略,参诸府军事。历淮南太守,进都督豫州诸军事、豫州刺史。苻坚南攻,伊协从谢玄大破前秦军于淝水,官至都督江州十郡、豫州四郡军事、江州刺史。喜音乐,善吹笛,时称"江左第一"。李壁注:"帝尝召伊饮,安侍坐。帝命伊吹笛。伊又抚筝,歌《怨诗》曰:'忠信事不显,乃有见疑患。'为安发也。安泣下沾衿,越席就之,捋其须曰:'使君于此不凡。'帝有愧色。诗言安不慑于元桓,而垂涕于谗者,似未能一视祸福也。"

【评析】

荆公退居钟山,借咏谢公遗迹而自抒怀抱。诗中引用典故,有慕于谢公之秉性与功绩者,亦可略见其自许之心。荆公又有《谢公墩二首》诗,其一曰:"我名公字偶相同,我屋公墩在眼中。公去我来墩属我,不应墩姓尚随公。"虽为戏谑语,而不掩比肩古人之志。

明妃曲

明妃初出汉宫时,泪湿春风鬓脚垂①。低徊顾影无颜色,尚得君王不自持②。归来却怪丹青手,入眼平生未曾有。意态由来画不成,当时枉杀毛延寿③。一去心知更不归,可怜着尽汉宫衣④。寄声欲问塞南事⑤,只有年年鸿雁飞。家人万里传消息,好在毡城莫相忆⑥。君不见,咫尺长门闭阿娇⑦,人生失意无南北。

【题解】

此诗为二首其一。嘉祐四年(1059)作,时以直集贤院为三司度支判官。明妃,即西汉宫女王昭君。晋人避文帝司马昭讳,改称"明君",后人又称之为"明妃"。汉元帝时,被选入宫。竟宁元年(前33),匈奴呼韩邪单于来朝求和亲,昭君自请远嫁,入为"宁胡阏氏"。呼韩邪死,昭君求归,成帝命其从胡俗,复为后单于阏氏。参见第281页杜甫《咏怀古迹》注释②③。

【注释】

① 春风:即"春风面"。喻美丽的容颜。语出杜甫《咏怀古迹五首》其三:"画图省识春风面,环珮空归月夜魂。"

② 低徊二句:意谓昭君辞行出宫,其身姿容貌使周围粉黛全无颜色,还让君王不能控制自己的感情。低徊,留恋徘徊。顾影,自顾身影。无颜色,没有姿色。尚得,犹还教,还让。自持,自我克制。《后汉书·南匈奴传》:"昭君丰容靓饰,光明汉宫,顾景裴回,竦动左右。帝见大惊,意欲留之,而难于失信,遂与匈奴。"

③ 归来四句:用传说元帝杀画工事,为毛延寿等人叫屈,侧面烘托昭君的风采神韵。丹青手,画工。意态,神情姿态。毛延寿,杜陵(今陕西省西安市东南)人。元帝时的宫廷画工,善画人物。据《西京杂记》卷二,昭君不肯贿赂毛延寿等画工,被画为丑,帝遂按图命其远嫁,召见后始觉其美,因杀毛延寿等。参见第281页杜甫《咏怀古迹》注释④。

④ 着尽汉宫衣:谓昭君入匈奴后一直穿着汉朝宫服。王安石集句诗《胡笳十八拍十八首》其四:"明妃初嫁与胡时,一生衣服尽随身。"

⑤ 塞南:边塞以南。指中原。

⑥ 毡城:匈奴等游牧民族所居毡帐集中地。多指其王庭所在之处。

⑦ 长门闭阿娇:用汉武帝陈皇后失宠幽闭于长门宫事。参见第149页李白《长门怨》题解。

【评析】

前半写明妃去时风仪容止,多用旁侧铺衬之法。后半写其去后眷念家国,情极真切哀婉。末二句以明妃出塞之悲,相较于阿娇长门之怨,揭出"人生失意无南北"之旨,言外自有无穷感叹。然此句亦为时人所非议,联系《明妃曲》其二"汉恩自浅胡自深"句,以为介甫无视胡汉之异,乖背君父之恩。李壁注曰:"公语意固非,然诗人一时务为新奇,求出前人所未道,而不知其言之失也。"而又注引黄庭坚跋云:"荆公作此篇,可与李翰林、王右丞并驱争先矣。往岁道出颍阴,得见王深父先生,最承教爱。因语及荆公此诗,庭坚以为词意深尽,无遗恨矣。深父独曰:'不然。孔子曰:夷狄之有君,不如诸夏之亡也。'"人生失意无南北",非是。'庭坚曰:'先生发此德言,可谓极忠孝矣。然孔子欲居九夷,曰:"君子居之,何陋之有?"恐王先生未为失也?'明日,深父见舅氏李公择曰:'黄生宜择明师畏友与居,年甚少而持论知古血脉,未可量也。'"(《王荆文公诗笺注》卷六)王回(深父)为前辈,少年人委婉纠其偏,甚是有见。

白沟行

白沟河边蕃塞地①,送迎蕃使年年事②。蕃使常来射狐兔,汉兵不道传烽燧③。万里锄耰接塞垣,幽燕桑叶暗川原④。棘门灞上徒儿戏,李牧廉颇莫更论⑤。

【题解】

嘉祐五年(1060)春,以三司度支判官伴送契丹使至北境,途经白沟作。白沟,古称巨马河。北宋与契丹(辽)之间的界河。西起安肃军黑芦堤(今河北省保定市徐水区东北),东至泥沽寨(今天津市滨海新区塘沽口)。河道宽丈余。有白沟驿,在雄州归信(今河北省雄安新区雄县)北,为两国送纳交割、商贸互市之地。

【注释】

① 蕃塞:此指契丹边境。契丹是源于东胡的游牧民族,唐以其地置松漠都督府(治今内蒙古自治区赤峰市林西县南),并任其首领为都督。907年,迭剌部首领耶律阿保机称帝,916年建国号"契丹"。947年改国号为"辽",983年复称"契丹",1066年再改称"辽"。为宋初北方强敌。

② 送迎句:指两国年年通使往来。景德元年(1004)冬,契丹大举入侵,宋真宗亲征至澶州(今河南省濮阳市西南),北兵败,请和。真宗素不愿战,于是遣使议和:两国约为兄弟,以白沟河为边界,宋每年输绢二十万匹、银十万两以为岁币,契丹罢兵。因澶州古称澶渊郡,故史称"澶渊之盟"。此后,双方百余年无大征战,直至1125年金灭辽。

③ 蕃使二句:意谓契丹人常常借口狩猎侵扰边境,守边的宋兵却疏忽松懈不想报警。射狐兔,指狩猎。不道,犹不思量,不打算。烽燧,边防报警信号。白昼放烟曰烽,夜间举火曰燧。李壁注引陈师道《后山谈丛》卷三曰:"自五代来,契丹岁压境,及中国征发即引去。遣问之,曰:'吾校猎尔。'以是困中国。"

④ 万里二句:意谓精耕细作的土地绵延到边关,幽燕一带原野桑稼翠绿盈畴。即白沟南北两边情景,南为万里农田无险可守,北本故地却成他国粮仓。锄耰(yōu),锄和耰,锄地的工具。借指耕作或耕地。塞垣,边关的城墙。幽燕,今北京市、天津市、河北北部及辽宁一带。唐以前称幽州,战国时为燕国,故称。此指"燕云十六州",本汉家之地。五代后唐末年,河东节度使石敬瑭反,乞兵于契丹,灭后唐,建后晋,将燕云十六州割让给契丹。宋立,意图恢复,与其争战四十余年,不成。后订立"澶渊之盟",双方划定边界,宋输岁币,契丹放弃莫(治今河北省沧州市任丘市)、瀛(治今河北省沧州市河间市)二州。

⑤ 棘门二句:意谓宋军守备松弛竟如同儿戏,更不用说还没有李

牧、廉颇那样的良将。棘门、灞上，用汉文帝巡行劳军之事。据《史记·绛侯周勃世家》，文帝时，匈奴入侵。以刘礼屯军灞上，徐厉屯军棘门，周亚夫屯军细柳，以备胡。文帝亲自劳军，到灞上、棘门军，皆直驰而入；到细柳营，则军容整饬，亚夫以军礼相见。文帝感慨曰："嗟乎，此真将军矣！曩者霸上、棘门军，若儿戏耳，其将固可袭而虏也。至于亚夫，可得而犯邪！"棘门，秦时宫门，故址在咸阳东北。灞上，在长安东、灞水西高原上。细柳，在咸阳西南。李牧、廉颇，战国末赵国良将。李牧破匈奴，廉颇攻齐燕，皆有功于赵。

【评析】

叙白沟内外所见，又借史实议边备废弛不修。叙议互为表里，言切而虑远，足以警戒当时及后来。

送郑叔熊归闽

郑子喜论兵，魁然万人敌①。尝持一尺棰②，跨马河南北。方今边利害③，口手能讲画。疑师彀城翁④，方略已自得。天兵卷甲老，壮士不肉食⑤。低回向诗书，文字锐镌刻⑥。科名又龃龉⑦，弃置非人力。黄尘凋麔裘，逆旅同逼仄⑧。秋风吹残汴⑨，霰雪已惊客⑩。浩歌随东舟，别我无惨恻⑪。闽生今好游，往往老妻息⑫。《南陔》子所慕，天命岂终塞⑬？

【题解】

此诗作年未详。郑叔熊，有弟名叔豹。明凌迪知《万姓统谱》卷一百七："郑叔豹，福清人。元祐间上《兵器图》《宗祀书》《明堂制度及配享冕服之仪》数卷。兄叔熊，亦好谈兵，王安石有诗送之归闽。"而南宋王应麟《玉海》卷九十六则曰："（皇祐二年）八月丙寅，福州草泽郑叔豹上《宗祀书》三卷，述明堂制度及配享冕服之义。"据此可推，郑氏兄弟活跃期当在皇祐（1049—1054）前后。诗中有"科名又龃龉，弃置非人力"句，知叔熊科试失利将归，安石作此以送之。庆历五年（1045），安石淮南判官任满,自扬州归临川,复入京师为大理评事。在京师,多与交"有道君子"如曾巩、王回、王向等,或许结识叔熊亦在是时。细玩此诗,其词气铿锵,当是早期作品无疑。

【注释】

① 魁然:高大貌。万人敌:战胜万人之术。此谓郑叔熊熟谙兵法。《史记·项羽本纪》:"剑一人敌,不足学,学万人敌。"

② 棰(chuí):马鞭。

③ 边利害:边防形势的便利与险恶。此处"利害"偏义于"害"。宝元元年(1038),西北党项族首领元昊称帝,建国号"大夏",史称"西夏"。此后,西夏于康定元年(1040)、庆历元年(1041)、庆历二年多次发动对北宋的战争,攻城略地。庆历四年,又大败契丹军,最终形成三国鼎足局面。

④ 穀城翁:即黄石公。相传授张良兵书的"圯上老人"。《史记·留侯世家》:"有顷,父亦来,喜曰:'当如是。'出一编书,曰:'读此,则为王者师矣。后十年兴。十三年孺子见我济北,穀城山下黄石即我矣。'遂去,无他言,不复见。旦日视其书,乃《太公兵法》也。"此句谓叔熊似乎得异人传授兵法。

⑤ 天兵二句:意谓王朝的军队已经疲乏无力,有本领的壮士却不能见用。天兵,王朝军队。卷甲老,指卷起铠甲的困乏状。形容战败投降。时宋军不敌西夏兵,连年败北。不肉食,没有做官。《左传·庄公十年》:"肉食者谋之,又何间焉。"杜预注:"肉食,在位者。"

⑥ 低回二句:意谓转而诵习诗文,文笔精锐深刻。低回,纡回,转向。锐,锐利。镂刻,雕刻,刻画。此指叔熊习武不成,转而从文。

⑦ 科名:科举功名。龃龉(jǔ yǔ):上下齿不相对应。喻抵触,不顺达。

⑧ 黄尘二句:意谓岁月风尘磨损了身上的衣裳,人生旅途既短促又很狭窄。黄尘,喻尘世。凋,凋敝,毁损。罽(jì)裘,又作"罽宾裘"(罽宾,汉唐时西域国名)。古代一种用外来毛织品制成的衣裘。凋罽裘,含有消磨珍贵年华之意。逆旅,旅居。喻人生短促。逼仄,狭窄。

⑨ 残汴:指枯水季的汴河。隋开通济渠,自洛阳西苑引水,流经开封,入泗达于淮。唐宋人称为"汴河""汴水"。北宋孟元老《东京梦华

录》卷一:"(汴河)自西京洛口分水入京城,东去至泗州,入淮。运东南之粮,凡东南方物,自此入京城,公私仰给焉。"参见第 385 页白居易《隋堤柳》题解及注释①。

⑩ 霰雪句:意谓夹带雪珠的雪惊扰了客人。叔熊为南方人,畏冷,雪天催归,故云。

⑪ 惨恻:忧戚,悲伤。

⑫ 老妻息:使妻子儿女陷入困境。老,疲惫,困乏。

⑬ 南陔(gāi)二句:意谓孝养双亲是他一心向往的事情,命运虽由天定但不会永远闭塞不通。南陔,《诗·小雅》中篇名,有目无诗。《诗·小雅·南陔序》:"《南陔》,孝子相戒以养也。"后用为奉养孝敬双亲之典。塞,时运不通,困窘。

【评析】

送友东归,叹其时运不济,空怀文经武略而难为世用。人物造形愈挺拔,愈觉不平之气贯于全篇,铿然有金石声。"壮士不肉食""弃置非人力"诸句,所讽亦深刻,隐然可见作者思变致治之意。

日出堂上饮

日出堂上饮,日西未云休。主人笑而歌,客子叹以愀①。指此堂上柱,始生在岩幽②。雨露饱所滋,凌云亦千秋③。所托愿永久,何言值君收④。乃令卑湿地,百蚁上穷镂⑤。丹青空外好,镇压已堪忧⑥。为君重去之,不使一蚁留。蚁力虽云小,能生万蚍蜉⑦。又能高其础,不尔继者稠⑧。语客且勿然,百年等浮沤⑨。为客当酌酒,何豫主人谋⑩?

【题解】

此诗作年未详。李壁将本卷二十八首古诗皆归于"嘉祐初年作"。李德身则统系于嘉祐二年(1057)。是年,安石由群牧判官调知常州军州事。三年春移提点江南东路刑狱,十月除三司度支判官,翌年秋方就任,乃上万言书(《上仁宗皇帝言事书》),提出变法主张。诗中大意,即托寓以言改革。

【注释】

① 愀(qiǎo):忧戚貌。

② 岩幽:山岩幽深处。

③ 雨露二句:意谓柱木曾获雨露充足滋养,生长得高大而久长。饱,充足。千秋,千年。

④ 所托二句:意谓柱木本愿作栋梁托付给永久,岂料遇到主君为其所收揽。永,一本作"求"。何言,岂料。值,遇到。

⑤ 乃令二句:意谓于是使来自低湿之地的虫蚁,纷纷爬上堂柱把它侵蚀一空。卑湿,指地势低下潮湿。锼(sōu),侵蚀。

⑥ 丹青二句:意谓堂柱徒有色彩绚丽的外表,重压之下实在令人担忧。丹青,红色和青色的颜料。亦泛指绚丽的色彩。镇压,压住。

⑦ 蚍蜉:大蚁。

⑧ 又能二句:意谓虫蚁聚集又能增高柱下的基础,不把它清除干净后继者就会越聚越多。础,柱下石礅。不尔,不如此,不然。"尔"指"为君重去之,不使一蚁留"这件事。稠,多。

⑨ 语(yù)客二句:意谓主对客说不必这样,人生百年如同水面泡沫。语客,告诉客人。勿然,不要这样。浮沤(ōu),水面上的泡沫。喻易生易灭、变化无常的事物或生命。

⑩ 何豫句:意谓何必参与主人的谋划。

【评析】

李壁曰:"此诗主以喻君,客以喻臣,堂以喻君,柱以喻臣。堂上主人居安而忘危,为客者,视其蠹坏已甚,将有镇压之忧,为主人图所以弭患,此而不忘君卷卷之义。更张之念,疑始于此。"(《王荆文公诗笺注》卷十一)末四句借主人排抑语,道时不我用之怨,深含讽切。

舟中读书

冉冉木叶下①,萧萧山水秋②。浮云带田野,落日抱汀洲③。

归卧无与语④,出门何所求?未能忘感概⑤,聊以古人谋⑥。

【题解】

皇祐二年(1050)秋作。时知鄞县秩满,归临川,又赴钱塘,居于高邮。

【注释】

① 冉冉:柔弱貌。此状树叶飘落。
② 萧萧:草木摇落声。
③ 汀洲:水中小块陆地。
④ 无与语:指无人可以交谈。
⑤ 感概:感触,感叹。
⑥ 聊以句:意谓愿与古人商量谋划。聊,愿意,乐意。《诗·邶风·泉水》:"娈彼诸姬,聊与之谋。"

【评析】

上半写"舟中"所见之景,一二叠字,三四"带"字"抱"字,下得工致,便皆成活句。下半写孤直之情,胸中所思所感,无可共语,惟与古人相交通,点醒题面"读书"之意。

君难托

槿花朝开暮还坠①,妾身与花宁独异②?忆昔相逢俱少年,两情未许谁最先③?感君绸缪逐君去,成君家计良辛苦④。人事反复那能知?谗言入耳须臾离⑤。嫁时罗衣羞更着⑥,如今始悟君难托。君难托,妾亦不忘旧时约⑦。

【题解】

熙宁七年(1074)作。是年春,天下久旱,加之有人屡进谗言,变法受阻,神宗欲尽罢法度之不善者,安石乃自请罢相,出知江宁府。南宋蔡正孙《诗林广记后集》卷二引熊禾(勿轩)语曰:"按神宗即位,召公参大政，公每以仁宗末年事多委靡舒缓，劝上变风俗、立法度。上方锐于求治，得之不啻千载之遇，公亦感激，知无不为。后公罢相，吕惠卿欲破坏其法，张谔、邓绾之徒更相倾撼，上虽再召公秉政，逐惠卿等，而公求退之意已切，遂以使相判江宁。此诗疑此时作也。"

【注释】

① 槿花：木槿花。锦葵科灌木或小乔木。夏秋开花，花钟形，单生，有白、红、紫等色，朝开暮落。栽培供观赏兼作绿篱。树皮和花可入药。

② 宁（nìng）独异：难道有什么不同。宁，岂，难道。

③ 未许：没有允婚。指婚配之前。谁最先：谓谁最先表露真情。

④ 感君二句：意谓感动于君的缠绵情意便随你而去，为君操持家务的确非常辛苦。绸缪（chóumóu），形容男女间情意缠绵。家计，家庭生计或事务。良，确实。

⑤ 须臾：片刻，瞬间。

⑥ 嫁时句：意谓我已羞于再穿出嫁时的罗衣。罗衣，轻软丝织品制成的衣服。更着，再着。

⑦ 旧时约：从前的誓约。

【评析】

起用比兴，以槿花朝开暮落，喻弃妇悲苦命运，慨然而发"君难托"之叹。诗中所叙两情变化，亦无不暗寓君臣暌隔。自古君臣因间而离之事多有，君王又喜怒无常，故迁臣心有怨望，不得不托弃妇以寄。

半山春晚即事

春风取花去，遗我以清阴①。翳翳陂路静②，交交园屋深③。床敷每小息，杖屦亦幽寻④。惟有北山鸟⑤，经过遗好音⑥。

【题解】

元丰二年（1079）暮春作。是年春，安石在江宁城外营建园宅。园宅距白下门七里,距钟山亦七里,因称"半山园",并自号"半山"。

【注释】

① 春风二句:意谓暮春的风虽然带走了百花,却馈赠我清凉的树阴。春风,一本作"春晚"。遗(wèi),一作"酬"。清阴,新生枝叶形成的清凉树阴。

② 翳翳(yì—):草木茂密成荫貌。陂(bēi)路:湖岸,塘堤。

③ 交交:交错混杂貌。

④ 床敷二句:意谓我常常无事就铺床稍作休息,有时也拄杖出门去寻幽探胜。床敷,铺床。小息,暂时休息。杖屦(jù),拄杖漫步。幽寻,寻找幽胜。

⑤ 北山:此指钟山。又名"蒋山""紫金山"。在江宁城东北。《文选·孔稚圭〈北山移文〉》吕向题解:"钟山在都北。其先周彦伦隐于此山,后应诏出为海盐县令,欲却过此山,孔生乃假山灵之意移之,使不许得至,故云'北山移文'。"

⑥ 好音:悦耳的声音。此指鸟鸣声。

【评析】

退居山林后,心境自远。因见春去花尽,并无伤春惜春之意,却处处可得"清阴"之喜,仅此便翻前人窠臼。末写鸟音划过,浑然天成,更添一片宁静在言外。

送邓监簿南归

不见骊塘路,茫然四十春①。长为异乡客,每忆故时人。水阅公三世②,云浮我一身③。濠梁送归处④,握手但悲辛。

【题解】

元丰六年(1083)秋作。邓监簿,安石同乡,临川(今江西省抚州市)人。李壁注:"邓名铸,公之故人。自临川至金陵省公,留逾月。公作此诗送之。又录《杂诗》一卷与邓,时元丰六年秋也。"监簿,宋五监(国子监、少府监、将作监、军器监、都水监)均设主簿,称"监簿"。掌勾检稽失、出纳簿账之事,从八品。

【注释】

① 不见二句:意谓不见故乡骊塘的路,不知不觉已有四十年了。骊塘,在临川。《方舆胜览》卷二十一《抚州·临川》:"骊塘,王介甫故居在焉。"四十春,安石庆历二年(1042)登进士第,签书淮南判官,庆历三年自扬州赴临川省亲,至今正四十年。

② 水阅句:意谓邓公历经岁月而心性不改。水阅,即佛经中的"观河"。据《楞严经》卷二,"佛告大王:'汝见变化迁改不停,悟知汝灭。亦于灭时,知汝身中有不灭耶?'波斯匿王合掌白佛:'我实不知。'佛言:'我今示汝不生灭性。大王,汝年几时见恒河水?'王言:'我生三岁,慈母携我谒耆婆天,经过此流,尔时即知是恒河水。'佛言:'大王,如汝所说,二十之时衰于十岁,乃至六十。日月岁时,念念迁变。则汝三岁见此河时,至年十三,其水云何?'王言:'如三岁时,宛然无异。乃至于今,年六十二,亦无有异。'佛言:'汝今自伤发白面皱,其面必定皱于童年。则汝今时观此恒河,与昔童时观河之见,有童耄不?'王言:'不也,世尊。'佛言:'大王,汝面虽皱,而此见精性未曾皱。皱者为变,不皱非变。变者受灭,彼不变者元无生灭,云何于中受汝生死?'"后用"观河"喻佛性永恒不变。三世,佛教指过去、现在、未来。

③ 云浮句:意谓我身如浮云飘忽即逝。云浮,即浮云。飘动的云。《维摩诘所说经·方便品第二》:"是身如浮云,须臾变灭。"杜甫《别赞上人》诗:"是身如浮云,安可限南北。"

④ 濠梁句:意谓我俩交游其乐无穷,如今却要在此分别。濠梁,濠上桥梁。在今安徽省滁州市凤阳县东北。《庄子·秋水》:"庄子与惠子游于濠梁之上。庄子曰:'鯈鱼出游从容,是鱼乐也。'惠子曰:'子非鱼,安知鱼之乐?'庄子曰:'子非我,安知我不知鱼之乐?'"此处用"濠梁"喻二人交游之乐,有如庄子、惠子,非实指送别地。

【评析】

荆公晚年律诗，使事对偶尤精切。如颈联"水阅公三世"与"云浮我一身"，不只是梵语相对，且用意亦颇合乎事理人情之宜，非大手笔不能到。

壬辰寒食

客思似杨柳①，春风千万条。更倾寒食泪，欲涨冶城潮②。巾发雪争出，镜颜朱早凋③。未知轩冕乐④，但欲老渔樵⑤。

【题解】

皇祐四年（1052）寒食节作。安石父益曾为江宁通判，宝元二年（1039）卒于官，年四十六，葬府南牛首山（今南京市雨花台区将军山）。皇祐三年（1051）秋，安石通判舒州（今安徽省安庆市潜山市），其长兄安仁以宣州司户监江宁府盐院，未几病卒，年三十七。四年（壬辰）春，安石自舒州赴江宁，料理安仁丧事，作此诗；四月葬安仁在父墓东南五步，其后返舒州。寒食，古代于清明前一日或二日禁火冷食，称寒食节。参见第299页杜甫《小寒食舟中作》题解。

【注释】

① 客思：客中游子的思绪。

② 冶城：今南京别称。故址在南京市秦淮区朝天宫一带。《太平寰宇记》卷九十《江南东道二·昇州·上元县》："古冶城在今县西五里，本吴铸冶之地，因以为名。"

③ 巾发二句：意谓白发增多从头巾里挣脱出来，镜中的面容早已变得憔悴不堪。巾，古人以巾裹头，后即演变成冠的一种，称作巾。雪，喻白发。镜颜，镜中的容颜。朱，指红润的面色。凋，凋谢枯萎。此指衰颓憔悴。

④ 轩冕：古代高官显贵的车服。轩，一种前顶较高而有帷幕的车子，供大夫以上乘坐。冕，大夫以上行朝仪、祭礼时所戴的礼帽。

⑤ 老：终老。渔樵：捕鱼砍柴。代渔人和樵夫。此借指隐居。

【评析】

春风杨柳,喻"客思"之纷繁,起笔见奇。而通首伤时怨老、欲退求归,既悲父兄英年客死异乡,又叹人生不得行其胸臆,语极沉痛而有至情。

送项判官

断芦洲渚落枫桥①,渡口沙长过午潮②。山鸟自鸣泥滑滑③,行人相对马萧萧④。十年长自青衿识,千里来非白璧招⑤。握手祝君能强饭⑥,华簪常得从鸡翘⑦。

【题解】

晚年退居钟山作。李德身编在"元丰诗汇"(1085)中。项判官,未详何许人。判官,宋沿唐制,于州府长官及节度、观察、防御诸使设置判官,佐理政事。

【注释】

① 断芦:残败的芦苇。枫桥:此指落满枫叶的桥梁。

② 午潮:正午时的潮水。

③ 泥滑滑(gǔ—):竹鸡的鸣声。亦代指竹鸡。明李时珍《本草纲目·禽二·竹鸡》:"蜀人呼为鸡头鹘,南人呼为泥滑滑,因其声也。"

④ 萧萧:马鸣声。《诗·小雅·车攻》:"萧萧马鸣,悠悠旆旌。"

⑤ 十年二句:意谓两人年龄相差十岁,结识时还都是学子;如今千里迢迢而来,并非为了贪图富贵。十年长,《礼记·曲礼上》:"十年以长,则兄事之。"指年长十岁,要当兄长那样侍奉。青衿,青色交领衣衫。古代学子常服。《诗·郑风·子衿》:"青青子衿,悠悠我心。"毛传:"青衿,青领也。学子之所服。"白璧招,重金招聘。《艺文类聚》卷八十三《宝玉部上·金》引《韩诗外传》曰:"楚襄王遣使者持金千片,白璧百双,聘庄子欲以为相,庄子辞而不许。使者曰:'黄金白璧,宝之至也;卿相,尊位也。先生辞而不受,何也?'"白璧,平圆形中心有孔的白玉。

⑥ 强(qiǎng)饭:努力进食。指保重身体。《史记·外戚世家》:"行

矣,强饭,勉之!即贵,无相忘。"

⑦ 华簪:华贵的冠簪。古人用簪把冠连缀在头发上。华簪为贵官所用,故常用以指显贵的官职。鸡翘:鸾旗。帝王仪仗之一。《汉书·贾捐之传》:"鸾旗在前,属车在后。"颜师古注:"鸾旗,编以羽毛,列系橦旁,载于车上。大驾出,则陈于道而先行,属车相连属而陈于后也。"此句祝愿项君将来能够显达。

【评析】

前四句写深秋渡头景象,动静相乘,摹尽送别形声。五六转写二人交谊及项君为人,用事极工切,更不着斧凿痕迹,直如肺腑语。末以祝愿收结,情意真挚可慨。

示长安君

少年离别意非轻①,老去相逢亦怆情②。草草杯盘供笑语③,昏昏灯火话平生。自怜湖海三年隔,又作尘沙万里行④。欲问后期何日是⑤,寄书应见雁南征⑥。

【题解】

嘉祐五年(1060)作。是年春,伴送契丹使臣至北境。长安君,安石长妹,名文淑。适尚书虞部员外郎沙县张奎,封长安县君。李德身《王安石诗文系年》:"诗云'自怜湖海三年隔,又作尘沙万里行'。玩其诗意,当是使北临行前作于京师汴梁。"

【注释】

① 意非轻:谓情意重。

② 怆(chuàng)情:伤心。

③ 草草杯盘:指仓促置办的酒菜。

④ 尘沙:喻北境。

⑤ 后期:后会之期。

⑥ 南征:南行。此指南飞。

【评析】

离别时悲,相逢亦悲,相逢而又离别尤悲。颔联以叠字相对,叙兄妹情深,率意而亲切,然暂欢终究难掩长痛,细嚼则不由鼻酸。

葛溪驿

缺月昏昏漏未央①,一灯明灭照秋床。病身最觉风霜早,归梦不知山水长②。坐感岁时歌慷慨③,起看天地色凄凉。鸣蝉更乱行人耳,正抱疏桐叶半黄④。

【题解】

嘉祐三年(1058)秋作。二月,自知常州移提点江南东路刑狱。葛溪驿,在信州弋阳(今属江西省上饶市)。李壁注:"据信州弋阳县有葛溪水,源出上饶县灵山。又有葛玄仙翁冢焉,因名葛溪。"

【注释】

① 漏未央:夜未尽。指夜深还未到天明。漏,古代滴水计时的器具。
② 归梦:思归之梦。
③ 岁时:时节,时令。慷慨:情绪激昂。
④ 疏桐:萧疏零落的梧桐树。

【评析】

四联皆着秋色秋声,烘托出病身羁旅之愁。情与景会,象与境融,其句律工力所到,兴味自是深长。

山中

随月出山去,寻云相伴归①。春晨花上露,芳气著人衣②。

王安石

【题解】

罢相后退居钟山作。李德身编在"元丰诗汇"(1085)中。

【注释】

① 寻:随着,循着。

② 著(zhuó):附着。王维《蓝田山石门精舍》:"涧芳袭人衣,山月映石壁。"

【评析】

山中往来,每有云月花香为伴,是非荣辱已了不相干。萧散闲逸之趣,宛然在目。

江 上

江水漾西风①,江花脱晚红②。离情被横笛③,吹过乱山东。

【题解】

晚年退居钟山作。李德身编在"元丰诗汇"(1085)中。

【注释】

① 江水句:意谓西风吹动江面,水波荡漾。漾,水动荡貌。

② 江花句:意谓江畔的红花纷然凋谢。脱,脱落,掉下。晚红,指凋谢前的红花。

③ 离情句:意谓笛声布满离情。被,遍布,满。横笛,横吹的笛子,相对于竖吹的古笛而言。此指笛声。

【评析】

风送笛声以寄离情,化虚为实。而离情又不止在横笛,亦在荡漾江水、纷披落红中。景为情设,情因景生,情景妙合无间。

秣陵道中口占

经世才难就①,田园路欲迷②。殷勤将白发,下马照清溪③。

【题解】

此诗为二首其一。治平二年(1065)九月作。时安石丁母忧,居丧于江宁。李德身《王安石诗文系年》:"是年安石服除,仍居江宁。七月召赴阙,安石上状三辞,不赴。十月安石复为知制诰。"秣陵,古县名。秦改金陵邑置,治秣陵关(今南京市江宁区秣陵街道)。东汉建安时改名建业,移治石头城(今南京市鼓楼区清凉山)。西晋灭吴,复改秣陵;又分淮水(今秦淮河)北为建邺,南为秣陵,县治迁回秣陵关。东晋时移治京邑斗场柏社(今南京市秦淮区武定桥东南)。隋平陈后,并入江宁。口占,指作诗不起草稿,随口而成。

【注释】

① 经世:治理国事。
② 田园路:指故园之路。李壁注:"谓故庐在临川。"
③ 殷勤二句:意谓我下马来到清溪边,以水为镜,反复牵拉自己的白发。殷勤,频繁,反复。将,牵引,牵扯。清溪,在江宁府城东北。秦淮河支流。《太平寰宇记》卷九十《江南东道二·昇州·上元县》:"清溪在县北六里。阔五尺,深八尺,以泄玄武湖水,南入秦淮。"

【评析】

结于白发照水,语简情深,含壮志未骋、漂泊无归、年华空老三重之悲。

杂咏

桃李白城坞①,饷田三月时②。柴荆常自闭③,花发少人知④。

【题解】

此诗为四首其四。《杂咏四首》或作于宝元二年(1039)。是年安石父益卒于官,葬江宁牛首山。安石奉母居丧,遂家于江宁。其一曰:"故畦抛汝水,新垄寄钟山。"李壁注:"抚州城下临水、汝水合流。此公言去抚而居江宁也。"

【注释】

① 白城坞:白,一作"石"。石城坞,又名"石头坞"。西晋左思《吴都赋》:"戎车盈于石城。"刘逵注:"石城,石头坞也。在建业西临江,其中有库藏军储。"安石又有《金陵》诗:"最忆春风石城坞,家家桃杏过墙开。"

② 饷(xiǎng)田:送饭食到田头。三月春耕,是农事繁忙的月份,故须饷田。唐白居易《观刈麦》诗:"妇姑荷箪食,童稚携壶浆;相随饷田去,丁壮在南冈。"

③ 柴荆:柴木与荆条。此指农舍简陋的门户。

④ 花发:花开。

【评析】

王建《雨过山村》诗,有"妇姑相唤浴蚕去,闲着中庭栀子花"句,颇见风致。而此咏农月村坞一片宁静,柴门自闭,春花独放,正与唐人同一机杼。

梅花

墙角数枝梅,凌寒独自开①。遥知不是雪②,为有暗香来③。

【题解】

晚年退居钟山作。李德身编在"元丰诗汇"(1085)中。北宋僧惠洪《冷斋夜话》卷五:"荆公尝访一高士不遇,题其壁曰:'墙角数枝梅,凌寒特地开。遥知不是雪,为有暗香来。'"

【注释】

① 凌寒:冒着严寒。

② 遥知:谓在远处就知晓情况。

③ 为(wèi):因为,由于。暗香:犹幽香。清淡的香味。

【评析】

写墙角寒梅,傲然独立而暗香远播,既工于体物,又如颂人才德,所寄颇可寻味。李壁注引《古乐府》云:"庭前一树梅,寒多未觉开。只言花似雪,不悟有香来。"以为"介父略转换耳,或偶同也"(《王荆文公诗笺注》卷四十)。方回辩云:"予考杨诚斋所言,则谓'只言花似雪,不悟有香来',为苏子卿作。虽未必然,而'花是雪'与'花似雪',一字之间,大有迳庭。知花之似雪,而云不悟香来,则拙矣。不知其为花,而视以为雪,所以香来而不知悟也。荆公诗似更高妙。"(《瀛奎律髓》卷二十)

棋

莫将戏事扰真情①,且可随缘道我赢②。战罢两奁收黑白,一枰何处有亏成③?

【题解】

晚年退居钟山作。李德身编在"元丰诗汇"(1085)中。南宋胡仔《苕溪渔隐丛话前集》卷三十三引《遁斋闲览》云:"荆公棋品殊下,每与人对局,未尝致思,随手疾应,觉其势将败,便敛之,谓人曰:'本图适性忘虑,反苦思劳神,不如且已。'与叶致远敌手,尝赠致远诗云:'垂成忽破坏,中断俄连接。'是知公棋不甚高。又云:'讳输宁断头,悔误仍搏颊。'是又未能忘情于一时之得丧也。"又评此绝云:"观此诗,则图适性忘虑之语,信有证矣。"

【注释】

① 戏事:游戏娱乐之事。此指弈棋。

② 且可句:意谓弈棋胜负应顺其自然,即使输了也算作我赢。随缘,顺随机缘,顺应自然。此句表明作者实际上还是在意输赢的。

③ 战罢二句:意谓一局战罢将黑白棋子分装入奁中,棋枰上空无一物还哪来是非成败。奁(lián),盛物的盒、匣一类器具。黑白,围棋的黑子和白子。枰,棋盘。亏成,失败与成功。

【评析】

本欲适性忘虑,却透露不甘消息。抒写弈棋理趣,有自勉自安之意。

元日

爆竹声中一岁除①,春风送暖入屠苏②。千门万户曈曈日,总把新桃换旧符③。

【题解】

此诗作年未可确知,或作于熙宁二年(1069)春。时安石初为参知政事,创置三司条例,主持变法。元日,农历正月初一。

【注释】

① 爆竹:古时在节日或喜庆日,用火烧竹使之爆裂发声,以驱鬼避邪,谓之"爆竹"。火药发明后,以多层纸密卷火药,接以引线,燃之使爆炸发声,称为"爆仗""炮仗"。除(zhù):谓光阴过去。

② 屠苏:草名。此指画有屠苏草作为装饰的房屋。明杨慎《诗话补遗》卷一:"周王褒诗'飞甍雕翡翠,绣栭画屠苏'。屠苏本草名,画于屋上,因草名以名屋。"一说指一种药酒。亦作"屠酥"。古代习俗,于农历正月初一饮屠苏酒。南朝梁宗懔《荆楚岁时记》:"(正月一日)长幼悉正衣冠,以次拜贺。进椒柏酒,饮桃汤。进屠苏酒,胶牙饧。……凡饮酒次第,从小起。"

③ 千门二句:意谓当初升的太阳照亮千家万户时,人们忙着用新的

桃符换下旧的桃符。曈曈,日初出渐明貌。揔,同"总"。桃符,古代挂在大门上的两块画有神荼、郁垒二神的桃木板,用来压邪。《荆楚岁时记》:"(正月一日)帖画鸡,或斫镂五采及土鸡于户上。造桃板著户,谓之仙木。绘二神贴户左右,左神荼,右郁垒,俗谓之门神。"杜公瞻注:"按庄周云,'有挂鸡于户,悬苇索于其上,插桃符于旁,百鬼畏之'。"五代时,始在桃木板上书写联语,后又发展到书写在纸上,称为"春联"。

【评析】

写元日气象欢动如此。语虽平易浅近,而除旧布新之指极大。

北陂杏花

一陂春水绕花身①,身影妖饶各占春②。纵被春风吹作雪③,绝胜南陌碾成尘④。

【题解】

此诗作年未详。北陂(bēi),指北边的池塘。

【注释】

① 一陂:满池。陂,池塘。

② 身影:指岸边的花枝和它水中的倒影。各占春:谓各自占有春色。即花和影都很美丽。

③ 纵:即使。

④ 绝胜:远远超过。南陌:此与"北陂"相对,指南边的道路。亦可泛指池塘外的道路。

【评析】

一树杏花映池,明媚而多姿,真如活画在目。三四寄意,宁可零落清波保持洁白,不愿堕入喧嚣碾轧成泥,品性清介,亦是人格写照。

北山

北山输绿涨横陂①，直堑回塘滟滟时②。细数落花因坐久，缓寻芳草得归迟③。

【题解】

晚年退居钟山作。李德身编在元丰七年(1084)。北山，即钟山。参见第487页《半山春晚即事》注释⑤。

【注释】

① 输绿：输送绿色。横陂：长坡。

② 直堑(qiàn)：直沟。堑，同"埑"。回塘：环曲的池塘。滟滟：波光闪烁貌。

③ 细数二句：意谓仔细去数飘落的花瓣因而坐了很久，缓步徐行寻觅芳草使得归来已晚。细数，仔细计数。因，因而，因此。缓寻，慢慢寻找。得，使得。王维《从岐王过杨氏别业应教》："兴阑啼鸟换，坐久落花多。"

【评析】

"细数落花因坐久，缓寻芳草得归迟"二句，颇为时人所称，以为尽得"舒闲、容与之态"(叶梦得《石林诗话》卷上)。而遣字造语，亦精巧可爱，有云："'细数落花''缓寻芳草'，其语轻清。'因坐久''得归迟'，则其语典重。以轻清配典重，所以不堕唐末人句法中。盖唐末人诗轻佻耳。"(吴可《藏海诗话》)

寄蔡天启

杖藜缘埑复穿桥①，谁与高秋共寂寥②？伫立东冈一搔首③，冷云衰草暮迢迢④。

【题解】

晚年退居钟山作。李德身编在元丰四年(1081)。蔡肇,字天启,润州丹阳(今属江苏省镇江市)人。能为文,最长歌诗,亦善画。初师事王安石,见器重;又从苏轼游,声誉益显。举进士。徽宗时,历官吏部员外郎、中书舍人,后以显谟阁待制知明州。有《丹阳集》三十卷,已佚。

【注释】

① 杖藜:拄杖行走。藜,草本植物,茎可作杖。缘堑:沿着沟壕。
② 高秋:指秋日天高气清。寂寥:空阔旷远貌。
③ 东冈:江宁城东有白土冈。隋灭陈,终战于此。南宋周应合《景定建康志》卷十七:"白土冈,北连蒋山,其土色白,周回一十里,高十丈,南至秦淮。"
④ 暮迢迢:谓暮色苍茫无边。

【评析】

前半仰问,后半伫立,诗人气概鼓荡,绝少悲秋意。高情肃景一经写出,便有境界。

书湖阴先生壁

茅檐长扫静无苔①,花木成畦手自栽②。一水护田将绿绕,两山排闼送青来③。

【题解】

此诗为二首其一。晚年退居钟山作。李德身编在元丰六年(1083)。湖阴先生,李壁题注:"杨德逢也。"生平事迹未详。隐居钟山,与安石为友。王集中有赠德逢诗多首。

【注释】

① 茅檐:茅屋屋檐。此指屋檐下的庭院。茆,同"茅"。
② 成畦(qí):成为园圃。畦,长条田块。

③ 一水二句:意谓一弯溪流环绕,如同细心呵护碧绿园田;两座青山若奔,仿佛推门送来一片苍翠。护田,护卫园田。语出《汉书·西域传上》:"自敦煌西至盐泽,往往起亭,而轮台、渠犁皆有田卒数百人,置使者校尉领护。"颜师古注:"统领保护营田之事也。"排闼(tà),推门,撞开门。闼,内门,小门。后泛指门。语出《汉书·樊哙传》:"高帝尝病,恶见人,卧禁中,诏户者无得入群臣。群臣绛、灌等莫敢入。十余日,哙乃排闼直入,大臣随之。"颜师古注:"闼,宫中小门也。一曰门屏也。"

【评析】

庭院幽静雅洁,"一水""两山"多情重义。以生动之笔题壁,而实赞主人清迥绝俗。后二句"护田""排闼"相对,用典不使人觉,故能入妙。叶梦得曰:"荆公诗用法甚严,尤精于对偶。尝云:'用汉人语,止可以汉人语对,若参以异代语,便不相类。'如'一水护田将绿去,两山排闼送青来'之类,皆汉人语也。此法惟公用之不觉拘窘卑凡。"(《石林诗话》卷中)

泊船瓜洲

京口瓜洲一水间①,钟山只隔数重山。春风自绿江南岸②,明月何时照我还?

【题解】

熙宁元年(1068)作。是年春,安石东游金山,以翰林学士召,由京口至瓜洲而返。瓜洲,瓜洲镇,在宋扬州江都县南(今江苏省扬州市邗江区)。《大清一统志》卷六十七《扬州府二·关隘》:"瓜洲镇,在江都县南四十里江滨。《元和郡县志》:'昔为瓜洲村,盖扬子江中之砂碛也。沙渐涨出,状如瓜字,遥接扬子渡口。自唐开元来,渐为南北襟喉之处。'"

【注释】

① 京口:古城名。宋润州丹徒县(今江苏省镇江市)。三国吴时曾为首府,称为"京城"。后吴都迁建业,改称"京口"。东晋、南朝时,通称

"京口城"。京口与瓜洲隔江相对。

②自绿:谓自然而然地变成绿色。绿,用作动词。使变绿,使呈绿。一作"又绿"。《王文公文集》卷七十、《临川先生文集》卷二十九、《王荆文公诗笺注》卷四十三俱作"自绿"。据南宋洪迈《容斋随笔续笔》卷八《诗词改字》,"王荆公绝句云:'京口瓜洲一水间,钟山只隔数重山。春风又绿江南岸,明月何时照我还?'吴中士人家藏其草,初云'又到江南岸'。圈去'到'字,注曰'不好',改为'过'。复圈去,而改为'入',旋改为'满'。凡如是十许字,始定为'绿'。"可见"又"字始出于此。是洪氏误记,还是安石原稿作"又",已无从查考。而"绿"字活用,唐诗中亦早有,如邱为《题农父庐舍》:"东风何时至,已绿湖上山。"李白《侍从宜春苑奉诏赋龙池柳色初青听新莺百啭歌》:"东风已绿瀛洲草,紫殿红楼觉春好。"钱锺书《宋诗选注》云:"王安石的反复修改是忘记了唐人的诗句而白费心力呢?还是明知道这些诗句而有心立异呢?他的选定'绿'字是跟唐人暗合呢?是最后想起了唐人诗句而欣然沿用呢?还是自觉不能出奇制胜,终于向唐人认输呢?"

【评析】

空阔中尽含轻快、急迫之意,清新有致。"绿"字用法虽非首创,而在此处则最见精切,足称修辞锻炼之典例。

钟山即事

涧水无声绕竹流①,竹西花草弄春柔②。茅檐相对坐终日,一鸟不鸣山更幽③。

【题解】

晚年退居钟山作。李德身编在"元丰诗汇"(1085)中。

【注释】

①涧水:两山间的水流。

② 弄春柔：舞动柔枝貌。春柔，春日植物柔嫩的枝条。

③ 一鸟句：此处反用南朝梁王籍《入若耶溪》诗"鸟鸣山更幽"句意。冯梦龙《古今谭概·苦海部·点金成铁》："梁王籍诗云'蝉噪林逾静，鸟鸣山更幽'。王荆公改用其句曰：'一鸟不鸣山更幽。'山谷笑曰：'此点金成铁手也。'"

【评析】

古人为诗，常用反衬法。王籍《入若耶溪》以"蝉噪""鸟鸣"反衬林山之静幽，孟浩然《夏日南亭怀辛大》以"竹露滴清响"反衬夏夕之安宁，杜甫《题张氏隐居》以"伐木丁丁"反衬春山之沉寂，皆为以动衬静，以有声衬无声，构成"动中寓静，寂处有声"之境，极富韵味。而荆公此诗却用翻案法，直言"一鸟不鸣山更幽"，似有"点金成铁"之嫌。其实，从全诗看，四句皆写静，前二句为动中见静，后二句则静中取静而愈显其静。上下唯求一静，殆为身退钟山而有所归心耶？

夜直

金炉香尽漏声残①，翦翦轻风阵阵寒②。春色恼人眠不得③，月移花影上栏干。

【题解】

熙宁二年（1069）春作。二月，以翰林学士兼侍讲除参知政事，领制置三司条例司。夜直，官吏夜间值班。宋因唐制，翰林学士须于院中宿直，以备召对顾问、草拟文字。清徐松《宋会要辑稿·职官六·翰林院》："（大中祥符五年）十一月，诏：'翰林学士常留一员在院当直。如有假故，亦须候次学士到院，方得出宿。'"

【注释】

① 金炉：铜制香炉。亦作香炉的美称。漏声残：漏壶的水将要滴尽。指天快亮了。

② 剪剪:轻风吹拂或寒气侵袭貌。剪,同"翦"。唐韩偓《寒食夜》:"恻恻轻寒剪剪风,杏花飘雪小桃红。"

③ 恼人:撩拨人,挑逗人。唐罗隐《春日叶秀才曲江》:"春色恼人遮不得,别愁如疟避还来。"

【评析】

写春夜入值,颇具清幽之致。后二句情景混融入化,"春色恼人",牵动无穷心思,都付予"月移花影"中,兴寄微妙。

暮春

无限残红著地飞①,溪头烟树翠相围②。杨花独得东风意,相逐晴空去不归。

【题解】

晚年退居钟山作。李德身编在"元丰诗汇"(1085)中。

【注释】

① 残红:凋残的花,落花。

② 烟树:云烟缭绕的树木、丛林。

【评析】

绿肥红瘦时节,独杨花春风得意,轻薄争逐。此借物取譬之作,托讽亦深。

登飞来峰

飞来山上千寻塔①,闻说鸡鸣见日升。不畏浮云遮望眼②,自缘身在最高层③。

【题解】

此诗当为早期作品。李德身编在庆历七年(1047),安石调知鄞县过杭州时作。飞来峰,在杭州灵隐寺东南。李壁注:"兴化军仙游县有大飞山,临安钱塘县灵隐寺有飞来山。介甫未尝入闽。若又以为灵隐飞来峰,则初无塔,兼所见亦不至甚远,恐别指一处也。"

【注释】

① 千寻:形容极高。寻,古代长度单位。一般八尺为一寻。

② 浮云:飘浮的云。西汉陆贾《新语·慎微》:"邪臣之蔽贤,犹浮云之障日月也。"唐李白《登金陵凤凰台》:"总为浮云能蔽日,长安不见使人愁。"望眼:远眺的视野。

③ 自缘:自然因为,原来因为。

【评析】

登高而赋,见情见理,气度雄远。君子能当大任,而无所畏惧,原来胸中自有丘壑。

苏轼

苏轼(1037—1101),字子瞻,号东坡居士,眉州眉山(今四川省眉山市东坡区)人。嘉祐二年(1057)登进士第。六年,应制科,授大理评事、签书凤翔府判官。神宗熙宁间,曾任职史馆,因反对王安石新法而求外职,任杭州通判,知密州、徐州、湖州。元丰二年(1079)秋,以"乌台诗案"下狱,贬为黄州团练副使。哲宗即位,召为翰林学士兼侍读。论事为旧党所恨,出知杭州、颍州、扬州、定州等,后官至礼部尚书。新党执政,又贬谪惠州、儋州。元符三年(1100),遇赦北还,第二年病逝于常州(今属江苏省)。南宋时,追赠太师,谥文忠。

苏轼博学多才,诗文词赋无所不专,均具有很高成就,因而成为北宋中期文坛领袖。其文气势雄放,挥洒自如,与父洵弟辙合称"三苏",列入"唐宋八大家"。其词另辟蹊径,倡导"以诗为词",在体裁演进和题材拓展上贡献极大,提升了词的文学地位,开创了豪放词派,与辛弃疾并称"苏辛"。其诗更是内容丰富,各体兼备;风格亦清新豪健,不事雕琢,善于从生活与自然现象中获取妙理奇趣,且多用比喻,增强了诗歌语言的形象性和表现力。"乌台诗案"后,苏诗内容虽说有所变化,时常流露"人生如寄"之慨,意境亦特为超旷淡远,但艺术风格总体上仍然呈现出多样化。金王若虚《滹南诗话》卷二曰:"东坡,文中龙也。理妙万物,气吞九州,纵横奔放,若游戏然,莫可测其端倪。"南宋敖陶孙(器之)《诗评》曰:"本朝苏东坡如屈注天潢,倒连沧海,变眩百怪,终归雄浑。"又刘克庄《后村诗话》卷二云:"坡诗略如昌黎,有汗漫者,有典严者,有丽缛者,有简澹者。翕张开阖,千变万态,盖自以其气魄力量为之,然非本色也。它人无许大气魄力量,恐不可学。"故苏轼的诗歌创作,在题材内容、情趣格调和表现形式等方面,都已达到他那个时代的最高峰,对后世产生了深刻而久远的影响。

有《东坡七集》《东坡乐府》《东坡易传》《东坡志林》等。选诗据清冯应榴《苏轼诗集合注》（上海古籍出版社2001年版）。

夜泊牛口

　　日落江雾生,系舟宿牛口①。居民偶相聚,三四依古柳。负薪出深谷②,见客喜且售。煮蔬为夜飧③,安识肉与酒④?朔风吹茅屋⑤,破壁见星斗。儿女自呦嗖⑥,亦足乐且久。人生本无事,苦为世味诱⑦。富贵耀吾前,贫贱独难守⑧。谁知深山子,甘与麋鹿友⑨。置身落蛮荒,生意不自陋⑩。今予独何者,汲汲强奔走⑪!

【题解】

　　嘉祐四年(1059)冬作。是年,丁母忧服除。十二月,与弟辙侍父舟行适楚。清查慎行《苏诗补注》卷一:"仁宗嘉祐四年己亥冬,侍老苏公自蜀至荆州作。"牛口,未详何处。一说在戎州(今四川省宜宾市翠屏区旧州坝)西北岷江北岸。今宜宾市翠屏区思坡镇临江村有"牛口坝"。一说在归州以西峡江中(今湖北省宜昌市秭归县泄滩乡)。古代置水驿于此,明时则置有牛口巡检司(见《明会典》卷一百十三)。

【注释】

① 系舟:停船靠岸。
② 负薪:背负采伐的柴禾。
③ 夜飧(sūn):晚饭。
④ 安识:哪里知晓。表示否定。安,怎么,哪里。
⑤ 朔风:北风,寒风。
⑥ 呦嗖(yōu):象声词。形容不清晰的人语声。
⑦ 世味:此指功名利禄。
⑧ 富贵二句:意谓当荣华富贵展现于我的面前,我却难以守住贫贱。耀,显示。独,却。
⑨ 甘与句:意谓心甘情愿地与山林中的麋鹿为友。《孟子·梁惠王上》:"孟子见梁惠王。王立于沼上,顾鸿雁麋鹿曰:'贤者亦乐此乎?'"
⑩ 置身二句:意谓深山子存身于僻远落后之地,意态安适而从不看

轻自己。蛮荒,远离文明的僻远地区。生意,此指人的神情姿态。自陋,自我鄙薄。

⑪ 今予二句:意谓如今我却在做什么呢,强迫自己汲汲于求取功名富贵。汲汲,急切追求貌。强(qiǎng),勉强,强迫。

【评析】

赞咏深山子身处蛮荒,布衣蔬食,而不戚戚于贫贱。写其怡然知足,实与自己汲汲奔走之态相对照,透露心中或仕或隐之矛盾。

辛丑十一月十九日既与子由别于郑州西门之外马上赋诗一篇寄之

不饮胡为醉兀兀①?此心已逐归鞍发②。归人犹自念庭闱③,今我何以慰寂寞?登高回首坡垅隔④,但见乌帽出复没⑤。苦寒念尔衣裘薄,独骑瘦马踏残月。路人行歌居人乐,童仆怪我苦凄恻⑥。亦知人生要有别,但恐岁月去飘忽⑦。寒灯相对记畴昔,夜雨何时听萧瑟⑧?君知此意不可忘,慎勿苦爱高官职。

【题解】

嘉祐六年(1061)冬作。是岁应中制科,入第三等,授大理评事、凤翔府签判。其《感旧诗引》云:"嘉祐中,予与子由同举制策,寓居怀远驿,时年二十六,而子由二十三耳。"十一月,自京赴凤翔(今陕西省宝鸡市凤翔区)任,子由送至郑州(今属河南省)而别。苏辙,字子由,号颍滨遗老。与兄轼同登进士第。累官尚书右丞、门下侍郎。卒谥文定。工古文,与父兄并称"三苏",唐宋八大家之一。

【注释】

① 胡为:何为,为什么。兀兀:昏沉貌。唐白居易《对酒》:"所以刘阮辈,终年醉兀兀。"

② 归鞍:犹归骑。此指子由所乘之骑。

③归人句：意谓子由犹惦念留京的老父，送至此地而还。归人，此指子由。庭闱，内舍。多指父母居住处，因用以称父母。此代苏父洵。南宋王十朋《东坡诗集注》卷十引次公(赵彦材)曰："以《颍滨遗老传》考之，先生与子由俱以贤科中第，寻除签书凤翔判官。子由除商州推官，以策讦直忤时政，告未即下，而先生先赴。时老泉被命修礼书，留京师。先生既当赴官，子由送至郑州而还京师，侍老泉之侧也。"

④坡垅：犹丘陵。

⑤乌帽：黑帽。隋唐以后为庶民、隐者之帽。子由因尚未得官，故以"乌帽"称之。

⑥路人二句：意谓路人、居人不理解分别的痛苦，显得很快乐；就连身边的童仆也感到奇怪，我为何要如此凄恻。行歌，边走边唱。居人，居家者。凄恻，因情景凄凉而悲伤。

⑦飘忽：迅疾貌。此指光阴迅速消逝。

⑧寒灯二句：回忆往昔兄弟二人相聚情形，期盼未来还能"夜雨对床"。畴昔，往日，从前。萧瑟，风雨声。诗末自注："尝有'夜雨对床'之言，故云尔。"后以"夜雨对床"喻相聚之乐。唐韦应物《示全真元常》："宁知风雪夜，复此对床眠。"王十朋注引次公曰："子由与先生在怀远驿，常读韦诗，至此句，恻然感之。乃相约早退，共为闲居之乐。正在京师同侍老泉时近事，故今诗及之。其后子由与先生于彭城相会，作三小诗。其一曰：'逍遥堂后千寻木，长送中宵风雨声。误喜对床寻旧约，不知漂没在彭城。'至先生《在东府雨中作示子由》诗有曰：'对床定悠悠，夜雨今萧瑟。'盖皆感叹追旧之言也。"

【评析】

兄弟二人自幼情谊真笃，今首次分离，莫不恻然有感。"登高回首坡垅隔，但见乌帽出复没"，引颈凝望送行人归去，情景如画，不忍之伤，难舍之痛，尽涵于其中。"寒灯相对记畴昔，夜雨何时听萧瑟"，追怀昔年相约，期待未来欢聚，又多一层折转，愈衬出眼前远别之无限凄楚，甚得言外曲致。

和子由渑池怀旧

人生到处知何似？应似飞鸿踏雪泥。泥上偶然留指爪，鸿飞那复计东西①？老僧已死成新塔②，坏壁无由见旧题③。往日崎岖还记否？路长人困蹇驴嘶④。

【题解】

嘉祐六年(1061)冬作。冯应榴案："次子由原韵。"时赴凤翔又经渑池(今属河南省三门峡市)，得子由《怀渑池寄子瞻兄》诗云："相携话别郑原上，共道长途怕雪泥。归骑还寻大梁陌，行人已渡古崤西。曾为县吏民知否(自注：'辙尝为此县簿，未赴而中第')，旧宿僧房壁共题(自注：'辙昔与子瞻应举，过宿县中寺舍，题其老僧奉闲之壁')。遥想独游佳味少，无言骓马但鸣嘶。"渑池怀旧，即指嘉祐元年，兄弟二人跟从老苏自蜀入京应试，在渑池县寺中住宿、题壁事。

【注释】

① 人生四句：以雪地上偶留的鸿雁爪印，喻人生旅途中无定的痕迹。成语"雪泥鸿爪"即本此。那(nǎ)复，以反问语气表示不再。计，考虑。

② 老僧：指渑池寺中老僧奉闲。成新塔：僧人死后，葬其骨灰于小塔中。

③ 无由：没有办法。旧题：当年父子三人留宿中，题写于寺壁上的诗文。

④ 往日二句：写当年赴京途中渑池一段艰难旅程。作者自注："往岁马死于二陵，骑驴至渑池。"二陵，即东崤山、西崤山。在渑池西。崎岖，地势或道路不平。此喻艰难跋涉。蹇(jiǎn)驴，跛驴。

【评析】

前四句感喟人生漂泊无定，比于"雪泥鸿爪"；后四句叙及行旅往事，紧扣题中"渑池怀旧"。前后以"偶然留迹"之意相贯，其理之所寓，情之所寄,皆足致深远,为他人所不能道。

太白山下早行至横渠镇书崇寿院壁

马上续残梦①,不知朝日升。乱山横翠幛②,落月澹孤灯③。奔走烦邮吏④,安闲愧老僧。再游应眷眷⑤,聊亦记吾曾⑥。

【题解】

嘉祐七年(1062)春在凤翔签判任作。二月,有诏郡吏分往属县决囚,沿渭水至宝鸡、虢、郿、鳌屋四县。太白山,在凤翔府郿县(今陕西省宝鸡市眉县)东南五十里,为秦岭最高峰。因山巅终年积雪,故称。参见第66页李白《蜀道难》注释④。横渠镇,在郿县东五十里。镇南有佛寺崇寿院。

【注释】

① 马上句:一作"马上兀残梦"。唐刘驾《早行》诗:"马上续残梦,马嘶时复惊。"高步瀛《唐宋诗举要》卷四:"未知子瞻偶用之耶,抑造句相同耶?"

② 翠幛:犹翠屏。指山峦或草木苍翠如屏幛。

③ 澹:(光线、色彩等)淡薄,不浓厚。

④ 邮吏:亦作"邮使"。古代驿站小官。

⑤ 眷眷:依恋反顾貌。

⑥ 聊亦句:意谓亦应记得我曾来此一游。聊,且。

【评析】

早行行色与景致,混融一体,描摹灵妙。五六"烦邮吏"对"愧老僧",出仕未久,即暗寓厌"奔走"而羡"安闲"之怀。

王维吴道子画

何处访吴画?普门与开元①。开元有东塔,摩诘留手痕②。

吾观画品中③,莫如二子尊。道子实雄放④,浩如海波翻。当其下手风雨快,笔所未到气已吞⑤。亭亭双林间,彩晕扶桑暾⑥。中有至人谈寂灭⑦,悟者悲涕迷者手自扪⑧。蛮君鬼伯千万万,相排竞进头如鼋⑨。摩诘本诗老⑩,佩芷袭芳荪⑪。今观此壁画,亦若其诗清且敦⑫。祇园弟子尽鹤骨,心如死灰不复温⑬。门前两丛竹,雪节贯霜根⑭。交柯乱叶动无数⑮,一一皆可寻其源。吴生虽妙绝,犹以画工论。摩诘得之于象外,有如仙翮谢笼樊⑯。吾观二子皆神俊,又于维也敛衽无间言⑰。

【题解】

此诗为《凤翔八观》之三。八首诗写凤翔府文物古迹各一,嘉祐八年(1063)在凤翔任作。其叙曰:"《凤翔八观》诗,记可观者八也。昔司马子长登会稽,探禹穴,不远千里,而李太白亦以七泽之观至荆州。二子盖悲世悼俗,自伤不见古人,而欲一观其遗迹,故其勤如此。凤翔当秦蜀之交,士大夫之所朝夕往来,此八观者,又皆跬步可至,而好事者有不能遍观焉。故作诗以告欲观而不知者。"王维,字摩诘,官至尚书右丞。吴道子,后改名道玄,内教博士。参见第399页白居易《游悟真寺诗一百三十韵》注释㉗。二人同为唐玄宗时期著名画师。唐朱景玄《唐朝名画录》列吴道子为"神品上",王维为"妙品上"。查慎行《苏诗补注》卷四引《名胜志》曰:"王右丞画竹两丛,交柯乱叶,飞动若舞,在开元寺东塔。"又在《记所见开元寺吴道子画佛灭度以答子由》诗题下引《邵氏闻见后录》曰:"凤翔开元寺,大殿九间,后壁吴道玄画,自佛始生、修行、说法及寂灭度,山林、宫室、人物、禽兽数千万种。如佛灭度:比丘众躃踊哭泣,皆若不自胜者;虽飞鸟走兽亦作号顿之状,独菩萨淡然不动如平时,略无哀戚之容,岂以其能尽生死之致者欤?其识'开元三十年'云。曹学佺谓吴画在普门寺,第勿深考耳。"今寺、画俱无存。

【注释】

① 普门句:指凤翔县普门寺和开元寺。《大清一统志》卷一百八十四《凤翔府二·寺观》:"普门寺,在凤翔县东门外。寺壁有吴道子画佛像。""开元寺,在凤翔县城内北街,唐开元元年建。寺内亦有吴道子画

佛像,东阁有王维画墨竹。"

② 手痕:手迹,笔迹。此指王维的画。

③ 画品:画的格调境界。

④ 雄放:雄浑奔放。

⑤ 气已吞:已一口气吞下。形容气势很大。

⑥ 亭亭二句:意谓在高耸的两棵娑罗树之间,朝阳从东方绚丽的云霞中升起。亭亭,高耸貌。双林,即娑罗双树。为释迦牟尼佛说法及寂灭处。彩晕,彩色的云气。扶桑,传说中的神木,日出其下。参见第146页李白《拟古》注释④。暾(tūn),日初升貌。亦指代太阳。

⑦ 至人:本《庄子》中达到无我境界的人,引申为超凡脱俗、修养极高之人。此指释迦牟尼佛。寂灭,梵语"涅槃"的意译,指超脱生死的理想境界。

⑧ 手自扪:用手按捂住自己的胸膛或额头。

⑨ 蛮君二句:意谓成千上万的野蛮人和鬼王,相互拥挤着像鼋一样伸头争听佛法。蛮君,对野蛮人的戏称。鬼伯,鬼王。竞进,争先。鼋(yuán),大鳖。

⑩ 诗老:对诗人的敬称。谓作诗老手。

⑪ 佩芷句:喻王维人品和诗歌像佩戴香草一样散发芬芳。芷、荪,香草。

⑫ 清且敦:清雅与敦朴。

⑬ 祇(qí)园二句:意谓佛家弟子个个骨相清癯,内心寂静如死灰不再回温。祇园,印度佛教圣地。代佛寺。参见第396页白居易《游悟真寺诗一百三十韵》注释㊷。鹤骨,形容修道者的骨相。心如死灰,形容不为外物所动的一种精神状态。《庄子·知北游》:"形若槁骸,心若死灰。"此指佛家弟子六根清净、断绝一切尘念。

⑭ 雪节:竹节。竹节处有白粉,故称。霜根:此指经冬不凋的竹根。

⑮ 交柯:交错的枝杈。

⑯ 摩诘二句:意谓王维能获得物象之外的情韵,如同飞离樊笼的仙鸟一样超妙。象外,物象之外。特指艺术形象所蕴含的情韵或意趣。仙翮(hé),仙鸟。翮,鸟羽的茎。指代鸟。谢,辞别。笼樊,鸟笼。此喻

束缚。

⑰ 敛衽:整饬衣襟,表示恭敬。《战国策·楚策一》:"一国之众,见君莫不敛衽而拜,抚委而服。"无间(jiàn)言:此指没有任何指责的话可说。

【评析】

观寺院中名画古迹,作有韵之赞语。谓二子画品尊高:吴画气势雄放,笔墨生动;王画意象清真,风格如诗。而吴、王虽"神俊",画境却有不同,即吴不能如王脱略形迹,求得象外之趣,是为"画工画"与"文人画"之别。通篇先概言,再分述,后总论,结构严整。句法则以五、七言为主,间杂以九言,参差错落,极声韵节奏变化之妙。

真兴寺阁

山川与城郭,漠漠同一形①。市人与鸦鹊,浩浩同一声②。此阁几何高③?何人之所营?侧身送落日,引手攀飞星④。当年王中令⑤,斫木南山赪⑥。写真留阁下⑦,铁面眼有棱⑧。身强八九尺,与阁两峥嵘⑨。古人虽暴恣⑩,作事今世惊。登者尚呀喘⑪,作者何以胜⑫?曷不观此阁⑬?其人勇且英⑭。

【题解】

此诗为《凤翔八观》之六。查慎行《苏诗补注》卷四引《凤翔志》曰:"真兴寺阁,宋节度使王彦超建。在城中,高十余丈。"

【注释】

① 漠漠句:意谓迷迷蒙蒙浑同一体无从辨别。漠漠,迷蒙貌。王十朋《东坡诗集注》卷四引尧卿曰:"此诗用古人意而不取其字。杜子美《登慈恩寺塔》诗云:'秦山忽破碎,泾渭不可求。俯视但一气,焉能辨皇州?'"

② 浩浩句:意谓合成一种喧闹的声音。浩浩,声音洪大,此处引申

为喧闹。

③ 几何:犹多少,若干。

④ 引手:伸手。飞星:流星。

⑤ 王中令:即王彦超。大名临清(今河北省邢台市临西县)人。历仕五代后唐、后晋、后汉、后周,累官凤翔节度使,加检校太师。入宋,加中书令,调永兴军节度,移凤翔府。太宗朝封邠国公,以太子太师致仕。中令,中书省长官中书令的简称。宋代中书令有名无职,仅授予有特殊资望者。节度使兼中书令,可称为"使相",但不预闻政事。

⑥ 斫木句:意谓为了建阁,伐尽了南山的树木,使山体裸露出赤红的颜色。赪(chēng),红。此指颜色变红。

⑦ 写真:人物肖像画。此指王彦超的画像。

⑧ 铁面句:形容王的画像气度威严。铁面,黑脸。眼有棱,指目光凌厉。

⑨ 峥嵘:卓越,不平凡。

⑩ 暴恣:暴戾恣纵。王彦超身为军事将领,一生征战杀伐,至晚年而有所悔悟。《宋史》本传:"初,彦超将致政,每戒诸子曰:'吾屡为统帅,杀人多矣,身死得免为幸,必无阴德以及后,汝曹勉为善事以自庇。'及卒,诸子果无达者。"

⑪ 呀喘:张口喘气。

⑫ 作者:指建阁的人。胜:能够承受,禁得起。

⑬ 曷不:相当于"何不"。为什么不。表反问。

⑭ 其人:指王彦超。

【评析】

起四句苍莽混融,铺垫寺阁之高峻。其后自问自答,用夸饰语托出建阁人物,人、阁互为映衬,奕奕然犹多生气。"侧身送落日,引手攀飞星"句,超迈雄奇可比太白"夜宿峰顶寺,举手扪星辰"(《题峰顶寺》),以及老杜"七星在北户,河汉声西流"(《同诸公登慈恩寺塔》),而精致灵动则有过之。

和董传留别

粗缯大布裹生涯,腹有诗书气自华①。厌伴老儒烹瓠叶,强随举子踏槐花②。囊空不办寻春马,眼乱行看择婿车③。得意犹堪夸世俗④,诏黄新湿字如鸦⑤。

【题解】

治平元年(1064)十二月,罢凤翔签判任还朝时作。一说,熙宁二年(1069)正月在长安作。王十朋《东坡诗集注》卷十六引尧卿曰:"董传,字至和,洛阳人。有诗名于时。尝在凤翔,与东坡相从。韩魏公镇长安,传有诗云:'古来风义遗才少,近世公卿荐士稀。'韩举而已卒矣。"苏轼《上韩魏公乞葬董传书》曰:"轼再拜。近得秦中故人书,报进士董传三月中病死。轼往岁官岐下,始识传,至今七八年,知之熟矣。其为人,不通晓世事,然酷嗜读书。其文字,萧然有出尘之姿。至诗与楚词,则求之于世,可与传比者,不过数人。此固不待轼言,公自知之。然传尝望公不为力致一官,轼私心以为公非有所爱也,知传所禀付至薄,不任官耳。今年正月,轼过岐下,而传居丧二曲,使人问讯其家,而传径至长安,见轼于传舍,道其饥寒穷苦之状,以为几死者数矣,赖公而存。'又且荐我于朝。吾平生无妻,近有彭驾部者,闻公荐我,许嫁我其妹。若免丧得一官,又且有妻,不虚作一世人,皆公之赐。'轼既为传喜,且私忧之。此二事,生人之常理,而在传则为非常之福,恐不能就。今传果死,悲夫!书生之穷薄,至于如此其极耶?"此书当作于熙宁二年春夏间。上年十月,在蜀丁父忧免丧,与弟辙携家赴汴京,途中度岁,曾在长安逗留,会见董传。二月还朝,判官告院。

【注释】

① 粗缯(zēng)二句:意谓董生虽然身着粗布衣服,但饱读诗书使其气质高雅光华夺目。粗缯,粗劣的丝织品。大布,麻制粗布。裹生涯,指遮蔽身体。生涯,此处引申为肉体生命。一说,生涯指生活,"裹生涯"即度日的意思,亦通。诗书,原指《诗经》和《尚书》。此泛指书籍或

学问。气自华,指精神气质自然焕发光彩。

② 厌伴二句:意谓已厌倦陪伴老先生清苦地求学,坚决要跟随举子们参加科举考试。瓠(hù)叶,瓠瓜的叶子。古人用为菜食和享祭。此借指求学生活的清苦。《后汉书·儒林传·刘昆》:"(昆)王莽世教授弟子,恒五百余人。每春秋飨射,常备列典仪,以素木、瓠叶为俎豆。"举子,科举考试应考者。踏槐花,唐代参加礼部试的举子,包括当年春闱落第者,往往提前于秋天在京行卷,其时正值槐花盛开。后因称参加科举考试为"踏槐花"。南宋曾慥《类说》卷四十一引《南部新书》:"长安举人六月后,落第者不出京,谓之过夏。多借净坊庙院作文章,曰夏课。时语曰:'槐花黄,举子忙。'"又《绀珠集》卷十:"进士下第,当年七月复献新文求拔解,故语曰:'槐花黄,举子忙。'"

③ 囊空二句:意谓口袋里无钱不用置办高头大马,令人眼花缭乱的择婿车中总会有人把你看中。寻春马,唐代新科进士有御街走马、曲江大会、杏园赐宴、雁塔题名等活动。唐孟郊《登科后》诗:"春风得意马蹄疾,一日看遍长安花。"行看,且看。择婿车,指权贵之家挑选女婿的车驾。五代王定保《唐摭言》卷三:"曲江之宴,行市罗列,长安几于半空。公卿家率以其日拣选东床,车马阗塞,莫可殚述。"

④ 得意:得志。此指中榜登科。

⑤ 诏黄:即诏书。因诏书以黄麻纸书写,故称。字如鸦:指诏书上的黑字。

【评析】

赠别贫寒友,使事用意,语似诙谐而情甚切直,全在激励其志。"腹有诗书气自华",刻画形象温雅磊落,如玉山秀立,英发而端亮。

出颍口初见淮山是日至寿州

我行日夜向江海,枫叶芦花秋兴长①。长淮忽迷天远近②,青山久与船低昂③。寿州已见白石塔,短棹未转黄茅冈④。波平风软望不到,故人久立烟苍茫⑤。

【题解】

熙宁四年(1071)冬作。是年监官告院兼判尚书祠部,以言忤王安石,命摄开封府推官,乞外任避之,除杭州通判。七月离汴京,沿蔡河舟行下陈州(今河南省周口市淮阳区),九月赴颍州(今安徽省阜阳市),十月出颍口入淮,至寿州(今安徽省淮南市凤台县),十一月到杭州任。颍口,颍水入淮处。在颍州颍上县正阳关(今安徽省阜阳市颍上县东南)。淮山,泛指淮地的山。出颍口,即由宋京西路进入淮南路,故云"见淮山"。寿州城东南有八公山,为汉淮南王刘安与门客登临处。

【注释】

① 秋兴(xìng):秋日的情怀和兴会。
② 长淮:指淮水。一作"平淮"。冯应榴引施元之注:"东坡尝纵笔书此诗,且题云:'予年三十六,赴杭倅,过寿,作此诗。今五十九,南迁至虔,烟雨凄然,颇有当年气象也。'墨迹在吴兴泰氏,集作'平淮',墨迹作'长淮',今从墨迹。"
③ 低昂:起伏。
④ 短棹(zhào):划船用的小桨。此代小船。黄茆冈:茅草枯黄的山冈。
⑤ 故人:指送行的友人。苍茫:模糊不清貌。

【评析】

心思迷惘,随波低昂起伏,尽化于山水烟云之中。意与境偕,苍莽而有古意。

游金山寺

我家江水初发源,宦游直送江入海①。闻道潮头一丈高,天寒尚有沙痕在。中泠南畔石盘陀②,古来出没随涛波。试登绝顶望乡国③,江南江北青山多。羁愁畏晚寻归楫④,山僧苦留看落日。微风万顷靴文细⑤,断霞半空鱼尾赤⑥。是时江月初生魄⑦,

二更月落天深黑。江心似有炬火明⑧,飞焰照山栖乌惊⑨。怅然归卧心莫识,非鬼非人竟何物? 江山如此不归山,江神见怪警我顽⑩。我谢江神岂得已,有田不归如江水⑪。

【题解】

熙宁四年(1071)冬赴杭州通判任,途经润州(今江苏省镇江市)作。金山寺,在今镇江市西北金山上。东晋时创建,初名泽心寺,唐起通称"金山寺"。《太平寰宇记》卷八十九《江南东道一·润州》:"金山泽心寺,在城东南扬子江。按《图经》云,本名浮玉山,因头陀开山得金,故名金山寺。"

【注释】

① 我家二句:意谓我家住在长江的源头,外出做官而跟随东流入海的长江水。发源,水流始出。古人以为长江的源头在岷山,苏轼为蜀人,故云家居江水发源地。《书·禹贡》:"岷山之阳,至于衡山。"孔传:"岷山,江所出,在梁州。"宦游,指外出求官或做官。

② 中泠:泉名。在金山下的长江边。相传其水烹茶最佳,有"天下第一泉"之称。《大明一统志》卷十一《镇江府》:"中泠泉,在金山寺内。唐李德裕尝使人取此水,杂以他水辄能辨之。《水经》品第天下水味,此为第一。"石盘陀:不平的大石块。

③ 乡国:家乡。

④ 羁愁:犹乡愁。此指怀有愁思的旅人。归楫:归舟。

⑤ 靴文:靴皮的花纹。形容微波细浪。

⑥ 断霞:云片,霞片。鱼尾赤:鲤鱼尾的颜色,红中略透金黄色。多形容晚霞的颜色。

⑦ 初生魄:指农历每月初三四的月亮。魄,通"霸(pò)"。月初出或将没时所发的光。《礼记·乡饮酒义》:"象月之三日而成魄也。"

⑧ 炬火:点燃的火把。此处或指江海中生物所发之光,称作"阴火"。作者自注:"是夜所见如此。"

⑨ 栖乌:栖宿的归鸦。南朝梁王筠《和卫尉新渝侯巡城口号》:"栖乌城上返,晚雀林中度。"李白《乌栖曲》:"姑苏台上乌栖时,吴王宫里醉西施。"乌,诸本俱作"鸟"。栖乌,栖宿的归乌。南朝梁何逊《学古三首》

其二:"日夕栖鸟远,浮云起新色。"杜甫《春宿左省》:"花隐掖垣暮,啾啾栖鸟过。"

⑩ 江山二句:意谓江山如此奇幻而不归去,莫非江神责怪在警示我太冥顽。归山,犹归乡,归隐。见怪,责怪。警,一作"惊"。

⑪ 我谢二句:意谓我向江神深表歉意,不归实有不得已,且指江水为誓,等置田后一定回归家园。谢,道歉,认错。岂得已,犹不得已。如江水,即指江水为誓。《左传·僖公二十四年》:"(公子重耳谓子犯曰)所不与舅氏同心者,有如白水。"杜预注:"子犯,重耳舅也。言与舅氏同心之明,如此白水。"又《晋书·祖逖传》:"(逖)渡江,中流击楫而誓曰:'祖逖不能清中原而复济者,有如大江。'"

【评析】

前八句写宦程万里,登高望远,因江山阻隔而引动乡思。中八句紧接上文,满怀羁愁,俯观江上景色,自暮至夜,入于光影明灭之奇境。后六句则怅然生感,由所见异象逗出江神,设为神灵降责,道出心中不得已之苦衷,以归田誓语收结全篇。诗中虚实相形,其意象、韵律、章脉皆变幻生动,有雄深古健之风。

腊日游孤山访惠勤惠思二僧

天欲雪,云满湖,楼台明灭山有无①。水清出石鱼可数,林深无人鸟相呼②。腊日不归对妻孥③,名寻道人实自娱④。道人之居在何许⑤?宝云山前路盘纡⑥。孤山孤绝谁肯庐⑦?道人有道山不孤。纸窗竹屋深自暖,拥褐坐睡依团蒲⑧。天寒路远愁仆夫,整驾催归及未晡⑨。出山回望云木合,但见野鹘盘浮图⑩。兹游淡薄欢有余⑪,到家恍如梦蘧蘧⑫。作诗火急追亡逋⑬,清景一失后难摹⑭。

【题解】

熙宁四年(1071)十二月在杭州通判任作。其《六一泉铭叙》云:"欧阳文忠公将老,自谓六一居士。予昔通守钱塘,见公于汝阴而南。公曰:'西湖僧惠勤甚文而长于诗,吾昔为《山中乐》三章以赠之。子间于民事,求人于湖山间而不可得,则往从勤乎!'予到官三日,访勤于孤山之下,抵掌而论人物。"腊日,指农历十二月初八腊祭之日。孤山,在杭州西湖里湖与外湖之间,上有孤山寺。参见第427页白居易《钱塘湖春行》注释①。惠勤,一作"慧勤"。余杭人。与欧阳修交游三十余年,被称为"聪明才智有学问者"。惠思,晚号张惕山人,余杭人。王安石集中有赠诗多首。

【注释】

① 明灭:此指忽隐忽现。山有无:指云烟中山峦若有若无。唐王维《汉江临泛》诗:"江流天地外,山色有无中。"

② 鸟相呼:一作"鸟自呼"。谓鸟相和而鸣,如呼己名。

③ 妻孥(nú):妻子和儿女。

④ 名:名义上,表面上。道人:僧人。

⑤ 何许:何处。

⑥ 宝云山:在西湖北、葛岭左,产茶。山下有宝云寺。盘纡:盘绕曲折。

⑦ 庐:结庐而居。

⑧ 拥褐:指穿着粗布衣服。团蒲:即蒲团。用蒲草编织而成的圆垫,多为僧人坐禅及跪拜时所用。

⑨ 整驾:备好马车。晡(bū):申时。下午三时至五时。即黄昏之前。

⑩ 野鹘(hú):隼。鹰类猛禽。体小而飞速善袭。浮图:亦作"浮屠"。佛塔。

⑪ 淡薄:淡泊。形容交往清静无欲、平淡如水。

⑫ 蘧蘧(qú—):悠然自得貌。

⑬ 亡逋(bū):逃亡者。此指见过的景色。

⑭ 清景:清幽秀丽之景。

【评析】

入山出山,所见皆清景。而"孤山孤绝谁肯庐,道人有道山不孤","兹游淡薄欢有余,到家恍如梦蘧蘧",清景之中更见清人清兴。写得出此番意味,亦足可自娱。通首音韵和谐而嘹亮,有若从古乐府脱化而来。

六月二十七日望湖楼醉书

黑云翻墨未遮山①,白雨跳珠乱入船②。卷地风来忽吹散③,望湖楼下水如天。

【题解】

此诗为五首其一。熙宁五年(1072)六月在杭州通判任作。望湖楼,一名"看经楼"。在钱塘门外一里。乾德五年(967)吴越王钱俶(初名弘俶,入宋后改)建。

【注释】

① 翻墨:泼墨。此处形容黑云翻滚如同泼墨。
② 白雨:暴雨。跳珠:喻溅起的水珠或雨点。
③ 卷地:从地面席卷而过。形容势头迅猛。

【评析】

写西湖夏日阵雨,笔意连贯,挥洒淋漓中自见天趣。

法惠寺横翠阁

朝见吴山横①,暮见吴山纵。吴山故多态,转折为君容②。幽人起朱阁③,空洞更无物。惟有千步冈④,东西作帘额⑤。春来故国归无期⑥,人言秋悲春更悲。已泛平湖思濯锦,更看横翠忆峨眉⑦。雕栏能得几时好?不独凭栏人易老⑧。百年兴废更堪哀,悬知草莽化池台⑨。游人寻我旧游处,但觅吴山横处来⑩。

【题解】

熙宁六年(1073)正月在杭州通判任作。法惠寺,在杭州钱湖门外方家峪(今杭州玉皇山东北),乾德元年(963)吴越王钱俶建。《咸淳临安志》卷七十七:"(自方家峪至慈云岭)西林法惠院,乾德元年吴越忠懿王建。旧名兴庆,大中祥符中改今额。"横翠阁,在寺院内。

【注释】

① 吴山:又名"胥山",俗称"城隍山"。在今杭州市上城区。《咸淳临安志》卷二十二:"吴山,在城中。吴人祠子胥山上,因名曰胥山。"

② 转折句:意谓它变换姿态和角度,是在为你而妆扮。转折,此指改变姿态或转换角度。容,妆饰,打扮。《战国策·赵策一》:"士为知己者死,女为悦己者容。"

③ 幽人:深居之士。朱阁:红色楼阁。

④ 千步冈:此指吴山。

⑤ 东西句:意谓从横翠阁望向城中,吴山自东而西如卷帘悬在阁的上方。帘额,门帘的上端。

⑥ 故国:故乡。

⑦ 已泛二句:意谓游览过杭州的湖山,更加思念起家乡的锦江和峨眉山。平湖,此指西湖。濯锦,即锦江。流经成都西南,为岷江支流。参见第251页杜甫《登楼》注释③。峨眉,蜀地名山。参见第66页李白《蜀道难》注释⑤。

⑧ 雕栏二句:意谓这雕栏保持完好还能有多久,不只是我这凭栏人容易衰老。雕栏,雕花的栏杆。凭栏,倚靠栏杆。

⑨ 悬知句:意谓预想这华美的池台楼阁终将化作草木丛生的荒原。悬知,料想,预知。

⑩ 游人二句:意谓将来游人要探求我的行踪,就到这吴山横翠深处来寻觅。

【评析】

五言句叙景,由吴山到横翠阁;七言句生感,因登临所见而动故国之思,又由朱阁雕栏而起陵谷之悲。结二句作想后人凭吊,有物是人非意,实含大悲壮。全诗层次转合,起伏照应,皆井然有条,可见其用笔断续之妙。

饮湖上初晴后雨

水光潋滟晴方好①,山色空濛雨亦奇②。欲把西湖比西子,淡妆浓抹总相宜③。

【题解】

此诗为二首其二。熙宁六年(1073)春在杭州通判任作。饮湖上,饮酒于西湖游船上。

【注释】

① 潋滟(liànyàn):水波荡漾貌。

② 空濛:迷茫貌,缥缈貌。

③ 欲把二句:意谓要把西湖比作美女西施,是再恰当不过了,不管它妆扮得素雅还是浓艳,总是那么适宜得体。西子,西施。春秋时越国美女。参见第78页李白《乌栖曲》注释②。淡妆浓抹,指素雅和浓艳两种不同的妆饰打扮。相宜,合适。

【评析】

点画晴雨西湖,作新鲜切当一比,便成千古绝调。

新城道中

东风知我欲山行①,吹断檐间积雨声②。岭上晴云披絮帽③,树头初日挂铜钲④。野桃含笑竹篱短,溪柳自摇沙水清。西崦人家应最乐⑤,煮芹烧笋饷春耕⑥。

【题解】

此诗为二首其一。熙宁六年(1073)春在杭州通判任作。新城,宋杭州属县(今浙江省杭州市富阳区新登镇)。元方回《瀛奎律髓》卷十四:"东坡为杭倅时诗。熙宁六年癸丑二月,循行属县,由富阳至新城,有此作。"

【注释】

① 东风:春风。
② 吹断:此指吹停。
③ 絮帽:白色棉帽。此喻岭上晴云。
④ 铜钲(zhēng):古代乐器。形圆似锣,悬而击之。此喻初升的太阳。
⑤ 西崦(yān):西山。此泛指山中。
⑥ 饷春耕:给春耕的人送饭。

【评析】

移步换形,以拟人手法写活春景,而收于农家饷耕之乐,即景会心,得清新灵妙之致。

有美堂暴雨

游人脚底一声雷①,满座顽云拨不开②。天外黑风吹海立,浙东飞雨过江来③。十分潋滟金樽凸,千杖敲铿羯鼓催④。唤起谪仙泉洒面⑤,倒倾鲛室泻琼瑰⑥。

【题解】

熙宁六年(1073)秋在杭州通判任作。有美堂,在杭州府城内吴山最高处。嘉祐二年(1057),梅挚以龙图阁直学士、尚书吏部郎中出守杭州,仁宗赐之以诗,有"地有湖山美,东南第一州"句,挚因作堂名之。又命欧阳修为《有美堂记》,蔡襄书,并刻石于堂上。

【注释】

① 脚底一声雷:指暴雨前的落地雷。据明徐光启《农政全书》卷十一,"谚云:'当头雷无雨,卯前雷有雨。凡雷声响烈者,雨阵虽大而易过。雷声殷殷然响者,卒不晴。'"

② 顽云:密布不散的乌云。

③ 天外二句:意谓天边的狂风掀起如山般直立的海浪,暴雨正从浙东飞过钱塘江向这边袭来。黑风,狂风。飞雨,暴雨。

④ 十分二句:意谓西湖水几乎满溢而出就像金樽中凸起的酒,雨水冲激湖山如同千万根桙杖在击打羯鼓。潋滟,水满貌。金樽,盛酒器的美称。敲铿,敲击。羯鼓,从西域传入的一种打击乐器。盛行于唐开元、天宝间。

⑤ 唤起句:意谓要用满山的流泉洒面,把沉醉的李白唤醒。谪仙,谪居世间的仙人。此用李白进京待诏翰林事。唐孟棨《本事诗·高逸第三》曰:"李太白初自蜀至京师,舍于逆旅。贺监知章闻其名,首访之,既奇其姿,复请所为文。出《蜀道难》以示之。读未竟,称叹者数四,号为'谪仙'。"又《旧唐书·文苑传·李白》:"(白)既嗜酒,日与饮徒醉于酒肆。玄宗度曲,欲造乐府新词,亟召白,白已卧于酒肆矣。召入,以水洒面,即令秉笔,顷之成十余章,帝颇嘉之。"

⑥ 倒倾句:意谓看这豪雨好似倒翻鲛人的宫室,使其珠玉全部倾泻而出。鲛室,神话中鲛人所居水下宫室。琼瑰,泛指珠玉。此喻雨珠。

【评析】

写雨景,从雨信雨色到雨阵雨声,自下而上,由远而近,几于无句不奇。三四"黑风吹海立"与"飞雨过江来",其势磅礴而不可羁勒,浑雄有似太白。故结联引"洒面"事,唤起谪仙观雨赋诗,作异想以收。

雪后书北台壁

黄昏犹作雨纤纤①,夜静无风势转严。但觉衾裯如泼水②,不知庭院已堆盐③。五更晓色来书幌,半月寒声落画檐④。试扫北台看马耳⑤,未随埋没有双尖⑥。

【题解】

此诗为二首其一。熙宁七年(1074)冬作。是年由杭州通判改知密州(今山东省潍坊市诸城市),十一月到任。北台,在诸城北城上。台旧,一年后轼修葺一新,其弟辙命名为"超然台"。轼因作《超然台记》曰:"余自钱塘移守胶西,释舟楫之安,而服车马之劳;去雕墙之美,而庇采椽之居;背湖山之观,而行桑麻之野。始至之日,岁比不登,盗贼满野,狱讼充斥,而斋厨索然,日食杞菊,人固疑余之不乐也。处之期年,而貌加丰,发之白者日以反黑。余既乐其风俗之淳,而其吏民亦安予之拙也。于是治其园圃,洁其庭宇,伐安丘、高密之木,以修补破败,为苟完之计。而园之北,因城以为台者旧矣,稍葺而新之。时相与登览,放意肆志焉。南望马耳、常山,出没隐见,若近若远,庶几有隐君子乎!……台高而安,深而明,夏凉而冬温。雨雪之朝,风月之夕,余未尝不在,客未尝不从。撷园蔬,取池鱼,酿秋酒,瀹脱粟而食之,曰:'乐哉游乎!'方是时,余弟子由适在济南,闻而赋之,且名其台曰'超然',以见余之无所往而不乐者,盖游于物之外也。"

【注释】

① 纤纤:柔细貌。

② 衾裯(qīnchóu):指被褥床帐等卧具。

③ 堆盐:喻积雪。《世说新语·言语》:"谢太傅寒雪日内集,与儿女讲论文义。俄而雪骤,公欣然曰:'白雪纷纷何所似?'兄子胡儿曰:'撒盐空中差可拟。'兄女曰:'未若柳絮因风起。'公大笑乐。"

④ 五更二句:意谓雪色映入书房整夜都像是拂晓,半轮弦月下可闻冰柱掉落屋檐。五更,此指整夜。旧时将黄昏至拂晓一夜间分为甲、乙、丙、丁、戊五段,称为"五更"。又称"五夜"或"五鼓"。书幌,书斋的帷帐。借指书斋。半月,半亏之月。此指下弦月。一作"半夜"。冯应榴据《七集》本、《梁溪漫志》改。寒声,寒冬的风雨声。此指檐间冰柱掉落的声音。画檐,有雕饰的屋檐。

⑤ 马耳:山名。在密州诸城西南六十里,形如马耳。《水经注·潍

水》:"潍水又东北,涓水注之。水出马耳山。山高百丈,上有二石并举,望齐马耳,故世取名焉。"

⑥ 双尖:此指马耳山的双石峰。

【评析】

通首不出"雪"字,而夜雪情景逼真,读之如身临其间。又善用险韵,逼仄中尤能见奇。方回曰:"或谓坡诗律不及古人,然才高气雄,下笔前无古人也。观此雪诗,亦冠绝古今矣。虽王荆公亦心服,屡和不已,终不能压倒。"(《瀛奎律髓》卷二十一)

饮酒台

博士雅好饮①,空山谁与娱②?莫向骊山去,君王不喜儒③。

【题解】

此诗为《卢山五咏》之二。熙宁八年(1075)在密州任作。卢山,在密州诸城东南。《超然台记》曰:"南望马耳、常山,出没隐见,若近若远,庶几有隐君子乎!而其东则卢山,秦人卢敖之所从遁也。"山有卢敖洞、饮酒台、圣灯岩、三泉、障日峰等胜迹,因作五首以咏之。

【注释】

① 博士:此指卢敖。本为燕方士,秦始皇召为博士,使求神仙。参见第116页李白《庐山谣寄卢侍御虚舟》注释⑯。后避难隐遁于琅邪山中,卢山所由得名。

② 谁与娱:与谁共欢乐。

③ 莫向二句:用卢敖逃亡、秦皇坑儒事。据《史记·秦始皇本纪》,侯生、卢生相互商量,以为始皇刚戾自用,专任狱吏,乐以刑杀示威,不可为其寻求仙药。于是,便亡去。始皇听闻二人逃亡,乃大怒,命御史审问诸生,诸生传相告发,牵连四百六十余人,皆除名,坑之咸阳。王十朋《东坡诗集注》卷四引次公曰:"意者卢生即卢敖也。《史记》所载坑诸生止云'坑之咸阳',而欧阳率更《类书》于《瓜》部中载《古文奇字》曰:

'秦始皇密令人种瓜骊山硎谷中。瓜实成,使人上书曰:"瓜冬有实。"有诏下博士诸生说之,人人各异。则皆使往视之,而为伏机。诸儒生皆至,方相难不决,因发机,从上填之,皆压死。'今先生言'莫向骊山去',则意在此,言骊山乃坑儒之处故也。"骊山,在秦内史丽邑(今陕西省西安市临潼区)南。

【评析】

援引史传,托事感兴,虽含讥讽而不露筋骨。

西斋

西斋深且明,中有六尺床①。病夫朝睡足,危坐觉日长②。昏昏既非醉,踽踽亦非狂③。褰衣竹风下④,穆然中微凉⑤。起行西园中,草木含幽香。榴花开一枝,桑枣沃以光⑥。鸣鸠得美荫⑦,困立忘飞翔⑧。黄鸟亦自喜,新音变圆吭⑨。杖藜观物化,亦以观我生⑩。万物各得时,我生日皇皇⑪。

【题解】

熙宁八年(1075)在密州任作。西斋,在州治西侧西园内。轼修超然台时,亦将台下旧园予以整治,命为"西园"。园内有西斋、西轩,为轼起居、写作、会友之所。

【注释】

① 六尺床:六尺方床。《南史·贺革传》:"(革)有六尺方床,思义未达,则横卧其上。"

② 危坐:古人以两膝着地,耸起上身为"危坐"。即正身而跪,表示严肃恭敬。后泛指正身而坐。

③ 踽踽(jǔ—):此指落落寡合貌。

④ 褰(qiān)衣:揭开或撩起衣裳。

⑤ 穆然:和美貌。中(zhòng):受。

⑥ 沃：光泽柔润貌。《诗·小雅·隰桑》："隰桑有阿，其叶有沃。"毛传："沃，柔也。"朱熹集传："沃，光泽貌。"

⑦ 美荫：浓荫。《庄子·山木》："睹一蝉，方得美荫而忘其身。"

⑧ 困立：困倦而立。

⑨ 圆吭（háng）：圆润的鸣声。

⑩ 杖藜二句：意谓拄着藜杖静观宇宙万物之变化，亦反思自己一生出入进退之得失。杖藜，拄杖。物化，事物的变化。观我生，审视自己。北齐颜之推《观我生赋》："予一生而三化，备荼苦而蓼辛。"唐刘禹锡《楚望赋》："观物之余，遂观我生。"

⑪ 万物二句：意谓万物皆能各自顺应天时，而我的一生却一天天变得急迫匆忙。得时，顺应天时。皇皇，匆促不安貌。皇，通"遑"。陶渊明《归去来兮辞》："木欣欣以向荣，泉涓涓而始流。善万物之得时，感吾生之行休。已矣乎，寓形宇内复几时，曷不委心任去留？胡为乎遑遑兮欲何之？"

【评析】

人闲景幽，信笔随意，脱然而无碍。《唐宋诗醇》卷三十四云："目见耳闻，具有万物各得其所气象。昔人称渊明为古闲淡之宗，此则升堂入室矣。"

书韩幹牧马图

南山之下①，汧渭之间②，想见开元天宝年③。八坊分屯隘秦川，四十万匹如云烟④。骓駓骃骆骊骝䯄，白鱼赤兔骍皇䮄。龙颅凤颈狞且妍，奇姿逸德隐驽顽⑤。碧眼胡儿手足鲜⑥，岁时翦刷供帝闲⑦。柘袍临池侍三千，红妆照日光流渊。楼下玉螭吐清寒，往来蹴踏生飞湍⑧。众工舐笔和朱铅，先生曹霸弟子韩⑨。厩马多肉尻脽圆，肉中画骨夸尤难⑩。金羁玉勒绣罗鞍，鞭箠刻烙伤天全⑪。不如此图近自然⑫，平沙细草荒芊绵⑬，惊鸿脱兔争后先⑭。王良挟策飞上天,何必俯首服短辕⑮!

【题解】

熙宁十年(1077)春在京师作。是年正月自密州至开封,四月改知徐州(今属江苏省)。《东坡乌台诗案》:"次日(三月初三),王诜送韩幹画马十二匹,共六轴,求跋尾。"因作此诗。韩幹,唐玄宗时著名画家。参见第257页杜甫《丹青引》注释㉑。

【注释】

① 南山:此指秦岭山脉西段。因在陇山之南,故称。

② 汧(qiān)渭:汧水与渭水。汧水,今名千河。源自六盘山南麓,东南流经陕西陇县、千阳县,在宝鸡市陈仓区注入渭水。

③ 开元天宝:开元(713—741)与天宝(742—756),唐玄宗年号。

④ 八坊二句:意谓唐廷设立八坊牧养国马,茫茫秦川都嫌狭隘;四十万匹骏马奔驰,犹如一阵阵云烟飘过。八坊,唐开元间于岐、泾、邠、宁四州置有八处养马之所,谓保乐坊、甘露坊、南普闰坊、北普闰坊、岐阳坊、太平坊、宜禄坊、安定坊。分屯,分驻。秦川,泛指秦岭以北平原地带。古属秦国,故称。四十万匹,据《新唐书·兵志》,开元初,命王毛仲监理马政,至十三年,有马四十三万匹。又《旧唐书·王毛仲传》:"不三年,扈从东封,以诸牧马数万匹从,每色为一队,望如云锦,玄宗益喜。"

⑤ 骓(zhuī)駓(pī)四句:谓马的形色品质各异,良莠混杂。骓,毛色苍白相间的马。駓,毛色黄白相杂的马。駰,浅黑带白色的杂毛马。骆,白身黑鬣的马。骊,深黑色的马。騮,红身黑鬃尾的马。騵,赤身白腹的马。白鱼,双目白似鱼目的马。赤兔,赤色骏马。《后汉书·吕布传》:"布常御良马,号曰赤菟,能驰城飞堑。"骍,赤黄色的马。皇,通"騜"。黄白色相间的马。騴(hán),长毛马。龙颅凤颈,形容马的神貌似龙似凤。狞且妍,有的凶悍有的俊美。奇姿逸德,指马的奇异姿态和善于奔跑的品质。驽顽,资质平庸顽劣。

⑥ 碧眼胡儿:此指宫中养马的西域人。手足鲜(xiān):谓手脚灵活。

⑦ 蒭刷:洗刷清扫。指养护马匹。帝闲:皇宫马厩。

⑧ 柘(zhè)袍四句:写皇帝观马盛况。柘袍,黄袍。借指皇帝。侍三千,三千侍从。白居易《长恨歌》:"后宫佳丽三千人,三千宠爱在一身。"光流渊,形容宫女们光彩鲜耀与流水相映。玉螭,玉雕的龙。此指骏马。蹙(cù)踏,踩踏。飞湍,急流。此指马群急驰时溅起的水花。

⑨ 众工二句:意谓画工们润笔调色准备临摹,其中曹霸与弟子韩幹的画技更胜一筹。舐(shì)笔,舔笔。用口水润笔。和朱铅,调和红白颜料。《庄子·田子方》:"宋元君将画图,众史皆至,受揖而立,舐笔和墨,在外者半。"曹霸,唐玄宗时著名画家,韩幹之师。参见第255页杜甫《丹青引》题解。

⑩ 厩马二句:意谓养在厩房的马多肉而臀部肥圆,能在画形体(肉)时画好马的骨相尤难。尻脽(kāoshuí),臀部。夸,美好。杜甫《丹青引》:"弟子韩幹早入室,亦能画马穷殊相。幹惟画肉不画骨,忍使骅骝气凋丧。"

⑪ 金羁二句:意谓它们佩挂着金络头、玉嚼子和丝绣马鞍,遭受鞭打火烙已伤其自然天性。金羁,金饰的马络头。玉勒,玉饰的马嚼子。天全,指自然天性。

⑫ 此图:指韩幹《牧马图》。

⑬ 平沙:广阔的沙原。荒芊绵:荒野绵延不绝。

⑭ 惊鸿脱兔:此指马儿奔跑轻捷迅疾,如惊飞的鸿雁、脱逃的兔子。

⑮ 王良二句:意谓这些有天资的马,应由王良扬鞭驱使到天上,不必俯首屈节替人拉车。王良,春秋时晋国善驭马者。《孟子·滕文公下》:"昔者赵简子使王良与嬖奚乘,终日而不获一禽。嬖奚反命曰:'天下之贱工也。'或以告王良。良曰:'请复之。'强而后可,一朝而获十禽,嬖奚反命曰:'天下之良工也。'"亦作"王梁",星宿名。《汉书·天文志》:"汉中四星曰天驷,旁一星曰王梁。王梁策马,车骑满野。"挟策,持鞭,扬鞭。短辕,语出《晋书·王导传》:"初,曹氏性妒,导甚惮之,乃密营别馆,以处众妾。曹氏知,将往焉。导恐妾被辱,遽令命驾,犹恐迟之,以所执麈尾柄驱牛而进。司徒蔡谟闻之,戏导曰:'朝廷欲加公九锡。'导弗之觉,但谦退而已。谟曰:'不闻余物,惟有短辕犊车,长柄麈

尾。'导大怒,谓人曰:'吾往与群贤共游洛中,何曾闻有蔡克兒也。'"后以"短辕"代指牛车或简陋的小车。

【评析】

《唐宋诗醇》卷三十五曰:"《马》诗有杜甫诸作,后人无从着笔矣。千载独有轼诗数篇,能别出一奇于浣花之外,骨干、气象实相等埒。"此篇题画不从图画着手,而是想见作画时代及史实,运思即出奇制胜。中间写牧马、观马,如明珠走盘,璀璨交映,令人目不暇给。而"骓驱骃骆骊騮騵"二句,取汉《急就篇》句法,并列诸物名称为句,造语亦奇。后段写画马,以厩马肉肥难于画骨、装饰精美却失天性,点起韩幹《牧马图》,反衬其画技超卓不凡,至此入题。然方入即出,另申一义而收,如《东坡乌台诗案》所云:"(末二句)意以骐骥自比,讥执政大臣无能尽我才,如王良之御者,何必折节干求进用也。"卒章显其志,真奇宕可喜。

东栏梨花

梨花淡白柳深青,柳絮飞时花满城。惆怅东栏二株雪[①],人生看得几清明[②]?

【题解】

此诗为《和孔密州五绝》之三。熙宁十年(1077)春作。孔密州,即孔宗翰。字周翰,孔子四十六代孙。以父任为将作监主簿。复举进士。历知虔、蕲、密、陕、扬、洪、兖诸州,皆以治闻。宗翰代轼知密州,有诗相赠,轼作五绝以和之。所咏邸家园、西园、东栏、流杯石、后堂,或为密州官署五处景观。

【注释】

① 二株:又作"一株"。雪:喻梨花。

② 人生句:意谓能把人生看透几分。清明,清彻明朗。陆游《老学庵笔记》卷十:"绍兴中,予在福州,见何晋之大著,自言尝从张文潜游,

每见文潜哦此诗,以为不可及。余按杜牧之有句云:'砌下梨花一堆雪,明年谁此凭阑干?'东坡固非窃牧之诗者,然竟是前人已道之句,何文潜爱之深也?岂别有所谓乎?"杜诗咏雪以梨花为喻,苏诗咏梨花以雪为喻,皆发人生无定之慨,诗意的确相近。然苏诗慨叹人生有迷茫,有伤感,亦有参悟与超脱,其蕴涵更为丰富。

【评析】

春色淡白深青,一片清明中喟叹人生:人生看得"清明"否?看得"清明"又如何?情味深致而有哲思。

中秋月

暮云收尽溢清寒①,银汉无声转玉盘②。此生此夜不长好,明月明年何处看?

【题解】

此诗为《阳关词三首》之三。熙宁十年(1077)中秋在徐州任作。轼改知徐州,四月到任。弟辙亦相从来徐,留百余日,中秋之后方离去。此即兄弟相聚彭城、中秋观月时所作。阳关词,即古曲《阳关三叠》的歌词。唐人将王维《送元二使安西》诗配乐后编入乐府,称《渭城曲》;又因"阳关"句须反复歌之,谓为《阳关三叠》。后人多依声填词,为离别时所唱歌曲。

【注释】

① 清寒:清朗而有寒意。
② 银汉:银河,天河。玉盘:喻圆月。李白《古朗月行》:"小时不识月,呼作白玉盘。"

【评析】

月圆人缺固可憾恨,而团聚又将分离,其情更伤。末二句天然巧对,语调流利,寓无限感慨于其中,低回不去。

百步洪

长洪斗落生跳波①,轻舟南下如投梭②。水师绝叫凫雁起③,乱石一线争磋磨④。有如兔走鹰隼落,骏马下注千丈坡。断弦离柱箭脱手,飞电过隙珠翻荷⑤。四山眩转风掠耳,但见流沫生千涡⑥。崄中得乐虽一快,何意水伯夸秋河⑦。我生乘化日夜逝,坐觉一念逾新罗⑧。纷纷争夺醉梦里,岂信荆棘埋铜驼⑨?觉来俯仰失千劫,回视此水殊委蛇⑩。君看岸边苍石上,古来篙眼如蜂窠⑪。但应此心无所住,造物虽驶如吾何⑫?回船上马各归去,多言诮诮师所呵⑬。

【题解】

此诗为二首其一。元丰元年(1078)九月在徐州任作。前有叙,曰:"王定国访余于彭城,一日棹小舟,与颜长道携盼、英、卿三子游泗水,北上圣女山,南下百步洪,吹笛饮酒,乘月而归。余时以事不得往,夜著羽衣,伫立于黄楼上,相视而笑,以为李太白死,世间无此乐三百馀年矣。定国既去逾月,复与参寥师放舟洪下,追怀曩游,已为陈迹,喟然而叹。故作二诗,一以遗参寥,一以寄定国,且示颜长道、舒尧文,邀同赋云。"百步洪,又名徐州洪。古泗水一段狭窄急流处,在徐州东南二里。《大明会典》卷一百五十八:"徐州洪,在徐州,为运河要害。乱石峭利,凡百余步,又名百步洪。"明陆容《菽园杂记》卷十:"徐州百步洪,吕梁上下二洪,皆石角巉岩,水势湍急,最为险恶。"

【注释】

① 斗落:突然落下。斗,通"陡"。陡然,突然。跳波:指翻腾的波浪。

② 投梭:织布时来回投掷梭子。

③ 水师:船夫,渔夫。绝叫:大声呼叫。此指涉险而惊呼。凫雁:野鸭与大雁。

④ 磋磨：挤轧磨擦。

⑤ 有如四句：喻舟行迅疾，有如脱逃之兔和直落之鹰隼，有如骏马从千丈高坡奔驰而下，有如绷断的琴弦和射出的羽箭，有如闪电划过缝隙，水珠从翻动的荷叶上滑落。鹰隼，泛指鹰、雕一类猛禽。下注，向下倾泻。柱，乐器上的系弦木。飞电，闪电。

⑥ 四山二句：意谓坐在船上，但觉耳后呼呼生风，群山移转令人目眩；又见水面浪花飞溅，激起一个个漩涡。眩转，旋转不定。流沫，水势湍急腾激浪花。

⑦ 崄中二句：意谓水上涉险虽是一件快意事，却不料就像河伯曾夸于秋水，以为尽得天下之美而见笑于大方之家。崄，同"险"。一快，一件快意事。何意，不料。水伯夸秋河，即河伯夸于秋水。《庄子·秋水》："秋水时至，百川灌河。泾流之大，两涘渚崖之间，不辩牛马。于是焉河伯欣然自喜，以天下之美为尽在己。顺流而东行，至于北海，东面而视，不见水端。于是焉河伯始旋其面目，望洋向若而叹曰：'野语有之曰，"闻道百，以为莫己若者"。我之谓也。且夫我尝闻少仲尼之闻而轻伯夷之义者，始吾弗信。今我睹子之难穷也，吾非至于子之门则殆矣，吾长见笑于大方之家。'"

⑧ 我生二句：意谓我的自然生命如流水般日夜消逝，正觉得意念可以不受拘束，瞬间就能逾越万里飞往新罗国。乘化，顺随自然造化。日夜逝，即《论语·子罕》"逝者如斯夫，不舍昼夜"之意。坐，正，适。新罗，古国名。在今朝鲜半岛上。北宋释道原《景德传灯录》卷二十三："湖南浏阳道吾山从盛禅师，师初住高安龙回。有僧问：'如何是觌面事？'师曰：'新罗国去也。'"即指思接万里，一动念间已到新罗国。

⑨ 荆棘埋铜驼：喻世事变乱。铜驼，古代宫门、寝殿前所置铜铸骆驼。《晋书·索靖传》："靖有先识远量，知天下将乱，指洛阳宫门铜驼，叹曰：'会见汝在荆棘中耳。'"后以"荆棘铜驼"喻世乱荒凉。

⑩ 觉（jué）来二句：意谓领悟到俯仰间万世已消磨，回头看这百步洪竟如此随顺。俯仰，低头和抬头。喻时间短暂。千劫，佛教语。指旷远的时节与无数生灭成坏。劫，梵文音译，"劫波"或"劫簸"的略称。佛教有成、住、坏、空四劫之说，意谓世界生灭变化须经历成立、持续、破

坏、空四个时期，且依次循环往复，若干万年一个周期。委蛇（wēi yí），随顺、顺应貌。《庄子·庚桑楚》："行不知所之，居不知所为，与物委蛇，而同其波。"

⑪ 篙眼：指撑船的竹篙在岸石上戳出的孔洞。

⑫ 但应二句：意谓不应让心智被任何意念或事物拘执，岁月疾驶而过又能奈我何。无所住，佛教语。指不执着于特定的事与理。《金刚经·庄严净土分第十》："应无所住而生其心。"

⑬ 讻讻（náo—）：喧闹嘈杂。师：指同游百步洪的僧参寥。呵：呵斥，责怪。

【评析】

上半写急流行舟，动势转圜，博喻连翩，其笔力之健，浑如天马行空。"崄中"二句结前启后，为一篇枢轴，以河伯自矜于秋水，埋"有限"与"无限"伏笔贯下。下半说理，即从年华逝水，感叹时空与世事无穷变化，及至领悟无限而超越有限，心无所住，再反观百步洪水，亦不过是一泓安流。一番大议论，游移于儒、道、释之间，三折其笔，均不见刻削痕迹，体段声色尽显大家气象。

舟中夜起

微风萧萧吹菰蒲①，开门看雨月满湖。舟人水鸟两同梦②，大鱼惊窜如奔狐。夜深人物不相管③，我独形影相嬉娱。暗潮生渚吊寒蚓④，落月挂柳看悬蛛⑤。此生忽忽忧患里，清境过眼能须臾⑥。鸡鸣钟动百鸟散⑦，船头击鼓还相呼⑧。

【题解】

元丰二年（1079）春末夏初移知湖州（今属江苏省），途中作。

【注释】

① 菰蒲：菰和蒲。亦泛指水生植物。菰，俗称茭白。参见第277页

杜甫《秋兴八首》其七注释④。蒲,菖蒲。一种水草。参见第304页韩愈《青青水中蒲三首》注释①。

② 两同梦:两者都进入了梦乡。

③ 人物不相管:人与物互不顾及。形容万籁俱寂。《庄子·庚桑楚》:"夫至人者,相与交食乎地而交乐乎天,不以人物利害相撄,不相与为怪,不相与为谋,不相与为事,翛然而往,侗然而来。"

④ 暗潮:小潮。渚:水边。吊寒蚓:逗引蚯蚓。

⑤ 悬蛛:悬挂在蛛网中的蜘蛛。

⑥ 此生二句:意谓我的一生总是迷失在忧虑困苦中,这清丽的情景能让我获得暂时的悠闲从容。忽忽,迷糊,恍惚。清境,清丽的境界。须臾,从容自适貌。

⑦ 鸡鸣钟动:指拂晓时的鸡叫声和晨钟声。韩愈《谒衡岳庙遂宿岳寺题门楼》诗:"猿鸣钟动不知曙,杲杲寒日生于东。"

⑧ 击鼓:此指官船击鼓启航。

【评析】

以动衬静,几笔写得清境出,又以清境反托内心波动不平,颇见奇致。《唐宋诗醇》卷三十六曰:"一片空明,通神入悟,情性所至,妙不自寻。"

寓居定惠院之东杂花满山有海棠一株土人不知贵也

江城地瘴蕃草木①,只有名花苦幽独②。嫣然一笑竹篱间③,桃李漫山总粗俗。也知造物有深意,故遣佳人在空谷④。自然富贵出天姿,不待金盘荐华屋⑤。朱唇得酒晕生脸⑥,翠袖卷纱红映肉⑦。林深雾暗晓光迟⑧,日暖风轻春睡足⑨。雨中有泪亦凄怆,月下无人更清淑⑩。先生食饱无一事,散步逍遥自扪腹⑪。不问人家与僧舍,拄杖敲门看修竹⑫。忽逢绝艳照衰朽⑬,叹息无言揩病目。陋邦何处得此花,无乃好事移西蜀⑭?寸根千里不易致,衔子飞来定鸿鹄⑮。天涯流落俱可念⑯,为饮一樽歌此曲。明朝酒醒还独来,雪落纷纷那忍触⑰。

【题解】

元丰三年(1080)春在黄州(今湖北省黄冈市黄州区)作。二年四月,轼自徐州移知湖州,进《湖州谢上表》。七月,被诬以诗文谤讪朝政,逮送京师。八月,下御史台狱,一时欲置之于死地,牵连者达数十人,史称"乌台诗案"。十二月,"责授检校水部员外郎、黄州团练副使,本州安置,不得签书公事"。三年二月至黄州,初寓居定惠院,寻迁城南临皋亭。定惠院,在黄州城东南。海棠,落叶乔木。叶卵形或椭圆形,春季开花,色白或淡红,可供观赏。

【注释】

① 地瘴:此指临江之地的湿热之气。蕃(fán)草木:草木生长繁茂。《易·坤》:"天地变化,草木蕃。"孔颖达疏:"谓二气交通,生养万物,故草木蕃滋。"

② 幽独:静寂孤独。此含稀少意。

③ 嫣然:美好貌。

④ 故遣句:用杜甫《佳人》诗"绝代有佳人,幽居在空谷"意,以"佳人"比海棠。空谷,空旷幽深的山谷。

⑤ 不待句:意谓用不着当成奇珍异宝进献给富贵者。金盘,金属制成的盘。泛指珍贵的器具。杜甫《自京赴奉先县咏怀五百字》诗:"况闻内金盘,尽在卫霍室。"荐,进献。华屋,华丽的房屋。喻富贵者。

⑥ 晕(yùn):此指饮酒后两颊泛起的淡红色。

⑦ 翠袖:女子翠绿色衣袖。杜甫《佳人》诗:"天寒翠袖薄,日暮倚修竹。"

⑧ 林:冯本作"材",恐误。今从诸本改。晓光:清晨的阳光。

⑨ 春睡足:据北宋释惠洪《冷斋夜话》卷一引《太真外传》,"上皇登沈香亭,诏太真妃子。妃子时卯醉未醒,命力士从侍儿扶掖而至。妃子醉颜残妆,鬓乱钗横,不能再拜。上皇笑曰:'岂是妃子醉,真海棠睡未

足耳。'"此反用其意,将海棠比作"春睡足"的美人。

⑩ 清淑:清丽秀美。

⑪ 先生二句:此处诗意转折,以下借花寄慨。先生,作者自谓。无一事,指贬谪黄州,责令"不得签书公事",故云。逍遥,优游自得貌。扪腹,抚摸腹部。形容饱食后舒适安逸状。

⑫ 不问二句:暗用南朝宋袁粲事。《南史·袁粲传》:"粲负才尚气,爱好虚远,虽位任隆重,不以事务经怀,独步园林,诗酒自适。家居负郭,每杖策逍遥,当其意得,悠然忘反。郡南一家颇有竹石,粲率尔步往,亦不通主人,直造竹所,啸咏自得。主人出,语笑款然。"不问,不管,无论。人家,民宅,民居。

⑬ 绝艳:无比艳丽。此指海棠。衰朽:老迈无用。此作者自谓。

⑭ 无乃句:意谓莫非有好事者从蜀地移植于此。西蜀,蜀地。蜀中多海棠,故云。

⑮ 衔子句:意谓一定是鸿鹄把海棠的种子衔过来的。鸿鹄,俗称天鹅。

⑯ 天涯句:意谓可怜海棠与我都是漂泊在外。白居易《琵琶引》:"同是天涯沦落人,相逢何必曾相识。"可念,可怜。

⑰ 那忍触:犹言不忍见。那,同"哪"。表示否定。触,接触,看见。

【评析】

前半专咏海棠,直比作空谷佳人,天然风姿,遗世而独立。至"先生食饱"句笔锋一转,后半借花自怜,假设海棠来自西蜀,以抒天涯流落、同病同忧之慨。对酒当歌,境界超逸而余音不绝。

东坡

废垒无人顾①,颓垣满蓬蒿②。谁能捐筋力③,岁晚不偿劳④?独有孤旅人,天穷无所逃⑤。端来拾瓦砾⑥,岁旱土不膏⑦。崎岖草棘中⑧,欲刮一寸毛⑨。喟然释耒叹⑩,我廪何时高⑪!

【题解】

此诗为八首其一。元丰四年(1081)在黄州作。东坡,在黄州城东。《东坡八首叙》云:"余至黄州二年,日以困匮。故人马正卿哀余乏食,为于郡中请故营地数十亩,使得躬耕其中。地既久荒,为茨棘瓦砾之场,而岁又大旱,垦辟之劳,筋力殆尽。释耒而叹,乃作是诗,自愍其勤,庶几来岁之入以忘其劳焉。"南宋洪迈《容斋三笔》卷五云:"苏公谪居黄州,始自称东坡居士。详考其意,盖专慕白乐天而然。白公有《东坡种花》二诗云:'持钱买花树,城东坡上栽。'又云:'东坡春向暮,树木今何如?'又有《步东坡》诗云:'朝上东坡步,夕上东坡步。东坡何所爱,爱此新成树。'又有《别东坡花树》诗云:'何处殷勤重回首,东坡桃李种新成。'皆为忠州刺史时所作也。苏公在黄,正与白公忠州相似,因忆苏诗,如《赠写真李道士》云:'他时要指集贤人,知是香山老居士。'《赠善相程杰》云:'我似乐天君记取,华颠赏遍洛阳春。'《送程懿叔》云:'我甚似乐天,但无素与蛮。'《入侍迩英》云:'定似香山老居士,世缘终浅道根深。'而跋曰:'乐天自江州司马除忠州刺史,旋以主客郎中知制诰,遂拜中书舍人。某虽不敢自比,然谪居黄州,起知文登,召为仪曹,遂忝侍从。出处老少,大略相似,庶几复享晚节闲适之乐。'《去杭州》云:'出处依稀似乐天,敢将衰朽较前贤。'序曰:'平生自觉出处老少粗似乐天。'则公之所以景仰者,不止一再言之,非东坡之名偶尔暗合也。"

【注释】

① 废垒:废弃的营垒。

② 颓垣:坍塌的墙。蓬蒿:蓬草与蒿草。此泛指草丛。

③ 捐筋力:耗费体力。

④ 岁晚:年终。偿劳:补偿所付出的劳作。

⑤ 天穷:天命所定的穷困。

⑥ 端来:定当来,应当来。

⑦ 不膏:不肥沃。

⑧ 崎岖:形容地面高低不平。

⑨ 欲刮句:意谓想要开垦出一小块可以耕种的土地。一寸,十分为

一寸。引申为微少。西汉贾谊《新书·五美》:"一寸之地,一人之众,天子无所利焉,诚以定制而已。"毛,指地上所生的草。

⑩ 喟然:感叹、叹息貌。释耒:放下手中翻土的农具。耒,一种可以脚踏的木制翻土农具。

⑪ 廪(lǐn):粮仓。亦借指粮食。

【评析】

前问后答,倾吐垦殖辛劳。自此始号"东坡",实因君子遭遇仓猝困厄,兴慕于异代同道,取乐天知命而忘忧之意。

正月二十日与潘郭二生出郊寻春忽记去年是日同至女王城作诗乃和前韵

东风未肯入东门①,走马还寻去岁村②。人似秋鸿来有信,事如春梦了无痕③。江城白酒三杯酽④,野老苍颜一笑温⑤。已约年年为此会,故人不用赋《招魂》⑥。

【题解】

元丰五年(1082)春在黄州作。"忽记去年是日同至女王城作诗乃和前韵",见《正月二十日往岐亭郡人潘古郭三人送余于女王城东禅庄院》诗:"十日春寒不出门,不知江柳已摇村。稍闻决决流冰谷,尽放青青没烧痕。数亩荒园留我住,半瓶浊酒待君温。去年今日关山路,细雨梅花正断魂。"潘、郭、古,皆黄州人士,与轼友善。潘善酿酒,郭售药草,古好侠义。《东坡八首》其七:"潘子久不调,沽酒江南村。郭生本将种,卖药西市垣。古生亦好事,恐是押牙孙。"冯应榴案:"先生诗中潘子或指丙,或指彦明,或指昌言,究难确定。至王、施二注指邠老,本《年谱》也。又先生《与彦明书》中之郭兴宗,当即郭遘。"又引查慎行注:"古耕道,黄州进士,见本集《祭任师中文》。"女王城,在黄州东。《东坡志林》卷五:"今黄州东十五里许有永安城,而俗谓之女王城。"

【注释】

① 东风句:指城中未见春色。

② 走马:骑马疾驰。去岁村:指去年到访过的女王城。

③ 人似二句:意谓人像秋鸿来去总会遵守信约,往事犹如春梦却不留任何痕迹。有信,守信用。指鸿雁在秋季和春季定期南北迁徙。了无痕,完全没有痕迹。

④ 白酒:浊酒。与清酒相对。参见第122页李白《南陵别儿童入京》注释①。酽(yàn):指茶、酒等饮料味道浓厚。

⑤ 野老:乡村老人。苍颜:衰老的容颜。温:温和。

⑥ 故人句:意谓请老朋友们不要为召还我的事操劳。赋《招魂》,写一篇《招魂》的诗。《招魂》,《楚辞》作品,其作者历来存有争议。一说宋玉哀怜屈原忠而见弃,魂魄放佚,故作此以讽谏楚怀王,冀其觉悟而召还屈原。一说屈原念怀王入秦被拘而死,感慨国艰,作此以期怀王灵魂归来。今人多采后说。

【评析】

三四感触极深。人生荣辱泰否,周而复始,一如鸿雁应时南来北归;而往事则不堪回首,惟有虚心随化,方能豁然。引喻新,对仗亦工。

寒食雨

春江欲入户,雨势来不已。小屋如渔舟,濛濛水云里①。空庖煮寒菜②,破灶烧湿苇。那知是寒食,但感乌衔纸③。君门深九重,坟墓在万里④。也拟哭途穷⑤,死灰吹不起⑥。

【题解】

此诗为二首其二。元丰五年(1082)三月在黄州作。寒食节,在清明前一日或二日。参见第299页杜甫《小寒食舟中作》题解。

【注释】

① 濛濛:迷茫貌。

② 空庖:空虚的厨房。形容穷困乏食。寒菜:泛指蔬菜。

③ 那知二句:意谓只是有感于乌鸦衔来烧剩的纸钱,才知道今天已是寒食节。那知,哪里知道。感,一作"见"。乌,一作"鸟"。纸,纸钱。白居易《寒食野望吟》:"风吹旷野纸钱飞,古墓累累春草绿。"

④ 君门二句:意谓天子宫门深邃不可还至,祖先坟墓远隔欲吊不能。君门,宫门。九重,泛指多重。《楚辞·九辩》:"岂不郁陶而思君兮?君之门以九重。"五臣注:"虽思见君,而君门深邃,不可至也。"冯应榴引王注次公曰:"此二句含蓄,言欲归朝廷邪,则君门有九重之深;欲返乡故邪,则坟墓有万里之远。皆以谪居而势不可也。"

⑤ 也拟句:意谓也打算学阮籍作穷途之哭。拟,打算,准备。途穷,道路尽头。喻走投无路或处境困窘。《晋书·阮籍传》:"(籍)时率意独驾,不由径路,车迹所穷,辄恸哭而反。"

⑥ 死灰句:意谓心如死灰不想再燃。死灰,喻消沉、失望的心情。此反用西汉韩安国事。《史记·韩长孺列传》:"其后安国坐法抵罪,蒙狱吏田甲辱安国。安国曰:'死灰独不复然乎?'田甲曰:'然即溺之。'"

【评析】

起四句绘境浑茫凄冷,使心头积郁,借此寒食雨色宣泄而出。故末段进退不知所安,长歌代哭,正反用事,都为痛定之思,词极悲怆。

海棠

东风渺渺泛崇光①,香雾空濛月转廊②。只恐夜深花睡去,故烧高烛照红妆③。

【题解】

元丰七年(1084)春在黄州作。冯应榴引施元之注:"先生尝作大字如掌,书此诗,似是晚年笔札。与集本不同者,'袅袅'作'渺渺','霏霏'

作'空濛','更'作'故'。墨迹□□秦少师伯阳家,后归林右司子长。今从墨迹。"

【注释】

① 渺渺:微弱貌,轻柔貌。崇光:此指海棠浮现出的华丽光彩。

② 香雾:指海棠的香气。空濛:缥缈迷茫貌。参见第 525 页《饮湖上初晴后雨》注释②。

③ 只恐二句:意谓夜深了只怕海棠花会睡去,因此点燃高烛来照其美丽容颜。花睡去,暗用杨贵妃醉酒而睡未足事。参见第 540 页《寓居定惠院之东杂花满山有海棠一株土人不知贵也》注释⑨。高烛,特大的蜡烛。红妆,女子的盛妆。因指美女。此以"红妆"比海棠。

【评析】

恐花睡去,举烛夜照,运思极细极巧,怜惜之情蔼然可见。

题西林壁

横看成岭侧成峰①,远近高低各不同。不识庐山真面目,只缘身在此山中②。

【题解】

元丰七年(1084)四月,命迁汝州(今河南省平顶山市汝州市)团练副使。自黄移汝时过九江,因游庐山,作此。西林,寺名。在庐山北麓,与东林寺相对。东晋太元(376—395)间僧慧永建,唐宋时极盛。

【注释】

① 横看句:意谓庐山横着看是连绵的山岭,侧着看则是耸立的山峰。庐山为南北走向,横看即从东面或西面看,故云"横看成岭"。侧看即从南面或北面看。故云"侧成峰"。

② 只缘:只因为。

【评析】

是景语,亦是理语。景与理相契而无间,方有意味。

郭祥正家醉画竹石壁上郭作诗为谢且遗二古铜剑

空肠得酒芒角出,肝肺槎牙生竹石①。森然欲作不可回②,吐向君家雪色壁。平生好诗仍好画,书墙涴壁长遭骂③。不瞋不骂喜有余④,世间谁复如君者?一双铜剑秋水光⑤,两首新诗争剑铓⑥。剑在床头诗在手,不知谁作蛟龙吼⑦。

【题解】

元丰七年(1084)七月赴汝经当涂作。郭祥正,字功父,太平州当涂(今属安徽省马鞍山市)人。举进士。熙宁中以殿中丞致仕,后复出通判汀州,知端州。又弃去,隐于县青山卒。《续资治通鉴长编》卷三百四十四:"(元丰七年三月壬子)前汀州通判奉议郎郭祥正勒停。"故轼经当涂时,祥正恰停职在家。其所居有醉吟庵,轼过而题诗画竹石于壁,祥正亦作诗并赠二古铜剑以答。

【注释】

① 空肠二句:意谓酒入空肠人就显得锋芒毕露,胸中不平意气生成竹石构图。空肠,一作"枯肠"。芒角,指棱角。喻人的锋芒或锐气。肝肺,内心。槎(chá)牙,亦作"槎枒"。树木枝杈错落不齐貌。此喻人的情绪愤慨不平。

② 森然:旺盛貌。

③ 书墙涴(wò)壁:涂写污染墙壁。指创作诗画。

④ 不瞋(chēn)不骂:指不发怒、不生气。瞋,生气时睁大眼睛。

⑤ 秋水光:形容剑光冷峻明澈。

⑥ 剑铓:亦作"剑芒"。剑锋。

⑦ 剑在二句:意谓古剑挂于床头新诗捧在手,不知诗剑谁能伴我蛟

龙吼。床头,坐榻或卧铺的旁边。蛟龙吼,形容大声吟啸。杜甫《从事行赠严二别驾》:"把臂开樽饮我酒,酒酣击剑蛟龙吼。"

【评析】

酒浇垒块,醉笔清峭。此诗自首至尾,无一字不锐立,无一句不激宕,胸襟气概豁然大张,正可见东坡别样风格与情调。

送沈逵赴广南

嗟我与君皆丙子①,四十九年穷不死。君随幕府战西羌②,夜渡冰河斫云垒③。飞尘涨天箭洒甲④,归对妻孥真梦耳。我谪黄冈四五年⑤,孤舟出没烟波里。故人不复通问讯,疾病饥寒疑死矣。相逢握手一大笑,白发苍颜略相似。我方北渡脱重江⑥,君复南行轻万里。功名如幻何足计?学道有涯真可喜⑦。勾漏丹砂已付君,汝阳瓮盎吾何耻⑧?君归赴我鸡黍约⑨,买田筑室从今始。

【题解】

元丰七年(1084)八月间自金陵历江北时作。沈逵,生平未详。冯应榴案:"《续通鉴长编》,熙宁六年十二月,诏新知永嘉县沈逵相度成都府置市易务利害。九年十一月,诏大理寺丞沈逵改一官,与堂除,论前任信州推官兴置银坑之劳。当即此人也。"广南,北宋灭南汉后,分其地为广南东路、广南西路。《元丰九域志》卷九:"东路(州一十五,县四十),中都督府广州南海郡清海军节度(治南海、番禺二县)。""西路(州三十三,军二,县六十四),下都督府桂州始安郡静江军节度(治临桂县)。"

【注释】

① 丙子:干支纪年。苏轼生于景祐三年十二月十九日(公历 1037 年 1 月 8 日),岁在丙子。

② 幕府:本指将帅在外的营帐。后借指将帅或军政大吏的府署。

西羌:汉时对羌人的泛称。宋指吐蕃诸部。冯应榴案:"其战西羌事,无可考。"

③ 云垒:军营。

④ 箭洒甲:箭矢如雨般洒在铠甲上。形容战斗场面非常激烈。

⑤ 黄冈:县名。黄州州治(今湖北省黄冈市黄州区)。

⑥ 重(chóng)江:二江或诸江合流。

⑦ 学道有涯:谓学道修行有始有终。涯,一作"牙"。

⑧ 勾漏二句:意谓君去广南正如葛洪可修行炼丹,我往汝阳哪怕患瘿瘤亦不觉可耻。勾漏,县名。在今广西壮族自治区玉林市北流市东。据《晋书·葛洪传》:"(洪)以年老,欲炼丹以祈遐寿,闻交阯出丹,求为勾漏令。"参见第156页杜甫《赠李白》注释②。丹砂,即朱砂。道教徒用以化汞炼丹之矿物。汝阳,古县名。此代汝州。瓮盎,陶制容器。喻瘿瘤(一种生于颈部的囊状肿瘤)。汝州民多患此病。欧阳修《汝瘿答仲仪》诗:"君嗟汝瘿多,谁谓汝土恶?汝瘿虽云苦,汝民居自乐。""伛妇悬瓮盎,娇婴包卵鷇。无由辨肩颈,有类龟缩壳。"

⑨ 鸡黍约:东汉范式在他乡与其至友张劭约定,两年后当赴劭家相会。劭归告其母,请届时杀鸡为黍候之。母曰:"二年之别,千里结言,尔何相信之审邪?"劭谓式乃信士,必不乖违。至其日,式果至。二人对饮,尽欢而别。事见《后汉书·独行传·范式》。后以"鸡黍约"为重情守信之典。

【评析】

赋诗送别同龄友,先分叙二人不同境遇,一征战西陲,一漂泊江湖,情景互映而生意可感。后叙重逢又将分别,以"学道有涯"为勉,以"鸡黍之约"作收,尚高谊而轻功名,自有超迈横放之气见于其间。

高邮陈直躬处士画雁

野雁见人时,未起意先改①。君从何处看?得此无人态②。无乃槁木形,人禽两自在③。北风振枯苇,微雪落璀璀④。惨澹云水昏⑤,晶荧沙砾碎。弋人怅何慕,一举渺江海⑥。

【题解】

此诗为二首其一。元丰七年(1084)冬游历真、润、扬、淮诸州时作。宋高邮军(今江苏省扬州市高邮市),隶淮南东路。陈直躬,画家,高邮人。《施注苏诗》卷二十二:"陈直躬,偕之子也。家故饶财,而偕与其弟独喜学画,其后伎日以进,家日以微,遂以为业。士大夫既喜其画,且爱其为人,往往称之。直躬亦世其学云。见《高邮志》。"处(chǔ)士,有才德而隐居不仕者。

【注释】

① 意先改:指有欲飞之意。

② 无人态:指雁在不见人时的自然神态。

③ 无乃二句:意谓莫非是旁观的人像枯木一样静止,才使得人禽间相安无事。槁木形,枯木形状。《礼记·乐记》:"故歌者上如抗,下如队,曲如折,止如槁木。"孔颖达疏:"止如槁木者,言音声止静感动人心,如似枯槁之木止而不动也。"自在,安闲自得。

④ 璀璀:鲜明貌。

⑤ 惨澹:暗淡凄凉貌。

⑥ 弋人二句:意谓雁一飞而起,消逝于江海之间;射猎者弓箭不能及,只得怅然目送它远去。弋人,射猎者。举,飞。渺,邈远。

【评析】

诗题画雁,既入乎其内,又出乎其外。入乎其内,乃见寒江雪岸,野雁未起欲动之态;出乎其外,则得画师止若枯槁,专事观照摹写之形。末二句更引画意诗情于邈远,神思妙合,此所以为绝妙。

寄吴德仁兼简陈季常

东坡先生无一钱,十年家火烧凡铅①。黄金可成河可塞,只有霜鬓无由玄②。龙丘居士亦可怜③,谈空说有夜不眠。忽闻河东狮子吼④,拄杖落手心茫然。谁似濮阳公子贤⑤?饮酒食肉自得仙。平生寓物不留物⑥,在家学得忘家禅⑦。门前罢亚十顷田⑧,清溪绕屋花连天。溪堂醉卧呼不醒⑨,落花如雪春风颠⑩。我游兰溪访清泉⑪,已办布袜青行缠⑫。稽山不是无贺老,我自兴尽回酒船⑬。恨君不识颜平原,恨我不识元鲁山⑭。铜驼陌上会相见,握手一笑三千年⑮。

【题解】

元丰八年(1085)春求居常州(今属江苏省)获准后作。去年末,轼携家至泗州(今江苏省淮安市盱眙县),度岁。正月四日离泗往南都(今河南省商丘市),上《乞常州居住表》,略云:"自离黄州,风涛惊恐,举家重病,一子丧亡。今虽已至泗州,而费用罄竭,去汝尚远,难于陆行。无屋可居,无田可食,二十余口,不知所归,饥寒之忧,近在朝夕。与其强颜忍耻,干求于众人;不若归命投诚,控告于君父。臣有薄田在常州宜兴县,粗给饘粥,欲望圣慈,许于常州居住。又恐罪戾至重,未可听从便安,辄叙微劳,庶蒙恩贷。"及至南都,有放归阳羡(宜兴)之命,遂返常州,作此诗。吴瑛,字德仁,蕲州蕲春(今湖北省黄冈市蕲春县东北)人。以父龙图阁学士吴遵路荫官至虞部员外郎,致仕归。《宋史·隐逸传中·吴瑛》:"治平三年,官满如京师,年四十六,即上书请致仕。公卿大夫知之者,相与出力挽留之,不听,皆叹服,以为不可及,相率赋诗饮饯于都门,遂归蕲。有田,仅足自给。临溪筑室,种花酿酒,家事一付子弟。宾客至必饮,饮必醉,或困卧花间,客去亦不问。有臧否人物者,不酬一语,但促奴益行酒,人莫不爱其乐易而敬其高。"简,寄送书简。陈慥,字季常,号龙丘居士、方山子,眉州青神(今属四川省眉山市)人。太常少卿陈希亮第四子。一生未仕,晚年隐于黄州岐亭(今属湖北省黄冈市麻城市)。《宋史·陈希亮传》:"慥字季常,少时使酒好剑,用财如粪土,慕朱家、郭解为人,闾里之侠皆宗之。在岐下,尝从两骑挟二矢,与苏轼游西山。鹊起于前,使骑逐而射之,不获,乃怒马独出,一发得之。因与轼马上论用兵及古今成败,自谓一世豪士。稍壮,折节读书,欲以此驰骋当世,然终不遇。洛阳园宅壮丽与公侯等,河北有田,岁得帛千匹,晚年皆弃不取。遁于光、黄间,曰岐亭。庵居蔬食,徒步往来山中,妻子奴婢皆有自得之意,不与世相闻,人莫识也。见其所著帽方屋而高,曰:'此岂古方山冠之遗像乎?'因谓之'方山子'。及苏轼谪黄,过岐亭,识之,人始知为慥云。"

【注释】

① 家火:居家生活用火。凡铅:犹凡丹。方士用金石烧炼成的丹药。铅,炼丹所用原料。

② 黄金二句:意谓黄金可以炼成,黄河决口亦可以堵塞,然而我炼丹却不成功,没有使自己长生不老。霜鬓:白色鬓发。无由玄,没有办法变黑。《史记·孝武本纪》:"黄金可成,而河决可塞,不死之药可得,仙人可致也。"此反用其意。

③ 龙丘居士:陈季常之号。

④ 河东狮子吼:据洪迈《容斋三笔》卷三,"(陈慥字季常)好宾客,喜畜声妓,然其妻柳氏绝凶妒,故东坡有诗云云。河东,为柳姓郡望。杜甫《可叹》诗:"河东女儿身姓柳。"狮子吼,佛家以喻威严。陈季常好谈佛,东坡则借佛门语以戏之。然冯应榴引卢文弨注:"注家引杜子美诗以证河东,是已。而狮子吼则不注出处。按《佛说长者女庵提遮狮子吼了义经》云,舍卫国城西有一村,名曰长提,有一婆罗门,名婆私腻迦,有女名庵提遮。佛告舍利佛:'是女非凡,已值无量诸佛,常能说《如是狮子吼了义经》。'此则是女人事,东坡诗用事细切如此,与他处泛言狮子吼者不同。注中又每以'河东狮子'四字连言,此更误也。"依此,则"忽闻河东狮子吼"句,是谓柳夫人学禅有得,胜过季常。

⑤ 濮阳公子:指吴德仁。濮阳,古地名。晋改东郡为濮阳国,为吴姓郡望之一。

⑥ 寓物不留物:谓寄情于物而不为物所役。苏轼《宝绘堂记》:"君子可以寓意于物,而不可以留意于物。寓意于物,虽微物足以为乐,虽尤物不足以为病;留意于物,虽微物足以为病,虽尤物不足以为乐。"

⑦ 忘家禅:指在家学佛坐禅如真出家般修行。

⑧ 罢亚:稻穗茂密盛多貌。

⑨ 溪堂：据查慎行《苏诗补注》卷二十五引《名胜志》，"溪堂在蕲州治南，至和中吴瑛隐居也"。

⑩ 春风颠：春风狂烈。杜甫《逼侧行赠毕四曜》："晓来急雨春风颠，睡美不闻钟鼓传。"

⑪ 兰溪：水名。唐初因水名县，设兰溪县。宋改蕲水县（今湖北省黄冈市浠水县），隶蕲州。清泉：寺名。在蕲水县东北二里。《东坡志林》卷九："寺在蕲水郭门外二里许。有王逸少洗笔泉，水极甘，下临兰溪，溪水西流。"

⑫ 青行缠：青布绑腿。布袜、行缠皆为行路装束。

⑬ 稽山二句：意谓当年去蕲州未能遇见吴先生，与李白见不到贺老的情况不同，是我游兴已尽而返回了酒船。李白《重忆一首》云："欲向江东去，定将谁举杯？稽山无贺老，却棹酒船回。"指欲往江东见贺知章，中途却听到他已去世的消息，以无人举杯对酌，只好掉转船头归来。稽山，会稽山。在今浙江省绍兴市东南。贺知章的故乡。兴尽，典出《世说新语·任诞》："王子猷居山阴。夜大雪，眠觉，开室，命酌酒，四望皎然。因起仿徨，咏左思《招隐诗》，忽忆戴安道。时戴在剡，即便夜乘小船就之。经宿方至，造门不前而返。人问其故，王曰：'吾本乘兴而行，兴尽而返，何必见戴？'"

⑭ 恨君二句：意谓遗憾的是德仁君不认识季常，我也未曾与您谋过面。颜平原，即颜真卿。唐名臣、书法家。安史之乱时，为平原（今山东省德州市陵城区）太守，联络从兄常山（今河北省石家庄市正定县）太守杲卿起兵抵抗，附近十七郡响应，被推为盟主。为人刚正有礼，作战英勇，亦笃信佛法。此以比陈季常。元鲁山，即元德秀。唐名士。曾为鲁山（今属河南省平顶山市）令。不慕名利，任满去职，爱陆浑佳山水，乃居之，陶然弹琴以自娱。此以比吴德仁。

⑮ 铜驼二句：意谓或许我们三人来生会相遇在某一繁华之地，握手一笑感叹世间已过三千年。铜驼陌，指洛阳故城中的铜驼街，以道旁曾有两枚汉铸铜驼相对而得名，是古代著名繁华区。《太平寰宇记》卷三《河南道三·河南府一·洛阳县》引陆机《洛阳记》云："汉铸铜驼二枚，在宫南四会号头，夹路相对。俗语曰：'金马门外聚群贤，铜驼陌上集少

年。'言人物之盛也。"另,"铜驼"亦喻世事变迁、人生如梦之意。参见第537页《百步洪》注释⑨。

【评析】

怀友寄兴,自嘲家火炼丹,调笑季常念佛,只为衬起德仁逸贤在野、学道参禅。末段引用事典,追叙彼此缘悭一面之恨,托寓世道人生无尽之慨。通篇虽多戏语,而机趣横溢,颇得高明豁达之风致。

惠崇春江晚景

竹外桃花三两枝,春江水暖鸭先知①。蒌蒿满地芦芽短②,正是河豚欲上时③。

【题解】

此诗为二首其一。元丰八年(1085)冬在京作。十月,知登州到任。十一月,以礼部郎中还朝,除起居舍人。惠崇,宋初僧人,善诗画。参见第473页王安石《纯甫出僧惠崇画要予作诗》题解。《春江晚景》为惠崇所绘图画。

【注释】

① 鸭先知:"鸭"是惠崇画中物,"先知"是诗人的体味。唐张谓《春园家宴》诗:"竹里登楼人不见,花间觅路鸟先知。"清毛奇龄《西河文集·诗话五》:"尝在金观察许与汪蛟门舍人论宋诗。舍人举东坡诗'春江水暖鸭先知''正是河豚欲上时',不远胜唐人乎?予曰:此正效唐人而未能者。'花间觅路鸟先知',唐人句也。觅路在人,先知在鸟,以鸟习花间故也。此'先',先人也。若鸭,则'先'谁乎?水中之物,皆知冷暖,必先以鸭,妄矣。"毛不知是咏画中物?此执泥之言。

② 蒌蒿:多年生草本植物。生水中,嫩芽叶可食。《尔雅·释草》:"购,蔏蒌。"郭璞注:"蔏蒌,蒌蒿也。生下田,初出可啖,江东用羹鱼。"芦芽:亦称"芦笋"。芦苇的嫩芽。可食用。

③ 河豚：即鲀。体圆筒形，口小，背青腹白，触物则胸腹鼓气作球状。肉味鲜美，但肝脏、生殖腺及血液有剧毒。产于我国沿海和一些内河。每于春时溯江而上，产卵于淡水中。南宋胡仔《苕溪渔隐丛话后集》卷二十四引张耒（文潜）《明道杂志》："河豚，水族之奇味，世传以为有毒，能杀人。余守丹阳及宣城，见土人户食之，其烹煮亦无法，但用蒌蒿、荻芽、菘菜三物，而未尝见死者。"可知宋人食河豚，常与蒌蒿、芦芽等同煮。又清王士禛《渔洋诗话》卷中："坡诗'蒌蒿满地芦芽短，正是河豚欲上时'，非但风韵之妙，盖河豚食蒿芦则肥。亦如梅圣俞之'春洲生荻芽，春岸飞杨花'，无一字泛设也。"故诗人见到画中蒌蒿、芦芽，便联想到河豚。

【评析】

前三句咏画中所有，末一句设作联想，妙在化静为动，以虚补实，自然生成一股胜气。此不足与执拗不通者言。

书李世南所画秋景

野水参差落涨痕①，疏林欹倒出霜根②。扁舟一棹归何处③？家在江南黄叶村。

【题解】

此诗为二首其一。元祐二年（1087）秋官翰林学士兼侍读时作。李世南，字唐臣，安肃军（今河北省保定市徐水区）人。明经及第，终大理寺丞。与轼同时。善画山水，尝作《秋景平远》，即轼以诗二首所题画。南宋邓椿《画继》卷四曰："予尝见其孙皓云，此图本寒林障，分作两轴。前三幅尽'寒林'，坡所以有'龙蛇姿'之句；后三幅尽'平远'，所以有'黄叶村'之句。其实一景，而坡作两意。"

【注释】

① 野水：天然水流。参差（cēncī）：错杂不齐貌。

② 攲(qī)倒：倾斜,歪倒。霜根：白色树根。亦指经历寒冷的草木之根。

③ 一棹(zhào)：一桨。借指一舟。

【评析】

东坡尝曰："诗画本一律,天工与清新。"(《书鄢陵王主簿所画折枝》其一)初读此诗,眼中即是萧萧画意,细玩便觉悠然有余味,可谓诗画同工,皆得远景远势。

书王定国所藏烟江叠嶂图

江上愁心千叠山①,浮空积翠如云烟②。山耶云耶远莫知,烟空云散山依然。但见两崖苍苍暗绝谷,中有百道飞来泉。萦林络石隐复见③,下赴谷口为奔川④。川平山开林麓断⑤,小桥野店依山前。行人稍度乔木外,渔舟一叶江吞天⑥。使君何从得此本⑦？点缀毫末分清妍⑧。不知人间何处有此境？径欲往买二顷田⑨。君不见武昌樊口幽绝处⑩,东坡先生留五年。春风摇江天漠漠⑪,暮云卷雨山娟娟⑫。丹枫翻鸦伴水宿⑬,长松落雪惊昼眠。桃花流水在人世,武陵岂必皆神仙⑭？江山清空我尘土⑮,虽有去路寻无缘。还君此画三叹息,山中故人应有招我归来篇⑯。

【题解】

元祐三年(1088)冬在京任翰林学士作。时以言屡遭攻讦,又卧病逾月,遂连上章乞郡,不许。王巩,字定国,大名府莘县(今属山东省聊城市)人。宰相王旦之孙,工部尚书王素之子,参知政事张方平之婿。冯应榴在《送颜复兼寄王巩》诗题下引施元之注："(巩)有隽才,长于诗,从东坡学为文。东坡下御史狱,而定国亦坐累贬宾州监酒税,凡三年。一子死贬所,一子死于家,定国亦几死,而无幽忧愤叹之意。东坡称其诗'清平丰融,蔼然有治世之音'云云。"《烟江叠嶂图》,王诜(晋卿)作。

诜本太原(今属山西省)人,后徙汴京(今河南省开封市)。拜左卫将军、驸马都尉。从苏轼游,轼贬黄州,诜亦坐累远谪。工诗词书画,尤善画山水,所作水墨清润,设色高古绝俗。据邓椿《画继》卷二:"王诜,字晋卿,尚英宗女蜀国公主,为利州防御使。虽在戚里,而其被服礼义,学问诗书,常与寒士角。平居攘去膏粱,黜远声色,而从事于书画。作宝绘堂于私第之东,以蓄其所有,而东坡为之记。东轩亦赠诗云:'锦囊犀轴堆象床,又竿连幅翻云光。手披横素风飞扬,卷舒终日未用忙。游意澹泊心清凉,属目俊丽神激昂。'其所画山水学李成,皴法以金碌为之,似古。今《观音宝陀山状小景》,亦墨作平远,皆李成法也,故东坡谓'晋卿得破墨三昧'。"《宣和画谱·山水三》录其画作三十五幅,今存《渔村小雪图》《烟江叠嶂图》《溪山秋霁图》等。

【注释】

① 愁心:忧愁的心绪。此指江山似含忧愁。

② 积翠:草木葱郁,翠色重叠。

③ 萦林络石:谓缠绕树木的青藤。络石,常绿攀援藤本植物。又称"白花藤""石龙藤""石鲮"。可供观赏,茎叶可入药。

④ 奔川:奔腾的水流。

⑤ 林麓:犹山林。

⑥ 行人二句:意谓行人刚好穿过丛密的树林,一叶小舟飘浮在空阔无际的江天中。稍度,刚刚越过。乔木,高大的树木。江吞天,形容江天相接的辽阔景象。

⑦ 使君:汉称刺史为使君。后借以称州郡长官。此指王诜。诜曾任利州防御使,元祐起复后又知登州,故称。

⑧ 点缀句:意谓笔端描绘修饰一番就尽得清新美好。点缀,指绘画的布局和着色。豪末,笔端。清妍,美好。

⑨ 径:直接。顷(qǐng),土地面积单位之一。一说百亩为顷。《汉书·杨恽传》:"田彼南山,芜秽不治,种一顷豆,落而为萁。"颜师古注:"一顷百亩,以喻百官也。"一说十二亩半为顷。《春秋公羊传·宣公十五年》:"什一者,天下之中正也。"何休注:"凡为田,一顷十二亩半,八家而九顷,共为一井,故曰井田。"

⑩ 武昌:县名。即今湖北省鄂州市。在长江南岸,与黄州相对。樊口:在今鄂州市西北。为樊溪入江之口。张舜民《画墁集》卷八:"食罢,移舟离黄州,泊对岸樊溪口。苏子瞻以舟涉江,同诣武昌县。县在樊溪之东,隔樊山五里许,即吴之西都,有吴王城。"此处以"武昌樊口"借指黄州。幽绝,清幽僻静。

⑪ 漠漠:迷蒙貌。

⑫ 娟娟:蜿蜒貌。

⑬ 丹枫:经霜泛红的枫叶。翻鸦:飞舞的鸦鸟。

⑭ 桃花二句:意谓人世间自有桃花流水般的仙境,生活在武陵源中的人也不必都是神仙。武陵,指武陵源,即陶渊明所虚构的"桃花源"。参见第16页王维《桃源行》注释⑧。岂必,犹何必。用反问语气表示不必。

⑮ 清空:犹洁净。去路:指归隐的路。

⑯ 还君二句:意谓还给你这幅画我多次叹息,山中旧友应该有呼唤我归来的诗篇。三叹息,多次叹息。形容感叹之深。归来篇,招隐或归隐的诗篇。《楚辞·招隐士》:"王孙兮归来,山中兮不可以久留。"表达的是走出山林、回归人世的意思。而西晋左思有《招隐诗二首》,东晋陶渊明有《归园田居》和《归去来兮辞》,皆表达了欲归或已归山林田园的旨趣。此用其意,正反映作者内心仕进与隐退的矛盾。

【评析】

题写山水画,前十二句皆为画中景象。其上下俯仰,远近推移,变绘染之巧为文辞之妙。"使君"二句自然过渡,引出后十四句观画所感。见画境"幽绝"如此,而作画、藏画者又同为患难友,故不能不忆起黄州岁月。谪居虽有四时之景可以流连,然仕固难忍,隐亦不甘,内心始终挣扎在出入进退间。结语叹息数四,"归去来兮"? 正含多少无奈意。全诗句法多变,节奏铿然,读之有纵横排奡之势。

赠刘景文

荷尽已无擎雨盖①,菊残犹有傲霜枝②。一年好景君须记,正是橙黄橘绿时③。

【题解】

元祐五年(1090)冬在杭州作。去年三月,累章请郡,以龙图阁学士、左朝奉郎知杭州,七月到任。刘季孙,字景文,祥符(今河南省开封市)人。大将刘平之少子。时以左藏库副使为两浙兵马都监,驻杭州。工诗。苏轼为守,一见视为国士,上《乞擢用刘季孙状》以荐,曰:"(季孙)笃志力学,博通史传,工诗能文,轻利重义,虽文臣亦未易得。而其练达武经,讲习边政,乃其家学。至于奋不顾身,临难守节,以臣度之,必不减平。今平诸子独有季孙在,而年已五十有八,虽备位将领,未尽其用。伏望朝廷特赐采察,权置边庭要害之地,观其设施,别加升进。不独为忠义之劝,亦以广文武之用。"季孙以是得知隰州(今山西省临汾市隰县),然未久而殁,年六十。

【注释】

① 擎(qíng)雨盖:撑开的雨伞。此喻荷叶。擎,支撑,承受。
② 傲霜:不为寒霜所屈。
③ 正:一作"最"。橙黄橘绿时:橙子黄熟、橘子犹绿之时。指秋末冬初。

【评析】

荷菊枯槁骨立,托起鲜耀橙橘。岁寒晚景,亦犹存活力与美好,借此喻人说理,机杼一新,且不留剪刻之痕。

泛颍

我性喜临水,得颍意甚奇。到官十日来,九日河之湄①。吏民笑相语,使君老而痴②。使君实不痴,流水有令姿③。绕郡十余里,不驶亦不迟④。上流直而清,下流曲而漪⑤。画船俯明镜,笑问汝为谁⑥?忽然生鳞甲⑦,乱我须与眉。散为百东坡,顷刻复在兹⑧。此岂水薄相,与我相娱嬉⑨。声色与臭味,颠倒眩小儿。等是儿戏物,水中少磷缁⑩。赵陈两欧阳⑪,同参天人师⑫。观妙各有得⑬,共赋泛颍诗。

【题解】

元祐六年(1091)八月作。三月,被召赴阙,除翰林承旨兼侍读。八月,复以旧职(龙图阁学士)知颍州(今安徽省阜阳市)。颍水,淮河支流。发源于嵩山,东南流经颍州,在颍上正阳关入淮。参见第519页《出颍口初见淮山是日至寿州》题解。

【注释】

① 到官二句:意谓到任以来,大多时日都在水边。十日、九日,皆非实数。河之湄,河岸边。湄,水和草相接处。《诗·秦风·蒹葭》:"所谓伊人,在水之湄。"孔颖达疏:"谓水草交际之处,水之岸也。"

② 使君:此指知州。作者自谓。参见第557页《书王定国所藏烟江叠嶂图》注释⑦。

③ 令姿:美好的形态。

④ 不骎句:指(水流)不急不缓。骎,马行疾速。泛指疾行。迟,徐行。引申为缓慢。

⑤ 漪(yī):风吹水面形成的波纹。

⑥ 画船二句:意谓我从游船上俯视明镜似的水面,笑问水中的面影你是谁。画船,装饰华美的游船。

⑦ 鳞甲:本指水生物的鳞片和甲壳。此喻被风吹皱成鳞甲状的水面。

⑧ 散为二句:意谓波光中我的影像顿时散作上百个我,但一会儿风平浪静他又恢复了原状。顷刻,片刻,极短的时间。复在兹,又在此。指影像复原成一个。

⑨ 此岂二句:意谓这哪里是水在故意戏弄人,它不过是在与我相互娱乐。薄相,戏弄,玩耍。今吴方言作"白相"。娱嬉,娱乐,游戏。

⑩ 声色四句:意谓声色与气味这些东西,可以迷惑小人使之神魂颠倒;水同样也是儿戏之物,却不会让人的本性发生改变。臭(xiù)味,气

味,芳香之气。眩,迷惑,迷乱。小儿,对人的蔑称。等是,同样是,都是。磷缁(lìnzī),语出《论语·阳货》:"不曰坚乎？磨而不磷；不曰白乎？涅而不缁。"磷,因磨而薄；缁,因染而黑。后因以喻受外界条件的影响而起变化。

⑪ 赵陈句:指同游者赵令畤、陈师道和欧阳修的两个儿子。赵令畤,初字景贶,太祖次子燕王德昭玄孙。时签书颍州节度判官厅公事。轼改其字为"德麟",荐入馆阁不果。陈师道,字履常,一字无己,号后山居士,徐州彭城(今江苏徐州市)人。时为颍州教授。爱苦吟,常与苏、黄等唱和,是江西诗派代表作家之一。欧阳棐,字叔弼,欧阳辩,字季默,欧阳修第三、第四子。熙宁四年(1071),修携全家退居颍州,次年闰七月病逝。后子孙多家于颍。轼为颍守,常与欧阳兄弟诗酒往来。

⑫ 天人师:释迦牟尼佛的别号。以其为天与人之师,故名。此代指佛。

⑬ 观妙:观自然之奥妙。

【评析】

泛舟颍上,曲尽爱水之意。中间临水照影一段,动止聚散,写来自见情趣。且由此生议,谓水能娱人而不移人,以明其清淡之操。末记同游参佛观妙,各得其所,总合全篇事与理,另辟一境而收。

书晁说之考牧图后

我昔在田间,但知羊与牛。川平牛背稳,如驾百斛舟①。舟行无人岸自移,我卧读书牛不知。前有百尾羊②,听我鞭声如鼓鼙③。我鞭不妄发,视其后者而鞭之。泽中草木长,草长病牛羊④。寻山跨坑谷,腾趠筋骨强⑤。烟蓑雨笠长林下⑥,老去而今空见画。世间马耳射东风⑦,悔不长作多牛翁⑧。

【题解】

元祐八年(1093)春夏间在京师作。去年正月,自颍移知扬州；九月,以兵部尚书召还,寻除端明殿学士兼翰林侍读学士,守礼部尚书。晁说之,字以道,一字伯以,济州钜野(今山东省菏泽市巨野县)人。少慕司马光之为人,自号景迂生。晁补之("苏门四学士"之一)从弟。元丰五年(1082)进士。善诗文,亦工绘事,轼尝以著作科荐之。所作《考牧图》,取周宣王兴牧之事。考牧,谓牧事有成。《诗·小雅·无羊序》:"无羊,宣王考牧也。"郑玄笺:"厉王之时,牧人之职废,宣王始兴而复之,至此而成,谓复先王牛羊之数。"孔颖达疏:"牧事有成,故言考牧也。"

【注释】

① 百斛舟:大船。百斛,泛指容量大。斛,古代量具,十斗为一斛。

② 尾:量词。

③ 鼓鼙:古代军中所用大鼓和小鼓。此指击鼓。

④ 草长(cháng)句:意谓牧草茂盛丰美不利于牛羊的健康。王十朋《东坡诗集注》卷二十七引次公曰:"先生尝言,有人见牧童驱羊于瘠地牧之,人谓曰:'彼泽地草美,何不就?'牧童曰:'美草则见食,羊何自而肥?瘠地之草,羊细咀其味,乃得肥也。'"

⑤ 寻山二句:意谓(牛羊)沿着山峦跨越沟壑溪谷,奔腾跳跃使得筋骨强健。寻,依循,循着。腾趠(chuō),亦作"腾踔"。跳跃。

⑥ 烟蓑雨笠:指蓑衣斗笠。

⑦ 世间句:意谓世人对此充耳不闻,就如东风吹过马耳。语出李白《答王十二寒夜独酌有怀》其二:"吟诗作赋北窗里,万言不直一杯水。世人闻此皆掉头,有如东风射马耳。"今有成语"马耳东风",喻充耳不闻、无动于衷或互不相干。

⑧ 多牛翁:即田舍翁。亦指隐逸者。

【评析】

题画即从真事入,回忆早岁放牧,牛背卧读正神来之笔,情景活现。"烟蓑雨笠"二句约束前文,只是轻点本题,便以"世间"二句宕跌开去,结向高怀逸想。通首分合转折,忽收忽放,满纸奇纵之气。

雪浪石

太行西来万马屯①,势与岱岳争雄尊②。飞狐上党天下脊③,半掩落日先黄昏④。削成山东二百郡,气压代北三家村⑤。千峰右卷矗牙帐⑥,崩崖凿断开土门⑦。碣来城下作飞石⑧,一炮惊落天骄魂⑨。承平百年烽燧冷⑩,此物僵卧枯榆根。画师争摹雪浪势⑪,天工不见雷斧痕⑫。离堆四面绕江水⑬,坐无蜀士谁与论⑭?老翁儿戏作飞雨⑮,把酒坐看珠跳盆⑯。此身自幻孰非梦?故国山水聊心存⑰。

【题解】

此诗为《次韵滕大夫三首》其一。元祐八年(1093)冬在定州(今属河北省保定市)作。是年九月,摄政的高太后(太皇太后)属疾崩,哲宗亲政,起用新党,元祐旧臣多遭罢黜,轼以二学士(端明殿学士、翰林侍读学士)出知定州。到任后,在衙署后园得一石,以石上有浪花痕,即作诗命之为"雪浪石"。绍圣元年(1094)四月,又作《雪浪斋铭并引》,曰:"予于中山后圃得黑石,白脉,如蜀孙位、孙知微所画,石间奔流,尽水之变。又得白石曲阳,为大盆以盛之,激水其上,名其室曰'雪浪斋'云。尽水之变蜀两孙,与不传者归九原。异哉驳石雪浪翻,石中乃有此理存。玉井芙蓉丈八盆,伏流飞空漱其根。东坡作铭岂多言,四月辛酉绍圣元。"斋在州学内。闰四月,连坐贬斥,落两职、追一官知英州(今广东省清远市英德市),途中再贬宁远军节度副使、惠州(今属广东省)安置。其后,雪浪石、斋皆废而不问。建中靖国元年(1101),故友张舜民知定州,葺治雪浪斋,重安盆石,方欲作诗寄轼,九月闻轼已薨,乃作哀词云:"我守中山,乃公旧国。雪浪萧斋,于焉食宿。俯察履綦,仰看梁木。思贤阅古,皆经贬逐。玉井芙蓉,一切牵复。"云云。其词曰:"石与人俱贬,人亡石尚存。却怜坚重质,不减浪花痕。满酌山中酒,重添丈八盆。公兮不归北,万里一招魂。"(见南宋张邦基《墨庄漫录》卷八)中山,春秋古国名,定州别称。思贤、阅古,皆定州后圃堂名。

【注释】

① 太行:山脉名。在定州之西。东北、西南走向,绵延八百余里。参见第81页李白《行路难》注释④。万马屯:形容山势如万马聚集。

② 岱岳:泰山。

③ 飞狐:即飞狐口或飞狐陉。太行山要隘之一。在今河北省保定市涞源县北、张家口市蔚县南。两崖峭立,一线微通,迤逦蜿蜒,百有余里。为古代河北平原与西北边郡间的交通咽喉。有飞狐县(今涞源县),隋改汉广昌县置。北宋时入为辽地。上党:即上党郡。秦置,治壶关(今山西省长治市北)。西汉移治长子(今长治市长子县西南)。王十朋《东坡诗集注》卷二十六引次公云:"杜牧《贺平泽潞启》曰,上党之地,肘京洛而履蒲津,倚太原而跨河朔。战国时,张仪以为天下之脊。"《施注苏诗》卷三十四:"《唐文粹·郑亚〈会昌一品集序〉》,上党居天下之脊,当河朔之喉。"

④ 掩:冯本作"淹"。今从诸本改。

⑤ 削成二句:意谓太行山山势高峻,将州郡繁密的山东与人烟稀少的山西作了分割。削,分开,分割。山东,太行山之东。代北,泛指汉、晋代郡(今河北省张家口市蔚县东北)及唐以后代州(今山西省忻州市代县)北部地区,即今山西北部、河北西北部一带。三家村,指偏僻的小乡村。

⑥ 千峰右卷:形容山势指向西方。与杜甫《剑门》诗"连山抱西南,石角皆北向"景象相似。右,一作"石"。牙帐:将帅所居的营帐。帐前树有旗杆镶象牙的大旗,故称。

⑦ 土门:即土门关。亦称"井陉口"。在宋真定府获鹿县(今河北省石家庄市鹿泉区)西南。太行山脉多东西向横谷,有著名的"太行八陉",自古为军事关隘与交通要道。《元和郡县图志》卷十六《河北道一·怀州·河内县》引《述征记》曰:"太行山首始于河内,自河内北至幽州,凡百岭,连亘十二州之界,有八陉:第一曰轵关陉,今属河南府济源县,在县理西十一里;第二太行陉,第三白陉,此两陉今在河内;第四滏口陉,对邺西;第五井陉,第六飞狐陉,一名望都关,第七蒲阴陉,此三陉在中山;第八军都陉,在幽州。太行陉阔三步,长四十里。"

⑧ 朅(qiè)来：犹来到，归来。朅，句首助词。飞石：古代守城用具。置石于大木上，发机以击敌。

⑨ 天骄：天之骄子。汉时匈奴自称。此泛称边地入侵悍敌。参见第 34 页王维《出塞作》注释①。

⑩ 承平：太平。烽燧：古代边防报警信号。白日放烟曰烽，夜里举火曰燧。

⑪ 争摹：争相描绘。

⑫ 天工句：意谓雪浪石得自然工巧，非人力所能为。雷斧，传说中雷神用以发霹雳的工具，形似斧，故称。此喻雕琢。

⑬ 离堆：亦作"离碓"。古地名，即都江堰（今属四川省成都市都江堰市）。《史记·河渠书》："蜀守（李）冰凿离碓，辟沫水之害，穿二江成都之中。"此下四句是写把雪浪石放入水盆后的联想和举动。

⑭ 坐无：因为没有。坐，因为，由于。

⑮ 儿戏：此指激水石上。

⑯ 坐看：且看。珠跳盆：形容水珠在盆中飞溅。

⑰ 此身二句：意谓自觉此身一直迷失在幻梦里，只能暂且把故乡的山水存于心中。孰非梦，怎么不是梦。故国，故乡，家乡。

【评析】

咏石先不言石，而是从远处、大处着笔，写太行山川形胜，此亦为坡诗创格。出知边郡，见石思其来历，便作关隘战守之想，已是一奇。而素志不展，玩盆石激水，又动怀乡之念，则是奇上加奇。故此篇别有所寄，非专吟雪浪石而已。

八月七日初入赣过惶恐滩

七千里外二毛人①，十八滩头一叶身②。山忆喜欢劳远梦③，地名惶恐泣孤臣④。长风送客添帆腹⑤，积雨浮舟减石鳞⑥。便合与官充水手，此生何止略知津⑦！

【题解】

绍圣元年(1094)秋赴惠州途经江西作。惶恐滩,在吉州万安县(今属江西省吉安市)城西南赣江边。《大明一统志》卷五十六《吉安府·山川》:"惶恐滩,在万安县治西。旧名黄公滩,后讹为惶恐滩。宋文天祥诗'惶恐滩前说惶恐',即此。"《江西通志》卷九《山川三·吉安府》:"(赣江)十八滩,属万安者有九,曰昆仑、晓、武索、匡坊、小蓼、大蓼、绵津、漂神、黄公。水性湍险,惟黄公滩为甚。东坡南迁,讹为'惶恐'。舟过此,其险始平。"

【注释】

① 二毛人:老年人。作者自谓。二毛,头发黑白兼杂。
② 十八滩头:赣江自南向北流经赣县、万安境,原有十八处险滩。一叶身:喻指小舟。
③ 喜欢:地名。作者自注:"蜀道有错喜欢铺,在大散关上。"大散关,参见第461页李商隐《悼伤后赴东蜀辟至散关遇雪》题解。
④ 孤臣:失势无助之远臣。
⑤ 帆腹:船帆受风而鼓,形如肚腹,故云"腹"。
⑥ 石鳞:水流经石上,激起的波纹如同鱼鳞,故云"石鳞"。
⑦ 便合二句:意谓我就应该为官家充当水手,因为我这一生经历了无数险滩,不止是认识几个渡口。合,应该,应当。水手,船工,驾船的人。何止,以反问语气表示不止。知津,认识渡口。犹言识途。《论语·微子》:"长沮、桀溺耦而耕。孔子过之,使子路问津焉。长沮曰:'夫执舆者为谁?'子路曰:'为孔丘。'曰:'是鲁孔丘与?'曰:'是也。'曰:'是知津矣。'"

【评析】

前三联属对甚工切,首出数字,次用地名,三引比喻,远谪岭外、舟行险滩之情状,悉皆在目。末联欲以自嘲排解,零丁孤苦中强作放达语,实极沉痛。

四月十一日初食荔支

南村诸杨北村卢①,白华青叶冬不枯②。垂黄缀紫烟雨里,特与荔子为先驱③。海山仙人绛罗襦,红纱中单白玉肤④。不须更待妃子笑,风骨自是倾城姝⑤。不知天公有意无?遣此尤物生海隅⑥。云山得伴松桧老,霜雪自困楂梨粗⑦。先生洗盏酌桂醑⑧,冰盘荐此赪虬珠⑨。似闻江鳐斫玉柱,更洗河豚烹腹腴⑩。我生涉世本为口⑪,一官久已轻莼鲈⑫。人间何者非梦幻?南来万里真良图⑬。

【题解】

绍圣二年(1095)在惠州作。去年十月到惠,寓居嘉祐寺。半年后,迁居合江楼。楼在州署东北,为东江与西江合流处。广南有四月荔枝名"火山"。唐刘恂《岭表录异》卷中:"梧州对岸西火山……上有荔枝,四月先熟,以其地热,故为'火山'也。"北宋蔡襄《荔枝谱》:"火山本出广南,四月熟,味甘酸而肉薄。"

【注释】

① 南村句:意谓南北村落到处都是杨梅和卢橘。作者自注:"谓杨梅、卢橘也。"

② 白华(huā):白花。

③ 垂黄二句:意谓杨梅、卢橘在潇潇春雨中开始成熟,因而成了荔枝的先驱。垂黄缀紫,指枝叶间垂挂的果实。荔子,一作"荔支"。先驱,前行开路。以杨梅、卢橘开花结果比荔枝早,故云。

④ 海山二句:意谓荔枝好比外穿深红绸衣的海上仙女,红纱内衫包裹着洁白如玉的肌肤。海山仙人,喻荔枝。荔枝产于南海之滨,故以海上神山仙子喻之。绛罗襦(rú),深红色绸制外衣。此喻荔枝的外壳。中单,汗衫,内衣。此喻荔枝内皮。白玉肤,此喻荔枝果肉。冯应榴案:"白居易《荔枝图序》'壳如红缯,膜如紫绡,瓤肉莹白如冰雪'。先生此二句诗,盖本于是也。"

⑤ 不须二句:意谓不必等待杨贵妃的夸赞与偏爱,荔枝自有其倾城的气质与风韵。妃子笑,唐杜牧《过华清宫》诗:"一骑红尘妃子笑,无人知是荔枝来。"唐李肇《国史补》卷上:"杨贵妃生于蜀,好食荔枝。南海所生,尤胜蜀者,故每岁飞驰以进。然方暑而熟,经宿则败,后人皆不知之。"风骨,指人的品性气质。倾城姝(shū),绝色美女。参见第411页白居易《长恨歌》注释①。

⑥ 尤物:常用以指绝色美女或珍奇之物。此指荔枝。

⑦ 云山二句:意谓此地的荔枝常在松、桧的荫庇下生长,不像北方的山楂、梨子为霜雪所困而果实粗糙。松桧(guì),松树与桧树。查慎行《苏诗补注》卷三十九引《梁溪漫志》云:"东坡《荔支》诗云'云山得伴松桧老',常疑此句似泛。后见习闽、广者云:'福州至于海南,凡宰上木,松桧之外杂植荔支,取其枝叶阴覆。'所以有此语。"楂梨,山楂与梨子。皆属于北方水果。

⑧ 桂醑(xǔ):桂花酒。亦泛指美酒。

⑨ 冰盘:夏季于盘中置碎冰,上摆瓜果等食品,称作"冰盘"。荐:陈列。赪(chēng)虬珠:赤龙珠。喻荔枝。

⑩ 似闻二句:听说荔枝的美味好似江鳐肉柱,又像煮熟的河豚鱼腹。江鳐,亦作"江珧"。一种海蚌。壳略呈三角形,表面苍黑色,生活于海边泥沙中。其肉柱味鲜美,为海味珍品。腹腴(yú),鱼腹下的肥肉。作者自注:"予尝谓荔支厚味高格两绝,果中无比,惟江鳐柱、河豚鱼近之耳。"

⑪ 涉世:经历世事。

⑫ 轻莼鲈:看轻思乡之念。《世说新语·识鉴》:"张季鹰辟齐王东曹掾,在洛,见秋风起,因思吴中菰菜羹、鲈鱼脍,曰:'人生贵得适意尔,何能羁宦数千里以要名爵?'遂命驾便归。"后以"莼鲈之思"喻思乡怀归。

⑬ 人间二句:意谓人世间哪件事不是像梦幻一样,能品尝到如此美味,我南行万里也算是不错的选择。良图,妥善的谋划。

【评析】

初食荔枝,便兴来比譬陪衬,题尽其风姿神貌。然诗之佳妙处,又不仅在工于体物,而是在品鉴荔枝"厚味"之时,更能消解涉世遭厄与况味,有托讽之意涵焉。

儋耳山

突兀隘空虚①,他山总不如②。君看道旁石③,尽是补天余④。

【题解】

绍圣四年(1097)七月在海南作。是年闰二月,轼责授琼州(今海南省海口市琼山区)别驾,移昌化军(今海南省儋州市中和镇)安置。四月,寄家于惠州,由幼子过陪同渡海。五月,遇弟辙于藤州(今广西壮族自治区梧州市藤县),辙亦贬雷州(今属广东省湛江市),遂同行。六月,与辙相别于雷,渡海沿西北海岸赴昌化军,途经儋耳山作此。儋耳山,即今松林岭,在昌化军治所东北约二十里。

【注释】

① 突兀句:意谓儋耳山高高耸立,使天空显得狭窄。突兀,高耸貌。隘,狭窄,狭小。空虚,此指天空,空间。

② 他山:别处的山。

③ 道旁石:《墨庄漫录》卷一引苏过(叔党),曰"'石'当作'者',传写之误。一字不工,遂使全篇俱病"。笔记所载存疑。

④ 补天:指神话传说中女娲炼石补天。《列子·汤问》:"天地亦物也,物有不足,故昔者女娲氏炼五色石以补其阙,断鳌之足以立四极。"《淮南子·览冥训》:"往古之时,四极废,九州裂,天不兼覆,地不周载,火爁炎而不灭,水浩洋而不息,猛兽食颛民,鸷鸟攫老弱。于是,女娲炼五色石以补苍天,断鳌足以立四极。"补天余,补天剩下的石头。喻不派用处的弃材。

【评析】

见山不只是山,说石亦不只是石,山、石皆关人事,曲折而尽意。

倦夜

倦枕压长夜①,小窗终未明。孤村一犬吠,残月几人行②。衰鬓久已白③,旅怀空自清④。荒园有络纬⑤,虚织竟何成⑥?

【题解】

元符二年(1099)在昌化作。轼于绍圣四年(1097)七月抵达贬所,初租借官舍以居,后遭迫逐,便在城南桄榔林中,买地结茅居之,名曰"桄榔庵"。其作《桄榔庵铭》曰:"东坡居士谪于儋耳,无地可居,偃息于桄榔林中,摘叶书铭,以记其处。"子由《亡兄子瞻端明墓志铭》亦云:"昌化,非人所居,食饮不具,药石无有。初僦官屋以庇风雨,有司犹谓不可,则买地筑室。昌化士人,畚土运甓以助之,为屋三间。人不堪其忧,公食芋饮水,著书以为乐,时从其父老游,亦无间也。"当时情形由此可知。

【注释】

① 倦枕:对枕头感到厌倦,即失眠。

② 残月:农历下半月最后的月相,拂晓及清晨在东方天空中可见。北宋柳永《雨霖铃》词:"今宵酒醒何处?杨柳岸、晓风残月。"

③ 衰鬓:年老而疏白的鬓发。轼时年六十三。

④ 旅怀句:意谓羁愁挥之不去,白白落得清静悠闲。旅怀,寄居异乡的情怀。空自,徒然,白白地。清,清闲。指无政务之扰。

⑤ 络纬:即莎鸡,俗称纺织娘。参见第82页李白《长相思》注释①。

⑥ 虚织句:意谓只是空鸣能成就什么功业。轼屡以言获罪,故有此语。虚织,空织,非真织。络纬鸣声"轧织、轧织",似纺车纺织之声。北周庾信《奉和赐曹美人》诗:"络纬无机织,流萤带火寒。"唐孟郊《杂怨三首》其三:"暗蛩有虚织,短线无长缝。"

【评析】

倦夜景象渐次呈现,如弹丸流转,略不经意而浑融成章。末借络纬虚织,叹自身命运之穷达,一念间便添得许多滋味出。

纵笔

寂寂东坡一病翁①,白须萧散满霜风②。小儿误喜朱颜在③,一笑那知是酒红④。

【题解】

此诗为三首其一。元符二年(1099)冬在昌化作。纵笔,放手书写。

【注释】

① 寂寂:孤单冷清貌。

② 萧散(sǎn):稀疏散乱貌。霜风:寒风。此处形容须发尽白的凄苦仪容。

③ 朱颜:红润美好的容颜。

④ 酒红:指饮酒后脸上呈现的红晕。据惠洪《冷斋夜话》卷一,"山谷云:'诗意无穷,而人之才有限。以有限之才,追无穷之意,虽渊明、少陵不得工也。然不易其意而造其语,谓之换骨法;窥入其意而形容之,谓之夺胎法。'……乐天诗曰:'临风杪秋树,对酒长年身。醉貌如霜叶,虽红不是春。'东坡《南中作》诗云:'儿童误喜朱颜在,一笑那知醉红。'凡此之类,皆夺胎法也。学者不可不知"。

【评析】

巧设误会,即驱尽愁怨之气,颇见任达与风趣。而幽独中自嘲其衰老,细读辄令人凄然不怿。

儋耳

霹雳收威暮雨开①,独凭阑槛倚崔嵬②。垂天雌霓云端下③,快意雄风海上来④。野老已歌丰岁语,除书欲放逐臣回⑤。残年饱饭东坡老,一壑能专万事灰⑥。

【题解】

元符三年(1100)夏在昌化作。正月九日,哲宗崩,徽宗继位,向太后垂帘听政,大赦天下,元祐中谪官俱免罪。四月,诏轼等徙内郡居住。五月,被命自昌化贬所移廉州(今广西壮族自治区北海市合浦县)安置。此诗即作于受命将行之时。儋耳,古郡名。西汉置,治儋耳县(今海南省儋州市三都镇)。唐改儋州,移治义伦县(今儋州市中和镇)。北宋太平兴国初(976)改义伦为宜伦,熙宁六年(1073)改儋州为昌化军。

【注释】

① 霹雳:迅猛的响雷。冯应榴引冯景(山公)注,"《唐书》吴武陵《与孟简书》云:'子厚之斥十二年,殆半世矣。霆砰电射,天怒也,不能终朝。圣人在上,安有毕世而怒人臣耶?'公起句暗用其意。"

② 阑槛(jiàn):栏杆。崔嵬(wéi):高耸貌。

③ 雌霓:即雌蜺。虹有二环时,内环色彩鲜艳为雄,名虹;外环色彩暗淡为雌,名蜺,即霓,今称副虹。北宋陆佃《埤雅·释天·虹》:"雄曰虹,雌曰蜺。旧说:虹常双见,鲜盛者雄,其暗者雌也。"

④ 雄风:强劲的风。《文选·宋玉〈风赋〉》:"清清泠泠,愈病析酲,发明耳目,宁体便人。此所谓大王之雄风也。"柳永《竹马子》:"对雌霓挂雨,雄风拂槛,微收烦暑。"

⑤ 野老二句:意谓乡间父老喜遇丰年纷纷赞美称颂,朝廷颁降诏令想要召回被放逐的旧臣。歌,赞颂。丰岁,丰收之年。轼来海南,连年干旱无雨,三年始遇丰年,故有此语。除书,拜官授职的文书。逐臣,被放逐的官吏。

⑥ 残年二句:意谓东坡我已衰老,余生只求能吃饱饭,有一块栖身之地,其他一切都破灭成为灰烬。残年,一生将尽的岁月。多指人的晚年。饱饭,吃饱饭。杜甫《病后过王倚饮赠歌》:"但使残年饱吃饭,只愿无事长相见。"一壑能专,谓能占有一丘一壑。西晋陆云《逸民赋序》:"古之逸民,或轻天下,细万物,而欲专一丘之欢,擅一壑之美,岂不以身胜于宇宙而心恬于纷华者哉?"王安石《偶书》:"我亦暮年专一壑,每逢车马便惊猜。"

【评析】

道眼前实景,叙当下时事,遇赦喜悦与残年感伤兼而有之,遣词奇警雄宕。至于"霹雳""暮雨""雌霓""雄风"等自然天象,是否有所托喻,作者未必然,读者未必不然,不过随人领略而已。苏辙《子瞻和陶渊明诗集引》云:"东坡先生谪居儋耳,置家罗浮之下,独与幼子过负担渡海,茸茅竹而居之,日啖薯芋,而华屋玉食之念不存于胸中。平生无所嗜好,以图史为园囿,文章为鼓吹,至此亦皆罢去。独喜为诗,精深华妙,不见老人衰惫之气。"

澄迈驿通潮阁

余生欲老海南村,帝遣巫阳招我魂①。杳杳天低鹘没处②,青山一发是中原③。

【题解】

此诗为二首其二。元符三年(1100)夏赴廉州途中作。五月受命离昌化,六月二十日在琼州渡海,中途过澄迈时作此。澄迈,县名。西汉置苟中县(今海南省澄迈县美亭乡)。隋于苟中旧境置澄迈县(今澄迈县老城镇),以县西有澄江,界内又有迈山,故名。唐、宋沿置。通潮阁,一名"通明阁"。澄迈县驿阁,在县西临江处,登阁可观潮望海。

【注释】

① 帝遣句:借天帝派遣巫师招魂,喻指朝廷召还。帝,天帝。巫阳,古代传说中的女巫。《楚辞·招魂》:"帝告巫阳曰:'有人在下,我欲辅之。魂魄离散,汝筮予之。'……(巫阳)乃下招曰:'魂兮归来!'"

② 杳杳:幽远貌。鹘(hú):隼。参见第522页《腊日游孤山访惠勤惠思二僧》注释⑩。

③ 青山一发:指隔海北望,远山轮廓细如发丝。形容山影极其遥远微茫。中原:此泛指大陆故土。

【评析】

深情远景,气韵具足,笔力已臻老熟之境。

六月二十日夜渡海

参横斗转欲三更①,苦雨终风也解晴②。云散月明谁点缀?天容海色本澄清③。空余鲁叟乘桴意,粗识轩辕奏乐声④。九死南荒吾不恨⑤,兹游奇绝冠平生⑥。

【题解】

元符三年(1100)六月北归过琼州时作。六月十七日,在琼州题"洞酌亭"名与诗。二十日夜,渡海赴廉州。

【注释】

① 参(shēn)横斗转:指参星横斜、北斗转向。表明夜已深。三更:半夜时分。参见第 30 页王维《秋夜独坐》注释①。

② 苦雨终风:指久雨和大风。解晴:放晴,转晴。

③ 云散二句:意谓云散月明的夜色不用谁来装扮,天与海的景象本来就是澄澈清明的。点缀,装饰,打扮。澄清,清澈洁净。此处暗用东晋谢重陪侍会稽王司马道子夜坐之事。《晋书·谢重传》:"(重)为会稽王道子骠骑长史。尝因侍坐,于时月夜明净,道子叹以为佳。重率尔曰:'意谓乃不如微云点缀。'道子因戏重曰:'卿居心不净,乃复强欲滓秽太清邪?'"

④ 空余二句:意谓空怀孔子乘桴避世的兼济独善之志,而似乎体会到黄帝奏乐所导入的自然混沌境界。鲁叟,指孔子。乘桴,乘坐竹木小筏。《论语·公冶长》:"道不行,乘桴浮于海。"后用以指避世。儒家有"穷则独善其身,达则兼善天下"(《孟子·尽心上》)的思想,作者贬谪海南,本有乘桴避世之志,今却遵旨北归,故云"空余鲁叟乘桴意"。轩辕,传说中的黄帝。奏乐,指黄帝在洞庭之野演奏《咸池》之乐。《庄子·天运》:"北门成问于黄帝曰:'帝张《咸池》之乐于洞庭之野,吾始闻之惧,复闻之怠,卒闻之而惑,荡荡默默,乃不自得。'"于是,黄帝借此阐述了

一番道理,即"惧""怠""惑"其实是修道的三个变化过程,最终达到无知无为、自然混沌的境界而合乎天道。作者用此表明自己已领悟到道家安时处顺、清静无为的道理了。

⑤ 九死南荒:谓冒着生命危险来到荒远的南方。九死,犹万死。指处于极其危险的境地。《楚辞·离骚》:"亦余心之所善兮,虽九死其犹未悔。"

⑥ 兹游:这次游历。指贬谪海南。冠(guàn):超出,居首。

【评析】

前四明写天气转晴,实喻自己境遇之变与本心不移,故有后四涉于妙悟而借题抒情。称比用事,亦颇切于旅况,且皆浑然无迹,多有含蓄不尽之意。

赠岭上老人

鹤骨霜髯心已灰①,青松合抱手亲栽②。问翁大庾岭头住,曾见南迁几个回③?

【题解】

元符三年(1100)岁末北归过岭作。七月初至廉。八月授舒州(今安徽省安庆市潜山市)团练副使、永州(今湖南省永州市零陵区)安置,乃启行。经郁林州(今广西壮族自治区玉林市)、藤州(今广西壮族自治区梧州市藤县)、广州(今属广东省)至英州(今广东省清远市英德市)。十一月被命复朝奉郎、提举成都府玉局观,在外军州任便居住。十二月中抵韶州(今广东省韶关市),岁除度岭。岭,此指大庾岭。"五岭"之一。参见第321页韩愈《湘中酬张十一功曹》注释②。岭上老人,据南宋曾敏行《独醒杂志》卷二:"东坡还至庾岭上,少憩村店。有一老翁出,问从者曰:'官为谁?'曰:'苏尚书。'翁曰:'是苏子瞻欤?'曰:'是也。'乃前揖坡曰:'我闻人害公者百端,今日北归,是天佑善人也。'东坡笑而谢之,因题一诗于壁间云。"即此。

【注释】

① 鹤骨霜髯:瘦骨白须。形容老者。
② 合抱:两臂环抱。形容树干粗壮。
③ 南迁:此指被贬谪、流放到岭南地区。

【评析】

感岁华荏苒,发而为音声,悲欣交集。

次韵江晦叔

钟鼓江南岸①,归来梦自惊。浮云时事改,孤月此心明②。雨已倾盆落,诗仍翻水成③。二江争送客④,木杪看桥横⑤。

【题解】

此诗为二首其二。建中靖国元年(1101)正月度岭后抵虔州(今江西省赣州市)作。此行决定往常州居住。至七月,病卒于常,年六十六。次韵,亦称"步韵"。即按原诗韵脚次序作诗相和。北宋刘攽《中山诗话》:"唐诗赓和,有次韵(先后无易),有依韵(同在一韵),有用韵(用彼韵不必次)……今人多不晓。"江公著,字晦叔,桐庐(今属浙江省杭州市)人,一说建德(今杭州市建德市梅城镇)人。治平四年(1067)进士,为洛阳尉。工诗,受司马光称荐,由是知名。元祐六年(1091)知吉州(今江西省吉安市),轼有《送江公著知吉州》诗赠之。此番二人在虔州重逢,乃公著为知州初到任时。

【注释】

① 钟鼓:此泛指音乐。
② 浮云二句:意谓世间之事如浮云变化莫测,而我心却始终如皓月光明洁净。时事,一作"世事"。孤月,明月。因独悬天空,故称。
③ 翻水:从高处往下倒水,言其容易。《史记·高祖本纪》:"(秦中)地势便利,其以下兵于诸侯,譬犹居高屋之上建瓴水也。"裴骃集解引如

淳曰:"瓴,盛水瓶也。居高屋之上而翻瓴水,言其向下之势易也。"韩愈《寄崔二十六立之》:"文如翻水成,初不用意为。"

④ 二江:一说指章水、贡水,二水汇合于虔州而为赣江。一说指江公著兄弟二人。揣摩诗意,当以前说为是。因大雨水势湍急,船下赣江,仿佛是二水争相送行;而水涨船高,故下句云"木杪看桥横"。

⑤ 木杪:树梢。

【评析】

无论世事升沉,一生心迹昭若日月,坚若金石。苕溪渔隐评颔联云:"语意高妙,有如参禅悟道之人,吐露胸襟,无一毫窒碍也。"(《苕溪渔隐丛话后集》卷二十六)

黄庭坚

黄庭坚(1045—1105),字鲁直,号山谷道人、涪翁,洪州分宁(今江西省九江市修水县)人。治平四年(1067)进士及第,调叶县尉,历北京大名府国子监教授、太和知县。元丰八年(1085),哲宗立,召为秘书省校书郎,为神宗实录院检讨官,迁著作佐郎,擢起居舍人。后被诬所修实录不实,贬为涪州别驾、黔州安置,又移戎州。元符三年(1100),徽宗即位,起复放还,乞知太平州。崇宁元年(1102),知太平州九日而罢,寓居鄂州逾年。复以幸灾罪名除名羁管宜州(今广西壮族自治区河池市宜州区)。未几,病卒于贬所。南宋时,追谥文节。

黄庭坚早著诗名,为苏轼所赏,后出其门下,为"苏门四学士"之一。他论诗极推崇杜甫,认为老杜作诗"无一字无来处",归纳出"点铁成金""夺胎换骨"法,并以此作为自己创作的准则。故其诗多写日常人情事理,讲究修辞锻炼、技巧工拙与章法布置,风格奇拗瘦硬,颇能代表宋诗的基本特色。南宋陈岩肖《庚溪诗话》卷下曰:"本朝诗人与唐世相亢,其所得各不同,而俱自有妙处,不必相蹈袭也。至山谷之诗,清新奇峭,颇造前人未尝道处,自为一家,此其妙也。至古体诗,不拘声律,间有歇后语,亦清新奇峭之极也。"刘克庄《江西诗派小序·山谷》亦曰:"豫章稍后出,会萃百家句律之长,究极历代体制之变,搜猎奇书,穿穴异闻,作为古律,自成一家,虽只字半句不轻出,遂为本朝诗家宗祖,在禅学中比得达磨,不易之论也。"其弟子后学云合影从,形成江西诗派。徽宗朝,吕本中作《江西诗社宗派图》,奉黄庭坚为"宗派之祖";元方回在《瀛奎律髓·变体类》中,亦尊之为"三宗"之首。由此可见黄诗在当时及后世的影响力。

有《山谷集》。选诗据宋任渊、史容、史季温《黄庭坚诗集注》(《山谷诗集注》《山谷外集诗注》《山谷别集诗注》《山谷诗外集补》《山谷诗别集补》)(中华书局2003年版)。

寄黄幾复

我居北海君南海,寄雁传书谢不能①。桃李春风一杯酒,江湖夜雨十年灯②。持家但有四立壁③,治病不蕲三折肱④。想得读书头已白,隔溪猿哭瘴溪藤⑤。

【题解】

题下原注:"乙丑年德平镇作。"乙丑,即元丰八年(1085)。元丰六年十二月,自吉州太和县(今江西省吉安市泰和县)令,移监德州德平镇(今属山东省德州市临邑县)。八年四月,以秘书省校书郎召还京师。故此诗作于八年春,尚在德平镇时。黄介,字幾复,洪州南昌(今属江西省)人。与庭坚少年交游。熙宁九年(1076)同学究出身,仕于岭南。时知端州四会县(今广东省肇庆市四会市)。

【注释】

① 我居二句:意谓我居住在北方而你在辽远的岭南,欲托鸿雁传递书信,它却推辞说不能送达。北海、南海,泛指极北南僻远之地。《左传·僖公四年》:"君处北海,寡人处南海,唯是风马牛不相及也。"任渊注:"山谷尝有跋云'幾复在广州四会,予在德州德平镇,皆海滨也'。按《舆地广记》:四会旧属广州,熙宁六年割隶端州。此诗元丰末所作,犹云广州,盖欲表见南海之意尔。"寄雁传书,托付鸿雁传递书信。谢,推辞,拒绝。传说大雁南飞至衡山回雁峰而止,不再度岭。

② 桃李二句:回忆当年二人相聚及各自飘泊情景。自熙宁九年幾复授"同学究出身"并得官之后,二人分离已有十年。

③ 持家句:意谓家居贫苦而能清正自守。四立壁,家徒四壁。形容家中贫穷,一无所有。《史记·司马相如列传》:"文君夜亡奔相如,相如乃与驰归。家居徒四壁立。"司马贞索隐引孔文祥云:"徒,空也。家空无资储,但有四壁而已。"

④ 治病句:意谓从政已有卓著业绩不须求取能吏虚名。治病,此喻从政。不蕲(qí),不祈求。三折肱,代指良医。《左传·定公十三年》:

"三折肱,知为良医。"意即一个人折断过三次胳膊,就会成为治疗断臂的良医。此喻久经磨练而成为能吏。

⑤ 想得二句:想象好友困于烟瘴之地,白首读书情形。瘴溪,弥漫瘴气的山涧。任渊注:"四会在广东,故云'瘴溪'。"溪藤,一作"烟藤"。

【评析】

极善用事,化史传语而以己意出之,不觉有碍。颔联胪列名物,组构聚散两境,相反相成,于孤清秀绝中包蕴深长情谊。

送范德孺知庆州

乃翁知国如知兵①,塞垣草木识威名②。敌人开户玩处女,掩耳不及惊雷霆③。平生端有活国计,百不一试薶九京④。阿兄两持庆州节⑤,十年骐骥地上行⑥。潭潭大度如卧虎⑦,边头耕桑长儿女⑧。折冲千里虽有余,论道经邦政要渠⑨。妙年出补父兄处⑩,公自才力应时须⑪。春风旆旗拥万夫⑫,幕下诸将思草枯⑬。智名勇功不入眼,可用折棰笞羌胡⑭。

【题解】

元祐元年(1086)春在秘书省作。范纯粹,字德孺,苏州吴县(今江苏省苏州市吴中区)人。范仲淹第四子。以荫授赞善大夫、检正中书刑房,累迁至陕西路转运副使。元丰八年(1085)秋,命以直龙图阁、京东转运使代兄纯仁知庆州(今甘肃省庆阳市)。翌年春方启行,庭坚作此以送之。

【注释】

① 乃翁:你的父亲。此指范仲淹。

② 塞(sài)垣:泛指西北边境。仁宗康定(1040—1041)至庆历(1041—1048)年间,西夏大举进犯,范仲淹曾为将帅出知延州(今陕西省延安市)、庆州,领兵戍守御敌,屡建军功。任渊注:"仁庙时,赵元昊

反,公自请守鄜延,徙知庆州,又为环庆路经略安抚使,决策取横山,复灵武,而元昊称臣请和。庆历中为参知政事。"

③ 敌人二句:意谓开始时镇静如处女诱使敌人门户大开,然后以迅雷不及掩耳之势给敌人致命一击。开户,开门。玩,轻慢,忽略。惊雷霆,使人震惊的霹雳。《孙子·九地》:"是故始如处女,敌人开户;后如脱兔,敌不及拒。"

④ 平生二句:意谓平生确有救国的方略大计,然百分之一都不曾试行便埋骨于九泉。端,的确,实在。活国,犹救国。百不一试,犹言无一试行。薶(mái),同"埋"。埋葬。九京,九原。泛指墓地。

⑤ 阿兄:指纯粹次兄纯仁,字尧夫。皇祐元年(1049)进士。父殁,始出仕。哲宗朝官至尚书右仆射兼中书侍郎。两持庆州节,指纯仁曾两次出知庆州。一在熙宁七年(1074),加龙图阁直学士知庆州;一在元丰八年(1085),哲宗即位,复以旧职自河中徙知庆州。持节,使臣奉命执符节出行。此指朝廷委派地方长官或专使。

⑥ 骐骥:良马。此喻纯仁。杜甫《骢马行》:"近闻下诏喧都邑,肯使骐骥地上行。"

⑦ 潭潭:深广貌。

⑧ 边头句:意谓使边民安居乐业,生儿育女。边头,边疆。耕桑,泛指从事农业生产。长(zhǎng)儿女,养育子女。

⑨ 折冲二句:意谓其智谋足以制敌于千里之外,治理国家大业正需要这样的才俊。折冲,使敌军的战车后撤。即制敌取胜。冲,冲车。《吕氏春秋·召数》:"夫修之于庙堂之上,而折冲乎千里之外者,其司城子罕之谓乎?"高诱注:"冲车,所以冲突敌之军能陷破之也。有道之国,不可攻伐,使欲攻己者折还其冲车于千里之外,不敢来也。"虽,本,本来。论道经邦,指研究治国大政以经营之。《书·周官》:"立太师、太傅、太保,兹惟三公,论道经邦,燮理阴阳。"孔传:"此惟三公之任,佐王论道,以经纬国事,和理阴阳。"政,通"正"。渠,他。

⑩ 妙年:少壮之年。此指纯粹。出补:出任官职。

⑪ 应时须:顺应时势需要。

⑫ 旍(jīng)旗:旌旗。旍,同"旌"。

⑬ 思草枯：盼望塞外秋季草枯，奔赴战场。古代西北各游牧部落，往往趁秋高马肥时南侵，届时边军特加警卫，调兵迎敌，谓之"防秋"。

⑭ 智名二句：意谓不要把个人智勇功名放在眼里，只须折断策马之杖教训羌胡一下即可。智名勇功，指善于谋划的名声和勇敢作战立下的功劳。《孙子·军形》："故善战者之胜也，无智名，无勇功。"折棰，折断策马之杖。指对敌略施教训，不必大加杀伐。《后汉书·邓禹传》："赤眉无谷，自当来东，吾折棰笞之，非诸将忧也。无得复妄进兵。"羌胡，泛指古代西北游牧民族。《宋史·范纯仁传》："（纯仁）加直龙图阁知庆州，过阙入对。神宗曰：'卿父在庆著威名，今可谓世职。卿随父既久，兵法必精，边事必熟。'纯仁揣神宗有功名心，即对曰：'臣儒家，未尝学兵。先臣守边时，臣尚幼，不复记忆，且今日事势宜有不同。陛下使臣缮治城垒，爱养百姓，不敢辞；若开拓侵攘，愿别谋帅臣。'"此二句句意，正与纯仁所云相近。

【评析】

三段层次颇分明。送德孺知庆州，先叙其父兄戍边武功及韬略，以此相激励。而结处则笔锋一转，冀其安边保民，不轻启兵衅，与首句"知国如知兵"互应，用意殊深，乃一篇之紧要。

和答钱穆父咏猩猩毛笔

爱酒醉魂在①，能言机事疏②。平生几两屐，身后五车书③。物色看王会④，勋劳在石渠⑤。拔毛能济世⑥，端为谢杨朱⑦。

【题解】

元祐元年（1086）秋在馆中作。六月，与张耒、晁补之等九人参加以苏轼为主考官的学士院考试，以充馆阁。钱勰，字穆父。吴越王钱俶四世孙。以荫知尉氏县，授流内铨主簿，历权盐铁判官、提点诸路刑狱。元丰中尝奉使高丽，还拜中书舍人。累官龙图阁待制知开封府。庭坚又作有《戏咏猩猩毛笔》诗，其跋云："钱穆父奉使高丽，得猩猩毛笔，甚珍之。惠予,要作诗。苏子瞻爱其柔健可人意,每过予书案,下笔不能休。此时二公俱直紫微阁,故予作二诗,前篇奉穆父,后篇奉子瞻。"猩猩毛笔,任渊注引《鸡林志》云:"高丽笔,芦管,黄毫,健而易乏。旧云猩猩毛,或言是物四足长尾,善缘木,盖狄毛或鼠须之类耳。"

【注释】

① 爱酒句:意谓猩猩爱饮酒,醉后被人捕获,用其毛制成笔,而笔中留其魂。《唐文粹·裴炎〈猩猩铭〉》:"(阮汧使封溪见邑人云)猩猩在山谷行,常有数百为群。里人以酒并糟,设于路侧。又爱著屐,里人织草为屐,更相连结。猩猩见酒及屐,知里人设张,则知张者祖先姓字,及呼名骂云:'奴欲张我,舍尔而去。'复自再三,相谓曰:'试共尝酒。'及饮其味,逮乎醉,因取屐而著之,乃为人之所擒,皆获,辄无遗者。"

② 能言句:意谓猩猩能学人言而常泄露机密。机事疏,机事不密。指泄露机密。《礼记·曲礼》:"狌狌能言,不离禽兽。"狌狌,同"猩猩"。《易·系辞上》:"几事不密则害成。"

③ 平生二句:意谓猩猩一生穿不了几双屐,而其毛制成的笔却能写出许多书。几两屐,多少双屐。形容其生命短暂。《猩猩铭》又云:"(猩猩)惟与酒,兼之以屐,可以就擒尔。"五车书,此处形容书多。《庄子·天下》:"惠施多方,其书五车。"

④ 物色句:意谓欲要寻求猩猩毛笔,只有在诸侯四夷朝贡天子的聚会上才有机会。点出猩猩毛笔来自异域。物色,寻求,挑选。王会,古代诸侯、四夷或藩属国朝贡天子的聚会。《逸周书·王会》:"成周之会,墠上张赤弈阴羽。"孔晁注:"王城既成,大会诸侯及四夷也。"

⑤ 勋劳句:意谓猩猩毛笔著书的功劳,可以在拥有大量藏书的石渠阁中得到证明。石渠,即石渠阁。西汉皇家藏书处,在长安未央宫殿北。《三辅黄图·阁》:"石渠阁,萧何造。其下砻石为渠以导水,若今御沟,因为阁名。所藏入关所得秦之图籍。至于成帝,又于此藏秘书焉。"

⑥ 济世:救世,救助世人。

⑦ 端:应当。谢:告知。杨朱:战国初哲学家。亦称"杨子""阳子居"或"阳生"。魏国人。其学说散见于先秦诸子著作中。主张"贵生""重己""全性葆真,不以物累形",反对墨子"兼爱"和儒家伦理思想。

《孟子·尽心上》:"杨子取为我,拔一毛而利天下不为也。"

【评析】

咏猩猩毛笔,关涉生命济世之用,举小而见大。其造语亦矜炼,点化事典了无痕迹,非巧匠着力雕琢之所能成。

送谢公定作竟陵主簿

谢公文章如虎豹,至今斑斑在儿孙①。竟陵主簿极多闻,万事不理专讨论。涧松无心古须鬣②,天球不琢中粹温③。落笔尘沙百马奔,剧谈风霆九河翻④。胸中恢疏无怨恩⑤,当官持廉且不烦⑥。吏民欺公亦可忍,慎勿惊鱼使水浑。汉滨耆旧今谁存⑦?驷马高盖徒纷纷⑧。安知四海习凿齿⑨,拄笏看度南山云⑩。

【题解】

元祐元年(1086)秋在馆中作。谢悰,字公定,富阳(今属浙江省杭州市)人。祖绛(字希深)、父景初(字师厚),皆以文学知名。庭坚继室为景初之女,悰即庭坚之内兄弟。南宋徐度《却扫编》卷中:"元祐初再复制科,独谢悰中格,特赐进士出身,补大郡职官。"竟陵,县名。秦置。宋为复州治所(今湖北省天门市)。主簿,唐宋县级初事官,掌文书事务,从九品。

【注释】

① 谢公二句:意谓你祖父有如虎豹般斑斓的文采,至今还在你们儿孙辈文章中显现。谢公,指谢希深。其文尝为杨亿(字大年)所称。欧阳修《归田录》卷上:"谢希深为奉礼郎,大年尤喜其文,每见则欣然延接,既去则叹息不已。郑天休在公门下,见其如此,怪而问之,大年曰:'此子官亦清要,但年不及中寿尔。'希深官至兵部员外郎、知制诰,卒年四十六,皆如其言。希深初以奉礼郎锁厅应进士举,以启事谒见大年,

有云：'曳铃其空,上念无君子者;解组不顾,公其如苍生何?'大年自书此四句于扇,曰:'此文中虎也。'由是知名。"虎豹,以其毛色斑斓,喻富有文采。斑斑,色彩鲜明貌。

② 涧松:涧谷底部的松树。多喻才德高而地位卑的人。西晋左思《咏史》其二:"郁郁涧底松,离离山上苗。以彼径寸茎,荫此百尺条。世胄蹑高位,英俊沉下僚。地势使之然,由来非一朝。"古须鬣:形容松树苍劲的针叶。鬣,马鬃。此喻松针。

③ 天球:玉名。《书·顾命》:"大玉、夷玉、天球、河图,在东序。"孙星衍注引马融曰:"夷玉,东夷之美玉。球,玉磬。"又引郑玄曰:"大玉,华山之球也。夷玉,东北之珣玗琪也。天球,雍州所贡之玉,色如天者。皆璞,未见琢治,故不以礼器名之。"中粹温:内心纯洁温润。

④ 剧谈:犹畅谈。风霆:狂风和暴雷。喻气势威严。九河:传说禹时黄河的九条支流。此泛指黄河。

⑤ 恢疏:宽宏,开朗。

⑥ 持廉:奉守廉洁。不烦:此指政务不烦冗。

⑦ 汉滨耆旧:指汉水之滨有声望的长者。竟陵在汉水之北。

⑧ 驷马高盖:驾四匹马的高车。喻达官显贵。

⑨ 四海习凿齿:习凿齿,字彦威,襄阳(今湖北省襄阳市襄城区)人。东晋学者。著有《汉晋春秋》《襄阳耆旧记》等。尝为荆州刺史桓温西曹主簿,温称之曰:"徒三十年看儒书,不如一诣习主簿。"此即"汉滨耆旧",以比谢公定主簿。

⑩ 拄笏:即拄笏看山。《世说新语·简傲》:"王子猷作桓车骑参军。桓谓王曰:'卿在府久,比当相料理。'初不答,直高视,以手版拄颊云:'西山朝来,致有爽气。'"手版,笏。后以"拄笏看山"形容在官清闲而有雅兴。

【评析】

前八句称其文采品行,沛然绰有家风。后八句信其为官,怀贞抱洁而存志高远。通篇多用比喻,形象意态灿烂生色,如在眼前。

双井茶送子瞻

人间风日不到处①,天上玉堂森宝书②。想见东坡旧居士③,挥毫百斛泻明珠④。我家江南摘云腴⑤,落硙霏霏雪不如⑥。为君唤起黄州梦,独载扁舟向五湖⑦。

【题解】

元祐二年(1087)春在史局作。正月,自秘书省校书郎、神宗实录院检讨官、集贤校理迁著作佐郎。时苏轼为翰林学士、知制诰,因政见不合,屡上章乞外。双井,村名。在洪州分宁县(今江西省九江市修水县)西北,庭坚故里。双井茶,宋时号为"绝品",梅尧臣、欧阳修、司马光等均有诗称之。

【注释】

① 风日:风景,风光。一作"风月"。

② 玉堂:宋时以称翰林院。森宝书:罗列着许多珍贵书籍。森,满,罗列。

③ 东坡旧居士:指苏轼。轼元丰二年(1079)谪黄州,四年得州城东坡旧营地,筑室躬耕其中,始号"东坡居士"。参见第542页苏轼《东坡》题解。

④ 挥毫句:意谓运笔写出了大量优美的诗文。百斛,形容量多。参见第562页苏轼《书晁说之考牧图后》注释①。泻明珠,喻遣词造句。杜甫《奉和贾至舍人早朝大明宫》:"朝罢香烟携满袖,诗成珠玉在挥毫。"

⑤ 云腴:茶的别称。

⑥ 落硙(wèi)句:意谓把茶叶研磨得精细洁白,胜过飘飞的雪花。硙,石磨。碾茶的器具。霏霏,飘洒貌。雪不如,雪花比不过。

⑦ 独载句:用春秋时越大夫范蠡功成身退事。范蠡助越王勾践灭吴后,"遂乘轻舟以浮于五湖"(《国语·越语下》)。五湖,太湖的别称。参见第24页王维《送邱为落第归江东》注释③。

【评析】

写东坡当前景况,又勾起黄州旧事,用意在结句,即应效范蠡远身以避害。爱敬之情,因赠茶劝慰而至切。

次韵王定国扬州见寄

清洛思君昼夜流①,北归何日片帆收?未生白发犹堪酒,垂上青云却佐州②。飞雪堆盘鲙鱼腹,明珠论斗煮鸡头③。平生行乐自不恶④,岂有竹西歌吹愁⑤?

【题解】

元祐二年(1087)在史局作。王巩,字定国,真宗朝宰相王旦之孙。与苏轼友善,元丰中受其牵连遭远谪。元祐初,司马光荐为宗正丞,寻以上疏得罪出为扬州通判。参见第556页苏轼《书王定国所藏烟江叠嶂图》题解。

【注释】

① 清洛:清澈的洛水。元丰中,导洛水入汴至淮,通于运河,直抵扬州。故此句以洛水喻相思之情。

② 未生二句:意谓人未衰老还能承受解忧的酒,刚刚获得升迁却又被外放为地方佐官。堪酒,能承受酒力。垂上青云,将要登上高位。青云,高空的云。喻高官显爵。指定国召还授宗正丞,有了直升高位的机会。佐州,辅佐州政。指定国出为扬州通判。

③ 飞雪二句:意谓鱼腹细切成脍,堆放在盘中有如飞雪;芡实煮得烂熟,以斗量满粒粒如明珠。鲙(kuài),同"脍"。细切的鱼肉。论斗,按斗计量。刘禹锡《泰娘歌》:"斗量明珠鸟传意,绀幰迎入专城居。"鸡头,芡实。俗称鸡头米。此以扬州有美食来安慰定国。

④ 不恶:不坏;不错。

⑤ 竹西歌吹:借指扬州。唐杜牧《题扬州禅智寺》:"谁知竹西路,歌吹是扬州。"后人因于其处筑竹西亭,亦名歌吹亭。在扬州城北。

【评析】

思念则托清水长流,痛惜则示盛年骤然起落,宽慰则云美食歌吹可以行乐,其实背后多少沉重。怀人常情,写得如此跌宕曲折,正是山谷工力所在。

次韵柳通叟寄王文通

故人昔有《凌云赋》①,何意陆沉黄绶间②?头白眼花行作吏③,儿婚女嫁望还山④。心犹未死杯中物,春不能朱镜里颜⑤。寄语诸公肯湔祓⑥,割鸡令得近乡关⑦。

【题解】

元祐二年(1087)在史局作。柳通叟、王文通,二人事迹未详。

【注释】

① 故人:旧交,老友。此指王文通。凌云赋:指友人所作志向高远的辞赋。《汉书·司马相如传下》:"相如既奏《大人赋》,天子大说,飘飘有陵云气游天地之间意。"

② 陆沉:陆地无水而沉。比喻埋没。黄绶:古代官吏系印的黄色丝带。《汉书·百官公卿表上》:"比二百石以上,皆铜印黄绶。"后借指低级官吏或官位。

③ 行作吏:奔走于仕途。作吏,担任官职。

④ 儿婚句:用东汉向长事。据《后汉书·逸民传》,向长隐居不仕,待子女婚嫁毕,恣游五岳名山,竟不知所终。参见第32页王维《早秋山中作》注释③。

⑤ 心犹二句:意谓饮酒时豪气冲天,似乎心还未死,即使是春天也不能恢复镜子里的红颜。杯中物,指酒。朱,使……变红。

⑥ 湔祓(jiānbō):同"湔拔""剪拂"。荐拔,提携。《文选·刘孝标〈广绝交论〉》:"剪拂使其长鸣。"李善注:"湔拔、剪拂,音义同也。"

⑦ 割鸡句:意谓那就让他靠近家乡当个县官吧。割鸡,指县令。子

游为武城宰,以礼乐为教,故邑人皆弦歌,孔子笑曰:"割鸡焉用牛刀?"(《论语·阳货》)后因以"割鸡"称县令之职。乡关,犹故乡。

【评析】

有感于故交才高位卑,翻来覆去,直抒抑郁不平之愤。铸词用字,使事属对,皆能出人意表。

题伯时画严子陵钓滩

平生久要刘文叔①,不肯为渠作三公②。能令汉家重九鼎,桐江波上一丝风③。

【题解】

元祐三年(1088)在史局作。是年春,苏轼知贡举,庭坚与李公麟等皆为其属。李公麟,字伯时,舒城(今属安徽省六安市)人。进士及第,官至朝奉郎。元符三年(1100)告老,居龙眠山,号龙眠居士。工画,擅画人物、鞍马及历史故事。亦长于诗文与书法。与王安石、苏轼、米芾、黄庭坚等有深交,为驸马王诜座上客。今存作品有《五马图》《临韦偃牧放图》等。严子陵钓滩,在今浙江省杭州市桐庐县富春江镇南。严光,字子陵,会稽余姚(今属浙江省宁波市)人。西汉末,与光武帝同游学。光武即位,乃变名姓,隐身不见。帝思其贤,使聘之,三反而后至。除为谏议大夫,不屈,乃耕于富春山。后人名其钓处为严陵濑。建武十七年(41)卒,年八十。事见《后汉书·逸民传》。北宋范仲淹知睦州(今浙江省杭州市建德市梅城镇),建钓台、子陵祠于富春江严陵濑,并作有《桐庐郡严先生祠堂记》。

【注释】

① 久要(yāo):旧约。《论语·宪问》:"久要不忘平生之言。"何晏集解引孔安国曰:"久要,旧约也。平生,犹少时。"邢昺疏:"言与人少时有旧约,虽年长贵达,不忘其言。"刘文叔:刘秀,字文叔。汉光武帝。

② 渠：他。三公：古代中央三种最高官衔的合称。东汉以太尉、司徒、司空为三公。参见第 323 页韩愈《谒衡岳庙遂宿岳寺题门楼》注释①。

③ 能令二句：意谓能使汉家王朝持续稳固强大的，是因为有来自桐江钓滩的那一缕清风。九鼎，相传禹铸九鼎，象征九州，为夏、商、周三代传国之宝。重九鼎，指分量比九鼎还重。《史记·平原君虞卿列传》："毛先生一至楚，而使赵重于九鼎、大吕。"司马贞索隐："九鼎、大吕，国之宝器。言毛遂至楚，使赵重于九鼎、大吕，谓天下所重也。"桐江，富春江上游，即钱塘江在桐庐境内一段。一丝风，喻严子陵等名节之士的风操。任渊注："东汉多名节之士，赖以久存。迹其本原，政在子陵钓竿上来耳。"

【评析】

后二句以喻名节之士为国祚永昌之本，蕴藉而生动，真乃诗家鲜活语。

题子瞻枯木

折冲儒墨阵堂堂，书入颜杨鸿雁行①。胸中元自有丘壑②，故作老木蟠风霜③。

【题解】

元祐三年(1088)在史局作。春晚，苏轼尝画枯木于醴池寺壁，庭坚有《题子瞻寺壁小山枯木二首》诗，后又作此。醴池寺，在汴京城西北。时庭坚租居于寺南，命其书斋为"退听堂"。

【注释】

① 折冲二句：意谓子瞻之学，阵势强盛纵横驰骋于儒墨之间；子瞻书法，亦可并入颜真卿、杨凝式的行列。折冲，击退敌方战车。参见第 581 页《送范德孺知庆州》注释⑨。此处可引申为纵横驰骋。阵堂堂，阵

势强盛。喻子瞻学识渊博。颜杨,指唐颜真卿和五代杨凝式,书法家。鸿雁行(háng),亦作"雁行""颜行"。居前的行列。任渊注:"第一句元作'文章日月与争光',后改写。"

② 元:本来。丘壑:山陵与溪谷。喻宽广胸怀或深远境界。

③ 蟠(pán):盘曲,盘结。任渊注:"此两句元作'笔端放浪有江海,临深枯木饱风霜'。"

【评析】

"胸有丘壑"是关锁,故先叙其学养以作地,后称其所画为终结。二十八字之间,意脉接转缜密如是,可谓自成家法。

和答元明黔南赠别

万里相看忘逆旅①,三声清泪落离觞②。朝云往日攀天梦,夜雨何时对榻凉③? 急雪脊令相并影④,惊风鸿雁不成行⑤。归舟天际常回首⑥,从此频书慰断肠。

【题解】

绍圣二年(1095)冬作于黔州贬所。先是,元祐八年(1093)七月除国史编修官,庭坚以疾辞,乞宫观。绍圣元年(1094)五月授知宣州、鄂州,均未赴。六月,管勾亳州明道宫,命于开封府界居住,就近报国史院取会文字。庭坚遂寓家于太平州之芜湖(今属安徽省)。时章惇为相,蔡卞修国史。十二月,以前史官所修《神宗实录》不实,有中伤、抵诬神考之罪,谪庭坚为涪州(今重庆市涪陵区)别驾、黔州(今重庆市彭水苗族土家族自治县)安置。二年正月,庭坚与长兄大临(字元明)自陈留赴贬所,经尉氏、许昌,由汉沔趋江陵,溯江而上,于四月二十三日到黔州,寓居开元寺摩围阁。其《书萍乡县厅壁》云:"初,元明自陈留出尉氏、许昌,渡汉江陵,上夔峡,过一百八盘,涉四十八渡,送余安置于摩围山之下。淹留数月不忍别,士大夫共慰勉之,乃肯行。掩泪握手,为万里无相见期之别。"兄弟俩分别时作此,诗中有"急雪"语,当是在冬季。黔南,此指黔州及其所领各羁縻州(今重庆市东南部、贵州省中东部地区)的统称。

【注释】

① 逆旅:客舍。

② 三声清泪:化用古谚"巴东三峡巫峡长,猿鸣三声泪沾裳"(《水经注·江水二》),形容离别时的悲伤。离觞:犹离杯。指饯别之酒。

③ 朝云二句:意谓往日的梦想与抱负都已落空,何时能够长相聚首夜雨对床。朝云,指巫山神女。宋玉《高唐赋序》所记,楚怀王游高唐,昼梦幸巫山之女。参见第97页李白《襄阳歌》注释⑱。此借指自己的梦想与抱负。夜雨对榻,形容兄弟相聚之欢。语本韦应物与苏轼兄弟。参见第510页苏轼《辛丑十一月十九日既与子由别于郑州西门之外马上赋诗一篇寄之》注释⑧。

④ 脊令:亦作"鹡鸰"。水鸟。《诗·小雅·常棣》:"脊令在原,兄弟急难。"毛传:"脊令,雝渠也,飞则鸣,行则摇,不能自舍耳。"郑玄笺:"雝渠,水鸟。而今在原,失其常处,则飞则鸣,求其类,天性也,犹兄弟之于急难。"后因以喻兄弟友爱,急难相顾。

⑤ 惊风:指猛烈而强劲的风。

⑥ 归舟天际:用谢朓《之宣城郡出新林浦向板桥》"天际识归舟"句意。

⑦ 频书:频繁寄信。频,频繁,频频。

【评析】

写兄弟情深,纯用比兴,且出语皆有来处。末从对方设想,谓其"回首""频书",转换中添得许多至味。

王充道送水仙花五十枝欣然会心为之作咏

凌波仙子生尘袜①,水上轻盈步微月②。是谁招此断肠魂?种作寒花寄愁绝③。含香体素欲倾城④,山矾是弟梅是兄⑤。坐对真成被花恼,出门一笑大江横⑥。

【题解】

建中靖国元年(1101)冬在江陵沙市镇(今湖北省荆州市沙市区)作。绍圣五年(1098)春,以避外兄张向之嫌,迁戎州(今四川省宜宾市翠屏区旧州坝)安置。元符三年(1100)五月,徽宗即位,庭坚得以复官放还。十二月,道出江安县(今属宜宾市),次年三月至峡州(今湖北省宜昌市),改知舒州(今安徽省安庆市潜山市)。四月至江陵,泊家沙市,又召以为吏部员外郎。时病体初愈,辞免恩命,乞知太平州(今安徽省马鞍山市当涂县),遂留江陵待命。

【注释】

① 凌波仙子:指洛水女神。《文选·曹植〈洛神赋〉》:"凌波微步,罗袜生尘。"吕向注:"微步,轻步也。步于水波之上,如尘生也。"此喻水仙花。生尘袜,即"罗袜生尘"的化用。

② 微月:新月。任渊注:"此云'微月',盖言袜如新月之状。"

③ 寒花:寒冷时节开放的花。如菊、梅、水仙等。愁绝:极度忧愁。

④ 体素:本色洁白。倾城:形容花色绝美。

⑤ 山矾:俗名郑花。常绿灌木。春开白花,芳香。黄庭坚定名为"山矾"。其《戏咏高节亭边山矾花二首序》云:"江湖南野中有一种小白花,木高数尺,春开,极香,野人号为郑花。王荆公尝欲求此花栽,欲作诗而陋其名,予请名曰'山矾'。野人采郑花叶以染黄,不借矾而成色,故名山矾。"水仙开花在山矾之前、梅花之后,故诗中称山矾为弟、梅花为兄。

⑥ 坐对二句:意谓独坐面对水仙真个是被此花所恼,出门付之一笑,唯见大江横在眼前。真成,真个,的确。被花恼,被花撩拨。杜甫《江畔独步寻花七绝句》其一:"江上被花恼不彻,无处告诉只颠狂。"庭坚在江陵又有《与李端叔书》云:"数日来骤暖,瑞香、水仙、红梅盛开。明窗净室,花气撩人,似少年时都下梦也。但多病之余,懒作诗耳。"大江横,时寓居江陵沙市,濒临长江,故有此语。

【评析】

咏水仙,比之以"凌波仙子",极尽形容。结处独坐对花,撩动情澜,骤入阔大之境而收。任渊注引杜甫《缚鸡行》诗"鸡虫得失无了时,注目寒江倚山阁",以为"山谷句意类此"(《山谷诗集注》卷十五)。是乃效其运掉奇突、兴会标举之妙。

雨中登岳阳楼望君山二首

其一

投荒万死鬓毛班,生出瞿塘滟滪关①。未到江南先一笑②,岳阳楼上对君山。

其二

满川风雨独凭栏,绾结湘娥十二鬟③。可惜不当湖水面,银山堆里看青山④。

【题解】

崇宁元年(1102)春归分宁途经岳州(今湖南省岳阳市)作。南宋黄䓕《山谷年谱》卷二十九引此二诗手迹之跋云:"崇宁之元正月二十三,夜发荆州,二十六日至巴陵,数日阴雨不可出。二月朔旦,独上岳阳楼。"岳阳楼,即岳州城西门。参见第295页杜甫《登岳阳楼》题解。北宋庆历中,滕宗谅谪守此州,加以重修,又请范仲淹作《岳阳楼记》,声名日隆。君山,又名"洞庭山""湘山"。在洞庭湖中,状如十二螺髻。传说为湘君之所游处。参见第129页李白《陪侍郎叔游洞庭醉后》注释①。

【注释】

① 投荒二句:意谓贬往荒远历经艰险,鬓发早已斑白,总算活着走出了瞿塘峡的滟滪关。投荒,贬谪流放至荒远之地。唐独孤及《为明州独孤使君祭员郎中文》:"公负谴投荒,予亦偃蹇异域。"柳宗元《别舍弟宗一》:"一身去国六千里,万死投荒十二年。"班,通"斑"。指鬓发花白。杜甫《涪江泛舟送韦班归京》:"天涯故人少,更益鬓毛斑。"生出,活着出

来。出,一作"入"。瞿塘滟滪关,在长江三峡之首瞿塘峡峡口,形势极险要。参见第87页李白《长干行》注释⑧。

② 江南:此指长江下游以南地区。作者故乡洪州分宁,隶属江南西路。

③ 绾(wǎn)结:亦作"绾髻"。盘绕发髻。湘娥:指湘妃。即舜二妃娥皇、女英。相传舜崩,二妃投湘水而死,遂为湘水之神。参见第63页李白《远别离》注释⑬。十二鬟(huán):指君山十二峰。山峦起伏,如妇女盘起的发髻,故称。唐刘禹锡《望洞庭》:"遥望洞庭山水翠,白银盘里一青螺。"

④ 可惜二句:意谓凭栏远眺不能身临湖水面,从湖水的波浪中看君山。银山堆,喻洞庭湖涌起的白浪。唐释贯休《古意》:"五湖大浪如银山,满船载酒挝鼓过。"

【评析】

第一首抒庆幸之感,第二首摹湖山之景,起结皆奇,申足题中"望"字意。即登楼远望,虽有君山当前,而思接江流上下,心翻洞庭波澜,万千滋味,尽在不言中。

鄂州南楼书事

四顾山光接水光①,凭栏十里芰荷香②。清风明月无人管,并作南楼一味凉③。

【题解】

此诗为四首其一。崇宁二年(1103)夏作。去年六月,知太平州九日而罢,徘徊于江州,将谋居江陵。九月至鄂州,竟留此逾年。鄂州,治江夏(今湖北省武汉市武昌区),隶荆湖北路。南楼,在武昌蛇山顶。亦名"白云楼""岑楼"。陆游《入蜀记》卷三:"(乾道六年八月)二十七日,郡集于南楼,在仪门之南石城上,一曰黄鹤山。制度闳伟,登望尤胜。鄂州楼观为多,而此独得江山之要会,山谷所谓'江东湖北行画图,鄂州南楼天下无'是也。"所引山谷之句,见《庭坚以去岁九月至鄂登南楼叹其制作之美成长句久欲寄远因循至今书呈公悦》诗。

【注释】

① 山光接水光:指山水景色混融一体。

② 芰(jì)荷:菱叶与荷叶。唐孟浩然《夏日南亭怀辛大》:"荷风送香气,竹露滴清响。"

③ 清风二句:意谓清风明月不受人的支配,交融在南楼化作一片清凉。清风明月,语出《南史·谢谌传》:"(谌)不妄交接,门无杂宾。有时独醉,曰:'入吾室者,但有清风;对吾饮者,唯当明月。'"又苏轼《赤壁赋》:"惟江上之清风,与山间之明月,耳得之而为声,目遇之而成色,取之无禁,用之不竭,是造物者之无尽藏也,而吾与子之所共适。"诗句取意于此。一味,犹一片,一股。

【评析】

写夏夜氤氲之境,清新雅淡,有唐人韵致。

书磨崖碑后

春风吹船著浯溪①,扶藜上读中兴碑②。平生半世看墨本,摩挲石刻鬓成丝③。明皇不作包桑计,颠倒四海由禄儿。九庙不守乘舆西,万官已作乌择栖④。抚军监国太子事,何乃趣取大物为?事有至难天幸尔,上皇踽踽还京师⑤。内间张后色可否,外间李父颐指挥。南内凄凉几苟活,高将军去事尤危⑥。臣结舂陵二三策,臣甫杜鹃再拜诗。安知忠臣痛至骨?世上但赏琼琚词⑦。同来野僧六七辈⑧,亦有文士相追随。断崖苍藓对立久,冻雨为洗前朝悲⑨。

【题解】

崇宁三年(1104)春谪赴宜州(今属广西壮族自治区河池市)途中

作。初,庭坚在江陵,作有《承天院塔记》,后被人摘其中数语,以为幸灾谤国,遂除名羁管宜州。二年十二月十九日,庭坚携家发鄂州,经岳、潭、衡等州,三年三月至永州(今湖南省永州市零陵区),寓其家于此。五六月间,抵宜州贬所。磨崖碑,即元结撰、颜真卿书《大唐中兴颂》石刻。在永州祁阳县(今湖南省永州市祁阳市西)南五里浯溪临江石崖上。南宋王象之《舆地碑记目·永州碑记》:"《大唐中兴颂》,在祁阳浯溪石崖上。元结文,颜真卿书,大历六年刻。俗谓之磨崖碑。"

【注释】

① 著(zhuó):依附,附着。浯溪:溪水名。发源于阳明山,北流至祁阳城南汇入湘江。《方舆胜览》卷二十五《湖南路·永州》:"浯溪,在祁阳县南五里,流入湘江,水清石峻。唐上元中,容管经略使元结家焉。"

② 扶藜:犹杖藜。拄着手杖。中兴碑:即《大唐中兴颂》。任渊注:"《中兴颂》,元结次山所作,颜鲁公书,磨崖镌刻。盖言安禄山乱,肃宗复两京事。"

③ 平生二句:意谓此生大半辈子看的只是拓本,如今抚摸石刻却已两鬓斑白。墨本,碑帖的拓本。摩挲,抚摸。丝,蚕丝。喻白发。

④ 明皇四句:意谓玄宗不考虑国家安危大计,养虎遗患致使宠儿安禄山扰乱天下。帝都沦陷只能仓皇西奔幸蜀,百官离散像乌鸦一样择木而栖。明皇,唐玄宗谥"至道大圣大明孝皇帝",后世诗文多称以"明皇"。苞桑,亦作"苞桑"。桑树之本。《易·否》:"其亡其亡,系于苞桑。"孔颖达疏:"若能其亡其亡,以自戒慎,则有系于苞桑之固,无倾危也。"后因以"苞桑"指帝王能经常居安思危,国家就能巩固。颠倒四海,指扰乱天下。禄儿,安禄山。任渊注:"玄宗以禄山为范阳节度,禄山请为贵妃养儿。"九庙,帝王的宗庙。古时帝王祭祀祖先,立七庙(太祖、三昭、三穆)。王莽时增祖庙五、亲庙四,共九庙。后历朝皆沿此制。乘(shèng)舆,此指天子车驾。亦代天子。玄宗西奔,参见第184页杜甫《哀王孙》题解。择栖,谓鸟兽选择树木栖息。常用以喻择主而事。此指唐朝官员有的投敌,有的随太子往灵武。

⑤ 抚军四句:意谓从君出征、代理国政都是太子分内之事,为什么要急着抢夺皇位呢?所幸苍天保佑平息了最大的灾难,太上皇局促不

安地回到京师。抚军监国,指太子从君出征和代君管理国事。《左传·闵公二年》:"君行则守,有守则从。从曰抚军,守曰监国,古之制也。"何乃……为,为什么……呢。趣(cù)取,急于获取。大物,指天下或帝位。《新唐书·肃宗本纪》:"禄山反。十五载,玄宗避贼,行至马嵬,父老遮道请留太子讨贼,玄宗许之。""七月辛酉,至于灵武。壬戌,裴冕等请皇太子即皇帝位。甲子,即皇帝位于灵武,尊皇帝曰上皇天帝,大赦,改元至德。"天幸,天赐之幸。侥幸。跼蹐(jújí),局促不安貌。此指玄宗失去权力后受制于人的状况。

⑥ 内间四句:意谓肃宗在宫内要看张皇后的脸色,在宫外要听宦官李辅国的指挥。而玄宗在南内几乎是凄凉地苟活,高力士被放逐后情势就更加艰危。张后,邓州向城(今河南省南阳市南召县皇路店镇)人,徙家新丰(今陕西省西安市临潼区东北)。乾元元年(758),册立为皇后。《新唐书·后妃传下·肃宗废后庶人张氏》:"后能牢宠,稍稍豫政事,与李辅国相倚,多以私谒挠权。"李父,宦者李辅国。本名静忠,貌奇丑,年幼为阉。禄山之乱,从太子至灵武,力劝太子即帝位。肃宗即位,擢元帅府行军司马,以心腹委之。还京后,改名辅国,拜殿中监,加开府仪同三司,进封郕国公。颐指挥,指以下巴的动向和脸色来指挥人。有成语"颐指气使"。颐,下巴。南内,指兴庆宫。玄宗返京后,初居兴庆宫,李辅国以上皇日与外人交通,矫诏胁迫玄宗迁居西内,并流窜玄宗亲信高力士、陈玄礼等。参见第413页白居易《长恨歌》注释㉚。高将军,宦者高力士。先天初(712),为右监门卫将军,累加骠骑大将军。上元元年(760),为李辅国所构,流巫州(今湖南省怀化市洪江市黔城镇)。据《新唐书·宦者传下·李辅国》,"辅国因妄言于帝曰:'太上皇居近市,交通外人,玄礼、力士等将不利陛下,六军功臣反侧不自安,愿徙太上皇入禁中。'帝不寤。先时,兴庆宫有马三百,辅国矫诏取之,裁留十马。太上皇谓力士曰:'吾儿用辅国谋,不得终孝矣。'会帝属疾,辅国即诈言皇帝请太上皇按行宫中,至睿武门,射生官五百遮道,太上皇惊,几坠马,问何为者,辅国以甲骑数十驰奏曰:'陛下以兴庆宫湫陋,奉迎乘舆还宫中。'力士厉声曰:'五十年太平天子,辅国欲何事?'叱使下马,辅国失箠,骂力士曰:'翁不解事!'斩一从者。力士呼曰:'太上皇问将士

各好在否!'将士纳刀呼万岁,皆再拜。力士复曰:'辅国可御太上皇马。'辅国靴而走,与力士对执辔。还西内,居甘露殿,侍卫才数十,皆尪老。太上皇执力士手曰:'微将军,朕且为兵死鬼。'左右皆流涕"。

⑦ 臣结四句:意谓元结、杜甫进策赋诗,世人只是欣赏他们的文词精美,哪里懂得忠臣痛入骨髓的悲愤。臣结,指元结。字次山,河南(今河南省洛阳市)人,移居鲁山(今属河南省平顶山市)。天宝十二载(753)进士及第。代宗时,任道州刺史、容管经略使。其诗文多涉及时政与民生,为杜甫所推崇。舂陵,古地名。秦置舂陵乡。汉武帝时,封光武帝高祖刘买为舂陵侯,食邑即唐道州(今湖南省永州市道县)之地。元结为道州刺史时,作五古《舂陵行》,写当地兵乱后残破景象和百姓困苦生活,希望献辞"以达下情"。臣甫,指杜甫。作七古《杜鹃行》,以杜鹃比君,借物伤怀,感于明皇失位。琼琚,精美的玉佩。喻美妙的诗文。

⑧ 野僧:山野中的僧人。辈:量词。个。多指人。

⑨ 冻(dōng)雨:暴雨。

【评析】

此篇作三段。首尾两段各四句,叙游览浯溪、感遇碑刻始末。中间一大段,叙议相夹,咏天宝乱离史实,论人物是非功过。又可分为四层,每层四句:第一层刺玄宗失德,酿成国祸。第二层讥肃宗急于夺位,平乱亦属天幸。第三层分说二人境况,一受辖制,一被幽禁,皆因奸邪当道。第四层转写忠臣节士,出于忧愤而献辞赋诗。四层脉理相贯,不颂中兴之功,直斥朝纲弛坏,忠良痛骨寒心,借古讽今之意显然。故结语"冻雨为洗前朝悲",寄慨殊深。全篇结构严整,层次分明,气韵格力俱有可称。

清明

佳节清明桃李笑①,野田荒垅只生愁②。雷惊天地龙蛇蛰③,雨足郊原草木柔。人乞祭余骄妾妇,士甘焚死不公侯④。贤愚千载知谁是?满眼蓬蒿共一丘⑤。

【题解】

熙宁元年(1068)春作。治平四年(1067),庭坚进士及第,调汝州叶县(今河南省平顶山市叶县叶邑镇)尉。据《山谷年谱》卷二:"熙宁元年戊申,先生是岁赴叶县尉,九月到汝州。"故此诗当为赴任前所作。

【注释】

① 桃李笑:桃李花盛开。唐崔护《题都城南庄》:"去年今日此门中,人面桃花相映红。人面不知何处去,桃花依旧笑春风。"

② 野田荒垅:田间荒野。

③ 雷惊句:意谓春雷惊动天地使龙蛇醒来。蛰(zhé),动物冬眠。《易·系辞下》:"龙蛇之蛰,以存身也。"虞翻注:"蛰,潜藏也,龙潜而蛇藏。"

④ 人乞二句:意谓有人向祭墓者乞讨所余酒肉,吃饱喝足便回家对妻妾炫耀;亦有人宁可被山火烧死,也不肯出来做官。二事皆涉清明。上句用《孟子·离娄下》之典:"齐人有一妻一妾而处室者,其良人出,则必餍酒肉而后反。其妻问所与饮食者,则尽富贵也。其妻告其妾曰:'良人出,则必餍酒肉而后反,问其与饮食者,尽富贵也,而未尝有显者来。吾将𥳑良人之所之也。'蚤起,施从良人之所之,遍国中无与立谈者。卒之东郭墦间,之祭者,乞其余,不足,又顾而之他,此其为餍足之道也。其妻归,告其妾曰:'良人者,所仰望而终身也。今若此!'与其妾讪其良人,而相泣于中庭。而良人未之知也,施施从外来,骄其妻妾。"后以"齐人乞墦"形容鲜廉寡耻者的愚蠢之举。下句用春秋晋人介之推(或子推)事。之推曾从公子重耳(晋文公)流亡国外,还国后未得文公奖赏,遂隐居绵山。文公悔悟,请而不出,乃烧山,之推抱木焚死。《庄子·盗跖》:"子推怒而去,抱木而燔死。"《韩诗外传》卷七:"鲍焦抱木而泣,子推登山而燔。"参见第299页杜甫《小寒食舟中作》题解。妾妇,此指小妾与妻子。公侯,公爵与侯爵。泛指高官显达者。

⑤ 贤愚二句:意谓那些古人无论是贤是愚,如今都埋葬在杂草丛生的荒丘之下。蓬蒿,蓬草和蒿草。此泛指荒野杂草。苏轼《除夜直都厅囚系皆满日暮不得返舍因题一诗于壁》:"不须论贤愚,均是为食谋。"

【评析】

前半写清明时景,桃李欢笑与荒野生愁,雷惊龙蛇与雨润草木,两相对照,取其仰观俯察之势。后半咏清明故实,慨叹人生无论贤愚,终必归于荒丘,入于无有之境。

次韵裴仲谋同年

交盖春风汝水边①,客床相对卧僧毡②。舞阳去叶才百里③,贱子与公皆少年④。白发齐生如有种,青山好去坐无钱⑤。烟沙篁竹江南岸,输与鸬鹚取次眠⑥。

【题解】

熙宁二年(1069)春在叶县任作。裴仲谋,生平事迹未详。当与庭坚为同榜进士,故称"同年"。史容注:"时仲谋为舞阳尉。"《山谷年谱》卷二:"熙宁二年己酉,先生是岁在叶县。二月,按斗死者于舞阳。"

【注释】

① 交盖:犹倾盖。车上的伞盖靠在一起。形容朋友路途相逢,停车亲切交谈。《史记·鲁仲连邹阳列传》:"谚曰'有白头如新,倾盖如故'。"司马贞索隐引《志林》曰:"倾盖者,道行相遇,軿车对语,两盖相切,小欹之义,故云倾盖也。"汝水:古水名。源于汝州西天息山(在今河南省洛阳市嵩县南伏牛山北麓),流经颍昌府(今河南省许昌市)境,汇颍水而入淮。《水经注·汝水》:"汝水出河南梁县勉乡西天息山。"

② 僧毡:僧人用的毡褥。

③ 舞阳:县名。北宋颍昌府舞阳县(今河南省漯河市舞阳县吴城镇),隶京西北路。叶(shè):汝州叶县。参见第600页《清明》题解。史容注:"裴官于颍昌之舞阳,山谷尉汝州叶县。"

④ 贱子:谦称自己。杜甫《奉赠韦左丞丈二十二韵》:"丈人试静听,贱子请具陈。"史容注:"山谷时年二十四。"

⑤ 白发二句:意谓我俩像是命中注定都会早生白发,本可遁入青山

幽居却没有买山的钱。有种,谓世代相传如同天定。《史记·陈涉世家》:"王侯将相宁有种乎?"坐无钱,因为没有买山钱。此暗用唐符载向于頔乞买山钱事。唐范摅《云溪友议·襄阳杰》:"又有匡庐符载山人,遣三尺童子赍数幅之书,乞买山钱百万,公遂与之,仍加纸墨衣服等。"

⑥ 烟沙二句:意谓还不如那些悠闲自适的鸬鹚水鸟,随意栖息在江南烟云弥漫的竹丛沙岸。烟沙,云雾迷蒙的沙岸。篁竹,竹丛。鸬鹚,水鸟。俗称鱼鹰、水老鸦。羽黑,有绿色光泽,颔下有小喉囊,嘴长带弯钩,善潜水捕食鱼类。渔人常驯养以捕鱼。取次,随便,任意。庭坚去年九月到汝州,为长官富弼以"到官逾期"拘系至岁晚,故初入仕即萌生退意。史容注其《还家呈伯氏》诗曰:"山谷尝云,思亲初到汝州时,镇相富公以予'到官逾期'下吏。"

【评析】

相逢途中,对友一吐衷曲,初入仕即遭不利,故怏怏然有林泉之想。中间二联措辞拗峭,发意跳跃,排宕有奇气。

池口风雨留三日

孤城三日风吹雨①,小市人家只菜蔬②。水远山长双属玉③,身闲心苦一春锄④。翁从旁舍来收网,我适临渊不羡鱼⑤。俯仰之间已陈迹⑥,莫窗归了读残书⑦。

【题解】

元丰三年(1080)冬赴吉州太和县(今江西省吉安市泰和县)途中作。是年,庭坚罢北京国子监教授,入京改官,授知吉州太和县。池口,在池州州治贵池县(今安徽省池州市贵池区)西北,秋浦河入江口。《大清一统志》卷八十二《池州府·关隘》:"池口镇,在贵池县西北。……《九域志》:贵池县有池口、清溪、灵芝、秀山四镇。《县志》:在县西北五里黄龙矶上。"

【注释】

① 孤城:此指池州贵池城。

② 小市句:意谓小集市上住民只买卖一些新鲜蔬菜。小市,小的集市。

③ 属(zhǔ)玉:水鸟名。《尔雅翼·释鸟五》:"属玉,水鸟。似鸭而大,长颈赤目,紫绀色,似鸂鶒。"

④ 春锄:白鹭。《尔雅·释鸟》:"鹭,春锄。"郭璞注:"白鹭也。"

⑤ 翁从二句:意谓老翁从邻舍出来收拾鱼网,我刚好面对湾流却不想得鱼。旁舍,邻舍,邻居。临渊不羡鱼,《汉书·董仲舒传》:"古人有言曰,临渊羡鱼,不如退而结网。"颜师古注:"言当自求之。"此处反用其意,表示不愿求进。

⑥ 俯仰句:意谓世事瞬息万变。俯仰,即低头与抬头。喻时间短暂。陈迹,旧迹,遗迹。东晋王羲之《兰亭集序》:"向之所欣,俯仰之间,已为陈迹。"

⑦ 莫:同"暮"。傍晚。残书:未读完的书。

【评析】

前半叙写结合,一二扣题,三四兼比,"身闲心苦"是鸟亦是人。后半借事兴慨,或反用或点化故语,表达倦游思归之意,且收得清逸不俗。

题落星寺

落星开士深结屋①,龙阁老翁来赋诗②。小雨藏山客坐久③,长江接天帆到迟。宴寝清香与世隔④,画图妙绝无人知⑤。蜂房各自开户牖⑥,处处煮茶藤一枝⑦。

【题解】

此诗为四首其三。或作于元丰三年(1080)。落星寺,在南康军星子县(今江西省九江市庐山市)南鄱阳湖山岛上。《江西通志》卷一百十三《寺观三·南康府》:"落星寺,一名法安院。在府南三里落星石上。

唐乾宁间僧清隐建,天祐间赐额为福星龙安院。已废。"《大清一统志》卷二百四十三《南康府·山川》:"落星石,在星子县南五里湖中。《水经注》:'湖中有落星石,周回百余步,高五丈,上生竹木。传曰有星坠此,因以名焉。'"史容于四首题下注曰:"山谷真迹,前二首题云《题落星寺》,第三首题云《题落星寺岚漪轩》,第四首题云《往与道纯醉卧岚漪轩夜半取烛题壁间》。""四诗非同时作,后人类聚于此,故诗语有重复,不可指其岁月。"

【注释】

① 落星开士:落星寺的高僧。开士,菩萨的异名。以能自开觉,又可开他人生信心,故称。后用作对僧人的敬称。结屋:构筑屋舍。原注:"寺僧择隆作宴坐小轩,为落星之胜处。"

② 龙阁老翁:龙图阁老学士。此或泛指朝中耆英宿儒。一说指作者舅氏李常(字公择)。元祐间拜御史中丞兼侍读、加龙图阁直学士。与王安石、司马光、苏轼等相友善。史容注:"'龙阁老翁'当谓李公择,南康军建昌人,庐山亦在南康境内,必有赋咏。按元祐三年八月丙子,御史中丞李常充龙图直学士,其赋诗当在此前。"一说指作者自己。高步瀛《唐宋诗举要》卷六案:"疑此当属山谷自谓,诗中始有主脑。但《宋史》《本纪》《文艺传》及《续通鉴长编》《年谱》皆不言山谷任职龙图阁。绎此诗四首本非同时作,此首当在绍圣元年辞编修居乡待命除知宣州又除知鄂州之时。《长编》自元祐八年七月以后,至绍圣四年四月以前已阙,不能详考。窃疑知宣州、鄂州或有直龙图阁之衔。是年山谷已五十岁,故以'龙阁老翁'自署也。"二说均不足以为据。

③ 小雨藏山:细雨如雾遮蔽了山峦。

④ 宴寝:休息起居之室。唐韦应物《郡斋雨中与诸文士燕集》:"兵卫森画戟,宴寝凝清香。"

⑤ 画图妙绝:指寺僧所作壁画。原注:"僧隆画甚富,而《寒山拾得画》最妙。"寒山、拾得为唐代著名诗僧,相与友善。韩愈《山石》:"僧言古壁佛画好,以火来照所见稀。"妙绝,一作"绝笔"。

⑥ 蜂房:喻寺中密集的僧房。户牖(yǒu):门窗。

⑦ 藤一枝:指攀援于寺院各处的藤蔓。

【评析】

取景微妙,造句精工,写出方外深幽之境。三四、七八两联尤佳,里外远近俱收毫端,落纸成画。

次元明韵寄子由

半世交亲随逝水,几人图画入凌烟①?春风春雨花经眼②,江北江南水拍天③。欲解铜章行问道,定知石友许忘年④。脊令各有思归恨⑤,日月相催雪满颠⑥。

【题解】

元丰四年(1081)在太和任作。时苏辙坐兄轼以诗得罪,谪监筠州(今江西省宜春市高安市)盐酒税。史容注:"山谷兄大临字元明。《寄子由》诗云:'钟鼎功名淹管库,朝廷翰墨写风烟。'管库谓监筠州盐酒税也。"庭坚即次韵作此以寄苏辙。

【注释】

① 半世二句:意谓时光如逝水,半辈子结交的亲近好友,有几人能够建立功勋,使自己的画像进入凌烟阁。交亲,指相互亲近,友好交往。逝水,《论语·子罕》:"子在川上曰,逝者如斯夫,不舍昼夜。"凌烟,即凌烟阁。唐表彰功臣而建的绘有功臣画像的高阁。参见第 256 页杜甫《丹青引》注释⑨。

② 经眼:过眼,看过。

③ 水拍天:形容波涛汹涌澎湃,气势冲天。韩愈《题临泷寺》:"潮阳未到吾能说,海气昏昏水拍天。"

④ 欲解二句:意谓我想解印辞官前去向你请教道德学问,知道你重情谊一定会同意结忘年之好。铜章,知县官印。史容注引《汉官仪》:"县令秩五百石,铜章墨绶。"行,将,将要。石友,情谊坚如金石的朋友。《文选·潘岳〈金谷集作诗〉》:"投分寄石友,白首同所归。"忘年,不拘年龄、行辈而以德才相契合。《太平御览》卷四百九《人事部五十·交友

四》引张隐《文士传》曰:"祢衡与孔融作尔汝之交,时衡未满二十,融已五十,重衡才秀,忘年也。"庭坚小苏辙七岁,故云"许忘年"。

⑤ 脊令:水鸟。喻兄弟。参见第592页《和答元明黔南赠别》注释④。

⑥ 雪满颠:喻满头白发。颠,头,头顶。

【评析】

起联感慨岁月流逝,功业不成,后三联即由此生发,一脉贯穿。三四全用景语,以喻时序翻转,人生行路艰难。五六吐口急切,与其失落宦网,不如及早解印问道。末二句则谓两家兄弟命运相近,思归不得,再嗟日月催老,遥应首句"逝水"语。山谷此律,入事远,写景阔,言情深,而意却不散,的确可为后世法。

登快阁

痴儿了却公家事①,快阁东西倚晚晴。落木千山天远大②,澄江一道月分明③。朱弦已为佳人绝④,青眼聊因美酒横⑤。万里归船弄长笛⑥,此心吾与白鸥盟⑦。

【题解】

元丰五年(1082)秋在太和任作。《大清一统志》卷二百四十九《吉安府·古迹》:"快阁,在泰和县治东澄江之上。以江山广远,景物清华,故名。"

【注释】

① 痴儿:庸夫俗子。此处作者自谓。《晋书·傅咸传》:"生子痴,了官事,官事未易了也。了事正作痴,复为快耳。"

② 落木:落叶。

③ 澄江:此指赣江。太和城东南临赣江。

④ 朱弦句:用钟子期、伯牙知音事。《吕氏春秋·本味》:"钟子期

死,伯牙破琴绝弦,终身不复鼓琴,以为世无足复为鼓琴者。"朱弦,以熟丝制成的琴弦。佳人,此代知音。

⑤ 青眼句:用阮籍青白眼事。《晋书·阮籍传》:"籍又能为青白眼,见礼俗之士,以白眼对之。及嵇喜来吊,籍作白眼,喜不怿而退。喜弟康闻之,乃赍酒挟琴造焉,籍大悦,乃见青眼。"青眼,即眼睛正视目标。表示对人的喜爱或尊重。聊,姑且。

⑥ 弄:吹奏。

⑦ 此心句:意谓不带机心地与鸥鸟为友。喻退隐。人有机心而鸥鸟生疑,典出《列子·黄帝篇》。参见第33页王维《积雨辋川庄作》注释⑧。

【评析】

方东树曰:"起四句,且叙且写,一往浩然。五六句对意流行,收尤豪放,此所谓寓单行之气于排偶之中者。"(《昭昧詹言》卷二十)通首语虽快健,而犹有孤傲愤疾之情隐于其间,至深至切。

奉答李和甫代简绝句

山色江声相与清①,卷帘待得月华生②。可怜一曲并船笛③,说尽故人离别情④。

【题解】

此诗为二首其一。元丰六年(1083)在太和任作。李和甫,生平事迹未详。代简,此指以诗代替书信。

【注释】

① 山色句:化用杜甫《书堂饮既夜复邀李尚书下马月下赋绝句》诗"湖月林风相与清"句。相与,共同,一道。

② 卷帘句:化用欧阳修《临江仙》词"阑干倚处,待得月华生"句。月华,此指月亮。

③ 可怜句:化用罗隐《中元甲子以辛丑驾幸蜀四首》其三诗"可怜一曲还京乐"句。并船,并排的两只船。
④ 说尽句:暗用向秀闻笛而思念故人之典。魏晋间,向秀与嵇康、吕安友善。后康、安为司马昭所杀,秀经嵇康山阳旧居,闻邻人笛声,感怀亡友,作《思旧赋》。

【评析】

不说自己思旧怀远,而言情在船笛声中,穷尽婉曲之妙。又善取前人陈言,换骨点化,再造新异空灵之境,亦自是诗家三昧手。

过家

络纬声转急①,田车寒不运②。儿时手种柳,上与云雨近。舍傍旧佣保③,少换老欲尽。宰木郁苍苍④,田园变畦畛⑤。招延屈父党,劳问走婚亲⑥。归来翻作客⑦,顾影良自哂⑧。一生萍托水,万事雪侵鬓⑨。夜阑风陨霜,干叶落成阵⑩。灯花何故喜⑪?大是报书信。亲年当喜惧,儿齿欲毁龀⑫。系船三百里⑬,去梦无一寸⑭。

【题解】

元丰六年(1083)冬在分宁双井作。十二月,自太和令移监德平镇,途经故乡分宁。过家,即还乡。

【注释】

① 络纬:莎鸡。俗称纺织娘。参见第82页李白《长相思》注释①。
② 田车:打猎用的车。《诗·小雅·车攻》:"田车既好,四牡孔阜。"朱熹集传:"田车,田猎之车。"不运:不运转,不转动。
③ 佣保:雇工。
④ 宰木:坟墓上的树木。据《公羊传·僖公三十三年》,"秦伯怒曰:'尔何知!中寿,尔墓之木拱矣。'"何休注:"宰,冢也。拱,可以手对抱。"

⑤ 畦畛(qízhěn)：田间分界的小道。

⑥ 招延二句：意谓相聚邀请来家族长辈，走访问候到远近亲戚。招延，邀请。屈，委屈。父党，父系亲族、长辈。劳问，慰问。婚亲，有婚姻关系的亲戚。

⑦ 翻：反而。

⑧ 良自哂(shěn)：的确觉得自己可笑。

⑨ 一生二句：意谓一生像水上浮萍到处漂流，万事成空只落得鬓发渐白。托，附着。雪侵鬓，鬓发逐渐变白。

⑩ 干叶：枯叶。

⑪ 灯花：灯芯余烬结成的花状物。俗谓有喜事则结灯花。杜甫《独酌成诗》："灯花何太喜？酒绿正相亲。"

⑫ 亲年二句：意谓母亲到了让人既高兴又担忧的年纪，小儿还只是在将要换牙的时候。即"上有老下有小"之义。亲年，父母的年纪。《论语·里仁》："父母之年不可不知也，一则以喜，一则以惧。"此指母亲的年纪。庭坚父庶，字亚夫，举进士，知康州(今广东省肇庆市德庆县)，嘉祐三年(1058)卒于任所，时庭坚方十四岁。儿齿，幼年。代指孩子。毁龀(huìchèn)，即毁齿。指儿童换牙。乳齿脱落，更生恒齿。

⑬ 系船句：谓归家(从太和至分宁)三百里水路。

⑭ 去梦句：谓不肯离去。去梦，离去的梦。一寸，形容微少。据《后汉书·儒林传上·杨伦》，伦以谏诤不合，出补常山王傅，病不之官，诏书催发，伦曰："有留死一尺，无北行一寸。"

【评析】

叙归乡闻见，感怀物事人情之变，语极亲切流利，如肺腑中自出机杼。末四句言心中牵挂，用典而不使人觉，堪可玩味。

送张材翁赴秦签

金沙酴醾春纵横①，提壶栗留催酒行②。公家诸父酌我醉③，横笛送晚延月明。此时诸儿皆秀发④，酒间乞书藤纸滑⑤。北门相见后十年⑥,醉语十不省七八⑦。吏事衮衮谈赵张,乃是樽前绿发郎⑧。风悲松丘忽三岁⑨,更觉绿竹能风霜⑩。去作将军幕下士⑪,犹闻防秋屯虎兕⑫。只今陛下思保民,所要边头不生事。短长不登四万日,愚智相去三十里⑬。百分举酒更若为⑭?千户封侯傥来尔⑮。

【题解】

元祐元年(1086)在馆中作。时为神宗实录院检讨官、集贤校理。张材翁,生平事迹未详。赴秦签,谓赴秦凤路秦州(今甘肃省天水市秦州区)天水郡雄武军节度为签判。签判,即签书判官厅公事,为州府或节度幕职,协助长官处理军政事务及文书案牍。

【注释】

① 金沙:即金沙罗。花名。酴醾(túmí):花名。《广群芳谱》卷四十二:"酴醾,一名独步春,一名百宜枝杖,一名琼绶带,一名雪缨络,一名沉香蜜友。藤身,灌生,青茎多刺,一颖三叶如品字形,面光绿,背翠色,多缺刻,花青跗红萼,及开时变白带浅碧,大朵千瓣,香微而清,盘作高架,二、三月间烂熳可观,盛开时折置书册中,冬取插鬓犹有余香。本名荼蘼,一种色黄似酒,故加'酉'字。""金沙罗,似酴醾,花单瓣,红艳夺目。"王安石《池上看金沙花数枝过酴醾架盛开二首》其二:"酴醾一架最先来,夹水金沙次第栽。"

② 提壶:亦作"提壶芦""提胡芦"。水鸟名。即鹈鹕。体大,嘴长,嘴下有皮质的囊,羽灰白色。善游泳和捕鱼。《本草纲目·禽一·鹈鹕》:"鹈鹕处处有之,水鸟也。似鹗而甚大,灰色如苍鹅。喙长尺余,直而且广,口中正赤,颔下胡大如数升囊。好群飞,沉水食鱼,亦能竭小水取鱼。"欧阳修《啼鸟》:"独有花上提葫芦,劝我沽酒花前倾。"栗留:即黄栗留。亦名"黄莺""黄鹂""仓鹒"。《禽经》:"仓鹒,黧黄、黄鸟也。今谓之黄莺、黄鹂是也。野民曰黄栗留。语声转耳,其色黧黑而黄,故名黧黄。"

③ 公家诸父:此指张材翁家的长辈。

④ 秀发(fā):指植物生长繁茂,花朵盛开。《诗·大雅·生民》:"实

发实秀。"喻人才茁壮成长。

⑤ 藤纸：古时用藤皮造的纸，产于浙江剡溪、余杭等地。欧阳修《病中代书奉寄圣俞二十五兄》："君闲可能为我作，莫辞自书藤纸滑。"

⑥ 北门相见：史容注"谓北京教授时"。庭坚自熙宁五年(1072)至元丰二年(1079)任北京(今河北省邯郸市大名县)国子监教授。

⑦ 省(xǐng)：记得，记忆。

⑧ 吏事二句：意谓眼前滔滔不绝谈论赵、张如何处理政务的人，就是当年酒宴上的黑发少年啊。吏事，政事，官务。衮衮，说话滔滔不绝貌。赵张，指西汉赵广汉与张敞，汉宣帝时能臣。绿发，乌黑发亮的头发。绿发郎，此指张材翁。

⑨ 风悲松丘：史容注"言其居忧也"。指张材翁居亲之丧。

⑩ 能(nài)：通"耐"。经受得住。

⑪ 幕下士：地方军政长官幕府属吏。韩愈《寄卢仝》："水北山人得名声，去年去作幕下士。"

⑫ 防秋：指秋季加强西北边境警卫和防御部署。参见第582页《送范德孺知庆州》注释⑬。虎兕(sì)：虎与犀牛。此喻凶猛的兵士。

⑬ 短长二句：意谓人寿短长不及百年，愚笨与聪明相差亦不远。不登，不超过，不到。四万日，约百年。相去三十里，用曹操与杨修事。二人同猜曹娥碑题辞"黄绢幼妇，外孙齑臼"八字，曹操行三十里方才得"绝妙好辞"，晚于杨修。事见《世说新语·捷悟》。

⑭ 百分：犹满杯。若为：怎样。

⑮ 千户句：意谓被封为千户侯是很偶然的事。千户侯，食邑千户的侯爵。傥(tàng)来，意外得来，偶然得到。

【评析】

先忆昔年与其长辈交游，酒谐情浓。再叙十年后北门相见，喜慰英才年已长成。最后送其赴边，却以人寿有限、事功难立相告，设辞寓愤。吴汝纶曰："此首以章法逆折为奇，收四句兀臬，是山谷意态。"(《唐宋诗举要》卷三引)

题阳关图

断肠声里无形影,画出无声亦断肠①。想得阳关更西路,北风低草见牛羊②。

【题解】

此诗为二首其一。元祐二年(1087)在史局作。阳关图,李公麟所画,取材于王维《送元二使安西》诗。李公麟,字伯时。参见第589页《题伯时画严子陵钓滩》题解。庭坚《书伯时〈阳关图〉草后》云:"元祐初作此诗,题伯时所作《阳关图》。"阳关,汉唐关塞名。参见第41页王维《送元二使安西》注释②。

【注释】

① 断肠二句:意谓离人的身影消失在悲伤的送别歌声中,图画虽然无声但其景象同样使人断肠。上句是作者想象之辞,下句是观画所感。断肠声,悲伤的歌声。指王维诗配乐后编入乐府的《渭城曲》(或《阳关三叠》)。形影,人的形体和影子。画出,指画面的景象。

② 北风句:化用古乐府《敕勒歌》"天苍苍,野茫茫,风吹草低见牛羊"句意。见(xiàn),同"现"。显现。

【评析】

想象断肠之声,题写画外之意,诗、乐、画珠联璧合。

秋怀

茅堂索索秋风发①,行绕空庭紫苔滑。蛙号池上晚来雨,鹊转南枝夜深月。翻手覆手不可期,一死一生交道绝②。湖水无端浸白云③,故人书断孤鸿没④。

【题解】

此诗为二首其二。熙宁八年(1075)秋在北京(今河北省邯郸市大名县)作。五年,试中学官,除北京国子监教授。

【注释】

① 索索:犹瑟瑟。象声词。形容细碎的声音。
② 翻手二句:意谓世情反复无常难以预料,可共生死的交情已经绝迹。翻手覆手,喻反复无常。杜甫《贫交行》:"翻手作云覆手雨,纷纷轻薄何须数。"期,预知,料想。一死一生,谓经历生死。《史记·汲郑列传》太史公曰:"一死一生,乃知交情。"交道,交友之道。
③ 无端:无因由,无缘无故。
④ 孤鸿没:喻音讯全无。

【评析】

七言古体,前四写秋,意象凄清寂寥,不安之情可见。后四言怀,喟叹世道不常,人心浇漓,寄怨思于比兴中,收结有远韵。

过方城寻七叔祖旧题

壮气南山若可排①,今为野马与尘埃②。清谈落笔一万字,白眼举觞三百杯③。周鼎不酬康瓠价④,豫章元是栋梁材⑤。眷然挥涕方城路⑥,冠盖当年向此来⑦。

【题解】

元丰元年(1078)在北京作。春,因故至邓州南阳县(今河南省南阳市),过唐州方城县(今属河南省南阳市)。据《山谷年谱》卷七,"(元丰元年二月)又有《送朱觊中允宰宋城》诗亦云:'邺王台边春一空,但有雪飞杨柳风。我从南阳解归橐,重帷复幕坐学官。'当是先生告假或因他故至南阳,在冬春间耳"。又云:"七叔祖讳注,字梦升,终南阳主簿。欧阳文忠公为作墓铭,载《六一居士集》。"据欧阳修《居士集》卷二十七《黄梦升墓志铭》,黄注少好学,尤以文章意气自豪,与修同年举进士。初任兴国军永兴主簿,怏怏不得志,调江陵府公安主簿、南阳主簿。宝元二年(1039)四月卒于南阳,年四十二。生平文章有《破碎集》《公安集》《南阳集》,凡三十卷。

【注释】

① 壮气句:用诸葛亮《梁父吟》"力能排南山,文能绝地纪"意,赞七叔祖意气豪壮。南山,指牛山。在今山东省淄博市临淄区城南。春秋时,齐景公游而流涕于此(见《列子·力命》)。景公有公孙接、田开疆、古冶子三勇士,以搏虎而闻名,为齐相晏子设二桃之计所杀。诸葛亮因以作歌而咏之。参见第74页李白《梁甫吟》注释㉕。

② 野马:野外蒸腾的水气。《庄子·逍遥游》:"野马也,尘埃也,生物之以息相吹也。"郭象注:"野马者,游气也。"

③ 清谈二句:意谓高谈阔论下笔才思敏捷,愤世嫉俗一饮豪气干云。清谈,谈吐清雅。白眼,露出眼白。与"青眼"相对,表示鄙薄或厌恶。参见第607页《登快阁》注释⑤。

④ 周鼎句:意谓珍贵的周鼎不抵破壶的价值。讽世人不识宝物。周鼎,周代传国的九鼎。喻宝器。酬,抵偿。康瓠,破瓦壶。多用以喻庸才。

⑤ 豫章句:意谓枕(chén)木、樟木本来就是栋梁之材。豫章,亦作"豫樟"。枕木与樟木的并称。喻栋梁之材。

⑥ 睠然:顾念貌,依恋貌。

⑥ 冠盖:官员的冠服与车乘。代指仕宦,官吏。此借以指出仕的七叔祖。

【评析】

起结深沉奇崛,不胜悲怆。中四句美刺相间,感悼痛惜其才志不展,下字工稳妥帖,琢句纵横激宕,法度可观。

早行

失枕惊先起①,人家半梦中。闻鸡凭早晏,占斗辨西东②。

辔湿知行露③,衣单觉晓风。秋阳弄光影④,忽吐半林红。

【题解】

熙宁元年(1068)秋赴叶县尉途中作。《山谷年谱》卷二:"诗中有'秋阳弄光影'之句,当是赴任时作。"

【注释】

① 失枕:即落枕。睡觉时受寒或因姿式不对,造成脖颈僵硬疼痛。
② 闻鸡二句:意谓早行的人们,根据鸡叫判断时辰早晚,观察北斗星辨别方向。凭,根据,凭借。晏(yàn),晚,迟。占斗,观察北斗星。
③ 辔(pèi):驾驭马的缰绳。行(háng)露:道上的露水。行,道路。
④ 弄:显现,炫耀。

【评析】

一路顺写如题,中间融入常识,更见神致。收束处着笔生动,便觉境界焕然而出。

观化

柳外花中百鸟喧,相媒相和隔春烟①。黄昏寂寞无言语②,恰似人归镊管弦③。

【题解】

此诗为十五首其一。崇宁元年(1102)春归分宁作。是岁有知太平州之命,正月离江陵以赴,顺道归分宁双井,居月余。《山谷年谱》卷二十九:"(崇宁元年壬午)正月二十三日发荆州,二十六日至巴陵,二月初六至通城。三月己卯,寓万载广慧道场。"故二、三月间在双井作此十五首。前有序,曰:"南山之役,偶得小诗一十五首,书示同怀,不及料简铨次。夫物与我若有境,吾不见其边,忧与乐相遇乎前,不知其所以然,此其物化欤?亦可以观矣,故寄名曰'观化'。"南山,亦名南山崖。在分宁城南,隔修水相对。

【注释】

① 相媒相和(hè)：相互招引应和。春烟：泛指春天的云烟岚气等。
② 言语：此指鸟儿鸣叫声。
③ 镞(suǒ)管弦：封锁管弦乐器。即停止奏乐。镞，同"锁"。

【评析】

观宇宙人生，时而繁盛喧嚣，时而凋敝沉寂，变化周而复始。惟游心于是非、荣辱之外，身与物化，一如庄周梦蝶，或可达于无边无碍自由之境。

答龙门潘秀才见寄

男儿四十未全老，便入林泉真自豪①。明月清风非俗物，轻裘肥马谢儿曹②。山中是处有黄菊③，洛下谁家无白醪④？想得秋来常日醉，伊川清浅石楼高⑤。

【题解】

熙宁四年(1071)在叶县任作。龙门，山名。在今河南省洛阳市南。李白《汉东紫阳先生碑铭》："王公卿士送及龙门，入叶县，次王乔之祠。"王琦注引《地志》曰："阙塞山，一名伊阙，而俗名龙门。"潘秀才，生平事迹未详，据诗意知为龙门山隐士。

【注释】

① 林泉：山林与泉石。喻隐居之地。
② 轻裘句：意谓辞别家人及富贵生活。轻裘肥马，形容富贵豪华的生活。《论语·雍也》："赤之适齐也，乘肥马，衣轻裘。"儿曹，犹儿辈。
③ 是处：到处，处处。
④ 洛下：指洛阳。白醪(láo)：糯米甜酒。
⑤ 伊川：即伊水。源出河南省西部伏牛山北麓，东北流至洛阳东偃师入洛水。《山海经·中山经》："又西二百里，曰蔓渠之山，其上多金

玉,其下多竹箭。伊水出焉,而东流注于洛。"《大清一统志》卷一百六十二《河南府·山川》:"伊水,自陕州卢氏县熊耳山发源,流经嵩县南一里,东北经伊阳县界至洛阳县南,又东北至偃师县西南五里合洛水。"石楼:在龙门香山寺。《新唐书·白居易传》:"东都所居履道里,疏沼种树,构石楼香山,凿八节滩,自号醉吟先生。"白居易《香山寺石楼潭夜浴》诗:"清凉咏而归,归上石楼宿。"

【评析】

首联赞友盛年隐逸,词质而势兴。中二联取舍对照、菊酒映托,见其格调与趣味。尾联则想象其日醉情形,以景语作结。通首波澜开阖,直起曲收,向慕林泉之意一以贯之。

陆游

陆游(1125—1210),字务观,号放翁,越州山阴(今浙江省绍兴市)人。年十二能诗文,荫补登仕郎。绍兴二十四年(1154)应试礼部,以论恢复为秦桧所黜。孝宗时,赐进士出身,历镇江、隆兴通判。乾道六年(1170)入蜀,为夔州通判。八年,入四川宣抚使王炎幕府,襄理军务。累官宝谟阁待制。晚年退居故乡,赋诗著文,力主修兵备武,恢复中原。

陆游诗作颇富,今存九千余首。其内容大致可分成两类:一类为抒发政治抱负之作,忠心报国之热情与壮志难酬之悲愤,交织成章,词气雄健沉郁;另一类为描摹自然山水与闲居生活之作,笔调圆润细腻,有清雅淡远之致。在诗艺上,陆游转益多师,取法广泛而能自成一家。南宋刘克庄《后村诗话》前集卷二云:"近岁诗人,杂博者堆队仗,空疏者窘材料,出奇者费搜索,缚律者少变化。惟放翁记问足以贯通,力量足以驱使,才思足以发越,气魄足以陵暴,南渡而后,故当为一大宗。"清《唐宋诗醇》卷四十二云:"观游之生平,有与杜甫类者:少历兵间,晚栖农亩,中间浮沉中外,在蜀之日颇多。其感激悲愤、忠君爱国之诚,一寓于诗,酒酣耳热,跌荡淋漓;至于渔舟樵径,茶碗炉熏,或雨或晴,一草一木,莫不著为咏歌,以寄其意。此与甫之诗何以异哉?"然陆诗亦正因其多,而不免有语句重复、文气不接之弊,已为古今论者所指目。

有《剑南诗稿》《渭南文集》《老学庵笔记》《南唐书》等。选诗据钱仲联《剑南诗稿校注》(上海古籍出版社2005年版)。

夜读兵书

孤灯耿霜夕①,穷山读兵书。平生万里心,执戈王前驱②。战死士所有,耻复守妻帑③。成功亦邂逅④,逆料政自疏⑤。陂泽号饥鸿⑥,岁月欺贫儒。叹息镜中面,安得长肤腴⑦?

【题解】

绍兴二十五年(1155)作,试礼部遭黜落后一年,在山阴。

【注释】

① 耿:照明,光明。霜夕:寒夜。

② 前驱:犹前导。《诗·卫风·伯兮》:"伯也执殳,为王前驱。"

③ 妻帑(nú):亦作"妻孥"。妻子和儿女。《诗·小雅·常棣》:"宜尔家室,乐尔妻帑。"毛传:"帑,子也。"

④ 邂逅(xièhòu):偶然,侥幸。

⑤ 逆料:预料。政:通"正"。正当,正在。自疏:谓自求与之疏远。

⑥ 陂(bēi)泽:湖泽。号(háo):大呼,长鸣。

⑦ 肤腴(yú):肌肤丰满。

【评析】

此篇五古即事述怀,可分作两段。前六句为一段,写夜读兵书而引发平生之志,意气慷慨激越,荣耻分明。后六句为一段,情调由高昂转向沉郁,言岁月蹉跎、襟抱不展之愤懑。前后相互映衬,愈是激扬愈觉悲愤,愈是悲愤又愈显激扬。梁启超读放翁集赋诗曰:"辜负胸中十万兵,百无聊赖以诗鸣。谁怜爱国千行泪,说到胡尘意不平。"(《饮冰室文集》卷四十五下)正是南渡诗人纠结心境的真实写照。

度浮桥至南台

客中多病废登临,闻说南台试一寻①。九轨徐行怒涛上②,

千艘横系大江心③。寺楼钟鼓催昏晓④,墟落云烟自古今⑤。白发未除豪气在,醉吹横笛坐榕阴⑥。

【题解】

绍兴二十九年(1159)作,在福州。陆游初入仕,为福州宁德县主簿,不数月即调官福州决曹(司理参军)。南台,山岛名。在福州闽县南(今福建省福州市仓山区),中分闽江为二,南曰乌龙江,北曰南台江或白龙江。《太平寰宇记》卷一百《江南东道十二·福州·闽县》:"南台江,在州南九里。江阔九里,源从建州建阳县来。昔越王无诸于此台钓得白龙,因号钓龙台。"自州至南台,有万寿桥。清《福建通志》卷八《桥梁·福州府·闽县》:"万寿桥,横跨南台大江,俗名大桥。旧为浮梁,屡修屡坏。宋元祐间,郡守王祖道置田一十七顷七十二亩,以备修桥之费。"

【注释】

① 一寻:寻访。

② 九轨:可容九辆马车并行的路面宽度。此处泛指浮桥上铺成的大道。

③ 千艘:泛指架设浮桥所用的船只。

④ 寺楼:指报恩光孝寺。南宋梁克家《淳熙三山志》卷三十三:"(报恩光孝寺)王秘监祖道守乡郡日,创浮桥之南。危岩百级,波光入户,真江南之胜也。"昏晓:傍晚与早晨。

⑤ 墟落:村落。

⑥ 榕阴:榕树荫翳。福州多榕树,有榕城之称。

【评析】

此诗纪游。首联写出游缘起,侧笔点明南台之胜。中二联一承一转,状写游览见闻:先以夸张之词,极言浮桥之平稳与壮观,气象磅礴;再写南台登临,"钟鼓""云烟"为当下所闻所见,由此感慨岁月催人,时不我待,而古今江山不改,又遮蔽多少兴亡变迁,含无尽余味。此四句对仗工稳,寓情于景,境界雄阔。《唐宋诗醇》卷四十二评曰:"领联写浮桥,语颇伟丽;五六雄浑中兴象自远,有涵盖一切之气。"尾联绾合上意,戏谑白发,醉坐吹笛,化感慨为豪逸。以此作结,其乐观放达之性,振奋求进之心,皆隐然可见。

游山西村

莫笑农家腊酒浑①,丰年留客足鸡豚。山重水复疑无路,柳暗花明又一村。箫鼓追随春社近②,衣冠简朴古风存。从今若许闲乘月③,拄杖无时夜叩门④。

【题解】

乾道三年(1167)作,由隆兴府(治今江西省南昌市)通判任上罢归后一年,在山阴。

【注释】

① 腊酒:上年腊月酿制的米酒。
② 箫鼓:箫与鼓。泛指乐奏。春社:古时于春耕前(周用甲日,后多于立春后第五个戊日)祭祀土神,以祈丰收,谓之春社。
③ 若许:犹许多,或那么多。
④ 无时:不定时,随时。

【评析】

陆游因"力说张浚用兵",为言官所论,罢归故里,亟欲从纯朴宁静的田园村居生活中,寻求慰藉与抚存。于是,便有此篇纪游。诗写游村经过,渲染农家盛情,风光幽丽,民俗淳厚,表达随时往来之愿云云,运思皆可意料,他人亦能为之。然此诗奇妙处,即在颔联。两句状难写之景而不着力,且寓含哲理,属对之工,巧夺造化。钱锺书《宋诗选注》曰:"这种景象前人也描摹过,例如王维《蓝田山石门精舍》'遥爱云木秀,初疑路不同;安知清流转,忽与前山通';柳宗元《袁家渴记》'舟行若穷,忽又无际';卢纶《送吉中孚归楚州》'暗入无路山,心知有花处';耿𬀩《仙山行》'花落寻无径,鸡鸣觉有村';周晖《清波杂志》卷中载强彦文诗'远山初见疑无路,曲径徐行渐有村';还有前面选的王安石《江上》。不过要到陆游这一联才把它写得'题无剩义'。"所谓"题无剩义",亦即道破天下事物倚伏消长之理,大凡人生境遇、国家运祚、学问研治等,莫不常有迷惘徘徊之时,经反复求索而后豁然开朗。此联形象概括极其深广,故能流传千古,不可磨灭。

黄州

局促常悲类楚囚①,迁流还叹学齐优②。江声不尽英雄恨,天意无私草木秋。万里羁愁添白发③,一帆寒日过黄州。君看赤壁终陈迹④,生子何须似仲谋⑤!

【题解】

乾道六年(1170)八月赴官夔州通判途中作,经停黄州二日。《渭南文集》卷四十六《入蜀记》:"(八月)十八日食时方行,晡时至黄州。……二十日晓,离黄州。江平无风,挽船正自赤壁矶下过,多奇石,五色错杂,粲然可爱。"黄州(治今湖北省黄冈市黄州区),宋隶淮南西路。

【注释】

① 局促:形容受束缚而不得舒展。楚囚:本指被俘的楚人钟仪,后借指处境窘迫无计可施者。《左传·成公九年》:"晋侯观于军府,见钟仪。问之曰:'南冠而絷者,谁也?'有司对曰:'郑人所献楚囚也。'"

② 迁流:流放,贬逐。齐优:本指齐国女乐,后借指取悦于人的优伶。《史记·乐书》:"自仲尼不能与齐优遂容于鲁。"司马贞索隐:"齐人归女乐而孔子行,言不能遂容于鲁而去也。"

③ 羁愁:旅人的愁思。

④ 赤壁:即赤鼻矶。在黄州城西北江滨。清顾祖禹《读史方舆纪要》卷七十六《湖广二·黄州府》:"赤鼻山在府城西北汉川门外,屹立江滨,土石皆带赤色。下有赤鼻矶,今亦名赤壁山,苏轼以为周瑜败曹公处,非也。"历史上"赤壁之战"发生在鄂州蒲圻县赤壁山(在今湖北省咸宁市赤壁市赤壁镇境内)。《元和郡县图志》卷二十七《江南道三·鄂

州·蒲圻县》："赤壁山在县西一百二十里,北临大江。其北岸即乌林,与赤壁相对,即周瑜用黄盖策,焚曹公舟船败走处。故诸葛亮论曹公危于乌林是也。"此处陆游乃借题发挥,将黄州赤鼻矶当破曹之地。

⑤ 仲谋:孙权,字仲谋,三国时吴国君主。东汉建安十三年(208),与刘备联合,大败曹操于赤壁。战后数年,曹操与孙权相拒于濡须(今安徽省芜湖市无为市),见东吴军伍整肃,喟然叹曰:"生子当如孙仲谋。"见《三国志·吴志·孙权传》裴松之注引《吴历》。陆诗此句本黄庭坚《次韵答柳通叟问舍求田之诗》:"但令有妇如康子,安用生儿似仲谋。"

【评析】

首联即以"楚囚""齐优"自比,抒发身心受缚的苦闷与难堪。颔颈二联承接此意,并融入眼前景象:三四以景牵情,悲叹江水长流而英雄已往,天时恒久而人事尽非,一吐心中不平之气;五六情因景伤,万里羁愁,一帆孤影,不胜身世飘零之感。末二句借史事典故,再申伤怀,言当年赤壁已成陈迹,英雄也无须应时而出,以刺偏安一隅、无所作为之政。

秋风亭拜寇莱公遗像

江上秋风宋玉悲①,长官手自葺茅茨②。人生穷达谁能料,蜡泪成堆又一时③。

【题解】

此诗为二首其一。作于乾道六年(1170)十月赴蜀途中,在巴东。《渭南文集》卷四十八《入蜀记》:"(十月二十一日)谒寇莱公祠堂,登秋风亭,下临江山。是日重阴微雪,天气飂飘,复观亭名,使人怅然,始有流落天涯之叹。"秋风亭,在归州巴东县(今属湖北省恩施土家族苗族自治州)。北宋寇準任巴东令时所建。寇莱公,即寇準。字平仲,华州下邽(今陕西省渭南市北)人。太平兴国五年(980)进士,知巴东、成安。真宗景德、天禧年间两度为相,封莱国公。曾促使真宗往澶州督战,抗击辽兵,与辽签订澶渊之盟。后为丁谓倾构,屡贬至雷州司户参军,卒。

【注释】

① 宋玉：战国时楚大夫，辞赋家。东汉王逸称其为屈原弟子，未知所据。曾事顷襄王。主要作品有《九辩》，篇中叙述不得志的悲伤，流露抑郁不满情绪。宋玉悲，《九辩》中有"悲哉秋之为气也，萧瑟兮草木摇落而变衰"句，后借以指文士悲秋。

② 长官：唐宋时称县令为长官。此指寇準。葺：用茅草覆盖房屋。引申为修建房屋。茅茨：茅草盖的屋顶。亦指茅屋。

③ 蜡泪：蜡烛燃烧时滴淌下的液态蜡，形如流泪，故称。蜡泪成堆，指寇準显达后生活奢侈，入夜遍燃蜡烛，不点油灯。北宋欧阳修《归田录》卷上："邓州花蜡烛，名著天下，虽京师不能造，相传云是寇莱公烛法。公尝知邓州，而自少年富贵，不点油灯。尤好夜宴剧饮，虽寝室亦燃烛达旦。每罢官去，后人至官舍，见厕溷间烛泪在地，往往成堆。"

【评析】

诗咏寇莱公，叹其卑微时俭简，而显贵后奢侈，感慨人生穷达虽非天定，然由俭入奢易，由奢入俭难，贤人君子不可不慎之。寓事理于情景，浑成而不见斧凿痕。

寒食

峡云烘日欲成霞①，瀼水生纹浅见沙②。又向蛮方作寒食③，
强持卮酒对梨花④。身如巢燕年年客⑤，心羡游僧处处家⑥。赖
有春风能领略，一生相伴遍天涯。

【题解】

乾道七年(1171)春作，在夔州。寒食，节日名。在清明前一日或二日。参见第299页杜甫《小寒食舟中作》题解。

【注释】

① 峡云：指三峡的云。烘：衬托，渲染。

② 瀼水：又名大瀼水、西瀼水。在夔州治所奉节县（今属重庆市）东。《大明一统志》卷七十《夔州府》："大瀼水，在府城东。自达州万顷池发源，经此流入大江。"参见第287页杜甫《日暮》题解。

③ 蛮方：泛指南方未化之地。《诗·大雅·抑》："用戒戎作，用遏蛮方。"此处以称夔州。

④ 卮酒：犹杯酒。

⑤ 巢燕：家燕为候鸟，秋去春来，筑巢于民屋梁檐上，故称。

⑥ 游僧：游方僧。为修行、化缘而云游四方的和尚。

【评析】

首联绘景，以对起兴。中二联写羁离之状，抒穷独之愁，情深而韵高。以向曾入闽，今复在蜀，故曰"又向蛮方"；"巢燕""游僧"两句正反相衬，寄旅之怀多有不堪。尾联转而上扬，托意于春风，相伴至久远，结得隽永。此与王维《送沈子福归江东》"惟有相思似春色，江南江北送君归"，有异曲同工之妙。赵翼《瓯北诗话》卷六曰："放翁以律诗见长，名章俊句，层见叠出，令人应接不暇。使事必切，属对必工；无意不搜，而不落纤巧；无语不新，而不事涂泽。实古来诗家所未见也。"

山南行

我行山南已三日，如绳大路东西出①。平川沃野望不尽，麦陇青青桑郁郁。地近函秦气俗豪②，秋千蹴鞠分朋曹③。苜蓿连云马蹄健④，杨柳夹道车声高。古来历历兴亡处⑤，举目山川尚如故。将军坛上冷云低⑥，丞相祠前春日暮⑦。国家四纪失中原⑧，师出江淮未易吞⑨。会看金鼓从天下⑩，却用关中作本根⑪。

【题解】

乾道八年（1172）三月作。时陆游去夔州通判任，入四川宣抚使王炎幕府，为干办公事兼检法官，抵兴元府治所南郑（今陕西省汉中市）。山南，古代泛指华山、终南山以南之地。南宋时，为西北边防前线。

【注释】

① 绳:木匠用以测定直线的墨线。引申为直。

② 函秦:泛指长安一带。当时已为金所占。气俗:风气习俗。

③ 秋千:民间传统游戏。参见第437页李商隐《无题》注释⑧。蹴鞠(cùjū):亦作"蹴毱""蹴踘"。古代足球运动。用以练武、娱乐、健身。传说始于黄帝,战国时已流行。汉代盛行于贵族及军队中,民间亦相当普及。唐宋时仍流行,并有所发展,又称"蹴球"。朋曹:犹朋辈。此指分队进行秋千、蹴鞠比赛的队友。

④ 苜蓿:产自西域的豆科植物。可供饲料或肥料。参见第23页王维《送刘司直赴安西》注释④。

⑤ 历历:清晰貌。

⑥ 将军坛:即拜将台。在南郑南城下。相传汉高祖拜韩信为大将,筑此以受命。

⑦ 丞相祠:即诸葛武侯祠。在南郑南城外。有石琴一张,相传为武侯所遗。

⑧ 四纪:十二年为一纪,四纪为四十八年。此诗作于乾道八年(1172),上溯至北宋灭亡的靖康之变(1127)约四十六年。

⑨ 师出句:意谓江淮缺乏地利,从那里出兵不易消灭敌人。江淮,泛指长江、淮河之间地区。

⑩ 会:应当,总会。金鼓:军中所用金属制乐器和鼓,以激励士气。参见第90页李白《塞下曲》注释②。

⑪ 却用:正用。关中:泛指渭河流域一带地区。本根:基地,根据地。《宋史·陆游传》:"王炎宣抚川陕,辟为干办公事。游为炎陈进取之策,以为经略中原必自长安始,取长安必自陇右始,当积粟练兵,有衅则攻,无则守。"

【评析】

兴元府南郑,为南宋西北边防重镇,四川宣抚使司驻地。"府北瞰关中,南蔽巴蜀,东达襄邓,西控秦陇,形势最重。"(顾祖禹《读史方舆纪要》卷五十六《陕西五》)陆游初至山南,便感受到山川控扼之重,以为能偿所愿,一展其志。故作诗文,每见有峥嵘浩气。此诗即写山南形势及恢复策略。沃野农桑、杨柳大路,可为地利之用;函秦气俗、豪健尚武,可为民力之用;而韩信将台、武侯祠庙,更有振奋精神、激励人心之用。于是,自然过渡至后四句议论:收复中原,不宜自江淮出击,而应当攻取关中,以为根据地,则天下必定响应影从。全诗铺排有序,笔势遒劲,其念念不忘国家之心,光耀可鉴。

剑门道中遇微雨

衣上征尘杂酒痕①,远游无处不消魂②。此身合是诗人未③?细雨骑驴入剑门。

【题解】

乾道八年(1172)十一月作。是时,宣抚使王炎召还,幕僚皆四散,陆游改除成都府安抚司参议官,自南郑赴成都途中,过剑门。剑门,即剑门关。唐武则天时置。在宋隆庆府剑门县(今四川省广元市剑阁县)。为关中入蜀必经之地。参见第228页杜甫《剑门》题解。

【注释】

① 征尘:指旅途中所染灰尘。含劳碌辛苦之意。

② 消魂:同"销魂"。谓灵魂离开肉体。形容极度悲愁、欢乐、恐惧等。

③ 合:应该,应当。

【评析】

离开前线,陆游心中刚燃起的希望,又被无情浇灭,情绪自然低落,诗中疲惫、颓伤形象,可见可绘。末二句,联想先辈诗人"骑驴入蜀"留下的篇章,不禁自问:难道此身只该是个诗人?无奈中隐含多少愤激与不甘,可谓感人也深。陈衍云:"剑南七绝,宋人中最占上峰,此首又其最上峰者,直摩唐贤之垒。"(《石遗室诗话》卷二十七)

秋声

人言悲秋难为情,我喜枕上闻秋声。快鹰下韝爪觜健①,壮士抚剑精神生。我亦奋迅起衰病,唾手便有擒胡兴;弦开雁落诗亦成,笔力未饶弓力劲②。五原草枯苜蓿空③,青海萧萧风卷蓬④;草罢捷书重上马⑤,却从銮驾下辽东⑥。

【题解】

淳熙元年(1174)夏作,在崇庆府(今四川省成都市崇州市)通判任上。

【注释】

① 韝(gōu):臂套。用皮制成。架鹰、射箭时缚于两臂束住衣袖以便动作。爪觜:此指鹰的爪和喙。觜,同"嘴"。

② 未饶:犹不让,不亚于。

③ 五原:汉关塞名。又名榆林塞。在五原郡五原县(今内蒙古自治区包头市西北)。苜蓿:自西域传入的一种牧草。参见第23页王维《送刘司直赴安西》注释④。

④ 青海:我国最大咸水湖,在今青海省东北部。参见第86页李白《关山月》注释⑤。

⑤ 捷书:军事捷报。

⑥ 却:正,恰。銮驾:天子的车驾。因天子车驾有銮铃,故称。辽东:指辽河以东地区。今辽宁省东部和南部。

【评析】

此篇虚拟秋声而述怀,以示时刻不忘恢复。前四句由枕上喜闻秋声,联想狩猎、练兵场面,精神振起;中四句放言书生意气,能文能武,多有愤耻自强之慨;后四句进而想象随驾征讨,从五原到青海再到辽东,一路奏凯。全诗两转韵,气调高昂,层进层深。

长歌行

人生不作安期生①,醉入东海骑长鲸。犹当出作李西平②,手枭逆贼清旧京③。金印煌煌未入手④,白发种种来无情⑤。成都古寺卧秋晚⑥,落日偏傍僧窗明。岂其马上破贼手⑦,哦诗长作寒螀鸣⑧?兴来买尽市桥酒⑨,大车磊落堆长瓶⑩。哀丝豪竹助剧饮⑪,如巨野受黄河倾⑫。平时一滴不入口,意气顿使千人惊。国雠未报壮士老,匣中宝剑夜有声。何当凯还宴将士⑬,三更雪压飞狐城⑭。

【题解】

淳熙元年(1174)九月作,在成都寓居多福院。长歌行,乐府平调曲名。《乐府诗集》卷三十《相和歌辞五·平调曲一·长歌行》引《乐府解题》曰:"古辞云'青青园中葵,朝露待日稀',言芳华不久,当努力为乐,无至老大乃伤悲也。"

【注释】

① 安期生:传说中仙人名。秦汉间齐人,一说琅琊阜乡人。尝从河上丈人习黄老术,卖药东海边。秦始皇东巡,与语三日三夜,赐金璧数千万,皆置之阜乡亭而去,留书及赤玉舄一双为报。始皇遣使入海求之,未至蓬莱山,遇风波而还。一说,生平与蒯通友善,尝以策干项羽,未能用。后之道家、方士因谓其为居海上之神仙。事见《史记·乐毅列传》、刘向《列仙传》卷上。

② 李西平:李晟,字良器,唐陇右临洮(今甘肃省甘南藏族自治州临潭县)人。代宗、德宗朝名将。年十八从军,征吐蕃屡立战功,有"万人敌"之称。累迁开府仪同三司兼左金吾卫大将军、泾原四镇北庭都知兵马使,封合川郡王。建中四年(783),泾原兵变,叛军攻陷长安,迎罢镇太尉朱泚为帝,德宗仓皇出逃奉天(今陕西省咸阳市乾县),被围困月余。晟奉诏勤王,拜尚书左仆射、同中书门下平章事、京畿等诸道兵马副元帅。兴元元年(784)五月,击败朱泚,收复长安。拜司徒兼中书令,

领凤翔、陇右节度使及四镇、北庭行营兵马副元帅,改封西平郡王。贞元三年(787)罢兵权。九年,卒。

③ 手枭:亲手斩杀。枭,斩首悬以示众。旧京:此指长安。

④ 金印:古代帝王或高官所用金质印玺。借指官职。煌煌:光彩夺目貌。

⑤ 种种(zhǒng—):头发短少貌。形容老迈。

⑥ 成都古寺:指多福院。陆游去崇庆任之成都,寄寓于此。

⑦ 岂其:犹难道。

⑧ 寒螀(jiāng):寒蝉。

⑨ 市桥:成都府城中七星桥之一。《后汉书·公孙述传》:"述乃悉散金帛,募敢死士五千余人,以配岑于市桥。"李贤注:"市桥,即七星之一桥也。李膺《益州记》曰:'冲星桥,旧市桥也。在今成都县西南四里。'"又,祝穆《方舆胜览》卷五十一《成都府路·成都府》:"七星桥,李冰造,上应七星。李膺《记》:一长星桥,今名万里;二员星桥,今名安乐;三玑星桥,今名建昌;四夷星桥,今名笮桥;五尾星桥,今名禅尼;六冲星桥,今名永平桥;七曲(星)桥,今名升仙。"

⑩ 磊落:众多委积貌。

⑪ 哀丝豪竹:指悲壮的乐声。丝,弦乐器;竹,管乐器。杜甫《醉为马坠诸公携酒相看》诗:"酒肉如山又一时,初筵哀丝动豪竹。"

⑫ 巨野:古地名。汉置山阳郡巨野县(今山东省菏泽市巨野县东北),武帝时黄河决口,在县北形成大野泽。《史记·河渠书》:"元光之中而河决于瓠子,东南注巨野,通于淮、泗。"张守节正义引《括地志》:"郓州巨野县东北大泽是。"

⑬ 凯还(xuán):同"凯旋"。指军队获胜归来。

⑭ 飞狐:即飞狐口。汉隘口名。在代郡西南(今河北省张家口市蔚县宋家庄镇北口村),为古代河北平原进入北方边郡的交通咽喉。参见第564页苏轼《雪浪石》注释③。

【评析】

首四句横空而起,不学仙人遗世独立,要做猛士力挽狂澜,使事托比,有奔雷殷地之势。其后逆折,转向低回:金印未曾入手,白发种种即来,闲置古寺,坐淹岁月。此四句一抑再抑,将壮志难酬的满腹郁闷与牢骚,聊一吐之。然而,沉底忽又提起,一句反诘,问天问人亦问己:难道上马可破贼的好手,就只能吟诗如寒蝉悲鸣?气鼓而忿,积为雄郁。接下六句,买酒剧饮,似乎意态再转消沉,细品则不然,平时一滴不沾,此刻"剧饮",并非借酒消愁,而是胸中垒块须酒浇之,故犹同巨野吞受黄河之倾,何其淋漓酣纵!后四句承此,虽言"国雠未报壮士老",然信念不改,希望仍在:三军将士定当收复中原,凯旋北关,彻夜痛饮狂欢。万千感慨,化作豪情生风,席卷而去。此诗前后相应,起结皆工,中间跌宕起伏,却不失脉理,可谓体格完备。方东树评陆诗常不乏微辞,而以之为"压卷"(《昭昧詹言》卷十二),绝非无见。

春残

　　石镜山前送落晖①,春残回首倍依依。时平壮士无功老②,乡远征人有梦归。苜蓿苗侵官道合,芜菁花入麦畦稀③。倦游自笑摧颓甚④,谁记飞鹰醉打围⑤?

【题解】

　　淳熙三年(1176)二月作,在成都府路安抚司参议官兼四川制置使司参议官任上。

【注释】

　　① 石镜山:即武担山,在成都府华阳县(今四川省成都市)内。《太平寰宇记》卷七十二《剑南西道一·益州·华阳县》:"武担山,在府西北一百二十步,一名武都山。《蜀记》云:'武都山精化为女子,美而艳,蜀王纳为妃。不习水土,欲去,王必留之,作《东平之歌》以悦之。无几,物故,蜀王乃遣五丁于武都山担土为冢,盖地数亩,高七丈。上有一石,厚五寸,径五尺,莹彻,号曰石镜。王见悲悼,遂作《臾邪之歌》《龙归之曲》。'今都内及毗桥侧,有一折石,长丈许,云是五丁担土担也。"

　　② 时平:时世承平。

③ 芜菁：又名"蔓菁"。花黄色，块根肉质，可作菜，俗称大头菜。此句化用唐司空图《独望》诗："绿树连村暗，黄花入麦稀。"

④ 倦游：谓厌倦游宦生涯。摧颓：摧折，衰败。

⑤ 打围：打猎，围猎。

【评析】

古来英雄豪杰，常因久不骑射、髀肉复生而悲，慨叹日月若驰，老之将至而功业不建。此诗亦然。写春残日暮，触景生情，回首平生，兴发人老无功、倦游思归之感。颔联"壮士无功"与"征人有梦"，情味低徊不尽。

病起书怀

病骨支离纱帽宽①，孤臣万里客江干②。位卑未敢忘忧国，事定犹须待阖棺③。天地神灵扶庙社④，京华父老望和銮⑤。出师一表通今古⑥，夜半挑灯更细看。

【题解】

此诗为二首其一。作于淳熙三年（1176）四月，顷以虚名被劾免官，闲居成都。

【注释】

① 支离：憔悴，衰疲。

② 江干(gān)：江边，江岸。

③ 阖棺：犹盖棺。指身故。

④ 庙社：宗庙与社稷。以喻国家。

⑤ 和銮：亦作"和鸾"。古代挂在车上的铃铛。挂于车前横木曰"和"，挂于轭首或车架曰"鸾"。此指皇帝车驾。

⑥ 出师一表：三国蜀相诸葛亮所作《出师表》。传世有前、后两表。前表作于蜀建兴五年（227），后主刘禅在位，亮率军驻汉中，准备北上击

魏,行前上此表,中有"亲贤臣,远小人""北定中原""兴复汉室"等语。后表相传作于次年十一月,陈述伐魏的必要和决心,后人多疑为伪作。故陆游此处只言"出师一表"。

【评析】

免官后又逢病至,身心之衰疲可以想见,然其身可弱,而志意并未因此稍减。"位卑未敢忘忧国,事定犹须待阖棺",为一篇之警策,盖以忠毅盘郁于心,故出语沉雄而有气骨,峻拔而见高致。

大风登城

风从北来不可当,街中横吹人马僵。西家女儿午未妆,帐底炉红愁下床。东家唤客宴画堂①,两行玉指调丝簧②。锦绣四合如垣墙,微风不动金猊香③。我独登城望大荒④,勇欲为国平河湟⑤。才疏志大不自量⑥,西家东家笑我狂。

【题解】

淳熙四年(1177)十一月作,在成都。

【注释】

① 画堂:宫中有彩绘的殿堂。此指华丽的堂舍。

② 丝簧:弦管乐器。

③ 金猊:香炉的一种。炉盖作狻猊形,空腹。焚香时,烟从口出。明陆容《菽园杂记》卷二:"金猊,其形似狮,性好火烟,故立于香炉盖上。"

④ 大荒:荒远之地,边地。

⑤ 河湟:亦作"河隍"。指黄河与湟水之间地区。《新唐书·吐蕃传》:"湟水出蒙谷,抵龙泉与河合。……故世举谓西戎地曰河湟。"唐时本吐谷浑地,为吐蕃所并。北宋时置湟州(治今青海省海东市乐都区南)。后为西夏地,西夏复臣服于金。此处以河湟泛指金所占之地。

⑥ 不自量(liáng)：不能正确评估自己的能力,对自己估计过高。此含自嘲意。

【评析】

首二句既道眼前实事,也暗喻北方侵迫气焰之嚣张。中六句则借西家东家急惰苟且、歌舞宴乐,讽谕南渡君臣不思恢复、偏安逸豫,把光阴消磨在锦绣垣墙、香风丽景之中。后四句转写自己,登城望北,空有报国心愿,自嘲人亦嘲。全诗寓辞托讽,一韵到底,前后对照,孤愤之情足以摇荡人心。

南定楼遇急雨

行遍梁州到益州①,今年又作度泸游②。江山重复争供眼③,风雨纵横乱入楼。人语朱离逢峒獠④,棹歌欸乃下吴舟⑤。天涯住稳归心懒⑥,登览茫然却欲愁。

【题解】

淳熙五年(1178)四月作。时奉诏自成都东归,途经泸州。南定楼,在泸州治所(今四川省泸州市)。《大清一统志》卷三百十一《泸州·古迹》："南定楼,在州治东。宋郡守晁公武建,取诸葛《出师表》中语为名。"

【注释】

① 梁州:唐山南西道梁州(治今陕西省汉中市),南宋为利州东路兴元府。益州:唐剑南道益州(治今四川省成都市),南宋为成都府路成都府。此两处皆借用唐地名。陆游乾道八年(1172)春抵兴元府,以左承议郎权四川宣抚使司干办公事兼检法官;其冬改除成都府安抚司参议官,自南郑至成都。

② 度泸:指渡过泸水。泸水,一名马湖江,为金沙江在叙州(治今四川省宜宾市东北)境的别称。三国蜀诸葛亮《出师表》："故五月渡泸,深入不毛。"

③ 供眼:谓陈列于眼前。

④ 朱离:古代西夷之乐。《诗·小雅·鼓钟》:"以雅以南,以籥不僭。"毛传:"为《雅》为《南》也,舞四夷之乐,大德广所及也。东夷之乐曰《昧》,南夷之乐曰《南》,西夷之乐曰《朱离》,北夷之乐曰《禁》。"此处指当地语音。峒獠(dòngliáo):泛指西南少数民族。

⑤ 棹歌:行船时所唱之歌。欸(ǎi)乃:象声词。摇橹声。

⑥ 住稳:犹居安,安处。

【评析】

陆游自乾道六年(1170)入蜀,至淳熙五年(1178)东归,八年在蜀岁月,困厄失意之日多,发扬蹈厉之时少,"人讥其颓放,因自号放翁"(《宋史·陆游传》)。此诗首联即交代在蜀行踪,平铺而起。中二联写凭栏所闻见,山重水复与风狂雨骤,方音难解与棹歌下吴,皆两两对照,渲染环境与心情。尾联感慨系之,天涯久客,去留两难,此次离蜀又前程未卜,登临四顾,内心正如江上风雨,一片迷茫。情意惓惓而发,收在"欲愁"而倍觉其愁深重。

渔翁

江头渔家结茆庐①,青山当门画不如。江烟淡淡雨疏疏,老翁破浪行捕鱼。恨渠生来不读书②,江山如此一句无。我亦衰迟惭笔力,共对江山三叹息。

【题解】

淳熙五年(1178)四月在合江(今属四川省泸州市)至涪州(今重庆市涪陵区)途中作。

【注释】

① 茆庐:茅屋。茆,同"茅"。

② 渠:他。

【评析】

美景当前,竟不能赞颂一句,人以为笔墨恨事。然三国魏王弼曰:"言者,所以明象,得象而忘言;象者,所以存意,得意而忘象。"(《周易略例·明象》)故而"得意忘象,得象忘言",实乃审美常情,谓运思搦翰之苦,非关读书。此诗以老翁为虚幌,真意却在己之"得象忘言",妙趣存焉。

初发夷陵

雷动江边鼓吹雄①,百滩过尽失途穷②。山平水远苍茫外,地辟天开指顾中③。俊鹘横飞遥掠岸④,大鱼腾出欲凌空。今朝喜处君知否,三丈黄旗舞便风⑤。

【题解】

淳熙五年(1178)五月东归途经夷陵作。夷陵,宋峡州治所(今湖北省宜昌市)。

【注释】

① 雷动:指如雷轰鸣。多形容气势宏大或场面热烈。鼓吹:即鼓吹乐。以鼓、钲、箫、笳等乐器合奏,古代常用于军中和朝廷。此处借指行船鼓乐。

② 途穷:路尽。江水出夷陵峡口,豁然开阔,故云"失途穷"。

③ 指顾:手指目视,指点顾盼。

④ 俊鹘(hú):矫健之鹘。鹘,又名"隼"。鹰类中最小者,飞速,善袭。

⑤ 黄旗:本指战旗。此处借指船旗。便风:顺风。

【评析】

回顾来路,过尽激流险滩;展望江天,豁然壮阔辽远。大凡亲历者,莫不鼓荡意气,驰骋襟怀。入蜀出蜀,期望与失望反复交替,而此时此刻,心中但有一"喜处":闯过千难万险,如今一帆风顺,或见受任疆场、旗开得胜之征兆。首尾二联,即寄寓此意。中二联写夷陵江景,由远及近,从上到下,点染勾画,景象雄阔,生动而有韵致,与全诗旨趣浑然一体。

小雨极凉舟中熟睡至夕

舟中一雨扫飞蝇,半脱纶巾卧翠藤①。清梦初回窗日晚②,数声柔橹下巴陵③。

【题解】

淳熙五年(1178)五月作,在东归途中将至巴陵(今湖南省岳阳市)江上。

【注释】

① 纶(guān)巾:古代用青色丝带做的头巾。一说配有青色丝带的头巾。相传三国蜀诸葛亮在军中服用,故又称诸葛巾。翠藤:此指用青藤编织的椅榻或靠垫。

② 清梦:犹美梦。初回:刚刚从梦中醒来。

③ 柔橹:谓操橹轻摇。亦指船桨轻划之声。

【评析】

放翁七言绝句,有兴象玲珑、句意深婉一类,如此诗。诗写舟中梦醒情景,风调清新而又无迹可寻,上接盛唐之遗响。《唐宋诗醇》卷四十四引卢世㴶云:"只末一句,有多少蕴含在。"

六月十四日宿东林寺

看尽江湖千万峰,不嫌云梦芥吾胸①。戏招西塞山前月②,

来听东林寺里钟。远客岂知今再到,老僧能记昔相逢。虚窗熟睡谁惊觉③?野碓无人夜自春④。

【题解】

淳熙五年(1178)六月东归途经庐山作。东林寺,在江州德化县(今江西省九江市)庐山北麓。《大清一统志》卷二百四十四《九江府·寺观》:"东林寺,在德化县南庐山麓。晋太元九年慧远创建,谢灵运为凿池种莲,号莲社。初为律寺,宋改为禅寺。"

【注释】

① 不嫌句:意谓云梦泽虽广,已不足梗塞吾胸。云梦,古泽薮。汉魏之前所指范围不大,在南郡华容县(今湖北省潜江市西南)。晋以后经学家将云梦泽的范围越说越大,都把洞庭湖包括在内。又借指古代楚地,大致包括整个江汉平原及东、西、北三面部分丘陵,南则至郢都(今湖北省荆州市荆州区)附近江南地。芥,芥蒂,梗塞。司马相如《子虚赋》:"吞若云梦者八九,其于胸中曾不蒂芥。"

② 西塞山:在兴国军大冶县(今湖北省黄石市大冶市)东九十里江滨。清《湖广通志》卷七《山川志》:"西塞山,一名道士洑,高一百六十丈,周三十七里。《土俗编》:'吴、楚旧境也。'《括地志》:'孙策攻黄祖,周瑜破曹操,刘裕攻桓玄,唐曹王皋复淮西,皆(寨)于此。'《江夏风俗记》:'延连江侧,东望偏高,谓之西塞山,对黄石九矶,两山之间如关塞也。'《图经》:'峻崿横江,危峰对岸,长江所以东注,高浪为之飞翻。'"

③ 虚窗:犹开窗。

④ 野碓:此指置于村野溪流边、利用水力春米的工具。

【评析】

起联大气包举,超迈旷达,带动三四笔势,招月来听寺钟,造意新奇,属对工妙,刻露性情。五六转写故人相逢,语意略显甜俗,然结联挽起,静夜野碓自春,惊觉人梦,情与景会,意象融适,而兴趣不绝。

登赏心亭

蜀栈秦关岁月遒①,今年乘兴却东游。全家稳下黄牛峡②,半醉来寻白鹭洲③。黯黯江云瓜步雨④,萧萧木叶石城秋⑤。孤臣老抱忧时意,欲请迁都涕已流⑥。

【题解】

淳熙五年(1178)闰六月东归途经建康作。赏心亭,在建康府江宁县西下水门(今江苏省南京市秦淮区水西门)。《方舆胜览》卷十四《江东路·建康府》:"(赏心亭)下临秦淮,尽观览之盛。丁晋公谓建。尝以周昉所画《袁安卧雪图》张于屏,后太守易去。《续志》又云:'丁始典金陵,陛辞之日,真宗出大幅《袁安卧雪图》,付丁谓曰:"卿到金陵,可选一绝景处张此图。"谓遂张于赏心亭柱上。有苏子瞻题名犹存。'"

【注释】

① 蜀栈:一名阁道。蜀中栈道。三国蜀汉时所建,故称。秦关:秦地关塞。遒:终,尽。

② 黄牛峡:在峡州夷陵西北江峡中。明彭大翼《山堂肆考》卷十六《地理·山》:"黄牛山,在荆州府夷陵州西,即黄牛峡。峭壁间有石,如人负力牵牛状,人黑牛黄。"

③ 白鹭洲:在建康府城西大江中。《方舆胜览》卷十四《江东路·建康府》引《丹阳记》:"(白鹭洲)在江中心。南边新林浦,西边白鹭洲,上多白鹭,故名。"

④ 瓜步:山名。在真州六合县(今江苏省南京市六合区)东南二十里。《渭南文集》卷四十四《入蜀记》:"(七月四日过瓜步山)山蜿蜒蟠伏,临江起小峰,颇巉峻。绝顶有元魏太武庙,庙前大木可三百年。一井已甃,传以为太武所凿,不可知也。太武以宋文帝元嘉二十七年,南侵至瓜步,建康戒严。太武凿瓜步山,为蟠道于其上,设毡庐大会群臣,疑即此地。"

⑤ 石城:即石头城。在建康府上元县(今江苏省南京市鼓楼区)清

凉山上。《元和郡县图志》卷二十五《江南道一·润州·上元县》:"石头城,在县西四里。即楚之金陵城也,吴改为石头城。建安十六年,吴大帝修筑,以贮财宝军器有戍。《吴都赋》云'戎车盈于石城',是也。诸葛亮云:'钟山龙盘,石城虎踞。'言其形之险固也。"

⑥ 欲请迁都句:隆兴元年(1163),孝宗即位,主张恢复,起用张浚为枢密使,都督江淮军马,渡淮北伐,未几兵败符离,将与金订立和议。时陆游为枢密院编修官兼编类圣政所检讨官,上书二府,力主定都建康,以为"天造地设,山川形势,有不可易者"。不采,却因言佞幸招权植党而触怒孝宗,出为建康府通判,旋改隆兴府。参见《宋史·陆游传》。

【评析】

前四句回想出蜀东归行踪,先言"乘兴",犹寄望于召对面陈。五六突转,以凄黯、萧瑟之景,引出吁请迁都旧事,"忧时"伤怀,恸哭流涕不能自已。诗以"兴"衬"忧",而倍增其忧;又借景生情,而愈见其情悲。高步瀛评曰:"意极沉著,词亦健拔,放翁佳构。"(《唐宋诗举要》卷六)

夏夜不寐有赋

急雨初过天宇湿,大星磊落才数十①。饥鹘掠檐飞磔磔②,冷萤堕水光熠熠③。丈夫无成忽老大,箭羽凋零剑锋涩。徘徊欲睡复起行,三更犹凭阑干立④。

【题解】

淳熙六年(1179)六月在建安(今福建省南平市建瓯市)作。上年秋抵都城临安(今浙江省杭州市),召对,除提举福建路常平茶事;冬赴闽任,抵建安。

【注释】

① 磊落:错落明亮貌。

② 鹘:隼。参见第636页《初发夷陵》注释④。磔磔(zhé—):象声

词。鸟鸣声。

③ 熠熠(yì)：闪烁貌。

④ 凭：倚靠。阑干：栏杆。

【评析】

前半写夏夜景象，因类取裁，以营造沉闷而幽黯气氛。后半抒丈夫穷途之慨，正所谓以一筹莫展之身，存一饭不忘之念。通首景为情设，情依景发，故能摹写真切，感人弥深。

小园

小园烟草接邻家①，桑柘阴阴一径斜②。卧读陶诗未终卷③，又乘微雨去锄瓜。

【题解】

此诗为四首其一。作于淳熙八年(1181)四月，在山阴。六年秋，奉诏离建安任，改除朝请郎提举江南西路常平茶盐公事，十二月抵抚州临川(今江西省抚州市)；七年十一月，命诣行在所，途中为人所劾，获奉祠。八年三月，除提举淮南东路常平茶盐公事，为臣僚以"不自检饬，所为多越于规矩"论罢，归乡。

【注释】

① 烟草：烟雾笼罩的草丛。亦泛指蔓草。

② 桑柘(zhè)：桑木和柘木。其叶皆可喂蚕。阴阴：幽深貌。

③ 陶诗：指陶渊明田园诗。

【评析】

诗写田园趣味，颇工妙。然志士不忘复仇，退避非其本意，只因逸言铄金销骨，无奈学陶以求闲适。《小园》其四即云："少年壮气吞残虏，晚觉丘樊乐事多。骏马宝刀俱一梦，夕阳闲和《饭牛歌》。"虽觉田园有乐事，依然旧梦未去，渴望用世而歌《饭牛》。

病起

山村病起帽围宽,春尽江南尚薄寒。志士凄凉闲处老①,名花零落雨中看。断香漠漠便支枕②,芳草离离悔倚阑③。收拾吟笺停酒碗④,年来触事动忧端⑤。

【题解】

淳熙十二年(1185)春作,在山阴。

【注释】

① 闲处(chù):指僻静之处。与下句"雨中"相对。

② 断香:一阵阵的香气。漠漠:迷蒙貌。便:适宜。支枕:从枕上支起身子。

③ 离离:浓密貌。倚阑:亦作"倚栏"。倚靠栏杆。此句"芳草"意象,在古诗中常象征愁绪,"芳草离离"亦即愁思无尽,故言"悔倚阑"。

④ 吟笺:诗稿。

⑤ 年来句:所涉时事,指淳熙十一年(1184)春,金世宗率诸王及众官离燕京(今北京市),北幸上京会宁府(今黑龙江省哈尔滨市阿城区白城村),命太子守国。自夏至秋,因金主久未还都,有传言其政乱,陆游作有《闻虏酋遁归漠北》《闻虏政衰乱扫荡有期喜成口号》诸诗,精神颇振,后乃知为浮言讹传。翌年九月,金世宗还都,历一年七个月。忧端,愁绪。

【评析】

此诗可与《病起书怀》相参照,两者皆为闲居病起、深怀忧愤而作,然其情兴表达却有明显不同。写《病起书怀》时尚在蜀中,壮志未减,希望犹存,故语多慷慨之气,格调激昂。而作此诗已奉祠归田,历尽劫波偏遭弃置,举目所见,触事所感,莫不萧索凄凉,引动无限闲愁。故诗中"志士"形象,忧咏沉吟,又有意气消磨一面。

书愤

早岁那知世事艰①,中原北望气如山。楼船夜雪瓜洲渡②,铁马秋风大散关③。塞上长城空自许④,镜中衰鬓已先斑。出师一表真名世⑤,千载谁堪伯仲间⑥!

【题解】

淳熙十三年(1186)春作,在山阴。

【注释】

① 那知:哪里知道。表示否定。那,同"哪"。
② 楼船:战船。古代多把有楼的大船用于作战。瓜洲:瓜洲镇。在今江苏省扬州市邗江区。参见第501页王安石《泊船瓜洲》题解。隆兴二年(1164)闰十一月,陆游在镇江通判任,与韩元吉等踏雪登焦山,置酒上方,望见风樯战舰,慨然尽醉。其时金兵已渡淮,楚州(治今江苏省淮安市淮安区)失陷,江防紧张,瓜洲渡正与镇江隔江相望。
③ 铁马:配有铁甲的战马。亦代指雄师劲旅。大散关:亦称"散关"。在宋凤州梁泉县(今陕西省宝鸡市凤县凤州镇)东北、金凤翔府宝鸡县(今宝鸡市)西南大散岭上。自古为关中进入西南交通要塞,南宋与金西部以此交界。乾道八年(1172)三月,陆游入南郑四川宣抚使王炎幕府,曾亲临散关前线。
④ 塞上句:意谓如今只能徒劳地用塞上长城期许自己。长城,本指边防上的长城。古人常以此喻指可资倚重的人或英雄。《宋书·檀道济传》:"初,道济见收,脱帻投地曰:'乃复坏汝万里之长城。'"自许,自夸,自我评价。
⑤ 出师一表:诸葛亮《出师表》。参见第632页《病起书怀》注释⑥。名世:名显于世。
⑥ 伯仲:原指兄弟。比喻事物不相上下,可以相提并论。

【评析】

前四句追怀早岁往事,一心只在恢复;颔联天然偶对,概括东西两地军民抗金事功,雄浑悲壮。后四句转而痛惜赍志未伸,空自期许,衰鬓先斑;然老骥伏枥,效法诸葛"北定中原"之心,终始不移。诗中处处有愤,而又不着一"愤"字,气骨铮然。方东树《昭昧詹言》卷二十云:"志在立功,而有才不遇,奄忽就衰,故思之而有愤也。妙在三四句兼写景象,声色动人,否则近于枯竭。"亦是一说。

临安春雨初霁

世味年来薄似纱①,谁令骑马客京华②。小楼一夜听春雨,深巷明朝卖杏花。矮纸斜行闲作草③,晴窗细乳戏分茶④。素衣莫起风尘叹⑤,犹及清明可到家。

【题解】

淳熙十三年(1186)春作。时除朝请大夫知严州(治今浙江省杭州市建德市梅城镇),赴都,馆于西湖。《宋史·陆游传》:"起知严州,过阙陛辞,上谕曰:'严陵,山水胜处,职事之暇,可以赋咏自适。'"

【注释】

① 世味:人世滋味,社会人情。

② 京华:京城美称。因京城是文物、人才汇集之地,故称。此指南宋都城临安。

③ 矮纸:短纸。斜行:倾斜的行列。草:草书。《墨薮》卷二记东汉草书大家张芝,"下笔为楷则,常曰'匆匆不暇草书'"。意谓草书有讲究,不可轻易而为。陆游反其意,故云"闲作草"。

④ 细乳:茶中精品。分茶:宋人煎茶之法。注汤后用箸搅茶乳,使汤水波纹呈现各种图案。

⑤ 素衣:泛指白色衣服。亦喻清白操守。风尘:指辛苦劳顿的行旅,或纷扰、浑浊的尘世、官场等。西晋陆机《为顾彦先赠妇》诗有"京洛

多风尘,素衣化为缁"句,意谓京城风气污浊,居久会玷染纯洁品质。陆游须待是年七月赴严州任,故言"素衣"不会被染,清明即可返家。

【评析】

此诗颔联为传世名句,清丽圆润,追步唐音。前人写风雨与春花,能臻于妙境者,如唐孟浩然《春晓》"夜来风雨声,花落知多少",来鹏《寒食山馆书情》"侵阶草色连朝雨,满地梨花昨夜风",宋陈与义《怀天经智老因访之》"客子光阴诗卷里,杏花消息雨声中"等,表达惜春情思,皆余味无尽。然明清以来,诗评中多指放翁此联与全篇不称,五六凑泊,七八亦生吞。李调元《雨村诗话》卷下云:"陆放翁诗,以'小楼一夜听春雨,深巷明朝卖杏花'得名,其余七律名句辐辏大类此,而起讫多不相称。人以先生先得好句后足成之,情理或然。"是可视作陆诗一病。

夜登千峰榭

夷甫诸人骨作尘①,至今黄屋尚东巡②。度兵大岘非无策③,收泣新亭要有人④。薄酿不浇胸垒块⑤,壮图空负胆轮囷⑥。危楼插斗山衔月⑦,徙倚长歌一怆神⑧。

【题解】

淳熙十四年(1187)春作,在严州任所。千峰榭,在州治北。《淳熙严州图经》卷一:"千峰榭,州宅北偏东,跨子城上。自唐有之,久废。景祐初,范文正(仲淹)公即旧基重建,经方腊之乱不存。后人重建,易名泠风台。绍兴二年,知州潘良贵复旧名。绍兴八年,知州董弅即千峰榭之南建高风堂。"

【注释】

① 夷甫:王衍,字夷甫,西晋琅邪临沂(今山东省临沂市北)人。喜谈老庄,所论义理,随时更改,时人称为"口中雌黄"。历任中书令、尚书令、司徒、司空、太尉等职。时八王混战,匈奴乘机举兵,衍为宰辅,却

专谋自保。司马越死,众人推举衍为元帅,衍惧战而不敢担当。永嘉五年(311),兵败,为石勒所俘,劝勒称帝,以图苟活,为勒所杀。《晋书·王衍传》:"衍将死,顾而言曰:'呜呼!吾曹虽不如古人,向若不祖尚浮虚,戮力以匡天下,犹可不至今日。"又《世说新语·轻诋》:"桓公入洛过淮泗,践北境,与诸僚属登平乘楼,眺瞩中原,慨然曰:'遂使神州陆沉,百年丘墟,王夷甫诸人不得不任其责。'"后以"夷甫诸人"指尚清谈而无担当之辈。

② 黄屋:帝王专用的黄缯车盖。代指帝王。东巡:古代谓天子巡视东方。此处指宋室南渡,如同晋室过江东迁。

③ 度(duó)兵:谋划军事。大岘(xiàn):山名。即穆陵关,为齐地天险。在今山东省潍坊市临朐县蒋峪镇东南。义熙四年(408)三月,东晋刘裕攻南燕慕容超,南燕大将公孙五楼谓宜断据大岘,坚壁清野,以绝晋军之资,超不从。裕率晋军入岘,举手指天曰:"吾事济矣。"明年二月,灭南燕。见《宋书·武帝纪上》。

④ 新亭:古亭名。在建康城西南,近江渚。《世说新语·言语》:"过江诸人,每至美日,辄相邀新亭,藉卉饮宴。周侯(颛)中坐而叹曰:'风景不殊,正自有山河之异。'皆相视流泪。唯王丞相(导)愀然变色曰:'当共勠力王室,克复神州,何至作楚囚相对!'"后常以"新亭泪""新亭泣"指怀念故国或忧国伤时的悲愤心情。

⑤ 薄酿:淡酒。垒块:谓心中郁结的不平之气。据《世说新语·任诞》,"王孝伯问王大:'阮籍何如司马相如?'王大曰:'阮籍胸中垒块,故须酒浇之。'"

⑥ 壮图:壮志,宏伟意图。轮囷(qūn):硕大貌。"胆轮囷",犹言赤胆忠肝。唐韩愈《赠别元十八协律》其四诗:"穷途致感激,肝胆还轮囷。"

⑦ 危楼:高楼。插斗:插入星斗。斗,泛指天上星星,亦特指北斗星。

⑧ 徙倚:犹徘徊,逡巡。怆神:伤心。

【评析】

登临感怀,落笔不在区区景物。前半咏史,慨叹西晋、南燕兴亡,归咎崇尚虚谈与刚愎自用,以是为误国之由,借古讽今。后半抒情,言己胸中垒块难吐,空有一片肝胆,只能仰天长歌,徘徊伤悲。方东树《昭昧詹言》卷二十评曰:"沉雄苍莽,俯仰悲歌。"实为放翁出色之作。

东关

烟水苍茫西复东,扁舟又系柳阴中①。三更酒醒残灯在,卧听萧萧雨打篷②。

【题解】

此诗为二首其二。作于绍熙二年(1191)夏,在山阴。淳熙十五年(1188)秋,严州任满归,除军器少监,入都。明年,光宗即位,除朝议大夫、礼部郎中兼实录院检讨官,未几被劾,罢归故里。东关,在绍兴府会稽县(今浙江省绍兴市)东六十里。陆游《老学庵笔记》卷六:"会稽镜湖之东,地名东关,有天花寺。"

【注释】

① 扁舟:小船。《史记·货殖列传》:"(范蠡)乃乘扁舟浮于江湖。"
② 萧萧:象声词。常形容马叫声、风雨声、流水声、草木摇落声、乐声等。此句本苏轼《书双竹湛师房》其二:"白灰旋拨通红火,卧听萧萧雨打窗。"

【评析】

赋景清隽悠远,而情寄其间,颇多韵致。玩此诗意境,较东坡"卧听萧萧雨打窗"诗有过之而无不及。陈衍《剑南摘句图》案:"剑南最工七言律、七言绝句。略分三种:雄健者不空,隽异者不涩,新颖者不纤。"(《宋诗精华录》卷三)甚是。

秋晚思梁益旧游

忆昔西行万里余,长亭夜夜梦归吴①。如今历尽风波恶,飞栈连云是坦途②。

【题解】

此诗为三首其二。作于绍熙二年(1191)秋,在山阴。梁益,唐梁州和益州,即宋兴元府(治南郑)、成都府(治成都)。

【注释】

① 长亭:古代设于城外大道旁,供行人休憩或送行饯别的处所。有长亭、短亭。参见第468页李商隐《板桥晓别》注释②。

② 飞栈连云:即连云栈。关中通往蜀汉长栈道。《大清一统志》卷一百八十六:"连云栈,在褒城县东。《战国策》:'秦栈道千里,通于蜀汉。'《史记》:'汉王之国,张良送至褒中,因说汉王烧绝栈道。'……《舆程记》:'陕西栈道,长四百二十里。自凤县东北草凉驿,为入栈道之始,南至褒城之开山驿,路始平,为出栈道之始。'"参见第66页李白《蜀道难》注释④。

【评析】

昔在蜀梦吴,今在吴思蜀,前后交互比照,今尤不堪。而以西行万里正衬历尽风波,又以世事风波险恶反衬连云栈犹如坦途,含蕴多少人生况味,至深至切。陈衍以为,宋诗人工于七言绝句,而能不袭用唐人旧调者,放翁居首,其妙在"浅意深一层说,直意曲一层说,正意反一层、侧一层说"(《石遗室诗话》卷十六)。此论最为的当。

冬夜读书忽闻鸡唱

龌龊常谈笑老生①,丈夫失意合躬耕②。天涯怀友月千里,灯下读书鸡一鸣。事去大床空独卧③,时来竖子或成名④。春芜何限英雄骨⑤,白发萧萧未用惊⑥。

【题解】

绍熙二年(1191)冬作,在山阴。

【注释】

① 龊龊:器量局促狭小。此句倒装,谓笑龊龊老生常谈。老生常谈,据《三国志·魏志·管辂传》,"飔曰:'此老生之常谭。'辂答曰:'夫老生者见不生,常谭者见不谭。'"《世说新语·规箴》作"常谈"。原指年老书生的平凡议论,后泛指讲惯了的老话。此处陆游自嘲,因多说"恢复中原"之类老话。

② 合:应该,应当。躬耕:亲身从事农业生产。

③ 大床:用东汉末陈登事。《三国志·魏志·陈登传》:"陈登者,字元龙,在广陵有威名。又掎角吕布有功,加伏波将军。年三十九卒。后许汜与刘备并在荆州牧刘表坐,表与备共论天下人。汜曰:'陈元龙湖海之士,豪气不除。'……备问汜:'君言豪,宁有事邪?'汜曰:'昔遭乱过下邳,见元龙。元龙无客主之意,久不相与语,自上大床卧,使客卧下床。'备曰:'君有国士之名,今天下大乱,帝主失所,望君忧国忘家,有救世之意,而君求田问舍,言无可采,是元龙所讳也。何缘当与君语?如小人,欲卧百尺楼上,卧君于地,何但上下床之间邪?'"此处陆游自比陈登,谓不与偏安谋私者同声共气。

④ 竖子:犹小子。对人的鄙称。竖子成名,《晋书·阮籍传》:"(籍)尝登广武,观楚、汉战处,叹曰:'时无英雄,使竖子成名。'"后指无能者侥幸得以成名。

⑤ 春芜句:意谓茂密春草掩盖了多少英雄白骨。春芜,浓密春草。何限,多少,几何。

⑥ 萧萧:稀疏貌。

【评析】

诗以自嘲起,因多言恢复而屡遭讥笑毁谗,最终罢归故里,躬耕不复出。继写冬夜读书,妙发议论,亦可概见其情性。独卧大床,以示不再与"竖子"一类人物同声共气,愤激中含决绝意。从前志盛气锐,一时为孤傲退转所代,故以宽解语收结:英雄已往,岁月不惊,有世事成空之慨。同时期所作,如《山家》"明窗睡起浑无事,篝火风炉自试茶",《山园》"万事已抛孤枕外,一尊常醉乱花中",《戏咏村居》"陈蕃壮志消磨尽,一室从今却扫除",《自咏》"万事不挂眼,终年常避人"等,皆此类。

秋夜将晓出篱门迎凉有感

三万里河东入海①,五千仞岳上摩天②。遗民泪尽胡尘里③,南望王师又一年④。

【题解】

此诗为二首其二。作于绍熙三年(1192)秋,在山阴。

【注释】

① 三万里河:指黄河。
② 五千仞(rèn)岳:指华山。黄河、华山两地皆为金所占。摩天:迫近天空。形容极高。
③ 遗民:亡国之民。沦陷区人民。胡尘:胡地沙尘。借指胡人军事统治。
④ 王师:天子军队,王朝军队。

【评析】

前二句劈空而起,气象庄严。然山河愈是雄伟壮丽,则愈增失地之忿怨。后二句极写遗民苦望,着一"又"字,暗咎朝廷坐视之过,无比苍凉沉痛。放翁归田后,虽有退意,不复论兵,而"北定中原"之念,已然深入骨髓,犹耿耿难以忘怀。

十一月四日风雨大作

僵卧孤村不自哀①,尚思为国戍轮台②。夜阑卧听风吹雨,铁马冰河入梦来③。

【题解】

此诗为二首其二。作于绍熙三年(1192)冬,在山阴。

【注释】

① 僵卧:躺卧不起。

② 轮台:本西域仑头(或轮台)国(今新疆维吾尔自治区巴音郭楞蒙古自治州轮台县东南)。汉武帝时,为李广利所灭,置使者校尉,驻军屯田,隶西域都护府。此处泛指边塞。

③ 铁马冰河:喻疆场驰骋。铁马,参见第643页《书愤》注释③。

【评析】

偃蹇贫病而不自哀,犹思为国驰驱,正所谓"中心藏之,何日忘之"(《诗·小雅·隰桑》)。后二句因闻风雨,触景兴词,不直言梦到"铁马冰河",折转一层而言"入梦来",气势见壮,结意更觉深厚。赵翼评放翁古今体诗云:"每结处必有兴会,有意味,绝无鼓衰力竭之态。"(《瓯北诗话》卷六)此诗亦然。

溪上作

伛偻溪头白发翁①,暮年心事一枝筇②。山衔落日青横野,鸦起平沙黑蔽空。天下可忧非一事,书生无地效孤忠③。《东山》《七月》犹关念④,未忍沉浮酒盏中⑤。

【题解】

此诗为二首其二。作于绍熙四年(1193)冬,在山阴。

【注释】

① 伛偻(yǔlǚ):驼背。

② 筇(qióng):筇竹。宜作杖,故可代指手杖。

③ 孤忠:忠贞自持、不求人体察的节操。

④《东山》《七月》:皆《诗·豳风》篇名。《东山》:"我徂东山,慆慆不归。"朱熹集传:"东山,所征之地也。"后因以代指远征之地。《七月》,《国风》中第一长篇,写周民终年辛劳而不得温饱的苦况,为伤时之作。

⑤ 酒盏:小酒杯。

【评析】

起联写暮年本无心事,合当挂杖溪头林下,颐养天年。其实不然,颔联以萧瑟之景一转,后四句即直抒心中所忧。天下纷扰,书生却无效忠之地;军国大政、民生疾苦时时萦绕心头,又何忍在酒盏中消磨光阴。声情悲楚,真朴感人,其忧国爱民之心,于此可见。

初夏行平水道中

老去人间乐事稀,一年容易又春归。市桥压担莼丝滑①,村店堆盘豆荚肥②。傍水风林莺语语,满原烟草蝶飞飞。郊行已觉侵微暑③,小立桐阴换夹衣④。

【题解】

庆元元年(1195)春作,在山阴。平水,在会稽县东。宋《会稽志》卷十《水》:"平水,在县东二十五里。镜湖所受三十六源水,平水其一也。……水南有村、市、桥、渡,皆以平水名。"

【注释】

① 莼丝:莼菜。多年生水草。嫩叶可作羹汤。

② 豆荚:豆类荚果。如豌豆、蚕豆等。

③ 侵:临近,接近。

④ 小立:暂时立住。桐阴:梧桐树阴。

【评析】

春夏之交水乡风物,写来别具生态,清新可画。结句小立桐阴换衣,情味天真,实属老中一乐,反扣起句"乐事稀",浑然兜转。故读放翁诗,于悲愤忧戚、铁马关河之外,犹见一段活泼机趣。

秋夜纪怀

北斗垂莽苍①,明河浮太清②。风林一叶下,露草百虫鸣。病入新凉减③,诗从半睡成。还思散关路④,炬火驿前迎⑤。

【题解】

此诗为三首其三。作于庆元二年(1196)秋,在山阴。

【注释】

① 莽苍:空旷无际貌。
② 明河:天河,银河。太清:天空。
③ 新凉:指初秋凉爽天气。此句谓病情随着天气转凉而见好。
④ 散关:即大散关。参见第643页《书愤》注释③。
⑤ 驿:驿站。陆游于乾道八年(1172)十月自阆中还南郑时,作《嘉川铺得檄遂行中夜次小柏》诗,有"驿近先看炬火迎"句。此处即指当时小柏驿。

【评析】

首联起势清旷高古,笼罩全篇。中四句摹状秋色秋意,雅淡工切而不失自然。尾联追怀蜀中点滴,也是相近时候,一炬远迎,宛如心中希望之火,念念不去,结得深远。

书愤

镜里流年两鬓残①,寸心自许尚如丹。衰迟罢试戎衣窄②,悲愤犹争宝剑寒。远戍十年临的博③,壮图万里战皋兰④。关河自古无穷事⑤,谁料如今袖手看⑥!

【题解】

此诗为二首其二。作于庆元三年(1197)春,在山阴。

【注释】

① 流年：如水流逝的光阴、年华。
② 戎衣：军服，战衣。
③ 的博：山名。在南宋成都府路威州（治今四川省阿坝藏族自治州理县薛城镇）东南，近吐蕃界。此处借指西部边境。
④ 壮图：宏伟意图。皋兰：山名。在金临洮路兰州（今甘肃省兰州市）城南。此处借指金国。
⑤ 关河：泛指关山河川。
⑥ 袖手：双手藏于衣袖中。表示闲逸或无所事事。

【评析】

陆游作此诗时，年已七十有三，虽言壮心未老，犹欲试戎衣，仗剑相薄，然毕竟鬓残体衰，力有不逮。而回忆当年远戍，疆场驰骋，报国素志又终生难释。结二句至为沉痛，含孤臣泣血之悲。前四句抑扬交替，后四句先扬后抑，即高步瀛所云"沉郁激宕"（《唐宋诗举要》卷六）。

沈园二首

城上斜阳画角哀①，沈园非复旧池台。伤心桥下春波绿，曾是惊鸿照影来②。

又

梦断香消四十年，沈园柳老不吹绵③。此身行作稽山土④，犹吊遗踪一泫然⑤。

【题解】

此二首作于庆元五年（1199）春，在山阴。沈园，在绍兴府禹迹寺南。据宋《会稽志》卷七，禹迹寺在绍兴府东南四里许。东晋义熙十二年（416），骠骑将军郭伟舍宅置寺，名"觉嗣"。唐会昌五年（845）废。大中五年（851），僧契真复开此寺并置禅院，诏赐"大中禹迹寺"。其南有沈氏园,南宋时池台极盛。沈园与陆游及前妻事有关:绍兴十四年(1144),游二十岁,娶唐氏,伉俪相得,然不当母夫人意。未及三年,迫于母命,与唐氏仳离,另娶王氏。二十五年,游三十一岁,春日出游,与唐氏相遇于沈氏园,游赋《钗头凤》词题于壁间,词意极哀怨痛切,云:"红酥手,黄縢酒,满城春色宫墙柳。东风恶,欢情薄,一怀愁绪,几年离索。错!错!错! 春如旧,人空瘦,泪痕红浥鲛绡透。桃花落,闲池阁,山盟虽在,锦书难托。莫!莫!莫!"唐氏未久怏怏离世。此为游一生之伤痛,多有诗记之。而涉及沈园者,为绍熙三年(1192)秋,游六十八岁,作《禹迹寺南有沈氏小园四十年前尝题小阕壁间偶复一到而园已易主刻小阕于石读之怅然》诗:"枫叶初丹槲叶黄,河阳愁鬓怯新霜。林亭感旧空回首,泉路凭谁说断肠。坏壁醉题尘漠漠,断云幽梦事茫茫。年来妄念消除尽,回向禅龛一炷香。"又,七十五岁,作此《沈园》诗二首。又,开禧元年(1205)冬,八十一岁,作《十二月二日夜梦游沈氏园亭》诗二首:"路近城南已怕行,沈家园里更伤情。香穿客袖梅花在,绿蘸寺桥春水生。""城南小陌又逢春,只见梅花不见人。玉骨久成泉下土,墨痕犹锁壁间尘。"

【注释】

① 画角:古代军乐器。参见第 236 页杜甫《野老》注释⑦。

② 惊鸿:惊飞的鸿雁。三国魏曹植《洛神赋》:"翩若惊鸿,婉若游龙。"后借指体态轻盈的美女或旧爱。

③ 吹绵:飞絮。绵,柳絮。

④ 稽山:会稽山。在山阴县东南十里。

⑤ 遗踪:遗迹。过去人或物遗留下的痕迹。泫然:流泪貌。亦指流泪。

【评析】

第一首回想沈园相逢,以池台不复旧观,映衬"惊鸿照影"之刻骨铭心,声色凄丽而哀婉。第二首写忠贞之怀,草木无情而人老终不忘情,两相比照,益增伤悲之意。陈衍《宋诗精华录》卷三评曰:"无此绝等伤心之事,亦无此绝等伤心之诗。就百年论,谁愿有此事;就千秋论,不可无此诗。"

西村

乱山深处小桃源①,往岁求浆忆叩门②。高柳簇桥初转马③,数家临水自成村。茂林风送幽禽语④,坏壁苔侵醉墨痕⑤。一首清诗记今夕⑥,细云新月耿黄昏⑦。

【题解】

嘉泰元年(1201)夏作,在山阴。

【注释】

① 小桃源:此处借指西村。
② 浆:古代一种微酸饮料。
③ 转马:勒转马头。
④ 幽禽:鸣声幽雅的禽鸟。
⑤ 醉墨:谓醉中所作诗画。
⑥ 清诗:清新的诗篇。
⑦ 耿:发光照耀。

【评析】

往游西村,不掩慕陶之心。颔联正如"山重水复疑无路,柳暗花明又一村",皆步《桃花源记》中"豁然开朗"之境,从容有余味。后四句闲听幽观,诗材清新而别有风调。方东树评曰:"情景交融,清空如绘,佳制也。"(《昭昧詹言》卷二十)

柳桥晚眺

小浦闻鱼跃,横林待鹤归①。闲云不成雨②,故傍碧山飞。

【题解】

嘉泰元年(1201)秋作,在山阴。柳桥,据清《浙江通志》卷三十六

《关梁四·绍兴府》,"柳桥,《绍兴府志》:'在府东南三里。'"

【注释】

① 横林:犹平林。
② 闲云:悠然飘浮的云。

【评析】

五言小诗,片时感兴,妙手偶得,浑然成章。前二动静相因,铺垫"闲云"悠然而飞,似对青山含有无限深情。《唐宋诗醇》卷四十七曰:"有手挥目送之趣。"

枕上作

一室幽幽梦不成①,高城传漏过三更②。孤灯无焰穴鼠出,枯叶有声邻犬行。壮日自期如孟博③,残年但欲慕初平④。不然短楫弃家去⑤,万顷松江看月明⑥。

【题解】

开禧元年(1205)秋作,在山阴。

【注释】

① 幽幽:寂静貌。
② 传漏:报时。古以壶漏计时,故称。三更:指半夜十一时至翌晨一时。参见第30页王维《秋夜独坐》注释①。
③ 壮日:壮年之时。孟博:范滂,字孟博,东汉汝南征羌(今河南省漯河市召陵区东)人。少厉清节,举孝廉。任清诏使,迁光禄勋主事。按察郡县不法官吏,举劾权豪。后陷党锢之狱,诏捕滂,遂自往投案,死狱中。《后汉书·党锢传·范滂》:"时冀州饥荒,盗贼群起,乃以滂为清诏使,案察之。滂登车揽辔,慨然有澄清天下之志。"后以"揽辔澄清"谓生于乱世而有革新政治、安定天下之抱负。
④ 初平:皇初平,传说中东晋仙人。据葛洪《神仙传》卷二,皇初平

者,丹溪人也。年十五,而家使牧羊。有道士见其良谨,使将至金华山石室中,四十余年,不复念家。后其兄初起往山中寻之,见初平能叱石成羊,亦就学,共服松脂、茯苓,俱得道成仙。兄弟易姓为赤,初平改字为赤松子,初起改字为鲁班。其后传服此药而得仙者,有数十人。

⑤ 短楫:短桨。亦指代小船。

⑥ 松江:吴淞江的古称。又名"笠泽""松陵江"。顾祖禹《读史方舆纪要》卷十九《南直一·三江》:"三江,皆太湖之委流也。一曰松江,一曰娄江,一曰东江。"此处泛指江湖。

【评析】

前四写梦寐不成情景,室内室外,报时更鼓与鼠出犬行之声,声声在耳,更显夜之静寂。后四写不寐之缘由,回首平生,"揽辔澄清"之志不伸,修道成仙之路难为,真不如超然世外,泛舟江湖。语虽超脱,实则含无穷愤激与悲辛,见于言外。《剑南诗稿》中,诗题涉"枕上"者有近五十首,盖因胸中不平之气多,悲愤难抑,故常于枕上辗转反侧,发而为歌咏,以穷诗人之积志而已。

示儿

死去元知万事空①,但悲不见九州同②。王师北定中原日,家祭无忘告乃翁③。

【题解】

此诗作于嘉定二年(1209)冬十二月,在山阴。为陆游绝笔之诗。据《山阴陆氏族谱》:"宁宗嘉定二年己巳十二月二十九日卒,年八十五。(与令人)合葬五云乡卢家岙。"是年十二月月小,二十九日为除夕,公历为1210年1月26日。

【注释】

① 元:本来,向来,原来。

② 九州:古分中国为九州。《书·禹贡》作冀、兖、青、徐、扬、荆、豫、梁、雍;《尔雅·释地》有幽、营而无青、梁;《周礼·夏官·职方》有幽、并而无徐、梁。后以"九州"泛指全中国或天下。

③ 家祭:家中祭祀祖先。乃翁:你的父亲。《汉书·项籍传》:"吾翁即汝翁,必欲亨乃翁,幸分我一杯羹。"颜师古注:"翁,谓父也。"又曰:"乃,亦汝也。"

【评析】

靖康之变,磁州知州宗泽,以副元帅从康王起兵,南下救援京师,招降盗寇协同防御,联结各路义兵,用岳飞为将,转战黄河南北,屡挫金兵。坚守开封时,前后请高宗还京二十余奏,每为议和派所阻,忧愤成疾。据《宋史·宗泽传》,"诸将入问疾,泽矍然曰:'吾以二帝蒙尘,积愤至此。汝等能歼敌,则我死无恨。'众皆流涕,曰:'敢不尽力!'诸将出,泽叹曰:'出师未捷身先死,长使英雄泪满襟。'翌日,风雨昼晦,泽无一语及家事,但呼'过河'者三而薨,都人号恸"。陆游此诗,直抒胸臆,悲壮沉痛,其至死不忘恢复,诚如徐伯龄所言:"较之宗泽'三跃渡河'之心,何以异哉!"(《蟫精隽》卷十五)据钱锺书《宋诗选注》云,"陆游死后二十四年宋和蒙古会师灭金,刘克庄《后村大全集》卷十一《端嘉杂诗》第四首就说:'不及生前见虏亡,放翁易箦愤堂堂;遥知小陆羞时荐,定告王师入洛阳。'陆游死后六十六年元师灭宋,林景熙《霁山先生集》卷三《书陆放翁诗卷后》又说:'青山一发愁濛濛,干戈况满天南东。来孙却见九州同,家祭如何告乃翁?'"钱仲联《剑南诗稿校注》卷八十五按:"《山阴陆氏族谱》载,游孙元廷(子修之子)祥兴二年闻厓山之变,忧愤而卒;曾孙传义(子龙之孙)祥兴二年闻厓山之变,忧愤数日,不食而卒;玄孙天骐(子龙之曾孙)祥兴二年于厓山蹈海殉国;玄孙天骥(子龙之曾孙)宋亡后杜门不仕;来孙世和、世荣(俱子龙之玄孙)拒绝元朝征辟。此皆不负游爱国之诗教者。"

后　记

　　起意编撰这部诗选,是二十多年以前的事了。记得当时正协助陈伯海、蒋哲伦两位先生,从事"中国诗学史"课题的研究,我所承担的"隋唐五代卷"业已完稿。在一次闲聊中,我向陈先生提及,唐宋诗歌如此发达,却不像散文那样有"唐宋八大家"之称,是否应该编一本"大家"诗选,以便今人更好地学习和研究古典文学,亦即严羽所谓"入门须正,立志须高"的意思。先生肯定了这个想法,还与我一起讨论具体的人选,七家、八家抑或十家,一时不能定。先生说,不管最终定为几家,他们必须是诗歌源流通变、融会集成的关键人物,是诗学观念与实践推陈出新的导引者。这无疑为本诗选确立了一个总的原则。

　　然而,在搜集了一些资料后,我并没有将这件事做下去。搁置的原因是多方面的,其中最主要的恐怕还是出于自身的惰性。直到四年前,世界突然按下"暂停"键,禁足在家使我获得了充裕的时间,我终于可以静下心来完成这项工作。经过反复推敲和深入思考,我把"大家"确定为十人,按照思想性与艺术性相统一的标准,选录他们的代表作进行注解评析。真正动手做起来,才发觉在作品的取舍和评价上,有着不小的难度。当然,对文学作品的认识,往往仁者见仁、智者见智,故而选目或有沧海遗珠之失,评注亦难免鲁鱼亥豕之误。这就提醒自己在编撰的过程中,须时刻牢记惟谨惟允,尽量多方比照引证,做到持之有故,言之成理。而传统的诗歌批评方式,是一种诉诸感性直观的点悟式批评,具有形象、简练的优势。我在评析各家作品时,也采用了这种形式，但会注意避免传统方式的空泛性，力求每篇发言都能切中要领。

几年不间断地努力，使这部诗选得以顺利完工付梓，总算没有辜负陈先生的教爱。先生学养深厚，视野开阔，在他的指导下，我对中国诗学虽未深入堂奥，却也始窥门墙，为后来的教学研究打下了良好的基础。今借此机会，谨向先生致以诚挚的谢意。同时，我也要感谢蒋人杰先生和孙玉文先生，他们都是我的良师益友。蒋先生自始至终知晓我的编撰计划及进展情况，在大家人选、编写体例和书稿名称上，他都提供了非常宝贵的意见。孙先生是古代汉语学科的权威，平日工作繁忙，但凡我有语词方面的问题向他请教，他总是能迅速解答，从不敷衍。这里，我还要特别提到黄红女士，在我客居国外的一段日子里，全仰仗她在国内为我查找所需资料，并拍成图片用微信传送过来，从而保障了我著述的连续性。

"中心藏之，何日忘之。"（《诗·小雅·隰桑》）所有这些情谊，要当永远铭记。

倪　进
2024 年 9 月 30 日

图书在版编目(CIP)数据

唐宋十大家诗选/倪进编撰. -- 上海:复旦大学出版社,2025.4. -- ISBN 978-7-309-17897-5
Ⅰ.I222.74;I222.84
中国国家版本馆 CIP 数据核字第 2025NT7285 号

唐宋十大家诗选
倪　进　编撰
责任编辑/赵楚月

复旦大学出版社有限公司出版发行
上海市国权路 579 号　邮编:200433
网址:fupnet@fudanpress.com　http://www.fudanpress.com
门市零售:86-21-65102580　　团体订购:86-21-65104505
出版部电话:86-21-65642845
上海四维数字图文有限公司

开本 890 毫米×1240 毫米　1/32　印张 21.875　字数 548 千字
2025 年 4 月第 1 版
2025 年 4 月第 1 版第 1 次印刷

ISBN 978-7-309-17897-5/I・1449
定价:98.00 元

如有印装质量问题,请向复旦大学出版社有限公司出版部调换。
版权所有　　侵权必究